黄土高天

七子 著

天地出版社 | TIANDI PRESS

图书在版编目（CIP）数据

黄土高天 / 七子著 . —成都：天地出版社，
2018.12

ISBN 978-7-5455-4345-2

Ⅰ . ①黄… Ⅱ . ①七… Ⅲ . ①长篇小说—中国—当代
Ⅳ . ① I247.5

中国版本图书馆 CIP 数据核字（2018）第 248752 号

黄土高天
HUANGTU GAOTIAN

出 品 人	杨　政
著　者	七　子
责任编辑	杨永龙　李晓娟
封面设计	思想工社
内文排版	尚上文化
责任印制	葛红梅

出版发行	天地出版社
	（成都市槐树街2号　邮政编码：610014）
网　址	http://www.tiandiph.com
	http://www.天地出版社.com
电子邮箱	tiandicbs@vip.163.com
经　销	新华文轩出版传媒股份有限公司

印　刷	河北鹏润印刷有限公司
版　次	2018年12月第1版
印　次	2018年12月第1次印刷
成品尺寸	170mm×240mm　1/16
印　张	29.75
字　数	453千字
定　价	48.00元
书　号	ISBN 978-7-5455-4345-2

目　录

楔　子

秦学安踩着咯吱咯吱作响的积雪，沿着黄河岸边走来。空气里还有一丝的寒意，他不自觉地拢了拢棉袄，但迎面而来的风，却让秦学安感到，这个春天来得恰是时候。

那是1978年的初春。那是黄土高原之上。

沟壑万千，苍苍莽莽的黄土之上还挂着积雪，离县城几十公里的壶口瀑布上游，冰雪已经开始消融，黄河水在蜿蜒曲折中奔腾，以荡涤千钧的气势倾泻而下，冰块撞击着，咆哮着，沉浮着。如同这块沉睡着的大陆。

春天还是不知不觉地来了，即使此刻的中国刚刚经历了十年的动乱。这个刚刚经历了十年"文革"、经历了离乱与动荡的古老中国，春天的消息是通过一场考试传达的。就在上一个深秋，中国正式恢复了高考。因为这一场考试，无数的人心底生出了春的种芽。

站在黄河边，秦学安吼起了许久没有唱过的秦腔：

我有口好饭偷偷给你用，

有件新衣穿在了你的身。

省吃俭用供你把书念，

功名成就不要忘了我的恩……

他想唱给的是自己的弟弟秦学诚。他掩饰不住的喜悦、停不下来的脚步，全是因为弟弟学诚。

此时的壶口瀑布旁边，一场别开生面的庆功会，也是送行会，正在举行。国家恢复了高考，万万没有想到，这一下子，金水县全县就考上了三个大学生，而学安的弟弟学诚则以整个陕西高考第一名的好成绩考上了北京农业大学。

当秦学安沿着河岸，望见瀑布的时候，也就一眼看到了弟弟学诚。他一身新衣，胸前还戴着一朵大红花，正和其他两名学生，站在众人前面。

而一块高石之上，县委副书记高满仓抬了抬手，示意大家停下来。在大家伙儿的注视下，高满仓清清嗓子说道："乘恢复高考之东风，我金水县三名学子荣耀登榜，考上大学，县民众特意在此为他们送行。希望你们进入大学之后，能够接受启蒙，沐浴教育春风，为国家做贡献。"平李村的李强考上了南京师范大学，朱家村的闫建国被大连理工大学录取。秦学诚和他的同学们不知道，他们是高考恢复后首批走出村子的大学生。此刻他们正接受村民的夸赞和掌声。而随之而来的四十年，正是他们这一代大学生，挺起了这个民族的脊梁。

秦学安和秦家奶奶、父亲秦有粮围着学诚，学诚显然被今天的气氛感染了，他觉得胸口有一股火焰在燃烧，忍不住泪流满面，哽咽着说："哥！爸！奶奶！我要去上大学啦！"

而刚急匆匆赶来的秦学安比弟弟还要激动，他举着录取通知书，一把抱住了弟弟。腰鼓、锣鼓、信天游的乐声在黄土高原的千沟万壑中回荡，两兄弟紧紧地拥抱，他们感到浑身从没有过的舒畅，时而痛哭流涕，时而仰天大笑，笑声响彻黄土沟壑。

一个精瘦干练的老头儿走到秦学诚的身边，对他说道："学诚啊，你为咱们丰源大队争了光，我代表丰源大队向你承诺，你只管去北京好好学习文化知识，将来好好建设咱们的国家，你大、你家里，都有大队管着，有我们这些人照顾着呢！"老头儿此话一出，村民们纷纷附和。别看这老头儿后背微驼，眯着小眼，那眼神中的锐气和精干却是挡不住的。他就是丰源村的老支书、"旗杆子"
张天顺。

秦学诚抹着眼泪向大家道谢："我去了北京好好学，决不会忘了生我养我的
这片土地，决不会负了父老乡亲的这片心！"在众人殷切的目光下，秦学诚向大
家深深鞠了一躬。秦家奶奶搂起孙子："我的乖孙长大咯！来，县里的照相师照
完了合影，让他再给咱们全家照一张相哩！"

照相师摆好了"海鸥牌"120照相机，秦家奶奶旁边站着秦学安和秦学诚，
两兄弟的手搭在奶奶肩上，身后，学安、学诚那沉默的父亲秦有粮抿着嘴巴，不
苟言笑。在按下快门的一瞬间，张天顺家的女儿张灵芝调皮地跑进镜头，依偎在
秦学安的身旁，属她笑容最甜。

在他们身后，奔腾的黄河水浪花飞溅，冰雪初融的黄土高坡辽阔沉寂。

送行也就送到这儿了，该嘱咐的也都说完了，邻村的两个大学生也被亲人
相送着出发了。秦学安、秦学诚兄弟俩扛着行李缓缓走上大路，秦学诚几步一回
头，不断向村民挥着手告别。黄土高坡上，远远立着的两个身影，是秦有粮搀扶
着奶奶在挥手。秦学安和秦学诚顺着黄河已经走出了很远，人影已经渐渐看不
见，只剩黄河水仍在咆哮奔流。

壶口瀑布旁，秦学安对学诚说道："学诚，哥一直想来看看这壶口瀑布，今
天托你的福终于看到了。可惜，这会儿看它，冰层要化未化，都是浮冰，不能看
见深沟道里的情况，只能在旁边想象了。"

学诚捶捶胸口说："哥，我觉得你这话说得特别好。人家都说黄河是咱们的
母亲河，你看现在壶口瀑布的样子，像不像咱整个国家，虽然到处还是一片寒
冷，可我这心口里，总觉得有个瀑布在奔腾！"

看着黄河，秦学安想到现在家里、地里的光景，不禁有些着急："你说这冰
有多厚，到底什么时候能化！"

学诚抬头看着冰封的瀑布，眼里满是希望："我觉得肯定是快了！我一个农
村娃，从咱们丰源走出来，过黄河再往前就到山西了，还要去北京上学，还是不

敢相信我真的走出来了，哥，这些天我常常觉得像在做梦！"

　　阳光下，一大块冰柱从冰封的瀑布上掉了下来，秦学安急急停住，看着这冰柱，充满期盼地说道："看，学诚，冬天过去了，春天就要来了，咱们农民做梦都盼着这一天早点来哩！"又一大块冰坠入黄河中，水花飞溅。兄弟俩被这奇景所震撼。

　　这是 1978 年，四十年后，当我们和秦学安兄弟回望它的时候，把它称为中国的改革元年。这一年，党的十一届三中全会召开了；在南方，小渔村深圳即将迎来它的化蝶蜕变；在安徽，小岗村的十八个村民在饥饿难耐中，私下里摁下了红手印，中国改革开放的序幕被强有力地拉开。

　　神州大地，百废待兴。然而中国的 8 亿农民，依然没有找到改变生活的出路，整个中国农村经济依然一池死水，等待着春风的到来……

第一章

奇 遇

时间如白驹过隙，转瞬已经到了 1979 年。原野上一片苍茫，一辆绿皮火车正轰隆隆行驶而来。

70 年代末的绿皮火车内部，拥挤，混乱，空气里散发着呛人的气味。随着凤阳花鼓的敲击声，一个清脆的声音在车厢里响起：

"说凤阳，道凤阳，凤阳本是好地方，自从出了朱皇帝，十年倒有九年荒……"

长相清秀、眼神透亮的年轻姑娘赵秀娟站在车厢中央开唱了，吸引了车上不少人的目光。

一曲完毕，赵秀娟鞠了一躬，开始乞讨："叔叔大爷，婶子大妈，可怜可怜吧，我们是从凤阳逃荒出来的，实在是饿坏了。给口吃的，可怜可怜吧。"这年头有几个人能吃饱饭，自顾已是不暇，哪还有余粮接济陌生人。原本听曲儿的人们目光纷纷从赵秀娟身上移开，神色疲惫、麻木迟钝地看向窗外。赵秀娟却不肯放弃，一直鞠躬乞求着。一个年纪不大的婶子终于看不下去了，伸手叫住了赵秀娟："姑娘，我这儿还有一口窝窝头，先垫垫吧。"赵秀娟饿得眼都绿了，兴奋地从人群中挤过去，忙不迭地鞠躬："谢谢，谢谢您！"

赵秀娟接过婶子递给自己的半个窝窝头，兴冲冲地朝着车厢后半截走去。她在倒数第二排停下，蹲下对着座位下面喊："妈，窝头！窝窝头！"赵秀娟话音刚落，不知从何处立马来了好几个逃荒的人，皆是衣衫褴褛，面色蜡黄。一个母亲带着个孩子乞求赵秀娟："姑娘，孩子好几天没吃上饭哩，你这窝窝头，能分一半给孩子吗？"母亲说着说着，就要跪下磕头。赵秀娟立马拉住她，将手里的半个窝头又掰了一半，塞到孩子手里："咱都是命苦的人，都是为了一口饭，不用谢我。"皮包着骨头的孩子将一大块的窝窝头直接塞到了嘴里，噎得直打嗝。孩子母亲擦着眼泪，不停地说着"谢谢"。赵秀娟的母亲王艳琴此刻正蜷缩在座位下面的空当里，面容憔悴，不时地呻吟着。赵秀娟弯下腰，将剩下的一小块窝头递过去："妈，快吃。"王艳琴却说什么也不肯吃："秀娟啊，妈不饿，你吃！这一天就要来了两口干粮，都给我了。"

赵秀娟与母亲王艳琴来回地推让着这一小块窝窝头。此时，车厢的另一边，列车员高喊着："查票了，查票了，都把车票准备好！"话音一落，车厢里的人四散开，往别的车厢躲去。赵秀娟把窝头塞进了母亲手里："妈，你藏好，我去那边躲躲。"赵秀娟站起来刚要走，又不放心地蹲下，把母亲半露的两只脚往里塞了塞："妈，您把脚往里缩一缩啊！"赵秀娟安顿好母亲，向着下一个车厢溜去。这种与列车员猫捉老鼠的游戏，赵秀娟已经玩了不下十次，每次都成功过关，一路从安徽混到了陕西。此刻的老手赵秀娟一副淡定的神情，仿佛自己就是买票上车的乘客。

谁能想到列车员走到王艳琴藏身的座椅下，却敏锐地发现了她收起一半的脚。列车员眼中有类似于发现"猎物"的满意，用手里的铁夹子敲击着座位下侧："别躲了，出来吧！"众人都循声望去。见座椅下没有动静，列车员干脆蹲下喊道："出来！再不出来我拽了啊！"赵秀娟有些担忧地回头望，视线却被众人挡住。

列车员已经抓住了王艳琴的一双脚，开始往外拽。王艳琴脚上本就有伤，这下承受不住了，"哎呀哎呀"地呻吟着："姑娘，我的脚……"听到母亲的声音，赵秀娟顿时停住脚步，转身往回跑去。旁边一个大爷看不下去了，劝道："姑娘，别拽了，再刮着人。"列车员理直气壮地说："大爷，我盯她们好久了，睁一只眼闭一只眼，让她们白坐一夜了。还真死赖着不出来啊！"说话间，列车员用的力气更大了，已经赶到的赵秀娟看到这一幕，顿时火起，她扒拉开人，一把扯住列车员的手，喊道："你给我松手！别动我妈！"列车员站起来，看着凶巴巴的赵秀娟，纳闷道："你还凶上了，逃票还有理了啊！"赵秀娟强装淡定："谁逃票了？票丢了不行？我告诉你，我妈可有病啊，你要是把她弄伤了，弄残了，要你赔！"列车员早已见惯这种耍赖的人，将赵秀娟打断："我不管这些！我就问你，你们现在有票吗？"见列车员不依不饶，众人又都在围观，赵秀娟脸一红，气势也弱了下来："不就是票吗，我给你……我给你打扫卫生还不行吗？"列车员不耐烦了："不好意思，这车打你们安徽一过，上来一群，个个都没票，这节车厢已经有仨帮我打扫卫生的了。要么掏票出来，要么前面站下车！"赵秀娟扶着母亲，脸红到脖子，纵然是伶牙俐齿，此刻却再无话说。

晨光熹微，天没有亮透。黄土高原被白雪覆盖，绵延辽阔。微明的光线中，山川环抱之下，呈现出的是小城古朴的轮廓。金水县关土墙下行人寥寥，薄雾中影影绰绰闪现着几个小贩的身影。秦学安就在其中，只见他面前摆着几个小板凳，招呼住一个出来买菜的妇人："大姐，快过年了，家里添置个板凳吧？"妇人蹲下来："你这是什么材料做的？不是翻新货吧？"秦学安用棉袄袖子擦擦鼻涕，憨厚地笑了："大姐，放一百个心，我们再穷也不干那缺德事，这都是我大上山砍的木材，我亲手做的，你看这接口，新崭崭的，再闻下，还带着新木头的香味哩！"妇人摆弄两下手中的板凳，直起身来："多少钱，我带两个走。"秦学安回答道："两个一块五毛钱，我再送你把我大扎的笤帚，年初一拿来除旧迎新，再好不过了！"

眼看着买卖要做成了，负责放风的包谷地跑到秦学安跟前，慌里慌张地说道："学安，学安，快跑，工商局的人来了！"一时间，市场上的小贩都开始收拾东西，四散逃路。几个身穿工商局制服的工作人员呼喊着跑过来："站住，站住！"见这情形，妇人挎起篮子要走。秦学安飞快地把板凳、笤帚绑成一串，递给妇人："一块钱都给你。一半粮票，一半钱。"包谷地着急地催促："学安，别卖了，下次再来！"秦学安推了包谷地一把，嘱咐他道："把衣服反过来穿，使劲跑，去城西开水铺等我！"

包谷地知道学安的脾气，一跺脚，头也不回地往城西开水铺跑去。秦学安和妇人迅速完成交易，把板凳、笤帚包进大包袱皮，卷起就跑。工商局工作人员跑近了，堵住了两个小贩："站住！站住！"两个小贩可怜巴巴地解释着，临近新年，怎么也得拿自己的东西换点零碎好过年。工作人员秉公问道："你们是哪个大队的，有困难可以找队里解决，你们这样进城，就是破坏扰乱社会主义经济秩序，我们要依规没收你们的东西！"小贩自然不肯，双方拉扯着。秦学安背着大包袱一边跑一边回头看。不远处，包谷地边跑边脱下衣服反穿在身上，成功混入了人群。秦学安向包谷地比了一个方向，扭转身子继续跑，却被稽查队盯上了，追了上来。

秦学安在前面跑，工商局的稽查队在后面追。眼看就要追上了，秦学安经过旧庙，闪身躲了进去，关上了庙门。直到从缝里看着稽查队跑过去，秦学安才松了一口气，一屁股坐在地上。只听地上有人"哎哟"一声，秦学安立刻弹了起来，原来他坐到了王艳琴脚上。赵秀娟也弹了起来，大声质问秦学安："我妈脚上有伤！没看见这儿睡着人呢！"秦学安这才顾上回头观察，破旧的庙里尘土飞扬，赵秀娟鼓着两个大眼睛怒视秦学安，王艳琴躺在地上，精神疲惫。秦学安不解地问："那你们睡这儿干吗？"赵秀娟立刻顶回去："这庙是你们家的？睡这儿还不行？坐了我妈的脚，你这人怎么连一句对不起都没有！"秦学安怕了这女子，立刻扒着门看外面，生怕把工商局的人引来，让赵秀娟别吵吵。赵秀娟眼睛又是一瞪："咋啦！还不让人说话了？"王艳琴看眼前这小伙儿凶巴巴的，拉住女儿，不欲惹事。秦学安也懒得理会赵秀娟，看到门外没人，又坐到了地上，从书包里拿出吃剩的半个窝窝头啃。吃着吃着，秦学安突然觉得庙里气氛不对了，扭头一看，赵秀娟和王艳琴正目不转睛地盯着自己手里的窝头，咽着口水。王艳琴想到女儿已经几天没吃饭，忍不住开口求道："小兄弟，能不能给俺们娘俩儿两口吃的。"秦学安嚼着，一看，手里就还有一口窝头，他张开嘴，把最后一口窝窝头扔到了嘴里："嗯？没了。"讨饭的羞辱和被戏耍的愤怒让赵秀娟立刻火冒三丈，拦住母亲道："妈！你跟这种人要什么饭！我就是饿死了也不吃他的饭！"秦学安反问："哎？我是哪种人了？"赵秀娟一句话都不想再与这男人多说，索性翻了他一个白眼。秦学安一脸无奈，扑打扑打了裤子上的尘土，径直走出门去。赵秀娟气还未消，站起身对王艳琴说道："妈，你躺着，我去给你找吃的去！我就不信，没一个好人了。"害怕走散的王艳琴跟着女儿一块儿出了庙门。

金水县西门，包谷地焦急地在开水房门口徘徊，不停地踮脚看向街上。秦学安从后面出现，拍了下包谷地的肩膀："包大哥！"看到秦学安，包谷地的眉头终于舒展开了，但他往秦学安背后一看，空空如也，着急地问学安："学安，板凳呢？！"秦学安一碗水下肚，挥挥手："没哩！"包谷地叹了口气："都怪我，我就不该去放哨，要是按咱们先前说好的，出两个摊子，这会儿，我们就该往回走了。板凳都被他们没收了，你咋给学诚寄生活费？"看着包大哥懊恼的样子，秦学安狡黠一笑："包大哥，急啥，板凳都是我一下一下做出来的，我能让他们给当成尾巴割走了？你看！"包谷地看到秦学安翻开口袋，是几张揉搓成团的钞票和粮票，他惊喜地说道："都卖出去啦？学安，真有你的！"秦学安满脸得意，从兜里拿出几张粮票和钞票给包谷地："哥，这是你那份儿。"包谷地接过钱："呀，这也太多哩！"包谷地知道，秦学安这是照顾他家孩子多，学安虽然比他年纪小个几岁，却处处为他想着。包谷地感激又愧疚地将钱收到了兜里，跟上秦学安的步伐。

学安边走边找摊子，嘴里嘟囔着要买馍。包谷地很诧异："买馍？这收成，哪还有卖馍的？"两人说话间，正好遇见了骑着自行车的张灵芝。张灵芝远远地就按响了车铃，"学安哥，学安哥"地唤着。包谷地不禁感慨："你说这灵芝妹子，说话声比这铃铛都清脆！"

灵芝从自行车上蹦下来，不用问她就知道，这俩人又来卖板凳了，于是硬装出一副冷脸："包大哥、学安哥，最近县里严打弃农经商，我看你们早点回去吧，以后再别偷偷卖了！不要冒着风险来做这么丢人的事。"包谷地一听就笑了，告诉灵芝："灵芝妹子，学安的板凳都卖出去了哩！我俩差点儿被工商局抓！"张灵芝听到这话更着急了，两脚一跺，娇嗔地正要向学安发问，学安却不满地说："咱自己打的小凳子，丢啥人呢！"一句话将张灵芝的埋怨堵在喉咙。她知道，学安哥从来就是有主见不听劝的人，也许正是因为这一点，自己才会这么喜欢他。想到这儿，灵芝脸上柔和许多，放缓了语气，拿出饭盒，递给秦学安一个杂粮馍："还没吃饭吧？你也别光顾着学诚，把自己饿坏了啊。回头跟你俩说，我上班快迟到了！"秦学安点点头，谢过灵芝，看着她骑上自行车走了，这才突然想起在庙里遇上的那对逃荒母女。看着手里的杂粮馍，秦学安急急地转身往回走。回到旧庙，哪里还有那对母女的身影，学安心中只觉怅然。包谷地知道学安心善，安慰他道："这年头逃荒的人多了去了，你挨个儿接济，哪接济得过来！"这话让学安心头稍微宽慰了几分。两人一人一半把馍掰着吃了，然后回家。

　　原野上，远山与树林之间，赵秀娟扶着母亲王艳琴缓缓走来。举目四望，一片茫然，母亲还在不停地数落着赵秀娟："娟儿，妈跟你说了多少次了，咱们孤儿寡母的，出门在外，你老跟人呛呛干啥……唉，你这臭脾气啊，真是随了你爹。天天饿得前胸贴后背，我还得跟你生气……"赵秀娟心中实在烦躁，顶嘴道："我就是看那小子不顺眼，我就要跟他吵！一口吃的，不给就不给呗，还戏弄人！"两人正吵吵着，远处传来了沧桑的老腔吼声："征东一场总是空，难舍大国长安城，自古长安地，周秦汉代兴，山川花似锦，八水绕城流……"一个乡人扛着锄头迎着二人走来，赵秀娟忙将他唤住，打听着方圆几里哪儿富裕，能讨口饭吃。乡人叹了口气："现在的年景是都差不多，不过翻过这山头，就是丰源大队，年年都是红旗大队，兴许还有的吃。"赵秀娟和王艳琴看着眼前的大山，默念着老乡嘴里说的那个"丰源大队"……

　　静静的金水河，缓缓地流着。丰源大队村口的大槐树下少长咸集，正中青石上坐着的丰源大队老支书张天顺正在照本宣科地带领社员学习《人民日报》，听着《张浩来信》中平均主义的论调，秦学安终于忍不住小声嘟囔："天天讲平均主义，天天饿肚子。这还咋活么？"没想到这句话却被耳尖的张天顺听了去，他抖抖报纸，用犀利的目光盯着秦学安："猫吃糨糊，光给嘴上刨呢！这报纸上都是北京大专家说的，咋，人家的水平还不如你个二头青子？"秦学安忍不住反驳："那专家学者不一定种过地，不一定看得见咱们现在农民啥样子。那咋就不让试试？包工到组到底行不行？哪怕咱干错了，咱不干了就行了么。"张天顺知道学安这后生一向胆大，但也着实没想到，他今天竟有胆子说出这样的话，这样的思想绝对是要犯错的！张天顺忍不住警告学安："你这个思想很有问题，要是都按你这么想，咱们社会主义还怎么搞？人民公社怎么干？你们现在的年轻人想咋？上天哩。"秦学安懒得与张天顺斗嘴，嘟囔着："那大家伙儿都饿肚子呢。"张天顺懒得再理会这异想天开的小子，继续通知大家接下来几天会有市里的媒体采访组到村子采访，甚至还会有北京来的报社记者。希望大家积极配合村子里的工作，拿出"红旗大队"应有的风采。秦学安听着实在没劲，与张天顺的儿子张守信和同村的包谷地、卷毛几个一起偷偷溜出了村口，跑向了后山。

阳光的照耀下，后山金黄而静谧。这儿是这一群娃娃们的乐土，虽然都老大不小了，但那个年代实在没什么娱乐项目。秦学安是个头儿，打兔子、掏鸟蛋、捉蛇打鸟都是他们的最爱。几个人在山梁上蹦着跳着，秦学安唱着："深不过呀那个黄土地，高不过个天，吼一嗓子信天游，唱唱咱庄稼汉。"张守信接上："水圪灵灵的女子哟虎圪生生的汉，人尖尖就出在这九曲黄河弯。"包谷地也不甘示弱地开了嗓："山沟沟里那个熬日月，磨道道里那个转。苦水水里那个煮人人，泪蛋蛋漂起个船。"卷毛照常收尾，扯着嗓子吼着："山丹丹那个河沟沟里开哟绿圪飕飕的叶，庄稼汉那信天游唱呀唱不完。"张守信忍不住夸赞卷毛："别看你平时奸懒滑馋，唱歌却是一等一的好听。"卷毛一树枝子抽在守信身上："你说谁奸懒滑馋哩！这么栽赃我，我还找不找媳妇？""呀，把你厉害的，还敢抽我，你看我不弄死你哩！"守信不甘示弱，几个人打闹着，从山梁上跑过。看张守信穷追不舍，卷毛利落地爬上了树，抬头却看到个鸟窝。他不禁大喊："呀，这有个鸟窝哩！"说话间，他一只手攀了上去，在鸟窝里摸索着。包谷地踮着脚问道："怎么样，有没有鸟蛋？"卷毛顺着树滑下来："别说鸟蛋了，连根毛都没有……"秦学安一拍脑门儿："呀，走，去看看咱挖下的陷阱里有没有那只偷鸡的黄鼠狼！"几个小伙子满怀希冀地走向树林深处，远远地就听到陷阱里有动静，大家互看一眼，知道这是黄鼠狼落网了！这下，大家都来了精神，卷毛高兴地哼上了曲儿，大家急急赶到了洞口。学安走得最快，走着走着，却听着洞里的声音有些不对，这哪儿是黄鼠狼的叫声，听着咋像女人的声音哩？秦学安心中不安，走到洞边，探头一看，笑容僵在了脸上。众人也都赶到了，往洞里一探头：我的天，陷阱里竟然躺了两个大活人！那个年老的女子已经昏迷，年轻的那个嘴里还在不停地喊着："救命、救命……"秦学安定睛一看，这两个女子，不正是自己在旧庙里遇到的讨饭母女？！卷毛待在洞口，喃喃道："守信啊，这下好咧，你这小夹子夹住了俩大活人，比你大用它逮野猪可是厉害多了……"秦学安来不及多想，直接跳进了洞里，张守信来不及阻拦，大喊一声："学安，你这是干啥哩？！"学安把赵秀娟和王艳琴扶了起来，对着站在洞边观望的三人道："还能干啥，救人啊！过来搭把手！"张守信却退后一步："别、别死了吧？"卷毛也害怕了："要不咱跑吧，这是要出人命啊！"秦学安将水壶里的水喂给了赵秀娟和王艳琴。赵秀娟迷迷糊糊中惊醒，望见了清爽刚毅的秦学安，一把拉住他的袖子，求道："救……救救我妈！"秦学安这才看到王艳琴脚上的捕兽夹子。秦学安喊包谷地过来，一起掰开了王艳琴脚上的夹子，又从怀里掏出半个粗粮饼子，掰了一块塞进赵秀娟嘴里。赵秀娟狼吞虎咽地将饼子吃下，眼泪忍不住涌出来："从来没觉得饼子这么好吃，谢谢你们！"赵秀娟抬起眸子，认出了眼前这个男人就是自己在破庙里遇到的人，赵秀娟不敢相信地眨了眨眼，确定自己没有认错人，心情更加复杂地说了声"谢谢"。秦学安一问才知道，赵秀娟母女竟是从安徽来的，中途被赶下了车，想到附近村子讨口干粮吃，却走迷了路，转到了这片山林，落入了陷阱。不知道是出于单纯的同情，还是出于陷阱是自己所挖的愧疚，秦学安看着干瘦的赵秀娟，心里揪得疼。就在这时，王艳琴也醒了过来，咳嗽着，秀娟扑到她身边，将饼子塞到她手里："妈，快看，有吃的！"

趁母女对话的空儿，张守信揣着袖筒，将秦学安拉到一边悄声问道："学安，你这不是瞎惹事吗！"秦学安知道张守信的意思，喝道："那咱们挖的陷阱，咱们下的夹子，咱们不管谁管？咱丰源大队的人不干见死不救的事儿！"卷毛急忙拉住秦学安："你小点声，别叫那娘们儿听见！"其实他们嘀嘀咕咕的谈话早就被鬼机灵的赵秀娟听进了耳朵里，她腾地站起来："好啊！还以为你们是学雷锋做好事，原来是做贼心虚！"赵秀娟指着几个人就骂开了，她的态度很明确，今儿这事几个人要是不负责，那就是要出人命的事，那这几个人就是杀人凶手！卷毛和包谷地傻了眼，张守信据理力争："是你们自己掉进陷阱的，关我们啥事？！"秦学安思来想去，这事儿不管咋说自己有责任，就算没有责任，那也不能见死不救。秦学安走到王艳琴身边，把身子一弯："把你妈扶上来吧，带回村子里医。"赵秀娟狐疑地质问秦学安："你能有那么好心？"守信对这蛮不讲理的女子实在是忍无可忍。秋粮遭遇了旱灾，本来收成就不好，现在又是青黄不接的时候，况且他一眼就能看出那母亲的脚不是一天半天能好的，这么大拖累，带回村又该怎么办呢？再说这年轻女子又是一副不讲理的样子。秦学安却懒得跟赵秀娟计较，二话不说背起了赵母，就往回赶。他说："咱们自己挖的坑，出了事，咱得填。"张守信算是服了这个榆木脑袋秦学安，悄声告诉秦学安自己的盘算："你知道我大那脾气，要是知道我惹下这事，还不把我打得脱层皮哩。这事咱不能管！"秦学安一挥手："人放我家，吃食你管，不就是多两张嘴么，你看行不？"事已至此，张守信只能一咬牙，一跺脚，答应了。赵秀娟在旁边不吱声，听着两人的对话，心中思索着：这个叫秦学安的男子一会儿赖，一会儿憨，一会儿没同情心，一会儿又这么有担当，实在令人捉摸不透。她暗自下了决心，反正洞是他们挖的，夹子是他们下的，这节骨眼儿上管他是好人坏人，先跟妈吃上饭再说！

　　秦学安背着赵母，赵秀娟跟在后头，一行人走向了丰源村。为了迎接媒体采访组，丰源大队红旗飘飘。红旗在苍茫的原野上像一块块烧红的炭火。红旗招展的村庄，整齐划一的标语，各家各户炊烟升起，逃荒的赵秀娟好久没有看过这么漂亮的村庄了。路边，郑卫东正提着一桶石灰，往墙上贴大字报："坚决抵制单干风。"张天顺看了一眼，指挥道："卫东啊，歪了，前面四个字，再往上一点！"张天顺打量着墙上的字："要不说人家老秦家能出状元呢，有粮哥这字，别提多标致了！"三十六计急急忙忙跑过来，告诉张天顺没能从公社借来粮的事。张天顺一听就炸了："我就知道你啥事都干不成，咱们没有粮，怎么迎接检查团？"秦学安一行人听到张天顺的声音，忙顺着小道避开张天顺一行，溜回了秦学安家。

　　一双粗壮的大手正握着王艳琴的伤处，解开秦学安的简单包扎。秦学安的父亲秦有粮会中医，打眼看了一下王艳琴的伤势，只是叹气摇头。秦学安偷偷地告诉父亲，看样子赵母不仅仅是崴了脚，似乎本来就有病，希望父亲能够好好看看。

　　站在一旁的王艳琴正好奇地观察着房间，70年代末典型的农民村居，这是院子的一个厢房，靠近窗户那边是一个大炕，靠着大炕，放着两个斑驳的大木箱子，也有年头了，房间里还有几件简单的家具，都已经很旧了。但是整个房间虽然简陋，却很干净。而此时王艳琴被安置在老椅子上，秦有粮正在观察她的伤处，旁边，是个精神矍铄的老奶奶在看。赵秀娟推断这个慈眉善目的老奶奶应该是秦学安的奶奶。只见秦有粮看了一眼窗外，秦学安便问道："凤尾草？"秦有粮点了点头。秦学安拿起窗外的草药，直接放在嘴里嚼碎，然后吐在掌心，敷在了王艳琴的伤处。赵秀娟惊呼："这是什么啊？"秦学安解释道："还能害你不成，凤尾草，止血消肿的。"赵秀娟没说话，心中却纳闷，难道秦学安这中医父亲是个哑巴？

秦有粮拿出一块干净的布将王艳琴的伤口包扎好，一脸沉重地举起两个指头，秦学安惊道："啥？大，你是说两个月才能养好？"秦有粮缓缓地点点头。秦学安有些懊恼，这样家里平白无故又多了两张嘴吃饭，但眼下正青黄不接，能不能熬到打下夏粮都是问题。但既然人背回来了，又不能往外撵……赵秀娟看懂了秦学安的犹豫，瞪着眼问道："咋，那你还不管了？"王艳琴拉住女儿，努力地想要站起来，虚弱地咳嗽着对秀娟说："秀娟啊，咱们走吧，人家给咱们背回来，治了病，已经是天大的恩情了。"看着虚弱的母亲，赵秀娟的眼泪一下流了出来，她本不是这种赖皮，可现在为了活下去，为了一口饭，她还顾得上什么尊严？要现在从秦家出去，母亲还伤着腿，不出几日，恐怕娘儿俩只有个饿死街头的下场。秦家奶奶最见不得眼泪，揽过赵秀娟说："娃，你甭担心，奶奶我啊，原来也不是这村里的人，当年也是逃荒逃到这里的，是这村里驻扎的八路军把我救了，还教了我认草药。你放心，人是咱伤的，咱丰源大队的人就肯定会管到底哩！"赵秀娟感激地看着秦家奶奶，这种关怀让她哭得更凶了。秦学安张了张嘴："那……"奶奶打断了学安的话："人是咱们伤的，就得咱秦家管。饭不够，从奶奶这里出，我七老八十了，多吃一顿少吃一顿没关系。"秦学安咬牙说道："守信那边还得出小米呢，咱们一家人挤一挤，能行。"赵秀娟听到这话，心里的石头终于落了地，一下就扑到了秦家奶奶的怀里："奶奶，你们真是天底下难寻的好人，我就是当牛做马，也要报答你们的恩情。"秦学安受不了这肉麻的场面，嘟囔着："不知道谁刚才还说我们是杀人凶手哩！这会子又是天底下难寻的好人了。"赵秀娟不好意思回答秦学安的话，只觉得自己此时身在梦中。

此时在张家后院的粮食囤，张守信蹑手蹑脚地拎着半袋小米溜出来，穿过堂屋，走向前院，一抬头，却看到父亲张天顺站在院子门口，对着自己怒目而视。张守信瞬间腿就软了，结结巴巴地问道："大……您不是……支部有会吗？"张天顺不理会儿子的问题，反问道："手里拿的啥？"张守信躲不过，只好谎称这是包谷地找自己借的小米。他谎撒了一半，张天顺就从怀里掏出一个红塑料封面的本子将他打断:"立春后,金银花找大队部,说包大凤吃了渣渣饭胀肚子,拿 5 斤高粱皮换走了队上 2 斤精白面,现在外面行情都是换一斤,这是公账;雨水前,包谷地在大槐树下拦着你姐,说包二凤高烧不退,怀疑是肺炎,借走你姐刚发的工资 1 块 6 角钱,这是私账……咋又来找你借小米?你没说实话!"张守信垂头丧气,只好向父亲坦白一切:是他们放在后山逮黄鼠狼的夹子夹上了一对逃荒的母女,秦学安把她们捡回了家。张天顺一愣,眼下这光景,家家余粮都不多,还敢往回带人?张天顺拿小本子打在儿子头上:"不过了?你个尿娃,你知道不知道,这个季度一个人头就只能分 200 斤粮食,这半口袋小米够你、你大、你姐活一个月的。咋,你这是准备救活她们娘俩儿,用架子车推我上街要饭去?"张守信不说话,张天顺继续训道:"你咋老给我闯祸?就不能有一天让我省省心?"张守信解释着:"那不是为了那黄鼠狼吃的咱们村上的鸡么!而且这夹子还是你给我的。再说了,你天天让我跟着学安学,这事就是学安带的头!"张天顺又一本子打在儿子头上:"学安带的头,那夹子咋是你下的?"张守信委屈极了:"那跟着学也不对,不跟着学也不对,到底咋弄么!"张天顺摇了摇头,自己精明了一辈子,儿子咋老大不小了,脑子还是不开窍!他吩咐道:"给我踏实放回去,这年景粮食比啥都重要哩,不就伤个人么,看你大的。"张天顺背着手,思索着,走出了家门。

吃过晚饭的光景,几辆卡车组成的车队进了村子。大队的大喇叭里,张天顺招呼着大家都到大队部领馍馍、领粮食。郑卫东和三十六计兴奋地冲进大队部,问天顺叔是咋弄来的粮食。张天顺有些骄傲地叹了口气:"不管啥事,有我出马还能办不成?咱们的县委副书记高满仓同志给咱们借了粮,按上工人头,给大队里每人发 50 斤麦子、50 斤面,外加重点接待户每家 5 个白面馍馍。"郑卫东和三十六计刚要拍马屁,张天顺就把脸一沉,继续说道:"但是呢,今天晚上发下去,明天一两不能短地给我收回来,高书记说了,这次为了让我们检查过关,县上动用了战备仓库的战备粮!要是收不回来,那是要出大问题的!"郑卫东点头哈腰地问道:"那馍咱们应该不用收上去了吧?"三十六计恭维道:"那还用问,哪次支书出马,不给咱们大队挣点好处?天顺叔,您就放心吧,只要能落下白面馍,咱们肯定不掉链子,您就稳坐中军帐,我们出去给您驰骋疆场!灵芝妹子在荣誉室讲咱们村的发展史，荣誉一亮，还有半块古碑镇场，这叫敲山震虎，然后直接拉他们到梯田上去，这叫大张旗鼓，最后到安排好的那几户人家走走，让他们拿拍照机咔嚓咔嚓，鸣金收兵，完事。"张天顺满意地点点头，又将领粮食的消息广播了一次。

整个村子像过年一样热闹，社员们拥向大队部。赵秀娟听着广播发愣，追问秦学安，这村子是有啥大喜事？这是什么大队啊，队里还发白面馍馍？秦学安削着手里的棍子，不屑地说："装神弄鬼！"赵秀娟急了："大哥，发粮食，发白面馍馍呢，你不去领？那我去当代表领行不行？"秦学安摇了摇头，要说丰源大队在十年前确实是先进，张天顺带着乡亲们战天斗地，干下了一番功业，为此，县上、省上也对丰源村格外偏爱照顾，但是这几年，集体上工越来越难以吸引社员种地的积极性，打下的粮食越来越少。再加上去年的旱情，丰源大队现在虽然还是先进，却只剩下一副先进的皮囊。但是这一次的媒体采访组不能不重视，这里面可有好几家媒体，而且在西北五省专门走访各个省里有名的先进大队。说白了，各个省之间，相互是有个比较的，过得好不好，成绩行不行，高下立现。所以这次检查，丰源大队是说啥都不能丢人的！样子是一定要做足的！但是秦学安却不认同这种装神弄鬼的工作方式，表面功夫做得再漂亮，老百姓都饿着肚子有啥用？

此时大队部的院子里，灯火通明，聚集着数十个社员，他们远远地看着，指指点点，议论纷纷。灯下，三十六计已经在一张摆好的桌子上铺开了账本。两只手正在两个算盘上飞快地打着：全队 210 口人，整劳力 86 人，共发放麦子 4300 斤，白面 4300 斤，白面馍馍 430 个……郑卫东正指挥着民兵从粮车上卸下一袋一袋的粮食和面。秋英带着酸汤婶等妇女给卸下来的粮食称重，在面袋子上画着记号。络绎不绝地有社员前来。三十六计高喊着："排队排队啊，都到我这边来，先确认，再开条，然后到卫东和酸汤婶那边领粮食，领完了，还要到我这边来画押。可说好了啊，这粮食明天就收，一斤一两也不能少！"社员们纷纷到三十六计面前排队。

而此时大队部会议室的门槛上，张天顺正陪着押运粮食而来的主管农业的县委副书记高满仓拉呱儿。高满仓一再强调粮食不能少，张天顺笑呵呵地说："哎呀，你看你这个不放心的劲，看见外边这磨盘没，当年过路的红军都是我们用这个磨粮食送走的，自己不吃，也要支持咱共产党！咱丰源大队是有传统的，哪能为一口吃的坏了党的事哩？"张天顺用脑袋保证，粮食一两不会少，馍馍么……不一定。高满仓呵斥一声："什么不一定？我可是给你拿了整整五大屉馍馍啊，县政府食堂新蒸的，热气腾腾的！"张天顺打着算盘："高书记啊，这会儿热气腾腾，明天就干了吧唧，你收回去干啥用？再说了，你总得给我留点啥么……"高满仓摇了摇头，他就知道，张天顺要不给他雁过拔毛，就不叫张天顺哩！他只好同意给丰源大队留下两笼屉的馍，但口说无凭，他让张天顺给自己写个条子，保证粮食一两不少。张天顺笑呵呵地问道："高书记，这种事情，还要打条子？这万一落在别人手里，不都是把柄么？您就把心放在肚子里吧！咱丰源大队，啥时候掉过链子拉过稀？"高满仓不再说话，心里仍然觉得这事儿太冒险，要不是这次检查重要，自己绝对不会这么干的。反正自个儿的政治前途，就押在这儿了！

赵秀娟跟着秦学安来领粮食，小心翼翼地试探秦学安，有粮叔咋不会说话。秦学安告诉秀娟，他大不是不会说话，是懒得说话，让秀娟少打听。赵秀娟不再理会木讷的秦学安，打量着大队部。院子里面两间房，一间大屋是个大开间，是荣誉室也是会议室，挂满了丰源大队这二十年来得到的各种奖状，还有半块残碑，上面写着："山下有塬，塬中有水，故曰丰源……土地平旷，良田美池……"而另一间小屋则是大队的广播室。丰源大队大队部的会议室里，一张桌子前，郑卫东、大队会计三十六计、妇女主任秋英，以及其他几个支部委员正在开会。在他们背后的墙上，挂得满满当当的是一些照片和奖状、锦旗，有"全省农业学大寨红旗大队"，有"丰源大队在1971—1972年度全市兴修水利大会战中荣获标兵大队"等。

按照惯例，每次检查安排的先进户都在前山，但住在后山的包谷地、金银花软磨硬泡也想领馍。张天顺考虑到她家孩子多，终于松口答应。包谷地和金银花两口子欢天喜地地带着粮食和馍往回走。此时秦学安和赵秀娟也排到了。三十六计登记、秦学安拿着条子到院子外的粮车前领粮食、面，以及白面馍馍。赵秀娟怯生生地跟在秦学安身后。三十六计和郑卫东都诧异地望着赵秀娟这个陌生人。酸汤婶打趣道："学安啊，这是从哪儿找的女娃娃，怪俊的哩！"赵秀娟脸红了，头低着。秦学安不说话，领了东西，扛起来就准备走。张天顺看着赵秀娟，搓着手，盘算着，他知道这女子就是守信说的那个逃荒的，突然大吼一声："卫东，绑人！"全场都被张天顺的大吼镇住了，郑卫东也不明白要绑谁。张天顺手一指赵秀娟。说时迟那时快，几个民兵冲过来就将赵秀娟绳捆索绑。秦学安焦急地冲上来护着赵秀娟："天顺叔，你这是弄啥哩？"张天顺不顾秦学安的质问，也不理会赵秀娟的哭喊，以赵秀娟没有介绍信就是社会盲流的罪名将她押了起来。张天顺做完这一系列的安排，对围观的社员们说道："别以为咱们丰源大队是那些社会盲流想赖就赖的！"赵秀娟不肯放弃，问道："那你们把我妈弄伤了咋说？"张天顺冷笑："少来这一套，你妈肯定本来就有病！也不打听打听我们丰源大队是什么地方，到我这里来糊弄鬼？你们这种人，我张天顺见的多了！"秦学安往前一步，说道："天顺叔，确实是我们把人家伤着了，这事我家管了。"天顺叔摇摇头："憨娃，你口气硬着哩。你家管，你家管得了？还让张守信回家偷小米，你就不能教他个好？甭废话，领了你的粮食、面，回去！这人，你想管也管不了了，现在县上就在打击盲流，抓到了统一遣返！"张天顺语气一变，对着郑卫东一挥手："卫东，先把人关到那边的广播室里，一会儿分完粮食，押到镇上派出所！"郑卫东带着俩民兵推推搡搡地把赵秀娟往院子里带。秦学安往前走要救秀娟，却被张天顺挡住："学安娃，别不知好歹，叔这是在帮你哩，你们家是不是还有一个？"秦学安怒道："人家腿受伤了！"张天顺不让："那就现做个担架，抬也给我抬到镇上去，想赖在这儿，没门儿！你这个娃娃，我为你好，你还不领情！"

　　秦学安头也不回地回了家，将这情况说与家人听。王艳琴一听女儿被关起来，要送派出所，险些晕过去，哭着求道："婶子、秦大哥，可得救救我们秀娟啊，我们真不是成心要赖在你们家，实在是我这脚走不成道啊！"秦有粮为难地抽着旱烟，秦家奶奶也思索着，王艳琴又说道："你们想办法把秀娟放出来，我们连夜走，连夜走，行吗？！"秦学安把袖子一撸走出了家门，他生平最见不得的，就是弱者被欺负。

　　大队部广播室里，赵秀娟与两个看押的民兵理论着，奈何这两人扛着枪守在门口宛如石人，任凭她哭喊求闹都无动于衷。远远地，秦学安黑着脸走过来，径直走到两个民兵身边，拉开两个民兵，抓住锁，一把就将门扭开了。两个民兵将秦学安拦住："学安哥，你这样我们咋跟天顺叔交代？"秦学安一把拉起赵秀娟的手，扬长而去："有啥事，让天顺叔来找我！"赵秀娟看着牵着自己手的秦学安，只觉得满满的安全感与感动。郑卫东在身后气得跺脚："秦学安！你别能！你看天顺叔咋收拾你哩！"

秦学安带着赵秀娟回了秦家，挑帘进屋。王艳琴看到女儿，一把将她搂在怀里，哭了起来。赵秀娟受了一晚上的委屈惊吓，母女俩抱头痛哭。王艳琴突然从椅子上挣扎着下来，爬到秦家人面前磕头："谢谢她叔、她奶奶，还有学安，我就是做牛做马也……"王艳琴泣不成声。秦有粮、秦学安搀扶起王艳琴，将她扶到椅子上。秦家奶奶劝道："孩子啊，是我们队里伤的你们，我们就管，既然这个事情，我和有粮定下来了，天顺也不会没完没了。"秀娟也扑通跪倒："学安哥，你放心，我们母女不白吃白住，有啥活尽管说，地里的、家里的我样样都能干！"秦奶奶摸着秀娟的头："别说了，孩子！你们也是走投无路。踏实住下，该养伤养伤，该吃饭吃饭，那边饥荒过去了再走！"折腾了一天，大家也都累了，安顿好住处，赵秀娟却在深夜里辗转反侧。她思量着，感觉这个秦学安似乎跟自己以往见过的所有人都不同……

秦家这边是一片真情流露，郑卫东却马不停蹄地赶到张天顺那儿告状："叔！叔！"张天顺不耐烦地问道："狼撵你呢？慌啥？"郑卫东挠挠头，将学安带走安徽女子的事告诉了天顺叔。张天顺也不慌，咂着嘴道："我当是啥大事儿呢，明天检查团来了，先紧大事。回头我去给有粮说，你说家里穷得叮当响，还硬往身上揽事，这爷儿俩。"张守信凑过来问道："大，咱家还出小米不？"张天顺拿烟袋敲在儿子头上："祸都是你惹下的，你这会儿充好汉了？"守信讪讪的，郑卫东替他圆着话："叔，我懂！我有粮叔家的俩小子，大的是个二杆子，老跟我们大队部唱反调；小的呢，咱又惹不起，那可是镇里、县里的领导们都要敬一分的，整个县里就这么一个北京的大学生！"张天顺摇着头："就怕有人不领情哩！唉，这事儿先不说，我担心今夜啊，不安生啊。"原来，张天顺是在担心粮食的事儿。这年头，大家谁也没个吃上饱饭的，一袋袋粮食在家放着，保不齐少个几斤几两，可咋跟高满仓交代？而他的担心，绝不是多余的。

此时的包谷地家，一个炕上挤了包谷地、金银花、包大凤、包二凤。看爸和妈都睡了，包二凤蹑手蹑脚地从床上爬起来，光着脚溜下地，偷偷地靠近了桌子上的大白馍馍。包大凤翻身醒来，看见妹妹正蹲坐在板凳上看馍，便也悄声溜过去："妹，你干啥来？"包大凤突然说话吓得包二凤一个激灵，立刻"嘘"了一声，咽了一口口水说道："我就看看……"包大凤也咽了口口水："我都忘了大白馍馍是啥味道咧。"包二凤年龄小，自打生下来就没吃过几次饱饭，她不禁将下巴拄在桌上，离馍更近了，闻着香味，一脸委屈地说道："俺就没吃过几回……"包二凤的小手凑近馍，想摸一摸。有哮喘的大凤却在此时忍不住咳嗽起来。包二凤生怕母亲醒来，飞快地抽回手，结果还是被发现了。金银花打着包二凤的屁股，压低声音训斥道："不能动，不能动！说了多少遍了听不见！吵醒了你大，看他不揍你俩。"包二凤不敢哭出声音："娘！俺饿！"毕竟是做娘的，看到孩子受苦，哪有不心疼的道理。金银花眼里是泪，放缓了语气，轻轻地扑着馍："摸黑了，咋还嘛？"包大凤咳嗽着："娘，你再让我摸一下，我再摸一下馍，我就不咳嗽了。"包大凤趴在桌上，一只手指轻轻地摸着大白馍馍，按一按还有弹性。她咳嗽着问道："娘，我这辈子还能吃上白面馍馍不？"金银花抱起两个女儿，偷偷将眼泪一擦："小小的孩说啥呢，咳嗽不是大病，等大和妈有钱了，咱一下就治好了。"包二凤也攥着姐姐的手，说："姐，我长大了，挣钱给你治病哩！"女儿的懂事，让金银花心如针扎。包二凤又忍不住摸上白馍："娘，俺也要饿死咧，俺做梦都是白馍哩！"金银花把馒头放回桌上："饿就睡觉去，睡着了就不饿了。"两个女儿哼哼着，不肯入睡。包谷地呼噜打得正响，金银花心里这个恨，可是该恨谁？恨自己没本事，恨包谷地没出息，还是恨老天爷不给饭吃？她恨不得将自己身上的血和肉割下来喂孩子，这难熬的日子，她是一天也不想再过了。金银花用袖子把眼泪一擦，目光落在了面粉上。她一狠心，舀了小半碗面，又拨进去一点，再拨进去一点，最后面粉只剩下碗底的一点，再用线比量比量粮食口袋，看面粉比原来的粮食线少了多少。她心存侥幸，就少这么点，不一定能称得出来。

灶台边，金银花用筷子快速地搅拌着碗里的白面，白面很快就成了絮状。两个女儿都凑到了灶台前，一边拍手一边唱："白面甜，疙瘩汤黏，白面甜，疙瘩汤黏！"金银花说道："别闹，小点声！"锅里的水开了，咕噜噜翻腾着。金银花揭开锅盖，拿起碗，用筷子一点点把絮状的疙瘩拨入锅中，用锅铲不停地搅拌。疙瘩在锅里打着旋儿，汤变得越来越黏稠。两个女儿在一旁咽着口水。包二凤满眼期待："妈，好香！"金银花扯了一把碎菜叶放进汤里，又加了点盐。半锅疙瘩汤香气扑鼻。金银花将面疙瘩汤盛到碗里。金银花舀起一点汤尝了尝，然后用大勺舀了大半碗："这个给二凤！"接着又舀出半碗，"这碗是大凤的。解解馋睡觉去，剩下半锅，明天早上咱们再跟你大一起吃！"两个孩子端着碗一边吹着，一边狼吞虎咽地吃着。包二凤眼睛眯着品尝着："妈，面疙瘩好吃哎！"包大凤咳嗽着："妹，我还吃过面糊哩！更好吃！妈，你也尝尝。"包大凤包二凤一人给金银花舀了一口汤，非要金银花喝下去。金银花的眼里闪着泪光，小小地喝了一口："嗯，真好喝。"看着两个孩子这么懂事，她觉得就算明天把自己送上断头台，也值了。

第二日，天还没有开透，稀星明月还未下去。丰源大队大队前大队后的道路上都已经插满了红旗。村口的大槐树下，张天顺敲着水塔下的钟，郑卫东、三十六计、包谷地、根叔等人穿着薄袄子，两手揣在袖子里，由远及近地走过来。张天顺安排着："卫东，检查团一准儿要去看咱大队的水坝。你现在带人过去，把水坝蓄上水。"郑卫东一愣："蓄水？过年的时候，咱可是跟柳家窑商量过的，这一季，两个大队的水坝都不拦河蓄水哩！"张天顺显然有自己的打算，笃定地说："蓄上！甭管他！"三十六计摇摇头，对着郑卫东说："你啥脑子，借着这个当口给坝子里把水蓄上，咱这五十亩水浇地就有缓了！"郑卫东只好照干。张天顺一声令下："三十六计，你去通知，大家伙儿各就各位。昨天商量好的，该上梯田的上梯田，该上水坝的上水坝。"各方行动了起来。

大喇叭里播放着歌曲："学习大寨赶大寨，大寨红旗迎风摆，它是咱公社的好榜样，自力更生改变那穷和白，坚决学习大寨人，敢把那山山水水另呀么另安排……干起来，干起来……大寨的红花遍地开，干起来干起来……"郑卫东带着包谷地等人来到水坝前，挥手指示："拦河！蓄水！"几个民兵跑过去，转动轮盘，放下了水闸。但对这件事，郑卫东仍不放心，如果被柳家窑发现，就麻烦了。郑卫东思索着，看到了卷毛，便派他去柳家窑路口放风。一切就绪，众人埋头开干。

　　一轮红日喷薄而出，红日下的丰源大队忙活着，前后的道路上插满了红旗。三十六计远远地跑过来："来咧！来咧！检查团过来咧。"张天顺手一挥，包谷地敲起了锣鼓。锣鼓喧天，彩旗飘飘，张天顺带着众人在大队口等待着。高满仓带着领导来了，公社的宣传员、张天顺家的女子张灵芝做了这次采访组的讲解员，只见她打扮得精精神神。大喇叭将她甜美的嗓音放大："今年春天，金水市大部发生了十年不遇的严重旱情，农业学大寨运动往往在这时候进入高潮。到处都摆开了农田基建的战场。只要有村庄的地方，就有红旗；只要有红旗的地方，就有劳动的人群……"

　　梯田上，张守信、包谷地等人也已经做出一副忙碌的样子。整个接待工作井然有序。先是参观大队部专门辟出来的荣誉室，多次担任接待人员的张灵芝已经驾轻就熟，讲述着一面面红旗背后的丰源村的历史。作为先进村，丰源村有三宝：梯田、大坝、藏兵洞。丰源村是全省农业学大寨的模范，当年号召学大寨，张天顺带着乡亲们组织了敢死队，在后山最缓的坡地上，开出了全县最漂亮的梯田。西北天旱缺水，在丰源村旁边有一条流经柳家窑、丰源村的金水河，但是金水河旱涝不定，汛期发水，旱期断流。前几年，国家号召兴修水利，张天顺就瞄上了金水河，在金水河丰源村段，带着乡亲们修起了一座小型的水坝蓄水，这座完全自给自足的小水坝成了丰源村在全县扬眉吐气的另一个内容。藏兵洞则是丰源村的历史骄傲，当年，路过的红军在丰源村留了十八名伤病员，村民们把伤员安置在后山的一个山洞里，躲过了国民党反动派的屡次搜查，为此丰源村的村民还牺牲了几个。张天顺上任后，让人修缮了当年红军伤病员养伤的山洞，挂上了藏兵洞的牌匾，那里成了村里的共产主义宣传基地。丰源村能够成为全省先进，靠的就是这三宝。高满仓、张天顺、张灵芝带着采访组的记者们一一参观了这丰源村三宝。

　　似乎整个丰源村都在为采访的事忙着，秦学安却不为所动，既不去梯田上工，也懒得去跟他们吹牛做面子。终于忙完一阵的包谷地趁着检查团去检查，回家吃饭。他起了个大早，连脸都没顾上洗。谁知一进门，他却看到金银花正和两个孩子围在灶台旁热疙瘩汤。见包谷地回来，金银花热情地端上一碗，让包谷地快喝。包谷地惊呆了，突然冲到二凤面前，抢下了碗，问道："哪儿来的精白面？"二凤"哇"的一声哭了出来。金银花斥道："你干啥？别吓着孩子！不是白馍，白馍有数，我们不碰。我就用一点点面粉做了面疙瘩汤……"包谷地差点儿一屁股瘫在地上："哎呀，哎呀，哎呀！你这是要我的命啊！"金银花解释着自己只用了一点，最多……最多半碗。包谷地急得手抬得高高的，差点儿打人。包大凤、包二凤一齐放声大哭，金银花也哭闹着："你打，你打，你看看你这两个娃，再没吃的就真要命了！"包谷地的手停在空中，一急之下，抽了自己一个耳光。金银花一把拉住包谷地的手："你干啥咧！"包谷地甩开金银花的手，夺门而出。眼下这种情况，除了学安能想法子救救自己，没人能再有办法了。

包谷地这边头大，张天顺那边也出了状况。柳家窑那边的人发现丰源村截水蓄坝，带着一拖拉机的人前来闹事。双方你争我吵急了眼，就要动手，负责放风的卷毛连忙将情况报告给张天顺。张天顺心中有数，这情形早就在他的预料之中。表面上，张天顺却装出一副紧张的模样，将高满仓拉到一旁，解释道："高书记、高书记，你看看、你看看，我这不是为了迎接检查么，这么多记者来了，丰源大队的水坝里不能没有水！二奎，不是我张天顺出尔反尔，这都是没办法的事么！现在检查团在，记者也在，这要是打起来，咱们金水县可丢不起这个人！"柳家窑的支书柳二奎"呸"了一声，指着张天顺骂道："张天顺，你少拿啥检查团压我，你不仁义，就不要怪我不顾这么多年乡里乡亲……"高满仓怒吼道："都给我住嘴！"双方都沉默下来，张天顺解释着："高书记，我们两个村年年因为水的事打架，这也不是长久之计，要不您给我们想想办法。"高满仓瞪着张天顺："我是老天爷？我能给你下个雨？"看张天顺不说话，高满仓继续说道："天顺，你也是个明白人，还是那个原则，谁也不允许蓄水。这水本来就不够。"柳二奎见高满仓站在自己这边，立刻就来了气势，一挥手就要带着人把丰源村的水坝扒了。

高满仓却又是一声吼："你敢！今天是特殊情况，市里检查团在这儿呢，还有记者，你能行？二奎，带你的人回去，要顾大局！让一让！"这次，换张天顺得意了。柳二奎一肚子的不满，却也知道此事已成定局，他把手里的锄头往地上一丢："张天顺，这事没完！"说罢，他带着人回去了。望着柳二奎的背影，高满仓突然转过头来对着面带得意之色的张天顺摇了摇头，说道："天顺啊，你这是把我当枪使啊！"张天顺点头哈腰，表示自己做这些都是为了给检查团留个好印象，回头却对着郑卫东叮嘱："这水不是蓄上了么，今年春耕就好办了，马上组织各家各户浇地，一队的先来！"郑卫东恍然大悟，不禁向天顺叔竖起了大拇指。张天顺一笑，追着高满仓而去。

临近中午时分，采访组回到村里，接下来就是慰问乡亲。慰问哪家哪户，张天顺早已安排好了，他心里盘算着，今天这采访已经不会再出什么岔子了，任务算是光荣完成了。

此时的包谷地愁眉苦脸地坐在秦学安家，将金银花用面粉做了疙瘩汤之事告诉了学安。赵秀娟在旁边安慰着："吃都吃了，还能咋的？"包谷地想到交不上粮民兵就要绑人，一下子蹲在地上，抹起了眼泪。秦学安知道包谷地家的情况不容易，二话不说就进了屋，把自己家满满的一袋面粉与包谷地家的面粉换了过来。包谷地愣住了，他没想到学安想到的办法就是这个。让学安替自己顶罪，包谷地是绝不答应的。秦学安宽慰包谷地说："送走检查团，我就去县上打几套家具换粮票，给大队补上这个缺就是，放心吧。"赵秀娟在秦学安家院子门口向外张望着，看到远处巷口三十六计正带着检查团过来。赵秀娟眼珠儿一转，跑回院子里，对着秦学安说："这粮啊，也不用你打家具，我赵秀娟现在就替你解决了。"秦学安拦住赵秀娟："你想干啥？"

赵秀娟不回答，跑进屋子，再出来时，手里拿着她的凤阳花鼓就跑到门口开唱："说凤阳，道凤阳，凤阳是个好地方，自从出个朱皇帝啊，十年倒有九年荒……"突然传来的凤阳小调，让正路过的检查团觉得诧异。记者景胜问道："你们这大西北怎么还有唱凤阳花鼓的？"张天顺看见是赵秀娟，没料想到是她，竟然慌了神儿。检查团的人都聚拢过来，问赵秀娟的情况。赵秀娟不慌不忙地回答，自己是安徽人，逃荒到了丰源，到这儿十来天。一众人没想到这年头丰源村还能收留逃荒女，非要去秦家看一看！张天顺心里叫苦不迭，小跑到众人面前说："各位领导，那边的军烈属还没看哩！"景胜却笑说不忙，先看了这家再说。张天顺一个慌神儿差点儿跌倒，景胜看到张天顺面露难色，询问道："怎么？张支书，不方便？"张天顺只能强颜欢笑："哪能呢，哪能呢，那就看这家么，就这家！"说话间，张天顺一脚跨进秦家的门，心里想着这下算是完了……昨天刚把这女子抓起来，她能说啥好话？学安这后生一向不服自己的管，这下算是全完了。

第二章

对 策

检查团一行人跟着张天顺的步伐走进秦家，率先进入眼帘的，就是秦学诚上大学时全家人的合影和满墙的老照片。张天顺给大家介绍着："这家可是我们大队的名门，有粮哥会中医，咱们这十里八村的生病了都来找他看病，可惜，不会说话了。"秦有粮冲大家点点头，张天顺正抹着额头上的汗，思考着接下来该咋介绍，话茬儿却被赵秀娟接了过去："各位领导，不光是秦伯伯，他们秦家个个都是好人。"赵秀娟指着正在做板凳的秦学安说："我和我妈是从安徽逃荒出来的，各位记者，你们是不知道啊，我们凤阳去年遭了大灾，我和我妈，从去年的十二月出来，一路逃荒，一路挨饿，几个月没有吃过一顿饱饭啊。但是后来我们到了这个丰源大队，我妈不知道被谁下的捕兽夹子给夹住了，就在我们无依无靠，叫天天不应、叫地地不灵的时候，秦家大哥出现了，他发扬无产阶级革命感情，二话不说就把我妈背回了丰源大队。背回来之后，给我妈包扎，给我妈熬药，还让我们在他们家住到丰收再走。"秦学安听到这话一愣，想要张嘴否认，张天顺也诧异地望着赵秀娟，赵秀娟立马继续说道："据说，这是张天顺书记拍板的，他说了，天灾不怕，阶级感情不能丢，救苦帮难是我们共产党员的本色哩！"这个大高帽子往张天顺头上一扣，听着各位领导的夸赞，张天顺自然不好再发作和否认，不得不配合赵秀娟演戏。记者景胜飞快地在本子上记着，要将这个好故事发表。赵秀娟却拉着大家走到了厨房："秦大哥能一口气多养活我们两口人，说明家底子厚啊，在张天顺支书的带领下，早就已经过上了我们不敢想象的生活！大家可以跟我到秦大哥家的厨房来看看。"秦学安害怕露馅儿，将大家拦住："那就不要看了么，厨房有啥好看的。"赵秀娟对着秦学安挤眉弄眼："那人家检查团来，看的就是百姓生活，那生活不就在厨房？你咋不让看呢？"秦学安只好找借口："不是不能看，里面脏兮兮的……"检查团的领导们一笑："哎呀，小兄弟，我们是阶级兄弟，就是来了解你们的生活，没事，我们就进去看看。"秦学安只能无奈地让了道。众人走进厨房却一愣："咦，你家的粮食咋都装袋子里了，上面咋还有标记哩？"张天顺看到标记，立刻瞪着眼睛低声问秦学安："这标记为啥少咧！"秦学安掐了一把赵秀娟，机灵的赵秀娟瞪了一眼秦学安，立马说道："记者同志，我知道是怎么回事，我来给你们讲一讲。丰源大队有一个大磨盘，听说是当年八路军用过的，大队里就一直给社员提供免费磨面服务，为的是把共产党为人民服务的精神传递下去。你们不来，秦大哥也准备干完活就把粮食背到大队部去呢。这也就是红旗大队才有这么好的事，是不是啊张支书？"张天顺打着哈哈："啊，是的哩，是的哩，优秀的革命传统不能丢么。"赵秀娟满意地点点头，故意看看日头说道："各位领导，眼看就晌午了，在我们家吃口饭吧？"张天顺终于急眼了，低声训斥赵秀娟："都派了饭了！你这女子还没闹够是不是，想咋？"赵秀娟笑得无邪："叔，我们安徽淮水的规矩，进门是客，吃饱再走。"陈团长最终作了决定，中午就在学安家吃，也能多听听学安的好人好事。张天顺一脸尴尬地答应了，赵秀娟招呼着大家去院里坐，转过身在厨房忙活开了。

负责讲解的张灵芝给采访组的人倒水，看到这一上午赵秀娟的"精彩表演"，女人的直觉告诉她，这个赵秀娟绝对不是一个好对付的角色。可另一方面，张灵芝又在心里自我宽慰，她毕竟只是个逃荒的女子，自己可是支书的女儿，赵秀娟哪来的资格与自己抢秦学安呢。

厨房里，赵秀娟从包谷地背过来的精面袋子里狠狠地舀了几大勺面，命令秦学安生火开灶，要给检查团下面条。秦学安目瞪口呆，不敢相信这就是赵秀娟想出来的办法。赵秀娟狡黠一笑："面进了检查团的肚子，大队里不能让你们还回去了吧？"秦学安想要还嘴，可是仔细想想，赵秀娟这办法确实比自己的聪明许多，干脆也豁出去了，急忙开始生灶。

秦学安和赵秀娟从厨房里端出一碗碗面，端到检查团跟前。张天顺看到这白面做的面条，一下子就觉得有点儿晕。高满仓也颤抖着问："这……这是精面的？"秦学安把白毛巾搭在肩上，笑着回答："是的啊，新鲜着呢，昨晚上刚磨出来的！"高满仓一个急火攻心，差点儿就要拍桌子站起来，张天顺伸手一拦高满仓，瞥了眼检查团，对高满仓使了使眼色，检查团的人正大口吃着面条，赞不绝口。高满仓气得话都说不利索了，却只能暂时忍下，心里盘算着等检查团走了该如何处置秦学安，却不知自己快要大难临头……

此时，柳家窑大队部，吃了闷亏的柳二奎带着自己的手下浩浩荡荡坐上拖拉机，向着县委出发了。都说县委新来了个县委书记甘自强，他就不信新书记治不了一手遮天的副书记高满仓。到了县委办公室，见到了甘自强，柳二奎一把鼻涕一把泪地将丰源大队私调战备粮、应对检查、欺骗组织、不守信用蓄水等罪状抖搂了出来，诉说着柳家窑被他张天顺欺压的冤屈。甘自强听得是火冒三丈，中央已经拨乱反正，地方农民见了公社干部却仍像兔子见了鹰。而这些干部，却欺上瞒下！甘自强立刻就让秘书王方圆备车，他要亲自前往丰源村一探究竟。王方圆偷偷提醒甘书记："甘书记，您刚来县上工作不久，可能对这个丰源大队的情况、对张天顺的情况不太了解。这丰源大队可是咱们金水县唯一的全省红旗大队，是历届县委县政府竖起来的一杆红旗，这红旗竖起来，可不容易，还有这个张天顺，在丰源大队做了十五年党支部书记了，全省劳模，跟市农委蔡子初主任也是好朋友……"甘自强抬手打断了王方圆："方圆啊，我最近常常在想一些事，经常一整晚都合不住眼……唉，按说咱现在有职有位，有吃有喝，不该，可是国家搞成这个样子，个人满嘴砂糖嚼起来都是苦的！建国二十九年了，群众还吃不饱饭！我看见地里穿得烂囊囊的农民，心里就感到难受和羞愧！这样装样子的红旗村如果不处理，咱们国家什么时候能好得起来？"王方圆羞愧于自己的狭隘，同时也意识到这个新来的县委书记，是想干实事的。也许金水县真正好起来，指日可待。

丰源村村口大槐树下，高满仓和张天顺将记者和领导们送上了车，看着汽车缓缓发动，张天顺心里松了口气：这次检查总算是有惊无险。没想到高满仓回过头来，猛然呵斥道："张天顺，这就是你的万无一失？我说话你们当放屁么，我说了一两也不能短，现在好，眼睁睁地看着吃下去好几斤面！你也不用解释，我昨天送来多少粮食、多少面，今天我就必须带走多少粮食、多少面！"张天顺心里恨死了那个安徽女子，此刻却不得不为了秦家打圆场："高书记，您也看到了，那些面都是检查团吃的，算是招待费用……你现在让我去找吃下去的精白面，我也找不来，我用粮食换你的面，拿我们大队的种子粮给你抵上，这总行了吧？"高满仓把眼睛一眯，自己混官场这么多年，赵秀娟是成心的，他早就看透了，这根本就是蓄意对抗！但就如张天顺所说，现在面都吃到肚子里了，又能怎么办呢？高满仓叹了口气，命令张天顺立刻去调民兵收粮食，除了这几斤粮食，再也不能少一斤一两！

家家户户都在收粮，赵秀娟却又从厨房端出来一碗热乎乎的面条，这是给检查团做面剩下的。结果全家让来让去，没有一个人舍得动筷子吃了这碗面。秦家奶奶和秦有粮更是担心，说好了一两都不许动的战备粮，被赵秀娟这个小丫头片子一锅用了好几斤，该咋跟队里交代呢？！全家七嘴八舌地讨论着，秦学安不说话，心里却越想越气，这一天到晚参观、检查、刷墙、插旗，要把这心思放到地里，粮囤里怕是早都装满哩！想当年他出生那会儿，大队里人均年收入74块6毛，现在越分越少，最近这三五年，社员一年熬到头，还要给队里倒找钱！再看看大队里现在沦落的，男劳力上工带打牌，女劳力上工带纳鞋。要不是自己打家具去黑市换点钱回来，奶奶看病、学诚读书，都耽误了！要不是去黑市，包谷地家的二凤，就会成为丰源大队饿死的第一人，就会成为张天顺脸上抹不去的灰！秦学安看着这碗面条说道："这些年，他张天顺有本事，在市里有脸面，能给我们挣回返销粮吃，让我们丰源大队的人不用出去要饭。可是天天修大坝，争红旗，丰源大队吃上了返销粮，还吃得得意扬扬哩。这一吃，就把十年间交给国家的粮食都吃了回来，咱就这么心安理得地把国家吃垮吃穷吗，我看咱丰源大队的人还比不上出来要饭的安徽人哩！"没想到此话被突然进门的张灵芝听进了耳朵。聪明如她，知道学安与自己父亲张天顺之间有很多过不去的节，所以她干脆当成没听见般地清了清嗓子，学着父亲的声音说道："秦有粮家用了十斤战备粮，但毕竟是用来招待检查团，这样，我们大队用十斤种子粮给他抵上！"听见此话，院子里的人都长舒了一口气，这下什么问题都解决了。赵秀娟目光流转，看向愁眉不展的秦学安，却也察觉到了张灵芝凌厉的目光正盯着自己。张灵芝不满地说道："还笑呢，也不看看你给我们大队惹了多少麻烦，差点儿把学安哥一家都带到沟里去！是不是啊，学安哥？"秦学安心不在焉地说："我管得着人家么！"张灵芝两手抱住秦学安的胳膊撒着娇："学安哥，她们就这么住在你们家啊，又不是什么客人，就是俩盲流，原则上应该送灾民所的，也就是你人好，心好，才让她们住几天，就怕有的人贪心不知耻，为了吃饱肚皮，耍赖皮不走了哩！"张灵芝就像宣布所有权一样看着赵秀娟。赵秀娟明白张灵芝话里的意思，也察觉到了秦学安与张灵芝之间特殊的关系，低着头不说话。秦家奶奶劝灵芝别这么说话，灵芝又一转身，抱住了秦家奶奶："奶奶说的也对，咱们都是自己人，心里话也不好当着外人面这么直接说！反正我大说了，盲流就是盲流，过几天腿脚稍好点，赶紧走，别再惹出什么麻烦，哪天公安又该上门了。"听着张灵芝得理不饶人的气势，秦学安忍不住说道："行了，这是我们家的事，你就别操心了！"张灵芝脸色一变："你家的事就是我的事！奶奶，你看学安咋说话哩！"秦家奶奶笑着说："灵芝，快来尝口面，这精面粉做的面条就是好吃哩！"

院门外，包谷地和金银花扛着粮食正准备进门感谢秦学安，却听到了这些对话，金银花扭住包谷地的耳朵，悄声对他说道："你这个蠢驴，还以为别人是帮你哩！人家是利用你，把面都吃进自己肚子里，还有人替他们顶着呢。咱们三个娃饿得快死了，吃点面糊糊都吓得半死！"金银花想到这儿，手里的面袋子越攥越紧，向着大队部走去！

此时的大队部院子门口，三十六计已经摆开了桌子，一家一家地核算着，清退粮食。乡亲们都扛着粮食前来排队，郑卫东带着民兵和几个壮小伙子正在往车上搬运粮食。二妮和二娃交上来的馍馍是一个不少，却个个都没皮，正与三十六计掰扯，金银花扒拉开人群，站在最中央，叉着腰宣布道："这粮食啊，我们家不交了，不交了！"门口一阵哗然，张天顺和高满仓走过来怒目呵斥道："金银花，你在这儿胡说啥呢？！"金银花一阵冷笑："你们不公平！"此时秦学安和赵秀娟各背着一袋子粮食、半袋子面走来。金银花冲过去，一把从赵秀娟手里抢过来半袋子面，高高举到众人眼前："大家伙儿都看看！这是学安家交回来的，够数吗？"秦学安和赵秀娟一头雾水，明明是帮她家解决了问题，咋现在她却闹上了？金银花见两人不说话，继续说道："大家伙儿看见了吧，她不敢说话了！两个外乡人，来咱们丰源大队，吃了咱们的精白面，没法交差了，你们猜怎么着，咱们的张大支书说要用咱们大队的种子粮抵上哩！大家再看看咱们自己的孩子，一个个吃不饱饭，饿得直喊娘，可是她们外乡人就敢吃咱们的精白面，张支书还偏袒她们。今天我金银花就带个头，这粮食我就不交了！"乡亲们都知道秦学安是张天顺的准女婿，所以认定金银花的话准是真的，这下，所有人都嚷着不交粮了，高满仓一下子急了："胡闹哩，你们敢不交！知道你们领的这是什么粮食么？这是战备仓库的战备粮，你们不交是要蹲大狱的！"包谷地一个巴掌打在金银花脸上："你个娘们儿猪油蒙心了你！学安家的粮食为啥少了你不知道啊还是我不知道？"金银花满眼都是泪水，指着包谷地，指着赵秀娟，指着高满仓说道："好，你打我！我就是为了娃吃上口饭，我有什么错？！今天这粮食我就不交了，有本事，你把我抓起来吧！"乡亲们也群情激愤地嚷嚷着："反正我们不交了，有本事，你把我们都抓起来！"卷毛和几个年轻人纷纷把粮食往自己肩头上一背，就准备走。眼看局面已经控制不住，高满仓气势汹汹地站起来喊道："我看谁敢？！民兵！把这里包围起来，谁敢不交粮食，就给我押回县上。"所有人都心头一凛，怯怯地望着高满仓。又一声"谁敢？"从人群中响起，人群分开，甘自强走了进来，盯着高满仓。

高满仓看到甘自强一愣，他万万没想到，甘书记来了。高满仓急忙解释自己这样做都是为了咱们县……甘自强却训斥道："胡闹！无论什么时候，无论为了什么，咱们共产党人都不能丢掉实事求是的作风，不能丢掉群众路线！高满仓同志！是谁给你的权力，在这里对人民群众吆五喝六，随意抓人？"高满仓不敢再说话，他知道，现在说什么都只会给自己罪加一等。甘自强巡视着四周，对丰源村的乡亲们说道："乡亲们，我叫甘自强，是咱们金水县新上任的县委书记，我们的干部为了那一点点政绩，逼着你们撒谎、演戏……我在这里给大家伙儿道歉了！"全场静默，听着甘自强说话，甘自强看着这些朴实的村民，动情地说："咱们都是庄稼人，都是实诚人，不是我的，给我也不要，我们地种成什么样，就是什么样！尤其是天灾之下，不丢人。但是我们有些干部的做法，伤了大家的心，背离了一个共产党员的基本要求！50 年代，大家都经历过，各大队都放过卫星，吹过牛皮，但是结果是什么？结果都是我们老百姓自己在承受！现在，在我们金水县，这种事情又要重演了吗？我甘自强绝不答应！我可能不是一个能给大家带来很多荣誉的县委书记，但是我希望我是一个让大家都踏踏实实的县委书记！"听着甘书记的话，村民们都自发地鼓起掌来。尤其是秦学安，更是听得心潮澎湃，他主动向前站了出来："甘书记说得好！我表个态……"张天顺一句呵斥："有你什么事，回去！"甘自强冷冷看了一眼张天顺，示意秦学安继续说。秦学安受到鼓励，继续说道："我们农民不想天天操心说谎扯淡的事，我们都想踏踏实实过活，但是甘书记，我们农民也有自己的骨气，公家的粮食我们也不白要，这粮食，我交！"甘自强拍着秦学安的肩膀："父老乡亲们，你们放心，只要你们饿肚子了，就可以到县委找我甘自强，敲我甘自强的门，我们一起，手拉手，脚踏实地，共渡难关！"群众再次鼓掌喊好……就这样，一场应付检查团的闹剧结束了，所有的粮食收上去了，高满仓副书记的职务也被撸了，降到金水公社担任公社书记。作为直接负责人的张天顺党内记大过处分，而丰源大队所有的荣誉都不许再提，县上不再宣传丰源大队，三年之内，丰源大队不参与任何先进评选！这对于把官位看得比命重的高满仓和把荣誉看得比天高的张天顺来说，无异于是晴天霹雳……

从这年春天开始，"落实党的农村政策"的呼声渐高。各地强烈要求纠正农业学大寨运动中的极"左"的做法。"实践是检验真理的唯一标准"的大讨论，把农业战线的拨乱反正推向了高潮。1978年12月召开的党的十一届三中全会，实现了党的历史的伟大转折，中国农村走上了改革开放的道路。在这个过程中，家庭联产承包责任制得到推广。

张天顺和高满仓觉得，这一切都要怪那个唱花鼓戏的安徽女子，当务之急就是要将她赶走。为此，张天顺召开了村民大会。这些年来大家伙儿的日子不好过，但他张天顺从来没有亏待过大家。前年拿了红旗，县里给大家奖了两百斤粮食，还有一头牛。去年，大队奖了两百块钱，这钱，都挨家挨户分下去了。以后摘了红旗，没了县上的周济，得罪了县上的领导，大家就等着穿小鞋挨饿吧！张天顺的心腹郑卫东把矛头对准了秦学安，认为一切都是他和赵秀娟惹的事。但秦学安反驳郑卫东，如果不是你们弄虚作假，哪来的这些麻烦？丰源村要的是一面干干净净的红旗！现在红旗怎么丢的，我秦学安就怎么挣回来！看着秦学安的态度，张天顺怒气冲冲，要将赵秀娟赶走。然而三十六计拿着报纸匆匆赶来，原来是采访组对丰源村的报道出来了，尤其是秦家和丰源村对赵秀娟母女的救助成了亮点。张天顺看着报纸上秦学安、赵秀娟的照片，表情越来越乐："呵呵，呵呵，真哩！这下好，这下好！这报纸和照片都是最好的荣誉，不是不让咱评先进么，这下有说辞了。"就这样，赵秀娟母女一下又成了帮助丰源村重新找回荣誉的功臣，作为无产阶级互相帮助的有力表现，张天顺让赵秀娟母女住到夏收，养好了伤再回。

一个月的时间，就这么过去了。春日暖人，晒得人懒洋洋的。秦学安、卷毛等人稀稀拉拉地上了工，集体给小麦锄草。临近惊蛰，小麦的长势却不怎么样。卷毛正哼着小调：

> 红旗倒了，
>
> 先进丢了，
>
> 仡佬河水不倒流，
>
> 一个后生要逞能，
>
> 哎哟哟，
>
> 两个女子好欢喜，
>
> 外乡的妹子水灵灵，
>
> 本土的妹子气呼呼，
>
> 谁家的后生倔得像头牛！

卷毛的歌谣惹来了社员的大笑，大家都明白，这曲儿唱的是秦学安和赵秀娟、张灵芝几人最近微妙的感情哩！

正在这时，赵秀娟跟着其他人的媳妇儿和妈到田垄头上送饭来了。赵秀娟放下挎着的篮子，掀开毛巾，取出几个窝窝头以及水壶，远远地唤着正在干活的秦学安，又引来大家伙儿的一阵起哄。包谷地说："学安，你家的饭来了，你小子舒坦啊，天天都是头一个吃饭。"赵秀娟明白了大家为什么起哄，红着脸就要回，卷毛却拉住了秀娟："秀娟，都说你有一副好嗓子，给大伙儿来一段儿！"说唱便唱吧，赵秀娟摆好碗筷：

　　郎对花姐对花，

　　一对对到田埂下。

　　丢下一粒籽，

　　发了一棵芽，

　　么秆子么叶开的什么花？

　　结的什么籽？

　　磨的什么粉……

　　大家都叫"好"，二娃对着秦学安说："学安！秀娟妹子唱歌好听哩！不像我家那口子，嗓门儿像个破锣！你有福气咯！"秦学安懒得理会大家伙儿的起哄，提醒大家："抓紧干，到了惊蛰，耕地不能歇啊！这十几亩水浇地是咱二队的白菜心！"包谷地叹了口气，上工似背纤，下工似射箭，越干越赔钱，你说这地还咋种？社员们无精打采地磨洋工，说着闲话，浪声打情骂俏……

　　张灵芝从公社回来，张守信向她八卦着现在赵秀娟在秦家简直就像是秦家的媳妇一样，张灵芝听得不痛快，掉转自行车就去了秦家。秦学安正在给弟弟秦学诚写信寄粮票，赵秀娟正在为秦家人准备晚饭。张灵芝来者不善地打听着赵秀娟对秦学安的心意，有意无意地暗示赵秀娟，现在村里人都把你当秦家媳妇一样开玩笑呢。赵秀娟明白张灵芝对自己不爽，故意气她："让他们说去呗，我觉得当秦家的媳妇也挺好。"张灵芝被赵秀娟气了个够呛，她觉得再不做点什么，自己秦家准媳妇的地位就岌岌可危了。回到家，张灵芝一哭二闹，逼着父亲张天顺把那两个安徽女子赶紧弄走！都说儿女是上辈子的债主，张天顺就是不明白，女儿到底看上他秦学安哪一点！要说从前他还有与秦家结成亲家的想法，但自从灵芝进了公社广播站，他就觉得女儿应该配个城里更有出息的人。奈何女儿性子比自己还拗，说啥也不听。他张天顺天不怕地不怕，就怕女儿的眼泪，无奈之下只好答应去找赵秀娟母女说说。

　　张天顺到了秦家，拿出了两张回安徽的火车票，唉声叹气地告诉赵秀娟母女，本想让她们娘儿俩住到夏收再走，奈何县里刚刚传达通知，要对社会盲流进行专项治理。眼看着腿脚也好了……王艳琴识趣地接过火车票，明白张天顺这是来赶她们母女俩了，硬拉着赵秀娟给张天顺鞠了躬，感谢丰源村这么多天的收留。秦有粮用力地、一下一下地打着板凳，院子里回响着"哐、哐"的声响，虽然他嘴上不言语，但心里却跟明镜一样，如果是县上的命令，他张天顺绝不会好心送这两张火车票，多半是灵芝不愿意了……这么多天的相处让秦家奶奶十分喜欢赵秀娟，王艳琴也早已成了自己的伴儿，这一走，说不定这辈子都见不到了。两人手拉着手，说着知心话，越说越舍不得。

秦学安得知赵秀娟母女被赶走之事，找到了丰源大队部，要问问张天顺啥意思，张天顺眯着眼睛看报纸，慢声细气地回答道："学安啊，你也够仁义了，这两个人你都养了一个多月了，叔也是为你们着想。所以啊，当断就得断，我已经想好了，由大队部账上出钱，给这母女俩买回安徽的火车票。"秦学安表示王艳琴脚伤还没养利索，咋就能把人家赶走？张天顺苦口婆心地说："你不说，人家会走？这里有吃有喝，人家为什么要走？这事总得有人说，叔拉下这个脸，还不是为了你？你要是不放心，你就去送一趟。车票队里出，工分给你算一半。怎么说，这也是咱公社的一份心。再说了，这大队里有人说怪话哩，说你是瞅上人家女娃子了。你要瞅上了，叔给你说去也行，但你也得让人家先回家把证明扯回来啊。"张天顺这话一说，秦学安是彻底无话了："叔，我没这想法。那行，那我把人家送回去。"张天顺满意地点了点头。

秦学安走在回去的路上，不知道为何，想到赵秀娟要走，心里竟有些不得劲，他用狗养的时间长了都会有感情来安慰自己，可是自己为什么想去送秀娟呢？大可以让她们娘儿俩自己回啊，秦学安想不通，干脆摇摇头不去想，反正自己就求个问心无愧。在感情上，他木讷得像块木头。回到家，赵秀娟和王艳琴正在收拾行李，秦学安上去帮着赵秀娟使劲扎紧，想要挽留，却又说不出什么，只是低头沉默着。赵秀娟不断地向秦学安交代着："奶奶夜里咳嗽得厉害，每天睡觉前要记得给奶奶炕头上放杯水，最好加点薄荷叶！""有粮叔烟瘾可大呢，劝着点儿！""哎，还有啊……"赵秀娟话还没说完，秦学安就拦住了她："别说了，说得人心里怪不是滋味的。""还有啊，在你家吃的白面馍馍，是我这辈子吃的最香的馍馍。"秦学安沉默着，突然说道："那你们安徽的馍馍不知道是什么味儿，这回我可要好好尝尝。"赵秀娟一愣，秦学安解释道："大队里安排我送你们回安徽。不管怎么说，我们丰源大队那可是远近闻名的红旗大队，红旗虽然是假的，情谊可是真的，送你这一趟，要扣我一半的工分呢！"赵秀娟又惊又喜，就怕自己控制不住跳起来抱住学安！就在这时，门外响起张灵芝银铃般的声音："学安哥——学安哥——"

秦家门外，张灵芝欢天喜地地告诉秦学安，公社安排她到省里去学习，但毕竟这是自己第一回进省城，心里怕得慌，想让学安哥送自己去。秦学安犹豫着告诉张灵芝，大队安排他明天去送秀娟母女。张灵芝嘴一噘，难道送自己没有送她赵秀娟母女重要吗？就算她妈腿脚不好要人送，那就让自己大另安排个人去送！秦学安不愿意，一个是车票都买好了，另一个，自己多少懂点医，路上还能有个照应。再说了，灵芝可以让守信去送嘛！张灵芝不听这些理由，就是不许学安去送秀娟。就在这时，赵秀娟扶着秦家奶奶出来了，原来是秦家奶奶总念叨着当年救她的那个小红军，赵秀娟走前想陪奶奶去看看红军墓，给他磕个头。刚才张灵芝和秦学安的对话赵秀娟都听见了，她劝学安道："学安，我跟我妈可以自己走，你就去送灵芝吧！"张灵芝挽着学安哥的手满意地说："这还差不多！学安哥，人家都说了，不用你送！"秦学安是个倔脾气，从来都受不了别人强迫，碍于灵芝是自己的妹子，不愿与她正面冲突，干脆对着奶奶说道："奶奶，前几天刚下了雨，路不好走，我跟你们一块儿去红军墓吧。"张灵芝伸开双臂拦住秦学安，还未开口，奶奶便说道："学安哪，你爷爷活着的时候总说'仁不异远，义不辞难'，这趟安徽呀，你必须得去！不然咱老秦家脸上不光彩！"张灵芝知道，奶奶一开口，这事儿算是定了，自己再闹，就显得不识大体，反正，学安哥送完赵秀娟，这档子闹心事就算了了，当下也只好作罢。

后山，秦家奶奶和赵秀娟、秦学安站在红军墓前烧纸，奶奶缓缓说着当年的故事："那是几十年前的事了，稷河发了洪水，我和爹娘走散，被洪水裹到了河里，是这个红军小战士跳下河，把我托了上来。那天，下着倾盆大雨，我拼死拉他，可这人肚子里没食，手里也就使不上劲儿，最后我得救了，他却被洪水冲走了，我手里只剩下他的一件红军服……"这事儿学安自小已经听奶奶说了几十遍，可是每次说，奶奶都还会落泪。赵秀娟撩起衣角给秦家奶奶擦擦眼泪。秦家奶奶用清瘦的手握着秀娟："我啊……拿着他的衣服找到了部队首长，就在那个磨盘那里，首长告诉我，这个小战士就是这个大队里的人，救我前刚刚入伍不久，于是，我就留了下来，留在这里认了他的父母当自己父母，把金水当成了自己家，报答他的恩情。"赵秀娟和秦学安给红军墓深深鞠了一躬。

　　一辆绿皮火车在原野上疾驰，最后缓缓停靠在凤阳站台。人潮拥挤中，秦学安背着王艳琴走下火车。赵秀娟背着大包小包的行李跳下火车，嗅着空气中家乡的味道。去年与母亲逃上火车的场景还历历在目，如今她竟然和母亲毫发无损地回来了，赵秀娟激动地欢呼着："妈，咱终于到家了！"出了火车站，秦学安听着安徽的方言，感觉颇有些不适应。赵秀娟与车夫讨价还价，租来一辆牛车，继续往淮水大队进发。
　　牛蹄子踢踏踢踏地赶路。王艳琴和赵秀娟、秦学安坐在车上。道路两侧是金灿灿的麦子，一片丰收的景象。秦学安忍不住说："秀娟，你们这儿的麦子长势喜人哩！"赵秀娟激动地给秦学安比画着："可不是，你瞧那麦穗儿！学安，翻过这坡就到我们村啦！"学安不禁纳闷，收成这么好，秀娟娘儿俩咋就沦落到去逃荒的地步？听到一车人兴奋地看着田地，车把式忍不住说道："老嫂子啊，你们是逃荒回来的吧？这都不算啥，别的村才是大丰收呢。"牛车上了坡，入眼是一片更加耀眼的金黄。王艳琴看着大片大片的麦田，不敢相信地晃晃正哼着小曲的秀娟："秀娟，这是咱们村？秀娟，你看，这是多少年都没见过的大丰收了。"赵秀娟看着眼前的村子，这是多少次出现在自己梦里的地方。"妈！这是咱们村哩！你看那儿，咱们村的牌坊。那不是老朱家吗？学安，学安！你看那个房顶，那就是我们家！"说着说着，赵秀娟激动地跳下了牛车，只有奔跑才能表达她回家的喜悦心情。赵秀娟扑进麦地，将麦穗捧在脸前深深地闻了闻："丰收啦！真的是好收成啊！"秦学安也跳下车，看着路两边一望无际的麦田，长势喜人，株株挺拔，颗粒饱满。远到天际的麦田映衬着远处的徽派建筑，整个画面让人感觉喜悦而恬静。这就是安徽，秦学安心下暗中拿丰源作对比，他咋觉得不该是赵秀娟母女来陕西逃荒，反倒应该是他们丰源的人来安徽讨饭呢？

赵秀娟突然看到了不远处正在田里劳作的姐姐赵秀娥、姐夫钱跃进，惊喜地叫起来。她扑向姐姐呼喊道："姐姐，我们回来了！"赵秀娥和钱跃进抬起头，不敢相信地看着秀娟和母亲王艳琴。赵秀娥话还未出口，眼泪就大颗大颗地掉了下来。这些日子，她求菩萨求上苍，就求妈和妹妹能平平安安，多少次她站在村口等着，希望能看到妈和妹妹回来的身影。如今，这两个人站在自己面前了，她却觉得如做梦一般。丢下镰刀，姐妹紧紧地抱在一起，痛哭着。赵秀娥说道："妹，我还以为这辈子都再也见不到你和妈了，你俩要是有个好歹，我这辈子都过不去这个坎啊！现在好了，现在好了，终于把你们盼回来了！"王艳琴擦着眼泪："好好的事，咱们哭啥子！"赵秀娥抱住妈："妈，您受苦了！"秦学安看着这久别重逢的一家人，眼眶也不由得湿润了。

进了赵秀娟的家，赵秀娥和钱跃进准备了一桌的饭菜，招呼着恩人秦学安。赵秀娟已经按捺不住了，狼吞虎咽地吃着……秦学安终于向钱跃进问出了这一路自己最关心的事："跃进哥，你们这庄稼咋种的，咋这么好哩？"钱跃进笑笑："其实啊，跟土地没关系，你是从关中过来的，你应该看出来了，我们这儿的土地还没你们那儿好。""那你们咋这么厉害呢？是你们这个大队这样，还是这边所有大队都是这样？我不明白，家里庄稼都长得这么好了，你们干啥还出去逃荒呢？"钱跃进手舞足蹈地讲述着："秀娟跟我妈走的时候，家里确实吃不上饭，还在闹饥荒。她们走了之后，万里书记就来了，大家伙儿现在都说：要吃粮，找万里。"秦学安越听越糊涂，为啥新来了个书记就能让大家伙儿吃上饭？钱跃进告诉秦学安，这是借地度荒，说白了，就是把集体的地租给自己种，多打的归老百姓自个儿！秦学安不由一惊，这个万里书记的想法儿也太大胆了吧！赵秀娥拿着一盆土鸡肉放在桌上，刚坐下就开始责备赵秀娟："秀娟，你还是我亲妹子么你，你和妈出去了我连死活都不知道，你为啥也不给家里写封信，把我都急死了！"赵秀娟两手并用毫无吃相地吃着鸡肉："姐，我们还不是怕家里穷，你再当了东西找我们嘛，你们再出个事，那咱家可咋办啊。"赵秀娥抹着眼泪，给秀娟夹菜："家里现在好过些了，我想给你们报个喜都没地方报，每回来一个人我就打听你们。"钱跃进拍拍老婆："人都回来了，咱就别说那丧气话了，去把我从大队拿回来的报纸给学安兄弟看看嘛！"赵秀娥应着，从一旁拿过报纸递给学安。秦学安看着报纸念出声："当年他们和他们的亲属抛头颅洒热血，作出巨大牺牲和贡献，没有他们，哪有我们的国家，哪有我们的今天……而今他们中有些人还食不果腹，衣不遮体，有的全家几口人只有一条裤子，甚至有的十七八岁的姑娘没有裤子穿，我们何颜以对，问心有愧呀……"钱跃进自豪地说："这是我们万里书记说的话！听着就让人觉得敞亮啊！"秦学安不由得感慨，我们陕西也是为中国革命成功作出了巨大贡献的，一个万里书记就让逃荒的村子一夜之间有了如此翻天覆地的变化，如果是在我们大队，社员们都得高兴疯了。秦学安还是不敢相信地问道："钱大哥，这包产到组真的这么厉害？我听大队长念过《人民日报》，不是说不让包产到组吗？"钱跃进干了杯里的酒，愉快地哼着曲儿说道："这我就不知道了，可咱老百姓不管，吃饱肚子比啥都强！"秦学安赞同地点点头。正在这时，刘海提着两瓶酒进门了："秀娟——秀娟回来了？"赵秀娟头也不抬，装没听见给秦学安夹着菜。刘海如自家人一般拿了个板凳在秀娟面前坐下，问候了秀娟妈，又要过来跟秀娟献殷勤。

这个刘海是赵秀娟青梅竹马的玩伴，自小就中意秀娟，如果没有意外，两人的亲事是板上钉钉的事。可是赵秀娟与母亲逃荒时，求刘海帮自己去开个介绍信，刘海却关键时刻掉链子。刘海爹告诉刘海，她们母女一去不知道还有没有回来的时候，你为了她们犯错误，还咋升官？就为这个，赵秀娟和刘海翻了脸。可是没想到，如今赵秀娟和她妈竟然回来了。刘海一听说这个消息，就赶着过来了。虽然他知道按照赵秀娟的脾气，不会轻易原谅自己，但他觉得只要自己以后好好表现，秀娟总会回头的。赵秀娟心里却不这么想，要放在别的事上，她不是一个记仇的人。但是在生死关头，他刘海为了自己的政治前途连一张介绍信都不给自己开，算什么男人？她也绝对不会把自己的后半生托付给一个这么没有担当的男人。打定了主意，刘海不管说什么赵秀娟都充耳不闻。看到刘海尴尬，钱跃进忙打圆场，让刘海过来给秦学安讲讲分地的事儿。刘海一听兴奋了："这个事儿啊，还是要从咱们省里'借地给老百姓种粮'开始……"秦学安听着小岗村血手印的故事，听得心潮澎湃，这一夜，他躺在秀娟家的床上，彻夜未眠。原本只是想把秀娟母女送到就走，现在他想留下来住几天，把安徽这边的先进思路学一学。

夏收开始了，大队里的人一溜儿排开，准备收割，秦学安也在其中兴奋地提着镰刀。远处歌声阵阵：

> 郎跟乖姐打麦场，
>
> 打一捶来哼一声，
>
> 数数号子，
>
> 我结头来我结头，
>
> 小小水车八尺长，
>
> 数数号子兄弟们加油干，
>
> 小小夯来四方方，
>
> 火红太阳照满场，
>
> 打碌人唱打碌歌，
>
> 来推车，
>
> 来推车，
>
> 摇橹号子……

秦学安沉浸在麦田的清香和歌声的甜美中，上下挥舞着镰刀一路收割，跑到了整个收割队伍的最前面。在秦学安旁边不远处，是刘海家的地。刘海也是种地的一把好手，拿着镰刀奋力追赶着秦学安，却咋也赶不上。赵秀娟又挎着篮子来送饭，看到一路领先的秦学安，欣慰地笑着。刘海远远地望着，秦学安代表赵秀娟家参加收割，还收割得这么快这么好，又回头看看赵秀娟，她站在田边，眼睛注视着秦学安跟他说说笑笑，刘海心头不是滋味。

村民们拉着小推车到谷场交粮，在门口排队的空儿，刘海与秦学安唠着嗑儿："今年我们淮水大队粮食产量是 6.5 万公斤，比去年增产 80%。刚才我统计过，交完 4500 公斤公粮，还上国家贷款 160 元，队里还能留下 2800 公斤储备粮，全队每人能分到 150 公斤口粮……"秦学安兴奋地感叹着收成之好，刘海言语里掩不住优越感，还告诉秦学安那个冒着杀头危险按血手印的小岗村搞了彻底的包干到户，打破了生产队的"大锅饭"，打破了作业组的"二锅饭"，交够国家的，留够集体的，最后剩下的全是个人的，所以他们大队种地都跟魔怔了一样，据说今年的产量是去年的四倍！秦学安目瞪口呆："四倍，那得是多少啊？"刘海悄悄地说："听说有 13.2 万斤！给国家交 3 万斤，集体留了 1500 斤，这一下子，再也饿不着了，讨饭大队变冒尖大队了！"秦学安腾地一下站起来，激动地说道："不行，我得去看看！"

　　秦学安骑着赵秀娟家的自行车，一路奔驰就到了小岗村，恰好赶上小岗村生产队在打谷场上收粮。只见众乡人挥镰收割，麦穗沉甸甸的麦子一片片倒下，众人收割，打捆，垒成垛。麦场上，金黄的麦子如同金水一样在空中流淌。地上铺满了脱好穗的麦粒，像一片金澄澄的海洋。大家笑着唱着，秦学安顾不上去擦额头的汗水，呆呆地看着，如同看到了另外一个世界的景象。这样的场景，是他做梦都想象不到的啊。村民严大爷一看秦学安的样子就知道他是外乡人，骄傲地告诉秦学安："这要是放在去年，别说这精白面馍了，就是黑面馍也恓惶得紧啊！那年春天遭了旱，眼看着家家户户断了炊，十八户把心一横，就把手印子给按了……"严大爷好客，临近饭点，一边说一边把秦学安拉到了自家，给他讲起了分地时的场景："那天夜里，就在前面那个破茅屋里，我们十八户人家的代表坐在桌子前商量这事儿。那个时候也是真害怕呀，不敢做，要知道，分田那是什么性质啊！但是大家都明白，不分田真的过不下去了。当时我们的带头人说：'第一，我们分田到户以后，每户夏秋两季所收的头场粮食，就要把国家征购和集体提留交齐，谁也不准装孬种；第二，我们是明组暗户，不准任何人向上面和外人讲，谁讲谁不是人；第三，如果队干部因为分田到户而蹲班房，他家的农活由全队社员包下来，还要把小孩养到 18 岁。'他这话一说，我们就都豁出去了，纷纷按了手印。"严大爷递给秦学安一个精面馍馍，让秦学安边吃边听。老人家神采飞扬地继续讲："就是那一晚，改变了我们全大队人的命运，才有了现在的丰收，才让我们安徽人不再出门讨饭！"秦学安也很激动地说："严大爷，您说得太好了，我佩服你们，我也要让我们大队跟你们一样过上这样的好日子。"听完严大爷的故事，秦学安心中有种时不我待的澎湃，他要让金水的农民们也像小岗村的村民们一样吃上饱饭，吃上真正的精面馍！

黄土高天

1978年11月24日冬夜，安徽省滁州市凤阳县小溪河镇小岗大队18位农民在土地承包责任书上按下红手印，实施"大包干"。这一"按"成了中国农村改革的第一份宣言，它改变了中国农村发展史，掀开了中国改革开放的序幕。"保证国家的，留足集体的，剩下都是自己的"，小岗大队的这一大胆改革，推动了联产承包责任制在全国的推广。

回到赵秀娟家，秦学安给弟弟秦学诚写着信："学诚，哥现在在安徽，给你写信的当口，刚从小岗大队回来……此时此刻，我有种说不出的兴奋，还记得我们俩在黄河边上说的话吗？你说春天要来了，这回我信了！我觉着'大包干'后，人们就像着了魔，舍下力气地扑在土地上，这才是农民该有的劲儿啊……"秦学安写着写着停了笔，在安徽的这几天他真的看到了太多，想到了太多。现在他是多么思念弟弟，多么想跟弟弟面对面地讨论一下现在农村的形势。但他最想的，还是带领村民吃上饱饭。秦学安找到秀娟，告诉她自己要回去了。赵秀娟把一包袱干粮推到秦学安的怀里："我早就晓得你的心思，也知道留不住你，我们全家商量过了，给你带点干粮……"秦学安推脱不过，只好收下，现在他的心被满满的激情占据着，忍不住告诉秀娟："秀娟，这一趟真没白来！看到这些变化，我这心呀都快烧起来了！这几天我一路走一路看，人像发了疯似的，起早贪黑，平日里荒芜的地畔、地塄都有人拿镢头挖过，地里整得像棉花包一样松软，边畔刮得像梳子梳过一般干净。你说这是种地哩还是绣花哩？丰源要是能像你们这么种地，用不了几年，肯定也要大丰收哩！"赵秀娟看着秦学安憨憨的样子，"噗"的一声笑了出来。她不由得想起第一次在破庙里的相遇，不由得想起秦学安将她们娘儿俩从山洞里救起，不由得想起秦学安牵着她的手闯出民兵看守的地方，不由得想起……赵秀娟不敢再想了，要是在秦学安面前掉眼泪，该有多丢人。可是想到也许这一别，以后就再也见不到了，赵秀娟心中升起许多不舍，她清了清嗓子，克制着自己的情绪，对秦学安说道："学安，这么多天，我一直没跟你说一声……谢谢！要不是你，我跟我妈也许就再也回不来了。"月光下，赵秀娟闪着泪光的大眼睛扑闪扑闪地看着秦学安。秦学安心中有些异样的感觉，如鲠在喉。

凤阳火车站的站台上，赵秀娟、赵秀娥、刘海来送秦学安。眼看火车就要开了，赵秀娟不舍地叮嘱着："学安，我们家的地址，你都记下了吧？到家了，记得给我来信。"刘海不爽地嘀咕道："你认识几个字啊，还让人家给你写信？"赵秀娟根本不理会刘海，不让他来，他非跟过来，来了狗嘴里也吐不出象牙！列车员在催，秦学安大包小包地上了车，包裹里装的都是赵秀娟塞给他的吃的、穿的。看着火车开动了，赵秀娟终于忍不住哭了起来，念叨着："回去了见了奶奶，替我跟奶奶说，我很想她老人家。还有你大，别看我叔不说话，但叔是我见过的少有的明白人。还有你，下次再见不知道是啥时候了，回去了，你不管干啥事都要小心着，你们那个天顺支书不是个简单的人！"秦学安点点头，告诉秀娟："闲了你就去我们那边，看看我们的庄稼长得咋样，有空了我也再到你们这边学习，来看你们。"秀娟点着头，跟着火车往前跑，只想把秦学安看了又看，深深地印在眼里、心里。此时汽笛轰鸣，火车越开越快，秀娟终是追赶不上了，秦学安的脑袋从窗子里探出来，看着不断追赶自己的赵秀娟，心里满不是滋味……"到了家，你记得给我来信！""我记得！"赵秀娟和秦学安大声地向彼此喊话，向彼此招手，无奈列车向着越来越远的地方开去……直至最后，彼此的身影都只剩一个黑点，却仍在远远地望着。

第三章

顶　牛

黄土高天

一阵清脆的下课铃声响起，学生们骑着自行车从北京农业大学教学楼门口蜂拥而出。走进攀满爬山虎的教学楼，此刻穿着海魂衫的秦学诚正站在导师褚建林面前，毕恭毕敬地等着褚建林看完哥哥学安写来的信。自从哥哥学安去了一趟安徽，整个人都亢奋了起来，他说责任制是魔法，越是用在穷队上越灵光，还写了个顺口溜儿：雄鸡一声唱，劳力下了炕，活儿分头干，队队生产忙……离开安徽，他已经按捺不住自己的心，迫不及待地要回家乡去大干一场。这种精神也给学诚带来了极大的影响。这一年来，关于包产到组、包产到户的争论已经呈现白热化态势了，所以学诚想问问老师，能不能搞"双包"，现在政策上有没有一个定论。这个问题同样引起了褚建林的深思，恰逢上面有调研任务，所以他建议秦学诚带着几个同学跟他一起去安徽走一走、看一看。这个结果学诚再满意不过了，告别老师，他一路狂奔到宿舍楼下，向同学丁朗杰报告这个好消息。学诚觉得当务之急是解放生产力，而解放生产力最重要的一点就是从制度上开辟出一条能够最大程度释放农民生产积极性的道路来。从小在北京城里长大的丁朗杰却觉得学诚这样的想法过于夸大其词。他还是那个观点，科学技术是生产力，我们要做的不是去改变什么制度性的问题，而是大力发展科学技术。在科技上我们落后了欧美何止二十年。吵来吵去，这些象牙塔里的大学生决定不在京城论长短，而是前去安徽凤阳看个究竟。

秦学安一路奔波，兴致勃勃地走在回乡的路上，他走着走着却突然愣住了。眼前的丰源大队田地里，原本应是夏收的场景却十分萧条。地里的粮食颗粒不剩，只有蝗虫在秦学安脚下蹦来蹦去。丰源村的乡亲们正灰头土脸地蹲在地上，学安心里一阵狂跳，咋自己走了这些天地里就变成了这样?！难道丰源遭了蝗?秦学安不敢相信地捡起地上的麦穗，揉碎了抛在空中，抛撒在空中的麦穗飞扬消散。包谷地沮丧地告诉学安:"完了，今年的收成全完了，咱们也都回家收拾收拾行李去逃荒吧。"秦学安望着天，突然开口对二小队的人说道:"我有办法。今晚大家到红军洞开会!"

吃过晚饭，秦学安、三十六计、根叔、卷毛、包谷地等二小队成员揣着袖子三三两两地到了红军洞，每个人的脸上都是愁云惨雾，只有卷毛一脸轻松地说道:"要我说就是你们傻啊，还在那里斗蝗虫，有啥可斗么，就算保下来粮食又能咋，还不是要上交国家，跟咱们没啥关系，还不如直接吃救济。"根叔给大家打气，再坚持坚持种下秋粮就好了。包谷地吐了口痰道:"种秋粮，饭都吃不上哪还有力气种地哩! 要我说，咱们就学秀娟，也去逃荒。"秦学安开口了:"人家秀娟再也不会逃荒了。这次我去人家安徽，今年人家大丰收，粮食打了8万多斤!"所有人对这个数据都感到震惊，秦学安告诉大家，安徽那边搞了包产到组和包产到户，小岗大队那边更直接，搞了大包干。想到自己在安徽看到的情景，秦学安说着说着便热血沸腾起来，仿佛眼前的红军洞变成了安徽的打谷场。"有首歌谣唱得好——大包干，大包干，直来直去不拐弯，保证国家的，留足集体的，剩下都是自己的……"秦学安热情地描绘着，期盼着众人的回应，但是出乎意料，所有人都沉默不语。半晌，根叔才仿佛听错了般问道:"学安，你说的这个是要把地给分了哩?"秦学安狠狠地点头:"对，土地下户，以各家各户为单位来种地，到时候咱们二小队算是一级核算单位，把小队该上交国家的按照分下去的土地比例，各家交到小队，然后咱们再交上去，把小队需要核算的一些粮食留足，剩下的就是大家自己的了。我听他们队长说，过去他们上工的铃都敲破好几个，现在不用打铃，大家自己就上工了。去年冬天，他们队上送粪花了一个半月没干完，今年只用了十天，还没过年，地里的肥都积好了……"还没等学安说完，三十六计就笑了:"学安啊，你的想法倒是挺有意思，但是这事，不是小事，是政治大事哩，必须跟天顺叔说，别看你是二小队的小队长，但要是天顺叔不同意，你这事就弄不成。"秦学安在一块石头上坐下，看到人家安徽队里大丰收，回到家却看到蝗灾，乡亲们还要吃救济粮，心里要多不是滋味就有多不是滋味，他不甘心地继续说道："人家原来还不如咱，亩产也就200斤，但是自从他们实行了包产到组和包产到户之后，亩产翻了一倍，也就是400斤，就算上交给国家和集体200斤，每家每亩还能余下200斤哩。"这个数据一说出口，二小队的人全都炸开了锅。每家每亩余下200斤粮，这是多少年没有听过的数字。大家讨论着，终于被秦学安带动起来了，纷纷要跟着学安干！眼前这一幕，对于根叔来说多么的相似，想到那些可怕的回忆，根叔摇了摇头："我看行不通。"

那是1962年夏天的一个傍晚，那时秦有粮还是大队党支部书记，刚准备锁了大队的门回家吃饭，便听到村口吵吵嚷嚷，竟是公社民兵队的李排长带着两个持枪的民兵将张天顺绑了起来，这好端端的，为何突然就抓人，还不经过大队？李排长告诉秦有粮，原来是有人举报张天顺私分集体土地，县里下了死命令要将张天顺带走。秦有粮和张天顺那是什么关系？于私，两个人是从小一块儿玩到大的兄弟；于公，张天顺偷着分地那也是秦有粮允许的。好说歹劝，李排长一定要将张天顺带走，秦有粮直接带着丰源大队民兵连要与李排长干，不管说啥，今天他是一定不会同意李排长将天顺带走。双方僵持时，张天顺将秦有粮拉到了角落："有粮，我知道你想护着我，可眼下到了这个地步，没必要顶着，我跟他们走，反正分地我不后悔！"秦有粮知道事情已经无法挽回，拉住天顺说道："天顺！我看明白了，乡亲们跟着你吃不了亏，我就把丰源交给你了！"说罢，秦有粮甩开张天顺，走到李排长跟前，把分地的责任揽到了自己身上。李排长一挥手，绑了秦有粮。"再后来的事……大家就都知道了，有粮坐了牢，出来以后就没再开口说过话，天顺当了支书以后，分地的事就再也没提过……"根叔敲敲烟杆子，从回忆里出来。秦学安斗志满满："现在跟过去不一样了，我去找天顺叔！""那要是天顺叔不同意呢？"卷毛问道。秦学安已经打定主意，站起来望着这红军洞："不同意？不同意总不能让大家都饿死！"

秦学安心中思绪万千，坐在桌前想要给弟弟写信，可是下笔踟蹰，怎么也写不下去。心烦意乱的他将信揉成一团，扔了。

此时的秦学诚呢，正跟丁朗杰和几个穿中山装的工作人员一起在小岗大队的田间地头做着调查，看到农户家里满满的粮仓，这些大学生们确实被深深震撼了。走在集上，他们一边选购着日用品，一边讨论着小岗的现象。赵秀娟恰好跟姐姐一起来赶集，与秦学诚擦肩而过，心下觉得这人咋这么熟悉？赵秀娟再一想，想起了秦家正屋里挂着的秦学诚上大学之前秦家的合影。她怯怯一问，没想到自己还真在小岗村遇到了秦学安的弟弟秦学诚！秦学诚就更蒙了，他只在哥哥的信里听说过自己家去了一对从安徽逃荒来的母女，此刻能在安徽遇见，跟做梦一般。秦学诚一行跟着赵秀娟回了家，赵秀娟和母亲做了一桌子地道的安徽菜招待这群大学生。秀娟高兴地给秦学诚夹着菜："吃，多吃点，学诚，我天天听你哥念叨你，没想到竟然在大街上遇到你了。"学诚说道："我也是听我哥说安徽丰收了，说你们过上好日子了，所以我们才过来看看，调查一下。"丁朗杰问道："秀娟姐，你们搞包产到组，难道就不怕被人抓起来？"赵秀娟咯咯笑着："原本是怕啊，你看他们小岗大队搞的是大包干，所以还写了契约，还摁了血手印，为什么啊，害怕被抓呗，但是现在我们不怕了。因为吃饱肚子了，当我们知道这样干可以吃饱肚子的时候，就不管金钟银钟了，只管团结起来向前冲！"

但这样的想法，对于谨慎惯了的张天顺来说，显然是太不现实了。当秦学安告诉张天顺安徽分了地，告诉他那里有个万里书记，万里书记说自留地和家庭副业过去是要割掉的"资本主义尾巴"，现在省里不仅允许，还"鼓励"，过去一直批判"自由种植"，现在他们省里下文件说要尊重生产队自主权。张天顺确实摇摆了，难道政策真的变了？他摇了摇头，告诉秦学安分地这事儿不是咱们能决定的，他要去上边汇报一下，但按照他丰富的政治经验，这事儿，八成是干不成！张天顺的预料果然没有错，市农委蔡子初主任听到张天顺对于分地的疑惑，将天顺狠狠地训了一顿：金水的农业工作一直都是省里的重点，丰源更是他好不容易树起来的全省农业学大寨的红旗大队，就算有人搞分地，就算全省都搞分地了，你丰源也不能动！张天顺不停地点着头："对，我们要把红旗打得高高的，红旗绝不能倒！"而此时安徽的情况也有波折，有的地方还抓了人，学诚打电话到公社办公室，让灵芝提醒学安，不敢不谨慎！可是不管灵芝怎么说，政策怎么变，上边怎么拦，秦学安的态度只有一个："我秦学安要干的事儿，谁也拦不住！学诚再来电话，你告诉他，我会小心的，他们抓不住我啥把柄！"

张天顺心情沉重地往回走着，听到田间卷毛正在唱歌："大包干，就是好，干部群众都想搞，只要搞上三五年，吃陈粮，烧陈草，个人富，集体富，国家还要盖粮库。"张天顺越听越不高兴，走上去扒拉开人群，上去就给了卷毛一个大爆栗子，说卷毛这是反党反社会主义。秦学安一看张天顺的态度，就明白县里是不同意分地了，他不服气地问道："叔，人家安徽全省都在搞这个双包，搞啥'包干到户''包产到户'的，人家还丰收了，咋人家能搞咱就反党了？"张天顺转过身对着围观的乡亲们说："管外面风吹雨打，咱们丰源都是全省学大寨的一杆红旗，响日晴空也罢，风雨交加也好，咱们这杆红旗不能倒！分地不能搞！都听明白了吗？！"秦学安反问道："人家安徽人是冒着杀头的危险，摁了红手印也要把地分了，让大队里人活命！怎么到了咱丰源，说是为了保红旗，就不顾全大队人死活了？"张天顺被秦学安噎住，这孩子道理一套套的，索性不与他计较，反正想要在丰源分地，就是不行！但这事思来想去，天顺还是不踏实。如果是别人家的孩子，他倒也不怕，可是想到与秦家的关系……张天顺一脸苦相地找到秦有粮，对他说道："有粮，咱们都是经历过这档子事的人，你还为分地蹲了三年大狱。"秦有粮摇摇手，表示不提。张天顺叹了口气，"我是不想让学安娃娃重蹈覆辙啊。"秦有粮低着头，心情沉重，不知道说什么好，抽出来烟袋锅子，点上。张天顺蹲下来说："我知道，你家那个娃娃性格倔，我是摁不住他的，我越是摁，他越是对我有意见，越是起劲搞，所以我只能来找你了。你也是明白人，娃能做啥，不能做啥，你心里也有数。我是尽量维持，只要不出乱子，只要事出咱们金水，我都能帮着你保着，但是学安这个娃娃……唉，你可千万千万给我摁住了。"秦有粮点点头，吐出一团烟雾，那烟雾似乎是眼前看得见的愁怨。张天顺站起来，要出门："就这个，没别的事，我回了。"身后，是秦有粮一声悠长而深邃的叹息。学安回到家，还在兴致勃勃地跟奶奶说着自己坚决要分地的计划，秦有粮狠狠砸着钉子，告诉学安自己不同意。学安告诉父亲，不怕人不敬，就怕己不正！张天顺弄虚作假换来的荣誉不光彩，他想堂堂正正吃自己亲手种出来的粮食！秦有粮默默听着，跺脚站起来，片刻又缓缓蹲下，冲秦学安摆摆手，又在脑门上敲了敲。秦家奶奶皱着眉头担忧地说："你大是怕你走了他的老路。"秦学安用毛巾擦着脊梁上的汗，踌躇满志地告诉大和奶奶："不会的，我这回特别有信心，一定能把咱大队的事情给做好，把乡亲们都带上一条好路，还不伤着自己。我明天去县上，找上回的那个甘书记。能不能干，我们听领导的。"秦有粮突然发狠，使劲砸了一下椅子，椅子顿时散架。虽然他不说话，可心里跟明镜一样。看着学安一天天长大，心里有主意，又装着村里，他是骄傲的，自豪的，这孩子像他年轻的时候。可是出于一个父亲自私的爱，还有过来人的经验，他跟天顺是一样的态度，绝不能眼睁睁地看着这孩子胡闹！

学安带着自己的想法找到了县委书记甘自强的办公室。领导们正在开会组织抗蝗，秦学安不顾甘自强秘书王方圆的阻拦，趁王方圆接电话的空儿进了办公室，坦荡荡地说出了分地抗蝗的想法。这下，所有人的目光齐刷刷地投向秦学安。一个农村后生，竟然明目张胆地站在县委办公室说要分地！秦学安有理有据："根子出在地上，不是自个儿的地，没人舍下力气干！种啥啥不行！咱们现在是特殊时期……"全场一片哗然，很多干部站起来反对。王方圆告诉学安："年初国家召开了农村人民公社经营管理会议，在这次会议上，包产到户被定性为搞资本主义，破坏了集体经济。安徽来安县县委书记王业美因为支持搞大包干，现在成了全国批判的靶子……现在咱们县都遭了蝗灾，甘书记已经给你们申请了救灾粮，既然日子还过得去，就不要轻易搞这种东西，否则说不定……"甘自强不说话，猛地站起来，来回踱着步子，神情严肃。1953 年，金水县人均产粮 850 斤，去年下降到 530 斤，少了近三分之一。从 1958 年到去年，有 18 个年头社员平均口粮都不足 200 斤，去年仅有 166 斤，劳动日值只有两三毛钱，每户平均现金收入只有三四十元。去年国家贷款金额近一千万元，人均欠款五十多元……想到这些，甘自强痛苦地闭上眼睛说道："我们是解放四十多年的老革命根据地，建国已经快三十年了，人民公社化也已经二十多年了，我们不仅没有让农民富起来，反而连吃饭都成了问题……作为金水的县委书记，我痛心哪！"甘自强命令县粮库给乡亲们发粮度荒，并让秦学安给丰源的乡亲们带句话，只要他甘自强在金水一天，就不能让乡亲们饿着！但至于分地的事儿，县里还是需要好好研究的。秦学安心里已经打定了主意，既然这事儿甘书记也决定不了，全国上下都没个定论，那他就把责任揽下来，带着二小队偷偷分地！

后山红军洞外，金银花在放哨，秦学安带领着二小队在开会，讨论秘密分地的事儿。卷毛缩着脖子摸着头问道："还真要分啊，其实集体上工也挺好，我前几天就是凑个热闹；再说了，天顺叔打我那下子，还疼着哩。"秦学安摇摇头："我看你就是懒，跟别的没关系。我问你，你是怕头上鼓个包还是想肚子鼓个包哩？"卷毛摸摸自己的肚子，他还真想尝尝肚子鼓起来是啥滋味！大家都笑起来。秦学安安排大家，下种的时候，甭像往年乱撒，一行一行种！完了每家经管自个儿的十行土豆。三十六计想法还是多，他觉得只要他们这么一种，天顺叔立马就知道了！到时候，怕是要吃不了兜着走，思量来思量去，他还是觉得安全第一，走出了红军洞，退出了分地队伍。可是大家没想到，三十六计出去紧接着又回来了。家里有三个娃要照顾，他还是得跟大家一条心，先把肚子填饱了再说。卷毛警告三十六计，要敢告密就把他脑袋拧下来！如果天顺叔知道了，那就是你告的密！三十六计跟他吵吵起来，秦学安过来拉架，告诉大家咱们现在得一致对外。天顺叔的态度是很重要，但是我们得先瞒着他，等我们种出来了，产量出来了，用实际情况说话！事到万难须放胆！能瞒多久瞒多久！万一被发现了，不要慌，听指挥，马上集中到一起演戏，反正咱金水经常搞接待，做假戏，这套动作熟得很！大家伙儿都因为学安的话笑了起来。根叔问道："学安，要分，咱总得想个名目吧。咋分，以啥名义分？"大家七嘴八舌地讨论着名字，秦学安说："咱们要尽可能避开单干、分地、承包这些字眼……说……家庭协作？"大家纷纷觉得这个好！根叔接道："咱们大家谁种了地算谁的，按的是劳动。按劳计酬怎么样？"秦学安摇摇头："按劳计酬那不就那个啥了，走资本了。要不，就按工计酬！""家庭协作，按工计酬！"这事儿，就这么定了下来。天顺叔不是个好糊弄的主儿，大家商量好了，都要打起精神把戏演足，该给集体上工的时候谁都不能偷懒，面子工作不能停！包谷地也踌躇满志："学安，我跟你干，你用鼓风吹，我来烧底火，不信化不开咱二小队的这一锅好汤！"秦学安蹦到最高处。曾经，这个红军洞是保护红军的地方，如今，也是他们二小队"革命"开始的地方。秦学安说道："那咱大家就在这红军洞宣个誓哩！万一上面有人追查，大家咬死都不要松口，谁也别偷懒，把劲都下在地里！"几双手一起举过头顶，说干就干！

可是三十六计回了家，就把这事儿告诉了媳妇秀珍。秀珍一听学安要带着二小队分地，不愿意了："你看看咱们家这三个小祖宗，你不管了？还分地，万一被发现了咋办？你还要活活地把咱们家架在火上烤啊？"秀珍说着，拧住三十六计的耳朵，要带他去找天顺叔承认错误。三十六计挣扎着骂道："你这个死婆娘，你知道啥？我要是告诉天顺叔，二小队的人要把我脑袋拧下来。"秀珍戳着三十六计的脑袋，骂他是个死脑筋，一家五口人就弄点棒子面糊糊不够三个小祖宗抢的。好歹你现在是个会计，还能补贴两个工分。这事儿要是让天顺叔知道了，摘了你的会计不说，还得让你儿子给你去监狱里送饭去。三十六计觉得媳妇说得在理，又有些犹豫了。秀珍看出他是不愿意出卖二小队，便给他出招："哎呀，你这个男人啊，还像个男人么！你这样，你给天顺叔写个匿名信，也不算是你说的。"三十六计不想就这么出卖二小队，没想到秀珍叫上孩子，就准备收拾行李回娘家。这招对三十六计是次次管用，没办法，他只好一把拉住秀珍劝着："哎呀，哎呀，我又没说不弄。我弄、我弄，还不行么！"三十六计走到桌子前，铺开一张纸，却迟迟无法下笔。秀珍走过来看到三十六计半天只字未写，又把手一挥："大福、二福、三福……"三十六计算是怕了："我写，我写……"

写完了信，三十六计蹑手蹑脚走到张家外面，将信里包上石头，扔进了张天顺家的院子里，又趁着夜色偷偷溜走。此时，张家院子里，张天顺正在向郑卫东、张守信嘱咐着："自从学安从安徽回来，我看这二队社员的心思都让他搅和了，你们俩可都得给我注意了。看住了，不能由着秦学安胡搞。"张守信大包大揽："大，你就放心吧，学安搞不出啥幺蛾子的！"郑卫东也说自己会盯住他，一旦发现秦学安胡来，就把他抓到派出所去！张天顺一个头两个大："怕的就是你们这么蛮干，送派出所干吗？肉要烂到锅里，这种事情能张扬吗？一旦张扬，咱们这个大队部控制不住，说明咱们几个还是有问题的。有情况就给我汇报，咱们商量着来，千万不要把事情闹出村。"天顺夹起碗里最后一根咸菜，把咸菜碗递给守信。守信到院墙跟前的咸菜罐子里捞咸菜，却看到了三十六计的纸条……张天顺看到纸条里的内容，知道他最担心的事儿还是发生了。但这事儿该咋处理？他摸着山羊胡子琢磨了半天，心里打定了主意。

第二天中午，张天顺把二小队的所有人都集合到了大队部的院子里，扬扬手中的信："昨天晚上我收到一封信，有人说，咱们丰源大队有人偷偷把地给分了，我不信！咱丰源是啥？红旗大队！那是出先进的地方！"张天顺边说边扫视着耷拉着脑袋的众人，目光停在学安身上："前些日子，学安跟我说想分地，当时就让我给拦下了，别看学安这孩子整天跟我呛呛，可做事儿还是有分寸的，要不也不能当这二小队的队长！"说完，张天顺盯着旁边的三十六计，厉声质问道："三十六计！你能干出来这事么！"三十六计吓得连连摆手："不不不，我哪能呢！"张天顺又走到卷毛跟前："卷毛，你敢不！"卷毛装得最像："天顺叔，我哪有那么大的胆子！"张天顺满意地点点头："根叔是老饲养员，也绝对不会干这个事。所以这个信，是不是柳家窑的人写的？就是为了无中生有，动摇人心！"秦学安几次想站起来承认二小队就是分了地，都被包谷地狠狠地拽住了胳膊。张天顺想要的效果达到了，满意地看着秦学安说："行了，这事啊，大家警惕就好了。我不管干啥，都是为了咱们集体，你们都回去吧。"包谷地赶紧拉着学安离开了，不管是谁告的密，反正咱们只要咬住牙死不承认，那谁也没办法！

可是没想到回了秦家，秦有粮却把三十六计写的那封匿名信拍在了桌子上，望着对面的秦学安，在角落里抽着旱烟不出声。秦学安不由得感慨，张天顺果然是个老狐狸，他明知道这举报信是真的，却不与大家撕破脸，还把这封信交给了他大，让他大来治自己。秦家奶奶紧张地问学安这举报信上说的是不是真的，事到如今，秦学安干脆大方地承认了。秦家奶奶哭天喊地："哎呀，学安，你这是要跟天顺叔顶牛啊！咱可不干这事哩！奶奶就盼着你早点娶个媳妇，给奶奶抱重孙子……"不管奶奶怎么说，学安的态度只有一个，这地他是一定要分的！秦有粮一直蹲着，突然愤怒地站起来，拍桌子，高举着烟斗要打儿子，学安一边朝门外跑，一边坚称自己没有错！今天就是打死他，他也要分地。但在被打死之前，他要搞明白，这举报信到底是谁写的。

后山，二小队的成员们又都聚集到了红军洞里。卷毛看到三十六计拖拉着步子走进洞，上去就拎住他的衣领子，把他逼到了墙角："说，是不是你！除了你谁还能把这事说出来！"三十六计干脆脖子一横，吼道："咋么！要弄死俺哩？告诉你，你就是弄死俺，不是俺写的，俺也不认这个账！"卷毛让三十六计少在这儿装！除了他还有谁？三十六计委屈地说道："又不是我告密的，是有人给天顺叔写信！"包谷地也嚷嚷着："那你把那信搞来，咱们对笔迹，我还就不信找不出。这事不能完，前天就是咱们这些人在这里说的话，怎么就让天顺叔知道了？"秦学安看着三十六计闪躲的眼神，心里也已经明白了七八分。此刻他站出来说道："叛徒不叛徒的，我不怕，身正不怕影子斜。我还是那个意思，地还是要分！他越是拦着，我越是要做，只有做了，让全村人看见这么种地的好处，才能把天顺叔也扭过来。"此刻，二小队的人如同一条绳上的蚂蚱，经过了这次背叛，大家决定立个字据，愿意分的签字，不愿意分的，可以走。包谷地害怕再次暴露，跳起来说："咱们谁也不能说出去！谁当叛徒，我包谷地跟他没完！"根叔也站起来说："对，别祸祸大伙儿！"卷毛叨着个狗尾巴草，故意把话说给三十六计听："我卷毛烂，我卷毛贫，但是我不当叛徒，谁是叛徒谁家里没好果子吃！"所有人都望着三十六计。三十六计知道大家都怀疑自己，但只能硬着头皮装到底："又都看着我干吗？不是我告密的，这样、这样，学安，你写，你写了字据，我来签！"一份分地契约摆在了石头上，上面写着：丰源大队第二小队社员自愿分地，实行"家庭协作，按工计酬"，所有人自愿参加，保证绝不告密。卷毛说道："再在后面添上一句，'谁告密谁是孙子'。"秦学安走过去，在后面添上一句："一旦出现问题，由秦学安一人负责。"大家都诧异了，问学安你这是干啥嘞？秦学安对大家伙儿说道："这事儿是我挑的头儿，不管告密不告密，出了事情我来承担，大家不怕。"包谷地意有所指："都听见了吧，打下粮食你们分，出了事情学安顶，要是这样还有人昧着良心告密，我包谷地就去点了他们家房子！"

　　直到回了家，三十六计心里还因为这个事儿过意不去，学安的话一直在他耳边绕着。媳妇秀珍也是愁眉不展，原来大家都知道了这两口子写信的事儿，今儿出去绣鞋底，金银花几个对秀珍都是爱搭不理的。三十六计不禁怪媳妇出的馊主意，非要写什么举报信！事到如今，也只能忍忍。三十六计想着天顺叔这两天就去省里上学习班，他也扯个幌子跟着去，好出去避一避！说曹操曹操到，张天顺拿着一碗疙瘩咸菜走进来，逗着三十六计的小儿子，试探三十六计队里还有事没有。三十六计头摇得像拨浪鼓："从来就没有分地那事儿！"秀珍也在旁边保证："哎呀，支书，俺娃他大胆小着呢，他叔你放心吧！"张天顺笑嘻嘻地说道："那我就放心咧。三十六计啊，这次我去学习，你就不用跟着俺去咧。我去跟蔡主任好好学习一下，摸摸政策的虚实。你就在家跟着守信看着点村里，有你和守信在，俺就踏实着来。"三十六计言听计从地答应了。就这样，张天顺再三跟张守信、郑卫东、三十六计嘱咐盯着学安的事儿，然后带着满肚子的不放心，穿着女儿灵芝新打的毛衣出发了。

　　张天顺不在，二小队开始行动了。包谷地偷偷用锄头量地，根叔拿着绳子走圈，悄没声儿地分好了地。这下，公家的地成了自己的地，二小队的田间地头可谓热火朝天，队员们抢着锄头翻地，恨不得吃喝睡都在地里。金银花也来地里帮忙，根叔吆喝着牛下地，夜里还有队员偷着浇粪。郑卫东正带着民兵巡逻呢，便看见前面地里人影绰绰。郑卫东警觉地喊道："那边是谁？给我出来！"正在浇粪的包谷地和金银花一哆嗦，从地里钻了出来。包谷地强装淡定，金银花也满脸堆笑："卫东兄弟，辛苦了啊，大半夜的还巡逻。"郑卫东纳闷地问："包大哥，你们这是干吗啊，大半夜的？"金银花说道："这不是着急庄稼吗，给我……""给我们大队的地里上点肥。"包谷地眼看金银花要露馅儿，赶紧接上了她的话。郑卫东怀疑地问："这大半夜的上什么肥？又没人计工分，咋这么积极？"包谷地笑着说："这不用计工分，不都是咱们大家伙儿的地吗，我想着咱们丰源要再拿面红旗，就得多操心。"两人呵呵笑着把这事搪塞过去，心仍吓得快要蹦出来。包谷地边往回走边训斥金银花："以后你少说话，一张嘴就露怯。"金银花强装淡定："露怯怕啥，等咱庄稼长出来，他郑卫东非羡慕死不可！"这句话勾起了两人的幻想，到时候如果地丰收了，家家户户都能落个一两百斤粮食，那大凤、二凤就再也不会挨饿了，家里也能天天吃上白面馍馍了。想到这儿，两人忍不住一起捂着嘴笑出了声。郑卫东看着两人走远，满脸狐疑地琢磨着这怪事，越想越不对劲，赶忙找到了守信跟他商量："守信，你也不去地里走走看看，你看最近这二小队的一个个鬼精着呢，都跟喝了大酒一样，那个精神头儿啊。"张守信却觉得只要他们是一块儿下地问题就不大，再说了，就算他们真分了地也好！郑卫东愣住了，张守信不忿地说："回回他秦学安给我们家找麻烦，我大都护着他，都不知道谁是他的亲儿子！天天让我学他，学啥呢！这个秦学安，上学上学没我多，三十大几的人了，连个媳妇都找不到！你说说从小到大学安惹祸，哪次我大不护着他啊，这回……也好，要是他真胡来，我看我大咋收场。我就是让我大知道知道，关键时刻，谁才是亲儿子。"郑卫东知道了，守信这是心里跟学安较劲呢，他安慰道："天顺叔是你亲大，才这么对你说哩，这是对你好。我也明白，你大对学安，那一向是明面上敲打，暗地里护着。但是守信你要明白，无论什么时候，你大都是你大，一旦遇到跟你有关的事情，你大最护的还是你。"守信仍然自顾自地说道："我就是让秦学安出出事，让我大明白明白。让他整，整出点动静才好呢！"

　　转眼间就到了张天顺回来的日子。张天顺拎着行李从拖拉机上下来，满面春风地走在前头，三十六计、郑卫东等人已经早早地候在了村口。这次出去，张天顺带回来了一个好消息，蔡子初主任答应给丰源村特批粮食了。而且，这特批不记账。虽然是些米糠、麸皮，味道不行，可是咱遭了蝗灾也就顾不上讲究了，各家的女人好好想想怎么做来吃，这下，村里的小娃娃们都能吃个饱饭了！三十六计恭维着，还是天顺叔有面子！张天顺摇摇头，拿出了自己多年的官场经验："你们不知道这里面的道道，我跟你说，这可是我张天顺几十年辛苦经营，琢磨出来的，只要我们跟紧上面的步伐，不给领导找麻烦，领导是不会忘记咱们的，懂吗？"张守信暗示道："可惜村里有些人得了好处还不领情，唉，真是不识好人心呢！"张天顺哼起小曲，走在田间小路上。走着走着脸色变得越来越难看，他看看路这边的庄稼，又蹲下来看看路那边的，两边的庄稼差异巨大，一边的庄稼稀稀拉拉，另一边的长势喜人，但仔细看却能发现明显的块状分界线。张天顺脸色骤变，转过头去盯着三十六计问道："这是怎么回事？"三十六计看看这两边地里的区别，也知道自己瞒不过去了，一脸颓败地说道："秦学安这招瞒天过海，不光瞒着天顺叔，连我也给哄骗咯！"张天顺又转过身去盯着儿子："我走的时候，跟你说啥咧？"张守信看到父亲发火，不敢直视他的眼睛。张天顺着急上火："我是不是让你们看着秦学安，别让他整出事情来！""我，天天看着哩么！"张天顺上去就用手搡了儿子："我问你，你下地没有？"此刻的张守信真是一个头两个大，用自己伤风头疼没下地来推脱。张天顺拍拍脑门儿："哎呀，算了，你啊，赶秦学安远着哩，他想糊弄你，一糊弄一个准儿！二队的地塄里都种了庄稼，要不是分了地，能这样？人家秦学安根本没把你个傻瓜放在眼里，这是在你眼皮子底下糊弄你哩！"听到父亲又开始夸秦学安，张守信说道："大，你这不讲理，你眼里只有那个秦学安，就算将来他跟我姐好了，那也只是你半个儿哩！"天顺听出了儿子的小心思，哭笑不得："你个不争气的你咋就不懂呢，咱丰源的荣誉都系在学大寨上呢，分地单干再好，咱也不能掺和，要是咱丰源也搞单干了，咱那一面墙的奖励，不就全成了笑话了嘛！"说着，张天顺转身就往外走，边走边喊着："你给你姐去通个信，把她给我看住了，在这个节骨眼上，可不敢往秦学安身边凑了！我看这个娃要走他大的老路哩！"守信凑上去，问他大，那现在咋办？张天顺缓缓踱步，斩钉截铁道："守信，你去喊卫东组织民兵看住二小队的人，我去公社，这个事已经捅下大窟窿了，不是你大不仗义，是咱瞒也瞒不住呢。"张守信也觉得事态严重，忍不住添油加醋道："大，那我把他送到县里公安局么！"张天顺实在是头疼儿子这个榆木脑袋，怎么说学安也是咱们村的，送了公安局，咱脸上有光吗？守信说道："你怕，我不怕，我去告他一状去！""你敢！你告他，你就不是我儿子！""我看你就没拿我当过你亲儿子！"父子俩说着说着就呛呛起来，张守信气得扭头走了。

丰源大队，张天顺站在一整墙的荣誉面前，用手把这些奖状、锦旗摸了一遍又一遍。三十六计拿着天顺叔让他写的分地单干的证据进来，没想到张天顺已经改了主意，放下手里印着"修梯田纪念"的锄头，告诉三十六计：这事儿跟谁也不能提。看着三十六计欲言又止、满脸疑惑的样子，张天顺说道："学安再混账，那也是咱丰源的人，再说了，他还小，媳妇都没说呢，我们不能把他往绝路上逼。年轻人嘛，要多给机会让他们改正错误！"张天顺边说着，边打开三十六计交上来的分地单干证据看着，看着看着，他就勃然大怒："三十六计！我让你搜集他们分田单干的证据，你这是写的个啥？介绍他们的先进工作经验吗？"三十六计承认道："天顺叔，你让我去量他们的地，算他们的数据，一开始，我是很认同集体制的，可是我量着量着，算着算着，我就觉得，我觉得学安他们没错，我错了，我、我走了！"张天顺把纸揉成一团，指着三十六计的鼻子吼道："出去、出去！你给我出去！"三十六计走后，张天顺颇感无力地坐在了凳子上。他刚从县里参加完会议回来，会议上领导对金水县个别地区刮起的单干风意见不一，以蔡子初为首的一派领导坚决反对，认为单干风要不得，认为这是公开反对社会主义公有制，是帝国主义的阴谋！是地富反坏右对人民政权的反攻倒算！绝不能让他们得逞！可是甘自强却说历史唯物主义告诉我们，只有人民，才是创造历史的动力，安徽的"包产到户"政策是在"借地度荒"的基础上发展起来的，根本上土地还是集体的，换了一种分配方式，产量却翻了一番！金水县去年的粮食产量 45861 吨，翻一番是什么概念？91722 吨粮食！这意味着全县 20 万老百姓都能吃饱肚子了！他认为让老百姓吃饱肚子，过上好日子是共产党最根本的立场，也是他甘自强的立场！两个领导在分不分地的问题上各站一边。眼下百姓们又哪个不想吃饱肚子？到底怎么站队才是对的？张天顺想到这儿，觉得乏极了，自己也确实没了年轻时的心气，只想多一事不如少一事，怎么安稳怎么来。

奈何树欲静而风不止，两辆警车呼啸着开进了丰源村。包谷地正在挨家挨户地敲门："公安来抓人了！"另一条街巷里，三十六计正在敲根叔的门，告诉他："快去学安家！可不能让他们把学安带走！"乡亲们从一条条街巷里冒出来，向着秦学安家拥去。几个公安人员已经走到了秦学安家的门口，却看到村民将学安家围了个水泄不通。为首的公安人员带着大喇叭喊道："乡亲们，请让一让，不要妨碍我们正常执法！"村民们却嚷嚷着："不行！不能带走学安！"远远地，张天顺听到警笛声气喘吁吁地跑过来，问道："同志，我是丰源大队的书记张天顺，你们来这儿什么事？"公安人员小王告诉张天顺，市里接到了举报信，举报丰源大队秦学安单干，市里要杀杀这股单干风，所以直接下达了命令让他们来抓人！未等张天顺活动，小王一挥手，两名公安人员就绑了刚从茅房出来的秦学安。此时的秦学安大大咧咧地系好了裤腰带，看着围得水泄不通的乡亲们说道："乡亲们，大家的心意我领了，尤其是二小队的乡亲们，当初我说过，出了事，我顶！我秦学安不是说话不算数的人。你们对我的好，我都看见了，为了你们，让我干啥，都值了！"秦学安是真心地为乡亲们对自己的情义感动，说着说着，眼眶都有些红了，拦住了向前拥的乡亲们，伸出双手让公安人员戴上手铐将自己带走。包谷地忍不住喊出来："学安，我们等你回来！"秦家奶奶此时被秦有粮扶着走到了家门，颤颤巍巍，眼中含泪，喊了一声："学安，我的孙儿！"秦学安听见奶奶的声音，眼泪忍不住掉了下来，却在回头的一瞬间将眼泪擦干，硬挺着说："奶奶回去吧，别担心！"秦家奶奶告诉学安："学安，我的好孙子，咱们秦家人有咱秦家的骨气。错了，咱认，咱低头；没错的时候，记住了，咱的脊梁不打弯！"学安泪眼蒙眬地回应道："奶奶，我记着呢！"就这样，学安被鸣笛的警车带走了。秦家奶奶看着车子走远，消失在村口，扶着秦有粮的手一软，瘫坐在地上。众人围了过来，秦家奶奶摆摆手，说道："快、快去给学诚打电话！"

　　此时，秦学诚正在小岗村一户农民家的床上躺着看书，丁朗杰兴奋地跑进来告诉他褚老师已经到安徽了，这个周末要带着他们去爬黄山，两人热烈地讨论着黄山之旅。小岗村的大队干部在门外喊道："秦学诚，有你的电话。打到我们大队部了。"秦学诚听到是陕西打来的电话，一下从床上蹦了下来，他的心里有种不好的预感。电话接通，只听得张灵芝在哭，秦学诚一问，才知道是哥哥学安因为分地被抓了！电话那头张灵芝还在说："学诚，你得想想办法救救你哥，你不是说政策已经松动了吗，怎么你哥还是给抓走了？"秦学诚表示自己会马上买票回去！回到老农家，赵秀娟正拿着自家做的点酿豆腐坐在客厅等学诚，看到学诚火急火燎地进来，便问道："这是出啥事了？"学诚告诉秀娟："秀娟姐，我恐怕要回一趟陕西了，我哥因为分地被抓了。"赵秀娟手中的饭盒掉到了地上，"哐当"声在屋内格外刺耳，豆腐撒了一地。二话不说，她就跑出去，跑到公社邮电局给金水公社打去了电话，她要亲耳听到这个消息才能相信。没想到电话接通，那边的人竟然是张灵芝，一听到是赵秀娟打来的电话，张灵芝更是把心头的气一股脑儿撒了出来："你还有脸来问发生了什么事？自从去了你们家一趟，我学安哥就跟魔怔了一样，非要闹着分地、分地、分地。现在好了，因为分地，他被县公安局抓了，还是市里蔡主任亲自定的案子，这下好了，学安哥说不定下半辈子要在监狱里过了。"赵秀娟只觉得眼前有点晃，自己咋可能想到事情会发展成这样子呢，张灵芝还在那边不停地说着："你就不要猫哭耗子了，自从你来了我们村一趟，你看看你给学安哥惹了多少事。因为你，我们村的红旗丢了；因为你，我大和学安哥闹翻了；现在又是因为你，学安哥入了大狱。这下你开心了吧。"听到张灵芝的埋怨，赵秀娟快要哭出来了，解释道："灵芝、灵芝，我怎么可能开心呢！我都快急死了！"张灵芝冷冷地说她就是学安哥身边的一个灾星，有她在就没啥好事，说完就气愤地挂了电话。赵秀娟握着电话，听着对面"嘟嘟嘟"的忙音，焦急不堪，眼泪在眼眶里打转，却又什么都做不了，什么都帮不上……

赵秀娟失魂落魄地回了家，帮王艳琴剥着玉米，但明显心不在焉，玉米粒已经撒到竹箩外面，她却浑然不觉。王艳琴正纳闷这娃今儿是怎么了，跟掉了魂一样，结果赵秀娟突然扔掉手里的玉米腾地一下站了起来，说道："妈，我要去一趟陕西，我要去救学安！"王艳琴、赵秀娥和姐夫听到秦学安因为分地被抓的事儿，都劝秀娟别去添乱，她一个外地女娃，去了能干啥呢？王艳琴知道女儿的性格，她这不仅仅是为了去报恩，女儿的心里是惦记着学安的，从学安走的那一天起，女儿的心就没安定下来过。可是眼下学安被抓，秀娟跑过去算个啥事？赵秀娟却说："其实今天我打电话了，被人家张灵芝骂了一顿，说学安惹下这些事情，都是被我拖累的，我觉得人家骂得对，要是学安关进监狱，我去给他们那边的领导说，学安做的这些都是我教的，把我一块儿判了！""胡闹！"王艳琴也生了气，不许女儿胡说。赵秀娟此刻已经管不了许多了，她扭头走进里屋，开始收拾行李，要跟着秦学诚去陕西救学安。王艳琴和赵秀娥对视，相互递眼色，追着赵秀娟进屋劝道："秀娟，不要急嘛，也许有其他办法呢。"秀娟什么话都听不进去了，她多希望自己此刻有飞的本事，能一下子飞到学安身边。

学安被带走后，关进了学习班。三面是墙的房间里，只有一张桌子、一张白纸和一支钢笔，审讯的公安人员坐在秦学安对面问道："秦学安，再给你一次机会，把自己的问题都写下来！"秦学安把白纸往前一推，表示自己什么也不会写的。审讯人员告诉学安，到了这儿，对抗是没有出路的。学安却反问他："难道农民想吃口饱饭也算犯法？"审讯者一笑，拿出《宪法》在秦学安面前扬了扬："你以为我们随便抓人呢？来，我给你念念啊！《中华人民共和国宪法》第7条：农村人民公社经济是社会主义劳动群众集体所有制经济，现在一般实行公社、生产大队、生产队三级所有，而以生产队为基本核算单位。生产大队在条件成熟的时候，可以向大队为基本核算单位过渡……听明白没？知道啥叫宪法不？"秦学安干脆开始打呼噜……反正他的观点只有一个，只要村民们能吃上饱饭，那他的尝试就是成功的，只要开辟了这条路，那他所做的一切就是值得的。

而事实证明，学安希望看到的也确实成为了现实。此时丰源村的晒谷场正围满了社员，三个一团儿、五个一伙儿地看着郑卫东、三十六计、张天顺在收粮。金黄色的粮食过秤，三十六计不住地在账本上写写画画，人群不时地发出惊呼声，二小队的人欢呼阵阵。三十六计忍不住告诉张天顺，二小队现在的收成已经8万多斤了，还有一小半儿没过秤。张守信耷拉着脑袋，也在一旁汇报自己一小队的收成，只有22300斤，比去年还少了400斤……面对这两个对比鲜明的数据，张天顺也确实有些震惊，不由得感慨道："好家伙！这还是补种的秋粮，这还了得？"地里种出这么好的收成，大家的心里却总有些不得劲，带着大家分地的学安，此刻还在学习班里关着，他们咋能高兴得起来。张天顺心里也是这么想，不管咋说，学安这娃不是为了自己才惹事的，就冲着这魄力，他咋能不欣赏学安呢。张天顺带着包谷地、卷毛、根叔去学习班看望了学安，两方人隔着桌子坐着，屋子一角站了一个戴红袖章的看守。张天顺问道："咋样，没受罪吧？"秦学安摇摇头："没，就是逼着我写材料。"张天顺沉吟，劝学安好汉不吃眼前亏，囫囵着出来比啥都强。秦学安的态度也很坚定，这材料不能写，写了就成了给人家承认错误了。学安转移话题，问家里都好？张天顺表示一切都好，放心吧！出了这么大的事，学安怎么能放心得下，继续追问道："我奶的哮喘没犯吧？"张天顺不愿意扯谎骗学安，也不愿意说出真相让学安担心，便向根叔使着眼色。根叔心领神会，把话题岔开，告诉学安二小队打下来了86000斤粮食！秦学安兴奋地拍桌子，直说自己关得值！卷毛却哭丧着脸说道："可惜了，全让他们收走了。"张天顺接着说道："还不是意料中的事儿？！头晌过完秤，后晌公社就派人来了！你这事儿一出啊，全市上上下下都盯着咱大队呢！能有跑儿？"秦学安满脸失望地站起来，看来这条走向光明的道路比自己想象的要坎坷。整个人像是被泼了盆冷水，秦学安冷静了下来，突然发现事情不对，问道："不对啊叔，你说我大、我奶都好，那我大咋没来？"张天顺支支吾吾，解释说："有粮在村里有事儿，听说咱们村以前那块残碑有下落了，便去其他村子打听去了。"可是秦学安继续追问："去了哪个村？跟谁家打听去了？"张天顺与包谷地一个说是下河沟，一个说是青泥沟，一个说去找薛老二，一个说去找张瑞三。秦学安知道了，家里准是出事了……张天顺只好告诉学安，"奶奶急病了，卧床不起"，劝学安赶紧承认错误！眼下最重要的是先把人保出来啊！

秦学安靠在墙上，眼泪直流。从小到大，除了娘去世的时候，自己还真没有哪一刻觉得这么难！一方面，他惦记着奶奶的病；一方面，他又觉得自己没有错就不能认！就在这时，小王走了进来，告诉张天顺他们，蔡子初听说看学安的人一拨拨地来，都快把学习班搞成庙会了，便下达了命令：秦学安不交代，任何人不许探视，请张天顺他们立刻离开学习班。秦学安看着张天顺他们离开，把着门喊道："天顺叔！包大哥、根叔！这事儿咱们没有错，我是不能写认错书的！我大、我奶，就托给你们照顾了！我学安这辈子忘不了你们的恩！"听着学安哽咽的声音，张天顺的心里疼啊！这一幕，跟几十年前秦有粮被抓有啥区别？张天顺咬牙切齿，到底是谁把这事儿捅到了蔡子初那里，他一定要查个究竟。

　　此时，火车站内，秦学诚和赵秀娟拿着行李从人群中往前挤，寻找着前来接站的张灵芝。学诚个儿高，眼尖，看到了张灵芝，呼唤着："灵芝姐——灵芝姐——"张灵芝听到秦学诚的声音，越发焦急地四处张望，却看不见秦学诚的身影，她踮起脚尖，又跳了跳，仍没看见人。秦学诚却已站在她身后叫道："灵芝姐！"张灵芝惊喜地回头："学诚，你终于回来了！"可是话还没说完，张灵芝就看到了在秦学诚身后的赵秀娟，她表情极为复杂地问道："你、你咋也来了？"赵秀娟现在心里想的都是学安，告诉灵芝："他救了我一命，现在他出了事，我不能见死不救。我来就是为了救学安，你放心，等学安救出来了，我就回去了。"听到赵秀娟这么说，张灵芝心里就算有一万个不痛快，也不好再计较，当务之急，是去救学安。就这样，尴尬的三人一起到了学习班门外，没想到这里的工作人员却说啥也不让三个人进。最后，工作人员终于被三个人说得不耐烦了，训斥道："这是啥地方？这是思想学习班！只有犯了错误的人才能进去，你们能说进去就进去？这是光荣的事情吗？"赵秀娟不肯放弃，央求道："我们是从安徽赶过来的，就看一眼，行吗？""红袖章"轰赶着三人。看实在没有希望了，秦学诚和张灵芝只能悻悻离开，赵秀娟边走边往围墙看，看到了一个窗户，一个想法在赵秀娟脑海里一闪而过。她带着秦学诚和张灵芝绕到学习班的外墙，害怕呼喊秦学安的名字被"红袖章"听到，干脆拿起了手里的手鼓，唱起了凤阳花鼓："说凤阳，道凤阳，凤阳是个好地方………"

　　羁押室的窗户缝隙里透进来一缕阳光，阳光照到了秦学安的脸上。秦学安隐隐约约听到窗外有熟悉的歌声。他用手遮着阳光爬了起来，仔细分辨着窗外的声音，果然是凤阳小调。秦学安一愣，靠着窗户喊道："是秀娟吗？是秀娟吗？"赵秀娟正唱着，突然听到了学安的喊声，她激动得眼泪一下子就掉了下来，回应道："学安、学安，是我、是我哩！"两个人就这样隔着窗和墙喊起话来。学安问道："你、你咋来了？""救你呗！""那你咋从安徽跑来的？"赵秀娟说到这个问题，有点害羞了："我听说你出事了，就跟学诚一起过来了。灵芝妹子也来了，我们要想法子把你救出来！"得知赵秀娟不远万里从安徽赶来救自己，秦学安的心里说不出的感动，但还是劝道："秀娟啊，你快回去吧，这边我的事情，你也帮不上忙，赶紧回安徽去。"赵秀娟也是横了心："我不，你是因为我才进去的，你不出来，我就不回安徽了！"张灵芝站在旁边，听着这两人喊话，越听越气，仿佛自己才是那个多余的人，便开口喊道："学安哥，我们也不能这么一直在外面站着，我们走了，回去想办法！"学诚也认同灵芝的说法，于是赵秀娟只得跟着两人恋恋不舍地离开学习班，去了招待所暂时安顿下来。

秦学诚刚到招待所，就给丁朗杰打去了电话，想要问问安徽那边的情况，没想到这一问还真问出了希望！秦学诚激动地告诉张灵芝和赵秀娟，他的老师褚建林在爬黄山的时候遇到了邓小平，是安徽的万里书记陪着邓小平上了黄山。据说在黄山上，邓小平同志对于农民的"双包"给予了肯定，但是现在还没有传达，也许很快中央就会对农村的"双包"有重要的决策，总之希望很大！张灵芝和赵秀娟激动得异口同声地说道："太好了！"赵秀娟顾不上吃饭喝水，扭头又往学习班走，她要把这个好消息告诉学安！秦学诚心里也宽了大半，当下决定三个人也别在县上住了，告诉学安哥这个好消息后，就一起回丰源村，安慰一下他大跟奶奶。赵秀娟狠狠地点着头！

到了学习班，赵秀娟站在墙外，又唱起了"说凤阳，道凤阳，凤阳是个好地方……"秦学安从窗子里问道："是秀娟吗？"赵秀娟告诉学安，她带着学诚和灵芝又来了！学诚自从去北京上了大学，还没回过家。想到上大学的时候，哥哥与他在壶口瀑布前的踌躇满志，送上火车时的百般叮嘱，而现在再见面，哥哥却已经被关进了学习班，学诚的眼睛忍不住红了，说道："哥，你受苦了。"秦学安也红着眼眶安慰弟弟："没事！咱秦家人不怕这个。"秦学诚告诉哥哥："哥，我要告诉你一个好消息。我的老师在黄山见到了小平同志，对农民的包产到户，他是支持的。哥，你放心，有希望了！有希望了！"学诚的话声音不大，在学安听来却振聋发聩。听到国家领导人对农民的包产到户是支持态度，秦学安这半月来受的所有委屈似乎都不算什么了，他所有的坚持也有了意义。秦学安望着窗外的阳光，不由得两行热泪奔出眼眶，他哽咽地回应道："我听见了！听见了……"

第四章

较 量

赵秀娟随着秦学诚回到了熟悉的秦家大院，曾经热闹的院子此刻弥漫着哀伤的气氛，秦有粮拉着门闩，不管赵秀娟和秦学诚在外面怎么敲门都狠着心不给开门。秦家奶奶劝道："要不然就让娃回来住一晚？"秦有粮坚决地摇着头，秦家奶奶明白，有粮这是要把学诚赶回北京去，生怕因为学安犯的事连累了老二。学诚又何尝不知道父亲的心思，站在门外坚定地说："大，我哥他没有错，他做的别提多好了，我以我哥为骄傲，我也懂你的心思，你放心，我这就回北京去！"秦学诚含着泪，望着紧闭着的大门，深深地鞠躬，然后转身离去。秀娟追到槐树下，问学诚，就这么走了？学诚告诉秀娟，他隔着窗子看到学安没事就放心了，现在，县委甘书记也进了学习班，家里不让进门，他只有回北京去想办法。目前，从上到下，都在争论土地问题，中央农村工作小组的褚建林是他的导师，是一位坚定实干的改革派，现在老师已经从安徽回了北京，他要先找褚老师，把哥哥为了让大家吃饱饭分地却被抓起来的事情告诉老师，请他来为处在饥饿之中又无路可走的农民发出声音！赵秀娟有点茫然，这法子真的管用吗？人家北京的大学者还能管咱们这小山村的一个农民？学诚满怀希望地告诉秀娟姐，寒冰是封不住黄河水的，总有春风吹出裂缝。只要有一丝希望，就挡不住咱老百姓追求幸福的愿望！秀娟点了点头，目送学诚远去。

北京9号院内，一场有关农业改革的讨论正在进行，双方争论极为激烈，主张改革包产到户的年轻学者与主张保持现行政策的资深专家互不相让。会议已经进行了两天，却毫无结果，坐在褚建林身后的秦学诚正因为哥哥的事心急如焚，听到一个专家说包产到户，没有统一经营，不符合社会主义所有制的性质，根本不可能试行的话，他终于忍不住了，站起来反问道："不顾及人民，不顾及群众的社会主义，那就是假的社会主义！什么是社会主义？最简单说就是人民当家做主，你连人民群众都不要了，你的社会主义是谁的社会主义？！"毛头小子秦学诚犀利直接的观点让在座的所有专家一惊，褚建林连忙打圆场，说这是他的学生，刚从基层调研归来，不妨听听他都带来了哪些新信息。秦学诚整理了一下思绪，先向大家鞠了一躬，随后说道："我来自农村，我的家人和千千万万个中国普通农民一样，只是想吃饱肚子。在今年之前，我们村都是省里学大寨的先进村、红旗村。可是今年因为遭受了蝗灾，我的哥哥带着乡亲们，把地分了，搞起了包产到户，结果却被省里以动摇社会主义所有制为罪名关押起来了。我的哥哥，我们村的乡亲们只是农民，他们懂什么所有制，难道他们想吃饱肚子有错吗？"说着说着，秦学诚的眼里泛起了泪花。随后，他又谈起了自己在安徽调研时看到的一个个小人物，赵秀娟、刘海、小岗村的老伯……他们都在为了吃上饱饭的愿望努力在地里忙活着。很多老同志听着学诚的讲话，从一开始感觉不满，到后来开始拿着笔记录。

众人认真地听着，有老同志在记录着。陈组长接过秦学诚的话，做最后总结，他说现在从上到下，都在争议土地问题，可是这件事情归根结底的受益者和影响者是农民，他们怎么想怎么看？我们与其在此坐而论道，不如下去实地看看听听，实践才是检验真理的唯一标准。会议当即决定，成立几个调研小组，分别奔赴不同地区实地调研。褚建林一组前往西部五省调研，首站就选在金水县。

十一届三中全会以后，人们刚刚从极"左"的氛围中走出来，对于否定集体化，否定人民公社本能地抱有一种怀疑。在那个特定的年代，不少人的思想认识水平还停留在特定的层面，对农民的变革行为，对农村新的生产方式普遍持抵触的情绪！他们偏偏还意识不到，那些踏实勤劳的庄稼汉都普遍拥护责任制，呼唤着党的好政策真正落到广大农村。

陈组长带着褚建林、秦学诚一路轻车简从，进了金水县城。车子准备开进县委大院的时候，陈组长表示不去县委，直接下基层。陈组长当年是吃着陕西老百姓的小米粥长大的，这里对他来说就是第二故乡。长征结束到了陕北，他在这里一待就是十三年。可那天听到学诚的讲话，听到他们还在吃苦，还吃不饱肚子，他是片刻都坐不住了，要直接去丰源大队看一看！为了避嫌，他让秦学诚不要跟着去。

县委大院里，蔡子初和几个领导干部正在准备迎接中央来的调研组。听闻中央来的领导直接下了基层，急得蔡子初团团转，连忙备车追了出去。

丰源村，张家，张灵芝一哭二闹三上吊，求父亲张天顺赶紧去帮秦学安想想办法！张天顺摇头叹气，对灵芝说道："你这个女子不懂，你咋知道我没找？人家高满仓说了，这是惊动了市里的事，不是个小事情！这学安都被关进去半个月了，只要他承认错误，立刻把他放出来哩，人家要真想关他，早就把他关监狱去了。"张灵芝气得不行，恨那个把学安举报了的人。守信做贼心虚，说道："大，那上次柳家窑还把咱们举报了呢！那柳家窑的女子不是还在咱们村当媳妇嘛。人家赵家沟还问我来着，问咱们村是不是包地了。人家三乡五里的要是从咱们村过，谁看不见？"张天顺倒背着手说道："要让我知道是谁，没他的好果子吃！"守信不说话，张灵芝急得直抹眼泪。张天顺看看灵芝的样子，恨铁不成钢地摇了摇头。他跟秦家虽然曾经谈到过两个孩子的亲事，但按照秦学安这个爱惹事的性格，就算他这次能侥幸出来，自己也不会再考虑把女儿嫁给他。他让灵芝断了对秦学安的念想。听说甘自强的秘书王方圆老去广播站找灵芝，他告诉女儿那个小伙子不错，可以发展一下。张灵芝也是个犟脾气，直接告诉父亲："他再好也不关我的事，我喜欢的就是学安哥，什么王方圆，王方扁的，跟我没关系！"守信在这方面是个聪明人，劝灵芝对秦学安死了心，他可是随时有可能蹲几年班房的人。"那我就等他！"张灵芝边抹眼泪边说。"姐，我就不懂了，秦学安到底哪里好？""守信，你、你可也是跟着学安一块儿长大的，你咋能这么说？"张守信嗑着瓜子："小时候一块儿玩，还行，这越是长大了吧，我越是发现我们不是一路人，他这种人，迟早没有好果子吃。""我还就是喜欢他心里有大家，有全村人的样子。""我跟秦学安从小一起长大，我也没看出秦学安有能耐来，让你们一个个地都向着他！"两个儿女你一言我一语地吵吵着，天顺瞥了一眼守信，问现在村子里的情况啥样子了。张守信说道："他学安眼下在二小队里那是英雄，还悲壮得很哩！我可得拉拢一下一小队的人心，人心要是都跟着秦学安跑了。可咋得了？关键时刻，我当机立断，把二小队收下来的庄稼都拢到大队里来了。您想想，要是不收上来，二小队每家每户预留的口粮，那可就是我们一小队的两倍，我这一小队的人，还不跟我闹翻天？不过，现在二小队白忙一场，秦学安又被抓走了，二小队少了他这个挑头的，翻不出天去！"再怎么说，这学安娃关在学习班，那是为的全队老少吃口饱饭，张天顺不明白儿子这是说的啥话，在这个节骨眼上落井下石，全村人都会戳你脊梁骨的！张守信被父亲和灵芝一人一句顶得心里越发堵了，问道："大，这么多年了，你老是借着大旗这个事，来搞平衡，现在秦学安都已经成了大家心目中的英雄了，你也不看看，你的话还有人信吗，我这个小队长三通哨都叫不出来人。"张天顺敲敲烟杆，说道："那是你没能耐！为啥人家学安就行，你不行？你也比他小不了几岁，学安天天在干啥，你天天在干啥。"张灵芝也说："守信，这会儿越急着拉拢人心越不得人心！"张守信被戳到痛处，一下子急眼了："姐，你还别说我，你看看人家赵秀娟，千里之外都赶过来了，过来之后住在秦学安家，三顿饭都做，挑水担柴，那就是照着老秦家儿媳妇的样子做呢，人家来了之后还有你的事情吗？"张守信准确地戳到了灵芝的痛处，再加上本来就烦心，张灵芝尖着嗓子喊道："你别胡说八道！"看着家里这鸡飞狗跳的样子，张天顺实在是头疼，呵斥两个人都闭嘴！他连个村子都能管好的人，咋就是管不好家里这对儿女呢！就在这时，郑卫东呼哧呼哧地喘着粗气跑进来说："天顺叔！好像有大干部进村里来了！坐着面包车，还说着普通话哩！"张天顺神色一凛："走，看看去！"

陈组长、褚建林远远地停了车，步行进村，挨家挨户地走访，调查着今年的收成情况，这会儿走进了包谷地的家。包谷地说今年的粮食那是十多年都没有见过的好收成了。褚健林问道："为什么原来集体上工你们就打不了这么多，现在一分，同样的地里就能打这么多？是你们公社经营管理有问题，还是你们这里干部作风有问题？老乡，你不要怕，我们都是专门从北京来听你们讲心里话的，你不要有顾虑，可以畅所欲言！"包谷地不知道褚建林的身份，不知道他们是来干啥的，金银花同样心有防备，偷偷拉了拉包谷地的衣角。包谷地思索一番，学安都为了分地这事儿豁出去了，眼下来了大领导，那就实话实说吧！说得好了，能救学安一命；说得不好，这大领导也不能直接把自己拎出去砍头。包谷地也要学学秦学安的威风哩，他正色回答道："你说的这些我也搞不懂，我们丰源之前也是学大寨的红旗村哩！但是啊，原来这个集体上工，不管你干多干少，分给你的口粮就这么多，像我们家，人口多，又都是老人孩子，光靠我们两个劳力，真是吃不饱活不下去哩！这一次，我们村里又遭了蝗灾，虽然说有救灾粮，可是、可是，我们丰源是扛惯了红旗的，我们不能给国家拖这个后腿哩！然后，学安从安徽回来，就说带着我们分地渡过难关。他答应我们，交够国家和集体的，剩下的都是我们自己的，大家那还不拼了命地干啊。"金银花也接话道："你们是不知道啊，我们家这个大名叫包谷地，那真是随了这个名字了，一天到晚，就长在那地里了。"众人都笑起来，陈组长思索着。包谷地刚要张口说秦学安的事，张天顺就带着郑卫东赶到了。张天顺带着大家去了一小队郑卫东的家，郑卫东打开满满的粮仓，直夸是张天顺书记领导治理有方，今年多打了粮食。

褚建林提议去秦学安家看看，张天顺有点紧张了，正好蔡子初也赶来了，褚建林和风细雨地说不要紧张，亮明了自己的身份。他是听说有的社员被关起来了，所以想问问大家如何看待这个事情。陈组长则说我们也就是下来转转，来看看乡亲们。周围的人都不再说话了。张天顺小心翼翼地说道："首长，丰源大队的事情我都清楚，主要是灾年各家生活苦。家里的苦啊，其实只是暂时的，救灾粮已经批准了，学安娃他也是年纪轻了，一时冲动，做错了，希望政府能够理解谅解，从轻发落。"秦有粮叹了口气，蔡子初面有不悦，赵秀娟观察这几个人的样貌谈吐，觉得很不一般，心里想着多半是学诚找了他老师，人家才来的。于是她跳起来说道："学安哥没做错什么！"赵秀娟走上前，站在几个老同志面前，张天顺将她拉住："丫头，你不是我们村的，就不要乱说话了，这个时候你在这些领导面前说什么，都有可能加重学安的罪过啊。"褚建林听到张天顺的话，立刻就问道："哦，你就是那个安徽来的？叫赵秀娟对不对？你说，我们就是要听听你们的想法嘛。"这下，秀娟更加确定他们就是秦学诚找来的大领导了。赵秀娟踏实地说道："对，我是安徽的，我叫赵秀娟，是安徽凤阳县淮水村的人，今年上半年的时候逃荒到了丰源，学安哥这次出了事情，我必须站出来给他说话，因为他在丰源所做的一切都是送我回安徽的时候，看到我们那里的小岗村搞了大包干，这才引发了学安哥回到陕西，坚决要搞包产到户的想法。正是因为搞了分地，产量才翻了一倍，交了公粮之后，余粮被领导们平均到各家各户了。可学安也因为分地被抓了。"秀娟还质问褚建林，为什么安徽允许分地，这里就不允许。褚建林说各地情况不一样。赵秀娟则说："情况不一样，但多打了粮食是一样的。"蔡子初和韩天成几次打断赵秀娟，说赵秀娟这是反动言论，都被褚建林阻止了。赵秀娟把自己想说的话一股脑儿全说了，此时不为学安申冤，怕就再也没有机会了。就像奶奶说的，她相信现在的共产党都像当年救奶奶的那个小红军一样，都是为农民做主的共产党哩！

　　赵秀娟和老乡们的话引起了陈组长和褚建林深深的思考，他们随即坐上车，要去看一看被关在学习班里的秦学安。蔡子初前后地安排着，但他知道，这次的事情恐怕自己是做错了。进了学习班，秦学安见了这些大领导，蔡子初就希望秦学安能够识相地承认自己的错误。没想到秦学安是个倔脾气，就是天王老子来了，他认为自己没错的事也不会认！蔡子初拿出法律质问秦学安："你知道这个三级所有是写入宪法的吗？你知道这个包产到户是违反社会主义的吗？"还没等秦学安说话，褚建林就将蔡子初打断了："蔡主任，你的话我不同意啊，上一次在北京这个问题我们争论过，但是你这样给包产到户定性，我认为不妥。学安，你大胆地说。"秦学安受到鼓励，把他这几天在学习班里想出来的道理说给大家听："刚才这个蔡主任说我违反宪法，违反社会主义，我不认。社会主义，不就是要让我们老百姓吃饱饭吗，咋我们吃饱穿暖就成了违反社会主义了？我们农民，也不懂啥大理论，但是我们懂种地。我们就知道，有些政策施行起来，怎么种，地也种不好；有些政策只要一施行，不管天南海北，到了哪里哪里行。我们拥护共产党，热爱国家，我们就是想用自己的劳动，用我们的双手去建设更美好的社会主义。"秦学安的话音落了半晌，房间里依旧鸦雀无声，少时，褚建林带头鼓掌，大家都跟着鼓起掌来。陈组长也肯定学安说："这是一个好孩子，是个敢说真话的好孩子，不能这么关着他。"秦学安一愣：自己就这样被放了？褚建林让学安赶紧谢谢陈组长，秦学安却说："陈老，我还有一个请求。"蔡子初眼睛瞪得比牛眼还大："秦学安，都要放你了，你还敢有条件？"秦学安说道："那不敢那不敢，这位老同志说话管用哩，我就想多求他一件事！"陈组长笑了："你鬼小子还有什么请求？"秦学安嘻嘻一笑："那个粮食，能不能给我们留点儿？"这个想法也是陈组长和褚建林在丰源村走访后的感受，说啥也不能让百姓饿着肚子啊。陈组长回过头去对蔡子初说道："子初同志，我建议你们县农委不妨就在金水县搞个试点，丰收了，公粮咋收，口粮咋分，你们研究研究！我们是人民政府，得让老百姓吃饱肚子啊！"褚建林语重心长地告诫众人，中国农民是最本分、最务实的群体，不到万不得已，他们绝不会铤而走险。眼下，我们的农业形势非常严峻，难道还要继续捆住农民的手脚吗？要用事实说话，用实践是检验真理的唯一标准号召大家解放思想。只要能多打粮食，吃饱肚子，不要每年都等着吃救济粮，就是最有意义的社会主义建设，希望县里能认真研究。蔡子初点头，表示自己明天就上会研究粮食问题。秦学安激动地站了起来，向几人深深地鞠躬。

秦学安被释放了，因为支持包产到户被关的县委书记甘自强也结束了学习回到了县上。得到消息的赵秀娟和张灵芝都跑到学习班门口去迎接秦学安。赵秀娟为救秦学安立了大功，这让张灵芝心里很不得劲，而赵秀娟和秦学安相见的欢乐更加让她觉得不开心了。

县委书记甘自强的办公室里，甘自强表扬了秦学安为了农民的出路为金水县做的贡献，但是秦学安却觉得自己没有做什么，只是本能地感觉怎么做是对的、怎么做是错的。甘自强向秦学安继续解释形势，鼓励秦学安在分田下户的道路上继续走下去，现在中央还没有明确的结论，但是如果没有人去闯，永远就没有定论。改革是闯出来的。

褚建林结束陕西之行后，直奔改革的"暴风眼"——安徽省。汽车在崎岖的道路上颠簸而行，褚建林的脑海中不断地回想着秦学安、张天顺、赵秀娟这些人的面孔和他们质朴的话语，越发觉得自己身上的责任重大。

包谷地开着一辆拖拉机停在村口，车斗上坐着秦学安、赵秀娟和张灵芝。看到秦学安回来，水井旁、屋前、屋内，或是站着或是坐着的村民们，纷纷放下手中的活计走到路上，脸上带着微笑，平静地望向秦学安。根叔迎上去问道："学安，回来了，没受啥罪吧？"又见到这些乡亲们，秦学安心里倍感亲切："根叔，我回来了，没事。"包谷地从拖拉机上跳下来："二队的乡亲们，人家秦学安，这一次是替咱们顶雷，坐了大牢！他是替咱们受的罪！他是咱们二队的大恩人！"卷毛欢呼着："最关键的是人家学安还给咱争取到了余下的口粮，比他们一小队多一倍呢！"学安搓着手说："大家说我是英雄，其实我不算啥英雄。我算啥英雄，我就是做了该做的，说了该说的，不管咋样，咱们农民想要种好地、想要多种地，那是天经地义的事！"远处，张守信望着秦学安英雄一般地归来，叹口气往回走。张天顺看着风光的秦学安，告诉三十六计和郑卫东，只是放出来，说明分地这事没有到定罪的地步，但是无论是谁，甘自强也好，褚建林也罢，没有谁说可以分地。你们都太不懂政治了。张天顺这番话说完，发出一声不为人察觉的叹息。学安分地进了学习班又被放出来，还有北京来的大领导看他，这让张天顺不禁感叹这个时代也许真的变了。

被众人簇拥着的秦学安看到了等在家门口的奶奶和父亲。秦学安眼眶不禁又是一红，自己被关进去的这段日子，奶奶和大肯定没少担心。包谷地却让秦学安好好谢谢赵秀娟！那天当着那么多领导，可是人家赵秀娟跳出来给你说的话！而且这段时间都是秀娟在照顾奶奶和有粮叔。秦学安看着秀娟，虽然心里充满了感动，却不知道该如何表达出来。赵秀娟有点害羞，大大咧咧地一挥手："感谢啥呢，我都是为了报你的恩呢！"可是奶奶却把秀娟的心意看得明明白白，等到众人散尽，奶奶把秦学安叫到自己的房间，告诉学安："学安，咱得给人家闺女个说法哩，人家有心思，大老远地从安徽跑过来，承了这么多人情，为你奔波，是为了啥？秀娟这娃奶奶也喜欢。"秦学安不是不知道奶奶的意思，可是现在对学安来说，最重要的事是分地，现在家里还吃不上饭，就算秀娟对他有意思，他又能给人家什么承诺呢？奶奶叹了口气："唉，那咱就不能老给人家念想，让人家女子受委屈，你要不就跟人家说你娶了她，你要不……"秦学安打断奶奶的话，他的心里已经有了主意。

地里，热风拂面，麦浪滚滚。众人正挥舞着镰刀，秦学安亦在其中。眼看到了晌午，赵秀娟、金银花、二妮等人拿着水壶饭食来了。二娃看着秀娟说道：

"好久没听秀娟妹子唱你们安徽的小曲儿了，再给我们唱一段啊！"赵秀娟刚应下，却看到秦学安不吃饭、也不喝水，埋着头还在忙活。赵秀娟让秦学安先喝水吃饭再干，秦学安却头也不回地让秀娟先放那儿："天这么热，先回吧！"赵秀娟的眼里掠过一丝失望，她的嘴唇动了动，转身离开。包谷地察觉到些什么，问学安，"难道秀娟妹子不可你的心？现在全村人都知道人家秀娟不远万里来救你是什么情意哩！"秦学安叹了口气，继续低头割麦子。等回了家，学安告诉秀娟："秀娟，我这也出来了，你回吧！"赵秀娟不知道为什么学安的态度一下变得这么快，问道："有事儿？""安徽那边的日子好过些，我不能叫你跟着我活活受罪哩！"学安这样回答着，赵秀娟心里却是那么的酸楚："我怕受罪哩？我是不可你的心哩！明儿一早就走，行了吧？"赵秀娟不想让秦学安看到自己即将夺眶而出的眼泪，转身离开。秦学安呆立在原地，要走，也是自己把人家赶走的，可是为什么此刻心里却这么难受。可是有些事，哪能凭着自己喜欢就乱来，学安叹了口气，不再说啥。

第二天一大早，秦学安就把赵秀娟送到了火车站。眼看就要开车，赵秀娟跟在秦学安屁股后面磨磨蹭蹭，秦学安催促道："秀娟，快，到点了！""知道了，你就这么巴不得我走啊？""看你说的，我咋是巴不得你走呢，我是舍不得你走，但是该走了。"赵秀娟埋怨着："有啥该不该的，还不是你让我走。"说着说着，赵秀娟心里又感到十分委屈，再加上离别的伤感，眼泪还是忍不住流了出来。秦学安看到赵秀娟眼泪汪汪，一下就心软了，绷了好几天的情绪也终于软了下来，说道："我是怕你家里……行了，秀娟……"秦学安给赵秀娟擦着眼泪，哨声响了，车站服务员催促着旅客上车，赵秀娟猛然扑入秦学安的怀里，眼泪默默地流着。秦学安有些手足无措，这一刻时间仿佛凝固了，他的手臂轻轻拥住了赵秀娟。两人就这么站着，第二遍哨声响了，赵秀娟眼含热泪扭头上了车。秦学安透过车窗目送着赵秀娟，赵秀娟抹着眼泪，边走边抽泣。车身缓缓启动了，这一别再相见怕是没有机会也没有理由了。秦学安的眼里也是泪花闪动，挥舞着手对秀娟说："秀娟，回去写信！"赵秀娟嘤嘤地哭着，不住地点头，不住地挥手。火车渐渐驶出站台。秦学安追赶着火车，望着车影，他怅然若失，心头从未有过地空落落的，沮丧地靠在墙柱旁，热泪忍不住滑落。

第四章 较 量

1980 年 9 月 27 日，中共中央印发《关于进一步加强和完善农业生产责任制的几个问题》的通知（即"七十五号文件"），这个文件是省委书记会议妥协的产物，对于安徽农民探索实践出来的"包产到户""包产到组"虽未明确肯定，但也没有一棍子打死，开出了一条口子，允许边远山区有限度地实行包产到户。于是，全国各地对于文件的理解也出现了较大的分歧，各省为了出台落地政策而争论不休。安徽是农村改革的"暴风眼"，他们对于"七十五号文件"的出台表现出了极大的振奋情绪，各地迅速以行动落实。安徽淮水村，在刘海的锐意领导下，淮水村发生了剧变，"包产到户"政策迅速推行，村里洋溢着一派轻松愉悦的气氛。实际上，在刘海的默许下，早在"七十五号文件"下发以前，淮水村的两个小队就已推行了包产到户。田野里，庄稼长势喜人，刘海断定，今年的秋粮必定大获丰收。可是赵秀娟却不开心，站在田间，她的眼前似乎又浮现出秦学安的影子。

丰源村，张天顺正在广播站带领着村民读报纸："社员们、社员们，报告大家伙儿一个好消息，林彪江青反革命集团要受审判啦！这说明什么问题呢？我们的党中央是无比英明的，任何与人民为敌、给党抹黑的团团伙伙都不会有好下场！"大家都放下了手中的碗，认真听着。突然，张天顺的目光落在了旁边的文章标题上，他的手颤抖着，额头上沁出了汗珠。右上角的文章标题是"专业分工、包产到劳责任制好处多"，紧随其后的是一篇评论文章，标题是"一种大有发展前途的责任制"。张天顺接着说："啊、嗯，第二条消息，长江防汛斗争啊大获全胜！第三条，啊，嗯，也是好消息，我国首批远洋补给船制成使用……"张天顺心绪未平，"七十五号文件"说明了中央对于分地的风向，事关重大，他还要琢磨琢磨这事儿咋落实。没想到，秦学安已经从弟弟学诚的电话里得到了这个消息。他迫不及待地买了报纸，给乡亲们念着"七十五号文件"的内容："在那些边远山区和贫困落后的地区，长期'吃粮靠返销，生产靠贷款，生活靠救济'的生产队，群众对集体丧失信心，因而要求包产到户的，应当支持群众的要求，可以包产到户，也可以包干到户，并在一个较长的时间内保持稳定。就这种地区的具体情况来看，实行包产到户，是联系群众，发展生产，解决温饱问题的一种必要的措施。"大家都不敢相信地让学安再念一遍，学安从大槐树上站起来，向大家宣布："这个文件的意思就是让我们分地！文件说可以包产到户，也可以包干到户，以前的文件上，可都是'不许'两个字。现在好了，终于开了口子了！"大家都欢呼着，卷毛唱着：

大包干，

实在好，

收的粮油吃不了。

集体个人都能富，

国家还要盖仓库！

张天顺知道事情已经瞒不住了，走过去说："同意个甚？最前面那个你咋不说，中央的意思是边远山区和贫困落后的地区可以搞，咱丰源这两个都不是，咋搞吗？"秦学安理直气壮地告诉大家："咱遭了灾，娃娃们饿得直哭，咋不是困难地区，不管他的，继续搞！"乡亲们都应和着要继续搞。张天顺站在不远处，听着大家兴高采烈地说着，脸上的表情难以捉摸。

到了晚上，秦学安按捺不住激动的心情，在煤油灯下给弟弟写信："自从'七十五号文件'发布以来，整个丰源都沸腾了。可以包产到户，也可以包干到户，这两个可以算是给'双包'开了闸，虽然还有很多前提条件，但是全村人都说，只要迈出了这一步，最终确定'双包'，那是板上钉钉的事情了！"秦家奶奶看到学安在给学诚写信，让他告诉学诚家里一切都好，秦学安点头应下，继续心潮澎湃地写道："哎……学诚，自从有了党这么好的政策，全村人都心往一处拢，劲往一处使，准备着迎接今年的大丰收了，随信给你寄上一些生活费，你的大学也快要毕业了，我是多希望你能回来，参与到这场伟大的变革中来，但是我相信，一定还有更重要更光荣的事业在等着你……"秦学安停笔，在这寂静的夜看着窗外的月亮思索着，自从自己见识到了小岗村分地的巨变之后，在经历了一系列的挫折与磨难之后，他越发地坚定了分地的信心。

第二天，还没到上工的时候，郑卫东就慌慌张张地推开了丰源大队部的门，险些夹到正在门后钉钉子的张天顺。郑卫东告诉张天顺，外面有娃在唱歌哩！张天顺恨不得一锤子锤在郑卫东头上，有娃唱歌稀奇个甚哩，你还用得着这么慌张？可是张天顺再仔细一听放羊娃唱的歌：

上边放，

下边望，

中间有个顶门杠；

中央放，

省上挡，

戏到下面没法唱；

一刀切，

一锅煮，

没米下锅人恓惶；

包工包产实在好，

收的粮油吃不了……

张天顺越听越生气：简直就是胡闹！郑卫东则问张天顺是不是让民兵把他们都抓起来？张天顺吼道："抓谁？抓放羊娃们？社员还不把这大队部给拆喽！"郑卫东就更不懂了，那这地还分不分了？张天顺叹了口气，自己在这丰源做了大半辈子的支书，难道有了他秦学安，现在自己说了就不算了？

县委会议室里，甘自强召开了"七十五号文件"落地的会议，有人认为包产到户的好处是看得见的，粮食增产，农民受益，应该搞几个试点看看。蔡子初反问道："难道粮食增产就可以不讲政治？农民受益就可以不看路线？同志们，这种思想要不得啊！"甘自强听着这些争论，问高满仓："如果县委把包产到户的试点放到你们公社，你咋办？"高满仓则表示自己当然是服从。甘自强满意地点了点头，把丰源村的试点定了下来，并表示"出了问题，县委会负责，我甘自强也会为自己的决定负责！"

回到金水，高满仓和张天顺面对面地坐在高满仓的办公室，屋子里烟雾缭绕，气氛沉闷。张天顺仍然不服，问道："整个生产队的社员都看着呢，如果让二小队把地分给个人了，那我这工作咋干？"且不说允许偏远山区先行先试，金水县到省城只有几十里路，80% 以上属于平原地区，其余的 20% 最多只能算半山区！根本就不属于能够分地的范围。从内心讲，他是知道包产到户更好的，因为他首先是一个农民；但与此同时，他又因为"七十五号文件"的模糊态度而心存疑虑。而且爱面子的张天顺不允许在这件事情上，秦学安改变他在丰源村统治了这么多年的政治生态，他不允许秦学安挑战自己。于公于私，他都明确反对实行包产到户。可是高满仓却说，这个试点是甘书记亲自定的，就让秦学安去搞试验吧。张天顺埋怨着："我真不明白，群众觉悟不高，咱们有些干部也不讲政治，那还用试？秃子头上的虱子，明摆着的。"高满仓笑着说："你的心思我知道，你是担心你这个支书在村里失了威望吧？"张天顺不肯承认："你这就是门缝里看人了！我张天顺是那样的人吗？只要组织一句话，莫说撸了我这个支书，就是叫我上刀山下油锅，也没二话！"高满仓与张天顺碰杯："现在是和平年代，上啥刀山！这事儿不是我不表态，中央文件白纸黑字写着，谁敢违背？我就提醒你一句，这文件上只说'可以分'，可没说'必须得分'！你自个儿琢磨琢磨，才能拢得住人心……"拢得住人心，张天顺叹了口气，眼下丰源村的人心，怕是早就散咯。

　　1981 年，北京九号院，褚建林和调查组的几个同事结束了在全国各地的调查，风尘仆仆地回来了。会议上，褚建林拿出沉甸甸的报告，郑重地递给陈组长："陈老，按照农委要求，我们第十二调查组的 9 位同志在甘肃、陕西、青海、宁夏历时 3 个月走访调查，这是我们几人代表大家汇总意见完成的正式报告。"陈组长接过报告，缓缓打开首页，戴上老花镜，轻声念道："当前农村形势之好，是多少年来没有过的，特别是西部农村。长期贫困落后的地区，面貌变化之快，形势之好，实在出乎调查组的意料！实践证明，联产计酬生产责任制确实是一项好政策！"陈组长一页页翻着内容，笑着说："调查组的同志们，你们辛苦了。我们这次由国家农委、农业部、农垦部、中国社科院、中国农大等部门组成的 17 个调查组 140 多人，分赴 15 个省区，选择了不同类型地区调研，获得了大量成果。我们会尽快上报中央，为即将召开的全国农村工作会议作决策参考。"能够得到这样的回复，调查组成员都互相鼓励着，他们最期望看到的，就是中央能确定一个符合农村发展的好政策，明确农村生产责任制长期不变。

　　历时整整半个月，全国农村工作会议形成了《全国农村工作会议纪要》，文件获中共中央政治局讨论通过。1982年元旦，中共中央正式向全国下发《全国农村工作会议纪要》。这份当年的第一个中央文件，它历经曲折复杂的过程，在众多中央文件中脱颖而出，具有格外响亮的名称——"一号文件"。这个名称从此成为一个亮丽的称呼，一种鼓舞人心的称呼！它记录着中国共产党人尊重人民群众的首创精神，从群众中来，到群众中去，指导中国农村改革的一系列重大决策，对实现农村改革率先突破、调动广大农民积极性、解放农村生产力起到了巨大的推动作用，深深地印在亿万中国农民的心坎。"一号文件"以其曲折的探索、翔实的内容、负责的态度、实事求是的精神和辉煌的成就而载入史册。

1982年元旦，经过了一场大雪，金水县的天已经放晴。在阳光的照耀下，村道上、屋顶上的积雪开始融化。张灵芝穿了一身崭新的红棉袄，还涂着口红，骑着自行车从广播站门口停下，恰好遇到王方圆经过，王方圆看着眼前的张灵芝，感叹她的美就像是从雪地里走来的精灵那般。张灵芝走进广播站，拿起办公桌上的文件，凑近话筒读了起来："农民朋友们，全国各地的党员干部们，现在播送中共中央1982年1月1日《全国农村工作会议纪要》，中央同意纪要的基本内容，望即结合本地区的实际情况贯彻执行……"

正在田里劳作的秦学安等人听到了大喇叭里传来了中共中央第一个"一号文件"出台，关于分地的争议最终尘埃落定。秦有粮放下手里的活计，站起来认真地听。秦学安激动地跑进家门，叫了一声："大！"包谷地一家也从屋内跑出来，站在院子里听，满脸兴奋。大柳树下，不少人停住脚步。喇叭里，张灵芝甜美的声音还在广播："建立农业生产责任制的工作，获得如此迅速的进展，反映了亿万农民要求按照中国农村的实际状况来发展社会主义农业的强烈愿望。"王方圆从办公室走出，站在门外听到这消息，满脸微笑。张灵芝停顿后继续："生产责任制的建立，不但克服了集体经济中长期存在的'吃大锅饭'的弊病，而且通过劳动组织、计酬方法等环节的改进，带动了生产关系的部分调整，纠正了长期存在的管理过分集中、经营方式过于单一的缺点，使之更加适合我国农村的经济状况……目前实行的各种责任制，包括小段包工定额计酬，专业承包联产计酬，联产到劳、包产到户、到组，包干到户、到组，等等，都是社会主义集体经济的生产责任制……"

冬日的暖阳照耀在丰源村，社员们兴高采烈地敲锣打鼓。电力工人们在架设电线；田地里，乡亲们埋头苦干。秦学安就这样痴痴地站在秦家大院里，看着满脸沧桑的父亲。秦有粮仔细地听着广播，两行泪从脸颊滑落。多少年的坚持，多少年缄口不言，换来了今天。他双唇颤抖着，一步一步走向儿子。秦学安此刻太明白父亲的心情，他快跑两步，一下扑到父亲的怀里，抱着父亲说："分地了！终于分地了，大！分地了！"秦有粮一声叹息："分地了，好啊……"听着父亲开口说话，听着广播里的"一号文件"，秦学安觉得此生从来没有见过这么蓝的天，从来没有比这一刻更高兴的时候了。

张灵芝念完了文件，拿起桌子上的搪瓷杯，喝了一口水，润润嗓子凑近话筒："今天播音到此结束，结束曲是一首新歌《在希望的田野上》，献给大家，谢谢收听！"歌声缓缓响起，旋律优美高亢：

　　我们的家乡，

　　在希望的田野上。

　　炊烟在新建的住房上飘荡，

　　小河在美丽的村庄旁流淌……

这首歌是那么明朗，那么阳光，那么充满想象又那么激情昂扬。秦学安和秦有粮听到这首歌，浑身的血液像是沸腾了。刚刚送走寒冬的人们是那么喜欢这首歌，喜欢它的旋律，喜欢它的含义，喜欢它传达出来的愉悦！谁能够想到呢，一首歌竟会有那样巨大的魅力！它使人们心潮澎湃，血脉偾张；又令人视线模糊，热泪盈眶！

"一号文件"发布之后，张天顺感到了一丝失落，自己揣摩了一辈子政策，这次却没踩到点上，还是输给了一个年轻人。张天顺看着眼前这个生气勃勃的丰源村，自己是把这一生献给了这里。为了分地，他年轻时险些惹事，又是为了分地，此时的他在乡亲们面前丢了威信，张天顺心中有种"廉颇老矣"的悲凉。

张天顺一只手拿着报纸，另一只手夹着的自卷纸烟已经燃了一多半。他起身，打了一盆水，走进荣誉室，把这满满一荣誉室陈列的奖章、奖品、红旗、锦旗都擦了一遍。郑卫东走进来，试探道："天顺叔，'一号文件'都下来了，咱们啥时候开大会哩?"张天顺把手里的毛巾甩到搪瓷盆里:"过去说,只有社会主义才能救中国,现在又搞得好像只有实行责任制才能富起来,我张天顺还就想不通这个理论了!"溅起的水花扑了一地,郑卫东赶忙帮着清洗抹布,劝说道:"天顺叔,我知道你心里不痛快,但咱们都是党员,党中央不是说这次是拨乱反正吗,中央总不会错哩。关键时候咱丰源老少都等着看您的态度呢,您得说句话……"张天顺盯着荣誉室镜框中自己的那张照片。照片里他戴着红花站在人民大会堂前意气风发。他沉默了半天,收回目光,手也没擦,直接跨过水渍,走出门去。

村里一切如常,广播里传来张天顺的声音:"社员同志们!社员同志们!请大家伙儿午饭以后啊,到大队部院子开会,有重要事情宣布!再广播一遍啊……"秦家院子里,秦学安、秦有粮停下了各自手中的活,秦学安兴奋地站起来:"可算有响动了!这是要分?"秦家奶奶推开窗户:"天顺这个弯转得真不容易!"秦家人出门往大队部走着,乡亲们也都会集到此,七嘴八舌地说着:"太好了!可算盼来了!这只上工钟怕是以后用不上了。""自己给自己种呢,鸡鸣就是上工钟。"卷毛有些遗憾地感慨:"这回怕是要真分了,大伙儿一块儿干活才高兴嘛!"金银花笑他:"我看你是怕不能偷奸耍滑了吧?"卷毛唱了起来:"一花呀引来万花开,全国农业学大寨哟!我这是舍不得这歌哩!"根叔接道:"大包干包出积极性,耕牛出坡四蹄蹦,山川里(哟)绿油油,庄稼人过上好光景。卷毛,新政策有新歌哩,还唱那老歌做啥呢!"所有人兴高采烈地聚在了大队部院子里,可是张天顺却迟迟不出来。包谷地问道:"这是卖的啥关子?把大伙儿叫来了,自个儿却不露面!"就在大家都沉不住气开始骚动的时候,张天顺关了喇叭电门,站起身向窗外张望了片刻,他整理衣服,朝门口走去。

大队部的门"吱呀"一声打开,人群迅速恢复安静,人们伸长了脖子朝大队部门口张望着。张天顺手里拿着一件带血的衣服和他这几十年一年一本记录的小本子、荣誉锦旗、奖状等出现在了众人面前,一言不发地把它们摆放在桌上。人群又一次骚动起来,不知道张天顺这是啥意思。根叔解释道:"这些都是荣誉,衣服是天顺当年修梯田的时候穿的。炸山的时候,他为了救秀文他大,险些丢了性命!"张天顺缓缓开口:"让大伙儿久等了!我知道,你们当中有些人已经等得有些不耐烦了!当年啊,我们修梯田、炸山的时候,秀文他大等着那个雷管响，左等右等不见动静，就急了，结果呢，险些闹出人命！秀文，你兴许还记得吧？"三十六计回答："记得！那年我 11 岁，是天顺叔救了我大！自己却……"三十六计说着说着哽咽了，"我们全家人都记得您的大恩大德！"张天顺摆摆手："秀文，算了，都过去了！我今儿特意带这身儿出来，不是表功的，是想让大伙儿一块思谋思谋。咱丰源这些年不容易啊！咱容易吗？老少爷儿们！65 年修梯田，前后搭上了两条人命！你们还有人记得他们的名字吗？我张天顺都记着呢！张春田、秦怀义！这俩娃娃死的时候才 15 岁！挣 6 个工分！"人群中传来啜泣声。张天顺顿了顿，掏出记事本，翻看了几页，继续说："66 年修大坝，来福他大折了一条腿！67 年整修红军洞，二妮她娘折了两根手指头！这一笔一笔的账我张天顺都记着呢！"越来越多的人开始抹眼泪。张天顺翻着本子："68 年修大坝，又险些把包谷地、学安、守信、卷毛几个在工地上帮忙的学生娃给冲跑！咱们找了两天两夜，最后还是人家下游梁家河把人给救上来的，是吧，有粮？"人们纷纷回头看着秦有粮。秦有粮抬起头，凝视着台上的张天顺，若有所思地点点头，张天顺有些感慨："自我接替有粮当了支书以来，队里的大事小情我心里都有一本账。我是个勤快人，就把这些都记下了。我刚才啊数了数！这十来年，咱丰源扛回来 9 面红旗，捧回来 23 张奖状！5 个奖杯！我个人呢，评上了省劳模，还进了趟首都！在这儿，我这个当家人谢谢大伙儿了！这不是我张天顺一个人的荣耀，是咱丰源的老少爷儿们用命换来的！"张天顺深鞠躬，下面哭声一片，张天顺也抹了抹眼角的泪水："这些年，有人说我腐化了！堕落了！我承认，条子我批过！小灶我也开过！老少爷儿们！谁找过我谁心里有杆秤！谁家没个三病五灾的？娃娃病了想找县里大夫给瞧瞧，你们说这个条子我批不批？大姑娘出嫁、小伙子结婚，想扯几尺布，这个小灶我开不开？我在拖拉机头上写过条子，在我身后这个办公室里写过，在田间地头，在别人的脊梁上也写过！有些部门认我省劳模这张老脸，把事儿给大伙儿办了，两全其美，有些人不认我这茬儿，咱也没办法！"张天顺说完这些话，看着乡亲们泪水涟涟的样子，叹了口气："好了，不啰唆了！我知道，你们当中已经有人等不及了！想着早点儿把丰源的这些光荣历史砸个稀巴烂！有些人肯定要问，文件下了，张天顺啥意思？这地分不分？今儿咱说的就是这事儿！分不分，我说了不算！得大伙儿说了才算！上面一再强调，要尊重群众的意愿！卫东，把东西抬上来！"郑卫东与张天顺一起抬上来一张桌子，桌上放着一碗黄豆、一碗红豆，两个空搪瓷盆子。张天顺解释道："赞成分地的，往左边的盆里扔一粒黄豆子，不赞成分地的往右边盆里扔一粒红豆子！"张天顺转身坐到了大队部门口的椅子上，人群中一片议论声。张守信投了粒红豆子，站到台上，说道："这几天啊，总有人跟我打听，这地到底是分还是不分啊。我说你是问我大的态度，还是问我的态度？对方就不吱声了！我知道，大伙儿关心的是我大的态度，我大到底啥态度呢？我真不知道！不过要问我的态度啊，那就是不分！为啥呢？分了有啥好？村里的老弱妇残咋办？遇上个天灾人祸的咋办？咱农民穷啊，这穷了就怕事儿，不抱团儿他不行啊！是不？"众人纷纷点头，秦学安强压着自己的情绪，秦有粮递眼色示意他不要轻举妄动。几个年老的村民上去，也投了红豆子。郑卫东公布当前的数据："红豆子八颗！黄豆子零颗！大伙儿继续！"场下一阵骚动，人们交头接耳，议论纷纷。秦学安欲上台，被秦有粮拦下："等……等！"听到秦有粮说了话，人群中迅速恢复了安静，众人面面相觑，怀疑自己是不是听错了。刚才是不是有粮叔说话？秦有粮走到人群最前面，拿起了一粒黄豆，人群中又起了一阵骚动。秦有粮用沙哑的嗓音说道："我来说两句。"人群安静下来，众人的眼光齐刷刷看着秦有粮。张守信拉拉张天顺的衣角，张天顺一脸凝重地坐着不动。秦有粮看着大家伙儿，说道："这些年了我不说话，但我不哑。今天我想说几句。刚才天顺说的，都是实情！这些年咱丰源不容易！天顺呢也操了不少心！我俩呀一般大！可我刚才这么一瞅，天顺都有白头发了！来！我们大伙儿给天顺鼓鼓掌！感谢他这十多年的操劳！"大家鼓掌，张天顺脸上也有了笑容，秦有粮继而话锋一转："可是大伙儿为啥吃不饱肚子哩？汗没少流！力没少出！这地咋就把咱农民给亏了呢？"张天顺的笑容迅速消失，脸色变得难看。张守信急得站了起来，人群中起了骚动。秦有粮继续说道："我看啊，这根子还在地上！我当过生产队长，也当过大队支书！从前上工的时候我就站在这地头上看哪！那个心焦啊！62年那场大旱，麦苗都快被太阳烤煳了，地里的水就小拇指那么粗！为啥？渠岸垮了！人呢？上哪儿去了？肚子疼的！腿疼的！躲阴凉地儿睡觉的！上了年岁的兴许记得，62年这场大旱，咱丰源饿死了李寡妇、刘瘸子、张三爷！大伙儿说，这么种地，他能种好吗？他能不饿肚子吗？是咱农民天生就懒吗？是咱不会种地吗？"大家纷纷说"不是！"秦有粮继续说道："对！所以啊！为了来年不饿肚子！这地得分！从前啊，商鞅变法给车裂喽！为啥？没了秦孝公给他撑腰！可是今天不一样，我们农民闹分地，背后有党中央给咱撑腰！怕啥？"包谷地带头说"好"，秦学安更是热泪盈眶地鼓掌，众人叫好声一片，秦有粮放下手里的黄豆。秦学安也跳上台说道："老少爷儿们！这分地啊，是我秦学安挑的头儿！我的态度不说大伙儿也知道！有人说你秦学安一个毛头小子跳这么高干啥？想当大队长还是想当支书？我今儿跟大伙儿掏掏心窝子！我有木匠手艺，我大会瞧病，我们家就是一个工分不挣，也饿不着！我为啥领着二小队的社员偷偷把地给分了呢？包大哥最清楚！我是看不了咱农民吃不饱饭啊！秀文哥家的娃！才5岁，饿得撑不住了，跑到饲养室偷吃黑豆饼，差点儿丢了性命！还有大老远跑到咱丰源逃难的秀娟母女，去年人家还逃难要饭呢！今年那粮食就已经多得吃不完了！顿顿都有白面馍馍吃！为啥啊？地分了！大伙儿都舍了命地在地里刨呢！秀娟前几天来信说了，人家现在一亩地能打520斤麦子！为了自家的老人不饿肚子，想想家里的媳妇娃娃！这不是一颗豆子，这是咱丰源的未来啊！"人群中又是一阵赞叹，秦学安放下一粒黄豆。三十六计随后上台，看了一眼张天顺，迅速低下头，扔了一颗黄豆。张天顺嘴唇动了动，什么也没说，无力地坐下去。人们纷纷上台投票，黄豆越来越多，红豆的盆里的豆子再也没有增加。人们欢呼雀跃，远处传来了鞭炮声。张天顺闭上了眼睛，人们兴高采烈地分了地。此刻，丰源村洋溢着不一样的气息，是很多年都没有的气息。

就在此时，远处一声巨响，是丰源村大坝坍塌的声音。秦有粮第一个站了起来，众人慌乱地往外跑，张天顺一阵紧张："坏了，红军墓怕也是要毁了！"人们拥挤着，乱哄哄地离开大队部的院子。

金水河湍急地流淌着，丰源村自己构筑的土水坝被冲得七零八落。万幸，红军墓安然无恙。众人站在金水河边，望着河水中被冲垮的土水坝，秦学安不禁感慨，这下要重修个大坝了。张天顺没有表态，看着秦学安，心里盘算着眼下大坝塌了，大家又要分地，可这地怎么分才公平？都是些乱麻子的事哩！自己是没这心劲，既然这地是学安要分，那不如让他来收拾这摊子。张天顺说："我当年是靠着给丰源村扛回三面红旗才当上了大队党支部书记，眼下呢，这年岁大了，必须得把棒子传下去！我看学安这两年很不错！深得人心！大伙儿也都看到了！不过呢，这还不够！要想服众！还得再把咱丰源的红旗给扛回来！不管到了啥时候，咱丰源的精气神不能丢！大伙儿说是不是？"大家议论纷纷，张天顺继续说道："我不贪恋权位！我也愿意让贤，不过呢，我也有责任帮着年轻人站稳喽！立住喽！眼下修大坝和分地的事儿就交给学安后生吧！"秦学安平静地看着张天顺，他知道这是张天顺在给自己安排难题，也知道这是张天顺在试自己的能力。而这些棘手的事也确实需要有人来做，秦学安便应了下来。

说干就干，秦学安带领着大家分地。可是他没想到，分地这件好事真的落实下去，变成了天大的难事，家家都想要好地，家家都嫌弃坡地，为此天天打架，快要打破头了。张守信看到秦学安一个头两个大的样子，兴高采烈地向父亲汇报这消息，到此时张守信才明白父亲对秦学安"委以重任"的用心。

秦学安想明白了，其实大伙儿呀不是不想分，是怕自个儿吃了亏！只要把那层窗户纸给捅破喽，甭藏着掖着，让每个社员心里头亮堂起来，把话给人说明白喽就行了，大家心里都透着亮着哩！咱共产党不就是一碗水端平，才得到大家拥护嘛。于是秦学安在大队部门口立了一块公示牌，公示牌上画了一幅村子的示意图。示意图旁列举了大队的生产资料：水浇地 208 亩，山地 476 亩，户数 128户，牛 7 头，骡子 4 头……二十多个村民围着公示牌叽叽喳喳。山地上秦学安带领大家丈量土地，重新扎地契。坡地上秦学安带领大家丈量土地，打界碑。大队部院子里，根叔给牲畜喂最后一次料。在大磨盘上，社员们正在抓阄。地，终于是公平公正地分完了。鞭炮声响起，社员们载歌载舞。金水县"联产承包责任制实施经验交流会"上，丰源村因为政策落实得又好又快受到了表扬。秦学安证明了自己的能力，张天顺一边对自己泄了气，一边又不得不佩服起学安这个后生：也许自己的时代确实已经过去了。

以家庭联产承包责任制为核心内容的农村经济体制改革，确立了农户家庭的生产经营自主权，实行了所有权与经营权的分离。农民们欢天喜地地分田分地分农机，发家致富，忙得不亦乐乎。从人民公社约束体系解放出来的农民，砸了大锅，有了责任心，焕发出来的生产力在改革开放初期得以充分释放。

金水河畔，日升日落。大片的麦子已经成熟，黄灿灿的，晒谷场上大家喜气洋洋，边唱边劳作：

> 我们的未来在希望的田野上，
>
> 人们在明媚的阳光下生活，
>
> 生活在人们的劳动中变样，
>
> 人们举杯（那个）孩子们欢笑，
>
> 小伙儿（哟）弹琴姑娘歌唱，
>
> 哎～咳哟～嗬呀儿咿儿哟。

交粮大会上，各家各户抬着粮食进来。大家的脸上都洋溢着笑容，一袋袋的公粮堆成了小山。张天顺坐在三十六计跟前，三十六计拿着纸笔准备登记，各家各户挨个儿过来过秤，三十六计挨个儿登记，所有人都过完秤之后，三十六计拿着算盘统计，把结果给张天顺看。张天顺看也不看，就让三十六计宣布结果。三十六计清清嗓子宣布：今年丰源大队总共交公粮84368斤！秦学安家亩产量718斤！全队第一！大家听到这个数据，全都感觉在做梦一般，他们等这一天等得太久了，想到以后都能吃上白面馍，好多人喜极而泣。秦学安更是被评为了全县的单亩产量状元。

秦学安兴高采烈地被高满仓带去了县城参加表彰大会，从甘自强手里接过了种粮状元的锦旗。甘自强向大家宣布："今年全县的粮食总产量达到238万斤！这个数字意味着我们金水县靠吃救济粮的日子一去不复返了！意味着我们金水县的老百姓再也不用饿肚子了！"大家伙儿都鼓着掌。甘自强继续说道："我告诉大家伙儿！今天受表彰的，除了五名种粮标兵以外，还有咱们城关公社的万元户！万元户就是家庭年收入超过一万元人民币的，报纸上就叫他万元户！"会场起了一阵骚动。秦学安被评为万元户，但自己亦是满脸震惊。那个年代有一万块，可以说是十年吃喝不愁了。甘自强鼓励着大家："咱们城关公社的这五个万元户都是地地道道的农民，可他们善于开动脑筋，善于解放思想，养猪、养鸡、种果树！为我们蹚出了一条农业致富路！所以啊，吃饱肚子是第一步，接下来，我们还要富起来！"秦学安并没有沉浸在喜悦里，而是开始思索把水坝修起来的事。

可是张守信却嫉妒他的风光，励志要做不种地也能成为万元户的第一人！为此，他也把主意打到了水坝上，找到父亲，说自己想把水坝这事儿给做出来。哪个做父亲的不希望儿子出息，看到儿子转性，开始考虑村里的事，张天顺很是高兴。现在恰逢枯水期，若把水坝修起来，明年春天就能用了。于是，张天顺把村里收粮结余的八百块钱都给了守信，让他来弄水坝的事。秦学安晚了一步，找天顺说修水坝的事，张天顺两手一摊，告诉他大队里没钱。张灵芝听说了这事，不愿意了，找到父亲理论，问他咋能这样对自己未来的女婿。张天顺却说自己绝不同意这门亲事！不光不同意，他还使劲劝灵芝考虑一下方圆。听说人家方圆托人捎话想请灵芝吃顿饭，可是灵芝死活不出来！天顺问女儿这是啥意思，让灵芝不要再惦记学安了，人家对你没有意思！张灵芝根本不想听父亲说话，转身跑回了屋里。

此刻，秦学安正在愁水坝的事儿。看着地里枯黄的麦苗，再不修水坝，庄稼都等不了了。可是张天顺为难："不是叔不应你，土地下户了，集体的账上不光没钱，还欠下一河滩账！我正为这事儿犯愁呢！"秦学安想着让全体社员集资，可是这年头，谁家里有闲钱？这下，学安是真急坏了。张守信瞅准了机会，找到学安："水坝的事儿我听说了，钱上打了绊子，可这地里的庄稼是一天也等不了咧！我思谋了一下，这丰源也就咱两家的日子还过得去，咱两家出大头，一人一半，剩下的零头大伙儿分摊，你看咋样？"秦学安没想到守信能在这个时候救火，激动得抱住了守信说："好兄弟！我就知道！关键时刻还是咱们这些一块儿长大的兄弟靠得住！"守信应着，心里却有自己的算盘哩。但不管咋样，对学安来说，水坝的钱是有了。一声响雷，一场暴雨倾泻而下。张守信赶紧告辞："呀，我家的辣椒还没捡！"众人在雨水中穿梭奔跑，欢呼雀跃迎接这场及时雨。一个电话打到了大队部，找秦学安，此人正是赵秀娟。

第五章

逃 捕

晨光中，山峦仿佛被镀上了金边，卡车已经在公路上奔驰了一天一夜，一宿没敢合眼的刘海，终于在天快亮的时候昏睡过去。突然，一阵急刹声将刘海惊醒，旁边的司机指着马路边让刘海快看，只见一辆卡车停在路边，车里的人跳车朝路旁的树林跑去，几个穿工商制服的人边喊边追，转眼就消失在了树林里。

"海哥，前边有工商查车。咋办呢？"司机有些不知所措。

"没事没事！你继续往前开，咱有介绍信，怕啥！"刘海瞬间吓清醒了，但在司机面前还得强装镇定，一只手摸着口袋里的烟盒和介绍信。

工商人员走了过来。司机一边用余光瞟着刘海，一边缓缓把车停在了路边。

工商人员走近车门，说道："你们是哪个单位的，车厢里运输的是什么？"

刘海主动掏出介绍信，脸上堆着笑："你好，我们是明光化肥厂的，给市农资公司送货，这是介绍信。"

没想到几个工商人员压根没打算看介绍信，直接打开手电筒跳上车板，在车厢里四处查看起来。刘海在一边大气不敢出，司机更是吓得缩在驾驶座上不敢下车，气氛莫名地凝重起来。刘海咳嗽了一声，故作轻松地掏出烟盒给检查人员递烟："就是3吨尿素，别的啥都没有，同志，你们辛苦了，抽根烟。"

"我们是根据市里的新规定《关于打击走私和投机倒把的通知》，依法进行稽查，郑重提醒你们，坚决不准长途贩运统购统销的农产品和物资，凡是未经许可进行的长途贩运行为都将受到严厉惩处！明白吗？"工商人员没接刘海的烟。

刘海急忙回应："明白，同志，我们是国营单位合法的运输，放心。"

工商人员再次查看介绍信，完成检查程序，这才把路障让开，跟司机挥了挥手，示意可以走了。

汽车再次启动，驶出检查站。车上两人的衣服已被冷汗浸透了。

等两人赶到亳州市场，天已经大亮，农贸黑市里人头攒动。刘海扛着麻袋，一眼就看到了熟面孔——药贩子老陈。老陈也看到了他，示意他过去。

"货带来了？"老陈问。

"上次说好的嘛，两百斤，一点不少！"

药贩子蹲在麻袋前，仔细地抓起把柴胡嗅着，又挑拣几根品咂几下，摇了摇头："刘海，你这是南柴胡，根茎粗，苦涩，价格上不去。"

刘海急了："老陈，咱都说好的，一公斤五块钱，不能再少啦。"

"北柴胡和南柴胡价格有差别，野生北柴胡六块钱收，你这种品质不行，也就是三块，你是老朋友，我加五毛，三块五。"

"你这就太不仗义了，我起早贪黑三块收的货，不光贴路费，还差点儿让工商没收呢，担惊受怕。你才加五毛，得得得，我不卖了。"刘海说着，就要扛起麻袋走人。

"好好好，四块钱，呀呀呀，四块二。"

刘海撂下麻袋，往手掌吐了口唾沫："妈的，这还差不多。"

终于一手交了钱一手交了货，临走的时候，刘海还是留心问了一句："北柴胡真的六块？"

淮水村，赵秀娟虽然身在安徽，但每当夜里没事干的时候，秦学安的身影就老在她眼前晃悠，时间长了她觉得自己必须找个机会去陕西再看看，她感觉自己还有好多话没和秦学安说清楚。但咋去，她还没想出好办法。

这天，赵秀娟正在屋里喂鸡，刘海骑着一辆幸福250摩托车轰鸣着停到了院子门口，人到了却不进门，只是不停地按喇叭。不一会儿，赵秀娟家门口就聚了一堆人，有的不嫌事大的嚷着让赵秀娟赶紧出来坐车，赵秀娟感觉又羞又气，这刘海咋就这么爱出风头，但还是拗不过众人的嘴，在所有人的起哄声里跨上了车。

一路上，刘海说啥赵秀娟也不回，只是扒着车尾巴，看着两边的地出神。刘海没办法，只能不停地说，说到前几天他去倒货，人家说北柴胡贵，要六块多的时候，赵秀娟像突然发现啥宝贝似的挺直了身子。

"你说啥，北柴胡这么值钱，那陕西那边是不也能种？"

"能种啊！陕西、山西都是种柴胡的好地方。"

"刘海，你整天也不容易，要不我帮你去开拓市场去，刚好我在那边认识人！"

刘海刚刚感动了一下，突然反应过来："呸，我看你就是想去找那个姓秦的，拿我当挡箭牌……"

"这不是一举两得的好事吗，你想想，一斤六块钱，这钱你就不想挣？"赵秀娟太了解刘海了，在他脑子里生意比啥都重要。

刘海果然犹豫了："那要不……咱就试试？"

"得，说干就干！"赵秀娟这才开心了，"走，到山东头看看去！"

没过几天，刘海回过味来，这不是羊入虎口吗？但赵秀娟已经不顾家里人的劝阻，坐上了去陕西的火车。

丰源村，秦学安家的院子里晾晒着党参、黄芪等各种中药材，院墙上、窗台上挂着玉米棒子、辣椒串、大蒜串、腊肉。秦家奶奶坐在竹椅上晒太阳，秦有粮翻拣着手边的药材。村广播里正在播送最新消息："……根据上级有关指示精神，以及中共金水县委、县政府的统一部署，金水公社将在全省率先启动镇、村两级机构改制挂牌工作……"

秦学安难以掩饰心里的兴奋："奶、大，你们听见了没，人民公社这下是彻底退出历史舞台了！"

秦有粮正在煎药的手顿住了，哆嗦着嘴唇说："好啊，这回是咬准啦！"

秦奶奶在一边默默地擦眼泪："好哟好哟！"

"大，一会儿我炒三个菜，咱爷儿俩喝两盅？"

"喝，必须整两盅！"

这时，张天顺风尘仆仆地进了院子。

"天顺叔，啥事？"秦学安问。

"刚才的广播都听了？"张天顺说。

"听了，大好事啊！"

"现在有个更好的事，就看你们家想不想帮忙？"

"天顺，啥事你就说嘛，咋还卖开关子了？"秦有粮着急了。

"这不，咱金水公社要改成金水镇政府，满仓书记特意嘱咐，想让学安给做块儿牌匾，还指明了请有粮给题字！"

秦奶奶一听很激动："亏满仓还记得我们家！"

张天顺话锋一转："不过啊，这话说回来，你的木匠手艺是没得说，但干这活儿不挣钱……"

"啥钱不钱的，我秦学安一分钱不要！"秦学安听了这话脸上有点不高兴。

"痛快！木头拉回来了，在大队院子里！"

"啥木头？"秦学安从一堆木头里挑拣着。

"上好的柳木！"

秦学安挑出一块木板："柳木招虫子，风吹日晒的也容易变形，我这儿有松木！"

张天顺乐了："那敢情好！长寿长青！松木好！松木好！有粮哥，这题字……"

"好说！"秦有粮本来就是个说一不二的爽快人。

这事本来只是一件小事，偏偏被卷毛听到了风声，又吹到了张守信耳朵里。张守信最近走背运，一听这事更不得劲了，凭啥啥好事都赶到了他秦家人身上，大明明是自己的亲大，咋就啥事都不想着自己呢？两人于是商量着，要在这事上给秦学安上上眼药，让他知道自己姓啥为老儿。

秦家一派热闹非凡的景象，地上都是放鞭炮留下的红色碎屑，村里能干活的人都聚在了院子里，有锯木头的、拉木板的、扛木头的，进进出出都是人。正当秦学安和秦有粮忙着锯一根木头时，卷毛突然慌里慌张地跑进来，一边跑还一边喊着"不好了"。张天顺把他截住了："大好的日子，说的啥不吉利的话！"

卷毛上气不接下气地说："学安哥，你快上屋里躲躲！"

"咋，为啥？"秦学安撂下手里的活儿。

"真不好了，柳家窑的柳二奎带着几个人过来了，说学安偷了他的木头！"

张天顺一听，这是不把他放在眼里啊，一股邪火就冒了上来："咋回事儿？这是咱丰源村，还轮不到他柳二奎撒野！"

卷毛看到张天顺变脸，嘴顿时不利索了："我……我就听了那么一句，说学安偷了人家的木头！"

"嚯！闹事啊，你让他来，我等着他！"张天顺说着扔下手里的活儿就往屋外走，秦学安、秦有粮也跟着出去了。

几个人跑到大队部，只见柳二奎气势汹汹地站在门口，背后跟着几个年轻后生，还扛着一截子木头。见他们过来了，柳二奎扯着嗓子开始骂："你们丰源村好啊，好地都让你们占了，水你们也想截了，现在连块木头都要抢。你们吃肉，我们喝汤，从古至今有这个道理吗？"

"你少胡来啊！我们修水坝又不是把水堵死了，修不修是我丰源的事儿！"张天顺三步并作两步走到了门口。

柳二奎来气了："告诉你，你要动工，我就不怕死人，我可不怕你。"

"你还要起横了，你动我试试？"说着，两人就抓起了衣领子。秦学安和秦有粮见事情不对，赶紧上去劝，没想到柳二奎看到秦学安过来，直接一拳挥到了秦学安脸上。

"你他妈的要干啥？！"秦学安吼道。

"我们村的木头是不是被你偷了去了？"

"啥木头？"

"就是村口那个牌匾！那块松木！"

"那可是我自己家干木工活，自己从山上扛下来的木头！"

"那……那张守信他咋说……"柳二奎说到这儿看了眼张天顺的脸色，没继续说下去。

几个人停止了打斗，所有人都看着张天顺。张天顺黑着脸一句话没说，往家里走去。一路上，张天顺都在心里想着，看来必须给守信找个正事干了，让这娃待在家里闲着迟早出大事。

终于到了挂牌的日子，村口的秧歌队扭得好看又热闹。高满仓、张天顺、柳二奎、秦学安、秦有粮与一众群众聚集在镇政府门口。大门一侧悬挂着两块崭新的牌匾，上边覆盖着红绸布。甘自强、高满仓、张天顺、秦有粮、秦学安、张守信共同揭牌，王方圆准确地按下了相机快门，鞭炮声响起，众人激动不已，掌声久久不停。

高满仓兴奋地怂恿甘自强："甘书记，这么大的好事，你得给大伙儿讲两句啊！"

甘自强欣然上前，面向所有人说道："按理说，我应该给大伙儿打打气！可是早在 1979 年，跟我们一衣带水的广汉就已经开始试行人民公社体制改革！我们晚了整整两年时间！落后了！但是，我今儿高兴！我听说这两块牌子是咱丰源和柳家窑合伙儿打出来的！这很好！我相信，只要大伙儿拧成一股绳，一定能迎头赶上……"

秦学安听着甘书记的讲话，不由得咬紧牙，握住了拳头。他暗下决心：一定要找到办法，让丰源村摆脱贫穷，变成富裕村。

又是农忙的时候，远处山峦上，传来欢快的民歌：

土溜溜的蚂蚱，

满呀么满地爬。

举起那个镢头，

来呀来把洋芋刨。

一镢头那下去，

翻过来瞧一瞧。

哟，这么大的个儿……

郑卫东开着拖拉机在土路上一路颠簸着，秦学安、张守信、包谷地、三十六计、卷毛等一众人在车斗里或站或坐，有一搭没一搭地聊着天。秦学安问守信之后的打算，张守信对秦学安爱搭不理，跟其他人讨论着新一季该种啥庄稼。突然，卷毛阴阳怪气地说了一句："哟，这是谁家的姑娘，身段真俊！"所有人的目光都不约而同地看向了前头正埋头赶路的穿了件特别显腰身的花夹袄的姑娘。这不看不要紧，所有人都惊讶地发现，她咋那么像安徽的赵秀娟？她又回来了？

秦学安也看到了，而且离得越近他就越觉得就是赵秀娟："我咋觉得就是秀娟！"这一句像一块石头落在水里，激起了千层浪，所有人纷纷调侃秦学安这是真想娶媳妇了。但秦学安早就听不进去了，眼见着赵秀娟挡了一辆拖拉机就要上去，他跳下车边跑边喊："秀娟，秀娟！"赵秀娟没有听见，拖拉机开走了。秦学安连滚带爬下了一道土坡，紧紧追着拖拉机跑去。

车上的众人被刚才发生的一幕惊呆了。张守信最先回过神儿来，他想起秦学安和自己姐姐张灵芝的事，觉得有些尴尬，但看着兴奋的众人又不想显得小家子气，只好装作大度地说："不是听不见吗？来，大伙儿一块儿喊！"

众人听了一起喊："赵秀娟！赵秀娟！"

郑卫东直接掉转车头下坡，开始追赵秀娟的拖拉机。赵秀娟听见了众人的喊声，回头看见了在后边紧追不舍的秦学安。眼泪一下子模糊了视线，她使劲拍打拖拉机车斗，让司机停车。还没等车停稳，她就跳下车，跑向秦学安。俩人向对方跑去，秦学安张开了手臂，但到了跟前却不好意思真的抱住秀娟。一时间，俩人卡在了一个奇怪的动作上。突然，赵秀娟大笑起来。秦学安想着自己刚才的动作，尴尬地摸了摸脑袋："还笑？你咋来了？"

"腿长在我身上，想上哪儿上哪儿！"

"对、对，回来就好啊！"秦学安看着秀娟的眼睛，掩饰不住心里的激动。

张守信在一边看着俩人的样子心烦，催促众人赶紧离开："行了行了，咋一点眼力见儿都没有，赶紧走！"众人哄笑，郑卫东开着拖拉机带着大伙儿绝尘而去。

晚上，秦家饭桌上，秦家奶奶拽着秀娟的手不松开，一个劲地问赵秀娟之前去哪儿了，是不是被学安欺负了，他要是欺负你我可饶不了他。赵秀娟连忙帮秦学安辩解："他哪能欺负得了我啊，我就是想您了，回来看看您。"她边说边摇晃着老太太的胳膊撒起娇来，两个人亲得就像一家人一样。秦学安微笑着看着这一老一少温馨相处的场面，心里格外地踏实；同时，一个声音在他的心里呼喊着，越来越清晰，越来越响亮：他要和秀娟过日子！既然秀娟这次主动过来找他，就说明她的心里有他，他一定要找机会跟秀娟说清楚。正在秦学安出神的时候，秀娟从怀里掏出两双鞋让学安试，学安低头看着自己已经破了洞的鞋，有些不好意思，推托以后再说。秦家奶奶历经世事，一心想促成这对年轻娃，也撺掇着让学安试，赵秀娟顺势就要帮他脱鞋，秦学安的脸刷的一下红成了酱色。

隔天，全村都传遍了赵秀娟回来找秦学安的事。张灵芝刚从镇上回家，一听这事心一下慌了。她没想到这安徽的女子这么缠人，明明学安哥和自己是青梅竹马一起长大，顺其自然应该在一起的，咋就被这个女子斜插了一杠。她想不通，也不服气，在她的心里，学安哥一直都是她一个人的，她要去找学安哥问清楚！早已看出秦学安的心不在自己女儿这儿的张天顺劝女儿冷静，别去干那丢人的事儿。但早已被各种情绪冲昏了头脑的张灵芝哪听得进去，推着自行车就出了门。

秦学安、赵秀娟走在村路上。俩人仿佛有聊不完的话题，争着抢着想把没有见面的这段时间里发生的事告诉对方。赵秀娟趁机问秦学安之后的打算，知道秦学安想种药材以后心里暗喜，有种心有灵犀的感觉。

"那你那药种出来准备咋办？"赵秀娟问。

"药么，当然是治病救人了！"秦学安说。

"那么些药材，丰源能用得了？"

"听这意思，你有门路？"

"我们安徽那边有个地方叫亳州，自古就有中药材买卖。现在那边越来越多人贩卖药材，黄芪、田七、甘草，还有你们林子里的野生柴胡……"

钱学安有些惊讶："秀娟，你懂的还挺多的，听着像女郎中。"

赵秀娟笑着说："去！不准笑话我，我哪有你和有粮叔懂呢？学安，你猜猜野生柴胡一公斤能卖多少钱？"

"能值几个钱，药性大的，两三毛钱就不差哩。"

赵秀娟伸出双手，右手一个手掌，左手一个食指。

秦学安试探性地说："六毛？"

赵秀娟摇摇头："再猜！"

秦学安更加惊讶："六……六块钱？"

赵秀娟点点头，认真地说："我就是来和你合计这个事的，你不是想盖新房子吗？不是想让学诚以后回家住上新房？后山林子里的甘草啊，黄芪啊，柴胡啊，卖到安徽，很快就能致富，你也能当万元户了。"

秦学安半天不知说什么，点点头，又摇摇头。赵秀娟催促他给个态度，秦学安支吾了半天，觉得这事会不会不合规矩，万一被判了投机倒把罪，那两人可就吃不了兜着走了。

赵秀娟劝他说："你咋是个死脑筋，分地那会儿，国家政策也不准，你咋敢呢？再说了，咱们挖的是野生的药材，又没偷没抢，工商发现了，顶多是没收掉，怕啥！"

秦学安内心还是有点犹豫，但看到赵秀娟那么有信心的样子，想想又确实是个挣钱的活儿，点头算是同意了。正在俩人憧憬未来的时候，张灵芝看到了俩人，她跨下自行车，气呼呼地站在路边，三步并作两步地跑到赵秀娟跟前，理直气壮地问赵秀娟为啥又回来。赵秀娟经历过相思之苦，加上和秦学安已经确认过彼此的心思，觉得自己不能再在这件事上退让，反问张灵芝丰源又不是谁家开的，为什么自己就不能来，这一句话呛得本来就不占理的张灵芝哑口无言。情急之下她只能指着秦学安，让他选，是要她张灵芝，还是要留赵秀娟。秦学安一个憨傻的大男子哪里能解决得了这样的状况，他只能让张灵芝不要胡说、胡闹；告诉灵芝，天顺叔已经说了，你我两家人不可能做亲家；再说了，他一直把她当妹妹，什么要不要的？至于秀娟，人家千里迢迢过来，当然要住在家里，再说，人家来还有正事。张灵芝没想到秦学安真的这么绝情，心思显然已经被赵秀娟带走了，她丢下一句"谁要当你妹妹"，跑了。

等到了广播站，坐在桌前，张灵芝仍然没法控制自己的情绪，索性趴在桌上流泪。王方圆拿着一本杂志进来，看到正在抽泣的张灵芝，赶紧过去问张灵芝为啥哭，是不是有啥不开心的事，还拿出精心准备的最新的《收获》杂志让她看。结果张灵芝头都不抬，只嘟哝了一句"不看"。王方圆慌了，使劲问灵芝："谁欺负你了，我找他去！"

张灵芝被问急了，"噌"的一下站起来，把王方圆往门外推，边推边说："关你啥事儿？出去，我想一个人待会儿！"王方圆没办法了，只能又在门口站了站，摇摇头走开了。

再说安徽淮水这边，刘海的小作坊已经慢慢发展起来，他不再是光杆儿司令，手下雇用了十多个人帮忙分拣药材，县里药厂的高经理定期来收货。又到了收货的时间，却左等右等等不来高经理，刘海只好去县里打听了一圈。门房的人告诉他，高经理搞投机倒把被抓了，同时因为高经理的大药厂雇用了几十个人，被当作资本主义，搞剥削。刘海一听，不好，自己的小作坊也雇用了十几个人呢，拔腿跑回自己的小作坊，刚到门口，就看到工作组的人正在查他的小作坊，吓得刘海转身就跑。工作组的人听到动静，追出门去！刘海一路不敢停，直接跑到火车站，踏上了开往金水的火车。之所以去金水县，刘海心里还是有自己的小算盘，从那天赵秀娟说帮自己收药材，他就怀疑赵秀娟是去了陕西金水县。刚好这次自己也去金水县，既能躲避个十天半月，还能带回赵秀娟，顺便从金水县买些药材，等到风头一过，回来东山再起。

火车上，刘海看到了报纸上登的年广九傻子瓜子的故事，他从炒瓜子小作坊很快发展到100多人的"大工厂"，红极一时，却因雇工的问题被反映到上面，甚至反映到了中央。刘海不知道这股政治风啥时候才能过去。

丰源村，夕阳把人和牛的影子长长地映在田间。拉犁的后面跟着撒粪的，撒粪的后面跟着打土坷垃的，一行人慢慢地、有节奏地往前移，伴随着悠长的吆牛声。秦学安和赵秀娟背着草药从后山回来，走在田间的小路上。张灵芝骑着自行车从镇上下班回来，远远地看到并肩走着的赵秀娟和秦学安，她咬咬牙，拼命蹬着车子，眼泪却已经夺眶而出。

张灵芝失魂落魄地推着自行车到家，把自行车停好，把自己关进了自己屋子。张天顺感觉到女儿情绪不对劲，过来敲门，敲了好久都没有反应。他把耳朵贴在门上，隐约听到了哭声。这下，张天顺更着急了，边拍着门边喊："你这丫头，发生啥事了，你要活活急死你大啊？有啥事你跟大说！"

张灵芝猛地把门打开："说说说！说了有啥用？你能同意我嫁给学安哥吗？"

张天顺恼怒地说："秦学安、秦学安！又是这个秦学安……"

张灵芝趴在炕头大哭："我不管我不管……"

张天顺走到她身边，坐在炕沿上，拍着灵芝的后背："灵芝，你听大一句劝，人往高处走，水往低处流。人家方圆可是县里的干部家庭！情呀爱呀的，能当饭吃？甭管他年轻的时候啥样，临了还不是油盐酱醋过日子？"

张灵芝听了这话起身就把张天顺往出推。张天顺被女儿突然的反应吓到，想说什么又怕刺激她，直到被推出了门外，房门"咣"的一声在他背后关上，张天顺才回过神儿来：女儿和儿子不一样。特别是对待女儿的感情问题，张天顺找不到更好的解决办法，心想哭吧，哭明白也好。

秦学安和赵秀娟从山上采药回来，正商量着什么。张灵芝骑着自行车，眼睛红肿，三人相向而行。张灵芝看到两人掉头就走，秦学安和赵秀娟看着张灵芝远去的身影有些不知所措，赵秀娟想说点什么，比如自己不在意之类的，但话到了嘴边又觉得这话自己说着不合适。一时间两人相对无语。秦学安叹了口气，说："灵芝是个好姑娘，就是被天顺叔宠坏了，从小到大，只要她认定的东西，就一定要拿到手……"

"我看她这回是认定你了！"

"强扭的瓜不甜，再说，我已经……"

"你已经啥？"

秦学安盯着赵秀娟，脸慢慢红了，嘴里说着："没啥，没啥。"

赵秀娟看到他的表情，懂了他要说啥，也有些不好意思，快步走在了前头。秦学安赶紧追上去："秀娟，等等我！"

刘海这时候已经一路询问打听，赶到了丰源村，几天的奔波已经让他从一个爱折腾爱收拾的人变成了一个头发蓬乱、胡子拉碴的"乞丐"，这时他正蹲在秦学安家门口焦急地四处张望着。

秦学安和赵秀娟一前一后扛着背篓走到了秦家门口。秦学安最先发现家门口蹲着一个又脏又黑的东西，连忙拉住赵秀娟让她看，赵秀娟仔细一看，"天，这不是刘海吗？"赵秀娟惊叫出声。刘海发现了两人，急忙起身，结果起得猛了，突然眼前一黑，朝背后倒过去。

看到刘海晕倒了，秦学安、赵秀娟扔下背篓，慌忙上前去扶。

秦家，刘海躺在炕上，秦有粮给刘海把脉。秦学安、赵秀娟站在身后，神情焦灼地来回晃着。

秦有粮起身道："没啥大事儿，给弄碗米汤灌下去，一会儿就醒了！"

赵秀娟一听这话，连忙应了一声往厨房跑去。

秦学安也在旁边询问："大，不要紧吧？"

秦有粮收拾着床上看病的家伙什儿："没啥事，饿的！"

秦学安有些不安："看他这样子，八成是出啥事儿了！"

这时，赵秀娟端着米汤进来了。秦学安帮忙把刘海扶起来，赵秀娟用勺子喂，结果刘海不张嘴，米汤全都流了出来。秦有粮在一边示意秦学安把刘海的嘴撬开，往里灌。秦学安点点头，轻轻捏住刘海的腮帮，刘海的嘴巴张开，赵秀娟缓缓把米汤喂了进去。

张家，张天顺和儿子张守信正在吃饭，张天顺吃着吃着突然开口说："这几天收拾一下！"张守信疑惑地看着他，张天顺头也没抬，边吃边说："我从满仓那儿给你要了个当兵的指标！"

张守信一下子激动起来："真的？当兵？我能出去当兵啦！"

张天顺示意儿子小声点："别声张！来，弄两个杯子，跟大喝两杯。"

张守信迅速拿来酒和杯子："大，我陪您。"

在堂屋里，角落的柜子上，妻子的遗像前，张天顺吃着咸菜喝着酒，不时看两眼妻子，眼睛里多了一丝平日里看不到的温柔："他娘哩，有日子没跟你说说话了，娃娃们都大了，总算盼来了这一天，可这一个个的都不听话，操不完的心。要是你在呀，就好哩。有时候想想，走得早也好，落得个清净……"

秦家，刘海慢慢苏醒，一个激灵爬起来就想跑，又看了看周围，看到赵秀娟、秦学安，这才舒了一口气，重新躺了下来。秦学安跑到跟前问："刘海兄弟，你这是咋了？咋弄成这个样子？"

刘海苦笑了几声，说："我……我是逃出来的！"

赵秀娟问："逃出来的？为啥呀？"

"药的事儿！说是投机倒把！"

秦学安慌了："啊？投机倒把，这可是要判刑的，是大事啊！"

刘海闭上了眼睛，绝望地说："唉，最近抓得特别严！过来的路上我从报上看到我们安徽那个卖傻子瓜子的，被抓起来了！听说要判死刑！"

赵秀娟没想到事情会这么严重，一听死刑，她从凳子上跳了起来："这、这……这可咋办？"

秦学安连忙安抚赵秀娟："别慌！刘海兄弟，你先安心住下，过几天让秀娟拍个电报，探探那边的风声！"说着，他更加小声地跟两人说，"这事儿就咱仨知道，别告诉我大！"

第二天一早，张天顺主持召开了村委会会议，秦有粮、三十六计、包谷地、郑卫东都在下头坐着。

张天顺首先提了一嘴修水渠的事，看似是同意秦有粮搞这个事，但话里话外透出的意思都是，村集体拿不出钱来，最多能出个力。秦有粮听出了这个意思，但只要能修，他就没啥意见。正当所有人以为事已经说完了，准备回去干农活的时候，张天顺清了清嗓子，让大家少安毋躁，说他这还有个更重要的事：镇上给了一个当兵的指标，让大家商量商量谁去合适。

众人沉默着，你看我，我看你，又看看张天顺的脸色，其实都明白，这个指标就是张天顺给自己儿子张守信要的。张天顺见众人不说话，就点名让郑卫东说说，郑卫东耿直，直接提出让守信去，所有人立刻附议。张天顺脸上已经漾起了笑意，嘴上还是推托着："不然让学安去？"秦有粮笑了，大度地挥了挥手表示，自己的小儿子已经去了北京，还是要留一个在身边的。张天顺没有了后顾之忧，这才顺坡下驴地露出一脸愧疚的表情，表示自己咋没想到这一层呢，那就定守信了！所有人的心里这才松了口气。

村里的年轻人在张天顺的带领下来到了红军墓。张天顺把祭拜的吃食摆好，招手让儿子过来。张守信身上系着大红花，在墓碑前鞠躬。张天顺对守信说："今天，我很高兴，作为党支部书记，我希望你牢记红军舍己为人的革命传统、咱们丰源村的光荣历史，到部队去奉献，去争光！作为你大，我希望你不要忘了身后的父老乡亲，到部队去学知识、学本领，等建功立业的一天回来，带着大家伙儿奔好日子！"

张守信给红军墓敬礼，给张天顺敬礼，给送行的人敬军礼，难得地挺直了身板说："我张守信，一定不辜负老少爷儿们的嘱托，做好革命军人，为人民服务！"

张灵芝拿过一个包袱，从里面掏出一件新缝好的棉衣："出门在外，别亏了自己，穷家富路，姐给你缝了件新衣裳，冷了就穿上。"

张守信有些哽咽："我姐缝的衣裳，我哪儿舍得穿啊！"

伴随着喜庆的敲锣打鼓声，张守信和张灵芝推着自行车走下山坡。

卷毛唱起了山歌，悠扬的歌声在山谷里回荡着：

送郎去当红军，

切莫想家庭，

家中呐事务呀，

妹妹会小心。

哎呀我的郎我的郎！

众人在肃穆的离别情绪中笑了出来。

秦学安等年轻人追着卷毛跑下山坡。

张家姐弟越骑越远。

人群散去后，只有张天顺久久站在红军墓前，不时向远处守信离开的方向努力张望着。突然，站在山坡上的张天顺看到一辆警车越开越近，他扭头就往回跑，正撞见了迎面走来的包谷地。张天顺跟包谷地说不对劲，感觉要出事。包谷地听了急忙跟着往村里跑去。

大槐树下，张天顺迎向警车。两个警察从警车上下来，向大槐树下走来。

张天顺迎上去，跟为首的警察握手，边握手边说："王队长，来了咋也不打个电话？"

王队长笑着说："没打电话你不是也收到信了？"

张天顺愣了一下，立刻恢复了笑意："看你说的。谁犯事儿了？"

"前几天，我们接到安徽工商稽查办请求，安徽一个叫刘海的投机倒把分子跑到咱金水来了。"

张天顺假装想起了什么："噢，刘海啊？还真不知道这个人……"

王队长扬扬手中的信道："同时，我接到举报信，说丰源也有人投机倒把，贩卖药材。"

张天顺极力掩饰着自己惊讶的神情："你是说我们村有人投机倒把？不会

吧？谁家？"

"秦学安家！请张支书给带个路吧！经过调查，我们发现丰源有一个叫秦学安的参与刘海投机倒把中草药的案件。他是你们村的吧？具体情况还得把人带回去再核实，张支书，我们走吧！"

"不可能吧，学安是个老实娃，他咋会干违法的事儿呢！"张天顺一边说着，一边用手势示意背后的包谷地赶紧去报信。

秦家院子里，秦有粮在晾晒中药材，秦学安正打磨一块木板，赵秀娟在一旁择菜。两个人看似没啥事，但眼睛都时不时往里屋和门口瞭着。这时，包谷地急匆匆进了院子，众人全部停下手里的活计，齐刷刷去看包谷地。包谷地跑得满头大汗，狼狈不堪。

秦学安急忙问："包大哥，咋了？"

包谷地一把拉住秦学安的衣袖就往外拽："学安你快跑吧！公安来了！说是要抓你！"

秦学安慌忙行动起来，赵秀娟跑进里屋，一会儿，和刘海一起跑了出来。

包谷地吃了一惊："没想到还真在这儿啊！"

秦学安拉住包谷地："包大哥，还得辛苦您一趟，给指指路！让他赶紧去躲躲！"

包谷地想也没想就答应了："包在我身上！那你俩咋办？"

刘海也担忧地看着俩人。

秦学安说："你们别管我俩了，我俩自有办法！"

刘海说了声"成，这回拖累你了，这事我记在心里了"，然后，头也不回地跟着包谷地走了。

秦有粮在一边没有说话，但已经明白发生了啥事，早已默默回屋收拾了一个包裹，交到了秦学安手里。

"你们俩，赶紧跑吧！越远越好！"

"那你和我奶咋办？"秦学安放心不下家里的两个老人。

"别管我俩了，你奶我会照顾好的！赶紧跑吧！"说着，他把二人往门外头赶。

秦学安的声音有点哽咽："大，那……我俩走了……"

秦有粮没说话，背过身挥了挥手。

赵秀娟跑向村巷另一侧，秦学安往相反的方向跑去。村巷口，张天顺带着警察进了村。秦家院子里，秦有粮在研磨中药，不小心碰了一下手，手上破了一个小口子，他用嘴吮吸伤口。张天顺带着警察到了秦家。秦有粮听到声音头也没抬，只说了一句："往后山跑了！"

张天顺、王队长俩人一愣。王队长首先反应过来，对着手下喊了一声："快追！"所有人拥挤着出了院子。

所有人都跑了，秦有粮起身进了屋。张天顺叹了口气，走出了院门。

崎岖的山路上，秦学安拉着赵秀娟跑，赵秀娟不小心摔倒，扭伤了脚，秦学安背起她继续跑。后山上，张天顺、郑卫东与警察搜索着，手电光四处照射着。

到了金水县城，秦学安和赵秀娟从拖拉机上跳下来。俩人看着人来人往的县城，一时不知道该躲到哪里，赵秀娟提议要不先找个地方躲两天，听听风声。秦学安觉得刘海从安徽躲到丰源，人家都追过来了，这事不可能这么简单就过去了，要跑就得往远处跑。俩人正商议着要不先找个地方垫垫肚子，却正好看到郑卫东带着王队长从警车上下来。秦学安一把拉着赵秀娟蹲下，在人群中猫着腰跑，他突然停住脚步，回身对着赵秀娟说："咱们去北京吧！学诚在那念书，好歹咱们还有个投奔之处。北京那么大，就算他们跟过去了，也不一定能找到咱们。"

秦学安回头和赵秀娟说话的当口，前面一个自行车差点儿撞上他。骑自行车的路人一个急刹车："嗨，怎么走路的啊！"路人的话引起了不远处郑卫东的注意，他看到了躲在人群中的秦学安和赵秀娟："在那儿！"

秦学安回头看到郑卫东，一把拉起赵秀娟："快跑！"

夜色之中，秦学安牵着赵秀娟狂奔。赵秀娟的目光落在秦学安的手上，这双有力的、紧紧攥着自己右手的手。赵秀娟羞涩地笑了，她的脸因激动而泛红。赵秀娟使劲地奔跑着，追赶着秦学安的步伐。郑卫东和王队长看着俩人离自己越来越远，王队长开枪对天鸣响。

秦学安透过火车站低矮的墙垛看见一列火车正徐徐开动，跟赵秀娟说：

"走！翻墙进去！"说着他就扶着赵秀娟上了墙，自己翻身上去跳下，又把赵秀娟接了下来。王队长、郑卫东一行追到墙脚下，四处查看着。所有人都摸不着头脑，这时，王队长看见了墙上的脚印："翻墙！"

铁轨上，秦学安拉着赵秀娟追上缓缓开动的货运列车。

秦学安："上去！"

说完，俩人一起扒着车厢跳进去，列车加速驶离站台。气喘吁吁的秦学安、赵秀娟仰面躺在煤堆上。列车急速行驶着，秦学安向后看，郑卫东与王队长的身影渐渐模糊，他这才舒了一口气。

赵秀娟兴奋地说："太好了！"

秦学安一时失神："也不知道这趟车是去哪儿的……"

"就是去北京的！"赵秀娟的声音中透着一丝兴奋。

"真的？你咋知道？"

"我又不是头一回扒火车！"赵秀娟的声音中透着一些骄傲和俏皮。

俩人都笑了，赵秀娟的眸子里闪着雀跃的光芒："我还是头一回去北京！"

"我也是。学诚信里总说北京好！没想到这么着就去了！"

赵秀娟好奇地问："是吗？北京都有啥？"

"有天安门、颐和园、圆明园……"

正说着，突然电闪雷鸣，暴雨倾泻而下。秦学安脱下自己的外套给她盖上。俩人用秦学安的外套遮挡着，赵秀娟冷得瑟瑟发抖。

秦学安摸摸她的额头："咋这么烫？"

"没事儿，坚持一会儿就到了！"赵秀娟边打着摆子边说。

"不行，前面到站我得弄点水去！"

火车继续向前疾驰着。

转眼到了第二天清晨，阳光洒在车厢里，煤堆上的赵秀娟睁开眼，发现自己正紧紧依偎在秦学安怀里。秦学安也睁开了眼睛，两人对视着，仿佛是一个定格的画面，幸福而安静。

赵秀娟觉得有些害羞，假装看往别处："我给你唱安徽调子吧。"

秦学安笑了："都这样了，还有这心思呢！"

赵秀娟唱道：

郎对花姐对花，

一对对到田埂下。

丢下一粒籽，

发了一棵芽，

么秆子么叶开的什么花？

结的什么籽？

磨的什么粉？

做的什么粑？

第六章

选　择

绿皮火车缓缓驶向北京，赵秀娟数算着自己想去的旅游景点：故宫、天安门、颐和园……秦学安笑着告诉赵秀娟，她最迷人之处就在于，不管是逃荒还是逃难，抑或逃命，都能活得那么热烈和奔放。赵秀娟靠在秦学安肩膀上，调皮地告诉秦学安，这是因为她压根就没觉得两个人是在逃命，而是在私奔！奔向北京天安门，奔向二人世界！

细雨蒙蒙，高碑店货运站，一辆货运列车缓缓停靠，站台上几名工人穿着雨衣在忙碌。车厢的另一侧，浑身湿透的秦学安跳下车厢，赵秀娟随后爬出车厢。车厢很高，她有些胆怯，秦学安安慰她自己会接住她的，让她别怕。赵秀娟翻身踩着车厢外侧慢慢往下溜，眼见着就要落地了，因为下雨湿滑，赵秀娟脚下一滑，"哎哟"一声倒向秦学安，俩人一块儿摔倒在铁轨上。这一声吸引了附近的巡逻人员，一束手电光打过来，照到秦学安身上。只听见一个男声喊了一声"有贼"，顿时，更多的手电光在车厢、铁轨上杂乱地晃动。几个人身穿雨衣追了过来，秦学安拉着赵秀娟顺着铁轨跑，手电光在他们身后晃动着。

围墙豁口，秦学安、赵秀娟连滚带爬地到了路中央的泥水中，终于摆脱了火车巡逻人员。两人发现自己正站在一条不知名的小路上，四周是一片荒芜的野地，正当两人为找不到路而慌乱时，一辆手扶拖拉机驶来。车灯照在两人身上，不适应强光的两人用手遮挡着眼睛。司机从窗口探出头，看着狼狈的两人，一挥手："上车！"等巡逻人员从豁口追出，拖拉机早已驶出很远，消失在了夜幕中。

拖拉机司机将两人送到站台附近，这时天已经放亮。熙熙攘攘的北京站，秦学安和赵秀娟在人群中并肩前行，逃命的恐惧感早已在两人心中烟消云散，留下的只有来到北京的新鲜。没有目的的两个人在北京天安门前照了张合影，吃了北京糖葫芦、炸酱面，还逛了故宫，当兜里只剩五毛钱的时候，两人才连问路加摸索，一路辗转到了北京农业大学，见到了弟弟秦学诚。

秦学诚得知了事情的来龙去脉，让哥哥就暂且在学校附近住下。但他告诉哥哥和赵秀娟，不要乱跑，北京对于盲流的处罚是很严重的。秦学安看着北京，不禁感慨：首都就是首都，跟丰源的差距太大了。自己一定要趁这几天，多学知识、多长见识，回去的时候跟村民们说说北京的新鲜事。

金水镇，高满仓正在对张天顺发脾气。张天顺气也不顺，觉得都认识这么多年，有粮又是这么熟的关系，难道能看着秦学安被抓走？高满仓很无奈，觉得张天顺是不知道这件事的严重性，这是典型的投机倒把案，而且还是跨省犯罪，证据确凿，是要判刑的。他教育张天顺，关键问题上还是要把握原则，张天顺觉得高满仓是在怀疑自己，两人闹得不欢而散。

北京，秦学诚宿舍里，秦学安兄弟俩、赵秀娟和室友丁朗杰正讨论着当前农业的形势，丁朗杰觉得虽然国家这些年在农业上是取得了一些成就，可是也仅仅停留在刚让百姓吃饱肚子。秦学安却觉得能让大家吃饱肚子就很了不起了，想当年八路军、解放军给咱老百姓打下这江山，那可是饿着肚子呢！赵秀娟应和着，咱老百姓现在吃饱了肚子，有力气，不管他是英国还是美国，赖着咱东西不还，就要打他们。看到他俩情绪激昂的样子，秦学诚和丁朗杰相视一笑。秦学诚提议，既然两人都对农业这么有兴趣，这一趟也不能白来，有机会他一定要带着两人去课堂上听听课。赵秀娟、秦学安听了激动得连连点头称好。

夜里，秦学诚将赵秀娟安顿在了他的同学褚之云的屋里。女生宿舍早已经熄灯，众人已入眠。褚之云躺在上铺，赵秀娟躺在下铺，两人都没有睡着，自然而然地聊起了彼此的情况。褚之云问赵秀娟是不是喜欢学安哥，赵秀娟默认了。当褚之云问起她喜欢学安哥哪里时，赵秀娟第一次认真地思考了这个问题，她发现自己就是喜欢秦学安身上那股劲，感觉他活得特别有骨气。褚之云笑话赵秀娟，赵秀娟也乐了，反问她和学诚的情况。原来两人在上学期就已经好上了，褚之云的父亲还留学诚在家里吃过几回饭。说起毕业后的打算，褚之云坚定地表示自己会留在北京搞科研，研究农业问题。赵秀娟十分羡慕褚之云的状态，她觉得自己和学安的未来充满着未知，以后是怎样的根本无法看清。褚之云安慰她让她不要着急，国家正在发生大变化，这些困难都会过去的。秀娟点点头，在黑暗中畅想着未来。

男生宿舍，学生们三个一团、五个一伙儿聚在一起聊天，热闹非凡，所有人都在讨论关于香港回归谈判的事。秦学安很好奇，这特区到底是个啥意思，人在里面种地不？这个提问引得几个同学哈哈大笑。秦学诚跟他解释，这经济特区，就是国家同意广东深圳和福建厦门在进行经济活动时有灵活的、特殊的政策，可以和国外做生意，但具体怎么做他也不清楚。所有人都感慨，真希望早点有机会去看看。

秦学安思忖片刻，突然说："学诚，你想啊，中国离外国那么远，要和人家做生意，不得进行长途贩运吗？既然特区可以搞，不算投机倒把，那咱在国内进行买卖，咋就不让搞呢？我觉得国家政策要变。"

宿舍里静悄悄的，几个同学交换眼神，但都不敢说什么。只有丁朗杰冲秦学安竖起大拇指，夸秦学安虽然是个农民，但真的有眼光，说得非常有道理。学诚也表示赞同，他也觉得设立特区的目的就是树立改革的样板，很显然，国内经济政策调整为期不远了。宿舍里又恢复了喧闹。

深夜，大家都睡着了。窗外，弯月如钩。秦学安走到窗前，抬头看天，心里想着：也不知道大和奶奶怎么样了，有没有因为自己受罪。

第二天一大早，兄弟二人凑钱租用了大学附近胡同里的一个小窝棚。特别简陋的地方，但是赵秀娟却很满意，把这里当成自己的家收拾。只不过，她跟秦学安一个睡床上，一个睡地上，中间还放了隔板。赵秀娟临睡前躺在床上，开心地敲着隔板，问秦学安这感觉像不像当年关起来的时候。秦学安感慨万千，也许这就是所谓的患难与共。

再说丰源村那边，赵秀娟和秦学安分别给家里拍了电报，让他们一切放心。张灵芝因为秦学安和赵秀娟一起逃跑的事格外埋怨张天顺，得知学安在北京，便闹着要去北京找秦学安，却被张天顺扣在了家里。任由她哭闹，张天顺坚决不允许她去，本来就因为秦学安的事受牵连的张天顺更觉得自己女儿不能和这不安生的秦学安在一块儿，他一个人能搞得两家人鸡飞狗跳。于是张天顺更加用力地撮合着王方圆和张灵芝。

另一边，去当兵的张守信日子过得也并不顺心。娇生惯养的他哪能习惯每天那么高强度的训练，而他所在的武警水电部队还经常有各种改建任务。一天下来往往累得手都抬不起来，他有点后悔了，早知道这样还不如当初在家种地。

北京，闲不住的秦学安让学诚在学校附近的建筑队里给自己求来个临时工的工作。因为没有介绍信，给的薪水很低，但至少能解决他和赵秀娟的温饱问题，还能学到技术。刚来时，秦学安对建筑、施工一窍不通，甚至连几号扳手都分不清，但他本身就有做木工活的基础，而且能放下面子去问，没过两星期，就俨然成了一个老师傅。赵秀娟则在秀水街帮人卖衣服，在这里她经常能看到执法人员突击检查，而小商贩们也早已经练就了一身反侦察的本事。每次放哨的看到执法人员远远走来，一个信号，所有人就把货装在一个木箱里，几个人围坐在一起假装打扑克。没有抓到现行，执法人员也无计可施。这一出猫捉老鼠的好戏，赵秀娟每每看到都觉得很有意思。就这样，她和秦学安两人白天各自辛苦，到了晚上，还要一起约着在北京农大门口碰头，一起去做旁听生。

在大学里，秦学安接触到了各种先进的思想，最令他感兴趣的就是弟弟所学的农业课程，什么土壤啦、基因啦、南北差异啦。秦学安惊讶地发现，自己和土地打了二十年交道，却从来不知道种地还有这么多需要研究的学问。在北京农大浓厚的学术氛围熏陶下，秦学安对土地、对农业有了更多思考。

秦学安在工地辛辛苦苦干了一个月，终于能发工钱了，怎料，遇到了公安检查盲流，秦学安趁着众人不注意跑了。一个月的辛苦钱就这么打了水漂。秦学安深刻地感受到，这都是因为农民在城里没有根，从前总以为只要进了城，哪都是一样的，来了北京，见了这大世界才明白，还是不一样。这也更坚定了他一有机会还是要回丰源村的心。

张守信在部队也出事了，本来他正在用工铲挖土石，结果班长嫌他偷懒过来说了几句。带着情绪的张守信不情不愿地继续深挖，没注意周围的情况。突然，上面的土石滑了下来，一个战士发现了，大声让大家注意落石，几个战士纷纷躲避，张守信却躲闪不及，半个身子被埋在了沙石里。在部队医院，医生告诉他，他的腰椎骨第三节粉碎性骨折，做完手术也不能再做重活儿了。张守信顿时觉得万念俱灰，啥想法都没了，于是跟指导员申请了转业回家。

回到家的张守信每天大门不出二门不迈，把自己关在屋里不出来，从屋外都能听到他唉声叹气。张天顺心里又悔又恨，觉得自己的儿子咋命就这么不济，明明是个好事去的，回来还成了个残疾了。村里也开始渐渐议论起这件事，街头巷尾的人都在为守信可惜，这么年轻的小伙子腰就不行了，以后怕是娶媳妇都难。张天顺每次路过听到，都只能叹着气快步离开。夜里，张天顺睡不着觉，给自己点了一袋烟在院子里坐着，决定第二天再去找高满仓一趟，给守信在镇上重新找个差事。

第二天一大早，张天顺就抱着一罐子自己家腌的咸菜出现在了高满仓的办公室。高满仓也听说了张守信的事，自然知道张天顺这次来的目的。张天顺刚一坐下，高满仓就拿了一封介绍信出来交给他。张天顺一看是镇建筑队的，脸色有点不好看，直到高满仓解释说，不是去干重活，就是跑跑业务，很轻松，张天顺的眉头这才舒展开来。

1983年秋天，金水公社改成了金水镇，高满仓是镇长。丰源成立了村委会，成立会议上，张天顺提起了本来要接受秦学安入党，作为未来的村支书人选培养，眼下出了这档子事儿只得作罢。郑卫东等人就提议，村委会需要有个村长，张守信刚刚当兵回来，做村长再合适不过了。张守信知道后有些得意扬扬，张天顺却不同意，一是避免任人唯亲，二是觉得张守信也太年轻、不合适。张守信一气之下表示，这村里现在没有一个人看得起自己，自己不在村里待了，要去城里。反正村里就这点陈芝麻烂谷子的事，这个村长让他当他都不当。张天顺把介绍信给了张守信，让他去高满仓组织的镇建筑队先待上一阵，张守信有些不高兴，但也没什么更好的办法，只好同意了。

镇建筑队在县城有工程，张守信刚报了到，出来就碰到了柳家窑支书柳二奎的女儿柳叶儿。原来柳叶儿是建筑队的会计，是个大胖子，张守信一见人家就取笑她柳家窑那么穷，怎么吃出这么个大胖子。气得柳叶儿拧着张守信的耳朵转圈圈，张守信直骂柳叶儿是只母老虎。两人日常就这么打打闹闹，工作倒也轻松。

褚建林知道了秦学安的事，让学诚转告学安，改天去农大办公室找他。秦学安和赵秀娟带着满心的紧张情绪去了，没想到褚建林热情地接待了他们。褚建林看到赵秀娟，立刻反应过来："赵秀娟！我没有记错吧？喊冤的那个。"

赵秀娟激动地说："没错，褚教授，是我！"

褚建林笑着问："怎么？药材的事儿你俩都参与了？"

秦学安、赵秀娟不好意思地点点头。褚建林笑着让他俩说实话，对于药材贩卖这个事儿到底是怎么想的。秦学安迟疑了一下，还是说出了自己心里的想法："包干到户以后，农民吃饱肚子不成问题了，可是这兜里没钱啊！扯几尺布、买药买化肥，都麻缠得很！不是大伙儿非得干这投机倒把的事儿，都是这磨人的光景给逼出来的！"

褚建林听了接着说："我们的国家是以计划经济为主的，很多的商品啊还都很稀缺，都是统购统销，或者派销，就是在国家统一的计划下，谁种这个、谁种那个，都计划好，然后国家统一收购，这是我们现行的政策。名贵中草药，也都属于统购统销。所以啊，在这种情况下，当地公安机关的处理还是属于依法办事的。"

秦学安反驳道："难道就不能再给我们农民一些自主权吗？我们天天长在地里，这地呀就像自己的娃娃一样宝贝哩！"

褚建林指点着秦学安："自主权！这个词用得好！我们也在考虑，是不是能够打破现行政策，给农民松绑。"

秦学安听到这个消息，兴奋地在椅子上站起又坐下。褚建林看着，笑着跟他说，这个还在讨论和论证之中，让他先不要声张。秦学安激动地握住褚建林的手，请他一定把农民的心声反映上去，两人真诚地握了手。褚建林这才一拍脑门儿，说自己聊得太兴奋，差点儿把正事给忘了。原来他还给秦学安找了新的差事，让他去学校的试验田帮忙，他们可以出一些雇工费。这样秦学安白天也不用急着去工地了，可以留在地里踏踏实实学东西。秦学安做梦都没想到还有这样的好事，表示自己一定会按照农科院专家的要求把试验田种好。

在校园里，回去的路上，秦学安看到一路上不时有手拉着手路过的年轻恋人。在这样的环境里，他突然也生出一丝共鸣，仿佛自己也年轻了十岁，上了大学，于是他快走了几步，一把拉住了赵秀娟的手。赵秀娟吃惊地看了一眼秦学安，但看到他坚定的目光，随即也回握住了这双长满老茧却格外有力的手。两人就这么安静地走了很远，在这美好的时刻，两人只是微笑着，谁都没有说话。

接下来的日子里，秦学安每天都泡在试验田里，他总是白天去得最早，干活干到最晚。平日教授带着学生做实验、讲解的时候，秦学安也总是在旁边安静地跟着学习，他觉得这几天学到的简直比前十几年都多。以前都说农民种地靠天，现在看，这样的俗语早就不适用于现在农业的发展了。种地的门道这么多，等他回去一定要教给全村人。

金水县城里，建筑队没生意的时候，张守信就在县城瞎溜达。此时改革开放已经开始了好几年，县城的街道两边已经有了好多卖干货的摊位。张守信来回晃着，不时尝尝瓜子，脑子里也开始动了要不要做点小生意的念头。回到建筑队，柳叶儿正端着一袋石子馍吃，见张守信进来，柳叶儿让张守信也吃，说都是自己炒的。张守信眼睛亮了，心想既然建筑队活儿这么少，柳叶儿又有手艺，他有脑子，俩人为啥不一起干点小生意呢？他把这个想法跟柳叶儿说了，没想到柳叶儿算盘珠子噼里啪啦一打，立马同意了这个想法。两人一拍即合，决定就卖这柳叶儿最拿手的石子馍。

天空飘着鹅毛大雪，校园里银装素裹。秦学安和赵秀娟两人往住处走，路过菜市场。人们正围在公共电视机旁，收看中央台的中华人民共和国35周年大阅兵。秦学安看到阅兵队伍中，农民方队打出了"联产承包好"的大幅标语。秦学安按捺不住激动的心情，使劲地鼓着掌，嘴里喊着："秀娟，咱们就快能回家了！"

几个月后，中央发出《关于一九八四年农村工作的通知》，即第三个"一号文件"。文件强调要继续稳定和完善联产承包责任制，规定土地承包期一般应在15年以上，生产周期长以及开发性的项目，承包期应当更长一些。秦学安和弟弟轮流把报纸看了好几遍，秦学安激动地说如果自己能回去种地，就太幸福了。

转眼又过了一个月，马上就要过年了，秦学安、秦学诚、赵秀娟、褚之云几人并肩而行。四人的表情都有些惆怅，已经在北京待了半年有余，对于接下来该怎么办，所有人都有些犯愁。正在这时，丁朗杰举着一份报纸跑着过来，嘴里还不停地喊着"好消息"，秦学诚慌忙跑过去，抢过报纸。一行标题映入他的眼帘：《榜头镇农民合股组织长途贩运队》，秦学诚兴奋地叫秦学安来看。

褚之云兴奋地大喊："你看，学诚，还配发了短评！农民长途贩运一举三得！"

赵秀娟跟着说："也就是说，中央承认长途贩运了！"

所有人的神情为之一振，继续看着报纸，恨不得连缝隙都不错过。赵秀娟兴奋地大声念报纸："本报今天刊登的福建仙游县榜头镇农民合股组织长途贩运的消息，说明农民个人或合伙进行正当的长途贩运，一举三得，对国家、集体、社员都有利……"

秦学安接着念道："近两年，不少地方允许农民长途贩运，效果很好，证明它能发挥优势：一是经营灵活，二是方便群众，三是促进竞争，有利于推动商业体制的改革和经营作风的转变……"

所有人不约而同地念起来，声音越来越大，最后差不多是喊出来的："……遵守政府法令，服从市场管理，在国家计划指导下从事贩运，不管是长途还是短途，是肩挑背负或使用运输工具，都是正当的社会必要劳动。我们要分清界限……"

念到这里，几个人激动地抱在了一起。

褚之云揽着赵秀娟的胳膊："学安哥，你们可以光明正大地回家了！"

赵秀娟激动得红了眼眶："太好了！"

几个人沉浸在这一刻的兴奋里。

南方率先进行改革开放，实行"特殊政策，灵活措施"，许多属于统购统销或派购的农产品放开购销，允许市场交易。毗邻诸省是鱼米之乡，则处处设岗设卡，农民与政府"打游击"，经济难以持续平顺地发展。自 1983 年起，中共中央连续两年以农业"一号文件"着手解决这个问题。一方面为商品经济正名，另一方面"必须坚持以计划经济为主、市场调节为辅的原则"。文件重点强调发展商品经济、培育市场机制，提出"国家、集体、个人一齐上"，并作出了具体安排，只保留了粮、棉、油统购，取消了上百种农副产品的派购，为根本废除统购统销做积极准备。

心病一除，秦学安踏实了，他问赵秀娟是回安徽，还是回陕西？赵秀娟看着秦学安，反问他舍得让自己一个人离开吗？如果再被当成盲流抓走，你秦学安就一辈子都看不到我了。秦学安一把拉起赵秀娟，要带着她回丰源村。秦学诚刚好结束了这个阶段的考察任务，也决定一起回家看看。

秦学安、赵秀娟、秦学诚坐在火车上，褚之云、丁朗杰站在月台上挥手告别，火车缓缓开动。

望着渐渐远去的北京，秦学安和赵秀娟都有些感慨。秦学安拉着赵秀娟坚定地说："总有一天，我要堂堂正正地走在北京的大街上！"但在赵秀娟心里，其实并不在意是否还能来北京。她将永远记得这段日子，是因为她终于和所爱的人做了也许是她一生里最冒险的事，也是这段日子，让她坚信，两人的人生已经紧紧连在一起。

金水县火车站广场上，旭日东升，映红了广场上的皑皑白雪。广场上春节气氛浓厚，彩旗迎风摆动，到处挂满了红灯笼和装饰品。广场中央摆放着用鲜花拼成的"1984"字样，人们往来不绝，喜气洋洋。街头的大喇叭里放着歌曲《我的中国心》——

> 河山只在我梦萦
> 祖国已多年未亲近
> 可是不管怎样也改变不了
> 我的中国心
> 洋装虽然穿在身
> 我心依然是中国心
> 我的祖先早已把我的一切
> 烙上中国印
> ……

车站广场角落可见售卖鸡蛋、烟叶和其他农副产品的农民。秦学安、秦学诚、赵秀娟站在广场中央，欣喜地看着眼前的一切。

到了县城，金水县街道上的人比火车站广场上更多一些，街道两边卖小吃的、农产品的、小商品的都已经小有规模。秦学安、秦学诚、赵秀娟看稀罕物似的左看右瞧。这时，街道的另一边，由三辆解放牌卡车组成的车队缓缓开来。为首的车头上挂着红底黑字的大牌子，上书"金水县春节社火巡礼车队"，牌子上面挽着大红绸花。锣鼓喧天，车斗里站着穿着花花绿绿衣服的年轻男女，他们的脸上洋溢着笑容，所到处行人纷纷驻足观看。街上的热闹吸引了秦学安、秦学诚和赵秀娟的注意。人们纷纷向街道的另一边跑去，秦学安也拉着赵秀娟跑过去看，原来是社火排练。秦学安拉着赵秀娟站到了高处，仰头看着，人们把车队围得密不透风，所有人都梗着脖子看。只见一队人化装成各式各样，有打鼓的、扛旗的、踩高跷的，浩浩荡荡地在马路中间走着。

卷毛也在人群里梗着脖子看。秦学安看见了卷毛，喊他他没有听到。秦学安绕到了卷毛身边，叫他的名字，卷毛回头，看见是秦学安，惊讶得说不出话来，半晌才蹦出一句："学安哥，你终于回来了！"秦学安问卷毛，这瞅了半天了，咋也没见咱丰源的人。卷毛无奈地摇了摇头，告诉秦学安，还不是因为没人出头，本来以为守信回来了可以上，结果他也弄不成了。秦学安好奇地问卷毛为啥，卷毛摇了摇头，告诉秦学安守信从部队回来伤了腰，以后做不了啥剧烈运动了，平时在家门都不出，别说参加社火。秦学安没想到自己出去这段时间，村里发生了这么多事，想起家里的大和奶奶，她赶紧拉着赵秀娟往家跑。

村口大槐树下，秦有粮坐在树下抽着旱烟袋，神情落寞。张天顺默默地到了他身旁，卷了一根纸烟，从秦有粮烟锅里对了火。

张天顺问："学安啥时候回来？"

"这两天吧！守信咋样了？"

张天顺听了，叹了口气："这臭小子，算是搭进去了！"

秦有粮听了安慰他："可别这么说，我看没到那一步！"

路口，秦学安、秦学诚、赵秀娟从一辆拖拉机上下来。秦学安远远地就看见了大槐树下的秦有粮，眼圈一红，他大喊了一声："大！"

秦有粮抬头，看见了秦学安、秦学诚，激动地站起来连连摆手，嘴里应着："诶……"

张天顺也看到了远处的几个人："学安、学诚，你们回来了！你大天天在这

125

树底下守着呢！"

秦学安、秦学诚跑到父亲身边，跪倒在父亲脚下。两人让秦有粮原谅他们的不孝，说着说着声音都哽咽了。眼泪滴到了土地上，又迅速被这片土地所吸纳。

两个儿子都平安回来了，秦有粮一手抱着学诚，一手搂着学安的后脑勺，父子三人喜极而泣："好孩子！回来就好！回来就好！"

张天顺在一边连忙将学安、学诚扶起来："大过年的，哭个啥，都别哭了！"

一直站在一边抹眼泪的赵秀娟也跟着附和。张天顺这才注意到赵秀娟，惊讶于她也跟着回来了，问她跟学安这是……

秦学安听见，毫不犹豫地对父亲说："我要娶秀娟，大！"

赵秀娟听到这话，脸刷的一下红了，秦学诚捂嘴偷偷乐，秦有粮、张天顺一愣。张天顺随即笑着说："好事儿！好事儿啊！"

秦有粮没有接话，只是说："回家！"

四个人往家走去，张天顺看着四人的背影，神情更加落寞。

傍晚，门外不时传来鞭炮声。张天顺独自一人坐在桌前抽烟。桌上放了一碗面，他叹了口气抄起筷子准备吃，这时外面传来声响，张灵芝满身是雪地进了门。看着女儿如此狼狈的样子，张天顺慌忙抄起灰掸子帮女儿掸雪："这大晚上的，你去哪儿了？"

张灵芝像中邪一般，也不看张天顺，只是自顾自地说："学安哥说了要娶赵秀娟了？大，我哪点比不上她了？"

张天顺疼惜地把张灵芝拉到火炉边："傻女子哟！心里还惦记着学安？你也不想想，孤男寡女在外晃荡了小半年，又成双成对地回来了，还不死心？"

张灵芝的声音有气无力，语气却有些发狠："不行。我得亲自听学安跟我说句痛快话，我俩从小一块儿长大，他心里不会没我的。"

张天顺痛苦于女儿受这样的苦，却没有办法劝服女儿，只能轻声细语地跟女儿解释："你跟秀娟在他心里不一样，就算没有赵秀娟！你俩也成不了！学安的心思就没在你身上！"

张灵芝突然抬起了头，眼睛肿得像两个桃子，一看就是哭了一路："大，我是心不甘哩，我就是要他一句准话！"

张天顺点点头，帮女儿揉着眼睛："你咋就是个死脑筋不转弯呢？"

张灵芝只是擦泪，不说话。

张天顺往起一站，从厨房又盛了一碗面出来，放在女儿跟前："不说哩，吃饭，不痛快的话咱不说哩。"

两个人就这么各怀心思地沉默着吃了这一餐团圆饭。

村巷里，孩子们追逐玩耍，爆竹声迭起。秦学安、秦学诚兄弟俩在门前挂灯笼，秦有粮在院子里支上桌子写春联，包谷地、三十六计等围了一圈，拿着红纸进进出出。

傍晚，人们纷纷走出家门燃放爆竹，爆竹声笼罩了丰源村。整个村子都沉浸在一片欢声笑语中，谁又能注意到几家欢喜几家愁呢？

第二天一早，秦家院子里，秦奶奶拉着赵秀娟的手，爱惜地看着。赵秀娟从房里拿出一把木梳子，轻轻解开秦奶奶的发髻，仔细地梳着，秦奶奶享受地闭着眼睛，一个劲地夸赵秀娟的手艺好，舒坦。

屋檐下，秦学安从背包里拿出一包中药材给秦有粮看。秦学诚跟秦有粮解释，这是北京大医院专家配的，专治咳嗽。秦有粮打开药，用手指拨着看了看，又用鼻子闻，秦学安从包里掏出药方递给秦有粮。

秦有粮仔细地端详着药方，半晌拍着腿叫道："好！好！麻黄用得好！麻黄配桂枝，发汗解表！好啊！"

这时，张灵芝进了院子，众人都是一愣。赵秀娟先开了口，问张灵芝咋来了？张灵芝没有理会赵秀娟，径直走向秦学安："学安哥回来了？你不在的时候我给你织了条围巾，快试试合不合适！"

张灵芝从包里掏出围巾，大红色的，自顾自地往秦学安脖子上套。秦学安犹豫着，看着赵秀娟，赵秀娟专心地给秦奶奶梳头。

秦学安推脱："灵芝，不合适，这颜色太红了。"张灵芝自顾自地把围巾在他脖子上系好，一边系一边说："过年嘛，就得一家人红红火火。"

赵秀娟听着这话微微颤抖，秦家奶奶默默地握住了赵秀娟的手，中气十足地开口了："学诚，去，把你们从北京带回来的酱牛肉给灵芝拿点儿！"

张灵芝得意地看着赵秀娟："谢谢奶奶！"

秦奶奶接着说:"秀娟啊!过完年让学安陪你回趟安徽,早点儿把事儿定下来!奶奶啊,埋进土里也心安了!"

张灵芝这才明白,秦家奶奶给自己拿礼物,是把自己当外人,而赵秀娟早就是人家家里人了,又气又囧的她只好捂着脸跑出了门。

张灵芝哭着跑回了屋。张天顺正在院子里喝茶,急忙走到屋门口,边敲门边问:"灵芝,咋了,出啥事了,是不是秦学安又欺负你了?跟大说!"

但回应他的只是女儿的哭声,张天顺急了:"闺女,给大开开门!"

门里依旧只有哭声。张天顺站在门口良久,直到哭声停止,他长叹一声走进了屋里,到屋子正中间的柜子上妻子的遗像前添了一炷香……

夜里,秦家一家围坐在小方桌前吃晚饭。晚饭很丰盛,摆满了小方桌。秦学诚给秦有粮、秦奶奶、秦学安、赵秀娟各倒一杯酒,又给自己倒满。秦学安端起酒首先敬了奶奶和大一杯,祝两位老人身体康健,秦有粮、秦奶奶端起酒一饮而尽。秦学诚也跟着端起酒敬了二老一杯。

到了赵秀娟,她端起酒杯敬酒,秦有粮却不理会,只是低头吃菜。秦学安和秦学诚提醒秦有粮,秀娟等着敬酒呢,秦有粮却不作声。

秦学安明白,对自己和秀娟的亲事,秦有粮一直没有表态:"大,我和秀娟的亲事,您一直都没表态,今天这杯酒我俩敬您,就想知道您到底是为啥。"

秦学诚也跟着说:"哥和秀娟姐这一路我是看着的,实在是不容易,大,你就给个准话吧!"

秦有粮这才放下筷子,缓缓地开了口:"秀娟是个好孩子,又从那么远的地方过来,可咱家这条件,我是怕孩子嫁过来,受委屈啊!"

秦有粮的话说完,全家一时无语。

秦奶奶突然开了口,对儿子说:"有粮,我倒觉得只要两个娃娃自己愿意,咱们就放手让他们去过,这是两个好娃娃,以后肯定不会差!秀娟,奶奶做主,今儿认下你这个孙媳妇了!"说完,自己举起了杯子,秦有粮点点头,跟着举起杯子。

赵秀娟流着泪喊了声:"奶奶!"

"大过年的,不哭不哭!都把酒端起来,咱们乐乐呵呵地喝一杯!"秦奶奶笑着，赵秀娟擦掉眼泪，众人举杯。

集市上，秦学安正带着赵秀娟挑选年货。两人商议着是否要把药材的事搞起来，但秦学安觉得以前大家都是采野生的卖，现在要自己种，技术不熟悉，而且两三年才能长好，心里还是有点没底。两人决定先找张天顺商量给赵秀娟迁户口、分地的事。没想到张天顺一口回绝了秦学安，说地都是按人头分的，没有多余的，要分地得集体开会决定。三个人商议了一番，张天顺问赵秀娟愿不愿意包村东头的果园。赵秀娟一听立马应下了，张天顺让赵秀娟想好，那可是一片荒地，但赵秀娟却踌躇满志。秦学安了解那片地的位置，本来想再考虑一下，没想到赵秀娟就这么答应了，惊讶于赵秀娟的主意这么大。

两人刚走，郑卫东就猫着腰进来了，问张天顺咋把果园包给了赵秀娟，自己也想包。张天顺问他，你哪来的钱包，郑卫东支支吾吾地说自己没钱，但自己有合伙人。张天顺只能应着他，只要他找来这人，自己就再去找赵秀娟说说，肯定还是先紧着自己的村人来。郑卫东一听，立马往后山跑去。

后山，酸汤婶正担着一担水往前走着，郑卫东迎面过来抢过了酸汤婶手里的扁担扛在了肩上。酸汤婶好奇他干啥来的，郑卫东说了东坡那片果园的事。他告诉酸汤婶，那片地现在可以承包了，他想和酸汤婶一起包，俩人搭配正好。酸汤婶也觉得这是个好事，自己一个女人一天家里也没个照应，俩人搭伙干果园，还有个男人帮忙挺好。郑卫东心想这事能成，于是装作为难的样子，酸汤婶果然关心地问他有啥困难。郑卫东顺坡下驴，让酸汤婶一定要帮他，其实天顺叔已经把地包给那个赵秀娟了，但他是个干部，这话又不好说，酸汤婶一听，爽快地答应自己去说，郑卫东心里兴奋，表面上殷勤地给酸汤婶挑着担子。

第二天一早，张天顺正在看文件，酸汤婶走了进来，直截了当地说了自己想和郑卫东包地的想法。张天顺很吃惊，郑卫东还真把救兵给请来了，只好长叹一声，答应酸汤婶再去问问。

东坡的果园里，有些树已经死掉了，还有一部分稀稀拉拉地长着。看着这样的场景，秦学安有些失望，他不明白赵秀娟为啥要个这种地方。赵秀娟却很兴奋，觉得有了这么个园子，好好经营经营，比种那两亩粮食地划算多了。两人正除草，张天顺过来了，说这果园啊还有人想包，还是自己村人，这事不好办了。

赵秀娟据理力争，自己可说在前面，张天顺本来就没占理，只能强调做这果园的难度，虽然前三年不交承包费，但弄果园投的钱可大着呢，没想到赵秀娟利索地让张天顺定个数，自己每年都能交上。张天顺试探着说了200块，想把赵秀娟吓住，没想到赵秀娟却爽快地答应了。张天顺心想：得，看来这地就该是这女子的，自己回去就跟郑卫东说明白喽！

张灵芝这些天一直闷闷不乐，王方圆来找了她几次，都见她自己坐在屋里发呆。他知道张灵芝一直想去县广播站，心想也许换个环境也好，再说他也有私心，自己家在县城，去了县里，两人见面的机会就更多了，于是偷偷帮着张灵芝写了信推荐给了县广播站。没几天，张灵芝就接到了回音，让她去县广播站报到。张灵芝回到家质问张天顺，是不是他让王方圆这么干的。张天顺心想自己咋养的孩子，到头来养了这么一对冤家，一个不回家，一个见了面不是哭就是闹，他有些不愿意承认，但是又总在想，难道真是自己教出来的问题？

冷静下来的张灵芝觉得这确实是个好机会，她必须得去。她也渐渐想明白了王方圆对自己的情感，一旦答应去县广播站，承了王方圆这个人情，那其实就是自己接受了他。她还有点不甘心，决定孤注一掷，再找学安哥问最后一次，只要学安哥不让她走，那她就留下！

金水河边，张灵芝坐在河边的石头上，百无聊赖地向水里扔着石子。秦学安从另一边向河边走来。张灵芝听见脚步声，看到是秦学安，赶紧起身迎了过去，边走边娇滴滴地叫："学安哥，来了！"

秦学安却格外沉默："灵芝，你叫我来有啥事啊，我这地里还有活儿！"

张灵芝低下头，有些委屈："这是我最后一次找你了！"

秦学安有些惊讶："你这是？"

张灵芝坐在石头上，让出来一小块地方，秦学安犹豫了一下，坐了下去，但也只坐了一半屁股。张灵芝看了看，不高兴地说："我身上有刺？"

秦学安连忙摆手。张灵芝质问秦学安，那为啥离自己那么远？秦学安干脆站起来就要走。

张灵芝急了，站起来两步跑到了河边，对着秦学安的背影喊道："你敢走我就跳下去！"秦学安被张灵芝的态度吓到了，连忙走回来，劝张灵芝别想不开，自己不走了。张灵芝问秦学安是不是真要娶赵秀娟。秦学安坚定地给了肯定的答复。

张灵芝顿时露出了受伤的表情："改不了了？"

秦学安点头："定下了！"

张灵芝的眼圈红了，声音带着哽咽："啥时候去安徽提亲？"

"就这几天！"

张灵芝冲过去，紧紧抱住秦学安。秦学安双手抬起，不知所措："灵芝，你松、松开！"

张灵芝激动地大喊："我不！"

秦学安只能无奈地摇着头："灵芝你……"

张灵芝的眼泪在眼圈里打着转，语气中带着哀求："学安哥，我就想这样一直抱着你，永远不松开，好不好？"

秦学安愣住了，他觉得自己必须在这个问题上态度坚决，否则对两个女人都是伤害，于是推开灵芝转身就往山上走。张灵芝在他的身后喊着："我明天就走了！去县里，不回来了！"

秦学安犹豫了一下，只是说了一句："灵芝，对不起！"

张灵芝控制不住了，对着秦学安的背影哭喊："你跟赵秀娟窝在这丰源村有啥好的？学安哥你还记得你以前跟我说的，人都要有梦想吗，是你说我声音好听，鼓励我多练习、多说话，现在我终于实现自己当播音员的梦想，但你还记得你自己的梦想吗？"

"我当然不会忘，不仅没有忘，现在我的梦想还更加务实，我的梦想就在我脚下的这片土地上！"

"但就像小时候我们互相陪伴一样，现在我也可以陪你一起实现你的梦想啊。"

秦学安想起了在北京和秀娟两个人相依为命的时光，语气突然温柔了起来："灵芝，经历了这么多我已经明白了，秀娟她就是那个可以和我互相帮助、互相照顾一辈子的人，我……对不起！"说完，他头也不回地离开了，只剩张灵芝一个人看着他的背影默默流泪。

第七章

定 情

果园里的果树已经抽出嫩芽，赵秀娟哼唱着安徽调子，细心地给每一棵树梳枝、剪杈，像爱护孩子一样照顾这一棵棵灌注了她全部心血的树木。突然，赵秀娟发现其中一棵树的躯干上出现了许多溃疡状的黄色斑点，她接连看了好几棵树，结果都发现了不同程度的斑点。赵秀娟慌了，秦学安不在，她也不知道找谁商量，想去找秦学安，又想起学安被灵芝叫去了。不知所措的她只好站在地头向后山方向张望。

秦学安看到的正是这样的赵秀娟，满脸的焦急，她看到自己的那一刻，眼睛都亮了，像看到救星一样冲过来，这样的赵秀娟可爱极了。秀娟一把拉住秦学安的手就往东坡拽，秦学安问她出啥事了，赵秀娟也不说话，一路把他拽到果园，找到之前发现的斑点给秦学安看："你看，这是啥？"

秦学安仔细地看了看，又用手摸了摸："没见过。"

赵秀娟一听连秦学安都没办法，更着急了："这可咋办？"

秦学安看到赵秀娟这样，赶紧安抚她，帮着她一起检查树干，顺便讲点自己小时候的事分散她的注意力。赵秀娟逐渐平静了下来，两人商量着去农药商店问问，各处找找办法再说。

再说张守信这边，自从做起了小生意，柳叶儿的手艺加上他自己的头脑，钱包一天比一天鼓起来，行头也一天比一天新潮。这天，张守信戴着大墨镜，穿着崭新的皮夹克，骑了辆摩托车进了村，恰好赶上三十六计夫妻俩的福记杂货铺开张。在众人的起哄下，张守信当即决定请全村人看电影，还特别嘱咐卷毛、郑卫东，到时候一定要叫上秦学安。

此时的秦赵二人正在家里商量对策，秦有粮也翻着自己过去存下的医书，但都找不到对症的解决办法。正当所有人一筹莫展的时候，秦有粮想起了自己的二儿子——秦学诚。对啊，家里明明就有个农业专家，为啥不请教呢，忙让秦学安去村委会给秦学诚打电话，看看他那边有没有什么办法。秦学安一想，太对了，连忙往村委会跑去。

第二天，赵秀娟一大早就到了果园查看树的状态，却发现染病的树更多了，腐烂的位置也更大了，正在着急时，秦学安提着两罐油漆出现在果园里。赵秀娟疑惑地问："一大早的提着油漆干啥？"秦学安解释道："今天一大早学诚就给回了电话，说根据咱们说的症状，这应该叫苹果腐烂病，也叫臭皮病，买两罐油漆涂到伤口上，过几天病就能好了。"两人一想，死马当活马医，说干就干，于是分头给果树一棵棵都刷上漆，他们刷得仔细而迅速，每棵树都认认真真检查到位。等两个人结束工作，已经是日落时分了。秦学安、赵秀娟两人收拾好东西，肩并肩走在村路上，一路上遇到好几个村里人都急匆匆地往村委会跑。正当两个人疑惑的时候，郑卫东从旁边走了过来，看到秦学安连忙跑上前大声地问是不是也去看电影。秦学安好奇，这不年不节的放的啥电影啊。郑卫东抢白，那人家守信挣大钱了，人家爱咋花咋花啊，之后又询问了果园生病的事，临走前阴阳怪气地撇下一句"看来这地里的钱真是不好挣，幸好当初自己没包，不然倒整下事了"，留下秦学安和赵秀娟摸不着头脑。

傍晚，电影银幕正反两面前都已经挤满了人，人们或坐或站。等秦学安和赵秀娟赶过去时，电影已经开始了，放的是《白蛇传》，两人插空坐到了一小片空地上，相互倚靠着注视着屏幕。张守信一直坐在屏幕附近观察着四周，发现秦学安来了，连忙暂停了电影，拿起话筒开始讲话，句句不离挣钱和生意，鼓励村民们向自己学习，头脑要灵活点，不要局限在自己的一亩三分地上，这样才能成为和自己一样的万元户。一番话引起了郑卫东等人热烈地鼓掌，不断地有村民在后面喊："好！"张守信得意地不断瞟着秦学安的方向，觉得自己终于压住了秦学安一头，在全村人跟前扬眉吐气了一回。

黄土高天

1984 年 9 月 3 日至 9 月 10 日,在杭州德清县莫干山上,召开了由朱嘉明、刘佑成、黄江南、张钢等 124 名青年经济工作者组织的全国中青年经济科学工作者学术讨论会,史称"莫干山会议"。莫干山会议上提出的"价格改革的两种思路",受到了领导人的重视,开了青年学者参与国家经济体制改革、提出意见建议的先河。

办公室里,褚建林正在翻阅莫干山会议的相关新闻报道,秦学诚敲门进来。两人就莫干山会议讨论起了中国经济发展形势的问题。秦学诚认为过去这些年来,阻碍我们国家经济发展的主要是产能不足、物资匮乏,人们的积极性没有很好地调动起来,这其中,体制的弊端是主要因素,如果能根据青年学者们的建议,对价格体制进行必要调整,活力就会释放出来。褚建林对秦学诚的观点非常赞同,顺便问了秦学诚毕业后的打算,秦学诚表示自己想留在北京继续研究农业方面的问题,褚建林这才说出了自己对秦学诚的期待。原来他一直希望秦学诚留下来,哪怕是出于私人的立场,但因为尊重秦学诚的意见才一直没有说出口,秦学诚再一次感受到老师对自己的关心,保证自己一定会不畏所有困难,努力工作。

秦家,果树因为秦学安、赵秀娟两人的悉心照料已经完全恢复健康,全家人围着一起吃饭庆祝,秦学安给父亲和奶奶读起了弟弟的来信。信中学诚告诉家里人,自己已经大学毕业,留校任教了,还要跟着褚建林搞调研;同时他还说起莫干山会议的事儿,他预计统购统销的铁板政策也会有所松动。信的最后,秦学诚要哥哥也早点想想个人的婚事,否则自己就走到他前面去了,还捎带说赵秀娟挺好的,如果当他嫂子的话,他一万个同意。赵秀娟和秦学安一起看信,两人都有些脸红。秦有粮看到自己的两个儿子都这么优秀,不禁多喝了几杯,想起过去经历过的艰苦岁月,他感叹一切都是值得的。熬过了冬天,春天还会远吗?

金秋时节,果园里硕果累累,是难得一见的大丰收。加上王方圆的介绍,来买苹果的人络绎不绝,苹果卖出了好价钱,秦学安终于也做了一回万元户!

大槐树下人山人海,两辆拖拉机披红挂彩,车头上挂着硕大的"1984 国庆大游行金水镇代表队"的牌子。秦学安、张守信分乘两辆拖拉机。张天顺喊一声:"走!"鞭炮声响起,车队敲锣打鼓地出发了。金水县城人山人海、彩旗飞扬，观礼台上坐着甘自强、王方圆、高满仓等一众领导。一队队的农民乘坐拖拉机、拉着大牲畜经过县城广场，人们个个喜气洋洋。秦学安的车队经过观礼台的时候，打出了"联产承包好"的大标语，观礼台上的人集体起立鼓掌，周围群众纷纷叫好。

1984 年是中华人民共和国成立 35 周年。这一年的国庆游行，以极其鲜明的特色镌刻进中国人的记忆。当人们的目光被大学生游行队伍打出的"小平您好！"这四个字吸引住的时候，另一个同样具有深刻内涵的画面却被许多人忽略了——这就是游行队伍中的一支农民方阵。农民方阵是伴随着轻快而激昂的歌曲《在希望的田野》上走来的，他们同样打出了一幅标语"联产承包好"。而这幅标语一经出现，立即引得广场上一片轰动，许多人情不自禁地喊起来："中央'一号文件'好！"

赚了钱的秦学安也有了更大胆的想法——买一台自己的拖拉机，农技站的拖拉机太老了，摆在农技站没人用又没人保养，年久失修早都生锈了。他和包谷地说了这个想法，于是，两人一起去了县城。

"金水县农机站"的牌匾在正午的阳光照耀下闪闪发光。秦学安和包谷地走进院子里，面对着十来辆崭新的大红拖拉机，秦学安爱不释手地摸着，兴奋地跳上一台，转动着方向盘，包谷地在旁边看着这样的场景却有点怯场，心想这一台拖拉机就要一万块，自己一个农民这辈子还没见过这么多钱，更别说到哪里去弄这么多钱了。秦学安看出了包谷地的犹豫，安慰他说现在政策对农民这么好，再有了拖拉机，可不知道要多翻多少地呢，这地的产量高了，钱不就来了吗？包谷地还是担心有了拖拉机村里也没有人会开，万一还像之前那样摞在那儿了，这钱可就白花了。俩人正说着，一个穿着深蓝色粗布衣服的女售货员过来了，见秦学安一脚踏在拖拉机上，连忙过来制止。只见这个售货员一手拿着煎饼大嚼特嚼，一边满脸不屑地向这边走来。秦学安向她表达了想买拖拉机的意思，她没说话，从头到脚把秦学安、包谷地两人看了一遍，之后眼皮也不抬地继续吃起了煎饼，包谷地看出了人家赶人的意思，拉着秦学安就要走。秦学安却被售货员的态度惹怒了，盯着对方问："你啥意思？看不起人咋的？"

销售员没想到秦学安会是这个态度，反而有点心虚："这一台拖拉机这么贵，我从来没见过个人要买的……"

包谷地拉着秦学安往外走："学安，别问了，走吧，问半天又买不起。"

秦学安边被拖着往外走边自言自语地算账："我现在手里有 4000 块钱，我再借借就能买一台了……"

两人往外走，秦学安却一直不停地回头看，销售员见秦学安是真的想买，叫住了他："同志，我看你真心喜欢才跟你说的，县里对我们站上有政策，农民个人买的话会有 1000 块钱的补贴，还送一台 20 厘米的旋耕机。耕地面积多的，得过种粮大户的还能再减免 500 块。"

"那个种粮大户，我前年得过的。"秦学安激动地跑回来，边点头边说。

"信用社对农机具专款专用也有政策，贷款利息低两个点。"售货员说。

秦学安掏出随身的纸笔开始算账："你就说最低多少钱吧。"

"最低 8000 块！"

秦学安自言自语："贷上 2000 块的话我再凑 3000 多块就差不多了……"

"以前都是卖给队上的，你要真买了，可是金水县的第一个。"

"行。我回去盘算盘算。"秦学安说完，和包谷地若有所思地走了。

没想到，秦学安想买拖拉机的事遭到了秦有粮的严词反对，秦有粮觉得秦学安这完全是去了一趟北京，又得了万元户，心野了膨胀了，那一万块一台的机器是一个普通农民家买得起的吗，十里八村的都没听说过这事。再说，这几年家里存的钱老头儿早都计划好了，要等两兄弟结婚给两个人修房子，这要是买拖拉机就把钱都花了咋行呢，坚决不行！

秦学安劝父亲眼光放长远点，这可不光是多打几百斤粮食的问题，其实自己早就在心里盘算好了，这拖拉机买回来可不光自己用，一家一个月的活可能几天就干完了，但干完自己家的还能去给别人家干，这也能赚钱。平时农闲时节，现在进城转的乡亲们多，没准儿还能拉货跑运输，这一算可就能赚不少钱了。秦有粮一听是这个道理，心里有点犹豫了，点起了烟袋抽起来，毕竟是几千块的事，半晌却也下不了决心。

第二天一早，大槐树下，秦学安召集了二小队的几名骨干商讨买拖拉机的事。秦学安拿着一张纸，给大家算账："本来呢，我想自己想办法把拖拉机买了，可凑不够钱。就想把咱二小队的几个人凑一块儿，想想办法。咱们几家的水浇地都不多，又都是连起来的。只要有了拖拉机，这十几亩地两天的工夫就种完了，咱就能腾出时间好好务坡地上的粮食了。一年下来，每家每户少说也能多打1000 斤粮食。"

众人听了这话，心里都觉得没错，三十六计还噼里啪啦打了一阵算盘，但毕竟不是个小数，所有人都不敢开口接话。一时间，众人大眼瞪小眼，互相示意对方说话。

卷毛先开口了："可我没钱啊。"

根叔紧跟着说："我一个人吃饱全家不饿，这两年还存了几百块，我都拿出来。"

三十六计转了转眼珠子："只要能多打粮食，我倒是也可以出。"

包谷地却十分地犹豫："学安，我家娃娃多，开销大，我得和金银花商量一下……"

其他人都在相互试探，都想看看谁家先出了大头，都想等着这事靠谱了再加入，结果就是半天也决定不下来。秦学安看出来了，靠别人这钱是一时半会儿凑不出来了。看来还得自己再想想办法，他心想。

这时，张守信推着车出现在了村口，卷毛赶紧招呼他过去，想听听他的意见。张守信却像没听见似的低着头匆匆往家的方向走去，一时间，所有人的注意力都被张守信吸引去了。这是又出啥事了？

其实张守信早就看到了村口大槐树下头的这帮人，但他一直沉浸在自己的心事里，根本没工夫在意秦学安又带着人商量啥呢。前几天张天顺给建筑队来了电话，电话里说给他相了一门亲事，让他今天一定回来一趟，据说对方姑娘家里条件可以，长得也俊。挂了电话张守信就一直有些心神不宁，自从在部队里受了伤以后，表面上看上去他没受啥影响，反而还挣了些钱，但其实他心里对腰受伤这件事却是一直在意的，而且多少有些心里不是滋味，好像自己确实比别的男的矮了半头、缺了点啥。每当这个想法冒出来，张守信总是赶紧把它压回去，可夜深的时候，这事却总是折磨得他成宿地睡不着觉。这也让他格外地重视这次的相亲，仿佛是为了证明自己的能力，他一大早就收拾妥当蹬着车子赶了回来。

张家堂屋，马老太和张天顺正在堂屋说着话。马老太一边吃着桌上的糕点，一边唾沫横飞地夸着来相亲的魏家坡的小翠姑娘。张天顺这个从来没跟谁弓过腰、服过软的人，这会儿却因为儿子的婚事殷勤地给马老太端着茶水："老姐姐费心，守信的情况，我们也不讲究啥，只要姑娘愿意，我就是砸锅卖铁也要迎进门！"

马老太也很识相："就看两个娃娃的命数哩！我可是把守信侲夸到天边去咧！"

张天顺还是有些担心："守信腰的事儿没跟人家提吧？"

马老太笃定地说："哪能啊。我们做媒人的自然是只说好不说孬的。这你放心。只要守信自己不说。"

张天顺笑了："老姐姐吃苹果，这是我们村果园自己种的，甜着咧。"

马老太拿起一个苹果，咬了一口："这方圆几十里，你张家的条件就跟这大苹果一样，红着咧，只要守信自己不乱来，不吃上一口，谁知道这里面的滋味是苦是甜咧？哎呀，这苹果真甜！"

守信屋内，张守信过去的照片被放大了挂在墙上，一张张格外显眼。穿一身翠绿色夹袄、扎俩小辫的魏小翠正在看照片，白白净净的倒也显得十分可爱。张守信仔细地给她介绍着照片，不时盯着小翠雪白的后脖颈看看，显然他对小翠也十分满意。两人就这么有说有笑。这时，小翠看到张守信穿着军装的照片，她惊喜地问："你还当过兵啊？"

张守信下意识地挺直了腰板："是哩！"

魏小翠有些疑惑："那咋又不当了咧？"

"我……我那啥……"张守信欲言又止。

"那啥呀？你咋吞吞吐吐的？"魏小翠见张守信不说话有点急了，眼睛也开始在屋里其他地方乱看，突然魏小翠看到了桌子下面压着的一张伤残证："这是你的？你、你……伤着哪儿了？"

张守信指了指自己的腰："这儿！"

魏小翠的脸色明显不好看了："那咋能行？你这样还咋下地？"

张守信有点不屑："我也不爱下地干活，我爸给我找的工作在县城建筑工地呢。"

"马姨之前可没说啊……"魏小翠从张守信的说法里也看出了张守信不像是个勤快人，再说伤着腰可不是小事，干不了活还是轻的，这要是……她没敢再往下想，对张守信的好感也减了大半。之后两人不咸不淡地说了几句，魏小翠就找理由急匆匆要走，任谁都能看出来她这是没相中。张守信的心里"咯噔"了一下，仿佛是心里的想法得到了证实，一股无名的邪火涌上头顶。

张家院里，魏小翠从守信屋里出来就拉了马老太到一边去说悄悄话，可两人的对话却还是像针扎一样刺进张天顺和从屋里出来的一脸愤怒的张守信耳朵里。

"咋了这是？"马老太小声问。

"下不了地，上不来炕，还算个男人吗？你咋啥人都给我介绍！"魏小翠看似小声实则尖厉的声音院子里每个人都能听到。

马老太说："这点小伤！你看小伙儿长得多立整！"

"脸能当饭吃吗？"魏小翠讥讽道。

听到这话，还在门口的张守信抖了抖。张天顺忍不了了，啐了口唾沫："姑娘家家的，说话别……"

既然说到这儿，魏小翠也放开了，指着张守信说："就你儿子这样的，还想听好听的？我呸！"说完，她径直出了大门，头也没回。

张守信憋着一口气无处发泄，拳头握了又握，突然冲到堂屋里把放着苹果、糕点的桌子掀翻了。马老太和张天顺一时都愣住了。

张天顺喊叫："守信，你这是干啥！"

张守信说："大，以后别让我相亲，丢不起这人！"

马老太有些尴尬，拿好包裹对着张天顺说："天顺啊，那我走了啊。"

张天顺赶紧拣了几个苹果给马老太装到口袋里："老姐姐呀，孩子身上有伤，心里不美气，您甭往心里去，劳烦费心再给寻寻！"

"唉，守信这腰伤怕是方圆四处的都知道了，农村人都忌讳这个。"

张天顺讨好地说："不是有您呢吗？"

"守信这个情况，要不就降降要求，我这有一个耳朵有问题的，还有一个小时候发烧脑袋瓜儿坏了，其他的都挺好，家里也着急呢，要不你们爷儿俩合计合计！"

正一边喘着粗气的张守信一听这话受不了了，冲了过来，扯着马老太的领子就往外揪，边揪边说："你给我走！就算打一辈子光棍儿，也不要那样的！"发泄完，自己摔门进了屋里。

张天顺忙跟马老太道歉，马老太虽然受了惊吓，但到底还是个好人，看着好好的一个年轻后生连个手脚全乎的对象都找不上，加上今天这事确实有她的责任，还是给张天顺想了个办法。现在城里都流行新的"三转一响四大件了"，"三转"就是自行车、缝纫机、洗衣机，"一响"就是电视机，要是在农村给配上这些个物件，那就是身份的象征，不怕没人来。张天顺一想立马拍了大腿，为了儿子能结婚买啥都值，到时候看谁还敢挑剔我娃！

第二天一大早，张天顺就去找高满仓，拜托他帮着搞一张电视机的票，没几天，就见张守信扛回一台黄河牌黑白电视机。村里人第一次见电视，全都挤在了张家院子里，叽叽喳喳把院子围得水泄不通。张守信调整着信号，每当从院子里走过，都感觉自己的腰好了，腰板儿还更硬了一些，跟来人打招呼也热情了不少。

晚上，准备放电视了，堂屋正中央的桌子上摆好了电视机，所有人都围坐在凳子上看着电视里的武打画面，时不时有人羡慕地小声嘟哝着。张守信像将军一样站在屋门口，画面有时一闪一闪地不稳定，张守信就让卷毛去屋顶给动动天线，所有人都夸守信出息了，张守信也不谦虚，笑着在旁边听着。

这时秦学安带着赵秀娟也过来了，张守信看到俩人进来故意又让卷毛去调了调电视，一边招呼着大家想看哪个频道随便调，一边用余光瞟着秦学安的反应。

秦学安跟大家打过招呼，带着赵秀娟一起坐下了："大家都在呢？看啥呢？"

酸汤婶连忙说："香港的啥电视剧，打来打去，好看着呢！"

另一位接着说："学安，你看人家守信都买电视机了，你咋不买一个？"

张守信听了这话，更加注意听这边的反应。

赵秀娟说："我们哪有这个闲钱啊，我们正攒钱买拖拉机呢，干正事。"

这还得了，一边的张守信听了这话，顿时炸了："赵秀娟你啥意思？"

"我没说啥啊！"赵秀娟一脸的疑惑。

"你刚说那话啥意思，啥叫闲钱，我们买个电视机请大家来看就是有闲钱？你花钱就是干正事？"

秦学安见两人就要吵起来了，连忙把赵秀娟拉到自己的身后，一边劝张守信："守信，你咋还急眼了？秀娟不是那个意思！"

这么一折腾张守信也没了兴致，想显摆也没有显摆成，本来想长长脸结果反倒蹭了一鼻子的灰，他突然感觉没意思极了，摆摆手让大家赶紧散了："行了行了，闲钱买的，大家都别闲看了！散了吧啊！"

众人看着这架势也不好说什么，只好叹着气散了，有些还想留下的也被张守信轰走了，不少人小声地抱怨着陈真都快出来了，什么人啊。张守信冷笑，心想我家的电视，我想咋看咋看，秦学安这么有本事就上秦学安家看去！人都走完了，张守信关上院门，回屋里睡起了大头觉。

再说秦学安这边，最终还是赵秀娟拿出了自己的私房钱，加上秦学安说动秦有粮拿出修房子的钱，刚好能买一台拖拉机。

早晨的太阳照耀着丰源村的一大片水浇地。秦学安开着拖拉机翻耕着大片的土地。旋耕机翻起厚厚的肥沃的土。拖拉机后面的秦有粮闻了闻泥土的气息，舒心地笑了，用力地用铁锨扬撒着干粪土。

一头牛后面，郑卫东把着铁犁也在犁地，缓慢而小心。不时抬头看着远处秦学安的拖拉机。卷毛拿着镢头一点一点翻地，趁着抬头擦汗也望着秦学安的拖拉机。再远处的水浇地上，还有几头牛犁着地，也有几个人在拿镢头翻地。秦学安耕完了，蹲在拖拉机旁，拿出稀饭罐、几个馍和野菜，大口大口吃着。三十六计贼眉鼠眼地跑过来跟学安说悄悄话："学安啊，跟你商量个事呗。"

秦学安说："啥事，你说。"

三十六计说："这拖拉机翻地确实快得很，翻过的地软得像棉花！不像我还用牛，那边还有人力翻的呢！能不能……"

秦学安笑了："我这儿试机子呢，弄好了大伙儿都能用，我买拖拉机不就图个这？"

三十六计说："那可太好了，学安，还是你敢弄事哩！"

秦学安说："县农机站的人帮我算过了，咱村这 2000 多亩地啊，只要有个五六台拖拉机，再配上其他机器，以后种地就轻省多了。我买拖拉机也不是为了供起来，就是要用的，这机器呀就要用，越用越灵光。"

三十六计着急要走："那就说定了，我回村去张罗一下，黑天到你家去，大家排排顺序。"

秦学安笑着说："能成。"

傍晚，秦学安家陆陆续续来了村上的人。院子里支了张桌子，三十六计拿着纸笔在记录，村民们挨个儿上前登记，队伍很长，秦学安安排着："不急，慢慢来。家里劳力少的往前排，人手多的往后排，都能排上。这价格咱也说清楚，农技站的拖拉机耕一亩 20 块，我这拖拉机 10 块一亩。"

后头的村民们向前拥挤着："给我登记上！给我登记上！"

张家，张守信又把电视机摆放在了院子中央。张天顺坐在墙角抽烟袋。院子中间摆放了几排小板凳，稀稀拉拉坐了几个小孩，都急急火火地问着："叔，啥时候开始放电视呀？"

张守信向门口瞭着："急啥，等人到齐了。"

卷毛说："村上人都到学安他们家去了，咱先放行不行，《霍元甲》快开始了。"

"啥？都到他家干啥，他家也有电视？"张守信惊讶地问。

"大家都去排拖拉机了嘛。"卷毛看张守信不高兴，小声嘟囔。

"大，您才是村支书，是村子说了算数的人，以前大家伙儿都是往咱家跑呢，可现在大家伙儿都往秦学安家跑，这事儿不对啊。"张守信的火没处发，只好跟自己大置气。

张天顺磕掉烟袋，缓缓起身进了屋子："唉，人心散喽，都各顾各家喽。"

"啥时候放电视呀？"小孩子们又喊起来。

张守信不高兴地吼道："放啥放，放电视不要电钱啊，不放了，今儿没的看。"众小孩唉声叹气地离开。张守信把卷毛叫到跟前："卷毛，你说我这电视机，城里人用的，还比不上秦学安的拖拉机了？"

卷毛说："哥，我知道，这事都是郑卫东起的头，撺掇着大家都去学安家排队用拖拉机。哥，你说这郑卫东也是心大。秦学安和赵秀娟跑到北京去，果园都是他给务的，后面人家回来了，果树结果子了，一车车往外拉，一把把数钱哩，他郑卫东捞着个啥哩，啥也没捞着，为个几千块钱的债，愁断肠哩。"

张守信一听脑子一转："卷毛，你过来，我跟你说。你去找找他，这样点一下他……"

两人窃窃私语一阵。

过了几天，集市到了。80年代农村的乡镇集市，热闹非凡，商贩的叫卖声此起彼伏。赵秀娟也把两袋子苹果摆在路边的摊位上叫卖着，不时有人来看，赵秀娟都热情地介绍着自己家的苹果。突然，卷毛走了过来，拿起一个苹果就啃，尝了一口又吐掉，还拿起几个开始往自己的军挎包里装。

赵秀娟一边收好顾客给的毛票一边质问："卷毛你干啥？这是我卖的！"

卷毛一脸流氓相："卖的？卖的也是我们丰源村的，你又不是我们村的，你凭啥卖我们的苹果？"

赵秀娟急了："卷毛你咋没脸没皮呢？"

卷毛回道："我没脸没皮？我看是你死皮赖脸吧，还赖在我们村就不走啦？"

赵秀娟操起秤杆就要打卷毛："卷毛你……"

此时，秦学安过来了，一把捏住卷毛的胳臂，使劲拧着："卷毛你胡捣啥乱呢！"

卷毛疼得龇牙咧嘴："哥，疼，轻点。"

秦学安渐渐放轻："卷毛你咋跟个癞皮狗一样，少干点坏事不行啊？"

卷毛笑道："哥，你俩还没睡在一个炕上呢，这就护上婆姨了？"

秦学安又使劲拧卷毛的胳臂："叫你嘴上没个把门儿的乱说。"

卷毛吱哇乱叫："哥，我错了，再也不敢了。"

秦学安放开他："赶紧滚。"

卷毛一溜烟儿地跑了。

秦学安安慰秀娟："卷毛就是个癞皮狗，别理他。"

赵秀娟笑着说："我没事。"

说着，两人又一起卖起了果子，他们都以为这只是卷毛自己不服气的行为，殊不知一场更大的针对他们的事件正在背后计划着。

之后的几天里，卷毛游走在村里的各个人群聚集的地方，跟大家说自己被秦学安收拾了，就因为吃了几个村里的苹果，这园子明明就是自己村子的，赵秀娟也没嫁到咱村来，咋就成了她的私有财产，真是越想越冤枉，说到动情处，卷毛还适时地号了几声。他这一说，成功引起了不少村里人的同情和不忿，特别是郑卫东，这地当初他也想要，但张天顺就为了多得几块钱没给他。在众人激愤的声讨中，郑卫东更坚定了想法，他要去要个说法。

当晚，张天顺正在家里记着账，郑卫东就来了，一进门就先喊冤。张天顺看惯了这一套，也不扶，只是问出啥事了。郑卫东赶紧上前坐着，就说起了果园的事，张天顺一听疑惑了，这不是早就给赵秀娟经营了么，咋又出事了？

郑卫东贴着张天顺的耳边说："也不见他俩办喜事，咱村上的果园，让一个外人经管着，我心里不舒服。"

早就在屋里偷听的张守信这时也从隔壁出来了："大，她赵秀娟可是个外乡人。果园子是咱村集体的，她凭啥种了这好几年，得了几年的好处。"

张天顺说："那不是她和秦学安家一起的嘛。人家也交承包费呢。"

张守信说："咋就算一起的了？他俩又不是两口子，说破大天去，她赵秀娟就是个黑户嘛，在城里就是盲流嘛。"

郑卫东帮腔："对嘛，我也是想到这层，才想承包的。这要细揪起来，怕是违反政策呢。"

张天顺摸着脑袋瓜子，仔细一想："当时不是特殊情况嘛，就看在秦家的面子上照顾了一下。你这么一说，确实是这么回事。"

张守信顺势说："大，我觉得就应该让卫东来承包，他家以前就是务果树的把式呢。"

郑卫东着急地说："叔，就这事，你看？"

张天顺一拍桌子说："行，我知道了，怕是要开会决定呢。"

郑卫东试探道："要是赵秀娟不愿意咋办？"

张天顺站起来，声音洪亮地说："这村上……还由不得她撒野哩。"

几天以后，村委会大院里乌泱泱站满了人，主席台上放着一张桌子，张天顺在台上讲话："最近呢，村上有人反映后山的果园承包的事儿，今儿找大伙儿来商量商量！"

下面一阵骚动。

张天顺摆摆手，示意大家安静："谁先说？"

秦学安站起来反驳："既然秀娟没资格承包，那就由我来承包吧，这几年我们务弄果园也投了不少，也有经验！"

郑卫东赶紧站起来说："还有我，后山果园呢，正好挨着我家的承包地，我跟着我大从小就务果树。我洛川的三叔家正好有一批富士苗，我准备嫁接过来。"

卷毛也跟着凑热闹："苹果现在卖钱得很，我也想承包。"

张守信一把把卷毛拉倒："你哪儿来的钱承包，吹牛吧。我有钱，我也报个名，肯定能把果园弄好。"

张天顺看了守信一眼："那就按老规矩，每家派代表上来点豆子投票吧。"

不一会儿，桌子上就摆好了三只海碗。碗里面分别写着秦学安、郑卫东、张守信的名字。大家纷纷上来投豆子，三人的票数相当。

投票完毕，三十六计拨拉着算盘计票。唱票的时候，学安43票，卫东43票，守信42票。

张天顺皱着眉头，心想这事越发不好办了，嘴里说着："学安和卫东都是43票。守信最少，42票。守信你就算了，卫东、学安，你俩看这咋弄……"

郑卫东说："学安，是这样，洛川的富士苗我都已经买回来了，耽误不得。你们之前的投资，我可以折成钱退给你们。"

秦学安却不买账："话不是这么说的。后山的果园子，以前就是一片野林子，是秀娟这么多年一点点收拾起来的。这些年她吃的苦大家也都能看到。"

张守信起哄："果园是她收拾起来的没错，可她不是咱村上的人，收拾也是白收拾，顶多算她个学雷锋做好事！"村里的很多人听了跟着应和。

赵秀娟被气红了脸："你们欺负人！"

秦学安拉住赵秀娟："她没资格，我总有资格吧？我来承包还不行？"

张守信这时站出来说："你来承包？你不是整天说要带着大家共同富裕吗？咋，遇到赚钱的事，就想吃独食了？不要你的好名声了？"一些人听了跟着说："学安，你就让给卫东得了，这样大家伙儿心里也能平衡。"

卷毛起哄："就是，你承包了还不是赵秀娟经管！你俩出来进去的，算个什么？说不是一家人又在一口锅里舀饭吃，说是一家人又没个名头，把咱丰源村的风气都带坏了，弄得我到现在都说不上婆姨哩！"

秦学安想了想："话要这么说的话，那我娶了秀娟不就行了，那她就是咱村的人了。我光明正大地承包！"

这话一出口，众人噤了声，没想到秦学安会亮出这张牌，在这个场合宣布这个消息，都纷纷看向秦学安，半晌才反应过来开始起哄："哟！赵秀娟你答应不答应啊？""快说句话啊！""秦学安可是我们村的好后生！你真是修了三辈子的福了！"

赵秀娟猛地站起来："我同意！我愿意嫁给秦学安！但是承包果园的事儿我也决定放弃，不就是一个果园么，让出去我还落个清闲！"说完她转身就走。秦学安喊着赵秀娟的名字，紧跟着追了出去。

众人面面相觑。

张天顺适时地站出来说："既然秀娟表态了，今天的事儿就到这儿，卫东你完了在我这里补个手续。"

这个荒唐事件，就这么在众人的起哄中结束了。

转眼间又是一个新年，1985年的中央"一号文件"提出活跃农村经济的十项政策，在农村改革上迈出了相当勇敢的一步，赋予农民经营自主权，使得实施了长达三十年的农副产品统购统销制度正式终结。农民有了安排农事的自由，农民自己辛苦种出来的东西可以在市场上换来应得的报酬。80年代中期，真的可以用农村的"黄金时期"来形容。虽然生产力的发展还是依赖于锄头和镰刀这些简单甚至可以说原始的生产工具——中国的农民是世界上最能吃苦耐劳的群体，只要能让他自由地在土地上挥洒汗水，就已经具备创造奇迹的条件了！

秦学安在全村人跟前说要娶赵秀娟的事很快传遍了全村，也传到了张灵芝的耳朵里。张灵芝把自己关在屋里，看着桌上的一个小木老鼠，那正是两人小时候秦学安送她的礼物。就因为她是属鼠的，他就专门雕了这个送给她。回忆起过去二十年两人朝夕相处的点滴，她想不通究竟为什么秦学安会选择赵秀娟，她决定找赵秀娟去问个清楚，这么想着，她就收拾好东西准备出门。门一开，就看到张天顺拿着一碗饭在外头等着。见张灵芝出来了，他忙堆起笑脸让张灵芝吃饭，张灵芝留下一句"大，你别管我了"，扬长而去，留下张天顺一人在院子里叹气。

金水河畔，张灵芝约了赵秀娟交谈。两人一前一后地走着，一路无话。张灵芝显得很激动，赵秀娟倒是一脸淡定地不时看看岸边的景色。终于，赵秀娟先开了口："灵芝妹子找我来，是有什么话想说吗？"

张灵芝这样娇生惯养的小公主竟然有些底气不足："我今天叫你一声秀娟姐，算我求你了，离开学安哥好吗？"

"灵芝，你别这样，你也知道，我和学安……"赵秀娟想说下去，却被张灵芝打断。

"我知道！可是我和学安哥从小一起长大，我打小就喜欢他，即便我知道他一直只把我当妹子，可我就是喜欢他，无可救药地喜欢着。秀娟姐，我不能没有学安哥，你就不能退出吗？"张灵芝激动得眼睛已经泛红了，她急于表达出她对学安所有的情感。

"灵芝，你是个好女孩，可爱情是不能勉强的，强扭的瓜不甜，心要在一起才行！我从那么远的地方来到这里，也曾经试图放弃，但感情使我们跨越了一切，所以现在，无论是距离还是闲言碎语，任何人或事，都不能阻拦我们在一起的决心。"赵秀娟劝她。

"我嫉妒你，我真的嫉妒你！"张灵芝流着泪转身离去，留下赵秀娟一个人看着她的背影发怔。赵秀娟突然觉得张灵芝很可怜，但她明白，感情的事不能强求，自己和学安的感情已经没有人能从中阻碍，学安那么坚定，她必须更加坚决才行。这几年的经历让她懂得了，要和学安在一起，要追求自己的幸福，她必须更加坚强。

张灵芝失魂落魄地走回了家，正遇见王方圆和张守信喝酒。原来王方圆是来给张灵芝送书的，看灵芝不在，才和张守信喝了几杯。看张灵芝红着眼睛回来了，正在喝酒的王方圆连忙站起来，起得太猛还碰倒了椅子，这让张灵芝更尴尬，快步跑进屋撞上了门。王方圆用试探的眼神看着张守信，张守信拉着王方圆坐下，含糊了几句，说自己家姐姐就是比较任性，让王方圆以后多担待。王方圆不情愿地坐下，眼睛却一直盯着那扇关着的门。

赵秀娟这边，张灵芝走后，她也没急着回去，而是一个人坐在河边打水漂。直到暮色西沉，秦学安过来找她："咋在这儿呢？奶奶说下午灵芝把你叫走了，害得我担心。"

赵秀娟微笑着让他在自己旁边坐下："学安，我想我妈了。"

秦学安听了这话，心疼地搂住赵秀娟："这里就是你的家，咱回家吧。"赵秀娟默默把头靠在了秦学安的肩膀上，两人谁也没再说话，享受着这一刻的平静，一起看着黄昏下的金水河波光粼粼的美丽景象。

张家，夜里张天顺把一碗粥放到张灵芝床前，劝她吃点东西。张灵芝不说话，整个人埋在被子里，被子微微抖动着。

张天顺看了心疼，嘴上却只能劝张灵芝看开点："俗话说强扭的瓜不甜，何况还扭不到一起呢。再说了，你是我张天顺的女子呢，什么样的好男人找不到，是咱不稀罕他秦学安呢。"张灵芝没说话，但不抽泣了。

张天顺接着说："你们的妈走得早，很多人说让大给你们找个后妈，但我没有，不就是为了你和守信嘛。人有时候要接受现实呢。"

张灵芝突然起身："大，我吃，我接受。"接着她开始狼吞虎咽地吃饭，张天顺看女儿好像真的想开了，默默地出了屋。张灵芝吃罢，突然看到手边王方圆送她的书，是小说《人生》。她翻开，扉页上写着一行遒劲的钢笔字——

> 我必须是你近旁的一株木棉，
>
> 作为树的形象和你站在一起。
>
> 根，紧握在地下，
>
> 叶，相触在云里。
>
> 每一阵风过，
>
> 我们都互相致意，
>
> 但没有人
>
> 听懂我们的言语。

书里还夹着一张电影票，正是《人生》。

第二天下午县电影院外，王方圆焦急地等待着，周围的人都进了电影院，王方圆还在等。终于看到了从远处向这边走来的张灵芝，王方圆悬着的一颗心这才放下。两人一起走进了电影院。

电影散场后，街道上，昏黄的路灯下，张灵芝、王方圆并肩而行，王方圆还在回味刚刚的电影："高加林这个人物塑造得太深刻了，表现了一代人的纠结。我还能背诵路遥小说中的这段话呢，'人生的道路虽然漫长，但紧要处常常只有几步，特别是当人年轻的时候……'"

张灵芝显得有些落寞："方圆，人生的悲哀也在于有些时候你只能让别人选择。方圆，你是喜欢我的，对么？"

王方圆有些愣了："灵芝，你为啥这么问？"

张灵芝盯着王方圆问："方圆，你心里是有我的是吧？我们结婚吧，马上就去领证！"

王方圆有些惊慌失措，又有些惊喜，一时间只能使劲地点头。路灯下，两人的背影渐渐模糊。

王艳琴从安徽寄来的信到了秦家，信上赵母说太长时间没见赵秀娟了很想她，求赵秀娟回家。赵秀娟自己在屋里边看信边抹眼泪，最后忍不住趴在炕头哭了起来，刚好被进屋的秦奶奶看到，她连忙问秀娟为啥哭，是不是学安惹她生气了，是的话看她咋收拾他。

赵秀娟破涕而笑，连忙否认，给奶奶看了信，说自己这么久没回去也想家了，想回去看看。于是，晚上秦家所有人一起开了会，商量着两人的婚事确实不能再拖了，安徽那边也早应该有个交代，全家决定让秦学安择日带着赵秀娟起程回安徽提亲。赵秀娟和秦学安格外激动，两个一起经历了这么多的人，终于，要走到一起了。

金水火车站，乌泱泱的人来来往往，人们脸上都洋溢着活力。秦学安和赵秀娟带着秦有粮和秦奶奶给准备的满满登登的聘礼上了火车。随着汽笛声响起，车开了，秦学安剥鸡蛋给赵秀娟，赵秀娟掰下一点送到秦学安嘴边。两人在颠簸中回忆着这几年一起经历的一点一滴，绿皮火车驰骋着，离金水越来越远。

黄土高天

淮水村村口的一座土台是村民们活动的公共场所。土台下面是进村的路，土台上面，几个村妇各自做着手里的活计，有些正在挑拣簸箕里的稻谷，有些织毛衣纳鞋底。村路上，赵秀娟和秦学安远远走来，秦学安手里提着从家里带来的大包小包。一个妇女首先看到了远处的赵秀娟和秦学安，忙招呼其他妇女看。所有人都一边伸着脖子往村口看，一边小声议论着这赵秀娟咋还带了个男人回来。秦学安和赵秀娟走近土台，和妇女们打招呼，妇女们连忙噤声，假装干起了手里的活儿。还是有好事的忍不住开口问："哟，秀娟姑娘，这一身新衣裳穿的，一眼都认不出了。你可算回来了，你妈老跟我念叨你呢，听得我耳朵都快起茧了。"说着所有人的视线都有意无意上下打量着秦学安，秦学安被看得不好意思，憨厚地跟妇女们微笑。

赵秀娟注意到赶紧说："这不是就回来了嘛。那我赶紧回去了，婶你们坐着。"说着她拉着秦学安就往村里走，妇女们的视线一直跟随着两人。

秦学安边走边笑："你们村的人和我们村的人也差不多么，都爱看热闹。"

赵秀娟笑骂："还有心情说笑，一会儿在我妈跟前好好表现。"

"这还用你说。"秦学安坚定而自信。

赵秀娟家，王艳琴正坐在屋里织一件粉红色的毛衣，眼睛看都不看毛衣，但手上的动作飞快，她脸上的表情有些不安，不时地看一看门口。赵秀娥在厨房里忙碌着，这时，门外头传来赵秀娟的声音："妈、姐，我回来啦！妈！……"王艳琴赶紧停下了手里的活，认真地又听了听，赶紧把毛衣和毛线篮子放在一边的桌上，站起来小跑着出屋。赵秀娥也从厨房探出了身子。

门口，赵秀娟拉着秦学安进了屋："妈、姐，我回来了。"

秦学安也提着大包小包进了门："婶儿，我和秀娟回来了。"

赵秀娥激动地在一边接东西："诶，秀娟回来啦！"

王艳琴看到赵秀娟的一刻激动地小跑了几步，但看到秦学安也跟着回来以后，顿了顿才继续往前走，表情也从激动到镇定："学安也来啦，快进屋休息休息，这一路累了吧？"

寒暄了几句，几人终于进屋坐下了。王艳琴一边给秦学安倒茶，一边跟赵秀娟说："娟儿，你看你，自己回来就行了，咋还让人家学安送，人家家人再好，咱也不能老麻烦人家不是？"

秦学安听出了王艳琴是故意把自己当外人，连忙说："婶儿，这咋是麻烦，这都是我应该做的，我这次来……"

王艳琴打断他的话："行了，刚好到饭点了，学安又这么大老远地过来，咱家得好好给他接接风。"

赵秀娟嗔怪地说："看你说的，他又不是外人。"

王艳琴笑着说："又不懂事了不是，学安当然不是外人，他们一家人都是咱家的恩人，是咱家的贵客，可得好好招待。秀娥，咱这就开始准备。秀娟你也来帮忙。"赵秀娥走出屋进了厨房。王艳琴拉着赵秀娥也跟着进去了，赵秀娟一步三回头。秦学安一个人坐在屋里，心想看来这次过来不会太顺利，秀娟妈对自己的态度和之前明显不同，生分了，一时有些坐立不安起来。

厨房里，王艳琴正在炒菜，一句话也不说。赵秀娟一边择菜一边小心翼翼地试探母亲的态度。王艳琴终于开了口，说的却是她不该带秦学安回来，她可是早就收了刘海的彩礼，没有退的道理，更何况刘海这几年药材生意做得大了，可比他们陕西的贫困村强得多，让赵秀娟不要把感激当成了感情，不要一时意气用事。赵秀娟不爱听母亲说这些贬低秦学安的话，她坚决不同意和刘海的亲事。母女俩互相生起了对方的气，这让一边切菜的姐姐赵秀娥都感受到了两人之间的尴尬。

是夜，堂屋里，大家围着一张圆桌子坐着，桌上摆满了丰盛的饭菜。王艳琴客套地问着秦学安家里的情况，关心着奶奶和秦有粮的身体状况，虽然语气都很亲切，但字字句句里都透露着客气，明摆着把学安当成客人。秦学安虽然听出来了，却也找不到机会说什么，只能认真地回应每一个问题。这时候，刚好姐夫钱跃进回来了，两人在喝酒间，秦学安得知钱跃进在刘海的厂子里搞运输，钱跃进字里行间都是对准妹夫刘海的炫耀：刘海开上了小轿车，刘海的厂里雇了二十多个员工，刘海的生意都做到北方去了。秦学安听得既羡慕又憧憬，王艳琴趁机让钱跃进有空带着秦学安在村里多走走，看看村里现在的变化，实际上是想让秦学安看看村里的发展，把秦学安吓退。看到家里人这个架势，赵秀娟终于看不下去了，直接当着全家人的面说了这次回来就是和学安提亲的事，没想到全家人就像没听见似的，仍然一个劲儿地劝秦学安吃菜，谁都不接赵秀娟的话茬儿。一顿庆祝团聚的饭吃得尴尬异常。

夜里，王艳琴亲自给秦学安铺着床单，赵秀娟在一旁搭手，还想开口说说自己和秦学安的事，却被王艳琴打断，让她别说这件事了，自己坚决不同意。刚好秦学安也进来了，王艳琴就干脆实话实说。她了解秀娟是个实诚孩子，从小就特别善良、仗义，王艳琴觉得赵秀娟之所以爱上秦学安其实就是为了感恩，可这感恩归感恩，她拿自己的终身大事开玩笑，把自己的身子也贴上去感恩，那怎么能行呢？一番话说得秦学安沉默了。王艳琴以为秦学安明白了，于是拉着赵秀娟出了屋子，让秦学安自己想想。

月明如镜，却有两个人一夜无眠。

另一边，钱跃进喝得醉醺醺的，去了刘海的宿舍，跟刘海说了秦学安来提亲的事。刘海一听急了，这哪行呢，自己早就和赵秀娟定了亲了。于是俩人合计着让钱跃进第二天带秦学安来，好好给秦学安一个下马威。

第二天一早，钱跃进带着赵秀娟和秦学安走在县城街道上，不一会儿，就到了刘海的四海药材贸易公司门口，钱跃进指着敞亮的门脸告诉秦学安，这就是刘海的公司。秦学安看到了远处的一座大仓库，仓库里码放着一摞摞的药材，秦学安的确被震撼了，他没想到东边现在发展得这么快。这么大的厂区，秦学安是做梦都不敢想的，不禁内心感叹起来。

刘海的办公室里，秦学安和赵秀娟坐定，刘海坐在办公桌前，钱跃进像在自己家一样给秦学安和赵秀娟倒茶，一边倒一边说："这可是前几天在县城里买的几块钱一斤的好茶。"

刘海左看一眼秦学安，右看一眼赵秀娟，沉默了几秒钟，然后说："秦学安，你还真敢来啊？"

"这有啥不敢来的！"秦学安倒没什么，赵秀娟先急了，让刘海别胡来。

刘海有些激动："胡来？我能吃了你的秦学安？不就是因为当年没给你……"

赵秀娟大声地说："别说了！我不想听！"

刘海仍然沉浸在自己的情绪中："秀娟，我现在不是在说气话，而是想以朋友的身份劝你，结了婚过日子不光是靠感情的。说句大实话，你跟着秦学安只能是过苦日子，你得为自己一辈子的幸福考虑。"

钱跃进帮腔："就是嘛，娟，我也劝你考虑考虑！"

赵秀娟正要说话，秦学安却示意她让自己说："姐夫、刘海，三十年河东，三十年河西，我们丰源的光景不会就这么烂包下去！请你们放心哩！我跟你们一样，舍不得秀娟过苦日子！她是我打定主意要娶的人，我既然敢娶她，就敢给她好日子过！没错，我们丰源村现在是比不上你们淮水村，我们地方穷，人穷，但我们志不穷，我们也不会一直穷下去，穷一辈子。"

刘海惊讶于秦学安的坦荡："真是一张利嘴！我跟你说现在，你跟我说未来！好了，我说不过你，我带你看看我这里，带你看看我们的县城，再看看凤阳、滁州、亳州这些地方，我要让你知道吹牛是吹不出来好过活的，要让你知道秀娟跟了我才是对的。"

秦学安据理力争："我倒要看看，都是一样的祖国大地，一样的农民，凭啥你们东边就比我们西边走在前面呢？"

钱跃进急了："行，咱也别多说那废话了，咱现在就走。"

赵秀娟担心地看了一眼秦学安，秦学安却坚定地说："好，刚好我也想去看看。"

于是刘海带着秦学安一行人去参观自己的公司，带着炫耀成分，详细地给秦学安、赵秀娟介绍自己公司的经营情况：虽然只有短短几年，但已经有了2000平方米的仓库，20多个工人，接全国各地的订单，一年下来的流水至少在几百万往上。秦学安听了不禁惊呼："几百万！"这可是自己想都不敢想的数字，在自己村子还在为万元户自豪的时候，人家都已经有了几百万的流水，这个差距让秦学安震惊不已，内心久久不能平静。到了中午时分，刘海说要带着大伙儿去县里最好的酒店吃饭，于是一行人出了公司。县城街道上，两边是两排门面房，各类店铺林立，广告牌比比皆是，中间的街道上各色人等熙熙攘攘，刘海指着一排门面房给秦学安介绍，这就是市场经济，这些都是以前人们瞧不起的个体户，都是从农村出来的农民干起来的，秦学安若有所思。一路上经过了钢材公司、五金门市，经过刘海的一番介绍，秦学安感觉自己学到了太多，过去的自己仿佛井底之蛙，根本不知道原来全国各地已经通过公路交通、贸易经济联系得如此紧密。

自己还在忙着种一亩三分地的时候，别人已经放眼全国。虽然他知道刘海是出于炫耀带着自己来参观，但他的内心却激动而充满感激。过去他虽然有志向，但总觉得眼前一抹黑，不知道未来的方向在哪里，现在他好像清楚了未来的方向，眼前的路逐渐清晰起来。于是，他更加充满热情地投入刘海的讲解中，不时地还问些自己关心的问题，这使得二人倒有些相谈甚欢的样子，在后头跟着的钱跃进和赵秀娟对于这样的变化显然摸不着头脑。

夜里，赵秀娟扶着秦学安，钱跃进在前头走着。三人一起进了门。

钱跃进明显喝多了，大声嚷嚷着："秦学安！你就说吧，怎么样，你能和人家刘海比吗？娶秀娟，我看你是癞蛤蟆想吃天鹅肉！"

秦学安也喝多了，大声地喊着："你走着看吧，我秦学安以后肯定比他强！"

王艳琴和赵秀娥从屋里出来，赵秀娥赶紧去扶钱跃进："咋又喝酒了！跟你说了多少次了不听。行了，别胡说了，赶紧回屋。"说着，钱跃进被拉着进了屋。

王艳琴和赵秀娟搀着秦学安进了卧室，两人把秦学安扶上了床。王艳琴问赵秀娟："这咋喝成这样了？"赵秀娟没好气地让她问刘海去。王艳琴讨了个没趣，又看了看醉醺醺的秦学安，也寻思自己这么做是不是太过分了，于是借口摆个毛巾就出去了。

赵秀娟看着秦学安通红的脸，起身去给他倒了杯水，边喂水边说："刘海虽然狂了点，但是人是好人，他有些话说的是糙了点，你不要放在心上。"

秦学安半天没说话，赵秀娟以为他受了打击："学安，你咋了？"

秦学安这才开了口："我是在想啊，人家咋发展得这么好，他们的药还不如咱们的，一年就能挣那么多钱，看来咱们还是没下功夫，回去咱们也开个药厂，带着大家一起种药材致富。"

秀娟这才放了心："我喜欢的就是你这个劲头。"

秦学安一把拉住赵秀娟的手说："这几天虽然我没说啥，但我心里都知道，你妈不想让你嫁给我，是怕你受委屈，专门弄了刘海这么一出，就是想把我吓跑。但我不怕，这反而让我看到了奋斗的方向，我们丰源一定也会过上这样的日子，不光是咱，把你妈，不对，把咱妈也叫过去，一起享福……"

赵秀娟的眼眶红了："嗯！"

　　王艳琴拿着毛巾站在门口，听到了里面的对话，眼睛也有些湿润。她没想到受了这样的打击，对秦学安来说不但不是个挫折，反而是种激励，这样的男人，确实值得女儿依靠。

　　夜色如洗，淮水村的夜晚，安静祥和。简陋的卧室里，不太宽敞的床上睡着赵秀娟和王艳琴。

　　"娟，你真的想好了？"王艳琴担心地问。

　　"妈，我跟学安这就叫千里姻缘，你说咋就让我们俩碰到一块儿了呢？这几年我们一起吃了不少苦，但回过头想想呢，都挺甜的。"赵秀娟嘴角带着笑意。

　　王艳琴说："这以后过日子可不能光凭缘分，感情好不能当饭吃，丰源村说到底是个穷村，秦学安说破天也就是个农民，跟了他你能过上什么好日子？虽说刘海也就是个个体户，但毕竟在我们跟前呢，我心里踏实。"

　　"妈，丰源村现在可不是那几年了，跟以前大不一样了。妈，我和学安还去了趟北京呢，我跟你说，学安的弟弟在北京上大学，我们还跟着进了大学当了一回大学生。人家专家教授都发话了，咱农民不会一直穷和苦，咱农民也会实现美好生活呢。"赵秀娟说。

　　"那是以后！你有现成的好日子不过，到底吃错啥药了，非要又受一遍苦呢！这农村跟农村还真不一样，咱们是一天一变，但他们那边，唉！"王艳琴说。

　　赵秀娟："妈……学安说了，你不是看中了刘海的钱，你就是舍不得我嫁远了。你要是愿意，我们把你一起接过去，跟我们一块儿过，咋样？"

　　王艳琴背过身假装生气："我可不去，他养活你都费劲，还能养活我这个老的？"

　　赵秀娟笑起来："妈，你这是答应我们的事了？"

　　王艳琴瞪了女儿一眼，无奈地说："那刘海的彩礼我还压着呢。我可没老脸再见刘海了，你不在的时候，人家时不时来看我，打听你的消息，说是跟我要媳妇。我这老脸都快臊死了。"

　　赵秀娟搂着母亲说："只要你答应了，这事你不用操心嘛。"

　　王艳琴笑骂："你个死女子，真是嫁出去的女儿泼出去的水。"

　　赵秀娟说："妈，我永远都是你的小棉袄。"说着，她挤到了母亲的被窝里去。

第八章

将　军

一家装修豪华的饭店，雅间内坐着刘海和秦学安，两人面前摆着一大桌子菜，但最显眼的还是桌上的整整六瓶白酒。刘海摆开了九个大碗，一边一一倒满一边看着秦学安的脸色："怕了？这是我们淮水人待客的规矩，最高礼节，九九归一酒。"

秦学安看着面前的一排杯子，感叹道："你这是活活地要把人往醉里灌哩！"

"这就认输了？"

秦学安被激起了斗志："倒酒！"

"够劲。我们这里的规矩呢，是客人先喝三碗。这叫客人酒。"刘海见秦学安有些踌躇，笑着说，"你也可以认输……"

秦学安运了运，咕嘟咕嘟连干三碗，放下酒碗："就这规矩啊？还有啥规矩？"

"真爷们儿！规矩呢，就是主人也要连敬客人三碗酒！"说着刘海也端起面前的三碗酒——干了。

两人就这么推杯换盏，几个回合，谁都没推阻，只是发出"喝""干了"的叫声。就这么碰杯，干掉，两人不停地喝，酒坛子一个个空掉了，两个不怕事的男人也在这期间逐渐有了些惺惺相惜的感觉。

刘海又端起一碗酒，眼神有些迷离："咱俩隔着千山万水，能认识是因为秀娟，来，干了！"

秦学安端着酒又一次喝干："刘海，我知道你啥意思，你给我看你的厂子，看你们淮水的那些农民个体户，就是想叫我就坡下驴，认个尻，把秀娟还给你哩！没门儿！啥都能让，秀娟不行，我娶定了！"

刘海哈哈大笑："是，我是成心的、故意的，我就想让你看看，我能给秀娟的你给不了。"

秦学安有了些醉意，说话渐渐也放开了："刘海，你知道啥叫陕西愣娃不？我们西北汉子天不怕地不怕，认准的事，就没有弄不成的！你能给秀娟的我现在给不了，我以后十倍、二十倍地给！"

刘海没想到秦学安会说这么一句，火一下上了头，趁着酒劲，冲过去就抓着学安的脖子喊道："都是因为你。要没有你，我们早就结婚了，你就是我的冤家仇人！"

秦学安也伸手抓住了刘海的衣服："刘海，你听好了，别的事咱都可以商量，秀娟，我是娶定了！"

说着，两人扭打在了一起。一时间，房间里只能听见两人的吼叫声，酒瓶倒了一地的叮咣声，拳头打在肉上的闷响声……服务员和周围房间的客人听见这间屋里的响动都站在门口看着、小声议论着，但谁都不敢踏进房里。任谁都看得出，这俩人并不想置对方于死地，就是在较劲，但那股不顾一切的气势让人不敢靠近。

夜深了，酒店早已关门，两个男人也终于打累了，喘着大气平躺在地上，刘海看着屋顶刺眼的顶灯，灯逐渐模糊成几个光斑："其实，你们一来我就知道了，我有预感，可我就是不甘心，我刘海怎么就输给你秦学安了呢？"

"你没有输给我。秀娟从一开始心里就没有你，我跟她是老天注定的缘分，一个在东边，一个在西边，是老天爷硬把我俩撮合成的。"秦学安脑海里浮现出赵秀娟扎着两个粗马尾的模样，笑着说。

"学安，你是条真汉子，行，能把秀娟交给你这样的男人，我刘海也就放心了。你记住，你要敢对她有一丁点儿的不好，我可饶不了你。"刘海说着，起身向秦学安伸出一只手，秦学安看了一眼，笑着握住，借力站了起来。他从刘海的眼神中看出了真诚，他也同样回以坚定的笑容。男人的友谊就是这么简单，前一秒可能还是大打出手的仇人，下一秒就已经是彼此信任的挚交。

第二天一早，刘海带着秦学安在自己的药材公司里详细地参观了药材加工过程，顺带跟秦学安讲起了生意经，并想和他一起合作贩药材，尤其是柴胡。陕西的水土更适宜柴胡的生长，出来的药成色好、质量高、药性更足，要是秦学安愿意种，他自己愿意出好价钱收。其实这几天通过参观工厂，加上见识了淮水街道两边的店面，秦学安的心里早已跃跃欲试，迫不及待想要投入市场经济的大潮里试试水。所以，刘海一提，秦学安毫不犹豫地便答应了，两个人一拍即合，立刻敲定了合作。

秦学安回到赵秀娟家，赵秀娟赶紧问起了这两天的情况。秦学安淡定地告诉赵秀娟，男人之间的事儿就要靠男人之间的方法解决，他和刘海之间已经没什么事了，不仅如此，两个人还可能会一起合作做药材生意。赵秀娟听完觉得男人真是奇怪的动物，她还没来得及细问，王艳琴就进来了，示意赵秀娟出去，自己有话和秦学安说。赵秀娟想开口，却被秦学安赶了出去。屋内，王艳琴严肃地和秦学安谈着话，王艳琴让秦学安保证，如果自己让秀娟跟了他，以后不管日子富裕不富裕，他必须一辈子对秀娟好，不能让她伤心。秦学安听出来了，这是秀娟妈答应自己和秀娟的婚事了，激动地连连保证，门外，赵秀娟也含着泪笑了。

心里惦记着做药材生意的事，秦学安在回陕西前又专门去了趟亳州药材市场，专门了解安徽的行情。因为秦有粮是中医，秦学安本身对中药就有所了解，再加上一番询问，他发现，陕西的很多药材品质都比南方好，在安徽这边的市场上真的供不应求。秦学安的心里是激动的，他觉得自己找到了一条路，一条带着全村致富的路，他迫不及待地想回家，告诉村里人这件好事。夕阳西下，渐近黄昏，药材市场上的人仍然熙熙攘攘。

丰源村，张天顺家迎来了好消息，张灵芝告诉大，自己要和王方圆结婚。张天顺感到惊喜又意外，他没想到女儿真的想开了，还主动提出结婚的事，但转念他又担心张灵芝是因为赌气才说的这话。结果，张灵芝的态度却格外坚决。张天顺将张守信叫回了家，守信也觉得这是件天大的好事。于是，张家开始欢天喜地地筹备婚礼，没过几天，除了出门在外的秦学安和赵秀娟不知情，全村已经传遍了张灵芝要结婚的消息。

张守信这边也有新情况，在和柳叶儿的相处中，他逐渐发现柳叶儿虽然平常看起来像个"母老虎"，但随着两个人在一起的时间越来越多，他越来越觉得柳叶儿聪明和贤惠。而且他隐约感觉到柳叶儿好像也喜欢自己，平时她对别人都脾气火暴，可一轮到自己就格外温柔，自己说什么她都支持。张守信的心里开始权衡了。

带着王艳琴给的银镯子和满腔的依依不舍，赵秀娟和秦学安踏上了西行的火车。车上秦学安一直在给学诚写信，关于卖药材的事他想听听弟弟怎么看。赵秀娟有些担心不种地直接种药材风险太大，但秦学安却兴致勃勃。他已经在心里算过了，如果种药材的话一亩地能比种粮食多挣四五百块钱，这一年下来就是几千块。几千块，对于一个农民来说可是个天文数字。赵秀娟担心秦学安这是见过了刘海心里不服气，让他心里不要有压力，也不要和别人比。秦学安这才正式地和秀娟说了自己内心的想法，他这不是跟刘海比，他是憋着一口气：凭啥农民就要穷着过日子，咱农民也得把日子过得好起来。眼下，种药材就是把日子过好的一条路子。在安徽这些日子，他一直在想一件事：为啥安徽事事都走在前面？我们到底差在了哪里？是地不够厚吗？不是！是人不够勤吗？也不是！人家安徽能出那么多个体户，还是人家的思想更开放，更有那个叫啥，商业头脑。你看同样是卖瓜子，守信和年广久是啥区别啊，天地差别。咱们也得有这个头脑，才能致富！赵秀娟理解秦学安的想法，更相信自己身边这个坚实的依靠，她不再说什么，靠在秦学安的肩膀上，看着火车越跑越快，外面是一片绿油油的田野。

随着1985年"一号文件"的落实，粮棉肉菜蛋等农产品的逐渐丰富，随之而来的就是仓储、加工、运输等方方面面的需要。不少的农民就转身变成了个体运输户、个体加工户，等等。随着农民在市场里的行走和农产品在市场里的流通，生产力的突破性释放带来的一系列问题给国家整体经济改革带来了正面压力，城市经济改革也就成了必然选项。广大农村的变革，又一次促进了国家经济改革的发展。

丰源村，张家正在大摆宴席，办嫁女仪式。流水席从家里排到了院外，上百号村民围坐在流水席桌上。张灵芝穿着红色掐腰的夹袄和长裙，配一双红色的高跟鞋，立刻成了全场的焦点。

秋英跟酸汤婶嘟哝："你看灵芝那是啥鞋，那么高的跟，穿上咋能走路呢，更别提下地了。"

酸汤婶笑着说："大姐，你懂啥，人家那可是现在最时髦的高跟鞋，穿上人挺得直直的，精神。再说，谁穿那个下地，就是为了漂亮。"

秋英用庄稼人的思维还是不能理解，自言自语着："这漂亮确实是漂亮，不实用买它干啥。"

秦学安和赵秀娟到了村口，远远就看到了村上的流水席，秦学安纳闷："村上谁家办喜事吃席呢？"

"看这阵势只能是天顺叔家吧？"赵秀娟分析着。这样想着，秦学安、赵秀娟两人异口同声地说道："灵芝？"

槐树下，一个小孩正在啃一条猪尾巴，秦学安叫住小孩："这是吃谁家的席呢？"

孩子眼睛没离开猪尾巴："灵芝姨！"

张家院子门口，席面上的村人看到秦学安和赵秀娟，连忙招呼他们里面坐。院子里，众人也都看到了门口的秦学安和赵秀娟，有些人开始起哄让秦学安和赵秀娟也顺便结了，院子里顿时又喧闹起来。正在敬酒的张灵芝跟着吵闹声看过去，发现了两人，本来还在主桌敬酒的她立刻挽着王方圆的胳膊往门口走去。还在喝酒的王方圆被她这么一拽差点儿洒一身。走近了，张灵芝有意地挺了挺背，昂首挺胸地拉着王方圆过去了，迎学安和秀娟入席。秦学安看着比平时更加漂亮的张灵芝真诚地祝福道："灵芝，恭喜你！"

王方圆憨厚地笑着："哥，学诚没来么？你才来，多吃点！"

张灵芝端过酒，高傲地看着秦学安："学安，没想到吧，我比你先结婚。方圆，来，咱两口子敬人家两口子一杯酒。"

王方圆跟着一起敬酒："学安哥、秀娟姐，来。"

秦学安想起自己空着手来有些不好意思："灵芝，恭喜你。之前就想着给你准备一个结婚礼物，我也不会啥，就木工活儿还拿得出手，等改天我打个柜子给你送家去。"王方圆还想推辞，却被张灵芝一下子打断了，她声音微微颤抖着说："谢谢，那我一定收下！"说完，她将杯中酒一饮而尽，拉着王方圆走了。

日升月落，金水河畔的丰源村渐有春意。张天顺正在主持村民大会。底下坐着几十号村民："今天召开村民大会，是传达县上关于今年春耕生产会议的精神。会议指明啊，咱们金水县是粮食主产区，要保证粮食的耕种面积，保证产量。年初的中央政策，也指出了统购以外的粮食可以自由上市。如果市场粮价低于原统购价，国家仍按原统购价敞开收购，保护农民的利益。就是说，咱们种粮也能够挣钱了。会议的基本精神就是这个，详细的政策有粮都已经写好贴在那边的告示栏里了，大家伙儿自己去读。就这些，各家各户没啥意见了就散会。"

这时，秦学安站了起来："天顺叔，我有几句话想跟大家说说。"

张天顺对于秦学安打断自己的话内心不悦，面上却还得强撑着："你说。"

"咱们金水县是粮食大县，这没错。可咱丰源村有丰源村的情况，咱村上是山地、坡地多，平地、水浇地少，都种粮食的话怕是只能糊口，没有余粮来卖。"秦学安慷慨陈词。

一些村民纷纷跟着点头，张天顺却不理解，这不让种粮食准备咋办，于是他让秦学安说清楚。秦学安接着说："我前些天不是和秀娟回了安徽吗，还去了那边的亳州药材市场。那边的药材需求量很大。咱丰源村坡地、山地上的黄连、黄芪、党参、菊三七这些草药的质量高，药性足。我就想咱能不能让大家多种些药材，效果肯定要比种粮好。"

张天顺不高兴了，这是想改朝换代啊，一个农民，不想种地还得了。于是他指着秦学安就是一顿教训："种药材？亏你想得出来，药材在山里遍地都是，还用专门种？出去一趟真是见了世面了啊。"

秦学安没想到自己刚刚开口，就被张天顺这么一顿指责，有些沮丧："我这也是为了大家着想呢。当年咱分地是饿极了没办法。现在大家能吃饱饭了，想着踏踏实实过日子，这也没错。可看看人家外面，怕是发展得比咱快好几年。东边南边的好多社队企业现在都改成乡镇企业了，都在为了挣钱想各种法子，几乎家家都是万元户。万元户啊，多让人羡慕啊！是他们比咱聪明么？不是！只是人家思想更开放，领悟政策、理解政策、运用政策比咱早。咱不能只顾着眼前这一亩三分地，只顾着吃饱肚子这点事儿。咱就不能也像人家一样，家家户户都成万元户？"

村民们听得云里雾里，面面相觑，开始交头接耳。一时间广场上像炸开了锅，闹哄起来。张天顺一看这情况更加气急败坏："秦学安，你少说这些虚的。我来问你，党参、菊三七都是喜阴喜水的，要种在山坡地上，水的问题怎么解决？前几年大家卖的都是野生的，质量也参差不齐，你现在要大面积种，质量保证不了，人家能要？"

"……不管咋，咱也不能就是种粮种粮。种粮管温饱，一年一年下来，还不是混吃等死地过日子。"秦学安隐约觉得天顺叔说的有道理，但种药本身就需要几年成长，这事情不能等着。

张天顺气得站起来："秦学安，我看这个村支书你来当算了。你觉悟高，你思想开放，你紧跟时代，我是老顽固行了吧？散会！"说完，他自己先走了，众人眼瞅着这形势赶紧脚下抹油——溜了。就剩秦学安一人站在广场上愣怔着，他没想到这件事在开头就遇到了这么大的阻力。

种药材的事在二小队内部也遭到了质疑，根叔、三十六计、卷毛几个人都纷纷表达了担忧，连包谷地也觉得风险太大，自己家负担重，不敢冒这个险。大家过去都没种过药材，再加上种药材就要少种粮食，那万一挣不上钱还交不上公粮咋办？各家都有各家的担心，秦学安只好让愿意干的去秦家找他。众人散了，秦学安内心很失落。

第二天一早，秦学安陪着秦有粮在后坡上开渠，只见一条新挖的水渠已经曲曲折折延绵数里。秦学安一直紧锁眉头，情绪不高，秦有粮跟他说什么他都显得心不在焉。秦有粮担心儿子因为种药材的事心事太重，如果没干成再影响了精神。中午休息的时候，两人都端着碗面吃，秦学安边吃边看附近的坡地，这些都是种药材的好地方，想着想着他就不由得说出了口："明明是一个能让大家都多赚钱的事儿，咋就行不通呢？"

秦有粮在一旁安慰儿子："天顺的顾虑也对，以前药材都是野生的，从来没种过的东西，大家心里有顾虑是正常的。以前饿肚子的日子把大家饿怕了，都觉得有了粮食才踏实。"

秦学安辩解：“大，可是现在真的不一样了。”

秦有粮说道：“这北柴胡虽然是咱这边的好，但那也是野生的好，自己种万一没料理好，再赔了，咱们家可咋跟村里人交代？你要不再考虑考虑？”

秦学安低头吃面不接话。

夜里，秦学安在屋里读着秦学诚的信，紧锁的眉头稍微舒展了些：

……

在有些村子里，几乎家家户户都有妇女从事针织缝纫，而大部分青壮年男子则跑遍全国各地推销缝纫产品，发展起各种各样的纽扣市场、五金电器市场等。这些偏远农村地区自然形成的专业市场，有的甚至成为全国同类商品的主要集散中心。你要带领大家种药材，推广不开，这也是现实情况，需要有一个过程。大家祖祖辈辈都在种粮，一下子要改种药材，一时半会儿大家见不了利是很难推动的。我过些日子会和之云回去一趟。

秦学安兴奋地告诉一旁正在缝鞋垫的赵秀娟，学诚要带着弟妹回来了，这事肯定有转机！

火车站台上，一辆车响着汽笛进了站，秦学安和赵秀娟在拥挤的人群中翘首企盼着。乘客纷纷从车厢里下车，终于，秦学诚也出现在车厢门口。赵秀娟首先看见，挥手喊道：“学安，是学诚弟，在那儿呢！”

学安激动地冲过去，一把将弟弟抱住：“刚读完你的信，正要给你回信呢，你咋就回来了！”

秦家，秦奶奶捧着学诚的脸看了又看，喜悦之情溢于言表，看到一旁的之云也是抓着手不松开，心疼得不得了。两个孩子终于回来了，秦家又迎来了难得的大团圆。

夜里，一家人齐聚一堂。桌上摆着丰盛的饭菜，一家人吃着团圆饭。学安又说起了前些天自己去安徽的所见所闻，说起东边乡镇企业、商品经济发展之快速，西部则安于解决温饱。特别是丰源村靠近秦岭，更是中药材的宝库。有市场，有源头，这盘棋就活了，可大家都愿意种粮食，不愿意种药材。秦学诚解释说：“这样的行为可以理解，因为你去过南边，开了眼界了，他们可没去过，好多人可能一辈子去过最远的地方也就是县城了，要让他们的思想转变，就得有人带头。"秦学安听出了弟弟的意思是支持自己搞药材种植，而秦学诚则表示自己有更大的想法，西部应该发展，以后也许不光是种植，还能办厂，发展农副产品的加工。两兄弟展望未来，越说越兴奋，之云、秀娟也只能微笑着看着两人叹气，直到秦有粮摔了筷子，两人这才回过神儿，噤声认真吃起了饭。

第二天午后，和煦的阳光照在院子里，秦家一家老小排排站好，个个脸上洋溢着幸福和喜悦。褚之云在对面低头摆弄着海鸥相机，从光圈里看好位置，调了一下自拍旋钮，对所有人说："大家站好！注意表情和姿势，要拍了！准备！"说着，褚之云打开旋钮，小跑着冲到预留好的位置，相机发出"咔嚓"一声，一个全家团聚的日子被永远地定格在时光里。

村小学一间教室内，黑板上画上了黄连、黄芪、党参几种中药材的植株图。教室里坐了郑卫东、包谷地、三十六计、卷毛、秋英以及其他几个村民。褚之云在台上给所有人讲解着中药材的种植："大家都认识这几种中草药吧，这可是咱丰源村的宝啊。中药是咱们老祖先几千年来总结出来的，以前大家治病可都是拣这些草药来治病的。这几种药材都有一个共性，就是喜阴喜水。为什么后山果园那块儿这几种药野生的最多，就是这个道理。咱丰源村后山上背坡地就是这几种药最好的生长环境……"

下面的村民们听得都很认真。

褚之云讲完之后，秦学诚上台继续讲："大家更愿意种粮食是可以理解的，粮食打下就能吃。药种出来，没病就用不上，用不上再卖不掉的话就没用了。大家是不是这样想的？"

村民们纷纷点头称是。

秦学诚接着说："我们再算一笔账。谁还不生病呢，生病就要用药，那么需要药的人就会很多很多。药就会变得值钱。还有，这些药即使卖不掉，我们把它烘干，也能放个三年五载的。这样算下来，只赚不赔。"

台下议论纷纷。

秦学诚示意所有人安静："大家担心药种出来卖不出去，落个血本无回也是可以理解的。可大家在村上封闭得太久了，不知道外面的世界变化有多大。我这些年一直在南方调研。在南方，农民不种地做买卖的很多很多，为什么呢？就是做买卖比种地挣钱多啊。而且是多很多。单单前年，在温州一地，销售额在亿元左右的农村专业商品市场就有 10 个，然后全国各地的商贩都到温州去进货，将这些小企业的产品销往全国。安徽的亳州药材市场也是这种模式，亳州和安国、禹州、樟树是中国'四大药都'，是全国的药材集散地，就是说全国的药材都会卖到那里去，再从那里卖向全国。"

秦学安也在一旁描绘图景："等将来咱们种药的多了，咱也可以建加工厂，建南方那样的企业。"

包谷地等几个人听得入神。大家的脑海里都出现了大片大片的药田变成了大把大把的钞票的场景，这是他们过去不敢想的，却在秦家兄弟的讲解下即将变为现实，所有人都心动了。

隔天，山坡地上。秦学安带着包谷地、三十六计、郑卫东、卷毛等人在山坡地上，一棵一棵地移栽各种草药。褚之云在一边给所有人讲解着，秦学诚也卷着裤腿帮忙干农活。秦学安感谢弟弟，这次要不是他，靠自己的知识是怎么也无法说服众人的。

张守信那边出事了。施工队接了一个修路的活儿，当时话说得很满，可路修好了，工程方却拖着工程款不结，给他们开了空头支票。张守信去讨要，对方表现得一副死猪不怕开水烫的样子，激怒了张守信，被张守信一啤酒瓶开了瓢。所有人被扭送到了公安局，张守信不敢跟家里人说，唯一能想到的就是柳叶儿，于是试探着给柳叶儿打了个电话。没想到柳叶儿真的赶来了，张守信见到她的时候她还穿着拖鞋，头发散乱，能看出是一接到电话来不及收拾就来了。她看见张守信眼圈就红了，一个劲地问他受没受伤、被没被打，然后就跑去办手续。张守信感动了，看着四处游说忙着保释自己的柳叶儿，他在心里决定自己就娶这个女人了。这一刻，他心里的柳叶儿美得像仙女似的，实际上的强悍完全可以忽略。

1986 年，县政府会议室，甘自强正在主持一场会议。张天顺和高满仓都在下头坐着。

甘自强在上头发言："自我们农村实行了联产责任承包制以后，去年国家又根据农村的实际情况在农产品统购制度方面做了改革，在全国范围内有了显著的效果，最大的一点是农村经济搞活了。这一点在东部农村体现得十分明显，农民开始有意识地进入市场，发展市场经济，不再只局限于种地，而是将自己的农作物转化为农产品带入市场，商品经济的横向联系有所发展。这一点我们西部农村做得还不够，我们县大部分村还停留在单纯的农耕经济结构，农民只知道靠天吃饭，年底交公粮，这是十分不足的，我们鼓励农民进入市场……"

张天顺戴着老花镜边听边在自己的本子上记，眉头紧锁。底下的人都听得很认真。

秦家院子里摆了一堆北柴胡的根茎，个头儿都比较小。秦学安拿起一个跟赵秀娟手里的野生北柴胡对比："和咱山上野生的比，确实差得不是一星半点啊。"

赵秀娟在一堆药材里挑拣着，两人都愁眉不展。这药种也种了，收也收了，但个头儿这么小，明显质量不行，万一刘海不收咋办？现在这也不是两个人的事了，而是牵扯到全村跟着秦学安一起种药材的人的命运。毕竟张天顺现在虽然同意种药材，但眼睛总在这儿盯着呢，就想看到大家伙儿失败，再听他的，回去种庄稼。秦学安的压力格外大。正在秦学安和赵秀娟愣神儿时，外面汽车的喇叭声嘀嘀传来。

院外，一辆崭新的桑塔纳停下。后面跟着一群小孩。车上下来的是刘海，衣着光鲜，穿着皮夹克、喇叭裤，戴着墨镜。秦学安迎出来，看到刘海这副打扮顿时笑了："是刘海啊，你这一身打扮，都认不出来了。"

刘海原地转了一圈，展示自己一身的打扮："怎么样，你觉得？"

秦学安笑着说："好好好。你咋来了，也不拍个电报？"

刘海从兜里掏出一个黑色方块，掀开盖子在秦学安眼前晃着："拍啥电报，看到了吗，现在都流行大哥大！"

这时候，赵秀娟也出来了，刘海的怪模样引得赵秀娟哈哈大笑，一时笑得前仰后合，根本停不下来，这倒把刘海笑毛了："得得得。进屋说、进屋说！"

几个人这才进了门。

秦家院子里，刘海边走边说："有拍电报的工夫，我自己开上车就到了，再说，我就是路过，一会儿就得走。"

秦学安好奇："急啥哩！"

"山西又收了一批北柴胡，我去看看，咱这边收成咋样。"刘海问。

赵秀娟有些沮丧："你自己看看吧！"

刘海蹲在院子里的药材边上，拿起来看看，闻了闻："成色差了点，不碍事儿，明天我让人过来拉货。"

秦学安急忙摇头："今年夏天，雨水涝，把人急得不行，对不住了，实在不行，就给我自个儿留下，不敢连累你受损失！我这心里过意不去哩！"

刘海站起身拍拍手，玩味地看着秦学安："不卖了？据我所知，你是给大家打了包票的，怎么，打算拉着秀娟一起扛了？我就知道你小子，光要面子不要里子。秀娟，走，这种人，你跟着他只有吃苦的份儿！"

赵秀娟急了："刘海，都这个时候了，你能不能不要火上浇油！"

秦学安更严肃地说："我没开玩笑，这质量不过关的药，我不能卖！"

刘海看着药若有所思："既然你这么固执，我也不说啥，我先去山西，过几天我再过来！"

之后刘海又让秦学安带他去种药材的山上看了看，就急匆匆地走了。

夜里，秦家院里安静得能听到从秦学安屋里传出的阵阵清脆的打算盘声，秦学安正仔细对账。煤油灯的火焰一起一伏，秦学安画下最后一笔："拖拉机拉货加上帮着乡亲耕地，挣了 5780 块，今年种地的钱，还剩下 4000 多块……"

没过几天，大槐树下，秋英等妇女坐在大槐树下纳鞋底，顺便说着村里最新的小道消息。

秋英问酸汤婶："听说学安打算把拖拉机卖了？"

酸汤婶神秘地说："没有，秀娟拍电报把她姐夫拍来了，最近学安都带着他在临县收药呢，说是今年年成都不好，药材都不够一级。"

这时，刘海正开着桑塔纳路过。

秋英惊讶地说："哎，这不是安徽那人的车吗，他咋又来了？我看就是看在秀娟的面上他也得把药材给收了！"

酸汤婶感叹道："大姐，你也一把年纪了，你相信吗？什么人最精明？当然是做生意的！不要说亏本了，不挣钱、挣钱少的事他们都不会做！我们的药材就是小点，又不是坏掉了。他这边把药材一块钱收了，到时候经过初加工就能卖一块五毛钱，稳赚不赔啊！"

周围人这才茅塞顿开，原来是这个道理！

刘海这次来不仅收药材，还带来了一个黑脸男人，男人介绍自己是山西那边和刘海合作的种植大户，这次专门和刘海过来，就是帮着看看这边种出来的药材和坡地的位置，看看这药材怎么种才能种好。于是，秦学安带着黑脸专家走街串巷，去每个跟着他种药材的人家看，黑脸专家也确实敬业，拿着村民自己种的北柴胡仔细地端详。很多农户在旁边围观。

黑脸专家边看边说："其实北柴胡是一种很好长的药材，而且可以和小麦套种，既不影响小麦的收成，还可以收药材，我们那边都是这么种的。"

村里人纷纷说："这太好了！我们村坡地少，这样一来村里人就都能种药材了。"

黑脸专家道出了种好药材的秘诀："第一层底肥得下足，最重要的就是给小麦套种的事，一般在给小麦第一次除草时播种，把种子与细土以一比五的量混合，再加少量木灰，撒在小麦行中间，可以多撒点。对了，土不要埋得太多……"

秦学安、秦有粮、赵秀娟听得非常仔细。

酸汤婶悄悄跟旁边人说："这种药材种粮两不耽误，还能提前收钱，明年我也种！"

新的一季，丰源村田地里，许多村民都在麦子间撒上了柴胡种子。秦学安也在一行一行地播种，赵秀娟在旁边帮着拿背篓。秦学安一直没忘记刘海走之前说的话，既然种植成规模了，是不是可以办厂自己进行初加工？他决定得空的时候找张天顺先说说去，摸个底。

中国农村的改革发展到 1986 年，受制于城市国有经济改革和政治体制改革，深层结构不触动，农业改革也只能在理论层面上加以强调。正因为如此，农村改革初期，一系列"中央一号"文件的历史使命告一段落。五个"中央一号"文件如实记录了中国农村改革的历程，客观地反映了广大农民的心声，成为推动农村经济迅速发展的强大动力。

秦学安跟张天顺商量办厂的事，被张天顺一顿批判。但秦学安经过这几次的折腾，已经更加坚定了办厂的信心。转天，在地里，他就告诉了所有人自己想要办厂的想法。一石激起千层浪，这件事在村里引起了轩然大波，有些人觉得，既然秦学安觉得这事能成，那一定是得到了消息，有些人害怕风险太高，不想再跟着干了。一时间，这件事成了村里人茶余饭后最大的谈资。

秦学安家里，赵秀娟这次也有不同的意见，她也觉得秦学安这一步是不是迈得太大了，种药材才刚刚见了利润就要办厂，这建厂子不是个容易事，批地、批手续、盖厂房、谈合同……没有个几万块钱办不下来。秦学安却表现得很乐观，不容易，那就想办法呗。他的心里已经打定了主意，这厂子，迟早要办，不如现在就付诸行动。如果自己一直带着村民种药材，再把药材卖给别人，那永远就是个二道贩子，成不了气候。既然所有人都说丰源村适合药材生长，那为啥不学安徽，把厂子开起来，发展自己村子的经济，让大家伙儿都把钱挣了呢？他一直没忘记自己的初衷——带着全村人一起富起来！也是因为这个目标，秦学安这一次走得格外坚定。

村口大槐树下，张天顺和秦有粮坐在大槐树下挥动着蒲扇下棋。卷毛、包谷地、三十六计等人倚靠在槐树下乘凉。

张天顺边下边说："农民是干什么的，就是从事农业生产！这闻道有先后，术业有专攻，世间万物都要遵循自然规律。就像树苗，就得是春天发芽，夏天开花，秋天结果，冬天落叶。"张天顺往前走一步棋，继续说道，"打破规则，是万万不可的！有粮哥，学安这么大的人了，做事还是欠周全。你没事，多说道说道他。"

秦有粮不动声色，吃了张天顺一颗棋子："咱们老了，赶不上时代了。这现在都什么年代了，既要改革，也得开放。"

包谷地在一旁帮腔："就是，人就是天！人定胜天！"

张天顺吃秦有粮一颗棋子："你们这些年轻人，气盛，我不跟你们玩这些弯弯绕。不听老人言，吃亏在眼前。好好劝劝学安吧，现在政策是放开了，但事儿成不成，是另外一说。"

秦有粮凝望着棋盘，不说话，大家都被这一步棋难住了，谁也没有注意到秦学安从背后走来。

张天顺笑道："老哥，你这棋艺，不行咯！"

秦学安一只手探在棋盘上，只动了一处棋子，就让秦有粮的棋起死回生。

大家吆喝着："好棋，好棋！"

秦学安指着这步好棋对张天顺说："天顺叔，毛主席爬雪山过草地，打土豪分田地，家庭联产承包责任制，都是自古未有的事儿，现如今怎么样？有些事儿总要试试才知道。"

张天顺手里拿着棋子，压下脾气："年轻人啊，心气高！人家刘海今年要是不来，我看你咋办。你是主意大，我劝不住你，但你不能让村民跟着你冒风险啊。"

秦学安笑着说："我已经想好了，厂子开起来以后，大家伙儿种的药材，我先给钱收购。如果刘海不来，那我就拿着去安徽卖，风险我担着。"

村民们都听到了秦学安的话。

二妮惊喜地问："学安，你说的当真？"

"当真啊！"

金银花跟所有人说："有学安这句话，那咱们还怕个啥啊！"

本来还在乘凉的村民们，纷纷像打了鸡血似的拿着锄头向地里走去。

张天顺看着这情况憋气："你这小子，不知天高地厚，给你把梯子你就敢登天！"

秦学安说："那可不就得试试。地方我已经选好了，就东坡！"

张天顺不知道自己被使了激将法："好，来劲了是不？叔为你好，你个娃娃不领情。我今天也把话撂这儿了，只要你能解决开厂子和收药材的资金，村里就把地批给你！"

秦学安步步紧逼："天顺叔，当真？"

张天顺嘴上不饶人："我啥时候说话不算数过！"

"得嘞！"说完，秦学安又走了一步棋，"将军！"

张天顺看了看眼前的棋局，这才明白过来是怎么回事，把棋子往棋盘里一摔，背着手走了。

秦有粮指着秦学安，示意他别做得太过。秦学安让大放心，这次他肯定能自己处理好。

丰源村村委会，张天顺生着闷气，心里想，这秦学安到底有啥理由这么狂，这办厂子的钱不是个小数目，他哪来那么多钱呢？但他转念又想，秦学安要真筹到了办厂子的钱，自己还能阻碍人家、当人家的绊脚石不成？毕竟是政策允许的事，看来自己确实是老了，思想跟不上年轻人的脚步了，也许再过几年，自己也该主动从这村长的位置上退下来，把机会让给年轻人，让他们能够大展拳脚，带着全村人走到新路上去。这样想着，张天顺怅然若失起来。

张天顺不知道的是，自己不许秦学安种药材，自己的儿子张守信和柳叶儿，其实也做起了收药材的生意。两个人每天骑着三轮走在金水镇的街道上，用小喇叭播放着收药材的消息："收菊三七，收党参，收黄芪咯……"

柳叶儿坐在车厢里，正将收到的药材打成捆，还不时有村民过来卖药材："新收的这批还得放我宿舍呗？昨天管宿舍那阿姨都说我了。"

"这好办，等卖了药，咱给她再送点礼就成了。"张守信说。

柳叶儿仍是一脸的不高兴："你倒是想得好，你就告诉你大收药材了能咋！我家都快被你这些药材堆满了。再让我大看见了，你带着我收药材，在我们家晾，钱全你拿走，我大不知道咋说我呢。"

"要让我大知道我收药材，他能撵到镇上去揍我。"张守信毫不在意。

柳叶儿说："这咋了，这么挣钱的买卖，还不让你干？"

"老头子要跟你一个想法就好了，他嫌这不正干。"

柳叶儿算着账："那你卖了药，得再给我 100 块。我看上百货大楼那套红呢子大褂了。"

"你不都有个白的了么？"

"你给不给？不给别再让我给你帮忙收药材，别来我家晾药材。哼，逼急了我，我去告诉我大，让我大去找天顺叔去。"柳叶儿吓唬张守信。

张守信着急："别别别，你看你，我的意思是，收了药材就直接带你去买，穿上咱就走。"

柳叶儿一阵惊喜："哼，你啥时候对我这么大方了？"

"那现在跟以前关系也不一样啊，男人不疼女人，还算男人么？"

柳叶儿嗔怪道："这还像个人话。"

两个人又挨家挨户收起了药材。

丰源村里，一大早，秦学安推门而出，此时天刚蒙蒙亮，村庄里雾气缭绕。秦学安来到包谷地家门口，徘徊许久，几次下定决心才抬手敲门。

秦学安敲了几下大门："包大哥？包大哥？"

包谷地睡眼惺忪，推门出来，揉了揉眼，这才看清是秦学安："学安？啥事？起这么早？"

秦学安低着头："包大哥，有个事。"

包谷地透过门缝瞧了瞧屋内，小心翼翼地关上门："学安，都没醒呢，哥就不请你进屋了，有什么事直接在这儿说。"

秦学安犹豫着说："我想……你家孩子多，也困难，算了……"说着，他转头要走。

"你直接跟兄弟说要多少？"包谷地追问。

秦学安犹豫着说："三千。"

包谷地吓了一跳："三千？不是哥不帮你，我这一千都拿不出来。"

秦学安赶紧解释："没事，我……也是病急乱投医。你穿得少，先回去吧。"

包谷地想了想："我这能出个八百，是拖拉机耕地你分的钱，这个孩子生病那孩子吃药的，就还剩这个数。你看你还差多少？我跟你一起去借借看。"

秦学安说："一万。"

包谷地又吓了一跳："啥？！得，赶紧想想别的法子吧，咱村你是别想了。"又说，"你在这儿等着，我回屋给你取钱去，苍蝇腿再小也是块肉。"

秦学安拦住包谷地："算了，包哥，我不是嫌少。刚才我想了想，你说的也在理，都是刚刚吃饱饭的乡亲们，想要凑几万块钱确实有些困难。"

这时从屋内传来动静，是包谷地老婆孩子的起床声。门口响起金银花的叫声："包谷地？偷偷摸摸的干吗呢？"

包谷地连忙应着："哎……你包哥没本事，要这么多钱，也帮不了你，你再想想办法吧！钱你要用就跟我说，对了，千万别告诉你嫂子。"

秦学安连忙说："放心吧。快过去看看吧，哥。"

这时，金银花又开始叫："包谷地，叫你呢！"

包谷地假装刚刚去了厕所，嘴里喊着："撒泡尿，撒泡尿！"往里屋跑去。

原来，秦学安还是在资金方面遇到了困难，本来他以为自己这个情况可以跟镇信用社申请贷款。前几天赵秀娟专门从外面带回来的报纸，上面写着："乡镇企业的贷款，应按地区按行业按用途区别对待，对应当鼓励的行业和后进地区，对流动资金和技术改造，可适当放宽。"而去年，文件第三条说："中药材，除因保护自然资源必须严格控制的少数品种外，其余全部放开，自由购销。药材收购部门应根据供需状况，有重点地与产地签订收购合同。"当时，两个人兴奋地分析，自己的情况正合适，两条一结合，就都对上了：一来我们是国家鼓励发展的行业，二来国家说我们优先贷款。于是两个人就这么兴奋地去了镇上，结果到了信用社人家才告诉他们，他们这样的大额贷款需要村里出一个担保手续，于是两个人失望而返。秦学安不甘心。虽然两人在回来的路上就想到张天顺不会同意这件事，但秦学安不甘心，还是想去找他说说，没想到到了村委会，秦学安刚开口跟张天顺说起这个事，就被叫停了。这种不靠谱的事，又是这么大的数目，他怎么可能给批嘛。秦学安走前，他还说了句气话，这事自己办不了，要是秦学安真想办，就去找甘书记算了。没想到，秦学安真把这话听了进去。

贵州连绵的山区，清晨的炊烟缭绕在村庄，秦学诚正和同事一起调研。面对着大片撂荒的土地，村长跟一众专家讲着村子里现在的状况和面临的问题：村子里的青壮年劳力都出去打工了，也就是春种秋收的那些日子能回来几天，大家也都不靠粮食过日子了。秦学诚蹙眉思考着，自己村里的情况是不是也这么严重了。于是，刚刚结束一天的工作，秦学诚就给哥哥挂了电话。

秦学安听了秦学诚的话给出了肯定的答复："是啊，咱们村子里的村民现在也不爱下地了，大家伙儿都去城里打工，挣钱多，挣钱快。"

秦学诚有些担忧："哥，这种地是农民之本。尽管早就有'不管白猫黑猫，抓住老鼠就是好猫'的理论，但向前还是回头，总是在左右人们的神经。"

"现在农民的问题不在吃饱,而在吃好、穿暖。"这一点,秦学安深有体会。因为心里有事,秦学安也想和秦学诚商量商量,但又怕影响了他的工作,一时间犹豫起来,"学诚,你那个……"

秦学诚听出了秦学安的犹豫:"哥,你到底咋了?"

秦学安这才开了口:"哥就想问问,你那有没有两个闲钱。我想开个中药材加工厂,急需要钱……"

秦学诚那边沉默了一下:"哥,这个问题,咱们是不是再考虑考虑?你之前种药材的事我是举双手支持的,但现在你想办厂,这一步是不是跨得太大了?"

"现在全村基本都已经种上药材了,而且长势非常好,我觉得现在着手刚刚好!"秦学安解释道。

"你这个想法很好,但凡事都得有个发展过程……"秦学诚接着说,却被秦学安打断:"算了,哥不跟你说了。你虽然是个农业专家,但这一次哥觉得你说得不对。人往高处走,水往低处流,这是自然规律,谁也拉不住,凭啥咱农民就得为了城里人作出牺牲,一直过苦日子哩,没道理!"说完,秦学安挂了电话。

秦学诚在电话那边担心地喊道:"哥,哥?"但电话那头已经是忙音。秦学诚对家里的情况有些担心。

县里的药材公司里,张守信叫着卷毛、柳叶儿跟自己一块儿把几麻袋的药材搬进药材公司。

公司质检员挑拣着麻袋里的药材,笑着说:"哟,还是一等一的好货。"

张守信自信地笑着说:"我们村的货,你还用检查!"

财务把一沓钱点给张守信:"点点,2700块。"

张守信、卷毛、柳叶儿出了药材公司的门,张守信掏出300块给柳叶儿:"这是在你家放药材的钱。"

柳叶儿身上穿着新买的红呢子大褂,说道:"守信你脑子真活。"

张守信掏出100块给卷毛:"卷毛,这是运输钱。跟着哥干,少不了你的。"

卷毛兴高采烈地把钱拿在手里:"谢谢哥。你说去年咱咋就不知道这挣钱的买卖,钱全叫学安给赚去了。"

张守信不屑一顾地说："这有啥，以后咱收的药材多了，挣得比他多。"

卷毛神秘地说："哥，你知道不，学安说要在咱们村开个收药材的厂子，把村民的药都收了。咱是不是也得抓紧弄一个啊？别让学安抢了生意。"

张守信寻思了半天："开厂子？"他轻蔑一笑，"他想得轻巧。我告诉你吧，开不起来，就我大那儿，就把他卡死了！我大那驴脾气，那得顺着说，秦学安一定会顶着来，是不是？"

卷毛竖起大拇指："你这没回村，就把形势给预测了。天顺叔啊确实不愿意，跟学安又杠上了。"

"再说了，做厂子风险多大，还压钱，咱就做这左手出钱，右手进钱的快买卖，来钱容易！"说着，张守信一手搂一个，"走，哥带你们下馆子去。"

三个人打打闹闹地就进了附近的餐馆。

秦学安在家安生了几天，脑子里一直回想着张天顺的话，"有本事你就找甘书记说去！"秦有粮和赵秀娟都劝他办厂的事急不得，让他再想想，等时机更成熟再说。可新一季的药材就快长出来了，秦学安去一次地里，就多一丝紧迫感，这要是再不把厂开起来，就又是一年半载的等待。不行，既然张天顺让他去县里找甘书记，那他就去找甘书记说！这样想着，秦学安踏上自行车就出发了，完全没有听见背后赵秀娟的叫声。

金水县委，甘自强的办公室里。秦学安和甘自强正在谈话，秦学安急切地说着："自从我看了安徽那边的情况，就开始考虑这件事。既然安徽那边能干，为啥咱们不能干？所以我这次来找您，是真的想问问咱县里的意思。"

甘自强笑着说："为了自己的前途，敢拼！敢闯！这就是我想在你们年轻人身上看到的品质！"

秦学安说："书记！您可别这样说，我现在一听这些客套话我心里就发怵，就感觉一切努力又玩儿完了。"

甘自强对秦学安的直白感到好笑："玩儿完？你要觉得在我这儿要玩儿完，那现在就可以走了。"

秦学安着急了："书记，您就别拿我开玩笑了！"

"从政策上来说，中央确实是鼓励经济发展，鼓励咱们农民开厂子。之前我也一直在关注商业经济的发展和南北方农村经济发展不协调的问题，但是你们支书的考虑也不是没有道理。你先跟我详细地讲讲，你这个'药厂'的详细情况，还有安徽那边的情况。"甘自强正色道。

秦学安说："书记，你真要让我跟你说，我可以跟你说三天三夜，但真的，都比不上我上那儿去看到的景象带给我的震撼大，我真是想带着我们村民村长去看看人家的发展！安徽本身地少不够种，我媳妇当年就是因为逃荒才来咱这儿的，但现在才几年的工夫，人家那边的经济发展，真的是飞跃式的。"

甘自强说："是吗？那我倒是觉得我们领导班子真的应该出去多看看，学习学习。"

秦学安说："您说真的？"

甘自强正色道："不考察，不学习，不思考，如何发展？"

秦学安激动地站起来："那就太好了！"

村口，秦学诚从拖拉机上跳下来。

晚上，秦有粮端上来一盘菜，放在早已排满丰盛菜肴的餐桌上："开饭咯！咱们一家人难得团聚。"赵秀娟给几人满上酒，奶奶握着学诚的手，没牙的嘴笑得合不拢："学诚，回来看你的屋了没有？你哥又要忙地里，又要给你归置，可费了不少力气。"

秦学诚说："哥，你不是说你正缺钱吗，我那个窑缓缓吧，我也不着急住。"

赵秀娟好奇地问："哎，你不着急，之云年纪也不小了吧，你哥挂着你，想着早点把屋子收拾好，你们好办事呢！"

秦学诚笑着说："我们工作太忙了，到时候不一定能赶回来呢，回来也住不了几天。哥，你真是，唉，辛苦你了，哥，我敬你一杯！"

"学诚，金窝银窝不如自己的狗窝，成家立业哪个在前哪个在后，也不能反了！你把家立了，没有了后顾之忧，事业会发展得更好。对了，你这次去调研，南方那边农村经济发展前景如何？"秦学安问。

"唉，总体上来说，比咱这儿是乐观一点。一个是南方的气候适宜多种农作物生长，农作物的多样化是一个原因。第二个呢，南方临海地区非常多，又有长江黄金水道连贯东西，交通发达。最主要的是，南方人确实思路灵活。"

"我说吧！不能死板地去种地，要灵活合理地去利用土地。我已经去问过甘书记了，他也说要去南方考察考察呢。"秦学安骄傲地说。

秦学诚却有不同的想法："可咱北方跟南方不一样！南方是产量高，咱北方虽产量上比不上南方，但土地还是更适合种地，所以还是要把精力放在土地上。"

"学诚，你这想法是很实际，但未免也太狭隘了。你看啊，如果一年到头你都是种田种田种田，是，能解决温饱，饿不着肚子，可这收益少得可怜，绝不是长久之计啊！粮食才卖多少钱！"两兄弟第一次有了不同的意见，不禁在饭桌上掐起来，谁也不让谁。

秦有粮把酒一饮而尽，狠狠地将杯子摔在桌上："一家人好不容易团聚一次，我是怎么教育你们的？吃饭不说闲话！"

秦学诚赶忙说："大，您消消火，我劝劝我哥，他现在有点钻牛角尖。"

秦学安却很坚持："谁也别劝我！"

秦有粮一拍桌子，站起来，也不吃饭，就往屋里走："你给我消停点！咋咋呼呼想干啥？学诚你也是，让你哥哥自己倒腾去吧，只要他有干劲，成不成我都支持！谁有本事，谁使！"

一顿饭就这么仓促地结束了。

几天以后，秦学诚就要回京，兄弟两人一块儿走到了县里。两个人多少因为前几天的事有些尴尬，还是秦学安先开了口："就到这儿吧，送来送去的，耽误的都是路上的时间。"

秦学诚也说："嗯，我也是这样打算。"

"学诚，没生哥的气吧？"

"哪里话，我做的也有不对的地方。"秦学诚说。

"哥跟你道个歉。"

秦学诚坦诚地说："哥，这没啥道歉不道歉，我就是觉得，想问题做事情……"

"想问题做事情都要注意正反两个方面，脚踏实地耕种的同时，也不要忘记与时俱进！我的亲弟弟，我都快倒背如流了，能不能换点新花样啊？"秦学安看着比自己年少的弟弟总一副忧国忧民的神情，笑着说。

秦学诚微微一笑，拍了拍秦学安的肩膀："哥，不敢多做逗留了，这次调研发现了很多问题，我要赶忙回京，一一作报告。"

"行，路上小心！"

秦学诚掏出钱兜："哥，这里面是一千块钱，你要办厂子，虽然我还是建议你考虑考虑，但从你是我哥的角度，这是我能拿出来的所有钱。"

秦学安感动了："你个臭小子，哥有了钱给你。"秦学诚摆着手走了，秦学安望着弟弟离开的方向，掂着手里的钱，感到格外沉重。

金水镇，高满仓的办公室，高满仓与张天顺对坐。高满仓拍着桌子质问张天顺："你们村那个秦学安又要搞什么名堂？"

张天顺不知所以："咋了？"

高满仓眉头紧皱："我听甘书记办公室的秘书说，秦学安去找了甘书记，两人不知道说了啥，反正甘书记听完之后很兴奋，已经带着领导班子南下考察了！"

张天顺惊得差点儿跳起来："啥？！"

高满仓看着张天顺，张天顺一脸掩饰不住的怒火："这个浑小子，肯定去说开厂子的事了！他找我批地，还要村里担保给他贷一万块钱，这哪能行啊？这不是胡闹么，我就那么说一句，没想到，他还真敢！"

高满仓琢磨着："也不知道甘书记啥意见，他小子也别寻思着甘书记是靠山。不靠谱的事，先听听风声吧。反正这次，咱就算无功，也无过。"

一列绿皮火车驶过。甘自强、王方圆、甘自强秘书等人在广州的贸易市场考察。人群熙攘，男人都穿着喇叭裤、大皮鞋，油头锃亮，女人都顶着爆炸头，穿得花花绿绿。

甘自强看着远处的高楼道："听说那就是白云宾馆？"

甘自强秘书说："对的，住一晚上得五块钱。"

甘自强看着四周说："意识的落后造成经济的落后，南方的发展确实领先我们太多了。学习，必须尽快学习。"甘自强边走边看边沉思。

一个星期以后，县委办公室，台下，高满仓和张天顺惴惴不安地坐着。旁边还有一众基层干部。台上，甘自强正在发言："大家都知道，我前几天去了广州。本想一回来就让大家来开会，但为什么三天之后咱们才开这个会？因为要想的东西太多！"甘自强喝了口水，接着说，"去年，广州的工农业总产值达到190多亿元，经过五年的发展，广州经济排名全国第四。人家怎么会有如此大的成就？要我说，是解放思想，坚持改革开放不动摇，是干出来的成绩。但我们呢，咋会有这么大的差距？也许有人要说条件不同，基础设施落后，地理条件落后，这些都不是最主要的。最主要还是我们改革开放的思想落后啦！我们要发展经济，就要鼓励农民的积极性。咱们县里有个农民想办工厂，结果遇到了阻力，为什么？因为我们有些村干部思维僵化、落后……"

台上，甘自强仍在说着自己的见闻；台下，张天顺的脸色很不好看。高满仓嘀咕了一句："你啊，又让秦学安这小子将了一军。"

张天顺无可奈何地说："那咋，现在书记都说话了，这厂子看来是必须得办了！"

地里，秦学安正组织村里种药材的农户一起热火朝天地进行着除虫工作。田边，赵秀娟拿着一壶水和几个肉夹馍微笑地看着秦学安干活的样子。他面朝黄土背朝天，黝黑的皮肤在太阳的照射下闪着健康的光芒。两人还不知道，好消息马上就要到了！

张灵芝这边，和王方圆的日子过得并不顺利，她有些觉得，自己作出了一个错误的决定，婚姻怎么能拿来置气呢，她为自己当初不谨慎的决定后悔。原来两人结婚没多久，张灵芝就感觉到王方圆的母亲看不上自己，一到二老家里，王方圆的母亲就对自己呼来喝去，爱搭不理。刚开始，张灵芝还愿意忍让，毕竟结了婚，她还是想好好过日子的，于是尽力地讨老人的欢心，每天回去做菜，给老人买营养品，但时间长了，再加上张灵芝一直没有怀孕，王方圆的母亲对她的态度越来越冷淡，甚至当着她的面出言不逊，讽刺她是个"铁公鸡"。最让她感到绝望的是，王方圆对母亲的态度只是敢怒不敢言。张灵芝索性放弃了，如果说之前王方圆的出现是为张灵芝打开了一扇窗，那现在这扇窗好像又关上了，甚至让张灵芝感到迷茫得看不到方向。

这天，两人下班回家，王方圆做了热气腾腾的汤，张灵芝坐着，两人维持着日常的沉默。王方圆试探着说："单位加班，回来晚了。你吃过了没？"

张灵芝说："没呢，咱们一起吃吧。"

王方圆显然很感动，捧着汤喝了一口，低着头问了句："要不明晚咱去妈那儿吃？"

张灵芝一听，摔了筷子："我不愿去，要去你自己去。"说完，她起身进了屋。

王方圆连忙讨好："没说两句就急，那我以后争取早点下班给你做饭。然后咱周末的时候再去妈那儿。"

张灵芝闷声说："我为啥不愿去，你又不是不知道，你还老让我去。"

王方圆依然觉得这并不是啥大事："我妈那人就那样，你们磨合磨合就好了。"

张灵芝"啪"的一声关了灯："睡觉。"

第九章

麻 烦

20世纪80年代末90年代初，农村改革已经获得了很大成功，城市改革刚刚开始发力。农业不仅为工业发展提供劳动力，而且还提供廉价农产品和巨额农业税金。农业税金构成了广大县乡基层政府的主要收入来源，中西部地区尤甚。也就是说，要想工业和城市大发展，必须要"三农"来作出贡献，出人、出物、出钱。正因为在整个改革战略当中，"三农"退居"二线"，城市和工业居于首要地位，"三农"议题在"一号文件"上消失了。

深夜，秦学安和赵秀娟在家里算账。

赵秀娟擦着眼泪说道："我不舍得卖拖拉机，这个拖拉机是我们两个辛辛苦苦攒钱买下来的，有好多回忆在里面呢；再说了，自打买了它，你就没让它闲着过，就算有人买，人家也要使劲杀价。就没别的办法了吗？"

"等不及了，贷款下来还要一段时间，再拖下去，今年大家伙儿种的药材又要出问题。"秦学安说。

"那守信他们也收药材哩么，即便今年我们不收，大家也不会白忙活，谁都跟你一样，把村里当家里一样过呢。"赵秀娟有些不乐意了。

秦学安立刻接道："那我更要赶紧把厂定下来。"

此时，张天顺正走到了门口，听见两人的对话，倒背着手走了进来："咋了，两口子寻思着咋挣钱，不想守信分你们一杯羹哩？"语气里带着不满。

赵秀娟赶紧凑上前去说："天顺叔你咋来了？学安不是那个意思……"

秦学安也从炕上下来："天顺叔，我是这样想的，咱自己有了药材厂，大家的心就安定下来了，安心种药材的同时，才能安心种地，不然大家都为了赚那个差价跑去收药材，那才真的是捡了芝麻丢了西瓜，到时候钱没挣到多少，还把种粮的大事耽误了。"

"说得好！学安哪，咱们村里要买你的拖拉机！你多少钱买的，我多少钱收。算是支持你们办厂了！"张天顺的手掌在桌上一拍，买拖拉机的事儿就好似有了定数。

秦学安又是激动又是感动："叔，您想通哩？愿意让我办厂哩？"

"咋，不允许叔进步？"张天顺双手往后一背，瞪了瞪眼睛。

赵秀娟奉承他："天顺叔您真是个好人，以后您家有啥事就跟学安说，他不去我都不答应！"

张天顺这才嘴角微微上扬了一下，随即又一脸正色地说道："行了，你们歇着吧，我先走了。"走到门口的时候，两人隐隐听到他又嘟哝了一句："这个张守信，我就知道。"

翌日，张天顺忙完了手头上的事回到家中，一进门就喊道："守信！守信！"

张守信刚睡醒顶着凌乱的头发就从屋里跑出来："咋了，大，出啥事了？"

张天顺抄起门口的扫帚就打："全村都知道你收药材，你就瞒着我，就瞒我是不是？"

张守信边躲边说："大，你这到底是发的哪门子邪火，我这不也是为了咱家好吗？你看我现在挣钱了，你想吃啥想要啥，我都能给你买上。"

张天顺一气之下把扫帚往地上一摔："我不稀罕！你和你姐一天都在外头不回家，把你大一个人放家里，还让我过上好日子？特别是你姐，回来也不爱说话，也不知道到底是咋了。我啊，就早点去找你们的娘算了，还有个伴儿一天说说话。"

"大，你看你说的啥话，那我咋能不想着你呢，这不是就回来陪你么，再说就我姐她那脾气你还不放心，她能把自己委屈了？"张守信试图用话安慰张天顺。张天顺瞪了他一眼，叹了口气，背着手自顾自地进屋去了。

而此时王方圆的家中，王方圆父母、王方圆、张灵芝正围坐在桌前吃饭。

"知道你们今天过来，你爸一大早就到市场买的河鱼，快尝尝。方圆最爱吃。"王方圆母亲一边说着，一边盛了碗鱼汤给王方圆。

王方圆笑着接过，喝了一大口，说着："这个味儿可想死我了。"

王方圆母亲一听这话，当即就不高兴了："咋？灵芝在家没给你做过？"

"灵芝不爱吃鱼。"王方圆自己倒是没察觉到什么不妥，直愣愣地就说出了理由，只是这话让他母亲一听，心情就更加不好了。

张灵芝瞧这情形，赶紧解释说："妈，主要是我不太会做……"

"不会做，就好好学。没事勤来，妈教你。"王方圆母亲说这话的时候脸上挂着笑容，可话中的冷意倒也明显，还没等张灵芝再说什么，她就又接着说，"还有啊，我跟那个高秘书打过招呼了，回头你给他打个电话，去办公室上班。那什么广播站的工作，咱不要了。"态度强势，似乎不容张灵芝有任何反驳。

张灵芝却还试图争取："真的不用，妈，我挺喜欢广播员的工作。"

王方圆母亲原本的笑容瞬间消失，手里动着的筷子往碗上一搁："不是喜欢不喜欢的问题，方圆现在都是财政局局长了，你当个广播员，不合适。"

张灵芝低头吃饭不说话了。

王方圆见此情景，忙打圆场："妈，灵芝喜欢就好。"

这话说得让他母亲的脸色越发难看："那你俩结婚都小半年了，要娃的事咋还没动静？"

张灵芝脸一红。

王方圆也觉得尴尬："妈，你急啥呢！刚结婚小半年，我俩二人世界还没过够呢。"

"你知道啥，还二人世界……你俩年纪都不小了，再不抓紧，既影响你的工作，又影响孩子健康。"

"妈——"王方圆拉长了语调说道。

王方圆母亲看都没看王方圆，转头就对张灵芝说道："灵芝啊，我已经给你约好了，一会儿下午你就请个假，妈带你去再找人看看。"

张灵芝看向王方圆。

王方圆母亲继续说道："你说我也这个年纪了，出去了都问我咋还没个孙子，还有更过分的，问我是不是我儿子有问题，这不是让我出去被笑话吗？你说是不是？灵芝，咱们就再去看看，这回这个大夫是真的灵。"

张灵芝没说话，低头扒饭。

最终事情还是如王方圆母亲所愿。

午后的阳光显得格外刺眼，张灵芝耷拉着脑袋跟在王方圆母亲身后走着，精气神儿早已不是过去那个穿着高跟鞋趾高气扬的模样。

妇科诊室门前，王方圆母亲敲门。

屋里传来一个男声："进来。"

王方圆母亲一边将身后的张灵芝推到前面，一边说着："躲在后面干什么啊，进去跟大夫好好说你的情况。"

张灵芝有气无力地回了句："知道了，妈。"

两人一前一后地进了门。

屋内，白色的帘子里，医生正在给张灵芝看病。

王方圆母亲不停探头往里看。

野郎中便顺势说："你看你找的女子就不好嘛，屁股蛋子也没有，这么瘦瘦条条的，还咋生娃儿啊？"

"那还不是儿子要娶，我也不太同意。"王方圆母亲没好气地说道。

野郎中又转头对床上躺着的张灵芝说道："腿张开，哎呀，你这个女娃，都嫁人了，还害羞啥嘛，以为自己还是闺女呢？"顿了顿又继续说道："你这就是病，我不看咋给你治，到底想不想生了，张大。"

王方圆母亲在帘子外面听着，满意地点了点头。

没多久，就听到白帘子里一阵声响。

野郎中喊着："你干啥？穿裤子干啥？"

只见张灵芝红着眼眶跑了出去。

王方圆母亲冲着她的背影喊道："哎，灵芝，张灵芝！"

但张灵芝没有停下脚步，她边跑眼泪边夺眶而出，用手掩面跑出了诊所。

丰源村村路上，张灵芝神色黯淡地走着，王方圆骑着摩托车追了上来："灵芝,灵芝。"

张灵芝回过头看了一眼王方圆,然后又继续面无表情地往前走。

王方圆有些急了,赶紧把摩托车停下,追上张灵芝:"灵芝,咋回事?不是说看大夫去,你咋跑了?"

张灵芝没好气地说道:"你别管我,我就想回娘家住几天。"

"灵芝,我知道你心里苦,我妈、我妈她也是好心。"王方圆有意劝说。

张灵芝更加生气:"是啊,你们一个个都是为我好,最后我算看懂了,其实就是我自己命不好!"

王方圆一听,快步上前拉住张灵芝:"灵芝看你说的啥话,咱回家好不好?"

"你放手!"张灵芝喊道。

这时,秦学安正好骑自行车到了村口,看到张灵芝、王方圆两人正在吵架,连忙停下车跑过去:"灵芝妹,咋了?方圆,你俩咋回事?咋在村口吵开了?"

张灵芝瞧见秦学安,脸上的表情更加不悦,用力甩开王方圆的手,冲着秦学安喊了句:"我恨你!"然后转身跑走了,留下颓唐站着的王方圆以及有些莫名其妙的秦学安。

"咋回事啊?"秦学安没想明白。

王方圆摆了摆手:"唉,说来话长,我们结婚这半年灵芝一直怀不上娃,我妈整天带着她去看大夫,今儿又去了一家。我知道灵芝心里难受,但这事上我也帮不上啥忙,唉。"

秦学安听着,若有所思。

夜深人静,王方圆母亲坐在沙发上看电视,看着看着突然就不乐意了,冲着一旁正在看报纸的王方圆父亲就是一顿抱怨:"我当时就觉得方圆这婚结得有点儿仓促!一个村里的女子,做饭做饭不会,洗碗洗碗不干,工作工作不好,到了连娃都生不出来,咱娶她是图啥,图她长得俊俏?"

"行了,你少说两句吧。"

王方圆母亲突然从沙发上站起来,没好气地说道:"方圆这孩子从小到大听话,就是娶了她以后,都敢跟我顶嘴了,都是这村里女子给闹的。"

王方圆父亲依旧握着报纸,默默地说了句:"这古话就说了,娶了媳妇忘了娘，你得接受现实。"

　　王方圆母亲一听更加生气："谁拦着他娶媳妇了不成？可这媳妇娶错了，祸害的可是三代人，这个灵芝，听说当时在村里就不老实，要死要活地非要嫁给一个老光棍儿，也不知道她张家烧了啥高香被我儿看上了，她还不知足！"

　　王方圆父亲瞅了她一眼："啥老光棍儿，那个后生我见过，年纪嘛，是大了些，可人很能干的，结婚结得晚都是为了供他弟弟读书。他弟弟和方圆是同学，就是咱县里考到北京去的第一个状元！"

　　"那又有啥用，是他弟弟又不是他。听说，那个人后来娶了个安徽过来的要饭的女子，灵芝还没争过一个叫花子哩！"

　　"越说越离谱了，人家东边现在可比咱这里日子好过多了！"

　　"我说你这个人，你咋老向着外人？那我说灵芝没抢过一个要饭的外乡女子，是不是事实？她当时连个农民都嫁不上，是不是事实？"

　　"唉，我跟你说不清！反正秦学安不是你说的那样的人！我听方圆讲，甘书记都赏识他哩！"

　　"那我就是看他不顺眼。"

　　"好了好了，早点休息吧，别再为个外人气坏了身体。"王方圆父亲放下手中的报纸，安抚着王方圆母亲，好不容易才把她劝去休息。

　　晌午，秦学安站在信用社门口紧张地来回踱步。

　　张天顺倒背着手走上前来："甘书记让我过来，我知道啥意思。现在县里领导支持，那咱就办。但是咱们丑话说在前头，将来真出了问题，问题闹大了，咱们村可没得赔！"

　　秦学安点点头："支书您放心，这厂子我一定好好干。"

　　张天顺拍了拍秦学安的肩膀："既然说到这儿了，叔也跟你交个底。叔老了，跟不上形势哩！你们这茬年轻人呀，我是瞅了一遍又一遍，数你眼睛毒，能看明白世事哩！叔退下来以后，想让你顶上！"

　　秦学安憨笑："叔，那咋能行？你是咱丰源村的主心骨哩！"

　　张天顺摆摆手："啥主心骨不主心骨的。用毛主席的话说，这世界啊，终归是你们的。"

这时，甘自强从楼上下来，看到秦学安和张天顺都在，便笑着打了招呼，然后对秦学安说道："学安，你现在想做的事，完全是响应国家号召，我们政府机关就该鼓励、扶持才对！除了基本费用，政府再贷 5000 元的运营费用，帮咱们这个村企业起步。"

"谢谢甘书记。"秦学安激动地说道。

张天顺握住甘自强的手，满脸感激之情："甘书记，我们村有了这个厂子，经济肯定要大大地发展，还是您的眼光长远，之前我怕风险太大……"

"发展经济，最怕的就是缩手缩脚。不要怕！"甘自强说道。

秦学安立刻接话说："您放心！我一定放开手脚干！"

钱的问题得以解决，药厂也终于可以开始筹备。

这日，秦学安和赵秀娟站在村东坡的荒地上，包谷地、根叔、二娃、二妮等人都在，和秦学安、赵秀娟一块儿除杂草。东坡中心，已经有一块平地被清理了出来。

秦学安站在平地上，热情地说着："以后，这个地方就是大门，那边要放设备，这边就是仓库，大概就是这么个情况。"

包谷地笑着附和："可不是么，都说东坡是块荒地，咱这一收拾，还真能建起个厂子来。"

二娃也称赞道："可不是么，学安你真行！"

酸汤婶走过来说："学安啊，俺家的药材可又种上了，你到时候记得来收俺的。"

"放心吧酸汤婶，咱现在钱也有了，地也有了，等厂子建起来，啥都少不了大家伙儿的。"

听了秦学安的话，大家更加起劲地锄起了杂草。

这时，赵秀娟哼起了安徽民歌《对花》：

> 郎对花姐对花，
>
> 一对对到田埂下。
>
> 丢下一粒籽，

发了一棵芽，

么秆子么叶开的什么花？

酸汤婶笑着说："呀，秀娟，你唱的啥歌，咋这么好听？"

"是我们安徽的民歌，叫《对花》。"赵秀娟答。

"那你也教教我。"酸汤婶说道。

包谷地立刻接话："就你那嗓子能和人家秀娟比？"

酸汤婶不服气地回道："那咋，不会才学呢么。"

众人哈哈大笑。

此时，不远处的山坡上，张守信和卷毛正瞧着这边。

卷毛嚷嚷着："哥，人家学安的厂子可是要建起来了啊，跟咱们当时想的不大一样啊，你说天顺叔咋就没坚持住哩……"

张守信嘴里叼着根麦秸秆，思虑了一阵，把麦秸秆吐到了地上，然后说道："我大老了，我不能认尿，这事没完！"

夜里，张天顺去高满仓家，两人盘腿对坐在炕上，脸颊通红，桌上摆着菜和酒，显然已经喝多了。

"我当支书当村长当了这么多年，我哪件事不是为了村子？"张天顺说着，倒上一杯酒，眼睁睁地看着酒杯里的酒往外溢，却没有停下来的意思，"没有用。"

高满仓拿过酒壶："你喝多了。这事也别往心里去，咱确实是赶不上时代了。"

张天顺沧桑一笑："老了、老了，时代不一样了，咱们不顶用咯……"

"对了，我看我外甥女最近和你儿子可走得挺近的……"

张天顺笑了："我倒是挺喜欢柳叶儿这丫头的，机灵，满仓兄你要是觉得可以就让他俩自己处着。"

"行，老伙计，咱俩这辈子算是绑到一块儿了，工作上你支持我，生活上我也得支持你。"高满仓笑呵呵地说道。

张天顺给高满仓敬酒："为这个事儿，咱再干一杯。你说现在这些年轻人整天不回家往城里跑，一天不知道在折腾啥，这万一再出个啥事……"

"现在年轻人都愿意往城里跑，随便干点啥，都比在地里玩土坷垃挣钱，这是趋势。国家都管不了，你一个老头子拦能拦得住？算了，随他们去吧，除非哪天种地比打工挣钱了，不用你请，又都蹦跶回来了。我算是把他们这代人看明白了！"高满仓说完将杯中酒一饮而尽。

两人不约而同地叹了口气。

荒地上建工厂的事已经进展到实质性的施工建设部分，城里做工程的老板李叔在荒地上看，秦学安陪在身后。

"你这开工之前，得先拉电。没有电，怎么办？你电一到，我们就能开工。"李叔一边走着一边说道。

"村里有电盒子啊，扯过来就行了。"秦学安回道。

"这电不是民用电，你得配电箱，得专门扯一条线。这个电得花钱买哩。不是你想的那么简单。"李叔继续说道。

显然，秦学安根本没想到这茬儿："啊？得多少钱？"

李叔想了想："一千多块钱吧。"

"啊？一千多块钱……"秦学安的表情有些惆怅。

半夜，秦学安在院子里锯木头。

奶奶听见动静走了出来："我娃半夜还没睡？"

"奶奶，没事！"

"娃，我还不知道你，大半夜的锯木头，是有心事哩，跟奶奶说说。"

秦学安放下手中的锯子，带着忧愁说："没想到办个厂子这么难啊。"

"咋了？"秦家奶奶问。

"信用社贷款下来了，又得筹钱收药材，好不容易拖拉机卖了，收药材的钱有了，这建厂子又得拉电，光电钱得一千块哩！哎呀，该借的都借了，这一千块钱该往哪去找啊？"秦学安皱着眉头，心里愁得慌。

秦家奶奶安慰着说："我娃别愁哩，会有办法的。"

秦学安应声，然后继续锯木头，秦家奶奶若有所思地回屋去了。

另一边，刚刚结束调研的秦学诚回到北京，就立刻去找了老师褚建林。

"老师，恭喜您当选十三大代表。"

"都是上级的抬爱。这次去考察都有什么新发现，说说看。"

"这次去南方调研，我发现了很多新问题。农民生产积极性降低，很多青壮年劳力都进城打工······"

"这是一个值得注意的苗头啊，虽然现在主要发生在南方，但是随着整个国家城市建设的脚步加快，这个趋势，就要蔓延到全国了。"

"农民都不愿意待在村里，城乡差距不断扩大，长此以往只会形成恶性循环，老师，是不是应该在农业政策上用看不见的手加以调解，抑制这种情况的发生呢？"

"你有这个想法是很好的，但这毕竟是个新现象，我们可以把它当成一个课题研究，及时给有关部门提出我们的意见。"

"行，我和他们商量一下，把农民工问题当成个研究课题进行。"

"对了，你上次说的，想写本书的事进行得怎样了？"

秦学诚回道："我打算就以农民和土地为选题，到时候书写好了，还要麻烦老师您给我写序。"

褚建林笑着点头说道："好好好。"

"太好了，有了您这话，我就更坚定了写成这本书的信心！"

1987年10月25日至11月1日，党的十三大召开。十三大报告提出，在社会主义初级阶段，必须十分重视粮食生产，争取在今后十多年内粮食产量有较大增长。必须继续合理调整城乡经济布局和农村产业结构，积极发展多种经营和乡镇企业，并且把它同支持和促进粮食生产很好地结合起来，保持农村经济的全面发展和农民收入的持续增长。

夜里，秦学安正在家里算账，算盘打得噼里啪啦响。

秦家奶奶打外头走了过来，从兜里掏出一个红布手帕，小心翼翼地交给学安："给，拿着。"

秦学安展开手帕，里面是整整齐齐的一千块钱："奶，你这是哪来的钱啊？"

"娃，你别管哩！拉电不是用钱吗，你拿去用！"

"奶奶，你不跟我说哪来的，我不要！"秦学安说着就把钱推了回来。

秦家奶奶见僵持不下，终于还是说出了真相："哎呀，奶奶把那口老寿材卖了。”

秦学安大惊：“奶，你那口寿材是上好的柏木哩！这钱我不能要。你快给人家还了，棺材咱不卖。”

秦家奶奶安抚他：“没事，只要我学安娃过得好，有出息，奶奶要不要那棺材都不打紧，等你以后挣钱了，再重新给我买一口嘛。”

秦学安动容地说：“奶，等我挣钱了，给你打个更好的！你放心，这厂我一定要办成！”

秦家奶奶慈祥地摸着秦学安的头：“好、好，我娃有志气啊。”

多日过后，东坡荒地已经不复从前的模样，不仅平整干净，而且已有瓦工正在盖房。

秦学安和李叔走着，秦学安说：“李叔，电扯好哩！您有经验，看看哪里还有需要改进的……”

李叔左转转右瞧瞧，说：“离村口还算近，面积也够用，但是有一点啊……你这路得修啊。要不然到时候车咋进来？”

秦学安看向厂子前面，一条弯弯曲曲的小路通向下面的大路。而路边则是几座坟丘，立刻面露难色：“您别说，这修路我不是没想过，但这路，确实不好修。”

“咋了？”李叔疑惑。

秦学安指了指路边的坟头。

李叔会意：“要是修大路，估计得迁坟。没事，可以调解嘛，这是谁家的坟啊？”

秦学安苦恼地说：“那是天顺叔家的祖坟……天顺叔在这方面一向看得重。”

“那这不好办了。两边都是沟，不修路车可进不来了。要不你还是找你们支书谈谈。”

秦学安觉得为难，但还是决定去试试看。

张天顺家里，这会儿，张守信刚拉着柳叶儿的手回来了。

“大？大？我把您儿媳妇领来了！”

张天顺听见张守信的声音出来迎接：“欢迎！欢迎！柳叶儿啊，我前几天还跟你舅一块儿喝酒呢，听说你还懂些会计呢，也是个能人。"

"叔您夸奖了。"柳叶儿笑着说。

"老听守信提起你，以后啊你跟守信做个伴，好好管管他，收收他的性子！"说完，张天顺招呼着柳叶儿往里走。

此时，秦学安站在张家门外，咬了咬牙，终于推门进来了："天顺叔，在不？"

张天顺扭头看了一眼，一边心里想着：他咋来了？一边对张守信说："你先带着柳叶儿进屋去。"然后他朝秦学安走过去。

秦学安笑呵呵地上前："叔，我想跟你商量点事。"

"咋了？我看不是建得好好的么，又出啥事了？"

"我们现在准备在东坡药厂前面修条路。"

"那怎么着？修啊。"

说到这儿，秦学安的表情变得有些不自然，试探着说："您家里的坟……"

屋里的张守信耳朵竖了起来，听着秦学安跟张天顺说出了迁祖坟的事，等着看好戏似的说道："好小子，这可犯了我大的大忌了！"

柳叶儿听到外面动静突然变大，推了推张守信，有些不放心地说道："你还是出去看看吧。"

张守信一出门，就看到张天顺气得满脸通红，拿起院子里的脸盆，把洗脸水泼在了秦学安脚下："咋！你办个厂子，还要迁我张家祖坟？！我告诉你，不可能。你能说出这话，你伤天理！"

秦学安也很为难："叔，我知道，让您迁祖坟确实不好。算了，当我这话没说，天顺叔，您别生气，我走了……"

"滚！回家让你大好好教育教育你！我看你是想上天哩！有甘书记捧着，你啥都敢干！"张天顺根本没听他的话。

张守信见状就退了回来，冲柳叶儿说："秦学安那厂子修路，前头是我家祖坟，我大能让他迁祖坟？哼，不能够！他就异想天开吧。"

正说着，张天顺气呼呼地进来了："真是不长眼的东西，柳叶儿你第一次来，叔让你看笑话了，快进去坐……"

回到家的秦学安倚着圈栏不住地叹气："唉，今天就不应该跟天顺叔提这事。"

赵秀娟正在喂骡子，回头看了他一眼："那路是非修不行啊，你不找他，咋整？"

"找了他，也整不了。咱不能因为要建个厂子，让人家迁坟吧。"秦学安一筹莫展："算了，到时候咱就先用小推车拉，就是费点时间，但咱自己多出点力，我估计能成。"

"多少货啊，能拉得过来么？"赵秀娟并不认同。

"眼下就这个办法了，拉不过来，咱就多找几个人拉。"

在接下来的日子里，在厂址、规模、制剂类型等一系列的陈述报告被一一盖章，种种担保下来之后，秦学安终于获得了办厂许可，事情总算告一段落。

这日，秦有粮张贴《把农村改革引向深入》的文件。张天顺在一边看着，三十六计扛着锄头走了过来。

张天顺招呼他："三十六计，过来读读，这是今年的新政策，晚了些日子，还是出来了，国家不容易啊。"

"叔，以后别弄这个了，大家伙儿家里都有电视，没人来看喽。"

张天顺一脸落寞："电视上一念就过去了，会有我们这个讲得细致？你听叔给你讲讲。今年嘛……"

三十六计打断他："天顺叔，电视上说加强基层组织建设和思想建设，我今天过来就是想问一下，我想入党，申请批下来没有啊？"

"你们这些人，给国家做啥贡献了？随便写个申请就能入党？想当年，入党申请得多么庄重严肃呢。"

三十六计放下锄头，着急了："天顺叔，我年年给村上记账、做账，每次支部开会都做会议记录，咋就没做贡献哩！"

"是哩，是哩，你看你都不是党员，支部开会还叫你记录，那就是看到你这些年给村里记账，不然你以为谁都能听咱的支部会哩。年轻人，不要急，你看秦学安都不是党员，还不是带着你们干了那么多事，他都不急，你急个甚？"张天顺说道。

三十六计扛起锄头，往外走："我哪里能跟学安比，他那是奉献精神，我比不了。天顺叔，你再考虑考虑，今年轮也该轮到我了吧！"

张天顺没好气地说道："啥奉献精神，我看他是出风头精神，哼！"

夜里，秦学安给秦学诚写信。信里说，他办药材厂不仅不会耽误农业，还会促进村子农业发展，解决农民生产积极性低的问题。近期粮食价格的跌落问题越发严重，同时也出现了秦学诚所说的问题，很多人正跃跃欲试，也想做企业。还有他和秀娟的婚礼也准备在工厂建成的那一天办，希望秦学诚和褚之云能回来参加！

第二日，秦学安老早去厂里，看着设备一一搬进来，他露出了久违的笑容。

赵秀娟在一旁也开心得很："学安，这厂子是开对了，我现在做梦都能笑出声来！"

"是哩是哩，咱农民做梦都不敢想！"

正说着，包谷地急匆匆地跑来："学安！不好了！门被卷毛几个堵了！看样子准没好事。"

秦学安转头对秀娟说："秀娟你在这儿等着。"然后自己走出了厂门。

厂门口聚集了村里的十几个年轻劳动力。

"咋了？都站在这里，有啥事？"秦学安问。

打头的卷毛喊道："学安，我们来投奔你。"

三十六计也从人群里探出头来："就是，好歹是从小一块儿长大的交情，现在只靠种地想赚钱简直太难了！我可以给咱厂里当个会计！"

随即，一众二小队建筑队队员也纷纷喊道："对啊！我们是建筑队的！什么活都能干。"

秦学安让大家别着急，然后一一清点人数："2……4……6……行！我们这正好缺人手，我只有一个要求，留下了就好好干！"

这一番话迎来了众人的欢呼喝彩，赵秀娟在一旁看着秦学安，高兴地微笑着，这时秦学安回过头来，正巧与赵秀娟对视。

清晨，天刚亮，秦学安就骑着自行车载上赵秀娟往县城去了。

"大清早的，干啥去？"赵秀娟在后座上朝秦学安问。

秦学安回了回头："你只管在后座上坐好了，我有个惊喜给你！"说这话的时候他脸上洋溢着笑容。

最终，自行车在一处照相馆停下，秦学安拉着赵秀娟就往里走。

相机镜头里，秦学安身着笔挺的蓝色咔叽上装，赵秀娟身穿洁白的婚纱，手捧塑料花，俩人站在万里长城背景墙前。

照相师说了一句："来，看镜头了啊。"

"咔嚓"一声，画面定格。

从照相馆里出来，赵秀娟说要去给母亲打电话。两人往县邮局去了，到了那儿，秦学安推着自行车在一旁等着，赵秀娟拨通了电话："妈，嗯嗯，这边都好，我和学安已经拍好结婚照了，专门到县里拍的，等相片洗出来了，我就给您寄过去。嗯嗯，婚礼的时间您可记好了，到时候您和我姐、姐夫一定来！好嘞！"挂了电话，两人相视一笑，心中喜悦都写在脸上。

而此时建筑队张守信的宿舍里，柳叶儿和张守信正算账，柳叶儿脚搭在张守信腿上，嘴里不停地嗑着瓜子，瓜子壳扔了一地。

"你这么算不对，先算乘除后算加减！来我重新帮你算一遍。"柳叶儿冲着张守信嚷嚷。

张守信有些嫌麻烦，摆了摆手说道："算了算了，反正都快成一家人了，这挣的钱都是你的！"

"哟，这么有良心呢？那我可得谢谢你。"柳叶儿扯着嗓子说道。

张守信得意地说："你信我的没错，人如其名，守信！"

"你大不让迁坟，那秦学安的药材厂还能办起来不？"柳叶儿想起了这事，好奇地凑过来问道。

张守信鼻子一哼："就是办起来了，他那货也出不去啊。这个学安啊，是有点脑子，但不够聪明，像咱这样，既不压钱，还不少挣钱，还不用操那心，也不用负那责。"

柳叶儿点了点张守信的额头，笑着说："你个滑头。"

"这叫智慧。再说了，我要不滑，你跟我好？"

"少臭美了你！"

多日后，药材厂正式上牌，开业第一天，爆竹声和贺喜声此起彼伏。

秦学安跟赵秀娟在厂子里举办婚礼，两人站在人群中间，大红色的礼服格外亮眼。

司仪高声说道:"一拜天地,二拜高堂,夫妻对拜!进入工厂!"

在一片爆竹声和贺喜声中,秦学诚、褚之云,王艳琴、赵秀娥一家,满仓悉数到场,甘自强为中药材初加工厂剪彩。

记者景胜也再一次来到了丰源村,把镜头对准了秦学安的药材加工厂。

阳光灿烂的日子里,初具雏形的中药材初加工厂正式建成,秦学安搂着赵秀娟:"秀娟,你现在不仅是丰源村的人,更是我秦学安的管家婆了!"

赵秀娟笑而不语,满脸喜悦之色。

两人瞧见景胜,热情地走上前。秦学安对赵秀娟说:"你还记得景记者吗?"

"咋不记得,说起来,他还是咱的媒人哩!"赵秀娟笑着回道。

"是嘛,要不是他把你的事登在报纸上,后面也不会发生那么多故事了。来,景记者,你是我和秀娟的大媒人,请上座!"秦学安扬手招呼景胜入座。

景胜摇摇手里的相机:"我还是习惯这个位置,来,我给大家合个影!"

于是,大家纷纷整理仪容,聚拢到厂门前,走进景胜相机的画面。

所有人的笑容定格在这一刻,定格成一张照片。这张照片后来挂在了村委会的照片墙上,旁边贴着的便是丰源村被摘红旗后的最后一篇报道,两者形成了鲜明的对比。

药材厂正式开始生产,生意也渐渐步入正轨,不久后,就迎来了利民药材公司的光临指导。当日,秦学安一早就在厂门口踩着梯子挂横幅,横幅上写着"欢迎省利民药材公司莅临指导工作"。

厂里,一排刷着白漆的砖瓦房,整整齐齐。秦学安一个人又要拿榔头又要扶横幅,有些手忙脚乱。

这时,秦学安看到张守信骑着自行车从旁边路过,忙喊道:"守信,张守信。"

张守信正哼着邓丽君的《我只在乎你》,晃晃悠悠骑着车:"任时光匆匆流去,我只在乎你……"

张守信听到有人叫他,向声音传来处看。

秦学安摆着手:"守信,来帮个忙。"

张守信看到是秦学安,单脚撑着车想了一下,最终还是放下车跑到了秦学安跟前。

秦学安递了榔头过来："快帮我拿一下。"

张守信接过榔头。

秦学安边调整钉子位置边说："谢谢啊，兄弟。"

张守信"嗯"了一声，看着横幅上的字问秦学安："……省药材公司……学安，你可以啊，活儿都接到省里了。"

"你别说，这可是个大单，只要能做下来，一笔就够我们吃半年的。"

张守信立马眼里冒起了光："真的假的？"

秦学安做了一个接榔头的手势，张守信把榔头递给他。

秦学安继续钉横幅："骗你干啥，不然我们能费这么大劲儿，还做横幅？"

张守信一下子变了脸，酸溜溜地说："看来这开了厂子确实不一样。"

秦学安从梯子上跳下来说道："当初就跟你说能挣钱，一起干，你就……"

"学安兄弟。"秦学安正说着，话被打断了。

张守信和秦学安循声望去，只见一个膀大腰圆的男人走过来，身后还跟着夹着公文包的女秘书。

秦学安连忙迎上去："哟，王总，您终于来了，我可在门口等您半天了。"

王总似乎带着情绪，说道："你们这门口咋连条大路都没有，车都开不进来，我只能把车停在村口了。"

秦学安赶紧解释说："唉，也不是不想修，这……就是中间遇到些问题。"说话的时候他望了一眼身旁的张守信。

"我提醒你，这路可得赶紧修起来，不然到时候这药几千斤几千斤地往外拉，靠人力可不行。"王总强调道。

张守信在一边听到几千斤，瞪大了眼睛。

秦学安点着头："是是是，我们一定想办法。您里边请，咱先看看货，我们丰源村药材厂可是十里八乡独一家，附近的药都往我们这边儿送。"

"好了，不说这个，质量咋样吗？"

"这更不用说了，能收的都是质量好的。"秦学安打着包票自信满满地说道。

王总笑了："走，看看。"

一旁的张守信被晾着很是尴尬："学安，那什么，那你忙，我先走了。"

秦学安顾着王总一行，就摆了摆手："行，守信，刚谢谢你啊。"说完，他就引着王总一行往厂里去了。

张守信独自一人站在门口看着秦学安的背影瞬间露出嫉恨的表情，恶狠狠地吐了口唾沫，然后生气地走了。

山路上，根叔、包谷地、酸汤婶、秋英等正拉着平板车将药材往村口的货车上送。

郑卫东在前头拉着车，根叔在后头推着。

金银花捶了捶腰："整天光靠这平板车一趟一趟地运，迟早不得把人累死！"

一旁的包谷地回道："看你说的，这一趟趟的，咱们运的可都是钱！"

"这话说得没毛病。等发下钱我先给自己买个的确良褂子去，我看城里那些女的穿着一个比一个俊。"酸汤婶附和道。

金银花一听就说："穿上的确良上衣，你还敢钻苞谷地？不怕刺挠着你啊。"

郑卫东凑了过来："你们可别胡说人家酸汤妹啊。我就觉得她穿啥都美。"

其他人听了这话立刻哄笑一团。

酸汤婶也跟着笑："你们这些人，一天就知道臊我。"

突然，众人听到根叔"哎哟"一声，瞧过去，人已经不见了踪影。

郑卫东喊道："老根？不好了，老根掉沟里了！"

其他人听了这话，忙放下车去拉根叔。

根叔拉上来了，但是他捂着腿不停地叫唤。

郑卫东拉根叔："咋样，能站起来不？"根叔不说话，只是摆手。其他人在边上着急。

"完了，可能伤着筋骨了。"酸汤婶喊道。

包谷地扔下手里的活儿就往村口走："等着，我去叫有粮叔。"

秦有粮和张天顺在大槐树下下棋。

张天顺说着："现在这粮食，卖不上价，你看看村里年轻的，还有几个愿意踏踏实实种地的。"

秦有粮点头，眼睛盯着棋局，手里一颗炮落下："将军！"

张天顺上马挡住："你们家学安，生意做得还真不错。当初我是怕他跌了，现在看来，真是我赶不上时代的发展了。"

"一代人有一代人的想法，这事你也没错。"

张天顺苦笑着说："你别安慰我，我知道，我这个村支书，干得不称职。这水坝，修了多少年，也没修起来。村里那几家子屋顶漏了雨的，一直想让村里拿钱给补个顶，但你说说，村里上哪儿要钱去……"

"等药厂分红了就好了。到时候我再多买点水泥、石料，把提水渠也修起来。"

"那么大的工程，靠你一个人哪行啊？"

"不是还有你、根叔这一帮老伙计吗！"秦有粮说道。

"可以，只要钱下来，咱们就一起干。"

两人正说着，包谷地急匆匆地跑了过来："有粮叔，不好了，根叔跌到沟里了。"

秦有粮和张天顺一听，嗖的一下站了起来："啥，咋回事？"

"正拉着药呢，一没留神人跌沟里了。看刚才那样子，腿可能断了，正往医院送呢。"

"在哪儿，带路！"

三人往坡上跑去。

夜幕降临，一帮人挤在医院的诊室里，根叔躺在病床上，腿挂在支架上。

秦学安小心翼翼地问着："根叔，你好点没，还有哪儿疼你就说，这骨头上的事可不敢拖着。"

"没事，我感觉已经好了，学安你别担心。"

"叔，我真是，该死啊！"秦学安说着就要扇自己，被包谷地等人拉住。

郑卫东说："学安，你别这样，谁都不想出这事。"

这时，张天顺和秦有粮也到了医院。

张天顺一进病房，根叔就叫："天顺，你过来，我跟你说说话。"

张天顺应声走到床前。

"天顺，不是我说你呢，你是支书，你得觉悟高，你不支持咱药厂谁支持，我这摔一下是小事，这药厂办下来咱全村人都落好呢。"

张天顺明白根叔话里的意思，顿了顿，便说："别人没胆子说我，你说我吧，我还真当一个话。咱也不是说不支持厂里，迁坟这事儿我考虑。"

根叔欣慰地笑了："好，那我这腿，也算没白摔！"

回到家里的秦学安坐在桌前翻着厂里的账本，神情严肃。赵秀娟从外头进屋，坐在秦学安旁边，倒了一杯水递给秦学安："根叔的事你也别太自责，先喝杯水。这账算得怎么样了？"

"余下的钱刚够这次收药材的，但是今天根叔这事一出，我还是想先……"

赵秀娟瞧着他的神情便猜到了他的心思："修路？"

"你真是我肚子里的蛔虫，啥都知道。今天王总过来也说，生意要成，必须修路，话音还没落就出了这事。这路，看来是非修不可了，也不知道今天天顺叔在医院说的那话作数不作数。"

赵秀娟想了想："不行我去找天顺叔问问。"

秦学安立刻摆手："赶紧打住，你一个外地嫁来的媳妇哪能去说这话。"

赵秀娟嗔怪道："我就是想帮帮你嘛，那你说咋办？"

"明个儿一早，我去找天顺叔商量！"

而另一边的张家屋里，张天顺正抽着烟袋，张守信在旁边叨叨个不停。

"大，你是没见着秦学安狂得那样，接笔生意还要挂横幅，还专门把我叫过去，说是让我帮忙，其实就是想给我显摆。"

张天顺一言不发，表情严肃，若有所思。

"还有，来的那个老板，一看就是个暴发户，你知道开口就要多少斤吗，几千斤。秦学安这次是发了，人家都说了，这笔单子做下来够吃半年……"

张天顺突然开口："咱那坟是不是应该迁了？"

"啥？"张守信没反应过来这话。

张天顺又重复了一遍："你说，咱那坟是不是应该迁了？"

张守信这下可听明白了，原本吊在床边的腿立刻盘了上来，义正词严地说道："你不是之前一直不让提这事吗？这事上我可是支持你的，你今儿这是咋了？"

"之前我反对开药材厂，结果现在人家做得不错，加上今天老根这事，大家伙儿肯定都觉得我张天顺是个老顽固。"

张守信凑近了说："大，你要真这么想，其实我这有个好办法。"

张天顺看了看他："说！"

"秦学安现在接了笔大单，肯定需要钱收药材，咱主动找他迁坟，再把我之前收药材赚的钱拿出来，就说是入股。这既做了顺水人情，咱自己也赚了。你觉得咋样？"

"我看就是你小子想插一脚吧！"

张守信笑道："赚钱谁不想赚。"

"这你就得看看人家学安，一天行得正坐得端，往那一站就像个男人，你咋一天就这么多花花肠子，老是能想出些歪门邪道的主意。"

"整天秦学安秦学安，大，到底我是你儿子还是他秦学安是你儿子？从小我要干啥你都不让我去，结果人家秦学安就干成了。要不是你，秦学安早就是我的手下败将了，我还用在这儿想这歪门邪道？这次在这事上，我就是要让他秦学安知道，向他秦学安证明，要是我能开起一个厂来，我干得就是比他秦学安好！"

"行，小子，算你有点骨气。说吧，咱咋弄？"

张守信凑得更近了些，小声和张天顺说："我把他叫到家里来谈判，只要我没给你们倒茶，你就别松口。"

张天顺点头。

第二天一早，秦学安正在喂家里的牲口，赵秀娟在旁边帮忙。

"你不是要找天顺叔吗，早点去。"赵秀娟催促秦学安。

"我先帮你把活干完，干完我就走。"

赵秀娟笑着抢秦学安手里的桶："得了，放下吧，我一个人一会儿就弄完了。"

两人正说着，张守信提个包进了门，看到这场景，酸溜溜地说道："哟，我是不是打扰了？"

秦学安瞧见守信进门："你咋来了？"

"好消息，里面说。"

秦学安应声说好。

两人进屋坐下，张守信告诉秦学安，张天顺同意了迁坟的事。秦学安一脸欣喜："啥，你说你大同意迁坟了？"

张守信点头，又说："但说是还有条件。"

"啥条件，你说？"

"这我也不知道，我大说让我来叫你去我家商量。我在家已经帮你说了不少好话了，我觉得这事能成。"

秦学安一听，立刻站了起来："太好了！那走嘛！"

张天顺家堂屋，秦学安和张天顺相对而坐。张守信在另一边坐着。

张守信说了句："你们聊，我先给你们烧壶开水，等会儿泡茶喝。"然后他给张天顺使了个眼色就走开了。

张天顺缓缓开口："这迁坟的事，既然昨天根叔都说了，我也就同意了，但是我有个要求。"

"叔你说。"

"这坟你得给我家迁了，地方还是我选。"

"这是必须的！叔，你放心！"

"嗯，那行、那行。"

张守信烧着水，一听张天顺这态度赶紧咳嗽了一声。

张天顺会意，赶紧接上："别急，还没完呢。原本的地就当是我家入股。但我想了想那点地也入不了多少，干脆我再拿出一笔钱，加我入伙，也算再帮你一个忙，以后咱两家一起干。"

秦学安听后，想了片刻："行啊，你要是想加入那太好了，我同意。"

张天顺回头看了眼张守信和水壶。

水壶里的水开始"咕咕"响。

张守信把壶提到了桌面上。

张天顺突然想起了什么："哦，对了，那咱们是不要有个啥书面文件证明这事能成。"

秦学安应道："是是是，我回去就起草合同。叔，你看咋样？"

张守信这才给两人把茶倒上。

张天顺拿出早已准备好的钱："行。这里是一万，你点点。"

秦学安看看两人的脸色："不点了，我咋觉得，你俩是跟我演了一出请君入瓮呢。现在是不是该瓮中捉鳖了，得，那这事，就这么定了。"

张守信站起身，伸出手笑着和秦学安握手："合作愉快！"

几日后，东坡上的迁坟仪式正式举行。秦学安、赵秀娟、秦有粮和厂里的老老少少都站在了张家祖坟前。

坟前摆了一个桌，桌上铺着红布，红布上摆了一瓶酒和三个酒杯，所有人表情肃穆。

张守信陪着父亲站在桌前，将杯中倒满酒递给张天顺。

"一敬天，二敬地，三杯敬祖先。"张天顺的声音响彻东坡。

说着，他将酒依次洒在地里。

"今天是个好日子，我给你们选了块好地，咱今天就搬过去。我知道这对你们来说不是件好事，但咱村现在不比当年了，发展好了。这不，第一个工厂开起来了，生意做得好，要修路，要占咱这片地。我想了几宿，为了咱们丰源村今后的发展，我又是咱村的村长、支书，无论从哪方面都责无旁贷，所以在这儿我带着儿子守信先给你们磕头、赔罪。来，守信。"

张天顺拉着守信在坟前跪下，磕了三个头。

张天顺起身，庄严地对着身后说："动土！"

天空很蓝，田野广阔，一群人站在辽阔的土地中仿佛星辰几颗。

东坡路扩好，药材厂的货车开始顺畅通行。

张守信也正式加入了药材厂的运营。

这日，两人一起去利民药材厂，合同的事顺利搞定，张守信在会议上谈判的表现让秦学安称赞不已，两人的合作似乎正往好的方向发展着。

傍晚，村民们都在大槐树下吃着饭。

张天顺拿着碗，坐到了秦有粮旁边。

金银花问酸汤婶："你家这月收了多少药材？"

酸汤婶回说："30多斤呢，你家呢？"

"50 多斤。"

酸汤婶羡慕地说："孩子多就是好。"

"好什么呀，要不是跟着学安在工厂里干活，一年到头能剩几个钱啊。"

张天顺听着大家伙儿说，扭头感叹地对秦有粮说道："有粮哥，你养出个好娃娃呀。要是守信能有学安一半能干，我就省心咯。"

"守信那孩子也灵着呢。"

"要说咱们村子后生里头，最能干的，绝对是学安没错。咱都老了，我想着，让学安接替我做村长，你们看咋样？"

正好这时，秦学安和卷毛等一群后生走到了村口，听到了这话："哟，这聚在一堆说我啥呢？"

酸汤婶嘴快："学安，天顺叔看起你了！"

卷毛接话说："看起他啥了？天顺叔，灵芝离婚了？你同意学安当你女婿了？"

酸汤婶拧卷毛的嘴："人家灵芝在城里过得好好的，你这个乌鸦嘴乱叫唤个啥！人家支书是看起学安当接班人了。"

"这咋可能？天顺叔，你就别嚷我了，我现在厂里忙，你看这大事小事，哪个都得操心，再加上秀娟一怀孕，我还得照顾她身子，这事我可干不成。"秦学安说。

张天顺回道："就算厂子忙，年轻人也不能光顾着自己啊，咱们村还有这么多人贫困呢。再说了，文件上也说了，要发展农业，所以咱们现在就要解决这件事，你来做村长，怎么发展，叔以后绝不拦你。"

"叔，我不是党员，不够资格。"

张天顺大腿一拍："这事好办啊，你叔就是村支书。有粮哥，你说句话，孩子听你的。"

秦有粮抬头看看秦学安说道："看他自己。"

几个人正说话呢，二娃跑了过来："快去人，去人！后山上包谷地和三十六计因为抢水打起来了！"

秦学安拔腿就跑："走，去看看。"

张天顺对秦有粮说："看看，嘴上说不行，有啥事都是第一个冲！"

夜里，已经搬去张守信家住了许久的张灵芝坐在沙发上一言不发。

王方圆来了，此刻正坐在她身旁。

良久，王方圆开口说："灵芝，我错了成不？"

"方圆，你没错。"

"我把你惹生气了，就是我的错。"

"你明明知道，不是你的问题，问题出在你妈身上。"

王方圆听到这话，有些为难："我妈……她也是为咱俩好不是？"

这下，张灵芝一肚子的气都涌上来："为咱俩好？你妈她就是从头到脚都看不上我！"

"你说啥呢，这咋可能？！"

"咋可能？事实就是这样。你妈每次跟我说话都没超过十个字，说得最多的就是怀孕、生孩子。今天她说带我去看中医，好，我去了，回来的路上又是一顿冷嘲热讽，是，我怀不了孕……是我不想怀吗？我……"说着，张灵芝哭了起来。

王方圆看到张灵芝哭了，顿时慌了，想去搂张灵芝："灵芝，不哭，咱不哭。我不嫌，怀不了就怀不了，我不嫌你，怀不了就咱俩好好过，好不好？"

张灵芝一把推开王方圆："你说得好听，有本事你把这话跟你妈说啊，就会哄我，到了你妈跟前我看你连个屁都不敢放。"

王方圆也急了："那可是我妈，那你想让我咋办，为了你和我家闹翻？"

张灵芝看了一眼王方圆，眼神中有绝望，什么都没说，只是捂着脸哭。

夜，静得可怕，张灵芝的哭声听起来让人心疼。

药厂的生意依旧进行着。

张守信到厂里来时，秦学安正忙着算账。

张守信兴冲冲地进了屋子，坐在沙发上跷起了二郎腿，给自己倒了杯茶喝起来："学安，刚才我去谈生意遇到个山西的贩子，开口就是1000斤，我立马就答应了。"

"咱哪来那么多的药材，现在收下的都已经答应给人家安徽了。"

"什么合同不合同的，还不是谁价钱高就给谁？我还是股东呢，咋，我说了不算数？"

"股东和你说话算不算数没关系，咱是按合同办事呢！"秦学安解释。

"我看你就是不把我当自己人。我可是都跟人许诺了，都签了字了。"张守信有些生气。

秦学安义正词严地强调："那不作数！"

张守信把茶杯一摔："好啊你个秦学安，你说的作数，我说的就不作数！"

两人不欢而散。

张守信回到家中气得喝闷酒，张天顺从里屋出来，瞧着他那副样子问道："咋回事，咋还在家喝起闷酒来了？"

张守信拗劲儿上来了："大，你还有多少钱，都拿出来，我要办厂！"

"你现在不就是药材厂的股东了吗，还办啥厂，看你最近不是干得挺好，这又咋了？"张天顺不解地问。

"这股东就是个摆设！好不容易跑下来的生意，秦学安就怕我威胁他的位置，生生把我的单子退了。我不管，我要办厂！"张守信气愤得不行。

"守信，厂不是那么好干的。"张天顺安抚他。

"那你老说我没出息，比不上他秦学安，我现在想弄了，你又老拿话压我，我看你不像是我大，倒像是秦学安他大！"

"你在这胡说啥呢么！别喝了！马上换届选举了，要不你去竞选村长？"

"当村长有啥意思，我要当厂长。"说着，张守信竟然像个孩子似的哭了起来，然后又重复了一遍自己的话，"大，我就想当厂长。"

张天顺拗不过他，叹了口气："那你让大想想办法。"

第十章

困 境

清早，张天顺在办公室坐定，想了一会儿，坐在大喇叭前广播："喂喂喂——明天上午十点，请各位村民到大槐树下参加新任村长选举，请大家转告周知。明天上午十点，请各位村民到大槐树下参加新任村长选举，请大家转告周知……"

郑卫东急匆匆地跑了进来："支书，你说啥？"

广播里响起郑卫东的声音："支书，你说啥……"

张天顺急忙关了广播："我是不是说过，广播的时候不要随便进来？"

郑卫东应声说，"对"，转身就要离开。

张天顺没好气地说道："我都广播完了，你还走个啥劲？！"

郑卫东又回来："支书，你咋……你不干村长了？"

张天顺倒背着手，透过窗子看着村子："卫东啊，叔这些年，对你咋样？"

"叔，你对我，那当然是没话说啊。不过，叔，你这是咋了……"

"年纪大了，干不动了。以后我就当好我的村支书，村长这个位子，还是交给年轻人去做吧。"

"叔，你的意思是……让我？"

"我让你去给秦学安拉拉票。"

"啥？给、给秦学安拉票？这要选新村长，也是咱们守信当仁不让啊。"

张天顺摆摆手："你就别管啦，照我的吩咐做。"

郑卫东似懂非懂地点点头："诶！"

第二日，大槐树下，村民全部聚集于此，新村长的选举有条不紊地进行着，黑板上写着四个人的名字，分别是秦学安、郑卫东、三十六计、张守信。

张天顺念纸条上的人名，包谷地在黑板上画正字，秦学安的票数一路领先。

台下的人都在起哄："就是学安了，这还用念么？！"

在村民们的掌声中，张天顺开始讲话："我这村长，转眼已经当了二三十年。感谢大家伙儿一直以来对我的支持和信任。现在时代变了，我这个村长啊，也该退了，让新的一代来带头。我宣布，经过民主选举，咱们村子的新任村长就是秦学安。"

村民们再次鼓掌，包谷地还吹起了口哨。

张守信气得脸都变了形。

秦学安上台讲话："感谢各位乡亲，感谢大家的信任。我也没想到大家会选我，既然现在我已经是村长了，我一定会带着大家一块儿致富，一块儿把咱们红旗村的荣誉拿回来。"

村路上，张天顺、张守信与秦学安一起走着。

张天顺拍着秦学安的肩膀："学安，叔把这一票投给你，就是要你好好干。"

"叔，这个村长，我肯定会好好干。不为别的，就为咱们村子的发展。"

张天顺笑着点点头："厂子里是忙，可不能耽误村子里这摊子。"

"诶，我知道。"说完，秦学安就先回家去了。

张守信独自在前头走得飞快，张天顺喊他："守信，你等等我嘛。"

张守信停在原地等张天顺走上来。两人一起走着："大，我说我想当厂长你不帮我，你现在还让他秦学安当了村长，我到底是不是你亲生的！"

"你看你这娃就见识短浅了不是，我为啥让他秦学安当村长，你自己好好想想吧。"

"你的意思，这里面有啥……？"

张天顺背着手："这你就自己好好想想吧。"

傍晚，秦家院子里，一家人聚在一起吃着饭，赵秀娟挺着个大肚子，眼看快足月了。秦奶奶提起学诚最近是否有来信，秦学安说打了电话，正在南方调研。秦奶奶听了自言自语："不知道娃吃得好不好？"

众人也就是笑笑，没再接话。

秦学安忙着去厂里，没吃两口就准备走，秦有粮嘱咐他："学安，既然你已经当了村长，那提水渠的事你可不要不管了，修好这条渠，把有限的资源利用起来，对咱村的农业生产的好处太大了。"

秦学安应声说："大，我记住了，办厂发展经济是大事，农业生产是根基，我忘不了！"

事情就如秦学安当上村长一样顺利，接下来的日子里，一切都是风平浪静。直到有一天，秦学安骑着摩托车走在村路上，一辆轿车进了村，向着药材厂的方向开去，秦学安觉得疑惑，就跟在后头。

到了门口，秦学安发现车里走出几个穿着制服的人，拿了封条往工厂门上贴。

秦学安连忙下车阻拦："你们干啥？"

"我们接到群众的举报。你们私人的厂子雇了八个以上的工人，算是资本家。违反了规定，这厂子现在必须封了，停业整顿。"

"这才开了多久就给封了？不行，我们还有订单没做完，您这一封，我们这厂可就完了。"

"这个不在我们的负责范围内。"

"同志，你们就通融通融，明天我就把多出来的工人辞掉，好不好？辞掉就不存在七个八个的问题了。"

"那之后的事得之后再说，今天这厂必须封，没啥说的，你不要在这儿捣乱了，不然我们可以以扰乱执法拘捕你。"说完，对方坐上车扬长而去。

秦学安着急到语塞："我，那我这厂……"然后他捂住头蹲在了地上，长叹了一口气。

厂子上了封条，村民们都等在厂子门口。

"学安，这厂子封了，咱们咋办呀？"

"我家这才刚收了50斤药材，唉！"

"大家别慌，就算厂子关了，大家的药材我肯定还是要收的。"

金银花刚要说话，被包谷地拉住："你少说几句，难道学安会坑咱吗？"

"那我不是担心吗？"

"别说了。"

金银花瞪了一眼包谷地："上次那个收药材的钱可还有一部分没给呢，这马上年底了，我们的分红还有没有？"

秦学安听到，接着说："大家既然跟了我，我就不会让大伙儿吃亏，我保证，会尽快找到解决办法，尽快让厂子恢复运营，不耽误大家的种植和生产。今天，咱们就先散了，有啥结果我第一时间通知大家。"

众人逐渐散去。

秦学安独自看着厂门上的封条，看着自己一手建起的厂子，内心悲凉。

宁静的夜里，张家屋里传来一声非常大的拍桌子声，显得格外刺耳。

张守信正在跟张天顺拍桌子："我不管，大，这事你必须帮我解决了，这药材厂我是二股东，钱还没见着呢，厂子就让县工商局封了。"

张天顺不慌不忙地喝茶："谁让你们雇了九个人，那是违法。违法的事咋帮你？"

"现在说这个还有啥用，总之你得给我想办法解决。不管是找姐夫还是到县里，你就帮我走走呗，大！"

张天顺拍桌子："不许去，这种提不上台面的事，去了我嫌丢人！"

"那我投进去的钱咋办吗？那可是我辛辛苦苦挣来的！"

"这会儿知道心疼钱了，以前还偷着家里吊命的小米往外跑哩！"

张守信抱头蹲在地上："大！都啥时候了，你还扯这些陈芝麻烂谷子的事！"

"沉住气，想想我之前跟你说的话，这事是好事哩！"

张守信抬起头，一脸茫然。

焦头烂额的秦学安第二日便去了县城贷款，可惜没批下来。

回到村委会，秦学安将情况一五一十地告诉了张天顺。张天顺出主意说，"干脆把厂子转为集体所有"，秦学安欣然答应。

过了些天，秦学安到地里给大家伙儿还药材的定金。

满囤叔知道秦学安困难就推辞说："啥定金不定金的，叔不信谁，也得信你。药材你先拿去卖，卖了钱再给叔。"

秦学安说："那行，这也是我现在实在周转不开，不是办法的办法。只要我有了钱，肯定马上给你们把钱都发齐了。"

满囤叔笑着收下。

秦学安卷起袖子："满囤叔，我来帮你把这片地翻出来。"

满囤叔感慨道："学安，你真是个好后生，啥时候都在帮大伙儿，像你这样热心肠的，真是难得嘞！"

秦学安边干活边说："满囤叔，都是乡里乡亲，还讲究啥哩。"

说着话，秦学安抓着锄头，熟练地翻地。

"学安，你是干啥像啥样，庄稼活也是好手哩。"

"看您说的，做生意俺就不行。满囤叔，您先歇息会儿吧。"

很快，一片地被翻好了。

赵秀娟出现在田垄边，急急忙忙跑来，挥着手里的报纸说："学安，好消息，新政策，快来！"

学安不以为然，冲赵秀娟道："什么好消息，哪有那么多好消息，唬人哩。"

赵秀娟索性把报纸展开，摆在面前，冲学安扯开嗓子高声念："听这段啊……对农村各类自营专业户、个体经营者要实行长期稳定的方针，保护其正当经营和合法权益。要尊重他们选择经营形式的自由，不可任意强制改变他们的生产方式。个体经营者为了补充自己劳力的不足，按照规定，可以雇请一两个帮手，有技术的可以带三五个学徒。对于某些为了扩大经营规模，雇工人数超过这个限度的私人企业，也应当采取允许存在，加强管理，兴利抑弊，逐步引导的方针。"

满囤叔高兴地喊道："学安，是中央新政策？"

学安放下手中的锄头，急切地说道："满囤叔，我去看看。"

赵秀娟把报纸折起来，扭头就走："你不是不信我吗？"

秦学安赶紧追，央求道："秀娟，信，我信你，你是我媳妇呢，咋能不信，快拿给我看看。"

两个人追逐着，趁着赵秀娟不防备，秦学安抢过报纸，打开，轻声念着："在社会主义社会的初级阶段，在商品经济的发展中，在一个较长时期内，个体经济和少量私人企业的存在是不可避免的。"

满囤叔也扛着锄头凑过来。

秦学安继续念道："我国人多耕地少，今后将有亿万劳动力逐步从种养业转移到非农产业。只有实行全民、集体、个体和其他多种形式一起上的办法，才能顺利实现这一转移。而个体经济的存在，必将不断提出扩大经营规模的要求。引导农民走合作经济道路，是我党坚定不移的方针，但合作经济的组合，要求平衡多方面利益并形成共同遵守的契约关系，需要有一定的发展过程，很难在短时期内覆盖一切地方和一切领域……"

赵秀娟问："咋样，是不是好消息？"

秦学安越念越激动："这意思，七个八个不是问题了。"

"听着是这么个意思。"满囤叔说。

秦学安激动地喊道："太好了！我得去厂里看看！秀娟，你帮满囤叔翻地，我先走哩。"说完，他快步走向村口。

在新的政策影响下，中药材初加工厂得以解封，重新开张。生意也渐渐恢复。

这日，中药材初加工厂里，秦学安正一个一个地不停地接电话。

张天顺倒背着手，敲了敲门。

秦学安毫无察觉，对着电话里继续说着："对对对，这批货已经送上火车了，估计明天就能到……瞧你说的……尾款不着急，你先看货……好好好，随时联系！"

秦学安终于挂了电话，一抬头，门口站着一脸怒气的张天顺。

"叔，啥时候来的？"

"学安娃，知道啥叫当一天和尚撞一天钟不？"

"叔，你这是？"

"村里的事儿都撂给我一个人？那我提你这村长干啥？我前脚刚到镇上，屁股还没坐稳呢，三婶就跟金银花掐巴起来了！"

"你看我这实在是……"

"学安娃，你不能吃着碗里的还看着锅里的，这厂子和村里的事儿你要经管得过来，那我没二话，可你自个儿说，这么些日子，镇里、县里大大小小的会你去了几次？"

"叔你批评的是！"

"我刚从镇上回来，又下了一箩筐的新任务！"

"叔，先容我几天，把这几个订单撂过手，咋样？"

"你要是看不上村长这个芝麻官儿，趁早去镇里说明白！我呀，另请高明！"

"叔，我既然当了这个村长，就不能撂挑子。这样，我抓紧物色人把厂子给管起来，我好腾出手来！"

"你自个儿掂量吧！"张天顺说完转身就走了。

窗外一轮圆月，屋里已经熄了灯。秦学安和赵秀娟躺在床上，都未睡着。

"秀娟？"

赵秀娟应声。

"跟你商量个事呗。"

"你说。"

"前些日子天顺叔来找我了，我想把厂子交给守信管着！"

赵秀娟一骨碌爬起来问："凭啥？"

"实在是顾不过来，厂里村里都对我有意见！我思前想后，我这个村长是大家伙儿选出来的，我得为大家伙儿负责！"

"我算咂摸过味儿来了，先是守信入股，成了咱药材厂的股东，后来又遇到啥七个八个的问题，天顺叔又把村集体引进来，又让你当村长，咋咱自己办个厂子，最后……"

秦学安打断她："天顺叔不是这样的人！再说守信现在已经是股东了，厂子也有他的一半，不至于。"

"学安，你就是太善，人善被人欺，你还是得防着点。"

"当时建厂，天顺叔确实没少帮我，现在厂子也属于村集体了，不应该我一个人说了算。"

"那说实话，你如果不当，这厂长准备让谁当？"赵秀娟问。

秦学安握着赵秀娟的手："我要是从厂长的位置撤出来，咱们村子里合适的也就只有守信了。他当过兵，走南闯北的，脑子也灵。"

赵秀娟腾地一下坐起来："那不就对了，不行，我不同意。这厂子是咱们看着一点一点建起来的，他张守信可没出一份力，现在想不劳而获，我接受不了。学安，要不这样，我去当，反正我现在一天也没事，这厂长我当。"

"你这么大个肚子，每天来来回回的，我哪能放心？"

"我觉得挺好，就这么办。"说完，她躺到床上，背对着秦学安，"拉灯，睡觉！"

秦学安没办法，起身关灯。

就这样，赵秀娟开始每日挺着大肚子，往返于药材厂和家之间。张守信回厂里见到赵秀娟，狠狠地瞪了她一眼转身又走了。

村委会里，三十六计的媳妇正在向秦学安哭诉。后面的椅子上还坐着几个排队的村民在闲聊。

"学安，我这可咋活啊，开个卖杂货的，想着补贴补贴家用，结果这日子还过得一天不如一天了。我们家那口子也是不着调，整天地把店里的东西往外送，你说，这可咋办啊？"

"嫂子，你慢慢说，慢慢说。"

夜里，药材厂办公室，赵秀娟和金银花一起往外走。

赵秀娟突然停下，一手捂住肚子一手扶墙。

金银花急忙问："咋了？秀娟妹子，是不是肚子不舒服？"

赵秀娟闭着眼睛休息了片刻，站直说："不要紧，突然有点头晕。"

"那咋办，不然咱去医院看看去。正好学安在外头等着呢。"

赵秀娟急忙说道："不用，我好了，嫂子，真不用去医院。"

"真的？"

"嗯。对了，这事一会儿别跟学安提，我怕他太紧张。"

"唉，你说不提咱就不提。咋样，可以走路不？"

"我好啦，走吧。"

之后，赵秀娟还是继续来药材厂上班，直到一日她在厂房门口突然晕倒，引得众人一片惊叫，急忙将她送去了医院。

赵秀娟在医院里醒过来时，秦学安等人围坐在床边等待了许久，脸上焦急的神色不言而喻。

人醒过来了，孩子也没事，只是经过这么一折腾，这药材厂她是没办法再待下去了，就算赵秀娟愿意，秦学安也确实不肯了。

最终，张守信如愿当上了厂长，而与此同时，秦学安的入党申请书也交到了张天顺手里。只是，张天顺似乎从一早就没打算真的给秦学安这个机会，受到百般阻挠的秦学安只能生闷气，却无可奈何。

张守信自从当上了厂长之后，过得风生水起，每天西装革履，头发梳得油光光的，皮鞋擦得锃亮。

工人们正在装货，秦有粮正在抽检，他打开一大包药材，发现药材还是半干的状态，询问卷毛："这是咋回事，这药材还没晒透呢，它不能装车往外卖。"

"这次要货急，下次注意，下次注意。"

秦有粮气急了："那哪行，你们这就是胡搞。"

卷毛吓得跑到一边，张守信从旁边过来。

"有粮叔您别生气，就这点水分不碍事。等一路上拉过去，水分就干了。再说了，有点水分怕啥，还能增加点重量呢！"

"你这是胡搞。"

张守信置之不理："装车，大家继续装车！"

夜里，张家父子俩坐下来聊起最近的事，张守信倒上两杯酒，跟张天顺碰杯。

张天顺感叹说："现在这厂子交给了你，你可得给咱老张家好好争口气，不能干砸了。"

"大，你就永远看不上你亲儿子是不？这厂子最开始就是我说要入股，现在是不是证明我的眼光是对的？再说了，这个月厂子盈利可比他秦学安当厂长的时候多得多！"

"甭翘尾巴！买卖这个东西，大虽然不懂，但万事看的都是个长远，可不能大意咯。"

张守信又给张天顺倒上一杯酒："大，那个，我打算跟柳叶儿结婚。"

张天顺吧嗒吧嗒抽两口旱烟："你姐闹着离婚，你这要结婚？像话吗？"

"等不及！"

"又捅了啥娄子？"

"那个……柳叶儿……"

张天顺疑惑地问："咋了？"

张守信一咬牙，说道："怀孕了！"

张天顺一个烟斗扔到张守信头上："啥？你个不着调的东西！"

"大，这不是你说的么，说柳叶儿好，让我跟她好！"

"嘿，你个小崽子，这事还成了我指使你的？你看我今天不揍你。"张天顺脱下鞋欲抽张守信。

"大，不是，我都当厂长了，你还打我，不合适！再说了，这……所以说等不及了么，生米煮成了熟饭，我还能咋办？"

"咋办？还不抓紧看个日子去人家柳家提亲去。"

张守信和柳叶儿的婚事就这么定了下来。

另一头，包谷地家的房顶又塌了，一家人凄凉地站在外头。

秦学安正搭个梯子到房顶上查看，包谷地帮着扶梯子："学安，你小心点。"

"你这顶不能再拿泥糊了，怪不得会塌，这根本就不稳嘛。改天我给你弄点水泥来，把顶好好给弄牢了。"

"诶，好好。"

秦学安三两下上了房顶："今天，我先给你补补，先用着。把下面那桶给我递上来。"

金银花赶紧跑过去拿桶。

这时候，酸汤婶顺着路跑了过来："学安，秀娟她……秀娟她快生了！"

秦学安一下站起来，差点儿摔下去，下面人都是一惊。秦学安顺着梯子溜了下来，撂下工具，一路狂奔跑往县医院去了。刚进病房，就听到里屋"哇"的一声，传来了初生娃嘹亮的啼哭声。

秦学安激动地笑着喊道："生了、生了……"

时光匆匆，转眼到了1992年，冬日雪后的阳光下，丰源村新修的石子路一直延伸到了大槐树下，树上枝头还残留着积雪。

后村的很多窑洞已经废弃，窑洞前面的积雪没有清扫的痕迹，只有个别窑洞前清出了小路。

前村新起了许多砖混结构的房子，土坯房为数不少，但也修葺一新。家家户户的大门两侧贴着崭新的春联，挂着喜庆的红灯笼。

秦学安正指挥工人给几户新盖的房上梁。众人吆喝着把大梁抬到房顶上。

翻新后的村委会装上了崭新的红漆大门，大门两侧的水泥立柱上贴着红底黑字的手写春联：

改革得人心华夏儿女人人鼓舞

开放结硕果神州大地处处欢腾

秦有粮在村委会门口支了一张大桌子，上面摆满了红纸和笔墨纸砚。

村里人排队写对联。

一个五岁左右的小女孩拉着一个两岁左右的小男孩跑了过来。小男孩正哇哇地哭着。

小女孩指着小男孩冲秦有粮说道："爷爷、爷爷，你看秦奋。"

秦有粮回过头去，看到满脸黑乎乎的秦奋，问："田田，你咋欺负弟弟呢？"

秦田一噘嘴："是弟弟欺负我哩！"

一旁的酸汤婶瞧见，笑着说道："有粮叔你好福气啊，上有老下有小，儿孙满堂。"

秦有粮笑得眼睛眯成了一条线："是啊，是啊。"

"有粮叔，您可是一身的手艺，'文革'前您画麦秆画的手艺可是三乡五里都有名气，您啥时候给我们画几幅麦秆画挂家里，别把好手艺荒了哩。"

"好哩，好哩。"秦有粮笑着说。

清晨，秦有粮、秦学安蹲在坟前布置香火。

秦学诚扶着秦家奶奶站在一侧，赵秀娟领着一大一小两个孩子站在身后。

香火点起，秦家奶奶"扑通"跪倒，众人亦纷纷跪倒。

秦家奶奶烧起纸："恩人哪，我这身子骨是一年不如一年了，明年啊，我让有粮来请你回家过年，你呀担待着点儿！"

秦奶奶磕头，众人亦磕头。

秦奶奶起身，拉过大些的女孩："这是学安娃的闺女，叫秦田，去年这会儿呀发着烧呢，没带来见见你。"说完，她又拉过秦奋，继续说道，"这是小子，叫秦奋，两岁啦！学诚家的在北京呢，也是个小子，叫秦俭，比秦奋大一岁！你瞧瞧，这一晃啊，我都当上太奶奶了……要是你还活着……"说着说着，秦奶奶的泪便不自觉地落了下来。

秦有粮在一旁安慰着："娘，您别难受……"

秦学安也上前宽慰道："是啊，奶奶，今儿过年，咱乐乐呵呵的！"

秦奶奶点着头，擦了擦泪："对对对！你瞧我，咱们过上好日子了，战士们的血才没白流！"

冬日的寒风瑟瑟地吹在脸上，所有人都是一脸肃穆。

晚上，秦家堂屋，电视机里正播放中央电视台 1992 年春节联欢晚会，画面是侯耀文和石富宽的相声《小站联欢会》。

全家人围坐桌前，气氛轻松而愉悦。

秦家奶奶、秦有粮坐在上首，笑盈盈地吃菜。

赵秀娟抱着已经入睡的秦奋，众人时不时给够不着菜的秦田夹菜。

"这么说，孩子说话不利索？"席间，秦有粮问起了秦俭。

秦学诚点点头："也不愿意见生人，褚老师有个老街坊，说是春节从国外回来，人家是专家，之云打算带过去给瞧瞧！"

"北京的医院咋说？"

"怀疑是自闭症！"

"这个病我在报纸上看过，大城市里边闹腾，你跟之云商量商量，送回家来将养将养，兴许有缓儿！"

这时，秦学安插话进来："咱大说得对！咱丰源村别的比不了城里，可这水好，空气也好，说不定娃送回来待一阵，就舒心了。"

"你们一天事都不少，现在又多了俩娃，能带过来？"

"没事儿，学诚，秦俭跟咱田田也差不了多少，一块儿就带了！"赵秀娟也说道。

一旁的秦田更是附和说："叔叔，我带弟弟去后山抓兔子！"

众人因此笑出了声。

秦学安继续问："那你这次回去就直接回学校当教授了？"

"嗯，回学校了，平时可以多参与一些调研工作，也有时间继续写我的书。"

"那敢情好啊！"秦学安拍手称赞。除夕夜，秦家的饭桌上欢声笑语，一切都显得格外和谐。而多日后，在大家伙儿的动员下，秦学诚也说服了褚之云，同意将秦俭带到村子里过上一段时间。

而此时大年夜的张家，就只剩下张灵芝和张天顺，两人就着几盘菜一起吃着饭。

张天顺问："灵芝，这大过年的，你咋不和方圆回他家过呢？"这话多半像是明知故问。

"我不去，他们家那门我是再也不想踏进去一步了。"张灵芝的语气决绝。

"你俩这到底是咋回事，咋能把日子过成这样了？要不你跟大说说。"

"大，我没事。倒是这守信，咋过年都不回家，改天他回来我就说他。"

"算啦，柳叶儿非要带着孩子回娘家，守信也没办法嘛。"

"我就看不上那女子，一天跟个泼妇一样，在家里也不知道做饭也不知道收拾。娶回来个媳妇，倒成了供了尊神仙了。"

"算了算了，大过年的。女子，咱俩碰一杯。"

两人干杯过后，张天顺忍不住感怀道："其实这几年大看出来了，你过得不幸福，以前像个开心果似的，现在回到家连句话都没有了。大也不是以前了，想通了，如果真过不下去，咱也不勉强，大只希望你开心点。"

"大！"张灵芝的眼角忍不住浮上了些泪水。

张天顺急忙说道："不许哭，咱爷儿俩高高兴兴吃顿年夜饭！"

张灵芝强忍着泪水说："好！"

父女俩互相夹着菜，冷清中却透着温情。

年后，张守信去找王方圆说药材公司退货的事，王方圆说产品不合格，他也帮不上忙。张守信便解释说是管省公司药材收购的王德让故意刁难。王方圆想起了这号人，张守信刚想顺势拜托他帮忙，结果里屋突然传来一声碗碟摔碎的声音。两人都被惊到了。

张灵芝的声音传来："这些年我吃了多少药，试了多少偏方？"

紧接着又听到王方圆母亲说："你还蹬鼻子上脸了，我们王家在这金水县也是要脸面的人家，总不能从你这儿断了后。"语气不好，话也听着刺耳。

张灵芝有些急了："那好啊，我本来也没想再踏入你们王家的门，离婚！这日子我一天也过不下去了！"

张守信、王方圆对视一下，匆忙向里屋走。张灵芝冲出里屋，推开二人，跑出门，王方圆急忙追出去。

两人一路揪扯到村里，赵秀娟刚巧端着一盆水往门外头倒，溅到路过的张灵芝身上。

张灵芝没好气地吼道："你要干啥！"

赵秀娟急忙解释："灵芝，对不起、对不起，我这没注意……"

张灵芝气得跺脚："咋哪儿都有你？"

"真不是有意的！"

"灵芝——"王方圆在一旁拉了拉她。

"别跟着我！都走开！"说着，张灵芝甩开王方圆，向夜幕中跑去。

王方圆回头向赵秀娟说了声："对不住啊！"

赵秀娟让王方圆赶紧去追人，大晚上的别出什么事情。

王方圆急忙转身追着张灵芝去了。

赵秀娟深深地叹了口气，转身关上门回屋去了。

屋里的秦学安已经躺下。

赵秀娟进来便说："我看见灵芝和方圆了！"

"噢，昨儿见天顺叔买酒，说请方圆一家吃饭！"

"灵芝妹子看着不太高兴，好像哭着跑回来的。"

秦学安侧起身子问："又跑回来了？"

"咋，你还知道几回？"

秦学安笑着说："咋，吃醋了？上次他俩在村口吵架被我给碰见了，我这才知道，灵芝、灵芝她因为一直不能怀孕被王方圆家里折腾得不轻。"

"天，还有这事！灵芝也是个苦命的女子。"

"是啊。"

"下次再见她，你给好好说说。"

雪后又一日的早晨，爆竹声响起，锣鼓喧天，村委会大院里人头攒动，孩子们欢快地跑来跑去。根叔、酸汤婶等一众村民正在院子中央排社火。

踩高跷、划旱船、舞狮子等民俗项目轮流上演，酸汤婶滑稽的扮相惹得众人哄堂大笑。

一曲舞毕，秦学安、张守信分别摘下狮子头，微笑致意，众人叫好。

秦学安和张守信二人卸掉舞狮行头，走向屋檐下。

"灵芝没事儿吧？"秦学安问。

"这回两家这关系，是彻底僵了。"

"放心吧！方圆不会为难灵芝的！"

"这倒是！要不我姐这么多年也没怀上孩子，早离了！"

"我看库房里积了一批货？"

"咋？信不过我？"

"我是担心刘海那边的合同！"

"我就是要吊吊他的胃口！"

"你呀你……见好就收吧……"

"省药材公司那边的关系已经打通了，咱不怕他刘海不续约！再说，就前几天，我刚干成个大事！"

"啥事？"

"我去省城买了一批新品种的种苗，说是只要往地上那么一撒，产量保准翻番！"

秦学安皱起眉头："咋听着这么不靠谱？"

"你就擎好吧！"

这时，包谷地、卷毛一行人过来。包谷地把秦学安叫到一边："学安，有个事儿不知道咋跟你说！"

"药厂的事儿？"秦学安问。

包谷地点点头："嗯！账上那批货是省药材公司退回来的！"

"有这事？"

秦学安看向张守信，但还是选择了不去过问。

又过了些日子，二妮来找秦学安，说想去药材厂上班，请身为村长的秦学安帮忙解决下工作问题。秦学安说守信是厂长，这事儿得找他。二妮坚持要秦学安先帮忙说说，秦学安答应了。

而此刻在离养羊场不远处的村道上，张守信骑着摩托车驶出，神色有些焦急，额头沁着密集的汗珠。

经过养羊场门前的时候，秦学安向他招手，张守信减慢车速，停下。

"守信，进城去？"

"啊……"张守信吞吞吐吐的。

"啊啥啊？我问你是不是进城去？"

"对……对对！"

"给我捎两包败毒散！"

"谁、谁病了？"

"啥呀谁病了！给羊吃！"

"啊，好！"

"刚才给厂里打电话你就没接，这又去哪儿啊，生意得顾，厂子也别忘了。"

"行了，知道了，知道了！"张守信发动摩托车，急匆匆地走了。

丰源村村委会办公室里，秦学安又给药材厂打电话，依旧没人接。这时候二妮进来了。

"村长，我来问问昨天那事咋样了。"

"守信那边电话一直没人接，不过厂里现在人也不少，你咋不回去好好种地，就想去上班呢？"

"年初二娃就出去打工了，我也想给家里添补添补。哥，是不是这事不好办啊，那就不麻烦你了，我准备去找二娃一起打工去！"

"那留下地咋办，你们都不种，地就荒了，这可不行啊我说。"

"咱村一半的年轻人都出去打工了，没办法么，靠地养活家里没闲钱，想给家里加一层也加不了。你看守信家，做了生意，现在住的多好的房子。那行，村长，我就先走了。"

秦学安听后若有所思。

广播里响起秦学安的声音："请各位党员干部速来村委会开支部会议……请各位党员干部速来村委会开支部会议。"

地里的人都埋头种地，没有几个人起来听的。

办公室里稀稀拉拉来了几个人，有秋英、酸汤婶、根叔、张天顺和秦有粮等。

秦学安说道："咋才来了这几个人，行，那咱几个就先说说。咱村现在的情况是，很多人都走了，二娃和二妮也走了，村里有很多老人没人照顾，我看咱能不能在村里成立个帮扶队，各家有啥事帮扶帮扶。"

"这是个好事么，我看行。"张天顺同意。

秦有粮也表示赞同。

秋英心神不宁地说"好"。

"那咱们就具体计划一下，这个事怎么干！"秦学安说道。

秋英突然站了起来："哎呀，不行，不好意思村长，我家里小孙孙没人看，我得先回去。"说完，她就跑出了会议室。

秦学安一脸愁容："这……"

酸汤婶也紧跟着说道："学安，我也得走，家里坐着水呢。"

接着又走了几个人。

转眼，就只剩下几个老人和秦学安一个。

秦学安苦笑："得，我成光杆儿司令了。"

根叔接话说："我们几个老家伙就弄这个渠，也挺困难的，亏是你大弄这事，要不是你大，我们早都散伙了。"

"学安，这些事没办法啊。我早就发现了，现在人心散了，支部也散了，大家伙儿的眼界大了，知道的多了，再不是从前一呼百应的时候啦。"张天顺说道。

几个人都有点打蔫儿。

夜里，秦有粮和秦学安对坐着喝酒。

秦有粮说："人心散了，不像以前了，村里没人了。你听说了没，厂子好像也出问题了，守信把厂子办的啊。"

"我听包谷地说了一点，但我也不知道张守信一天在忙啥，我连他的人都见不上啊。大，你不是咱厂里的技术顾问吗，守信心沉，你见了他，帮我劝劝他。"

"唉。守信这娃一天都躲着我呢，我还顾啥问，连面都见不着……"

"这两天我老心神不宁的，总感觉要出大事！"

"行了，别瞎想了，兵来将挡，水来土掩。喝完这杯赶紧去睡吧！"秦有粮说道。

秦学安说"好"，两人干杯，一饮而尽。

过了些天，村里的大槐树下，来了辆白色的进口小轿车。

钱跃进一身笔挺的西装、头发梳得油光可鉴，开门下车。

井台上的村民纷纷围上去，钱跃进掏出香烟散了一圈。

众人接过香烟，憨憨地笑着，点头致谢。

包谷地把鼻子凑到烟前闻了闻，忍不住感叹道："真香！"

卷毛也凑过来说："哟呵，跃进哥，鸟枪换炮了？！"

钱跃进嘿嘿干笑几声。车里传来"嘟嘟"的声音，钱跃进回头看了一眼车里："接个电话，接个电话！"然后他伸手从副驾驶位上取出自己的大哥大，拔出天线，接听："喂——海子啊！到了，我已经到村口了！"他声音高亢洪亮，生怕别人听不见似的。

钱跃进合上天线，众人围上来。

包谷地问："这、这是啥？"

"大哥大！"

"大——哥……大？这名字咋听着像大拇指头。"

"就是电话！"

"电话？咋没线呢？"

"这是无线的！"

"多、多少钱？"

"不贵！也就两万元！"

众人惊得瞪大眼睛。

午后，秦家为了给钱跃进接风洗尘，做了一桌子的饭菜。饭菜上桌，众人坐定。

"姐夫，这么说是刘海派你过来续约的？"这话自然是秦学安说的。

钱跃进这才皱起了眉头："实话跟你说吧，刘海就指着你们这批药材翻身呢！"

"刘海那边遇到麻烦了？"

"要不是靠高利贷撑着，怕是早就关门了！前几天签了个大客户，货要得不少，可这价码低得离谱！"

"你们来是想压价？"

钱跃进点点头："这回知道我为啥借车，为啥装样子了？学刘海的，人倒势不能倒！"

秦学安摇摇头："姐夫啊！咱农民做事儿得堂堂正正！"

"我一没坑蒙骗，二没打砸抢，不也堂堂正正吗？"

"可你这车、大哥大都是借的……"

"虚虚实实，这才叫买卖！"

"那您跟我交个底儿，得压多少？"

"最少三成！"

"这么多？那大伙儿指定不干！"

"我有办法！"

两人正说着，门外传来包谷地的声音："学安……"

秦学安起身开门："包大哥，进来说！"

包谷地进来，把秦学安拉到一角，压低声音说："快去厂里看看吧！库里堆满了，新加工出来的药全堆在院子里！"

"走！看看去！"

两人匆匆出了门，往药材厂去了。

药材加工场办公室内，秦学安、包谷地坐在沙发上，秦学安冲三十六计说："三十六计，账目你清楚，说说吧！"

"去年积压的加上今年春节后的新货，厂里现在库存的药材有 158 吨！"

"这是我们半年的量！院里堆了多少？"

"也得有五六十吨！"

秦学安有些急了："这药材最娇贵，放在库房里都怕有个闪失，咋敢堆在院儿里？五六十吨啊，这要是坏了，咱这半个厂子就搭进去了！"

"守信说咱的药好，不愁卖！还思谋着涨价！"

"不行，这太冒险了！告诉工人，马上停产！"

三十六计有些为难："这……"

"不要忘了这厂子是谁一手办起来的！"包谷地说道。

三十六计走到门口吩咐："二狗！去，把闸拉了！"

秦学安继续说："大家听我的，眼下最要紧的事儿是把库里的药材销出去！所有工人分成三组，赶紧往出派，啥时候把积压的药材弄出去了，啥时候开工！"

三十六计想了想还是忍不住开口说："守信的脾气大伙儿都知道……"

秦学安拍着胸脯保证说："我担着！"

药田里，秦学安翻地，张守信怒气冲冲地过来了："秦学安！"

"守信！找你好几回！"

"为啥拉闸？"

"明摆着呢！再生产下去，万一有点儿闪失咋办？"

"那也有我担着！要是看我不顺眼，你可以换了我！可你现在算咋回事儿？做生意哪有十拿九稳的？"

"守信，这厂子是我一手办起来的，我可是当娃娃待啊，你咋一点都不知道心疼呢！"

"谁不是像娃娃一样待厂子的？你交给我的时候啥样？三间大瓦房！连台像样的机器都没有！"

"没错！厂子这些年在你手里红火了！可眼下遇到坎儿了，就得一块儿想办法！"

"我看不必了！咱俩各走各的道儿，一个月内，你要能拿到订单，我就退股！"

两人不欢而散。

大槐树下，村民们聚集在此，议论纷纷，神情焦急。

"听卷毛说钱跃进不想收咱的药！"酸汤婶说道。

233

"那咋能成？去年的分红还没发呢！"秋英又说。

"谁说不是，听说他跑柳家窑看药去了！"

包谷地继续说："压价就压价，还变着法儿给咱的药挑毛病！"

"这小子就是欠收拾，比去年少了五毛钱！"酸汤婶说道。

众人惊愕："这也太黑了吧？"

药田边上，乌泱泱地站着一堆人，大家议论纷纷，指指点点。

钱跃进、卷毛互相怒视对方。

钱跃进一身酒气，嘴里喊着："你个小兔崽子，跟谁俩闹呢！"

"把话说清楚，要不你走不了……"卷毛说道。

"跟你说得着吗？压价就是压价，你算哪根葱？"

"哟呵？别以为我不知道你钱跃进是个什么玩意儿，少跟我装！"

"滚一边儿去！"

钱跃进推开卷毛往前走，卷毛一个趔趄摔倒，顺手摸起一块砖头追上去。

只听钱跃进"哎哟"了一声。

两人这么一闹，闹到了县里的派出所，卷毛耷拉个脑袋从派出所出来的时候，秦学安正和王警官道谢。

"没事，人你们带走吧，再去给这个同志看看伤！下次这种情况可不能再发生了！"

赵秀娟赶紧点头说："明白，明白！"

钱跃进捂着头，由赵秀娟扶着走了出来。

钱跃进没好气地说道："得，压价的事没谈成，还给我开了瓢！明天我就回家，这破地方，是请我我也不来了！"

"哥，快别说这话，我替乡亲跟你赔礼道歉。"赵秀娟说道。

"姐夫，发生了这事，都是我的责任。卷毛，快过来跟你哥赔不是！要不是他大度，你怕是得关个十天半月。"

卷毛经过这么一折腾也是怕了，乖乖低头认错："哥，我错了！"

钱跃进怒吼道："臭小子，赶紧滚！"

卷毛一溜烟儿跑了。

回到家里，秦学安、赵秀娟并排躺在炕上，赵秀娟闭着眼睛，秦学安用胳膊肘捅赵秀娟。

她转过身，不理秦学安。

"还为姐夫的事儿生气呢？"

"你也不帮他想想办法，大老远来一趟，一根药也没收到，最后还发生这种事，你让我咋跟我姐、我妈交代？"

"秀娟，这事是我的错。"

赵秀娟噌一下坐起来，秦学安吓了一跳，也坐起来。

"秀娟，你这是干啥？"

"秦学安，你说我嫁给你图啥？"

"好端端说这干啥？"

"咱辛辛苦苦办个厂，结果呢，现在厂子出了事儿。咱图啥？"

"我……你说都一个村住着……"

"你心里就只有丰源村！没有我，没有这个家！"

赵秀娟哽咽起来，秦学安抱住赵秀娟："秀娟，我心里咋能没有这个家呢？明儿一块儿送姐夫回安徽吧，你有两年没回家了吧？"

赵秀娟捶打着秦学安的胸膛："我还不知道你？你是想跟刘海谈药的事儿吧？"

伴随着一声鸣笛，金水县火车站内，一趟列车缓缓开出车站。

安徽淮水村，一条柏油马路蜿蜒进村。道路两边是新起的白墙青瓦的徽派建筑。公共汽车停在路口，秦学安、赵秀娟、钱跃进下车。

村口，赵秀娥扶着王艳琴向路口张望着。

双方互相看见，跑向对方，赵秀娟与王艳琴紧紧抱在一起。

"妈！"

王艳琴摸着赵秀娟的脸："快，让妈看看！黑了、瘦了！"

赵秀娟愧疚地说道："妈、姐，太对不起了，我把姐夫送回来了。"

"没事。一看就是又喝酒闹事了吧。"一旁的赵秀娥说道。

钱跃进结结巴巴地说道："没、没喝。"

"行了，咱回去再说。"

几人相跟着进村。

午后，阳光洒进刘海装饰一新的办公室，背后的墙上是大书柜，摆放着各种与中药材相关的书籍，另一侧是陈列柜，里边摆放着各种名贵的中药材。

刘海正半躺在沙发里愁眉不展，桌上电话响起，刘海接听。

"刘总，有个姓秦的先生想见您！"

刘海不耐烦地回道："说我不在！"

助理照搬了刘海的话，告诉秦学安说老总不在，秦学安快快要走，猛一回头，却看见了正透过窗口往下看的刘海。刘海想躲，但已来不及。

秦学安进屋的同时，刘海迅速把沙发上散乱的报纸塞到桌子下面，整整衣服，在桌上摊开几份合同，假装埋头看合同，用手势示意秦学安坐。

墙上的挂钟从九点走到了十一点，刘海依然没有理会秦学安的意思。

秦学安起身："刘海兄弟，听说咱这边也遇着困难了？"

"学安，不是我说你，要做生意就得沉住气！"然后抬手腕看表，"再等我十五分钟！好不好？"

秦学安无奈地又重新坐下。

挂钟走到十一点四十分的时候，刘海合上合同，长出一口气："实在对不住！这几份合同都在我这儿压了两个星期了！实在忙不过来！"又看看表说，"我只能给你十分钟时间，一会儿我还有约！"

"没关系！好事儿多磨嘛！"

"我知道你想说啥，药厂的合同……"

话刚开口，助理急匆匆推门而进。

"你干啥？还有点规矩没？"刘海不高兴了。

助理急切而委屈地说道："我……李哥又来了……"

刘海的脸上瞬间露出尴尬的神色，看了看秦学安，似乎有些说不上的紧张："学安，你稍坐会儿！这老李真是小家子气，几千块钱劳务费，三天两头往这儿跑，我刘海差这点儿钱吗？"

刘海匆匆出门去。不多时，外面传来隐约的争吵声，秦学安起身往外走。

走廊上空无一人，秦学安掩上了办公室的门。

秦学安往前走，争吵声清晰起来。

"李哥，看在这么多年兄弟的分儿上，您再宽限几天！"是刘海的声音。

"几天啊？"

"十、十天……"

"三天！"

"短、短了点……"

"我告诉你刘海，三天之内见不到钱，我就砸了你的厂子！"

紧接着就传来东西摔倒的声音、杂乱的争吵声。

秦学安快步走过去，与从会议室里出来的几个人迎面相撞。为首的李哥是一个五大三粗的壮汉，他一把揪住秦学安的衣领。秦学安抓住李哥的手，四眼相对。

"找死啊？"李哥很是不爽地看着秦学安。

"咋？还想打人？"秦学安不服气地说道。

刘海小跑过来，抓住李哥的手："李哥、李哥，他是新来的，看在我的面子上……"

李哥松开秦学安，狠狠地瞪了他一眼："给我小心点儿！"

秦学安欲张口，刘海冲他摇摇头，示意他不要说话。

李哥一行人离开。

秦学安追问刘海："这伙儿人是干啥的？"

"放高利贷的！"

"听钱跃进说我还不信，你还真借了高利贷了？"

"唉，跟我去看看你就啥都明白了！"

此时，刘海工厂的车间里，所有机器全部停工，里边空荡荡的，一个人也没有，另一家中药饮片厂的大门上贴着法院的封条。冷清的药材市场里，门面房上贴满了封条或者低价转让的告示。

秦学安表情错愕地看着眼前的一切。

夜幕降临，刘海开车，秦学安在副驾驶位上坐着。

秦学安感叹着："真没想到，你们也这么难！"

"不光我的厂，现在运费涨、人工涨、银根收紧，这世道甭说乡镇企业了，就国有企业现在都有下岗的。学安兄弟，不是我躲着不见你，没有钱啊，见了你咋说？合同签了也是废纸一张！"

"我们那边也遇到问题了。原来不仅是我们，全国的市场都成这样了！唉！明天我就回了，一旦形势有了啥好转，我立刻和你联系。"

"现在也只能这样了！"

刘海厂子的状况不好，再待下去也不是个办法，秦学安琢磨着还是得赶紧回去。

赵秀娥提着行李在前，王艳琴、赵秀娟在后，众人沉默无言。

"妈、姐，你们回吧！姐夫那边……"秦学安说道。

"甭管他，晾几天自个儿就没事儿了！"赵秀娥说。

"妈，您注意点儿身子！"赵秀娟说道。

王艳琴挥了挥手："走吧！别操心家里！"

"你们先走，我看着你们回。"

赵秀娟看着母亲和姐姐走进村里，潸然泪下。秦学安在旁边轻轻搂住她的肩膀。

这时，钱跃进骑着摩托车急匆匆赶来："学安，刘海叫你赶紧去一趟！"

刘海办公室里，秦学安推门进来，刘海赶紧起身，表情兴奋得拉着秦学安坐下，递给他一张报纸，上面的头版头条标题是《东方风来满眼春》。

秦学安看了一眼刘海，刘海点头，秦学安低头认真看起来，双手颤抖、表情越来越激动。

突然他大喊道："小平同志说得太好了！"

"帮我分析分析！"刘海说。

"记不记得上回咱在亳州见的李经理，他说了一句话，我印象深刻！"

"我想起来了！他说我们正站在十字路口！"

"对！银行为啥不放贷？就是因为咱们都站在了十字路口，谁也不知道往哪儿走！"

"邓大人给我们指了路！"

秦学安用力点头！

"如果是这样，以我的规模，很快就能拿到贷款。你等我几天，我明儿就去跑跑看，贷款批了，咱就签合同！"

两人脸上洋溢着笑容，仿佛一切都重新有了生机。

而此刻远在陕西的张守信，正推门走进老佟所在的卡拉 OK 厅包间。老佟身边坐着一个浓妆艳抹的女子，正唱得起劲儿。

张守信的出现，让老佟有些意外，但他旋即笑了，挥挥手，让女子出去了。

老佟上前，搂着张守信的肩膀，被张守信推开。

"守信兄弟，这是干啥？"

"哥，咱得抓紧啊，秦学安那小子打电话回来，说安徽马上签合同！"

"不急，兄弟，咱明儿再把李主任约出来，这回不喝酒，咱打高尔夫去！"

"这我哪儿会啊！"

"这是洋玩意儿，你不会，他有人会啊！我都打听好了，李主任好这一口儿！把钱准备好，咱上午打高尔夫，下午打麻将，晚上喝酒、洗桑拿！李主任才是正神，只要把他老人家伺候好了，你还怕省药材公司的合同拿不下来？"

"那行，我听你的！"

"这就对了！来，坐这儿！咱哥儿俩哪回见面不喝几盅？"

第十一章

还债

清晨，药材厂办公室内，张守信把合同往秦学安面前的桌子上一扔："厂子马上开工！"

"你这数目不对吧？才签了 5 吨？"秦学安一边看，一边说道。

张守信有些不高兴了："这是第一批！"

"我这儿刘海可答应全部都要呢！"秦学安把自己面前的合同推给张守信，张守信翻看着。

这时候电话响了，秦学安接过电话，是刘海。

"学安，这批药我可不要了！"

"为啥啊？"秦学安不解地问道。

"你送来的样品有化肥、农药残留，甲醛和有机磷也超标，其他指标还在检测中！"

挂断电话，秦学安将事情告知张守信，张守信的第一反应竟然是："刘海的电话吧？他肯定又想压价！"

秦学安无力地摇摇头："人家这么做有啥意思？你啊，为啥就不肯承认是你的管理出了问题。"

张守信梗着脖子说道："无中生有的事，我为啥要认。"

电话再次响起，秦学安接听，没听两句就转头对张守信说："找你的！"

"啥？不可能！李主任，你听我说……李……"话还没说完，就听到对方挂电话的忙音，张守信顿时瘫软在椅子上。

这时候，三十六计进来了："这是咋了？合同又出问题了？"

"药材有问题！"秦学安说。

张守信接着补充说："合同作废了！"

"啥？这可咋办？"

一连几天，整个药材厂都陷入沉重的气氛。秦学安特意嘱咐学诚让弟妹之云化验了好几遍药，结果发现其中确实有问题，秦学安顿时觉得无力而悲愤。

面对成堆的被查出有问题的药材，秦学安有苦说不出，在和众人的争执和坚持之下，他决心要保住村子的名声，而现在唯一的办法就是"烧"。烧掉这些会害人的药材，不让它们流入市场。

张守信等人无论怎么反对，都抵挡不住秦学安已经下定的决心，药材在熊熊大火中燃烧，映红了村口的大槐树。与此同时，秦学安向大伙儿保证，会想出解决眼下困境的办法。

只是这烧药材的事让张守信一家火上心头，柳叶儿在家里闹着要分家，还因此和张灵芝起了争执。几个人争执之间，张天顺拿起一口锅扔在地上，锅碎成了几瓣。

"都别吵了！分家！"

张守信和张灵芝都傻了眼："大！"

张天顺重重地重复了一遍："分！"

午后的镇政府，大门上悬挂着"狠抓落实春季抗旱保苗工作"的红底白字条幅。高满仓办公室里，张天顺与高满仓面色沉重地坐在沙发上。

"不是我不松口，农民往地里撒化肥不是一天两天的事儿了！"高满仓说道。

"根子在承包期上！这眼看着地不是自个儿的了，别说那二十来户种药材的，连根叔这些老庄户人心里也不踏实！这下可好了，地有问题，休耕两年，这让农民可咋活啊！"张天顺说。

"天顺，我不是不知道，可咱有啥办法，承包期是上面定下的。"

"你也是党员，往上反映反映！"

"我都给一竿子支到这儿了，早就靠边站喽！"

"你摸摸自个儿的良心!"

"张天顺!"

"高满仓!"

"政策是上面定下来的!"

"那你也得说句话!你是党的干部!"

高满仓摇摇头,张天顺指着高满仓,无奈地叹了口气。

另一边的张守信到省城去找老佟。酒店泳池内,张守信在游泳,岸上老佟坐在休息椅上,喝着罐装啤酒。

张守信游了一圈,坐在台阶上休息,背对着老佟。老佟扔给他一罐啤酒,张守信打开喝了一口。

"药材厂你真不打算管了?"老佟问。

"先晾他一段时间再说,秦学安的尾巴都快翘上天了!"张守信没好气地说道。

"有主意了?"

"秦学安不是村长吗?让他显摆!这雷就该他顶!又是烧药又是休耕的!弄得大伙儿都没活路了,我倒要看看他咋收场!"

"你小子!"

"谁让他逞能?我看他有啥招儿?"

晚上,秦家厨房,赵秀娟正切菜,秦学安前脚抬起来,后脚还没落地就听到赵秀娟头也没抬地说道:"都给你准备好了!在炕头枕头下面呢!"

秦学安立即明白了她的意思,想了想:"谢谢你,秀娟!有了这笔钱,药材厂就能开工了!"

赵秀娟应了应声。

秦学安刚走出去,秦奶奶就进来了,挽住赵秀娟的手,语重心长地说:"学安娶了你真是上辈子修来的福!"

"奶奶!"

"真当我老糊涂了?我都听见了!你把家里给的嫁妆钱都给了学安了!你自个儿可咋办?"

"都是咱家的，谁用不是用！"

秦奶奶摸摸赵秀娟的头，欣慰地笑着。

金秋十月，张家堂屋的电视里正在播放党的十四大召开的新闻，老远就能听到电视的声音伴随着张天顺的咳嗽声。

秦学安一边缓缓进了院子一边喊着："天顺叔……天……"他刚走到门后，迎面看见站在堂屋门口的张灵芝，脸色有些苍白。

顷刻之间，二人都有些手足无措。

"回、回来了！"秦学安先开了口。

张灵芝低声"嗯"了一声。

"是学安吗？进来吧！咳咳——"张天顺的声音这时从屋子里传出来，咳嗽声依旧不断。

"叔，是我！"

秦学安应声之间，张灵芝已经进了另一间屋，转眼就将门关上了。

秦学安怔怔地看了看，挑帘进了堂屋。

张天顺坐在竹椅上，仍是咳嗽。秦学安走过去，帮他捶背："天顺叔，感冒这么重，明儿让我大给你抓几服药！"

张天顺摆摆手。

"守信还没回来呢？"

张天顺摇摇头："好一阵没回来了，这个儿子算我白养啦。最近家里的事太多，一着急，老毛病又犯了，不打紧。这么晚了，找我有事儿？"

"我想参加支部会，学习学习十四大精神！"

"不是叔不应你，你不是党员，这是违反组织原则的！"

"不参加也成，那你跟我说说，这地的事儿你是咋想的。"

"这是好事儿，叔支持你！"

"那可太好了！药材厂有救了！"

"入党的事儿我也跟支部会提了！"

"谢谢叔！"

"你是个干事儿的后生，叔老了，以后多担着点儿！"

次日清晨，秦学安经过大磨盘时，听到张天顺在广播里说着："丰源村党支部全体成员，请到村委会学习十四大精神。"然后他重复了好几遍。

秦学安听着广播，满脸羡慕却又不免失落，入党的事始终还是没有着落。

不久后，《我国农村土地承包期延长三十年》的政策刊登在报纸上，秦学安喜上心头。

村里的广播也在播放："乡村集体经济组织要积极做好为农户提供生产、经营、技术等方面的统一服务。运用股份合作制等形式，兴办各类经济实体……"

赵秀娟驻足听，脸上露出微笑。

秦学安坐在拖拉机驾驶座的一侧，包谷地开着拖拉机，车斗里拉满了农家肥……

一切都充满新希望。

十四大在党的历史上第一次明确提出了建立社会主义市场经济体制的目标模式，把社会主义基本制度和市场经济结合起来，建立社会主义市场经济体制，这是我们党的一个伟大创举，确立了邓小平建设中国特色社会主义理论在全党的指导地位，这是十四大最突出的特点和最重要的贡献。抓住机遇，加快发展的决策和战略部署。十四大指出，我国经济能不能加快发展，不仅是重大的经济问题，也是重大的政治问题。

秦家院子里热闹非凡，人来人往。

屋后的旧房子已经拆了，一砖到顶的主体已经建成。

新房子正门两侧贴着红对联。

院子一侧支着一口大锅，厨师正在切菜。

秦奶奶穿着簇新的衣服坐在屋檐下，赵秀娟陪在身边，笑着。秦有粮、张天顺蹲在院子一角对火，表情喜悦。

大门口传来鞭炮声。

秦学安、包谷地、二狗等人抬着一根碗口粗的主梁进院。根叔站在院子里主持上梁仪式。

"一敬天地得安康，二敬苍生福泽长，三敬国家得昌盛，起！"

三声脆响的朝天炮响起，众人喊着"一二"抬起主梁。

二狗、包谷地顺着梯子上墙，扔下一根绳子。秦学安把绳子套在房梁上，二狗、包谷地俩人拉住。

"三声炮响把梁上，冬暖夏凉新房起！升梁！"

众人扶着梁，二狗、包谷地吊起主梁，主梁慢慢抬起，到了墙垛口。

秦有粮擦擦眼角的泪。

"老哥，你这一桩心愿总算是了了！"张天顺在一旁说道。

秦有粮笑着说："赶上了好时候哩！"

"梁起！开席！"

厨师开火炒菜，众人纷纷入席，鞭炮声再起。

新房盖起是喜事，而药材厂眼下却遇上了麻烦事。

秦学安举着律师函道："大伙儿也都看到了，这是银行的人给的律师函，欠人的钱还不上，人家在法院把咱告了！"

包谷地急慌慌地说："这可咋整啊？"

"趁着今天这当口，我们就好好把厂里的账算一算，一起想想解决的办法！"秦学安说道。

根叔响应着："好！是该好好算一算了！"

秦学安吩咐道："三十六计，你去把账本拿来，说说厂子现在到底欠了多少钱。"

三十六计有些迟疑地看了看秦学安身旁的张守信。

秦学安喊道："愣着干吗，去啊！"

"嗯，这就去。"三十六计立刻应道。

与此同时，张天顺和秦有粮匆匆而至。

秦学安喊了声"大"，秦有粮摆了摆手，站到了人群之中。

"大，你咋来了？"张守信也看到了过来的张天顺。

张天顺哼了一声："银行的人都来了，我还能不过来看看吗？！"

张守信没话了。

账本摆在众人面前，三十六计手中的算盘拨动着，嘴里念叨着："药材收购款二十万元，银行贷款五十万元，设备款六十一万元，新建厂房工程款七十八万元，一共是二百零九万元。"

金银花惊呼道："咋会欠下这么多钱！"

秦学安的脸色也不好看，他转头看了眼张守信。

张守信有些心虚，但还是强撑着据理力争："那设备、厂房还不都是为了厂子的发展！"

"三十六计，厂子现在还有多少钱可以周转？"秦学安问。

三十六计吞吞吐吐地说："两……两千。"

众人一听炸了锅。

张天顺皱着眉看向张守信，深深叹了口气。

"都静一静，静一静！三十六计，除了这些现金，别人欠咱们的还有多少？"秦学安站出来说话了。

三十六计翻出一沓花花绿绿的条子，手指上蘸了蘸唾沫，一边一张一张地看着数着，一边拿起算盘拨动着："省城那边的两家药材公司二十万零七十三块五毛二，镇上的几家药材商贩一共欠了九万两千七百块，合计二十九万两千七百七十三块五毛二。"

"眼下，恐怕只能先将别人欠咱们的想办法要回来，解决多少是多少！剩下的我和守信再想办法！"

"实在不行就把设备卖了，把厂房租出去！"张守信提议说。

"你胡说啥？！"秦学安呵斥道。

众人议论纷纷。

"药材都烧了，又欠了一屁股债，这厂子还咋经营下去！"张守信继续说道。

包谷地第一个上来说他："张守信，你咋说话呢？这厂子可是学安辛辛苦苦和大家伙儿一起办起来的，你说不弄就不弄了？药材厂自打你经手后，为了赚快钱，不顾药材质量，又大修新厂房，前前后后的投入了多少钱进去？！如果不是这样，能欠着那么多钱么？"

"哎！我说你个包谷地，你胡说八道些什么？！我修厂房，进设备，哪一样不是为了药材厂更好地发展？！这几年我为药材厂投入了多少心血，赚了多少钱你们不看，现在亏钱了都算到我的头上来了？有本事啊你们？！"

"守信，你别激动，包谷地不是那个意思。"秦学安说道。

"不是这个意思？那是哪个意思？！当初我接手药材厂，那可是用实力说话，也算是帮了你秦学安不小的忙，这么多年就算没功劳也有苦劳吧，现在遇上事儿了，就是我的过错了是吧？"张守信也不乐意了。

"你确实有你的能力，这大家伙儿都看得到。但既然事已至此，还是一起好好想想办法。困难当前，我们要团结才是。"

"就现在这状况，我想不出比卖设备、出租厂房更好的办法！你能行你上！"张守信说完，甩手离开。

张天顺在身后喊着："守信！张守信！你给我站住！"

张守信径直走出了厂房。

"学安，守信他……"

"叔，守信他就这性子，我知道。"

"那……你想到啥解决欠款的办法没？"

"总会有的，咱今天先解决'白条'的事儿。"

"学安，这欠下的钱不是小数目，就算能把这'白条'都要回来，还差得远着呢。"

"我知道这很艰难，但还是请大家相信我，我绝不会让咱们的厂子就这么倒下去！"

包谷地附和说："学安，我信你！"

金银花也应声："学安，我们都信你！可这'白条'咋个要法啊？"

"说实话，我也没要过！但一句话，想想家里的妻儿老小，实心实意跟人说！咱庄稼人别的没有，这实诚劲儿不能丢！干不干？大家撂句痛快话！"

"学安，我干！"包谷地站出来说道。

三十六计也随后说："我也干！"

于是乎，众人纷纷举手说："我干……我干……"

"好！古人出门要喝饯行酒，咱今儿没酒，我秦学安在这儿给大伙儿鞠躬了！"说完，他深深地鞠了一躬。

之后，领票的众人陆续跟着三十六计去登记领票。

秦有粮拿着烟袋，走过秦学安的身旁，拍了拍他的肩膀，然后离开了。

然而事情远不如想象中那么简单。

秦学安和包谷地一起去文特公司找经理谈"白条"的事。秦学安和经理相对而坐，包谷地坐在一旁。

刘经理先开口说的话："不是我们不体谅你们的难处，但眼下谁不难？别人欠我们一屁股债都还没还上，我们自己也周转不灵，这钱一时半会儿是真还不上。"

"刘经理，农民赚点钱不容易，一家老小等着这些钱吃饭，您看您就想想办法，能解决多少都行啊。"秦学安说道。

"是真没办法！要不这样，我给你张条子，是盐城贸易公司欠我们的钱，要是你们能把这钱要回来，抵你们的欠款足够了。"

刘经理从抽屉里取出一张"白条"递给秦学安。

秦学安有些犹豫："这……市里都开会了，不让打'白条'，您也是知道的。"

"没有办法的办法，互相体谅体谅，都不容易。"

秦学安拿着"白条"叹了口气。

出了门，包谷地忍不住骂道："呸，现在这世道，欠钱的成了主子，被欠钱的倒成了孙子，好说歹说都要不来一分钱。"

秦学安手中握着"白条"说："只能死马当活马医了，走吧。"

还款依旧是没有着落，两人又被盐城贸易公司的张经理推出了门。

"你们又不是文特公司的人，哪里轮得到你们来指手画脚？跟你们说要钱没有，要命一条，赶紧走！不然我就叫保安了！"

包谷地气愤地说："我说你这人咋说话的！"

"文特欠了我们的钱……"秦学安解释说。

"打住！他们欠你们的是你们之间的事，我们欠他们的那是我们之间的事，别往一块儿扯！要不你就让他们来要！"说完，张经理转身将办公室的门"啪"的一声关上了。

秦学安的"张……"字停留在嘴边。

"唉……这钱咋就这么难要呢。"包谷地不住地叹着气。

接下来，两人继续在不同的公司里进进出出，单子上的公司名字被一行行地划掉，还款却始终没有着落。

与此同时，张守信也在为这件事想办法。

西北名优贸易公司前台的桌子上摆放着一部电话，前台小姐正在接电话，还一边在本子上记录着什么。

张守信径直往里走，前台小姐慌忙放下电话，小跑着出了前台拦住张守信。

"对不起先生，请问您有预约吗？"

"找老佟！"

"佟总出差了！"

"你糊弄谁呢？！"

"真的出差了！"

"出差了是吧？那好，去哪儿出差了？"

"这……"

张守信往里边闯，前台赶忙再次拦住。

"佟总飞深圳了，早上八点钟的飞机！"

"瞎说，八点半我还给他打过电话，飞什么深圳？让开！"张守信推开前台，硬闯进去，前台紧随其后。

张守信一把推开老佟办公室的大门。

老佟正坐在大班椅上哼着歌，门一打开，就看到了张守信的脸。

老佟立刻从椅子上跳了起来，热情地握住了张守信的手，对前台摆摆手。前台走开了。

"守信啊！正等你呢！"

"我就是来问问卖设备、出租厂房的事。"

"急什么？一会儿我有个会要开！你等等。"

老佟说的这会，其实就是跟几个外国人一起的会，说了什么张守信不知道，只是这外国人都合作上了，倒确实让张守信赞赏了一番。

张守信让老佟帮忙，把厂房什么的租出去，换一笔钱解决药材厂眼下的困境，老佟欣然答应。

夜里，秦学安在吃饭，秦田帮他捶肩膀。

赵秀娟在一旁说着："好好给你大捶捶！"

秦田听话地给秦学安捶背："大，你累不累？！"

"乖娃，大不累！"秦学安笑着说。

秦有粮坐在堂屋里，旁边放着自己画的关于修水坝的示意图，还有放得整整齐齐的一沓写给省里市里关于修水坝的请愿书。

秦学安和赵秀娟喊道："大！"

秦有粮默不作声，吧嗒吧嗒把旱烟抽完，磕掉烟灰，从衣袋里掏出一个存折，给秦学安放到桌子上。

"大，你这是？"秦学安不解地问。

"这是我这些年攒下的，你拿着。"

秦学安把存折拿起来，塞进秦有粮手里："大，这是你养老的，我不能拿，钱的事儿我会想办法！"

"咋？你不准备给我养老送终了？"

秦学安急忙说："不是，大！"

最终还是赵秀娟劝下秦学安："拿着吧学安！这是大的一片心！"秦学安这才犹豫着接下了存折。

第二天一早，张天顺也拿了存折来给秦学安，秦学安说什么都不愿意收，两人在村口互相推让着。

"说到底，厂子现在面临的状况，和守信脱不了干系，眼下大家伙儿都忙着要账，他却一心想着卖设备、卖厂子，我这当大的老脸都没处放！这存折你就收下，当是我对大家伙儿的补偿。"张天顺说道。

"叔，这存折我不能要！"

"虽然你们也要回来 15 万元的账，但这窟窿太大，不能每回都让你垫着！厂子是守信管着，这钱就该我拿！"

"这……叔，那我就收下了。"

"但我有个条件。"

"啥？"

"我得亲眼看着你把钱分给大伙儿！"

"叔你是怕我昧了你的钱？"

"我知道你的心思，自个儿把钱垫上，回头再变着法儿把存折还给我！"

"叔——"

"叔当了大半辈子支书，是没攒下什么家当，可人活脸树活皮，叔得要这张老脸！"

"这不怪您……"

"让我把话说完！叔知道这钱差得远，先紧着困难的几家分了吧！开春了我把家里的粮食、地里头那几棵大槐树给卖喽，还能再凑点！守信不成器，可叔就这么一个儿子，你说……"

"啥也别说了叔，这事儿交给我吧！"

"行，明早县上有个会议，你跟我一起去参加！"

秦学安应声说"好"！

第二天一早，会议之前，张天顺去见了高满仓。两人在办公室里，高满仓给杯子里续满水，把桌上的辞职报告推到张天顺面前："天顺，于公于私，我都不能收你的辞职报告！"

"让年轻人上吧，我干不动了！"张天顺说道。

"药材厂的情况我知道一点儿，这样，咱们各退一步，你先停职吧！等这事儿过了，再接着干！"

"这……"

"老同志了，啥大风大浪没经历过？就没有过不去的火焰山！你说呢？"

"你说的是哩！"

"对了，学安的入党申请批了，县委党校学习的文件下来了，让学安准备准备，去好好学习学习。"张天顺缓缓说道。

县政府会议室里，座无虚席，王方圆居中主持，底下秦学安也有出席会议。

"我受县委委托，召开这个专题会议，主要是研究农副产品收购中的'白条'伤农问题。小李，把调研报告给大家发一下。"县委书记王方圆说道。

"好的，王书记。"秘书起身，给众人分发材料。

"今年县粮管所收购粮食2511万公斤，其中议价粮1031万公斤，应付现金1160万元，但由于收购资金短缺，除年内陆续兑现部分'白条'外，余下的250万元'白条'还未得到解决，卖粮难'伤农'，打'白条''更伤农'，这样的状况非常挫伤农民种田的积极性，而这一问题不仅仅是在粮食方面，包括药材、水果、蔬菜，都存在同样的问题。我希望各相关单位一把手亲自挂帅，会议结束后立即接洽各银行，为下属企业做融资担保，切实去解决农民现在所面临的难处！"王方圆继续说道。

这时，秦学安举手了。

"那位举手的同志发言。"

秦学安站起来说道："我是一名普通的农民，对于刚才报告里所说的情况我有非常深的体会，我们村现在就面临着这样的问题。粮食卖不出去、劳动力的流失、打'白条'带来的后续不良影响都深深困扰着我们村。纵然我们自己也有错误之处，但农民是爱土地的，让我们离开我们赖以生存了几十年的土地的，一定是活下去的愿望。"

所有人鼓起掌。

夜里，张守信蒙着被子睡觉。张灵芝推门进来，看了看床头柜上未动的饭菜皱起眉头，她走过去，俯身拉下被子，张守信脸色惨白。

"再睡下去人就废了！"

"你知道马家军为啥所向披靡吗？"张守信突然说道。

张灵芝没反应过来："啥？"

"亚锦赛金牌，斯图加特世界锦赛冠军，西班牙马拉松赛冠军，欧文斯奖……"张守信呢喃着，看起来神志有些不清。

张灵芝摸摸张守信额头，又摸摸自己的。

"咋这么烫？快，起来……"

张灵芝拉张守信，张守信挣脱。

"听说她们有一种祖传秘方，能让人在短时间内提高血色素、体能……"

"别说了，咱去医院！"

"你知道吗，姐？这药方卖了一千万！我要是有一千万……"

"别做梦了，快，把衣服穿上！"张灵芝说着给张守信套上外套。

"生命核能、生命核能……"张守信的嘴里还是在不断地重复着。

"魔怔了不是？"张灵芝无奈地摇摇头。两人正说着，王方圆推门进来了。

张守信喊了句："姐夫……"

张灵芝立刻走到卧室门口打算出去。

"姐，你上哪儿去？"张守信像是突然清醒了一般。

"下楼走走！"张灵芝冷冷地说道。

"妈说一会儿让咱们过去。"王方圆说道，张灵芝要出门的脚步停下了。

王方圆妈妈坐在沙发上，绷着一张脸，张灵芝和王方圆坐在一旁。

王方圆叫了声："妈……"

"我今天过来就是想问一句，灵芝到底是怎么想的？我这前前后后求人问话辛辛苦苦找来的那些方子，到头来竟是白忙活一场。不是我这个当妈的刻薄，这娶妻生子，向来是连着说的，娶了妻那必然是要生儿育女，少了哪一个那都不行，老王家就方圆一个独苗，他大不说，我这个做母亲的就得把它当个事儿好好管管。我尽力了，你也尽力了，可眼下没个结果，我这当妈的心里难安啊，灵芝你是个好姑娘，只可惜我们老王家没这个福分。"

张灵芝冷着脸，但眼眶中强忍着泪。

"妈，孩子的事我俩都不着急！"王方圆先一步表明了态度。

王方圆妈妈立刻来了气："你不着急！不代表我和你大不急。你自个儿掰掰手指头算算，八年了，你大同一时期的老战友哪一个还没抱上孙子？我们都这么一把年纪了，看着别人家孙子在跟前嬉闹玩耍，我们心里能受得了？我已经给了你们时间，可人生能有多少个八年让人挥霍？"

张灵芝的双手紧握着，关节处被自己按得发白，没有血色。

"妈……"王方圆还想试图说服母亲，只见张灵芝终于缓缓抬眼直视王方圆妈妈的眼睛，像是下了很大的决心，说道："妈，我知道这些年是我对不住老王家，既然您话都说得这么明白了，我张灵芝也不是没有眼力见儿的人，我同意离婚！如您所愿！"说完，她飞一般地出了房间。

"灵芝你——"王方圆始料未及，正想去追。

王方圆母亲大喊一声："你给我坐下！"王方圆犹豫了一下，还是坐下了。

经历了这样的事，张灵芝的内心触动极大。这一次，她似乎下了很大的决心。

许久未回家做顿饭给父亲张天顺的张灵芝亲自下厨做饭，张天顺进厨房的时候，张灵芝说："大，我想回来住。"

张天顺说："嫁出去的女子泼出去的水，不是大不应你，日子长了，别人会嚼舌头的。大知道你心里苦，可人家方圆那儿好歹护着你哩！在家里住上几天，就回去好好跟人说说！这事儿啊，有缓儿！"

张灵芝的心头涌上一股酸意，忍着泪水："大，我怕这次你不要我就没人要我了。"

"看你说的啥话，我闺女这么漂亮，从小就人见人疼。听大的，咱别做饭了，好好睡一觉，明早起来大给你做荷包蛋吃。"

张灵芝点了点头，出去了。

张天顺看着女儿的背影，眼里都是忧虑。

第二天一大早，张守信进门就喊："张灵芝！张灵芝！"

张天顺披着衣服出来："喊谁呢，那是你姐，你还敢直接叫名字了！"

张守信冲进了张灵芝的屋子："我就知道！大，我姐不见了！"

张天顺一听也冲进女儿的房间。

只见房里收拾得干干净净，该归置的东西全都放得整整齐齐。只有桌上的一封信非常显眼。

张天顺连忙拆开，上面只有几个字：大，我走了，不用找我。

"完了，姐这是要寻短见！"张守信说。

第十一章　还 债

张天顺吓得手不停地抖："这可咋办，这可咋办？我的灵芝，可不能出事啊！""这么早，我姐肯定没走远，我现在就去找她，大，你在家等着姐！"说完，张守信拿着信跑了出去。

秦学安家的大门被张守信砸得山响，他一边喊着："秦学安！秦学安！"

赵秀娟被吵醒，摇醒身边的丈夫："好像是守信在外面砸门哩！"

"出啥事了？"说着，两人披着衣服去开门。

张守信一进门就拿出手里的信："我姐她……我姐好像要寻死。"

秦学安和赵秀娟一听都急了："这还得了，赶紧找！肯定没走远，走！"说着，几个人就出门了。

秦学安和赵秀娟在河边喊着，远远地看到了一个身影。

赵秀娟仔细看了看，赶紧拉学安："学安，你看河岸边那个，像不像灵芝！"

"好像就是！"两个人赶紧跑过去。

张灵芝的小腿已经没在了水里，正在往河里走。秦学安连忙跑过去，一把拉住张灵芝。

张灵芝大喊："别管我，你走，你们都别管我！"

"灵芝，别干傻事啊。"

一旁的赵秀娟也喊："灵芝，快出来，别干傻事！"

"都没人要我了，我还活着干吗？还是死了好，死了干净。"

秦学安一把把张灵芝拉出了水："灵芝，你说啥傻话，你咋会没人要，你这么漂亮的一个女子，到哪儿都是香饽饽。"

"真的么，那我咋觉得我这么命苦呢。"

"灵芝，相信我，这些都是一时的，你只要活下来，以后会有更好的日子等你。你想想那些你还没做的事、没见的人，你咋能就死了呢？"

"没做的事，没见的人……"张灵芝呢喃着，泪早已模糊了双眼。

几天后的民政局办证大厅里，王方圆和张灵芝正在排队。

王方圆喊了声："灵芝——"

张灵芝不理睬他，目光投向别处。

王方圆叹了口气。

257

"下一位。"工作人员说道。

两人走上前，没有太多的对话，印章盖下，各自拿走，"离婚证"几个字显得格外刺眼。

大厅门口，王方圆追上张灵芝，把一把钥匙递给她："房子留给你吧！"

"不用了，我过几天就走！"张灵芝冷冷地说道。

"去哪儿？我送你！"

张灵芝摇了摇头。

王方圆还是坚持把钥匙塞进她的手里。

张灵芝走了，王方圆怔怔地立在原地。

夜里，县城街道空无一人，大雨滂沱。临街屋檐下，张守信死死地盯着王方圆的车。王方圆走到车旁，正准备开车门。张守信走过去，王方圆刚一回头，张守信一拳打在他脸上，顿时口鼻出血。

"守信，你……"

张守信不答话，把王方圆踢倒在泥水里。王方圆想要爬起来，张守信冲过来骑到他身上，揪住衣领："我姐呢？"

"我也在找她！"

王方圆推开张守信，张守信瘫倒在泥水里。

"你打吧！最好打死我！"王方圆说道。

张守信声嘶力竭地喊道："找不到我姐，我饶不了你！"

他爬起来，再次扑向王方圆，抓住王方圆的衣领。王方圆痛哭失声，张守信也哭。俩人累了，仰面躺着喘气。

"我知道这些年你也不容易！"

"谁让我喜欢的人是你姐呢……"

大雨中，只剩下王方圆令人心疼的笑声，以及那早已与雨水化为一摊的泪。

另一边，秦家的里屋，秦学安躺在炕上，眼睛瞪得大大的。赵秀娟爬起来给孩子们盖被子，一回头，看见瞪着眼睛的秦学安。

"放心吧，她是死过一次的人，不会出事的！"

"我、守信、灵芝、包谷地，我们从小就在一块儿玩！"

"我知道……"

赵秀娟趴在秦学安的胸膛上。

"女人最知道女人，也许她就想找个地方静静……"

张家的饭桌显得格外冷清，桌上的饭菜一口未动，张天顺吧嗒吧嗒抽着旱烟，张守信穿着湿透的衣服，满脸是伤。

电话铃响了，张守信接听，他听着听着，表情也随着兴奋了起来："知道了！"然后他对张天顺说，"我姐还在县上，说过几天去深圳……"

张天顺慌忙过来："给我！"张天顺接过电话，老泪纵横，"灵芝、灵芝啊，是大不好，大害了你啊……"

"别这么说，大，不怪你……"张灵芝早已哽咽。

"你想出去大不拦着你，可你走之前……走之前让大看你一眼……"张天顺泣不成声。

细雨蒙蒙的天，仿佛张灵芝的心情一样，没有得到缓解。近几日的雨水多了些，多到让人的心情怎么也好不起来。

张灵芝提着行李出门，神色憔悴。

张天顺、张守信相跟着走到门口。

"姐……"

"让守信送送你吧！"

"都回吧，我想一个人走走！"

张灵芝挥挥手走了，张天顺、张守信在门口久久站立。分别匆匆，往后不知。

张灵芝走过那些曾经留下记忆的每一个地方，想起从儿时起和秦学安，还有大家伙儿在一起的点点滴滴，她微笑，然后闭上眼睛，再睁开时，泪水滴落。

张灵芝慢慢走着，秦学安骑着摩托车追了上来。

"灵芝！"

张灵芝听到秦学安的声音回头，眼神有些迷离。

秦学安停下车："咋不打伞？"

秦学安取下自己的头盔给她戴上，又脱下自己的雨衣帮她穿上，张灵芝不说话，也不抗拒，默默地看着他做这一切。

"行李给我！"秦学安从张灵芝手里接过行李，绑到摩托车后座上，又按了按，确认已经绑结实了。

秦学安骑上摩托车说："我送你！"

张灵芝木然地上了摩托车。

大槐树的后面，赵秀娟远远地看着。

摩托车轰鸣前行，雨越下越大，秦学安的头发、衣服已经全部湿透。

张灵芝的手犹豫着，慢慢扶住了秦学安的腰，她的头慢慢地靠在秦学安的后背上，神情木然。

"想哭，就哭出来吧！哭出来心里好受点儿！"

张灵芝依旧没有什么表情，就像一个木偶。

风雨声、摩托车轰鸣声交织在一起，路边的风景急速向后，摩托车消失在雨雾中。

到车站的时候，雨越下越大，站台上稍显冷清。张灵芝上了车，坐在靠窗的位置上，秦学安在站台上送行。张灵芝侧脸靠着窗户玻璃，依旧神情木然。列车缓缓启动，秦学安追上去，敲车窗，向她做了一个打电话的手势。张灵芝忍住不看，等彻底看不到秦学安了，才低头捂着脸哭起来。

列车加速驶出。

张灵芝站起来，打开窗户，冲着秦学安喊道："秦学安，我恨你！"

雨依旧在下，一切仿佛就此结束，又似乎走向了新的里程。

没多久，秦学安去了党校学习。

县委党校的校门上方是"中共金水县委党校"几个红色大字。红字下方悬挂着横幅，上面写着"全面贯彻党的十四届三中全会精神"。大门敞开着，学生们三三两两地走进校门。

公共汽车停在校门口，秦学安下车，一抬头，王方圆出现在眼前。

"学安哥，我年年在校门口迎接新生，可算接到你了！"

秦学安挠挠头憨笑："都怪我！老犯错误！"

"最近村上怎么样？药材厂要账还顺利吗？"

"尽力弄，时好时坏。你呢？"

"还是老样子。"

"和灵芝……有联系么？"

"她可能并不想让我知道她的近况，我尊重她的意思。"

"很多事情都需要时间。"

"嗯，不说这个了。听甘厅长说你这次是带着问题来的？"

"甘厅长来了？"

"给咱们讲开班课！"

"太好了！村里接二连三出事儿，我都快成救火队长了！学诚说这是工作思路出了问题，应该来党校提高提高觉悟！"

王方圆抬腕看表："时间差不多了，咱进去吧！"

小礼堂下边坐着二十余位学员，王方圆在台上主持："今天的开班课由甘厅长来给大家上，有请甘厅长！"

掌声响起，甘自强上台讲话："在座的诸位都是老相识了！大家有一个共同特点，都是咱们的农村基层干部！所以，今天的开班课，我们就来一起学习学习《中共中央、国务院关于 1994 年农业和农村工作的意见》，文件四月份就下发了，有些同志可能还没有看到！学习之前呢，我声明一下，在座的学员有任何疑问，可以随时打断我，咱们一起讨论，好不好？"

众人鼓掌说"好"。

课程结束后，甘自强和秦学安在院子里散步。

"经过这些天的学习，你的问题有答案了吗？"甘自强问。

"确实有了一些新的认识。"秦学安回答说。

"说说看！"

"农业领域的'白条'问题，归根结底还是信任危机！你给我打'白条'，我给他打'白条'！最后大家伙儿的日子都不好过！"

"说得好！中央已经作出部署，要求有关部门抓紧组建农村政策性银行。保证农村资金供应及时，确保今年收购不打'白条'。"

"太好了！"

短暂的党校学习时间结束，秦学安背着背包风尘仆仆地回村，包谷地在村口迎着："学安,你可算回来了,大家伙儿都在村委会呢,天顺叔说有事跟大家伙儿说。"

"走!"

两人小跑着向村委会去了。

丰源村委会内,秦学安、张天顺、三十六计、包谷地等围坐在桌前。

张天顺说:"今天我来就说一件事儿,守信自己提出辞职了!"

众人面面相觑。

"这件事情归根结底就是我那个不成器的儿子惹出来的!我代表他跟大家道歉。我这个监事干得很不称职,也一并辞了吧!"

"叔,你别这么说,其实……"

"学安,叔知道你想说啥,叔没脸啊!"张天顺起身离开会议室。秦学安想要拦他,张天顺摆摆手,"你们继续吧!"

张天顺离开,众人又开始议论。

三十六计先说了:"学安,这药材厂是个烫手的山芋啊!"

包谷地不解地插话问:"为啥?"

"一来贷款还不上,厂子随时都有可能被封;二来这两季要休耕,药材种不下去!"

秦学安说:"这些我都知道,既然今天大伙儿都在,那咱就商量商量,咱们下一步咋办!"

"可不是,我家要供两个学生,学费、书本费……三十六计,你点子多,给出出主意!"包谷地说道。

"'白条'上面的钱,还得催要催要!我昨晚又把账捋了捋,刨去银行的本息,咱还欠下120万元!设备厂的61万元可以缓缓,眼下最紧要的是银行的50万元贷款,这钱只要还上,其他的都好说!"

"眼下咋办?一家老小等米下锅呢!"

秦学安说:"昨天的报纸大伙儿都看了没?"

众人摇头。

"珠海要建一个巨人大厦,听说要盖到38层!"

"乖乖！一百多米高！"三十六计说道。

包谷地继续说："咱去珠海？"

秦学安笑着说："包大哥，珠海咱去不了。昨儿去了趟县城，这一开春，到处都在盖房子！方圆给咱介绍了个工程，干下来能挣十多万！"

三十六计又说了："你想出去揽工程，把银行的贷款还上？"

秦学安点点头。

"只要能挣着钱，干啥都成！"包谷地附和道。

"大伙儿的意思呢？"秦学安问。

众人全部点头。

"学安，我们听你的！"

"太好了！那其他人准备准备，告诉咱村的中药种植户，这几天再把地翻翻，想去的在包大哥这儿报名，我进城跑跑！"

午饭的时候，包谷地、金银花和三个女儿正在吃饭，外面响起敲门声，金银花站了起来。

包谷地问："谁呀？"

"我！"秦学安回说。

包谷地压低声音说："是学安！"然后对金银花摆手，金银花进了里屋。

"学安啊！门没关！"

秦学安推门进来："包大哥，咱后天一早出发！"

"成！"包谷地应声。

秦学安说完就准备走，包谷地起身，从兜里掏出一张纸给秦学安。秦学安接过来匆匆扫了一眼名单，抬头看着包谷地。包谷地神情很不自然，双手不知道该往哪儿放。

"嫂子也去？"秦学安问。

"闲着也是闲着！"

"娃娃们咋办？"

"二凤已经大了！"

"这不妥吧？二凤才十二三岁吧？"

"戏文里不说了吗，周瑜九岁把兵行，甘罗十二为丞相……"

"戏文咋能当真？你让我想想吧！"

秦学安装起名单走了，包谷地看着秦学安的背影，一脸不安。

养羊场墙垛边，赵秀娟、秦学安正往饲料桶里拌饲料。几只羊悠闲地嚼着麦草。

赵秀娟说："这也能理解！"

"放心不下他这几个娃娃！"

"搁咱家吧！"

"怕你顾不过来！你这忙里忙外的！"

"没啥顾不过来的，大凤、二凤自个儿能管着自个儿，多双筷子的事儿，三凤跟咱家秦奋一般大，一块儿就管了！"

"让我再想想！"

"想啥？就这么定了！"

"苦了你了！"

"谁让我是村长背后的女人呢！"

秦学安从后面搂住赵秀娟："秀娟，跟着我，真的辛苦你了。"

"就你会说！"

夜里，秦学安坐在秦奶奶身旁，秦有粮在一旁坐着。

"奶奶，我要出门一阵子，恐怕有些日子见不着了，您要照顾好自己的身体啊，开开心心的。"秦学安说。

"你去忙你的，我好着呢！"

"学安，出门在外不容易，凡事多操心！"

秦奶奶拿出一个手帕："这是奶奶攒下的钱，安娃你拿着，俗话说穷家富路，出去了咱就吃好点儿。"

"奶奶，我就是去个县城，又不远，这些钱您继续攒着，我用不上。"

"出去了注意身体。多吃饭！"

"知道了！奶奶！"

另一边的赵秀娟正和家里通电话。

"嗯，姐，我挺好的，就是学安这几天要带着村里人出去打工了。"

"都出去打工了？那你们那地咋办，都没人种了？"赵秀娥问。

"本身这几年村里的好多劳力都出去了，加上休耕，地早就没人种了。"

"妹子，你说如果我和你姐夫去你们村包地，你看咋样？"

"那敢情好啊，刚好学安出去了，我还有个伴。"赵秀娟说道。

"那我和你姐夫商量商量！"

"好！"

清晨，大槐树下，人们陆续背着行囊赶到，互相寒暄着。

秦学安清点人数，然后问道："包大哥来了吗？"

众人回说："没呢！"

"那再等等吧！"

村巷里，张天顺向大槐树下走来。秦学安看见张天顺，迎上去。

"叔，你咋来了？"

"我来送送你们。"

"叔，我们就在县城，走不远，地里活儿紧就回来！"

"看到你们这个样子，我真的觉得我老了，你们年轻人已经可以扛起一片天了。我心里高兴。"

"叔！"

两人正说着，远处传来一个声音："包大哥！快点儿！"

秦学安回头，包谷地和金银花背着行囊，相跟着往大槐树下小跑着。

"学安——"包谷地喊道。

秦学安转头对张天顺说："叔，那您回吧！我们这就走了！"

"诶，我看着你们走了，我就回啦。"张天顺说完转身就走。

包谷地气喘吁吁地到了跟前，有人打趣说："嫂子也跟来了，咋，怕包大哥耍花花肠子？"

"就你话多！"金银花没好气地说道。

"人到齐了！咱走！"秦学安说完，众人背起行囊，离开大槐树，上了村口的大路。走出一段后，所有人不约而同地停下回头看。

晨曦中的丰源村安静而祥和。

一辆大巴停在路边，秦学安招呼着大家上车。大家陆续上了车，大巴开动，消失在远方。

大磨台旁，秦奶奶、秦有粮、赵秀娟、秦田、秦奋、秦俭和一众妇女老人看着他们离开，秦奶奶和赵秀娟都在默默擦泪。

烈日当头，工地上紧张而忙碌。

木工棚子里，秦学安在木工床子上刨一块木料。三金从门外进来问："学安哥，你见着包哥没？混凝土那边的人喊了他老半天，不知道他上哪儿去了。"

"是不是去上厕所了？"秦学安猜测说。

三金立马回说："瞧过了，没人。"

秦学安停下手上的活儿，起身准备出去："不应该啊，这上班时间他还能跑哪儿去？"

"还是赶紧找找，要是让工头儿注意上，肯定得扣工钱！"

"行！你先回去，我找找。"秦学安拿抹布擦了擦手，两人一前一后出了门。

村里，张天顺坐在井台上抽旱烟，看着村里的年轻人陆陆续续背着行囊出村。秦有粮来到大槐树下，装满烟袋锅，跟张天顺对了火："又走了一拨？"

"今儿早上第三拨了！"

"东坡那片地还荒着呢！"

"西边河滩上的地也撂着了，眼瞅着就剩下我们这些老骨头还惦记着种地产粮，年轻人的心思早就不在村里了，掰掰指头算算，也没剩几户。"

"可不是，年轻力壮的都出去了。"

"时代变了，也许是我们真的老了。"

"'白条'的事儿镇里啥态度？"

"县里抓着呢，各乡镇都成立了工作组！"

"药厂活了，棋就活了！"

两人感叹着。

工地上，包谷地气喘吁吁地跑来，和秦学安撞了个正着："包大哥，你上哪儿去了？里面正找你呢！"

包谷地握住秦学安的手："学安，你帮我请个假，就说、就说我不小心崴了脚要去趟医院。"

秦学安疑惑不解，看了看包谷地的脚，然后说道："你这不是好好的，刚才不是跑着过来的？难道是我眼花了？"

包谷地十分焦急地左右张望了几下，低声说："学安，你嫂子金银花她身体不舒服，吐了一上午，我不在旁边看着不踏实，你就帮我请个假，怎么说都行！"

"嫂子她咋了？好端端的咋就吐了？吃坏肚子了？"

"你就别问了。"包谷地不想说，似乎想隐瞒什么。

"咋能不问呢？你一个人能行不？不行我跟你一起去？"秦学安有些急了。

包谷地往后推了推秦学安："学安！"

"你身上有钱没？不够我给你添点，生病可千万不能耽误，咱这就去医院。"

包谷地跺了跺脚，使劲儿叹了口气："学安，你嫂子的事儿我不该瞒你！哥对不住你！"

"到底是咋了？你倒是把话说清楚啊。"

"其实、其实咱来之前，金银花她就怀上了。"

"怀？怀上了？你是说……"秦学安实在没想到。

包谷地点了点头。

"不是，这么大的事儿你们咋就一声都不吭呢，还把人带着跟咱们一起奔波，这要是有个三长两短的，可咋办啊？！再说了，这、这也是违反政策的事儿啊！"

"让金银花跟着受苦是不对，没告诉你也是我的错，可我不甘心啊！女娃娃迟早是人家的人！包家一门不能从我这儿断了后啊！"

"包大哥，你让我说你啥好！不行！下个月，拿完工钱你就回！"

"我不能回！"

"你替金银花嫂子想想！工地上这条件，她要是有个好歹可咋办？"

"那也不回！啥事儿我都听你的，这事儿不行！"

"这事儿没得商量，今天我先帮你请假，你回去好好照顾嫂子。"

"学安！"

"赶紧去吧！"

包谷地欲言又止，转头走了。秦学安看着包谷地的背影，叹了口气。

家里的赵秀娟去车站接从安徽过来包地的赵秀娥和钱跃进。两人从火车站里出来，钱跃进穿着一身皱巴巴的西装，打着颜色极不相称的领带，脚上蹬着一双白色运动鞋、腰里别着 BP 机，手里提着一个粉红色的行李包，神采奕奕地出现在出站口。他在人群之中尤为显眼，赵秀娥紧随其后。

赵秀娟瞧见他们急忙挥手说："姐姐！姐夫！"

两人朝这边望过来，笑着走近。一见面，赵秀娟就接过姐姐的背包，一手挽着赵秀娥的胳膊："路上没睡好吧？一会儿回去先好好休息。"

"没事儿。"

"妈最近怎么样？都好吧？"

"挺好的，时不时地就和她的那些老友们唱唱黄梅戏，整个人状态特别好。这回知道我和你姐夫要过来陕西，念叨着姐妹俩在一块儿倒是好照应，也让我带话给你，她都好，让你别操心。"

"等你和姐夫在这边包地的事儿稳妥了，不行咱把妈也接过来，一家人待在一起多好。"

"就你最孝顺，妈听了一准儿高兴。"

姐妹俩笑着，赵秀娟又瞧见了姐夫钱跃进的打扮，笑得更开心了些。钱跃进狐疑地看向赵秀娟，又看看自己："笑啥？都是名牌！可贵了！"

丰源村村委会，村民们聚集在此，有赵秀娟、张天顺、钱跃进、郑卫东、三十六计，酸汤婶也在列。

张天顺首先开了口："事儿呢，跃进跟大伙儿都说了，行不行的，自个儿琢磨琢磨！我让镇党委停了职，学安走的时候把村上的事儿都交给秀文和卫东了，愿意包地的，就在秀文那儿登个记，卫东，你把着点儿关！"

"成！"

张天顺离开会场，人们议论纷纷。

"学安不在，村里的事儿呢，我暂时盯着。今儿来的是各队的代表，我觉着这是好事儿，大伙儿商量商量！"

"大伙儿放心，承包款一分钱也少不了，签合同拿钱！"

钱跃进从包里掏出一叠打印好的合同，放在桌上。郑卫东翻完，又交给三十六计看。

"承包期十年，承包款呢按年付！"钱跃进说。

"要我说，都是自家人，还什么合同不合同的，咱们口头儿上说好就行。"酸汤婶说道。

三十六计跟着说："秀娟，这事儿学安啥态度？"

"学安说各家主事儿的都不在，让卫东和天顺叔帮忙把着点儿，别短了大伙儿的承包款就行！"

"我看是好事儿，地荒着也是荒着！酸汤婶说的也对，都是乡里乡亲的，说好就行。"

"感谢大家的支持和信任！不过这合同还是得签，要是将来我少了大家伙儿钱，你们也好拿着它来找我算账，是不是啊？！"

"不愧是学安的大舅哥，总为我们着想。"大家伙儿纷纷说道。

钱跃进不好意思地摆了摆手。众人开始排队签字。

此时的省城工地上，烈日依旧当头，人声嘈杂，机器轰鸣，数十个工人正在浇筑混凝土。工地一角上，包谷地操作着手提式震动棒在混凝土里工作。有人向包谷地走来，打手势示意他停下来。包谷地关掉震动棒问："黄工，咋了？"

"秦学安呢？"

"上西安城了！"

"啥时候回来？"

"得个三五天吧！"

黄工犹豫了一下："那你跟我来一下！"

包谷地跟着黄工顺着楼梯下了一层，黄工从腰后边解下扳手，走到一处墙边，用力一敲，墙上出现了一个洞。

"这、这……"包谷地有些惊慌。

黄工说了一句:"还有呢!"然后他们继续下一层,往地上一敲,又是一个洞,他转头对包谷地说:"你脱不了干系吧?"

包谷地两腿打战,额头上沁出密密的汗珠,当下有些慌神儿了。

"等秦学安回来,这事儿得好好说说。"黄工说完转身走了,留下包谷地一人在原地。

深夜,工地上恢复了安静,不远处蝉鸣声声。角落里,一扇门打开,包谷地一手拎着行李,一手拉着金银花从里边走出来。

包谷地对金银花说:"咱不能就这么走了,得等学安回来哩!"

"等啥?我这肚子还能藏得了几天?迟早露馅儿,再说,又出了这么一档子事儿,那几面墙可都是你砌的,我帮厨的时候可听见了,要罚好几千块钱哩!学安的脾气你还不知道?"

"那咱分开跑,在老尤家烧锅店见!"

金银花应声说"好"。

包谷地左右看看,撒腿就准备跑,结果金银花被绊了一下,险些摔倒。

此时,一束手电光照来,有人问:"谁?"

包谷地迅速用手挡住手电光!

那人突然高声说道:"黄工,包谷地要跑!"

包谷地一听,拉着金银花撒腿就跑,后边几个人紧追不舍,手电光杂乱地晃动着。

"站住!站住!"声音此起彼伏。

包谷地惊慌失措地拼命跑着,被绊倒,又爬起来再跑,一边跑着一边对金银花说:"你往那边跑,我把他们引开!"

金银花会意,加快脚步从小门往外钻。

众人的注意力全部集中到了包谷地身上。包谷地钻进施工现场,慌乱地继续跑着。只是,他转头望的一瞬间,一块预制板突然从高处掉落,紧接着就听到包谷地一声惨叫,然后他瞬间倒地。

金银花听见包谷地的叫声一惊,立刻掉头往回跑,只见包谷地躺在地上痛苦地呻吟，预制板压在他的一条腿上。金银花看到这一幕，当即晕倒在地上。

人渐渐围过来，在一片嘈杂声中，救护车赶到，两人被送进医院。

包谷地缓缓睁开眼睛的时候，秦学安已经出现在了他的病床前，张天顺与众工友都在。

包谷地挣扎着："学、学安……"

"快躺着，包大哥！"

"金、金银花呢？"

秦学安安抚他道："得亏抢救及时，母子平安！"

包谷地嘴唇哆嗦着，眼巴巴地看着秦学安。

"这回踏实了？"

"踏实了，踏实了！再也不让金银花遭罪了！"

"这就对了！工地那边我会想办法处理，你安心养伤，剩下的事儿有我呢！"

"让我说啥好呢？"

"早点下地比说啥都强！"

"我想看看娃……"

"娃娃早产，还在保温箱里呢，过几天再看！"

"好、好！"包谷地突然挣扎着起来，用手够自己的腿。

"咋了？包大哥！"

"我这小腿！"

秦学安背过身去，深深叹了一口气。

张天顺接着说："看开点，好好休息，还有机会下地！"

包谷地绝望地躺下去，泪水顺着眼角滑落。

"为你的事儿，学安已经跟人家撕巴上了，要不是我们及时赶过去，那姓黄的就废了！"张天顺说道。

"包大哥，你安心养病，我已经弄清楚了，不关咱的事儿，管材料的老刘是姓黄的弄进来的叔伯兄弟，他们拿了人家回扣，做下的手脚，想把责任往咱身上推！"

"县里派了法律援助，赔偿已经谈下来了！"

"包大哥，你还有啥要求，我去找他们？"

"我想回家……"

"娃呀，别说胡话，咱得治……"张天顺说。

"我不治！我成废人了！"包谷地一边挣扎着要下床，一边说道："回！咱回！不治了！"

秦学安将他按住："别作践自个儿！咱丰源村总有你一口饭吃！"

而此时的村里，根叔正拦住几个安徽农民的拖拉机，和钱跃进争执起来。根叔不准钱跃进往地里倒沙子种西瓜，钱跃进说合同里写好了的，他们无权干涉，两人争执不下，最后决定找学安说事儿。

赵秀娟给秦学安打电话，秦学安说："等过几天送包谷地两口子回村的时候，好好跟大家说说，把这事儿说开了。"

县城街道的拐角处，悬挂着柳叶儿炒货店的招牌。店门口，撑着一柄遮阳伞，伞下边放着一台冰柜，冰柜上放着一部电话机。冰柜迎街一侧贴了一张白纸，写着："冰棍五分，雪糕一毛；市话五毛，长途八毛。"冰柜旁边，张守信躺在藤椅上闭目养神，电话铃响了，他也不去理会。

铃声持续响，张守信很是不情愿地接了电话，语气不耐烦地问："谁呀？"

"守信哥，冲谁呢这是？"是卷毛。

"是你啊！啥事儿？"

"村里出事儿了！"

"咋？"

"赵秀娟姐夫来包地，往地里倒沙土！"

"啥？大伙儿没意见？"

"咋没意见？都闹上了！"

"秦学安啥态度？"

"我看啊，他想护短！你得赶紧回来给咱张家一门主事儿！"

"成！你盯紧点儿！"

过了些天，秦学安送包谷地两口子回来，在金水河边遇上了正在说话的张天顺和秦有粮。说起包地的事，秦学安觉得还是得开个会，跟大家伙儿一起商量。

于是，众人聚集到村委会，张守信突然带着人也来了。

张天顺问："守信，党支部开会呢，你干啥？"

"大，你别管！都在呢？那正好，秦学安我问你，你姐夫往地里倒沙土的事儿咋办？"

"正研究呢……"

"研究？我看你是想和稀泥吧？"

"就是就是！"大伙附和道。

"请大伙儿在外面等等，马上就有结果！"秦学安说道。

张守信立刻反驳他："少蒙大伙儿！"

张天顺气急，吼道："都给我出去！"

张守信很是无奈地与众人一同出去了。只是，这事没完，在张守信的带领下，一行人去了地里。瞧见钱跃进正忙活着，他们不管三七二十一地就冲上去，拦住拖拉机。钱跃进不乐意了，上来和张守信说话，结果话没谈成。两方正在针尖对麦芒互不相让之时，秦学安赶了过来："住手！都给我住手。"

众人回头看，地的另一头，张天顺、秦学安、包谷地、三十六计、郑卫东、秦有粮几人走来。

钱跃进慌忙分开众人，跑过去。张守信和卷毛面面相觑。

张天顺质问张守信："守信，你们干啥？"

"签合同啊！"

钱跃进立刻跳脚道："这哪儿是合同？这是坐地起价！"

"姐夫，先前啊你是跟村委会签的合同，但各家各户主事儿的都不在，我们刚才开了个会，你最好再跟各家各户签个协议！"秦学安劝说道。

"咋？你也想涨价？"钱跃进抬高了嗓门儿，一脸的难以置信。

"地是各家各户承包的，村委会只负责监督耕地的使用情况！"秦学安解释说。

"学安，看清楚，我是你姐夫！监督我！"

"学安代表的是村委会的意思！"张天顺说道。

钱跃进才不理会："代表谁也不好使！白纸黑字签了合同，我咋挣钱咋种！"

"跃进，你挣钱我们不反对，可这地是咱农民的命根子，你不能毁了它呀！"这话是秦有粮说的。

"叔，不是我不听您的，就这片地，我大把大把的钱已经撒进去了，您说收不回成本我咋办？"

众人面面相觑。

这时，不远处传来赵秀娟的声音："种！签了字画了押，为啥不让种！"

众人回头，赵秀娟分开人群，站了出来。

"秀娟！"

"咋？欺负安徽人？收了钱翻脸不认人了？还有你，张守信，别咋咋呼呼吓唬人！"

张守信憋红了脸："你……"

"秀娟，这不是跟姐夫商量呢吗？"秦学安说道。

"商量啥？秦学安，合同都签了，这地就得种！"赵秀娟喊道。

"学安，我可是你亲姐夫！你看看，这些人都是大老远跟着我从安徽来的，身家性命都押上了！"钱跃进说。

"麦子你们继续种，西瓜缓一缓，你看行不？大家伙儿都说说！"

"这……"

赵秀娟凑到钱跃进跟前低声说："姐夫，这事儿他们有不对，可好汉不吃眼前亏，这么闹下去，对大家都不好。咱就算算，光种麦子，两百亩也不会亏的！"

几个安徽农民点了点头，钱跃进也点头。

秦学安说道："那就这么定了，这一季先种着，来年咱们再商量！"

解决了一件事又回头去解决另一件事的秦学安，重新回到了省城工地上。黄工因为之前的事已经不再愿意用他们，秦学安不断找黄工承认错误，明确表示会深刻反省积极学习，只希望黄工能再给他们一次机会。

在秦学安的再三请求下，黄工终于答应下来。

众人在学习中进步，眼看着高楼一点点建起来，一切都步入正轨。几个月后，建筑队的乡亲们共同在账本上，划去了一笔十万的金额，兴奋和激动之余，也励志一定要在接下来的几年里一起努力，争取早日还完欠款。

第十一章　还债

日出日落，城市车流不断，时间一晃行至 1997 年：

一次次呼唤你　我的 1997 年

1997 年　我悄悄地走进你

让这永恒的时间和我们共度

让空气和阳光充满着真爱

1997 年　我深情地呼唤你

让全世界都在为你跳跃……

工地上贴着标语"喜迎香港回归，大干九十天"。

秦学安正在一车一车地搬砖，三金和其他工友们各自做着自己的工，有的运水泥，有的搭钢架。

"大家抓紧干活，工程量大。三金，安全帽戴上，注意安全，都说了多少遍了。"

三金连忙把帽子戴上，笑着说："知道了。"

"好嘞。"众人应声，然后各自忙碌着。

这时，办公室里响起电话铃声，秦学安去接电话，对方是赵秀娟。

"喂，秀娟啊，我挺好的。"

秦学安一边说着一边拿出随身携带的小笔记本，上面清晰画着红圈的日期上写着一串串的还款金额，秦学安翻了几页，手指划过日期。

他笑着说："还差最后一笔钱，欠款就能全部还完了……"

金秋时节，田地里，村里人正处在丰收的喜悦中。一片金黄色的麦浪中除了面朝黄土背朝天的农民，还有几台现代化的东方红联合收割机在"隆隆"地响着，一列一列笔直快速地收割着。旁边的打谷场里，妇女小孩都忙着把一场子晒干的麦子装进麻袋。整个打谷场铺了一层厚厚的金色。一阵风吹过，就扬起一阵麦子雨！

村路上，秦田、包大凤和包三凤拿着饭篮子走在路上。张晓斌从他们身后跑来，拿着一把废报纸做的枪对着空气中的假想敌不停地开枪："砰砰砰！又打死一个！"

三个孩子边走边唱："我去上学校，天天不迟到，爱学习爱劳动，长大要为人民立功劳……"

张晓斌却捣蛋似的跟在后头唱道："我去炸学校，老师不知道，一拉线我就跑，轰隆一声学校不见了……"

秦田不高兴了："张晓斌，你胡唱啥呢，好好一首歌，被你改得难听死了。"

张晓斌拿着枪对着三个人："砰！砰！你们那是女娃唱的，我这是男娃唱的，不一样。"

"啥男娃女娃的，我就觉得老师教得好听，比你这个捣乱分子唱得好听多了。"秦田说道。

包大凤紧接着说："昨天还被老师罚站到教室门口去了吧，我都看见了。"

"就是，咱仨快跑，不和不爱学习的一块儿玩。"三凤也说了。

话音刚落，三个女娃手拉手向前跑了起来，张晓斌落在后头。

张晓斌着急地喊："你们敢，给你们看看我的厉害。砰！砰！砰！"然后作出射击的姿势对着前面的三个人就是一顿扫射，几个孩子就这么打打闹闹地到了田边。

地里，机器正在收割。农民们忙着把一摞摞收割好的麦子送到打谷场去晾晒。看着已经快要收完的麦地，钱跃进高兴地咧着嘴笑，然后对着地里干活的村民喊："下工了，都回家吃饭去。"

农民们回应说："诶……"尾音拉得很长，之后他们便纷纷开始收拾农具，往回走。

"二狗，叫几个人和你一起，把刚收的那几捆也送到场里去，趁日头还可以，赶紧拿过去晒。"钱跃进说道。

二狗低着头继续捆麦子，没接话。

"听见了没，让你送麦子去，咋一天跟聋子一样，是不是你老婆没给你吃饱？"

二狗扔下手里的活儿："不是都下工了么，我听不见咋了？"

"少跟我喊！就这么多活儿，你今天不干，明天还是得干！再说了，麦子割下来不赶紧收了你等着被偷呢？"

"行行行，知道了。现在就去！横啥呢么！"

"赶紧走！"

二狗跟周围几个村民使了个眼色："咱走！"几个人抱着收割好的麦子往外走，对钱跃进视而不见。

秦田跑到钱跃进跟前，把篮子递给钱跃进："姨夫，给，我妈让我给你送的饭。"

"好好好，我娃乖，我娃乖得很。"

"姨夫，我去玩一会儿。"说完她迫不及待地跑进地里玩耍。

钱跃进急忙喊着："慢点！慢点跑！"然后他继续守着田地吃饭，边吃边望着麦地。

包大凤领着包三凤也把饭交给包谷地："大，你吃饭，今天我妈多给你放了个白馍，让你就菜吃呢。"

"好，你们玩一下就快回，路上别胡跑。"

"知道啦。"

几个孩子像放飞的小鸟一样在田里奔跑，秦田坐在田间用双手捧着麦粒吹着麦糠，阳光洒在她粉嫩的脸庞上，美得像个仙女，看呆了旁边的张晓斌。

包大凤、包三凤则站在地里用手搓没来得及收走的麦子，搓完揣进兜里。

"多弄点，回去给咱妈和咱弟吃。"包大凤说。

三凤附和道："嗯！能行！"

后山养羊场里的赵秀娟正穿着围裙戴着袖套，一边给羊喂食，一边哼着安徽小曲儿。

秦俭在山的高处看着远处，在一块布上贴着麦秆，画布上呈现出的正是丰源村的山水。

赵秀娟走到秦俭跟前，看着他画画，忍不住夸赞道："画得真好！"

秦俭就是傻笑。

大槐树下，村民们三三两两地坐在大槐树的树阴下休息，有的抽烟，有的蹲着吃饭，大家的表情都有些生气、愤慨。

根叔先说了："以前人都说周扒皮，我看钱跃进就是钱扒皮。整天跟地里蹲着，怕人偷还是怕人抢！关键是明明都丰收了，你看给咱们的工钱，一点都没涨，这么辛苦，你就是给个辛苦钱也好啊。"

"明明是咱自己的地，现在咋防咱跟防狼似的。"二狗说道。

包谷地出声说："你别说这个，我才是最冤的，出去打工啥事都不知道，回来了就跟我说地已经承包出去了，这一下子就从种自己的地成了给别人种地，我这心里一直不得劲得很。你们说，今年地里产量咋这么大。"

"你不看施了多少肥，咱自己种的时候哪敢给地下那么重的肥。"根叔心疼这地。

"之前说种西瓜，他给地里铺沙子。这回种小麦，又使劲往里施肥，按理说咱庄稼汉都爱惜土地，他钱跃进咋就敢这么干？"

"说到底，还不就因为这不是钱跃进他自己的地，干完这几年他拿着钱就跑喽！"

包谷地也心疼："这么金贵的地，就这么给祸祸了。"

二狗丧气地说："唉，这要是以后地真熬坏了，咱咋办么？上次你们种药材的，地里就闹过这么一回，现在这麦子地要是也这么整，可咋办。"

一时间，大家沉默了。

根叔想到了什么，做了个手势，众人靠拢过来："钱跃进和有粮不是亲家吗，要不，咱去找有粮说说，让有粮去跟他钱跃进说。"

"对啊，我咋忘了这一茬。我看能成，走，找有粮叔去。"

"走。"

根叔、二狗、包谷地三人向村里走去，去的方向正是秦家。

秦有粮家的院子地面平整，一边围着猪棚，旁边还拴着一头大青骡子。三间屋子板板正正，厨房也修缮得齐齐整整，秦有粮正在院子里拌猪饲料喂猪。

三人到了门前，根叔喊着："有粮，有粮。"

秦有粮回头，见根叔、二狗和包谷地三人进了家门。

他放下饲料桶，拍着手说："你们几个咋这时候来了？喝茶不，我给咱泼点茶。"

根叔急忙说："不折腾了，有粮，我们过来是想跟你商量点事。"

"那你们先坐，坐下说。"几人找椅子坐下。

"今年承包地里的情况你注意到没？"根叔先说了话。

"肯定知道嘛，今年这产量大……"

二狗打断他："叔，你光看见产量大，你是没见追肥的时候，咱以前一亩地也就敢上十来斤尿素，他钱跃进一亩地都是 20 斤起，麦子是长得噌噌的，这地也烧得差不多了。我看这外来户就是没安好心……"二狗正说得起劲儿，被根叔的眼神制止。

秦有粮立刻会意："你们今儿找我就是为这事吧？"

"二狗的话说得糙，但理就是这理，每天看着地这么被糟蹋，我这心里熬煎得很，说了几次了，人家也不管。这不是想着，你和他是亲家，这事你出面说说，肯定比我们有用。"

"就是，叔，你顺便再帮我问问，我这几亩地能收回来自己种不，不然光承包挣的钱实在养不活家里，狗娃还小，几个女娃又都要上学，唉，我这一天愁得都睡不着觉。"包谷地说道。

秦有粮看几个人愁容满面，就说："行，跑一趟！"

根叔几人赶忙点头："好好好。"

秦有粮往钱跃进家去的时候，赵秀娥刚从屋里端出几碟菜，钱跃进吃着馍馍就着菜，皱着眉头一脸官司。

赵秀娥坐下来问："咋了你，愁眉苦脸的？"

"还不是地里的事。"

"地里这次收成不是挺好吗？"

"我说的是村里那些人，这丰源村的人咋整天地就知道跟我作对。"

"又吵起来了？"

"那没有，但我现在说话根本就没人听，就明年春播这事，我都找根叔说了几回了，到现在种啥都没定下来。"

"我就不明白了，这包个地咋这么多事，自从……"两人正说着，门外传来敲门声。

赵秀娥起身去开门，瞧见秦有粮手里提着一瓶酒，赵秀娥赶紧请他进屋：

"呀，有粮叔啊，快进来快进来。来就来，咋还带东西，里面坐里面坐。"

钱跃进站起来说："您咋来了，吃饭了没？来，一起吃点。"

秦有粮坐下，说道："我吃过了，你别管我，快先吃饭。"

"有粮叔你今天专门过来，是不是秀娟有啥事啊？"

"秀娟没啥事，秀娟好着呢，我今天来是想说点咱地里的事。"

赵秀娥嘟囔着："咋又是地里的事。"

钱跃进一听，表情有些僵："有粮叔，你……"

"根叔他们刚来找我，说了施肥的事，我就想过来跟你说说，咱这地，就是农民的命根子，种地是个长久的事，咱不能急功近利。"

"那冬小麦本来就要多施肥，幼苗期需求量就大，这个咱种地的都是知道的事，我哪儿做得不对了？"

"但是咱也得为以后考虑不是，这肥烧地，还是少用的好。而且咱做事的时候是不是讲究讲究方法，平时跟大伙儿多宽宽心，这样大家也好给你干活不是？"

"有粮叔，你说这话我就不爱听了，你的意思是我这人做事有问题。"

"跃进，你看你，我哪是这意思嘛。你这人就是爱着急，爱瞎想，我就是过来咱俩谝谝。"

"有粮叔，咱可才是一家人，你今天过来，为了外人在这儿说我，你光听他们说，你知道我为了这地吃了多少苦，每天下地我去得最早，回来得比谁都晚，一天操不完的心……"

秦有粮着急了："你看你，我不是这意思。"

"有粮叔，我也觉得这事村里人做得有点不地道了，我们家跃进最近每天为了这地里的事愁得饭都吃不下，好好的一个丰收年，咋到了咱村还成了坏事了？"

"那不能这么说，唉，怪我，这事怪我，好心办了坏事！"秦有粮有些尴尬地说，然后转身离开。回家的路上，他一脸的凝重。

村口大槐树下，根叔和包谷地正说着不知道有粮叔去谈得怎么样，这时一辆外地牌照的货车开进村里，所有人的注意力都被这辆车吸引过去了。

眼见着车开进了地头儿。

二狗惊呼："啥情况？外地的车跑咱这儿干啥来了，走，看看去。"

根叔、包谷地几人跟在车后头已经跑了过去。只见这辆车停在了打谷场旁的路边，车上的人下来跟钱跃进打招呼："老钱！"

钱跃进看到车来了，连忙从场子里出来："老哥，来得早啊！"

"不早啦，这都晌午了。咋样，20吨麦子都准备好了没？"

钱跃进指了指已经装在麻袋里的晒干的麦子："这些都是，你全都装走。"

"就还是咱说好的那个价嘛！"

"那当然，我咋会坑老哥呢！来，我帮你装！"说着，俩人开始把刚刚收的粮装上车。

根叔、二狗和包谷地等人这时也跑到了跟前，眼见着粮都被装上车了，二狗直接跑过去阻拦。

二狗一把把钱跃进背上的一袋粮弄到地上："钱跃进你干啥！"

"我干啥，卖粮！昨晚我想了一宿，这粮再不卖，你们这些人，不定给我整出啥幺蛾子。"

包谷地等人冲上去把已经装车的粮食往下卸。

"老钱，这是干啥呢！你和村里其他人是没说好还是咋回事！"收粮的人给惊着了。

钱跃进着急忙慌地喊着："不是！"然后转头对二狗他们说道："二狗！包谷地！都给我停手，停手！"

根叔指着钱跃进的鼻子说道："想卖我们的粮？别忘了这些粮可都是我们自己的地里长出来的。"

钱跃进被气得直跺脚："这地现在我承包了！我想咋处理咋处理！还轮不到你们管！"

二狗等人听不进去，急着从车里把装好的粮往下卸。

钱跃进去阻止，几人拉扯到了一起。

人群中一片混乱："干啥呢，咋还打开人了！"

二狗一把把收粮人推开："我们村的事你别管！"

"唉！这弄的啥事么！你们村就没个管事的人？"

场面越来越无法控制，争吵声越来越大，在地里玩耍的张晓斌看到这个场面吓得往村里跑，张晓斌沿着山路往村子里跑，边跑边喊："打架啦，地里打起来啦。"

村里听见的人都从自己家里跑出来。

金银花惊呼道："出啥事了？"

酸汤婶冲出门说着："不知道，走，赶紧看看去！"

村里人边走边几个几个地议论。

此时的张天顺正在屋里听广播，张晓斌从外头跑进屋里："爷，村里人打起来了。"

张天顺一听从座位上站了起来："在哪儿呢，咋打起来的？"

"就在地头呢，为啥不知道，我看见的时候已经打起来了。"

张天顺听完慌忙地跑出门。

"爷，等等我啊。"说完，张晓斌也跟着跑了出去。

拉粮的车被几个村里的农民在前面挡住，周围围了越来越多的村里人，有的加入，有的看热闹。

酸汤婶挤进人群问："咋回事啊？"

"好像是有人想拉咱的粮呢。"秋英说道。

"那能让他拉走了？真是！"

根叔、包谷地等人把粮食往外扔，钱跃进暴跳如雷："我警告你们，我承包这地都是有合同的。你们这是犯法！"

"赶紧拉倒吧！这地我们早就不想租给你了！"二狗喊道。

根叔跟着说："种一季麦子给地里施那么重的肥，哪有你这么毁地的！还想租我们的地，没门儿！"

正吵着，张天顺晃晃悠悠地跑来，嘴里喊着："别打了，别打了。"

钱跃进正和村里人争夺粮食，没有看到张天顺从后面过来，一个不小心把张天顺撞倒在地。张天顺一屁股坐在地上，"哎哟"了一声。

看到张天顺摔了，所有人一下子没了声响，包谷地等人连忙去扶张天顺："天顺叔、天顺叔，没事吧？"

张天顺坐在地上半天起不来："不行，我这腿。"

钱跃进看到张天顺摔得不轻，有点慌了，也去扶，卷毛把钱跃进的手打开："少在这猫哭耗子假慈悲。"

"我……我也不是故意的嘛。"

"行了，先别吵了，赶紧先把人送到有粮那儿给看看。"

说着，二狗背起张天顺往村里跑，根叔等人跟着，众人逐渐散去，都对着钱跃进指指点点。

收粮人在一边看到这阵势："得，我还是快走吧。"说完，他上车离开。

钱跃进蹲下，捂着脸无奈地说着："唉！这事闹的！"

赵秀娟提着篮子走到家门口，正遇见二狗背着张天顺往秦有粮家跑过来。

"咋回事？这是咋了？"

二狗回说："天顺叔伤着了。"

赵秀娟连忙把来人往屋里让。

此时的秦有粮家格外拥挤，张天顺坐在椅子上，秦有粮正给他治腿，表情格外严肃。

赵秀娟在旁边给张天顺递水："叔，感觉好点没？"

"嗯，不要紧。"

秦有粮说："抬，往起抬。"然后又指着右腿膝盖问，"疼不疼？"

"这儿不疼，对对，这儿。"

秦有粮走到一边抓药，赵秀娟帮忙。二狗、包谷地在旁边着急地问："有粮叔，天顺叔这腿严重不？"

秦有粮拿着小秤配药："看样子就是跌伤，一会儿我给配几贴膏药，贴上几天就没事了。"

正在这时，张守信冲了进来："我大呢，我大咋了？"

"守信，你可回来了。"根叔迎上前去说。

张守信冲到张天顺跟前："大，我刚一进村就听村里人说你被打了，谁弄的，你跟我说，我找他去。"

一旁看热闹的卷毛插嘴："就是安徽来承包地的那个钱跃进。"

赵秀娟急了："不可能。卷毛你少给我胡说，我姐夫就不是那样的人。"

张天顺对卷毛说了句："多嘴！"然后又冲着张守信说："你大我没事，这不是好好的在这儿呢嘛。"

"都成这样了还没事呢，大！"

"误会，误会。"

"那不行，这事不能就这么完了！一个外村人，欺负到咱村人头上了。这地，我看就不能给他包！"

卷毛等人应和。

"你可别给我惹事了！"

赵秀娟一个箭步冲上来："张守信！你敢胡来！"然后她对着卷毛他们喊道："没事的人，赶紧给我出去！"

秦有粮看着发生的这一切，拍了下自己的头："唉！"

事情发展成这样，也只有让秦学安回来调停了。

过了些天，赵秀娟正在忙活着给家里的鸡喂食，门外，风尘仆仆的秦学安走了进来。

赵秀娟喂鸡的苞米撒了一地："学安？吓我一跳！你咋回来了？连个电话都不打。"

"大呢？"

"下午没事，又修水渠去了。"

"我……我饿了，你先给我做碗面。"

赵秀娟应声，转身就进了厨房，秦学安进屋里看还在熟睡的秦田、秦奋。

秦学安抱起睡梦中的秦奋，爱惜地亲了红扑扑的小脸蛋一口："我的宝贝蛋蛋娃。"

赵秀娟麻利地下了一碗热气腾腾的面，给秦学安端进屋里："面好了，快来吃。"

"来了。"

"咋今儿个回来了？工地上不是还在忙吗？"看着秦学安吃饭，赵秀娟问道，秦学安只是低头吃面不说话。

赵秀娟看出不对："啥意思，还有事不能跟我说？"

"没……没有，就是……咱姐夫不是承包了村里的地么……"

赵秀娟反应过来："你这火急火燎地赶回来就是为了这事儿？"

"大在电话里也没细说。到底是咋了？"

"我姐夫要卖粮，村里一堆人不让，结果不小心把天顺叔撞了，现在村里都闹着不让我姐夫包地了。"

秦学安皱着眉："上次村里就为了种西瓜的事吵一架了，这回又闹成这样，我看这地真的不好包了。"

赵秀娟不高兴了："不是我说，人家在村里没人种地的时候来承包土地，现在丰收了，大家又眼红了，这做法跟当年果园那事儿有啥区别？"

秦学安放下碗："这两件事哪能放到一块儿说，当年是当年，现在是现在，我大让我回来肯定有他的道理，你这么说就是不讲理了。"

"我咋了，我说的有啥不对？还不是欺负我们是外地人？"

"赵秀娟，你能不能别这么不懂事，我这赶回来可不是为了跟你在这儿吵。"

"行，为了别人都跟我喊开了。我算看出来了，你们村的是一家人，咱是两家，行了吧？这饭也别吃了，你出去……出去……"说着，她就把秦学安往门外头撵。

两人吵架的当口，秦田已经醒了，听到父母吵架，忙出来给秦学安帮把手。

"秀娟，你这是干啥呢？"

秦田一看着急了："妈，别赶我爸走。"结果秦学安、秦田俩人被一起关到了门外，秦奋也被吵醒，在屋里哭了起来，赵秀娟急忙去哄孩子："宝宝乖，不哭，妈来了、妈来了。"

秦学安被关在门口干着急："秀娟，秀娟，开门！"

秦田也喊着："妈，开门啊，我是田田！"

两人见进门无望，晃晃悠悠地走到了田埂上，秦学安疼惜地看着脚下的土地。新留下的麦茬一丛丛立着，秦学安拨开麦茬，下面露出干裂的地面。

秦学安望着田地出神。

第十二章

回 乡

安徽亳州、河北安国、河南禹州、江西樟树并称中国四大药都，其中安徽亳州居首。1998 年正是世纪末市场经济快速发展的时期，亳州四处可见的药材集散中心、批发中心，人头攒动，熙熙攘攘，都是药行的翘楚。当地药商中间流传一句话，"买不到的在这里可以买到，卖不掉的在这里可以卖掉"，可见其做药材生意的底气和硬气。

刘海带着学安参观亳州中药材市场，市场上人货两旺，秦学安满脸的激动和开心，不时在街边的摊位上拿起药闻闻，对于有的药材品质不好、价格却高的那种，秦学安总想着跟人掰扯掰扯，刘海赶紧把他拉走。

刘海介绍学安到附近一些现代化的药材加工厂学习，学安如饥似渴地学习。对于他一个从西部偏远地区来的农民，一个有进取心、有责任心、发誓要带领村民发家致富的人来说，向人家东部发达地区先进企业学习取经是一条捷径。看着现代化流水生产线上各种药材被分类、切割、粉碎、烘干、制片、制丸，甚至做成液体包装，秦学安简直不敢相信，这些他以前都只是在电视上看到过。秦学安只恨白天时间太短，还得浪费时间吃饭，有时候他甚至想，人要是晚上不用睡觉该多好，他甚至生出一种想法：人其实是不用睡觉的，或者只用睡很短的时间即可，都是早先茹毛饮血的时期，天黑后，祖先们实在不知道该干什么，只能睡觉。总之，这段时间，秦学安的身影遍布了亳州大大小小几十家药材加工厂，他把自己看到的、想到的一些都记在了随身携带的笔记本上。

认真的男人最可爱，也最能激发女性母性的本能，赵秀娟看到秦学安起早贪黑地忙，也就顾不得跟他置气了。

药材厂内，秦学安狠命地学习。在一台粉碎机跟前，秦学安捏起了粉碎机里的艾叶粉。

车间主任走了过来，问："学安，怎么了？怎么机器停了？"

秦学安说："主任，您看这个艾叶粉碎得有问题，艾绒提取得不够纯。"

车间主任仔细看着秦学安手里的艾绒。

"这一批不达标，全部重新做。问题出在哪里呢？"

"最近潮气太大了。"

"据说要来大洪水了。可惜了这一批好艾叶了，咱们厂子最重视质量，这一批都只能当废料了。"

"主任，我想到一个办法。这些艾叶粉，还能用。"

"怎么用？"

"我记得在老家跟我大学中医的时候，我大跟我说过，这个艾叶泡脚能驱寒、除湿、通经络，能有效地祛虚火、寒火，还可以治疗口腔溃疡、咽喉肿痛、牙周炎、牙龈炎、中耳炎等头面部反复发作的这些与虚火、寒火有关的疾病。"

"你的意思是？"

"这一批艾绒不达标，不适合灸治用，但是可以制作成泡脚的小药包，做不了中药，但是可以做成保健品。"

"好主意，学安，你还真有头脑啊！这一下，说不定还给厂里开发了一个全新的保健品产品呢，我现在就去跟厂长汇报。"

厂长很快就指名要见秦学安。秦学安大大咧咧地进了厂长办公室。

厂长走到秦学安面前，端详着他，说道："你的事情我都听说了，干得不错！而且这一次，帮我们挽救了一个大单，我问了你的情况，你准备一下，从明天开始，到你们车间做副主任。"

学安一愣说："副主任？"

学安犹豫着，思索着。

厂长一愣，说："你在想什么呢？"

学安说："厂长，我想了，这个副主任我不能做。"

"为什么？"

学安倒也实诚，实话实说了："我跟您说实话吧，我媳妇是咱们淮水村的，去年跟我闹意见，然后就回来了。我是来接媳妇的，媳妇不跟我回去，我就没走。我在陕西老家，原来就是种中药材的，还开过中药材加工厂，我当初是想着，既要把媳妇接回去，又要好好学点本事，所以就到咱厂里来打工。"

厂长感觉很遗憾："还回陕西吗？回去了还种药吗？就冲你这个人，你种多少，我收多少，我信你！"

秦学安说："求之不得！"

静谧的淮水村，徽派建筑的民居白墙黛瓦，颜色分明。

秦学安和赵秀娟走在乡间小路上，赵秀娟依偎在他肩膀上，秦学安畅想着美好的未来，商量着等回到丰源村要好好施展这次出来所学的本领。秦学安感慨，还是出门长见识，窝在丰源的山沟沟里就是山洼里的公鸡，看天永远就那么大。赵秀娟笑话他："你这只走出来的公鸡，最后还不是要回去？"秦学安笑称："你这就叫嫁鸡随鸡。"

次日，秦学安喜滋滋地走进刘海的中药材厂，突然看到一辆辆的货车停在仓库门口，急匆匆地跑过去，看到刘海正在指挥工人们搬运药材。

学安说："这是怎么了？"

刘海说："你没看天气预报啊，淮河的二号洪峰要过来了，我们这边地势低，仓库里的东西必须马上搬离！"

学安把衣服一脱，道："我帮你！"

他和刘海一起带着工人搬运起仓库里的货品！而远处河道里，洪峰即将来临的轰鸣声不断地传来。

刘海一边搬着一边跟学安说："你咋跑来了？"

学安说："是不是这次洪水比较大？我原本是给你报喜的，我们厂长要提拔我了。"

突然之间，大雨滂沱，电闪雷鸣。水流涌了进来，仓库里，秦学安和刘海的员工们蹚着水加紧搬运着货品。

忙活了一夜，刘海和秦学安都瘫在办公室的沙发上。刘海拍拍秦学安的肩膀说："学安啊，谢谢了，这一次你算是帮了我大忙了。整个仓库都安全了，就算这会儿洪水来，我也不怕了。"

秦学安说："累是累了点，但是想着那么多药都转移了，心里也安生点。"

刘海说："不光是咱们药厂，还有我们村子……"

还没说完，秦学安忽地一下站起来说："呀，村子，秀娟家不会被淹了吧？"

两人箭一般冲了出去。

赵秀娟家里都收拾好了，王艳琴、赵秀娥、钱跃进等都挎着包袱。赵秀娟焦急地望着村口。秀娥说道："秀娟，别傻了，咱们村子外面已经封了，他进不来，咱们得赶紧走！"

秀娟说："不行，万一我们走了，他来了，可怎么办！"

赵秀娥提醒道："通知上说到下午四点，洪峰就过来了，你可看好时间，别傻等了！"

洪水犹如猛兽，猛兽是无情的。洪峰比预计的四点钟提前了，赵秀娟苦等不见学安，只得跟着大部队转移到了安全的地方。

村口，刘海的车还没有停稳，秦学安就跳下车，往前跑。

前面已拉起警戒线，两个村干部正守着。

秦学安要越过警戒线进去，被村干部拦住。

村干部说："这里已经封锁了，不能进去了！"

秦学安说："我媳妇在里面！"

村干部说："里面的人都撤退了，已经撤退到后面山上去了。"

刘海追过来问："现在什么情况？"

村干部说："刘海哥啊，整个村子，都已经转移了。"

刘海劝说学安道："学安，走，咱们绕到后面山上去，估计秀娟他们已经转移上去了。"

秦学安被说动,由刘海拉着上了车。汽车开动。

刘海开导秦学安:"学安,放心吧,估计都到山上去了。据说这一次的洪峰一个小时之内就到,村里不会留人的。"

暴雨倾盆,人民子弟兵奋战在河堤之上,身着墨绿的军装和橙色的防护背心的他们形成了一道移动的"长城"。

国家防汛抗旱总指挥部发出《关于及时转移危险地带人员加强大堤防守的紧急通知》,要求必须把保证人民群众生命安全放在首位,及时转移危险地区群众,同时要突出重点,切实加强长江干堤、重点圩垸堤防和重要城区堤防的防守……

大坝上的一处,几个受伤的官兵捂着伤口,面色痛苦。秦学安、刘海扛着药包迅速撕开战士的裤腿,敷药、缠纱布,忙着处理伤员的伤情。这个时候是最能体现军民鱼水情的。军民一心,众志成城,人不分老幼,地不分南北,共同抗击洪水这头猛兽。

同样地,赵秀娟也加入了志愿医疗队,帮助照料伤员,为抗洪的战士们送上食物和水。

两个受伤的战士背起沙袋往上冲,一个小战士摔倒了。秦学安接过沙袋上了大堤,他扔下一只沙袋,一转身,看见赵秀娟正在给小战士处理伤口。

秦学安喊着:"秀娟——"

另一边传来了一个声嘶力竭的声音:"沙袋!快!"

赵秀娟抬头,发现一处堤坝垮塌,秦学安摔倒在地,她猛扑上去。

滔滔的洪水正在奔涌,到处是面色疲惫、就地休息的解放军战士,赵秀娟、秦学安背靠背坐在大巴上,满身满脸的泥水。

秦学安说:"妈和姐姐、姐夫他们都安顿好了吧?"

赵秀娟说:"嗯!"

秦学安说:"真不知道是不是该感谢一下这大洪水……"

赵秀娟说:"胡说啥呢,知不知道你刚才差一点就……"

两人相拥在一起,虽然满身泥水,却笑容灿烂。经历过生死考验的情感也变得仿佛铁铸一般坚固。

1998 年的特大洪灾，是新中国成立以来暴发的一次全流域型特大灾害。据统计，包括受灾最重的江西、湖南、湖北、黑龙江四省在内，全国共有 29 个省（区、市）遭受了不同程度的洪涝灾害，受灾面积 3.18 亿亩，成灾面积 1.96 亿亩，受灾人口 2.23 亿人，直接经济损失达 1660 亿元。

大水终于退去，学安和秀娟一家终于回到了秀娟家。因为大水刚刚退去，院子里到处都是淤泥和枯枝烂叶，墙上，大约一米多高的水印（涨水水位）还清晰可见。

学安在院子里正用铁锨把淤泥和枯枝烂叶铲走，满头大汗地干着。

屋里，赵秀娟、赵秀娥都拿着抹布，正在擦拭被水浸泡过的家具等，历劫后的家园，在勤劳的双手面前很快恢复了以往的温馨。

丰源村里，张守信的水泥厂办起来之后，生意红火，运输车不断地进出。张守信看着一辆辆的运输车驶出厂门，就跟看着一沓沓的钞票飘进来一样。这些日子，他经常给会计三十六计打电话问账上的事儿。

腰包鼓了，底气就足了。底气一足，守信身上就散发出一种成熟男人的气质，捎带地有一种俗气的炫耀。

他穿着一身带着宽大垫肩的大西服，戴着墨镜，手里拿着一个爱立信的手机，走进家里时，张天顺正温了早上的剩饭吃。

"大，以后咱天天下馆子，花不了几个钱。"

"守信啊，你能不在你大面前嘚瑟吗？"张天顺无奈地望着儿子说，"你看看你那个样子，你这西装是不是大一号，不合身啊？"

"不懂了吧，现在就流行这个，小夹克，大西装，西装必须得大一号。"

"你以后少在你大我跟前耍威风，更不要在村上人跟前耍，在村上活人也要处处小心呢。"

"大，咱现在有钱啊，腰杆子硬啊，谁都围着咱转呢。好多人都在厂子上班，是我给他们开工资啊。我是老板，得有个老板样儿不是？"

"你呀，还是年轻。"

张守信连这句都没听见，就出门去了。

秦有粮的提水渠工程遇到点问题，说好的水泥到不了了。他就跑到了水泥厂来找张守信。

"守信啊，这生意挺兴旺啊。"

"凑合呗。"

"提水渠正紧着修呢，县上订的两车水泥要晚到几天，可工程不能停啊，你这能不能先匀点出来？"

"叔，现在都是合同说了算，我这都跟人家签了合同了。"张守信打马虎眼说，"一个萝卜一个坑，都是有数有主的。要不我跟您去工地，我去抢铁锨？"

秦有粮苦笑两声，正准备说点啥。

张天顺怒气冲冲地进来说："老子麻烦儿子一回咋样？"

张守信吓得立马站了起来："大，你咋来了？"

张天顺不满地嘟囔着："我咋养了你这么个白眼狼，你不是吃丰源饭、喝丰源水长大的？丰源修水渠用你点水泥，跟扒你一层皮似的。"

张守信还想辩解，张天顺冲外面喊："卫东，给我装两车水泥送到工地上去。"

依靠张天顺，秦有粮搞来了水泥，但秦有粮真正的心思是在故纸堆的资料里。他也从电视上看了长江、淮河的洪灾，感慨老天爷真是不公平，旱的旱死、涝的涝死。

在县水文站，秦有粮在资料室里翻看关于丰源村的水利资料和历史档案。桌前摆着厚厚的几本，秦有粮一页页地翻看着。一大段资料让秦有粮十分激动。

资料显示：稷河，源自秦岭山脉以东北，经风县流入金水，全长 1109 千米，落差 1080 米，平均比降为 1.89%，河床年际间变化不大，年内冲淤演变较为明显……清康熙四十一年，修河道至金水一线，解近邻百姓缺水之苦难，河道通，水丰盈，次年丰收。

秦有粮颤抖的手划过一行行字，激动不已。

回到村上，秦有粮火急火燎地赶来张天顺家，进门就喊："我跟你说，咱这水渠肯定能修成。我在资料上找到了稷河的记载，原来啊，咱们这儿在清朝的时候就通过河道，只是后来年久失修渐渐被掩盖了。咱们要是能把这旧河道找出来，那水渠也好，水坝也罢，绝不是啥难事儿！"

两人结伴上了县里，找王书记谈了自己想修复旧河道的事儿。

王方圆很是为两位老先生的激情感动，说道："找旧河道翻新是个大工程，费用也少不了，我得跟上面汇报汇报，估计到时候会派专家亲自到稷河去考察和落实。叔您也别着急，回去等我消息，要是这事儿真成了，那可是稷河邻近村镇的大喜事啊。"

王方圆紧急部署，带着专家团队在稷河周围考察，张天顺和秦有粮陪同。

专家拿着专业设备在河道附近勘测、检验。秦有粮在一旁专心致志地看着专家们工作。

一行人来到稷庙。专家四处察看，秦有粮也跟着四处瞧。

张天顺左顾右看地在庙里走着，被角落里的石头崴了脚。

王方圆说："叔，您没事吧？"

张天顺挥挥手说："没事、没事，老了，走个路都能把自己脚给崴了。"

秦有粮凑过来蹲下说："你坐下，我给你瞧瞧。这老胳膊老腿的可别伤了，回头守信还不得找我麻烦！"

张天顺乖乖坐下，秦有粮仔细检查了他的脚踝。

秦有粮说："还好，没事。"

他正准备起身，余光扫过石像桌下，一堆干草里好像盖着什么东西。他上前用手拨拉了几下，发现底下盖着一块石碑。

张天顺说："这咋还有块碑呢？"

专家也凑了过来，用专业仪器检测。

秦有粮说："这碑上好像还写着些字，什么崇祯大旱，七年不雨，瘟疫盛行……问之谷神，复归丰源……因亟勒所闻于贞石，以告四方之来者……清康熙三十九年岁次庚辰仲春……"

张天顺说："真的有啊，不过这石碑看起来并不完整，好像还有一半的样子。"

其中一位专家说："丰源村旧河道估计是真的存在，我们把今天考察的样本带回去再研究一下，尽快给你们答复。"

秦学安和赵秀娟从安徽回来之后，张天顺就想找学安谈谈让他当村支书的事儿。

"学安啊，你也做了几年村长了，做得好，这几年，咱们丰源村的年景不好，你都扛住了。"张天顺拉着秦学安的手，"大家伙儿都相信你，我也相信你。"

"叔，您到底要说啥，直说，有啥需要我做的，我立马去做。"

"我这年纪也大了，干不动了，村长给了你，我还一直任着咱们村的党支部书记。我想了，现在你也成熟了，这村支书我也交给你了！"

秦学安一愣："啊？那不行，我还年轻，还需要你这样的老人多扶持。"

"够了，我真的干不动了。这个担子真的该交给你了。我已经和镇上县上商量过了，向组织上推荐了你，就等着你从安徽回来。"

"叔，您咋这么心急呢？"

"该交出去的总得交出去，我可没有占着茅坑不拉屎的臭习惯。"

"您这一说吧，我心里还有点忐忑。"

"忐忑啥，这丰源村上上下下，除了你，没别人更合适了。"

"任重道远啊。"

"你这回从安徽回来，自己有啥打算？"

"其实当初去安徽，一来是为了把秀娟请回来，二来也是为了去取经，学习一下他们先进地区的经验。"

"有啥收获？"

"收获挺大的。咱们要富起来，就得向人家学习，我准备把原来那个中药材加工厂，重新开起来。"

"我只有一件挂念的事情，就是耕地不能占用，其他的，你都看着办。说起来谁还没有点私心啊，把你扶上去我也是有我的私心。"

秦学安一愣："叔，您这是说啥呢？"

"还不是守信，我就这么一个儿子，这些年，不管叔做了啥，对得起你，还是对不起你，都是为了他。"

"我明白。"

"这十多年啊，他一直不顺，我就一直想扶他一把。但是越扶越扶不起来，可是现在不一样了。"

"现在守信的水泥厂不是买卖挺好吗？听说特别赚钱，那可比我有钱多了。"

"我自己的儿子我自己明白，现在村里都开始管他叫'张首富'了。"

"这不是挺好吗？"

张天顺摇摇头："他要是平平常常，我还能降服他，他要是发迹了，我才真担心呢。他不如你成熟、稳重，他手里要是有俩糟钱，不知道会惹出啥事情来。"

秦学安沉默着，没法表态。

张天顺悠悠地说道："以前，他不顺，他还听话守家，现在好了，我的话他都不一定听了。"

"不可能吧，您的话他都不听了？"

张天顺叹口气说："迟早会不听的，所以啊，我得赶紧退下来，你来做村长兼支书。这样，在村里，还有人能管住他。学安，我求你，将来关键的时候，他要是犯了大错，你可得拉他一把。"

"叔，您放心，守信跟我那也是一块儿和尿泥长大的。他要是有事，我不会看着不管的。"

"这我就放心了。"

"叔，你退下来，准备做点啥啊？"

"我现在什么也不想了，咱们丰源村这四五十年不容易啊，我想着回头，我修一个咱们村的村史馆出来！"

秦学安接替张天顺的村支书职位，组织上也顺理成章地通过了。上任仪式上，秦学安当众表态说："谢谢大家的认可！从今天开始，我秦学安就是咱们党支部的书记了，但是今天和昨天的秦学安，没有任何区别。大家伙儿还是老样子，有需要找我的，尽管找我，我一定还像当初的学安一样，尽心尽力为大家服务。人常说，新官上任三把火，我这个村支书是党的基层干部，不是什么官，是为大家伙儿服务的，服务就要服务好，所以还真有几件事要跟大家商量：第一呢，是咱们的老支书天顺叔说他卸任之后，想给咱们村做一个村史馆，这个事情，我觉得很有必要，所以，第一件事，我就想表个态，村里的地，天顺叔你看上哪块，你就说，我给你批，只要不是耕地。第二件事，也是跟大家都有关系的事情，我想，咱们村一直没有学校，村里的孩子都要到邻村去上学，我想在我这一任上把这个事情解决了！地方我都想好了，就在二里沟，紧挨着水坝，地方好，几个村子做一个联校。最后一件事情，要朝前看，要学习人家外面的先进经验，我们村子不能光花钱不赚钱，我想了，还是要把那个中药材厂重新做起来。"

众人的情绪也被学安带动起来了。

秦学安的主要心思还是在把药材厂改造好上。他要做的第一件事就是把药材加工厂重新办起来，并已经开始着手谈设备。秦学安找到一家厂商，跟厂长开门见山地说道："现在厂子重新启动，正是需要钱的时候，可能一时没办法拿出一笔钱来购买新设备。我们有个方案，能达到互利共赢的结果，厂长您是不是可以考虑一下？就是请设备厂作为投资方，入股我们药材加工厂，有钱大家一起赚！这是我们的计划书，厂长您看过之后考虑一下吧。"

秦学安将计划书递给厂长。

厂长没有立刻接下，而是笑了笑说："学安，你是越来越贼了啊！这前面欠的钱才刚还完就又有新目的了啊！"

秦学安握着计划书的手顿在空中，确实也觉得底气不足。

秦学安说："当然，您也可以不接受这个办法，但是我觉得，那样的话您可能就错失了一个好机会。"

厂长说："什么机会？"

秦学安说："从工业设备深入药材市场的机会。"

厂长思索着，接过了计划书。

秦学安说："50万元，这个股份，不知道您满意不？我来管理，也不知道您放心不放心？"

厂长翻看着，把计划书放在了桌子上，沉吟着。

秦学安忐忑不安。

厂长说："其实，不用这个计划书。"

秦学安说："那需要什么？"

厂长说："我相信你的人品，一个人背着本不该他背负的200万元债务，一点一点地还到了今天，就凭这一点，这个资，我投！你这样的人，能成事！"

秦学安激动地说："谢谢您！我不会让您失望。"

药材厂重新开张那天，秦学安在村广播室对着话筒大声宣布说："通知！通知！咱们丰源村的药材加工厂马上就要重新开张！现面向本村村民及附近乡镇有意愿者招聘！望积极前来应聘，共创美好明天！同时，在这里也鼓励各位农户重新开始种植中药材！将咱们村优质的中药材资源发往全国，共同创造属于丰源村的品牌形象！另外还有一则好消息，由中国农业科学院专家褚之云老师带领的团队将在下周到咱们村子来给大家上课，讲讲关于科技务农的事。还有，丰源村的农技站也将正式成立，希望大家积极参与，到时前来学习！"

有时候人品的力量就是这样大。很快，学校也落实了，这次是赵云帮了学安。

稷新村小学动土仪式上，村里的男女老少齐聚，县里和镇里的领导也纷纷到场，和赵云、秦学安一起种下了一棵小树苗。

唯独在办村史馆这件事上，张天顺始终拿不出个满意的设计方案。张守信回家后还老瞧不上他大干的这些事，劝他大别琢磨村上这些事儿了，跟他进县城，住到县上去享清福，安度晚年得了。气得张天顺骂他是忘本了，吃了丰源村的粮，喝了丰源村的水，干的都是白眼狼的事儿。

张守信说："您也是闲的，我过会儿要进城，准备在城里买套房。您也退下来了，您最好跟我们进城享福去，别琢磨啥村史馆，有用吗？"

张天顺说："咋没用？这是咱们丰源村四五十年的历史！"

张守信说："没啥用！"

说着他进屋拿东西，很快又出来了："那您就画吧，反正闲着也是闲着。"

张天顺说："你站住！"

张守信站住，回头望着他说："咋了？"

张天顺说："村里有两件大事，建学校，还有学安的中药材厂也要重新启动了，你不准备表示表示？"

张守信一愣，说："我咋没表示？学安派人来找我募资，可我水泥厂的钱那都是公账，都有数呢，没办法，我只能调了一批水泥给他们盖校舍用，也算是仁至义尽了。"

"亏你还有点良心！"

"我也是丰源村的人嘛，凡事还是会想着村上的。"

"在村上为人，可不能忘本，要不会被人戳脊梁骨的。"

"我知道，大，从小您就教育我呢……"

还没等张守信说完，水泥厂的人来了，说是出事了：水泥厂给学校盖校舍的水泥有问题，说是质量不过关。

张守信连忙回了厂子。

有人围堵在水泥厂门口，喊着："张守信你给我出来！"

张守信差卷毛出去应付，卷毛出来说："乡亲们这是咋了？"

三胖和二狗拉着水泥，往地上一撂："咋了？你不知道啊，还想糊弄我们，我们天天在工地上干活，这是啥货色我们看不出来？"

卷毛紧张地说："怕是有啥误会吧，这都是守信免费给咱们村里赞助的。"

秋英婶子说："卷毛！你有没有良心啊，这学校是给谁盖的？这是给咱们村自己的孩子上学用的！你们赚钱也太不讲究了吧，这将来要是出了事，我跟你们没完！"

"对！让张守信出来！出来！讲清楚！"

"张守信！张守信！"群情激愤，大家嚷嚷着。

卷毛无奈，只好向里面跑去。

卷毛带着张守信又跑了出来。

张守信说："乡亲们、乡亲们，守信我来了，别急，有啥事情，尽管说！"

有村民质问道："张守信，我就问问你，这水泥是咋回事。"

"这水泥不是好好的吗?"

张天顺和秦学安听闻水泥厂被村民围了,急急忙忙赶过来。张天顺让大家让开一条路。

张守信喊了声:"大!"

张天顺上来就要给张守信一巴掌。

张守信喊道:"大!"

张天顺收回了手,说:"你少叫我大!我丢不起这个人!"他又对周围的人说道:"父老乡亲们,家门不幸啊,我张天顺对不起大家啊!"

张守信垂头丧气地说:"大,别说了,有问题,我给大家换嘛!"

秦学安也气不打一处来:"守信,不是我说你啊,咱们都是一块儿长大的,办厂子是为村上人办事,你怎么能做出这种事儿来呢?劣质水泥给学校用,出了事儿你能担得了这个责任吗?"

张守信说:"知道、知道,我也没想到,当时是头脑一热,急了,你也知道我现在这个生产规模都上去了,那就是上了战车,下不来了,我必须一步一步地走下去。"

"我也知道你办水泥厂不容易,但是我相信,所有的困难都能克服,困难困难,要是那么容易就解决了,还叫困难吗?想想咱们这十年,种了中药材,开了工厂。为了咱村的名声,咱们关了厂子,还烧了有毒的中药材。"

张守信说:"为这,咱还背上了两百万元的债务。说实话,学安,当时我是真佩服你,你一点不含糊,真就烧了。"

"就像这一次的水泥,咱不能做亏心事啊!只要对得起咱自己的心,背多少负担,咱也敢扛!"

"学安,这次是我错了,我这就换最好的水泥,我自己掏腰包,我也给小学校捐钱。我这水泥厂要想做大,还得向你学啊。"

"这眼看着过了年,就是新千年、新世纪了,这十年,咱们从泥泞里一步步走出来,我相信,新的一年,不,新的十年等着我们大步往前冲呢。"

跨越时代之门，中国以难以想象的速度在世界上崛起，GDP 每年的增速超过 8%，国内生产总值达到 10 万亿元，位居世界第二，城市与乡村建设都在日新月异地迎接着新的发展和契机。

城市里无数高楼从无到有，拔地而起。城市化与现代化进程日益加快。

北京，秦学诚和妻子褚之云商议，秦俭到了要上高中的年龄，得把他接到北京来。褚之云则不同意学诚的意见，两人争执不下。

秦学诚说："前几天我同事跟我说，爱知中学收咱儿子这样情况的学生，根据孩子不同的情况因材施教，每年都能出好几个名校大学生。我今天就去问了，人家说完全符合条件，下学期咱就能把秦俭接到北京上高中。"

褚之云坐进沙发里，满脸不高兴。

秦学诚问："儿子回到咱身边你不高兴？"

褚之云问道："不是，我就想问问你，你做这些决定的时候有没有先问过咱们儿子？"

秦学诚说："孩子小，哪做得了决定。再说，我们县的教育质量哪能和北京比，让他来这边上学，接触更多和他一样情况的孩子，还有更多优秀的老师同学，说不定他的病就好了！"

褚之云说："你一口一个为了孩子好，结果最重要的一点你一点也不关心。秦俭和别的孩子不一样，他需要的可能不是多么好的师资力量、优秀的同学，我根本没想过他得有多优秀。"

秦学诚说："你和我说的根本就不是一回事。"

褚之云说："怎么不是一回事？我就问你，咱俩每天工作这么忙，你让秦俭回来上学，谁来照顾他的生活起居，关心他的情绪……"

秦学诚说："这……这都不是问题啊，到时候咱们请保姆。难道你不想孩子回来，在咱们身边？"

褚之云哽咽道："我想，我怎么能不想，做梦都想。但每次回去看到他在田野里奔跑着，像小鹿一样雀跃的样子，我就想，也许那才是他的生活。我对他的愿望就是希望他活得轻松、快乐……"

秦学诚不说话了。

褚之云宽慰他说："你也别难受了。我们研究所有一个外派杨凌农科城的计划，我已经申请去那边。就算为了秦俭吧，我们对孩子的关爱太少了。"

一辆飞驰的列车穿过钢筋水泥的城市，越过青山绿水，一路向前，来到了西北高山连绵的山村。

秦学诚和褚之云提着大包小包下车，回到了丰源村。秦学诚自上大学以来，一直惦念着家乡，时刻不忘自己是一个农民的儿子，是一个农业工作者，一定要听农民最真实的声音，了解农村最真实的情况，所以每年的时间里，有一大半他都是在各地农村调研，去过东北，也到过西南，下过水田，也爬过高地，可以说，他的一篇篇学术论文都是用双脚写出来的。他和褚之云共同的志向，一致的理念，让两人走到了一起。

秦学诚回到村上，放眼望去，一辆拖拉机在地里翻耕，寥寥可数的几个庄稼汉在田间耕种。地里，靠近路边的很多地方已经长满了杂草，看起来已经久未耕作，撂荒很久了。

学诚四处看着，嘴里嘀咕着："明明该是农忙的时候，地里怎么都没见几个人。"

褚之云说："就是，你看这杂草长的。"

地垄旁的根叔看到学诚回来，打了招呼后就跟学诚抱怨说："倒了八辈子霉了！买着假化肥了，今年这地种的，咋算都是个赔！"

秦学诚说："不能吧，您可是咱村的种粮大户，一百多亩地的收成还能赔？"

根叔说："就是因为地多，光种子、化肥、机器都已经投了几万元进去，按现在这情况，大半年白干不说，交完税还得欠下一屁股债，现在这地，没法种了！"

褚之云说："叔，这种情况咱遇见的多吗？"

根叔说："多嘛，哪次不得擦亮眼睛，一不留神就被骗咯。"

秦学诚说："叔，你别急，之云这次回来就是带着县农技站来咱村解决这些问题的。下次让她帮着咱一起选种子，尽量避免这种情况再发生！"

根叔说："那肯定好么。还是你们秦家好，两个娃子都是顶梁柱，有出息。

你哥正带着人给家里盖房呢，赶紧回去看看吧。"

秦学安正忙着盖房，这是他多年以来的愿望。每个农民的愿望都是能在自己手上盖一院新房，作为自己立世的证明。村上几个老人和年轻人都在帮学安。这也是村上的传统，互帮互助，谁家有个事儿，都是邻里邻居地一块儿上。

傍晚，活计都干完了，秦家院子里人们三三两两地坐在一起，吃着碗里的臊子面。

赵秀娟和褚之云两人端着碗走出厨房。

褚之云说："还是咱家的面好吃，我俩在北京找了那么多家，都没家里这个味。"

赵秀娟说："外头的哪能和咱家自己磨的面比，别的不敢说，擀面这一块儿咱还是有自信的。"

褚之云说："嫂子你没事教教我，我回去也给学诚做。"

秦学诚和秦学安坐在一起。

秦学诚边吃边问旁边的满囤叔："叔，我刚进村看到村口好些地都荒了。"

满囤叔说："这年头，都没人种地了，地可不都荒了。"

秦学诚说："那村里人都干啥去了？"

秦学安接过话："大部分都出去打工了。出去的，回来就给家里盖了新房，别家一看能挣钱，第二年就都跟着出去了。"

满囤叔说："种地的都是我这样的老头儿，一年种不了多少亩，再等交完税，就够自己吃，想靠地里挣钱，那基本是不可能的事。"

秦学诚说："那咱一年的收入大概是啥情况？"

满囤叔说："哪有啥收入啊，这一年下来总共能打下900来斤粮食，换成钱也就不到1000块。刨去年初买种子、买化肥的钱，再把税一交，到咱手里的也就百十来块钱。就今天这物价，几百块，干啥都不够。"

听着村里人的话，秦学诚心情沉重。

包谷地说："我这旧伤最近一忙也开始疼，但有啥办法呢，三妮子今年要上大学，那人家娃考上了咱就得供嘛，自己家麦子收完了又去别的村子帮着收，东拼拼西凑凑的，这都没把钱凑够。"

秦学诚说："还差多少？"

包谷地说："唉，咱地里一年才能挣多少，上个学一年下来不得千把块。"

秦学诚默默点头："现在种地收入差，甚至种得越多赔钱越多，前些日子我去了河南、山西进行调研，情况还要严重呢。"

包谷地叹气："唉！咱农民的日子难哩……"

大家都沉默了，陷入了沉思。这些问题，秦学诚在早先的调研中也遇到了，起初他以为只是个别现象，没想到已经是普遍问题了。

晚间，简单的家庭小聚之后，学安安排学诚两口子多和秦俭说说话。秦俭坐在褚之云和秦学诚中间，假装看电视，实际上一会儿看看妈妈，一会儿偷看一眼爸爸，脸上露出开心的笑容。褚之云发现了他的小动作，把他搂在怀里。

秦学诚问秦俭："今天在学校都干啥了？"

秦俭说："老师教我好听的歌，还表扬了我画的画。"

秦学诚说："老师没有教你外国话，英语啥的？"

褚之云想阻止学诚，说："学诚！"

秦俭说："爸，啥是外国话？"

秦学诚说："就是一种全世界通用的语言，要是现在有机会学，你想不想去？"

秦俭想了一会儿，小声地说："能画画我才去，"他突然想到了啥往外跑去，"你们等等，我给你们看个东西。"

褚之云的眼睛跟着孩子说："好，慢点跑！"

秦学诚试探着跟秦有粮说："大，其实这次回来我俩有个想法，想让秦俭回北京上高中。"

秦有粮觉得很意外，露出不舍："孩子在这里待得好好的，回北京干啥？"

秦学诚说："我看孩子这段时间恢复得不错，就想把他带回去试试，也让他适应适应城里的生活。"

褚之云说："学诚是这么想的，我还在犹豫。"

秦有粮咂了咂嘴："你们两口子天天忙得天昏地暗，能把孩子管好？"

秦学诚说："孩子现在大了，得往长远考虑。北京的教学条件好，机会又多，回去了以后肯定有更大的发展。"

秦有粮点了点头，不再说话。

秦学安问："俭俭知道不？"

褚之云回道："这不刚回来，还没来得及问呢。"

赵秀娟说："我觉得这事，还是得先问问娃的意思。"

褚之云说："我也是这么想的，但学诚特别固执。"

突然，门外传来了"哐当"一声响，接着是一阵脚步声。

赵秀娟说："咋回事？我看看去。"

说完，赵秀娟起身去开门，一看，外头没人。

秦学安问："咋了？"

赵秀娟说："没人啊，那刚……"

这时，赵秀娟看到掉在地下的一幅麦秆画。画上是丰源村的后山，正是日落时分，山上云霞缭绕，山坡上坐着两大一小三个人，能看出是秦俭想象中的一家三口。

赵秀娟大叫："秦俭！秦俭！"

院子里没人回答，院子门大开着。

赵秀娟说："坏了！"

其他人听到赵秀娟的叫声纷纷出来。

赵秀娟说："娃肯定是刚在门口听到了！跑出去了！"

秦有粮从屋里小跑出来说："俭俭不见了？！"

秦俭自小有轻微的自闭症，也跟学诚两口子忙工作、疏于和孩子亲近有一定的关系。好在秦俭一回到村里，在自然的环境中，天性一点点解放，心性也更加纯粹通透。听闻爸爸的想法之后，他一时转不过弯接受不了，跑了出去。

秦家一家人四散在村路上寻找。

褚之云跑在最前面，焦急地喊："秦俭！俭俭！别吓唬妈妈了好不好！"

秦学诚跟在后面，拿着手电筒在田地里照着喊："秦俭！"

赵秀娟和秦学安扶着秦有粮，都焦急地叫着"俭俭"。

越来越多的村里人从家里出来，加入了找娃的队伍。

漆黑的村路上，手电筒的光闪来闪去。

夜深了，所有人都一脸焦急，疲惫地四下张望。

赵秀娟说："村子里都找遍了，咋都没人呢？"

秦学安说："不会跑出村子了吧，那就坏了。"

秦有粮坐在树下紧锁眉头，若有所思，他似乎想到了什么，说："刚那幅画上画的是不是平时咱采药的后山沟？"

赵秀娟说："像是，咋了大，你想到啥了？"

秦有粮说："走，都跟我走。"

后山上，伴随着秦有粮沉重而急促的呼吸声，一束手电筒的光照在后山坡上，照到一个人影，就坐在土坡上，托着腮看着天。

秦有粮喊："秦俭，是不是俭俭？"

秦俭听到爷爷的喊声回过头，一张小脸上都是泪水："你们别过来。"

褚之云从旁边跑了上来，说："俭俭，咋跑这儿来了，妈妈找了你一晚上。"

秦俭擦着眼泪说："你们走吧，我不想见你们了。"

褚之云听到儿子这么说，差点儿跌坐在地上，被赶来的学诚扶住。

秦有粮慢慢地靠近秦俭身边，拉住他说："跟爷爷说，为啥大半夜的跑到这儿？"

秦俭不说话。

秦有粮说："家里人都找你找疯了。走，咱先回家好不，看你这衣服湿的，回去爷爷给你换新衣服。"

秦俭沉默不动，突然小声但坚定地说："我不想去北京。"

所有人被这句话吸引了注意力，都看着秦俭。

秦有粮说："为啥？你不想上学？北京条件多好啊，还能跟你爸妈在一块儿，你不是老跟爷爷说，做梦都想和爸妈在一块儿。"

秦俭看着秦有粮说："但我更喜欢这儿，在这儿我每天都可以画画。"他伸手指着天空，"爷爷你看，这月亮离我那么近，好像伸手就能摸到。爷爷，我不想去北京，你跟爸爸说，让他们留下，别带我走。"

秦有粮红了眼睛，一把把孙子搂在怀里说："不走，我的乖孙子不走。"

褚之云听了秦俭的话，用力地打着秦学诚。

秦学诚就那么受着，红了眼眶。

看着秦俭熟睡之后，秦学诚和褚之云都踏实了。褚之云看着秦俭画的画，用手轻轻地抚摸着麦秆和胶印，默默地抹眼泪，秦学诚抚摸着妻子的肩膀。

秦学诚说："之云，这事怪我，我没想到秦俭对这儿有这么深的感情。"

褚之云的声音哽咽了："咱俩这么多年忙着工作，根本没时间照顾他，结果现在觉得时间合适就想带走他，咱们真的太自私了。"

秦学诚说："经过这件事，我也想通了，既然孩子喜欢村子里的生活，喜欢画画，咱们就尽力给他提供最好的条件，带他走的话，我再也不说了，这次是我错了。"

褚之云说："学诚，你说咱俩是不是属于最不合格的父母？"

秦学诚愣了一下才说："秦俭是那么单纯的孩子，他不会怪我们的。"

褚之云说："学诚，我这次调到杨凌之后，我想再跟杨凌方面申请，调到金水县的农技站上来，这样就跟孩子更近了。我想多陪陪孩子，尽量弥补之前对他的亏欠。农技站下乡也能帮村里人解决种地遇到的难题。"

秦学诚说："只是苦了你了，有时候我觉得我这个做父亲的真是不合格。"

褚之云说："你这次的调研任务也很重，就别操心家里这些事儿了，秦俭这儿有我呢，再说还有哥和嫂子、咱爸和奶奶呢。"

秦学诚很快开始了新的调研任务，地点就锁定在金水县和周边，这次他让学安跟着他一块儿调研。

两人走在乡间的小路上。秦学诚说："这次回来真觉得村里和以前不一样了。"

秦学安说："你也发现了？这几年村里能走的也都走得差不多了，以前出来进去都能碰到的熟脸，现在都见不着了。"

秦学诚说："哥你觉得是啥原因？"

秦学安说："这原因就多了。现在城市机会多，出去的见了世面，谁都不愿意回来，而且这几年地确实不好种，税高，风险也高，收成全靠天，有时候眼见着丰收了，突然来一场冰雹，这大半年就啥都没了。大家觉得城里挣钱容易，肯定就都走了嘛。"

秦学诚思索着说："听着是这个道理，但问题不单单是这些。"

学安说："你是搞学问的，你说说根结是个甚？现在城市里生活越来越过得红火了，要啥有啥，咱农民也想富裕，可靠种庄稼，就想过上城市人的生活？我呀，做梦都不敢想呢。"

秦学诚笑了："哥，还记得吗？我上学那年，你说做梦都想吃饱肚子，然后实行联产承包了，你说做梦都想盖间新房，娶了秀娟嫂那年，你说做梦都想办个工厂，现在你又说梦想过城里人的生活？你还有啥梦？"

秦学安不好意思地笑了，指着窗外说："学诚，光兴你们城里人做梦，就不兴我们农民做梦吗？看看这些山山水水，你不希望家乡越来越美吗？说实话，我并不想当城里人，住进高楼大厦里不如脚踩泥土踏实。我只是想，不管是城里人，还是农村人，都得有获得美好生活的权利。"

秦学诚感慨道："哥，你的这番话戳到我心里了。这段时间的调研让我对农村发展又有了很多新的想法，尤其是这些天的感受。我认为是这些年城市发展迅速，政策对城市与农村发展的侧重不同，产生了些问题。"

秦学安说："是啊，也许你多回来几次才能发现真正的问题。"

一个多月的走访调研之后，秦学诚回到了北京，所见所思足足记了十来个笔记本，他把这些内容誊录到电脑上，顺便查阅了一些新的资料补充了进来。在一些专业的论坛上，他发现跟他一样关注农村问题的陌生网友还是有很多，在论坛上，他们经常辩论、留言，这触发了学诚把调研内容写下来的念头。一篇篇的博客文章吸引了无数的阅读量和留言，让学诚感到满足，感到有一丝的成就感，感到中国大部分的农村地区都遇到了相同的问题。《回乡见闻——当前中国农民的税负问题》这篇长文以非虚构的文体和详尽的内容，成为诸多学者和普通知识分子争相阅读的案例，秦学诚也感慨新的科技、新的网络世界到来的便利。

这篇文章也引起了褚建林的关注，褚建林正要去开一个关于农村问题的人大讨论会，他推荐了学诚也去参加。

褚建林说："还不是你那篇博客，这两天在互联网上可是一石激起千层浪，农民的税负问题、农村劳动力的流失问题，都成为咱们这个领域最让人担忧和不安的隐患了。全国人大经济委员会，就想请这方面的专家一起来讨论一下下一步国家立法和政策的走向，你这个挑头人，当然逃不脱了。"

秦学诚说："这次回家给我的感触很深，回来之后结合我自己的研究课题，想了很久，因为还缺乏全国的数据，没有做成论文和报告，只是把所见所闻所思所想，写成了博客，没想到社会反响这么大。"

褚建林说："这很好，咱们的工作就是应该建立在真看真听真感受的基础上，一会儿就看你的了。"

会议室里，正在召开汇报会议，秦学诚将这次回家调查到的数据做了一个图表对所有人进行详细的汇报，图表详细展现了丰源村十年前、五年前、当年的粮食产量、税负、人均收入、税负增长幅度、耕地多少、荒地多少、农村劳动力与进城务工劳动力的变化。

大家都在认真记笔记，思考。褚建林也皱着眉头在纸上记录着。

秦学诚说："中国的农业经过了十多年的发展，从 1998 年开始，粮食产量已经开始逐年递减，逼近粮食安全的红线，而城市巨大发展和农村形成的差距，也使农村的大部分劳动力涌进城里，尤其在南方，种地与进城务工的收入的巨大差异，让农民无心种地。而沉重的农民负担也成了制约农民增收的'瓶颈'。工业、农业好比一个人的两条腿，一条腿长，一条腿短，肯定跑不快。综上所述，我认为只有减轻农民税负，才能补起农村这条短腿，让农民轻装奔小康。"

褚建林说："学诚，你说的不错。但通过咱们之前所做的数据统计，农业税其实只占全国税收的 2.6%，这个数算下来并不是很大，这么看税负应该并不是制约农村的根本原因。会不会是你们这次调查的基数不够，得出的结论并不一定能概括全国的形势。"

秦学诚说："农业税只占全国税收的 2.6%，说明的是农业税在整个税收大盘子里的比重，但是这 2.6%，分摊在每一个家庭还是比较重的。当然除了我的家乡丰源村，我们还考察了其他一些村子，这些村子我都进行过严格的筛选，都是各个省的示范村，代表了全国目前最典型的农业状况，而且我们去的每一个村子都遇到类似的问题。"

褚建林说："但我认为，从一定程度上来讲，税负是减少贫富差距、促进社会发展的必然手段，越是贫富差距大的社会就越应提高税率。减税不一定会带来农村的增收，更重要的是劳动力的流失和城市发展更快对于农村人的吸引力。"

秦学诚说："您的观点我也很同意，但我想减税应该就是我们目前应该走出的帮助农村增产、增收的第一步。"

丁朗杰说："我也同意褚老师的观点。在金水县挂职锻炼的这段时间，我也感受到了学诚说的问题，但是我觉得劳动力的流失，确实是目前最重要的问题。"

一位人大的领导提问说："秦教授，我们有个不理解的地方啊，我说说看，您来帮我们答疑解惑。就在去年，我们通过了《中华人民共和国土地承包法》，在今年的 3 月 1 日颁布实施，对农民来说，这本来是一个很积极的政策，在出台了这样积极的政策之后，农民的积极性应该提高才对，但是为什么我们看到农村劳动力的流失还在加剧，进城打工的农民工还在增加，而广大农民的种地积极性反而在降低呢？"

秦学诚说："这也是我的困惑。农民积极性与农业税负问题是否有必然关系呢？在我看来，出了土地承包法，以法律的形式确定下农民对于土地的承包权，当然是好事，但是从 1982 年开始，我们的一系列'一号文件'都在稳固这个政策，对于农民来说，他们并不能有效地认识到，中央的文件和人大的立法之间的区别，归拢来说，都是国家政策。而这个政策已经实行了 20 年，并不能真正地刺激农民种地的积极性，而要解决这个积极性降低的问题，只有从农业税负入手！"

众人都在思索。

领导说："大家的观点我认为都有可取之处，我们的会议本来就应该各抒己见。通过争论也可以看到，大家对减税这件事还存在争议，不如咱们就进行一次试点工作，让所有人都深入基层去看一看，大家觉得如何？"

所有人都点头同意。

领导说："既然这样，我就在这里安排一下，全体成员分成六组，进入全国不同省市开展工作。学诚，我希望你能加入广州组进行调研，朗杰，你可以考虑去陕西看看……"

褚之云很快进入了新的角色，带着农科城的一众科技人员下基层，扎实验室。几个人在农科城包的丰源村的几亩地上搭起了大棚，挂上了摄像头。

他们的做法引起了农民的好奇。他们从来没有见过这么多稀奇的词语与设备，所以都跟在褚之云身后嘀嘀咕咕。

包谷地说："这是啥么，咋还要把地包住？"

根叔说："你看那放的黑乎乎的是个啥？"

包谷地说："像是个盒子。"

褚之云听见了，笑着跟大家说："这就是大棚种植，以前大家都说农民就是靠天吃饭，在之前的情况下，这句话没有错，但有了这个大棚种植，这句话就变得不成立了。大棚可以人为地控制蔬果上市的时间，也就是说有了这个大棚，我们就可以种植反季节的水果、蔬菜了。"她指着摄像头说，"大家看到的这个东西就是红外摄像头，通过它可以精确地分析出土地的温度、农作物的生长态势，甚至可以通过分析土地的结构来判断土壤类型，这样我们就可以准确地区分出哪片地适合种植什么作物，从而实现科学种植。"

根叔凑到跟前来说："县农技站一直宣传说要用新品种增产呢，我就想问问，刚回来那天你说的帮我们选种子的事还作数不？那天你跟我们讲课我听着也觉得专业得很，所以就想来问问咱们农科城的专家，能不能帮咱们农民选点好种子，让咱村人明年过个丰收年。"

一个同事跟上来说："之云，之前通过网络找到咱的那个公司你记得吗，还给咱寄来了种子，叫'黄金一号'。"

褚之云说："当然记得，我还和那个姓吕的专家在电话里聊过。"

同事说："刚刚检验结果出来了，通过了！"

褚之云说："真的？快拿来给我看看。"

同事把检验报告交给褚之云。

褚之云认真看完说："这几天就约对方来咱村里一趟，咱们具体商量一下合作的事。"

第二天上午，吕专家匆忙赶来了。村民们刚上工，吕专家就和褚之云以及几个同事一起到了地里。

褚之云说："今天我带着吕专家过来，就是先跟大家讲解一下他们的'黄金一号'小麦种子，顺便给大家说说咋样种植能提高产量。"

所有人都聚了过来，好奇地看着吕专家。

吕专家说："俗话说，'好种出好苗'，在正常情况下，发芽率达标种子全部都能出全苗，否则，缺苗断垄。如果小麦播种过迟，因为天气变冷，气温降低，出苗时间较长，冬前植株较小，根系生长发育差，形不成壮苗。晚播不好，但播种过早也不好……"

张天顺打断吕专家说："你说这么多，我们都听不懂，你就给咱算算账，用了你们这种子，一亩地能增收多少，你一说，大伙儿就明白了嘛。"

吕专家说："这个大叔问到点子上了，咱们这个'黄金一号'种到地里，保守估计，一亩地能增加20%的出苗率，一年下来怎么也得增收几百斤粮。"

其他人听了也很兴奋，纷纷应道："几百斤，可以啊。"

褚之云看着大家的反应也笑得很开心。

这时，从旁边跑过来一个邻村人，指着吕专家开始骂："好啊，又来别的村招摇撞骗了！大家伙儿都别信他的，上个月才到我们村骗了我们10万块钱，说是增加多少多少的出苗，压根没有的事。正愁找不见这骗子，得，在这儿让我碰见了。走，跟我走。"

说着，这个外村人就上去拉吕专家的衣领。

褚之云在旁边也着急地说："咋回事，这个同志，是不是有误会，你这样随便抓人可不行。"

村里人看着这样的情况议论纷纷。

来福说："咋回事？"

包谷地说："这人是个骗子！"

没想到吕专家很淡定，把外村人的手从胸口上打了下来，说："你等等。我先问你几个问题。"

外村人说："啥问题？你还想说啥？"

吕专家说："你们这个苗是啥时候播的种？"

外村人说："上个月啊，从你这儿买了以后我们就播下去了。"

吕专家对所有人说："看看，这就是我刚说的'晚播弱，早播旺，适时播种麦苗壮'，你这就是播的时间不对。"

外村人说："你别在这儿狡辩了，我们庄稼汉还能不知道啥时候能种啥时候不能种，往年都是这个时候。"

吕专家说："为啥现在都说科学种植，道理就在这儿，今年不知道大家发现没有，天凉得晚，是个暖冬，播种过早，麦苗在较高温度下生长迅速，幼苗素质嫩弱，不仅易受病虫害，而且分蘖较多，群体变大，容易形成旺苗，但旺盛而不健壮，干物质积累少，有的在冬前拔节，越冬期很容易遭受冻害。所以，播种的时候要根据品种特性，合理确定播种时期。"

外村人听了哑口无言："难道是我错了？"

吕专家说："当然，你们种不能胡种。不然好种子都给糟蹋了！"

外村人说："那我们这咋弄？我不管，现在都已经成这样了，你得负责。"

吕专家说："负责，当然负责。我忙完这边就去你们村看看，到时候咱们现场看怎么挽救。我们这儿卖出去的种子从来都是负责到底。"

外村人说："那行，这事咱说定了。"

吕专家说："没问题，等着啊。"

包谷地说："专家，你再跟我们说说这播种增产的事。"

吕专家笑说："好，播种量的确定，应在农业技术员指导下，综合考虑品种特性。不同的品种分蘖成穗数和适宜亩穗数差别很大……"

秦学安自从当了村支书，也面临了诸多问题。这会儿他正在村委会里和村里几个党员开会。

郑卫东说："村里的满囤病了，在县医院住着呢，咱这次开会就是商量一下他的孙子的生活问题。"

秦学安说："我昨天打电话问了，等二狗夫妻俩回来估计得年前了，咱们几个党员干部发挥一下模范带头作用，一家先照顾几天，大家觉得咋样？"

张天顺说："行嘛，一家几天。一个小娃，吃不了几口粮，我家人少，平常守信和柳叶儿回来得也不多，可以让娃多跟我住几天。"

包大凤边说边咳嗽了两声："我这边也没啥问题。我最近都在厂里住，刚好让娃睡我的床。"

秦学安说："那就这么定了，我回头就跟满囤叔说，让他放心治病。"

此时秦学诚打来了电话，秦学安当众接听。

秦学诚说："上半年我在全国各地进行调研，现在国家许多部委也在行动呢，专门开会研讨了这个事，还组织了几支队伍去各个省考察，安排减税试点，咱们丰源也安排了，就是我北农大的同学丁朗杰。他最近已经带队去了，估计很快就到。"

秦学安说："好啊，这是好事啊。"

秦学诚说："到时候如果咱县符合条件，一个县要挑一个村做试点。"

秦学安兴奋地说："这可太及时了，那我得好好准备一下，争取给评上！咱村就可以提前享受国家的优惠政策啦。"

秦学诚说："重要的是提供试验样本，为全国农村政策的制定作参考。"

秦学安挂掉电话说："国家还是想着咱们农民的，想着法子给咱减负呢。"

会后，包谷地叫住学安说："今年夏种我们想试试新品种'黄金一号'，但我们不放心，学安，要不你带我们去探探，没问题的话我们就放心了。"

秦学安说："对着呢，要去看看，这可是大事呢，万一一季种不好，损失可就大了。"

诚信农业科技公司内，吕专家带着秦学安来到公司。一进公司他们就看到一块大牌子上写着"国家小麦研究中心陕西分部"。

公司的楼外表面是一层层的镜面玻璃，显得格外高大上。公司内部面积也很大。吕专家带着大家在公司的研发部门、生产链进行了参观。一个一个的隔间非常正规。楼房后还有一大片的试验田。

试验田里,一片金黄的麦地里包得严严实实的科研人员正在施肥,有些则拿着探测仪一样的东西来回地扫描。

秦学安被唬得一愣一愣的,不时拿着照相机拍照。

吕专家在讲解时,秦学安不住地点头。

从诚信公司出来后,秦学安就跟大家拍板说:"人家公司这么大,像是一家正规公司,咱可以试试。大家一听秦学安都作了保证,再无任何犹豫。热闹地商量着买种子的事。"

丁朗杰很快就带队来到了金水县,他们先去了县委找王方圆。

王方圆说:"等你们好几天了,咋今天才到?"

丁朗杰说:"在陕南耽误了几天。来之前大家都觉得主要是调查分析,实际考察才知道各县情况都不一样,好多事情到了现场才了解,突发情况特别多。这回真是体验了才明白,你们的工作不好做啊。"

王方圆笑着说:"是,基层工作就是这样。看起来都是小事,但落实到农民身上都是大事,容易产生各种矛盾。"

丁朗杰说:"是,咱们这边的资料都准备得咋样了?"

王方圆说:"准备好了。早两天就已经准备好了,就等着你们来呢。"

丁朗杰说:"那太好了。咱县的大村有多少?"

王方圆说:"能够得上标准的有十几个,丰源村、柳家窑、高地村……"

丁朗杰一行边听边点头:"行,那咱们就按程序走,两天时间查阅资料、走访调查,然后你组织符合资格的村委开会,最终选出一个定成试点。"

王方圆说:"那就先去丰源村。"

丁朗杰说:"我也是这个意思,那可是学诚的老家呢。"

丰源村接到通知,早已布置好了。

调研组进村了。丁朗杰一行三人从车里下来,村口就只有秦学安和郑卫东俩人。

丁朗杰说："学安哥，上次一别，我就一直期待再见面。"

秦学安说："我也是，老听学诚说起你。要不先去我家休息一下，还是？"

丁朗杰忙推托说："哥，这个真不用，要不咱现在就直接去村委会，我们主要了解一下咱村的人口、亩产量啥的。"

秦学安直率地说："那敢情好，卫东，开路！"

村委会会议室，丁朗杰带来的专家正在对村里的资料进行翻阅。

回到县委，调研组跟王方圆通报情况，并根据调查数据作出了决定。

在县委农业会议上，台下坐着秦学安、柳二奎等五个村的村委书记。

王方圆说："叫大家来就是跟大家说一下，咱们几个村符合减税试点的评选条件。今天就把这个事定下来，最后只能有一个。"

丁朗杰说："对，就在咱们几个村里选。大家有没有推荐的？"

柳二奎站起来说："就一个啊？那我推荐我们村。"

另一个村委书记说："我也推荐我们村。"

秦学安说："我们村一直是先进村，按理来说也应该是我们村。"

柳二奎说："秦学安你啥意思，啥都要争？"

丁朗杰说："大家冷静，咱们这次评选本来就是本着公平的原则。大家不要吵，咱们就以无记名投票的方式进行，同意吗？"

柳二奎说："我不同意，说是无记名，怕是你们都商量好了吧？"

另一个村委书记说："我也不同意，要投就公开公平公正，赞成的举手。"

王方圆说："行了！今天会就先到这里，你们自己先商量，商量好了再说！散会！"

第十三章

危　机

税费改革设立试点的春风很快就吹到了金水县。丰源村的村民们在村委会门口不自觉地就已经议论开了，秦学安走过来，听到了大家的议论。老支书张天顺和秦有粮也在其中。

大嗓门儿秋英首先开口："我觉得这事是好事啊。当然得参加了！"

郑卫东道："就是，为啥不参加，都筛出来了不参加不就亏了吗？"

老支书张天顺咳嗽了两声，所有人都看着他。

"这事，其实我觉得咱不参加好。"张天顺以一个老党员和丰源村老支书的觉悟说道，"我觉得农村的困难和种粮纳税关系不大。好多人出去打工挣钱，见着世面了，想给家里盖房，想买好东西，有了想法哩，宁可承包地撂荒也不种。咱农民从古到今就交税，这就是咱给国家的贡献，交税是多光荣的一件事，要连税都不交了，那咱农民对国家不就一点贡献都没了？我觉得不行。"

秦有粮在认识上也和张天顺是一致的，马上附和道："我同意，税减了，是不是意味着政策也要缩水呢？未必是个好事，以后农村的福利啊、公共服务会不会也减少，对农村的发展，对咱农民不一定好。咱们不是吃不饱肚子的年代了，只盯自家小碗，不顾国家的大锅，这不厚道。"

大家议论纷纷。

根叔道："纳税光荣哩，种粮纳税，天经地义嘛。"

酸汤婶道："瞧你能的，还和城里人比呢，人家日子过得让人馋呢。再说了，这是国家要照顾咱农民，又不是咱死乞白赖不交税。"

三十六计道："忘本呢？困难年景，国家也没有少照顾咱们，我支持种粮纳税。"

秦学安最后表态："大家说的我都听到了，村上的事儿就要集体商议着来，那咱就表决一下，最后我再把大家的意见传达给县上。"

大家都点头表示同意。

丰源村的表决还没结果的时候，县里王方圆接到了电话，接到举报，说是因为学诚是丰源人的关系，最后试点内定了丰源村。

丁朗杰赶忙向王方圆澄清："这个我完全可以保证，学诚对这件事一直都在避嫌，自从安排下来这个工作他根本没过问，不存在什么内定。"

王方圆放心了，脸色舒缓下来："减税政策是国家大事，试点村又关系着村民的切实利益，各村都希望能成为试点。有些老百姓存疑是正常的，希望你理解。"

为排除异议，丁朗杰迅速组织了宣讲会议，强调了税费改革的意义。

丁朗杰道："这次咱们做这个试点，就是想给咱们农民谋福利，更是为国家制定农村相关大政策提供帮助，其实偏袒了哪个村对我们没有什么影响，更没有什么好处，但对大家来说可能就是影响生活的大事。可能我们的有些做法确实让大家产生了一些误会，我在这里先给大家道歉，也希望大家都秉着公平和积极的态度，投出自己的一票。"

学安也参加了会议，会后他找到丁朗杰和王方圆，表明了丰源村的态度，丰源村放弃了这个做试点的机会。

结果金水县的试点自然落在了柳家窑身上。柳二奎过来跟秦学安道歉："举报信是我写的，我错看你秦学安了。"

秋天的风把丰源村的树都吹黄了。到了冬天，一场雪过去，年快到了，家家户户都贴上了春联。

按照国务院统一部署，2002年全国有20个省（自治区、直辖市）以省为单位进行了农村税费改革试点，其他省继续在部分县（市）进行试点。试点工作推动顺利，取得明显成效。实践证明，农村税费改革是现阶段减轻农民负担的治本之策，得到了广大农民群众的衷心拥护，有力带动了农村各项改革。

2003年党中央再次把出台的"一号文件"定位到农业问题，《国务院关于全面推进农村税费改革试点的意见》中提到："在试点地区，无论是一个省、一个县，还是一个乡、一个村，从总体上计算，改革后的农民负担要比改革前有较大幅度的减轻，做到了村村减负，户户受益。对承包土地较多、改革后负担有所增加的农户，要通过减免等办法，把负担减下来。要建立有效的农民负担监督管理约束机制，确保农民负担减轻后保持长期稳定、不反弹。"

全国各地一片欣欣向荣之际，丰源村却遇到了新的问题。地里成片成片的玉米稀稀拉拉地长出并不健壮的穗。在阳光的照射下，枯瘦的庄稼中间赤裸的褐色土地更加明显。很显然，是玉米种子出现了问题。

县农技站的所有同事都耷拉着头坐在办公桌前。办公室里，桌子、椅子都乱七八糟的。

秦学安快步走了进来，道："之云，刚我在办公室里都听到那么大的声响，出啥事了？"

褚之云道："刚才村里好多人来问出苗的事呢，这才刚劝走。哥，我也想不通这种子撒下去咋会不出苗。"

秦学安道："会不会是种子有问题？"

褚之云道："但这些种子在投入生产之前我都已经做过检测了，确实是良种。"

秦学安道："那就是别的方面出了啥问题。"

褚之云道："我现在更担心的是，这事一弄，村里人以后再也不信任我们农技站的人了，那估计我们的工作也就不好开展了。"

一个女同事插话道："书记，你刚没看到，村里人气势汹汹的，快把我们吃了。"

秦学安道："看你这个女同志说的，有问题咱们就找原因，找到了解决了不就好了？没你们想的那么严重。你们这些书读得多的人，就是容易想太多。"

女同事挠挠头吐舌道："您说的倒也是。"

褚之云道："哥，你说的对，我现在就着手调查。尽快查清楚，给村民个说法！"

秦学安说："你能这么想就行，有啥事需要帮忙你就说。"

褚之云道："哥，你放心吧，这次粮食出问题，我本身也责无旁贷。"

秦学安又问："那你觉得问题会出在哪儿？"

褚之云道："目前还不清楚，但我已经把村里的水和土壤采样拿到站里做了检测，希望能查出原因。"

这时，褚之云看到山路上大卡车络绎不绝地从张守信的水泥厂拉石灰，扬起漫天粉尘。

褚之云问："哥，那就是咱村水泥厂的车？"

秦学安道："嗯，整天就是炸山、挖矿，后山这条路基本上已经不能走了。"

褚之云若有所思："农田处于水泥厂的下风口，哥你说出苗率不高会不会是因为水泥厂的污染导致的？"

秦学安看着扬尘而去的石灰车，若有所思。

正在这时，农科城的同事打来电话。

褚之云道："嗯，小张，你说。"

"水源检测报告出来了，丰源村的水质污染严重。"

褚之云神情严肃地说："好的，我知道了，谢谢你！"

秦学安道："出结果了？"

褚之云道："对，水污染严重。"

两人的眼光都看向了张守信的水泥厂。

另一处，很多村民围着吕专家争吵不休。

根叔道："小吕，你可是说你这苗有三倍的出苗率，这咋到现在了还没长出来？"

吕专家道："大家别急，我这次过来就是来说这件事的。知道咱们这次出苗率不行以后，我就专门做了调查，这一查就发现，不光是田里出苗率不高，卫东的果园挂果率也不高。你村里不是有石灰厂吗，据我们专家分析，很可能和这个有关。"

根叔问："这出苗率还和水泥厂有关系？"

吕专家道："当然，开春花朵被刮来的石灰烧热，导致落花过多，也就导致了秋天挂果率不高，收成减半的现象。我刚来的时候针对咱村的情况做过调查，当时的水泥厂就已经存在污染隐患，但那时候还是小批量生产，现在规模上来了，这污染也就非同小可了。根据实际情况来看，这件事跟咱村上的水泥厂有很大关系。"

村民们很快就把水泥厂围住了。水泥厂门口，包谷地大喊："张守信，你给我出来！自己开了厂就不管村里人了！快出来给我们个说法！"

保安道："什么人、什么人，乱喊什么！"

包谷地说："把你们厂长叫出来。"

"你是谁我都不知道，还叫厂长？赶紧给我滚蛋。"说着，保安就把厂子大门关了起来。

包谷地吃了闭门羹。人越积越多。

此时，秦学安正和褚之云在农科城看水源检测报告。

褚之云念道："经对该样品进行检测，证实所检项目不合格。"

秦学安问："抽的就是金水河里的水？"

褚之云的同事道："对，看来这一片的水都已经污染了。"

褚之云说："这个程度的污染已经很严重了，我们可能要面临引水的问题。"

"我想想办法。"秦学安刚说完就接到电话，说是水泥厂出事了，村民们把水泥厂围了。

秦学安急匆匆往回赶，一路上看到拉石灰的货车驶过高低不平的黄土路，左右颠簸，早已被石灰铺满的白色路面，恰似一阵龙卷风骤起。

秦学安捂住口鼻，待车驶过，他发现自己身上已经沾了一身石灰。道路两旁，稀稀拉拉的冬麦苗上也挂满了石灰，已经干焦。

水泥厂门口的路上，一辆辆挂满白灰的水泥货车驶过，车后扬起了漫天的粉尘。秦学安被灰尘弄得睁不开眼。

他走进水泥厂，看见石灰窑的炉前，为了养家糊口的村民浑身沾着石灰，睫毛是白的、头发是白的、指甲缝里是白的，他们连口罩都没有。

秦学安越看越气。村民们见秦学安来了，纷纷让开路，让他过去。秦学安径直走到了办公楼里。

他气势汹汹地走到办公室门前，直接踹开了张守信办公室的门。办公室里的张守信油头粉面，俨然已经成为一个大老板。看到秦学安气势汹汹地进来，张守信并不着急，道了一声："学安来了。"

秦学安道："张守信，你还能踏踏实实坐在这儿？！"

张守信道："学安你终于来了，我也着急啊。我能不着急吗？"

两人隔着桌子，张守信坐着，秦学安站着，他说道："我这一路进来，看到咱村人那头上、身上都沾的是石灰。他们不懂，我懂，这灰吸进去了可就在肺里出不来了，你这是拿全村人的命在挣钱啊！"

张守信不耐烦地说："有事说事，别一来就给我扣帽子，我可戴不起。"

秦学安道："我今天来就是跟你谈谈水泥厂污染的问题，你这个厂子，已经影响了全村经济的发展……"

张守信不屑地笑道："好了好了，别跟我打苦情牌，你的心思我明白，你就是看我的厂子挣了钱眼红。农田不出产，跟我的水泥厂扯得上半毛钱的关系吗？你要是来说这个的，那不好意思，请回。"说完，他做了一个送客的姿势。

秦学安指着窗外被挖得半秃的山道："钱钱钱，你现在满脑子只想着钱。你想没想过，你把山挖空了，你的子孙后代该怎么办，等着坐吃山空，还是也来这水泥厂打工？"

张守信梗着脖子站起来道："你今天来就是来咒我的吧，秦学安？我大人不记小人过，不跟你一般见识，以后咱俩井水不犯河水，你种你的田我开我的矿，出了这个门你就别再进我的水泥厂一步！卷毛，送客！"

秦学安见自己拿守信没有一点办法，就说了褚之云的检测报告，张守信嘴硬，说天底下的水泥厂那么多呢，而且水泥厂一生产就这情况，怎么能没有粉尘呢。

包谷地等村民将水泥厂门口围得水泄不通，为首的几个人还打出一条白底黑字的条幅，上面写着："还我粮食！！还我绿水青山！！"

几台拉水泥的卡车被堵在门口，出也不是，进也不是。张守信焦虑地在屋里走来走去。

秦学安道："现在你也看到了，村里人对你的态度，你要是不拿出个解决办法，你也做不成生意了，咱俩就这么耗着。"

张守信道："我算是服了，这门口的人前后在这儿坐了一礼拜了，搞得我生意都没法做了，你到底想咋？"

秦学安道："你的厂子弄得村里人的地不出苗，村里人有意见来问那是正常的。都是一个村的人，你就这么不顾大家的死活？"

张守信道："我都说了几遍了，村里地不出苗和我这水泥厂有啥关系，为啥非要来我这找事？"

秦学安道："你咋还意识不到，你这水泥厂的粉尘污染很可能就是破坏土地生产的根源。现在已经有村民去上访了！整改通知书都到村委会了。你要是再不上设备，你的厂子就要长期关停。"

张守信焦虑地搓脸："啊？哥，你不能这样啊，你知道上一套设备多少钱啊，这些年，我干这个水泥厂不容易，最近效益又不好。"

秦学安道："但是厂子必须整改啊，这个兄弟也帮不了你。"

张守信对着门外喊："三十六计！"

三十六计问："守信，咋了？"

"快，账上还有多少钱？"

三十六计回："没多少钱了。"

张守信道："这样，我不管账上还有多少钱，必须挤出 5 万块钱来，给村民补偿。哥，你看这样可以吗？不管钱多钱少，至少这是我们的态度啊。"

秦学安不说话。

张守信道："哎呀，哥，你就帮帮兄弟吧！我先拿这 5 万块钱补偿一下村民。不管咋说，你总得给我时间让我想办法筹钱上设备吧。"

秦学安还是不说话，只叹气。

"学安哥，我都叫你哥了，你是我亲哥，求你了啊！"

秦学安道："好吧，你抓紧时间筹钱啊。这回就算是给村民的补偿，但你们厂子的污染问题，还是得抓紧。我得提醒你，这个减排设施是早晚都得上的，早治理早好。"

张守信笑逐颜开："好嘞，哥！三十六计，你带着学安去财务室，给他批 5 万块的补偿费给村民！"

第十三章 危 机

冲突暂时平息了下去。

诚信种子公司其实就是一家坑农害农的骗子公司，种子公司老板和吕专家坐在沙发上品着茶。

老板道："我的意思，咱再捞一笔，今年不卖'黄金一号'了，把价格翻一番，卖'黄金三号'。"

吕专家惊讶地问："上次咱可是把仓库里积的旧种子都卖光了，这回到哪里找这'黄金三号'去？"

老板笑道："你看看你，又迂腐了不是？种子都长一个样，只是叫法不一样，挂羊头卖狗肉还不简单？农民是最好糊弄的。我已经联系了湖南的一家公司，要出一批种子……"

吕专家道："但是上次的'黄金一号'村民就已经起了疑心……"

老板大手一挥："既然想挣钱，咱就不要前怕狼后怕虎的了。我跟你说，只要卖出这个'黄金三号'，利润咱俩三七分。"

吕专家道："反正村上人都认为是水泥厂的污染影响了庄稼。咱们正好浑水摸鱼。"

吕专家再次来到丰源村，给村民们推广"黄金三号"玉米种，他拿着喇叭大声宣讲："这次的'黄金三号'是'黄金一号'的升级版，耐寒耐旱，特别适合丰源的土壤环境和气候环境，保证产量能提升 30%。"

田间地头，村民们乌泱泱地将吕专家围了起来，焦急地等待补种。

吕专家高举手里的种子道："这可是全国第一批货，因为上次和咱们大家合作得特别愉快，所以我一下就想到了咱们村。我跟大家保证，咱丰源村必须是全国第一个用上'黄金三号'的村！"

根叔道："你先跟我们说说，这次这种子有啥好。"

吕专家道："首先，我们这个小麦种子是农业部主导品种，是受到国家支持的；再一个，同样是小麦，同样是浇两遍水，喷两遍药，我们这个'黄金三号'的产量正常来说一亩地会多 5 万穗到 10 万穗，平均每亩增产 50 到 100 公斤。"

村民们交头接耳道："50 到 100 公斤！"

吕专家趁热打铁："还有，因为上次听说咱们的种子受了环境的影响没有达到约定的出苗率，所以这次我已经跟公司特别申请，每斤种子给大家便宜5毛钱！"

秦学安突然出现了，说道："吕专家，这么好的事情你老惦记着我们丰源，真是不知道该怎么感谢你呢。"

吕专家道："哪里的话，我也是农民出身，就得替咱农民着想不是？"

秦学安道："那是，我先买一百斤，试着种一下。"

村上，赵秀娟家里的羊也出现了问题，一夜之间就死了一大半。赵秀娟一直守在羊圈里，戴着口罩，穿着全套的工作服。一手拿着喷壶喷药，一边观察着羊的情况。看着死掉的羊，赵秀娟默默地抹眼泪。

几天之后，整个村子非常安静，以往满街跑的孩子这时候也一个都没有。

酸汤婶在村路上遇见秀珍，两人都行色匆匆。

酸汤婶问道："你家羊咋样了？"

秀珍道："死了！五只都死光了！"

"听说全村的羊都死了一多半了。"

"是吗，这到底咋回事么，是不是口蹄疫？"

酸汤婶道："唉，不说了不说了，我得赶紧去买药去。"

这时，村里的广播响起："村民们注意了，最近村里有疑似口蹄疫传播，所有养牲畜的村民注意了，把自家的牲畜和家禽全部关在栏里，每天定期喷药消毒。村民们注意了，我再说一遍。村民们注意了，最近……"

秦学安和赵秀娟坐在床上。赵秀娟面色蜡黄，沉默地纳着鞋底。

秦学安道："秀娟，要不咱就把这些得了羊瘟的羊处理掉吧？"

赵秀娟不说话，继续纳鞋底。

"秀娟？你这是咋了，你说话嘛！"

赵秀娟瞪着秦学安，道："你知道我为了这一批小羊羔，付出了多少心血！现在羊一病，说埋就埋，哪有那么容易的事？"

"那不是因为羊瘟吗，现在全村人都不愿意埋。我既然是村支书，就应该起到带头作用！咱家都不埋，村里人见样学样就更不会埋了。"

赵秀娟一摔鞋垫，道："你真是站着说话不腰疼，大半辈子了，你整天就知道替村子想替土地想替大家想，就是从来没为我赵秀娟想过！"

"秀娟你干啥这么说，咱一家人你非要说这两家话。"

"我算是看清了，我和你不是一家人，你和你村里人才是一家。这日子过不成了，离婚！明天咱们就离！"

秦学安道："离婚是随随便便说出口的吗？赵秀娟你现在不冷静，我先出去了，你自己在屋里冷静冷静，少说这置气的话。"

说完，秦学安出了门，刚出去，就听到鞋垫子砸在门上。

夫妻没有隔夜仇，第二天，两人相约来到了县农技站办公室里问情况，专家正给他俩讲解。

"受疫情影响的不止你们金水县，这场瘟疫已经波及了整个陕西。是一场规模很大的瘟疫。"

赵秀娟不死心，问道："那就没啥解决的办法？"

专家道："办法不是没有，只是目前这种药物还在试验阶段，是不是有效果还需要验证。目前得知的成功率只有10%。"

赵秀娟惊讶地问："才10%？"

"我们之前也跑了好几个地方，想要做试点，但人家一听有风险，就和你一样的反应，都不愿意让我们试。"

赵秀娟没接话，低着头。

秦学安从口袋里拿出钱来："专家，我们愿意，我们愿意试。"

赵秀娟看着大把的钞票，小声提醒秦学安："给羊治病的钱快赶上新买一批羊羔的钱了，成功率还这么小，万一再失败了……"

秦学安告诉她："你就放心吧，国家已经出了政策了，说是补贴养殖户的疫情损失。而且，我也不愿意让你这一年的心血付之东流不是？"

赵秀娟听完笑了，扭头跟专家说："专家同志，我们愿意试！"

羊圈旁边，赵秀娟将死掉的几只羊深埋，撒上白灰。

她拍拍手上的灰，对在一边等着的专家说："可以开始了。"

专家点头，开始为染病牲口注射药物，秦学安揽着赵秀娟站在一边看。

注射完药，专家对两人说："现在，就只剩下等了。"

赵秀娟看向秦学安，秦学安收紧了手，把赵秀娟往自己跟前搂了搂。

可是，羊还是在三个人的注视下很快就倒下了。

专家有些抱歉地对赵秀娟道："看来，这次的药还是没成功。这些羊……"

赵秀娟二话没说，转身拿起铁锹就开始挖坑，她要把所有染病的羊埋掉。

羊有气无力"咩咩"地叫着。赵秀娟挖着挖着，眼泪就掉了下来。

秦学安忙上前帮忙："秀娟，你放下，我来。"

看着赵秀娟，秦学安的眼里满是心疼。

还没等秦学安去县上问清楚情况，村里的广播响了起来："最新消息，针对这次的疫情，上级已经研制出对抗羊瘟的新型药物。新药物经过改良后，治愈率迅速提高，并在邻近的城关镇率先推广。再重复一遍……"

第二天，王方圆亲自带着检疫团下乡。村民大会上，村里所有的人都聚在广场上，台上站着王方圆和穿着西装的中年男人。

会后，秦学安找王方圆说金水河以及水泥厂污染的事："这眼看着就要春耕了，这样下去，生产用水都没法保证。我现在能想到的办法，就是先把山上的泉水引下来，当成村民的日常生活用水以及农作物用水，但这毕竟不是长久之计。"

王方圆道："要解决水污染，还要从张守信的水泥厂抓起；另外，修水利工程的事也必须提上日程。"

秦学安回道："前两天我已经把咱村里关于小型沟、渠、坝、水库的建设方案，还有蓄水设备、引水设备、输水配水设备的采购计划与方案提交给县里了，现在就是等待批款建设。"

王方圆道："金水河关系着全县绝大部分村子的生产命脉，这个问题一定要解决。我回到县上就开专题会议。"

一辆轿车在前，一辆白色面包宣传车在后，两车行驶在蜿蜒的山路上。

车身上有两条横幅，一条是"深入贯彻实施《土地承包法》"，另一条是"防病、防疫，大力发展牲口养殖业"。

农村《土地承包法》的起草，从 1999 年初开始到 2002 年 8 月，经全国人大常委会审议通过，2003 年 3 月 1 日施行。"承包法"的制定历时近五年，这是一个重要的里程碑，从此农民的土地承包经营权就有了国家法律的保障。这部法律对土地承包中涉及的重要问题作出规定，进一步稳定了党在农村的土地承包政策，对于保障亿万农民的根本权益，促进农业发展，保持农村稳定，具有深远意义。

正当一切朝着好的方向发展时，秦学安的药材厂出现了滞销的问题。一天下来，秦学安就是不停地接打电话，不是催问供应药材，就是给经销商解释，忙得焦头烂额。经销商一再要求降低价格，秦学安头大得不行。有人提议药厂进行裁员，否则还会继续亏损下去，秦学安焦虑地直挠头。这个全村的带头人真不是好当的。

沮丧的秦学安回到家中，赵秀娟正在拌饲料，问他道："今天咋回来这么早，不是去厂里开会吗？"

秦学安回答说："这厂，怕是办不下去了。"

"为啥？"

"这种药材收购，保证不了药材的质量。这两年市场又没前两年好，一旦质量不行，价格就上不去。这几天跑了好多厂都不收咱的药材，刚给大伙儿开了会，好多人都说要退出，不种药材了。"

赵秀娟道："这可有点不厚道了，干事也不能一点风险都不想担。"

秦学安道："我想能不能把咱们的中药材厂进行个深加工的改革，但是现在看来，仅仅是更换一些设备，把加工内容往深里挖掘还是不够的，必须从根本上把控药材质量，从粗加工变成深加工，以后向中成药制药发展，这样就跳过了找厂家收药材的环节，更可控一点。"

"黄金三号"玉米种种下去之后，很快就出现了和"黄金一号"一模一样的问题，出苗率低，质量也低。有人甚至找到了农技站，褚之云赶紧联系秦学安，秦学安想起了自己手上那点没来得及种的"黄金三号"种子，就顺便带到了农技站。去的路上，秦学安见根叔家地里的玉米苗长得非常好，得知根叔是买不起新的"黄金三号"，还用了老玉米种。秦学安一下子不安起来，认定了是"黄金三号"有问题。

农技站门口被围得水泄不通，来的都是附近的村民。

褚之云道："大家别急，咱农技站肯定给大家一个解释。"

有村民道："解释啥解释，都不是第一次了，赔钱！"

其他人应和道："赔钱！赔钱！"

褚之云快挡不住了，眼里开始有了泪水。

这时，秦学安从人群里挤了进来，站在了褚之云前面："大家静静，静静。"

人们看秦学安来了，暂时平静了下来。

秦学安在褚之云耳边悄悄说："我怀疑这种苗真有问题。"

褚之云疑惑地问："这个可是经过专家检测的，怎么会出问题？"

秦学安道："我的那份还没来得及种，咱自己再做个检测看看。"

褚之云点头表示同意："行。"

秦学安对大伙儿说道："大家都先回去吃个饭，下午、下午马上把结果告诉大家。"

人们都不情不愿地散了。褚之云迅速组织科技人员检测。

褚之云拿着显微镜观察镜下的种子，秦学安在旁边坐着。

褚之云摘掉口罩，满脸的失望："哥，你说得对，这种子，和上次我看到的根本不一样……"

秦学安一下子站了起来："这、这可咋跟村里人交代啊！"

下午，褚之云出来对农户们实话实说，承诺一定给大家一个交代，村民们才逐渐散去。

秦学安和褚之云回到丰源村，村里的几个小孩在一起对巴掌，边玩边唱：

人误地一时，

地误人一年。

有钱买种儿，

没钱买苗儿。

农技站，

真逗乐，

带着大家买坏种，

好种收百斤，

坏种一半丢！

农技站……

褚之云听到孩子唱的曲儿，低着头匆匆走过。秦学安让赵秀娟好好安慰一下褚之云。

第二天，秦学安和褚之云就去了县城找诚信种子公司的人，没想到已经人去楼空。秦学安恼怒地踢了一脚公司的大门。

褚之云道：“现在怎么办？他们这群骗子就这么跑了！”

秦学安道：“必须报警，要把事情告诉警察，以免他们再在别的地方坑害农民。还有咱们丰源村村民的损失，我作为村支书必须想办法赔偿！”

褚之云自责道：“你说我怎么就没看出来他们偷梁换柱的把戏呢，看来这是一个彻头彻尾的骗局！”

秦学安道：“现在麻烦的就是你们农技站以后在咱农民心目中的口碑，全被这伙儿狡猾的骗子给毁了，以后都没有人相信你们了，你们的工作可不好做了。”

褚之云道：“不仅仅是以后，在这件事情上，我们农技站给他们做了鉴定，相当于我们帮着他们做了信誉担保。这件事情，完不了。大哥，拖累你了。”

秦学安道：“不管怎么样，要把乡亲们的损失降到最低。”

不知怎么的，村上传出闲话，说是褚之云的农技站联合种子公司坑害老百姓。卷毛不明就里地在村上散布消息，说农技站里可都是技术人才，怎么可能弄了假种子还检测不出来？肯定就是秦学安跟他弟媳妇联合起来想赚咱们老百姓的黑心钱！还要让人家张守信给他背锅。

村上人也分成两派，一派坚信秦学安和褚之云不是那样的人，肯定也是被骗了，另一派则听信了流言。

为了防止偏听偏信，秦学安组织了村民大会。秦学安站在中央，郑卫东和三十六计站在秦学安身边，众多的乡亲围在村委会。

秦学安道："乡亲们，请大家来，就是专门讨论这个'黄金三号'假种子的事情。"

酸汤婶道："学安，你不叫我们来，我们也要找你要个说法的，当初可是你怂恿着大家去买'黄金一号''黄金三号'的，而且这些种子，可是你那个兄弟媳妇、国家的农业大专家给检测的，说是没有问题。现在这个烂摊子，你说说怎么办吧！"

众人道："对，我们要个说法！"

秦学安示意大家安静一下："这个事情出来之后，我马上和农技站的同志去找了这家公司。"

卷毛道："找到没有嘛？给赔钱不？"

秦学安道："可惜的是，这家黑心公司已经跑了。我们过去的时候，公司已经没人了，全跑了！"

众人都愣了，酸汤婶一下子哭号起来："哎呀，我的老天爷啊，这群天杀的！可算是把我们都坑苦了！"

众人道："追他们！找他们！"

秦学安再次示意大家安静："这个事情我们已经报警了！公安局很重视，一定帮大家把这伙儿骗子给抓回来！"

酸汤婶哭诉道："那要是抓不回来呢，我们的钱就白搭进去了？"

秦学安道："在这伙儿骗子被抓住之前，我们会想办法弥补大家的损失！"

卷毛眼珠一动："骗子跑了，不是还有农技站吗！当初可是她褚之云给这群骗子做的担保！因为人家是国家的大专家，我们才相信啥'黄金一号'的，现在骗子跑了，她褚之云要给我们包赔！"

众人："对，褚之云要给大家伙儿包赔！她要负责的！"

"大家不要闹，褚之云当初也是被这伙儿骗子骗了！骗子给褚之云检测的种子和售卖的种子不一样！"

众人道："那我们不管，到现在了你们把责任都推得干干净净？我们就要褚之云赔！"

酸汤婶冲到秦学安面前，一拍桌子道："学安，你的良心也让狗吃了是不是？你给我说实话，是不是你和褚之云联合起来骗我们啊！"

秦学安道："这咋可能呢！"

酸汤婶道："我不管，褚之云你现在给我报警抓起来，那是你兄弟媳妇，谁知道你们背后有什么猫腻呢？你要是不抓褚之云，我们就举报你，连你一块儿抓！"

秦学安苦恼地说："酸汤婶，咱们讲讲道理好不好！"

"道理？道理就是俺家这一年粮食没收入，只能喝西北风了，啥道理也得给西北风让道！"

秦学安左右为难："各位乡亲，这件事情我们会负责的，能不能给我点时间，让我把事情查清楚？"

酸汤婶道："三天！给你三天！"

回到家中的秦学安同样沮丧，秦有粮宽慰他道："大家现在刚亏了钱，情绪肯定激动，都可以理解。"

"我就是有点……说不上来，你说我秦学安干了这么多年的干部，啥时候干过偷鸡摸狗的事，村里人咋说不信我就不信我了。"

秦有粮道："人心就跟芦苇一样，风一吹，它就容易晃。你还年轻，以后这种事还会碰见。听大的，只要你行得端做得正，迟早大家会知道真相。"

"我自己受委屈还倒罢了，但是大家都嚷嚷着要把之云抓起来。"

秦有粮道："这不行，之云容易吗，人家是国家大专家，跑到咱们这个地方帮助咱们，结果还要抓人家，这对不起之云和学诚。"

赵秀娟坐不住了："我去跟他们说！咱们家这么多年帮了村子里多少，没见有几个感谢的，现在出了事了，全找上门来了。"

秦学安劝道："秀娟，现在是群情激愤的时候，你可别出去给我惹事。虽然我们也是被骗的，但不管怎么说，这事我和之云都有责任。"

赵秀娟埋怨地看了秦学安一眼，不知道说什么好。

秦家奶奶从里屋走了出来。

赵秀娟道："奶奶！吵着您了？"

"我都听见了。学安，我支持你，大家伙儿的损失，实在不行咱家包赔。但是有一点，之云不能受委屈，我这个孙媳妇不容易，而且你们想过没有，要是让秦俭知道妈妈被抓了，那孩子本来就……"

众人沉默下来。

秦有粮道："我的意见和你奶奶一样，不管怎么样，都要保证之云不受牵连！"

秦家奶奶指着门外说："大不了把我那口棺材卖了去，给大家伙儿赔钱！"

秦学安道："奶奶！这不行！有啥事我们兜着！"

"记住，之云和秦俭，咱们要保护好！"

褚之云手足无措地站着，哭了起来："对不起，对不起！这件事情是我没处理好，我去跟村民们说。"

秦学安安慰道："之云啊，你也别自责了，这两年坑农事件也不是一两起了。咱们还是等着上级调查清楚吧。现在公安、工商部门都已经介入了，肯定会调查个水落石出的。"

这种情况下，秦学安想到了老支书张天顺，他想跟老同志交交心，取取经。因为他们都是为村子掏心掏肺的丰源人。

秦学安来到村史馆，和张天顺一块儿收拾工地搬砖头，两人沉默无言。

张天顺给秦学安倒了一杯水，道："娃，村里的事啊，当家的就得受委屈。叔知道，你心里是装着大家的，这个事啊，叔信得过你！现在村民也是着急哩，等过些日子，他们脑筋就转过来啦！"

几个村子的村民把举报信递到了县政府。县里很快知道了这件事，王方圆迅速联系公安部门成立了联合调查组，指示一定要给农民一个合理的解决办法，同时指示县种子公司先行贴补受损失的农户。

调查组很快来到了丰源村调查。

调查组长道："学安啊，这个事情发生了，我们就要及时止损，吸取教训，事情还没有调查清楚之前，你这个村支书，可能要暂停职务一段时间。"

"我支持县上的意见，我停职接受调查！"

调查组长又道："卫东，你暂时先把这个担子担起来。"

郑卫东为难地说："我个人能力有限啊。"

秦学安道："卫东，你别推辞了，现在这种情况，这么做是应该的。免得以后再出啥事让村委会难办。"

"那这支书我就暂时当着，到时候你没事了，你就继续给咱当。"

秦学安道："能者多劳，该你干的你就不要推脱了。"

调查组长道："我们这个联合调查组，也有公安的同志参加，现在我们需要请褚之云同志到公安局说明一下情况！"

秦学安道："这不太好吧，褚之云的事情我都可以证明！"

调查组长道："学安，别忘了，你也在接受调查！"

秦学安一愣，不知道该怎么说："可是，褚之云真的是冤枉的！"

秦家奶奶经受不住家里面接二连三地出事，一下子病倒了，住进了医院。有闹事的村民假惺惺地过来探望，都被赵秀娟堵在了外面。秦俭敏感脆弱，听到风言风语说他妈是大骗子，他还和村上的几个孩子为此打了架。赵秀娟又要照顾老的，还得操心小的，一时间也是忙得晕头转向。

因为秦家奶奶年纪太大，医生下了病危通知书，大家心里都明白是怎么回事，知道奶奶这一次怕是挺不过来了。大家都围在病床前。

秦有粮道："娘！"

秦俭抱住了秦家奶奶："太奶奶。"

奶奶安详地躺在病床前，看着亲人们，脸上露出了笑容："我看见那个小红军了。他的红军帽很漂亮，但是帽子上破了个洞。"

奶奶看着秦学安道："学安哪学安，今年要去给小红军修修他的坟。"

秦学安道："诶！奶奶您放心，今年咱们一块儿去给他修。"

秦家奶奶点了点头："诶！我还想种上一排树。"

秦学安道："好，种！"

秦家奶奶点着头，环视着众人道："学诚，好……"

秦家奶奶摸着秦俭的脸，手突然不动了，渐渐没了呼吸。

秦有粮、秦学安、赵秀娟、秦俭围在病床前轻声地呼唤："奶奶""娘……"

天空突然变得阴沉，下了一阵大雨。秦家奶奶终于没能挺过来。

秦学诚接到消息，很快从北京赶了回来，但已经晚了一步，没能见奶奶最后一面。

零星的白色纸钱随着风在土路上飞，村民们暂时搁置了争吵和抱怨，送了秦家奶奶最后一程。

秦家大门上，挂着白色的奠布，大门中央，挂着一个大大的"奠"字。唢呐吹起，混合着秦家人的哭声与村民的哀悼声。

秦家奶奶的那口棺材摆在灵堂正中央，秦学诚踉踉跄跄地进来，跪倒在奶奶的灵堂前。秦田、秦俭、秦奋几个孙辈穿着孝服，跪在灵堂前。照片里，秦家奶奶一脸慈祥地笑看一切。

秦学安和秦学诚两兄弟身穿孝服，跪着为奶奶守灵。

秦学诚止不住地哭着磕头。

学安道："学诚，你别太自责了，这些事情跟之云和秦俭都没有关系，都是我没有做好……没保护好奶奶，没保护好之云和秦俭。"

"哥，你别说了，我知道奶奶的死归根结底是因为村里人的胡言乱语！"

秦学安道："学诚，别把奶奶的死跟村里人……"

秦学诚哭着道："奶奶就是被他们给气死的！我小时候生病的时候，奶奶一口一口嚼着药喂我。我还记得我上学，没有吃饭，奶奶把窝头焐热了，站在学校门口等我……我能原谅他们么？我原谅不了！"

"现在之云也被公安局带走了。之云我能不了解？她怎么可能骗大家！她从北京来到咱们村，一心一意为了咱们村子好，谁领情？谁也不领情！"

秦家院子里站满了村民，赵秀娟身穿孝衣，招呼着村民用饭。

丧事完毕，秦学诚却始终转不过来弯，认为是村民们不分青红皂白地闹事，害得之云被调查、学安被撤职，连累奶奶病倒去世。

"我不自责，但是我没有办法原谅他们！"

"你还在记恨村里人？"

"要不是因为他们，奶奶就不会去世！"

"但是你有没有想过，他们也是受害者，不是有心要气奶奶的！"

"关键是他们愚昧无知，分明是狗咬吕洞宾不识好人心！"

学安愤然道："学诚！你住口！"

两人陷入对立的情绪中，沉默无语。

片刻，秦学安缓缓说道："好了、好了，奶奶已经去世了，你还要怎么着？还要去找谁给奶奶报仇去？！"

学诚固执地说："难道奶奶就这么不明不白地去世了？"

俩人再度激动地争执，无法交流下去。

沉默了一下，学安调整情绪，拍拍学诚的肩膀："学诚，我知道，你心理压力大，因为奶奶的去世。就是因为这件事情，一激动，你就想宣泄，但是现在已经这样子了，而且公安局已经抓住了那几个骗子，之云的冤枉也被洗清了，村民他们也来道歉了。到此为止吧，乡里乡亲，抬头不见低头见。"

学诚悲愤地哽咽道："不行，妈去世早，是奶奶从小把我带大的，这个坎我就是过不去！"

"这份感情我懂！但老人家已经没有了，还能怎么样？"

学诚冷冷道："我再也不想回这个家了，我看不得他们那些嘴脸！"

学安道："你这又是胡说，你看不惯他们，你就不回丰源村了？那你不见咱大，不见你哥哥我了！"

学诚道："咱大要愿意，我接大进城去住。你见不见都一样，我明白你是村支书，要好名声，要人家好，总是向着他们说话！"

"学诚！"

"不是吗？我说错了吗？我再也不回这个地方了！"

说着，学诚大步地走了出去，学安无奈地望着他的背影。

家事还没完毕，柳家窑和丰源村再次因为水的问题争执了起来。郑卫东此时代理村支书职务，本就没什么能力的他更是不知道怎么应付。

郑卫东道："让我们村子出钱？没钱！你爱修就修，不爱修就拉倒！"

柳二奎道："当时说修水坝的是你们村子，现在不掏钱的还是你们村子！你们想咋的！不讲理是不是！"

郑卫东道："谁不讲理？谁跟你说的修水坝你找谁要钱去！"

"就是你们村支书秦学安说的！"

"现在我才是我们村的村支书，我说不修，就不修！"

跑过来的秦学安听明白了是怎么回事，说道："咱们两个村子，为了这个水的问题，吵了几十年的架，到现在，还没解决问题！你们说说，传出去，是不是让别的村笑话？"

柳二奎道："咱们上次谈好了，修水坝修水坝，现在人家专家来了，你们村说不修就不修了？一会儿这个是村支书，一会儿那个是村支书，耍猴呢！"

郑卫东道："现在谁还种地，修这玩意儿干啥子，村里没这个闲钱。"

柳二奎道："那你咋早不放屁！"

郑卫东道："你说谁放屁呢！"

水利专家着急了："你们两个村子先把你们的问题解决好，我的工作还有很多。没时间看你们两个村子扯皮。"

秦学安道："专家您等下。"

秦学安的挽留没有用，水利专家带着一脸的不高兴，上车离开。

柳二奎道："以后我们柳家窑，就跟丰源村划清界限。有啥事也别来求我们帮忙！"

郑卫东道："哼，我求你帮忙，我还怕你沾我们村的光呢！"

柳二奎道："哎呀呀，都多少年的事了，还以为你们是当年的红旗村？红旗村……"

秦学安看着两人吵架，倍感无力。

"农业税费改革"柳家窑试点的联络办公室临时设在村委会的一间屋子里。

秦学诚走出办公室，胳膊上戴着一个"孝"字。

丁朗杰跟出来，与秦学诚边走边谈："老人家的事，都办完了？"

"嗯。"

丁朗杰道："节哀顺变。"

"紧赶慢赶，没见上最后一面。"

"学诚，你别太想不开了，奶奶毕竟年纪大了。"

秦学诚道："我要走了，爱之深恨之切，家乡曾经是我魂牵梦绕、最牵挂的地方，却也留给我最深的痛。唉！不说了，这次过来跟你道个别，另外想听听你们试点工作取得的成效。"

丁朗杰思索着道："我正要跟你谈谈这个。通过这次试点调研，我感触很深。"

"怎么讲？"

丁朗杰道："这些日子，我在村里问过大量村民两个问题：第一，现在农村和农业政策怎么样？第二，在你们记忆中，哪一阶段的日子最好过？我不敢说百分之百的农民会回答现在的农业政策好，现在的日子是最好过的，但大部分农民都是这样的看法。村里孩子还编了曲，怎么唱来着，'种地不交税，上学不交费，盘古开天地，这是第一回！'"

秦学诚道："确实，只有减免农业税，才能提高农业生产力，使农民能够更积极地进行生产生活，使农村的其他劳动力可以得到补充。这次我去广州，真是感觉到农民的生活不容易。你知道，广州是华南地区重要的蔬菜生产地，通过这一年的减税试行，蔬菜的种植面积达到了 37360 亩，产量达到 364 吨，成为历年之最。"

"成果这么显著？"

秦学诚道："2.6% 的税收，从数据上看确实是很小的一块财政收入，但到了农民手里，一块钱也是真金白银。税费取消，农民的生产积极性真的更高了。"

丁朗杰表示认同："农业税费在国家财政，可能确实是象征性的，但对于农民，对每个农户而言，确实是大事啊！"

秦学诚道："唐朝诗人张籍写过一首《野老歌》，其中就有描述中唐时期薄田重税情况的诗文，记得有这两句'老农家贫在山住，耕种山田三四亩。苗疏税多不得食，输入官仓化为土……'"

丁朗杰感慨道："即使大唐亦如此啊！农耕大国，古今几千年，中国农业始终是弱势产业，农民至今仍然是弱势群体。"

秦学诚道："所以，农业不富，中国又如何能强呢？！"

丁朗杰捡起路边的土块，捏碎了道："农业思想家同志，你瞧瞧，今年雨水少，收成不乐观啊。怎么办呢？我认为水利建设对于看老天脸色吃饭的村子而言，比减税还重要。"

秦学诚点头道："是啊，在我的农村生活记忆中，丰源村与柳家窑年年为用水打群架，真是段难忘的经历。附近几个村都想搞水利工程，可找不到丰沛的水源地。大家都质疑，丰源村的名字好听，可丰盈之源到底在哪里呢？"

丁朗杰道："所以选柳家窑这类农耕条件先天不足的地方做试点，采集的数据既有普遍性，也有典型性。下半年中央要召开全国农村工作会议，我判断这次大规模的农村调研关系重大。"

秦学诚笑了："农业减税问题固然重要，不过我认为今年的农村工作会议要把解决城乡收入差距问题作为重点。"

褚之云配合调查完毕，她这部分工作并没有违规。褚之云回到家中，和秦学诚团聚了。

褚之云对秦学诚说："这是个教训，提醒我工作上还有做得不到位的地方。"

秦学诚收拾着自己的行李："我得回北京去，把跟丁朗杰讨论出来的工作方案汇报一下。"

褚之云抱住了秦学诚："我知道，奶奶去世你心里很难过，这季的粮食一收，农技站这边的工作，一时半会儿也开不起来了。再加上这事还得回北京去汇报一下情况，我跟你一块儿回去吧。"

村口，秦家人聚齐，送秦学诚、褚之云、秦田回北京。

秦学安道："丫头，在大学里好好学。"

赵秀娟嘱咐："把这馍拿上，还有大枣，回了学校跟你同学们分分。"

秦田道："知道了，妈。"

秦学安看着穿着高中校服的秦奋道："还有你小子，别光顾着打篮球，考不上大学我揍断你的腿。"

秦奋做了个鬼脸："考不上北大你就打断我的腿。"

秦学诚看了看跟在秦有粮身后的秦俭："什么时候想回北京了，给爸打电话。"

褚之云道："好了，好了，想孩子了，咱们可以多回来看看。"

秦学诚沉默了。

秦学安道："说的对。车快来了，走吧。"

秦学诚和秦学安并肩而行。

秦学诚道："你照顾好咱大！"

秦学安问："你啥意思？你还真不准备再回来了？"

秦学诚不接话，秦学安也无奈地叹息着。

就在此时，后山发出"轰隆"一响，秦学安向后山看去。水泥厂区后面的石料采集区里，山坡一角突然塌陷，几户村民在坡上种的、成熟待收的中药材瞬间被埋。

正在收麦子的包谷地与水泥厂里的工人、秦学安几乎同时跑到了塌陷现场。

几个老工人和包谷地的妻子金银花都被埋在了坍塌的地方。

卷毛催促："快快，把设备拉出来啊。"

包谷地道："花花，你咋样？"

金银花道："哎呀，老包，我的腰……"

几个村民过去把受伤的工人拉了出来。

张守信急急地跑过来问："怎么样？人没事吧？"

秦学安蹲下为每个受伤的工人检查身体："还好，都是轻伤，没什么大碍。"

张守信道："那就行，快，把设备拉出来。"

秦学安补了一句："但内伤就不知道了，得去医院检查。"

张守信抬头看着几个怒气冲冲的村民，一咬牙，道："放心吧，在我厂子里受了伤，我哪能不管。这样，三十六计，你马上从水泥厂的账目上提钱，给村民们治病。"

包谷地道："还有这压塌了的中药材，咋个算？"

张守信急了眼："我说你们看我厂子干得红火，赖上我了是不！种不出来庄稼要我赔钱，砸了药材还要赔钱，你们一个个掉钱眼儿里了啊！"

包谷地道："守信，你这么说话我就不爱听了，你伤了我老婆，砸了我的药材，我不告你就不错了。"

中药材被砸的村民们纷纷附和道："就是。"

张守信焦虑地说："厂里能不赔么！你叽叽歪歪着急个啥！我又不是死了！还能赖账不成？！"

三十六计凑在张守信耳边道："守信，水泥厂账面上已经没有什么钱了。"

张守信向三十六计使眼色道："等会儿回去再说。"

但三十六计的话还是被秦学安听到了。

秦学安坐在张守信的办公室里。

张守信道："你在这待着干啥，看我笑话是不？"

秦学安切入正题："厂子为啥没钱了？"

张守信道："厂子咋没钱，只不过钱都投在运营上了。"

三十六计道："老板，不是的，咱们这一季度只有上个月略有盈余，其余两个月都出现了不同程度的亏损，主要原因是市场萎缩。"

张守信清了清嗓子，道："三十六计，你去倒点水来。账等会儿再算……"

秦学安拿出了三万块钱。

张守信道："啥意思？"

"你先拿去应急，把村民的损失赔上。"

张守信看着秦学安，努力掩饰着自己的感动，不知道该说什么。

"咋？张大老板看不上我这几万块钱？那我走人。"秦学安拿起三万块钱作势要走。

张守信一把压住钱："别，你瞧你这人，就是鸡毛。"

秦学安一笑："有了钱抓紧还啊。先走了，还得给村民算种子钱去。"

秦学安走到了门口，张守信叫住了他。

张守信道："学安，奶奶那个事，对你不住。"

秦学安摆摆手道："怨不得你。"

秦学安独自在中药材加工厂里走着，车间里静悄悄的，几部切割机器闲置在那儿。曾经的中药材初加工厂，村民们都在这里工作，一派热闹。

赵秀娟无声无息地来到了秦学安的身后。

"不回家吃饭，一个人在这寻思啥呢？"

秦学安道："这些年咱村里的好些年轻人都去了省城甚至南方打工，就咱们这么大岁数的，也没剩下几个。我也想把厂子好好弄，可你说，这活咋干？"

赵秀娟道："现在形势就这样，哪个村子都这样，你看壮劳力还有几个在村子里的，都出去挣钱了。"

秦学安摇了摇头道："自从去年'非典'以后，大部分中药材药价飞涨，要是能抓住这个机会，咱们村这个中药材加工厂就行了。但现在是收上来的药材质量不过关，大伙儿乡里乡亲，又不好意思扣钱。但质量一不行，甲方当然扣钱。现在是有订单我都不敢接。"

赵秀娟道："现在市场什么行情，政府什么政策，咱老百姓也了解得不多。要不，你上市里省里找找领导呢？"

"我还是想着，在这上面好好下下功夫，反正现在我职位也被撤了，也得闲了。"

"那你说咋办？"

"我想在咱村搞中药材专业合作社，把药材厂的经营规模扩大。让专业的人来种植，让村民拿分红钱，然后呢，加工出来的商品直销，减少销售链。"

"行啊，听上去是挺好啊，这是你自己琢磨的？"

"我一方面这么想着，前几天刘海刚好也打电话来，我们谈了谈，他也是给了我一些建议，还让我有空去安徽他那边看看。"

赵秀娟点点头。

"我本来想着先把'黄金三号'那事解决了，结果咱们村的人说啥都不要咱们的赔偿。"

"咱们村的乡亲你还不知道？甭管平时怎么闹，真有啥事的时候，就是一条心。"

秦学安暗暗下定了决心："但是这事吧，它不是计划好了就能办起来的，没这么简单。这需要大量的资金。咱账上现在还有多少钱？"

"四五十万还不够？"

"连上设备加改革技术，投入不少，可能几百万都不够……"

赵秀娟道："你去找找省里市里，看能给啥支持啊？"

秦学安很快就来找王方圆："王书记，现在这个合作社的政策是咋样的？如果要办中药材合作社，可能需要几百万的资金。但只有进行了这样的改革，咱们县的中药材才能有自己的品牌，才能够真的打进市场，把现在的问题解决了。"

王方圆道："学安哥，你的这个想法确实是个好想法。但是你要说让县里一下拿出这么多钱，还是比较困难。"

秦学安点了点头。

王方圆拿出一份会议通知说："这样，学安哥，你是做药材的，年底在安徽召开全国中药材交易会。这是农业厅发来的会议通知，由县农业局牵头，组织几个药材加工企业和药材种植大户，联合参展。多走出去看看，咱们去看能不能吸引更多的投资。咋样？"

秦学安激动地说："太好了！多难得的机会啊，全国的药材交易会，准得是特别热闹的盛会，可以长长见识。"

王方圆肯定道："搞企业，这样的交流机会越多越好！至少可以了解一下现在的行情，如果你的项目真的好，能引来投资，我就向省里申报资金，咱们政府出钱，也更有把握一些。"

秦学安道："方圆，谢谢你的支持哩！要是没有政府，我真不知道这路子该咋走！"

王方圆道："你的想法需要更成熟地落地。安徽那边发展早，市场大，加上这次会议牵涉的人广，你去学习，对咱们市里县里也是很好的帮助。"

秦学安道："嗯，我愿意参会，想去看看。"

回到北京的秦学诚参加下一年农村政策制定的通气会，并做了主题发言："广州黄家村的村长闫任琦告诉我，他是 2001 年开始当村主任的，当时村上欠账 52 万多元，那时候不管村上办什么事，全都伸手向国家要贷款。尽管他也想了很多办法，但直到去年，全村的人均收入也不过三四千元。"

台下的学者们顿时哗然。

褚建林问道："你材料上说，黄家村今年的人均收入一万元，到底靠得住靠不住？这一万元的人均收入又是靠什么实现的？是靠种植还是靠其他副业？"

秦学诚继续说道："这就是我接下来最想说的问题。也许在我们看来，农民的税负问题不是大问题，但压在村民肩上的担子多了，任何一点小问题都有可能成为最后一根稻草。在推行农业税费改革试点后，黄家村在农科院的帮助下开始转型种蔬菜。一亩蔬菜的收入，等于种了三亩玉米。村民的日子一下就好过了起来……最主要的是，看到了国家新政策，农民一算账，积极性就高了。"

褚建林点了点头。

丁朗杰补充道："包括这次我在陕西调研，也发现了这个问题。我认为，对处于生产方式相对落后中的陕西关中村民来说，有的是胆量，缺的是眼界。眼界一开，陕西人天性中的大胆和泼肆就再也收不拢了。柳家窑村实行免税试点政策后，农民的生产积极性明显提高了。还有的老村民，拿出了一百多亩好地种红萝卜。"

有学者问道："为啥？"

丁朗杰笑道："这就是农民的聪明之处，种红萝卜投入少，一亩地投入 60 元的种子，120 元的化肥，再放几次水，总计下来，成本不超过二百五六十元。再一减税，村民都说除了搭上点力气，相当于一分钱没花，从古至今没见过这样的好事。"

学者追问："但农业税怎么说也占了国家 2.6% 的税收。如果这部分税取消，对全国财税还是有影响的……"

秦学诚道："如果这部分税取消，农民们会得到更大的生产积极性，这部分钱，相当于进了农民自己的口袋。"

从白天到黑夜，会议室内的学者们还在激烈地讨论着关于农业赋税的问题……

2003 年底，中央农村工作会议在北京闭幕。会议讨论并通过了《中共中央、国务院关于促进农民增加收入若干政策的意见》。会议指出，当前，我国农业和农村经济正处在新的发展阶段。党中央、国务院作出了推进农业和农村经济结构战略性调整的重大决策，提出了要把增加农民收入作为中心任务和基本目标，制定了多予、少取、放活的方针，采取了一系列政策措施，农业和农村经济发展取得了巨大成就……

第十四章

关 厂

　　赵秀娟得知秦学安要去安徽参加交易会，便提出自己也好几年没回娘家了，不如跟着秦学安一起去安徽。这几年经历的事太多了，刚好也出去散散心。

　　一路上，赵秀娟不住兴奋地念叨着母亲和姐姐的几个孩子们，还说走得匆忙，礼带少了。秦学安却是面色凝重，想起这次使命重大，便没有一丝欣赏窗外风景的心情，不停地跟刘海联系着，准备着交易会事宜。

　　亳州药材会展中心的门口，挂着"热烈庆祝药材交易会隆重召开！"的横幅。

　　人声嘈杂，刘海开着车停在会展中心门口，从车上下来。

　　秦学安看着眼前的药材交易会，心里感叹着：安徽这几年的变化真不小。

　　刘海说："改革开放的春风一吹，老百姓的日子是越来越好过，这次药品交流会把好多洋人都吸引来了，咱们的中药材渐渐打开了国外的市场。"他拍拍秦学安的胳膊，"这次可得把握住机会。"

　　秦学安瞬间变得有点紧张："那我不会说英文啊。"

　　刘海说："政府给他们找好翻译了。在咱地盘上，那就得听中国话。"

　　秦学安和刘海边说边迈进会展中心的正门。

　　"这次你要做推荐，准备得怎么样啊，可别掉链子。"

　　秦学安说："一切尽在掌握之中。"

　　会展中心开阔的大厅中，镁光灯的光束垂下来，照在穿着西装的秦学安身上。秦学安的PPT放映在大屏幕上，是一张丰源村的照片。

他有点紧张地拿着自己的稿子："乡镇企业曾经风光一时，但是随着国有企业和大型私营企业在市场上站稳脚跟，乡镇企业原本船小好掉头的优势已经消失殆尽。"

秦学安看着台下的企业家和投资者，继续发言："我是一个农民，我觉得既然是农民，就要从身边的农业出发去发展。去年上半年在我国发生了具有极强传染性的非典型性肺炎，给中药材市场带来历史上绝无仅有的契机，最先受到影响的就是板蓝根，然后带动连翘、金银花等清热解毒类品种价格大幅上扬，接着大部分中药材品种价格随之缓慢上涨。"

秦学安点击电脑鼠标，大屏幕上显示出安徽中药材市场上中药材被火热抢购的画面。

台下的人议论纷纷。

秦学安继续说："国家中医药管理局公布预防'非典'处方后，疯狂的抢购使药材市场的生意异常火爆，药价疯狂上涨，一天几个价。2003 年下半年，中药材市场热点品种一个接一个，市场供不应求。"

秦学安点击鼠标，画面显现出了国际市场分析图的画面。

他继续说："现在国际市场上，中药材出口更是稳步增长。据中国医药保健品进出口商会统计，2003 年我国中药出口克服重重困难，取得了稳定增长。野生品种走势一直看好，野生类药材品种一直呈现货紧价扬的态势，后期走势依然十分乐观。由于此类药材品种系野生资源，近年来上市量不断减少，货源偏紧，价格也持续走高，个别品种已经出现供应短缺。这一切数据都告诉我们，中药材市场的前景是非常好的。"

画面跳到了丰源村后山种植的中药材。

秦学安最后总结道："众所周知，陕西的水土特别适合中药材生长。而陕西的中药材经过这么多年的发展也确实已经占据了部分市场。但在新的需求市场上，陕西的药材要发展，只有南北同步，全国用心，才能把咱们的药材推广出去……"

秦学安发言完毕，在台上深深地鞠躬。台下传来阵阵掌声。

会后，刘海陪着秦学安在药材交易会各个展位参观，秦学安不停地问这问那，虚心讨教。

在刘海的引荐下，秦学安与深圳的一个老板交流着。

秦学安说："我们村从十几年前就开始种植中药材，做中药材加工。"

深圳老板说："陕西的菊三七和党参，那真是拿着钱也买不到。"

"所以我更不想让这么好的资源浪费在村子里。现在我们也确实面临很多问题，如果把产业效益提上去，咱们药材的前景会更加广阔。"

深圳老板表示自己有兴趣："企业需要发展，发展需要资金。不瞒你说，我这边做药材出口，每年都有很大的流量和需求。如果你愿意，这次会议结束后，我跟你一起去你们家乡考察，如果确实像你说的这么好，咱们当即就可以签合同，我投资。"

秦学安举起酒杯："老板人真是爽快，这杯我先干为敬。"

三人正谈话间，另一个老板也过来了。

"您好，秦总，我对您刚才的项目非常感兴趣，我就开门见山地问了，现在咱们陕西丰源村的菊三七加工成成品后，一般在什么价位？"

秦学安说："您好您好，这个价位受市场波动的影响较大，但从近几年的发展趋势来看，是逐年上涨的……"

秦学安正在和老板们热切地交流着，突然一双手轻轻拍了一下他的肩膀。

一个声音从背后传来："秦总，恭喜您！"

秦学安循声回头，眼前站着的人，竟然是多年不见、穿着讲究、气质优雅的张灵芝。

四目相对，秦学安呆住了："灵芝？"

这时秦学安和张灵芝俩人有十几年没有见了，曾经的过往已经变为回忆，人到中年，各人有各人的生活，年轻时候的波澜在中年人的情感世界里几乎也荡不起什么涟漪了。

刘海开着车，副驾驶上坐着秦学安，后座上是一身白西装的张灵芝。

秦学安说："灵芝，你咋来这儿了？"

张灵芝说："我在深圳做的就是医药设备营销，全国交易会当然不能放过了。这些年中药材在东南亚和港澳越来越受欢迎，我也在找商机。而且咱们村子里好药材那么多，想看看我能回去干点啥，没想到在这儿碰见你。”

秦学安说：“这些年，在深圳过得还好？”

张灵芝说：“怎么算好，怎么算不好？”

秦学安也是一笑。

张灵芝说：“我大、我有粮叔好不？秀娟呢？”

秦学安说：“都好着呢。”

刘海说：“哎，学安，先别忙着叙旧啊。你会上说的丰源村药材的问题啊，到底是咋回事？”

秦学安说：“唉，这些年野生药材采摘周期长，人工种植质量上不去，成药品质常常不稳定，甲方就扣钱，这一来二去，厂子就没利润。”

刘海说：“这样吧，我带你俩去个地方。”

刘海的车缓缓停在亳州中药材市场的大门口。

秦学安和张灵芝从车上下来，看着面前的亳州药材市场，惊呆了。

刘海边走边向秦学安、张灵芝介绍：“左边是中药材加工基地，右边是运输区，街道两旁全是小型交易区，后面则是国际交易中心……”

秦学安说：“行啊，刘海，几年前你向我描绘的蓝图已经实现了，太了不起啦！”

刘海笑得很得意：“光有梦想怎么能行呢？得加油干！托改革开放的福，现在咱们农民是可以办大事的！”

张灵芝感慨地说：“学安哥，咱们丰源，其实不仅仅是咱村，西部的农村和东部相比差距越来越大了。我真想不通，为什么当年的讨饭村，现今发展得这么快，这么繁荣，咱丰源该怎么办呢？”

秦学安心情有些沉重，点点头道：“差距越来越大，是个不争的事实。所以这次县里组织我们来参加交易会，就是学习来了，就是渴望把能干的人、有实力的企业和经验带回去，发展金水的农业产业。刘海兄弟，你能来帮帮我们吗？”

刘海爽快地说道：“不管是东部农村，还是西部农村，咱都是中国这个大家庭里的，互相帮助是应该的，但要总结什么经验，一下子我也说不明白。要不，你们在这儿多待几天，多聊聊？！"

秦学安着急地说："哎呀，我真是急死了。以前好多次，你都帮我们，我们到现在还没追上来。这又是个新的机会了，你还得帮帮我们。"

"帮助是应该的，东西协作本来就是中央提出来的，更何况咱们这么多年的交情。"

秦学安提议刘海、张灵芝跟自己去赵秀娟家吃饭。一时间气氛有些尴尬，但他没想到张灵芝爽快地答应了，刘海自然也乐意。

赵秀娟家一大家子摆了一桌，都是安徽的特产。

秦学安举杯说："国家政策好，我觉得咱们农民真的可以大有可为，每次出来，收获都很大！尤其是刘海兄弟，还有大姐、姐夫，有你们的帮助，我更加有信心把丰源村建设好，让我们的生活红火起来！干杯！"

大家举杯喝酒说："好，干杯！"

车轮驶入 21 世纪，中国经济持续发展。然而，农村的改革和发展面临新的难题。特别是从 1997 年开始，农民收入增幅连续 4 年下降。农民收入不及城镇居民收入增量的五分之一。"有饭吃，缺钱花""吃饱了饭，看不起病，读不起书"，城乡发展严重失衡。面对"三农"严峻形势，党中央审时度势，对城乡发展战略和政策导向作出重大调整。

十八年后，中央再次把农业和农村问题作为中央"一号文件"的主题。文件要求，调整农业结构，扩大农民就业，加快科技进步，深化农村改革，增加农业投入，强化对农业的支持保护，力争实现农民收入较快增长，尽快扭转城乡居民收入差距不断扩大的趋势。更多关注农村，把关心农民、支持农业，作为全党工作的重中之重。

刘海带着秦学安参观了自己的中药材加工基地。基地内，机械化的设备一应俱全，为数不多的几个工人穿着白色的工作服，正在看着流水线上的中药材加工作业。

刘海说："上了设备之后，每天的出货量是原来人工为主时期的五倍，还省去了很多人工、手续。而且这些成品药现在在我这里直接贴牌入市，已经不存在甲方剥层皮这么一说了。特别省事。"

秦学安眉头紧拧，看着这些机械设备说："这一套要投资多少钱？"

刘海说："如果是小型设备，一百多万就搞定，如果是二手的，那就更便宜了。"

秦学安点了点头："还是你们南方先进啊。"

张灵芝说："如果你想在咱们丰源村弄，我其实可以出一份力。"

刘海说："所以嘛，兄弟，改革是一个厂子发展的必然进程，无改革，无发展。看到后面那个厂子了吗，我国的中药材出口形势一片大好，而安徽，就是最大的中药材出口市场。你说你们陕西那边，好药材那么多，不大力发展，是不是可惜了？"

秦学安说："这正是我这次来的目的，为我们村子的中药材加工厂找找出路。"

刘海拍拍秦学安的肩膀："前景一片大好。中央新的'一号文件'都在关心农民口袋里的收入呢，咱们农民的梦，离实现不远了。"

一辆火车呼啸而过，秦学安和赵秀娟回到了丰源村。一回到村上，他们就发现"建设社会主义新农村"几个白色的大字刷在村委会的墙上，还刷着"一号文件好／两免三补贴／种地不交税／科技进村来／发家在眼前"的宣传标语。

没过几天，张灵芝也回到了村上，除了探亲，就是要回家乡来投资，她的身份是投资商。

张天顺从村史馆急匆匆回家，乐得合不拢嘴，准备要给灵芝准备饭菜。张灵芝把张天顺扶坐在沙发上，进了厨房："大，我来，我给您做一顿。"

张天顺跟过来说："大给你打打下手。你咋回来也没说一声，你在南边咋样啊？打电话也说不了几句就说忙。"

"都挺好的。大，守信两口子都好吧？"

"好好好。守信这个没良心的，也是经常不着家，净瞎忙。"

"晓斌呢？"

"晓斌也快考大学了，就知道玩。玩归玩，成绩还不赖。"

"大，您还在弄村史馆的事啊？"

"大就这么一个心愿了，老了，没用了，没用了！"

"大，您还这么操心，让学安他们弄就行了。"

"我不放心他们啊，大就这么点事。"

"您呀，就是好个面子，舍不得您当年挣下的那些荣誉，跟宝贝一样看着，我还不知道您？"

"我好面子咋了？那就是我挣下的荣誉呢。荣誉不珍贵么，我们这辈子人就干了这么多事，荣誉就是我们的经历。你们现在的年轻人，眼里只有钱，只有享受。"

张灵芝说："好好好，大，您说的对。"

一回到村上，秦学安干的第一件事儿就是通过县里的贷款，把中药材加工厂内的设备升级换代了。新生产线开工那天，秦学安当众宣布："这是我们厂子新引进的一批设备，但因为设备不全，生产出的中药材还达不到国际标准。但咱们把设备一上，和安徽那边的市场一对接，这事情就变得很简单了。"

大家都随手拿起晒着的药材闻了闻。

秦学安说："你们看咱们陕西的中药材，拿到全国对比，那都是抢手货，可是为什么一直走不太出去？就是因为咱们的技术跟不上、市场跟不上……"

一位老板说："秦总，确实如您所说，项目是个好项目，规划也很有前瞻性，前景也非常值得投资。我今天来，就是带着合同来的，咱们直接签个两百万的合同，我入股咱们的公司。你该怎么发展，就怎么发展，我相信秦总的魄力。"

另一位老板说道："哎哎，这可得竞标，想入股的人多呢，肥水可不能就让你一家占咯。"

众人纷纷点头。

秦学安："我在县里安排了宾馆，你们来了陕西，我带着到处转转，看看陕西风土。毕竟是大几百万的项目，把厂子这边发展现状了解清楚了，咱们再签合同。"

因为想打通南方的市场，秦学安这些日子和张灵芝走得比较近，他希望张灵芝把村上的药材厂作为重点合作伙伴，还带着她去了周边几家药材厂，准备联合起来一块儿做。正因为他这样起早贪黑地陪着张灵芝，赵秀娟心里有些不高兴了。秦学安忙完回家，却发现大门紧闭。

秦学安说："秀娟？开门啊！"

没有人理他。

秦学安敲门说："在家么？"

秦奋的声音从门里传出来："爸，我妈不让给你开门。"

"啥？为啥子？"

"我妈生气了。"

"为啥？你先给爸开开门。"

赵秀娟的声音从屋里响起："秦奋啊！你还不去做作业？你明天还上不上学了？不上就给我回来种地！"

门内，秦奋吐了吐舌头，说："爸，你自己闯的祸，自己收拾吧。我可帮不了你了。"

秦学安说："不是，你妈到底为啥生气？"

秦奋已经溜回了屋。

"秀娟，开门，这么冷的天，你要冻死我是不！"

门"哗"的一下被打开，赵秀娟看着秦学安说："你还知道冷？你要觉得冷，你找别人暖和暖和去啊！"

秦学安说："胡说啥呢！"

赵秀娟说着又要关门。

秦学安说："不是！你这说的都是哪儿和哪儿啊？咱能别让街坊邻居笑话吗？"

赵秀娟说："你自己心里不清楚？"

秦学安说："哦，你是说灵芝？"

赵秀娟说："我没说，你自己心里有鬼，你自己说的。"

秦学安说："我对天发誓。我那不都是为了村上的药材吗，纯是公心，没有一点私心。"

赵秀娟的脸色缓和了。

秦学安冻得打了个哆嗦："先让我进去。"

赵秀娟白了他一眼。

秦学安说："多大年纪了，还吃醋！"

赵秀娟说："谁吃醋呢，一天尽操心村上的事儿了，自家的事儿一点也不上心。"

秦学安说："咱家咋了？"

赵秀娟说："我想把咱家的养羊场也升级一下，看上一种新品种黑头羊，就是这个黑头羊要价有点高了。"

秦学安说："短期来看，确实，比一般的羊贵，但是等长大了，卖得也贵啊。"

赵秀娟说："那要是赔了咋办？"

秦学安说："你就放心大胆地干，赔了还有我呢。"

赵秀娟指着地图上后山的一片区域说："将来就在这儿建一个大羊圈。反正平时也不用怎么管它，一圈，也不操心。"

灵芝和考察团要考察村上的环境地形、村办企业，秦学安已经安排妥当。突然有人说张守信的水泥厂又开始排污了。

秦学安气得半天说不出话来，当众发飙："这个张守信咋见钱眼开呢！我说咱们后山这药材质量一直上不去是为啥！那你说这浇地用的都是废水，它能上去？这个污染不治理，就算筹到了钱，把中药材合作社办起来了，又能怎么样？质量搞不上去，一切都是白搭。"

郑卫东说："要不咱别说出去，别参观水泥厂了行不？"

秦学安说："人家那么信任咱，直接拿着合同过来的。咱瞒着人家？咱不能这样啊！"

郑卫东说："污染的问题，现在一时半会儿解决不了，但是它早晚是可以解决的。你何必非要现在把问题给人家投资团提出来，咱可以自己先把它解决掉嘛。"

秦学安径直去找了张守信。

张守信这边正和几个人喝茶："唉，昨天晚上那个酒，后劲真是大。到现在我还没缓过来。"

环保局小王说："不过，绝对是纯粮食酒，虽然劲大，喝完不上头。"

张守信："这年头买卖不好干，你说说这减排一上，剩下的钱都不够还银行贷款的。说句实在话，真不如打工的挣钱多……"

小王说："是，情况是这么个情况，但现在镇上对这块儿查得很严。"

张守信说："以咱们兄弟的关系……"

两人正谈话，三十六计跑了进来："守信，那个啥，咱约了两点去城里谈合同。"

张守信说："领导在这里，合同算什么！"

三十六计说："哦哦，对对对，我主要寻思着秦学安招商引资，人家合同都快签了，王方圆都挺支持，咱也得抓紧不是。"

张守信说："你怕啥，我姐都回来了。前几天我姐夫来村，你是不知道，那注意力都在我姐身上。听说他今天还要过来。你说按常理，这事值当他一个县委书记老来？还不是为了我姐？"

小王一下变得很紧张："今天？王书记过来？"

三十六计一下子意识到自己说错了话："不慌不慌，他们都是奔着中药材加工厂去的。"

小王说："马上给我备车，送我回镇上。这要是叫人看见了，要出大麻烦。"

张守信说："好好好，马上备车，咱们的事往后再谈，来日方长。"

小王说："再说吧，不好弄。"

他走了之后，张守信一下把茶碗摔到了地上。

张守信说："一个小职员，还让老子给他备车，真当自己是司令么！"

张守信脸色阴沉，看着三十六计："还有你，你说说人家去秦学安厂子，你急啥！"

三十六计说："我这不是想着，给咱们厂子也招招商、引引资么。"

张守信叹了口气："不来给我关了这厂子，我就谢天谢地了。"

张守信想脱鞋靠在办公室的椅子上睡一觉："你说说能指着你们干什么……"

他焦虑地用手扶住额头，踢掉皮鞋，在办公椅上睡了。

三十六计出去了。

秦学安走在水泥厂外的路上。翻过山坡，到了张守信的水泥厂，绿水青山不见了，整个后山变成了土山。厂子里粉尘漫天，路都变成了白色。大车在拉货，扬起一路粉尘。

秦学安远远地看见了秦有粮，追过去说："大，你咋在这儿呢？"

秦有粮说："守信这是造孽啊。这水泥厂的污水都要排到金水河了。学安啊，给县里报的修水利工程的事儿咋样了，这都这么长时间了？"

秦学安说："大，我跟王书记都说好几回了，王书记也犯难呢，说是县里支持，省里支持，水利局也立项了，可这个预算就是拿不下来。真的批不下来，说是没钱啊。"

秦有粮说："学安，咱丰源可就指着这条金水河呢。既然水利局都批了，为啥拿不到钱，你要上点心呢，这关系到咱丰源的子孙后代呢。"

秦学安说："我又没有三头六臂，要顾厂子，又要顾村上，还要顾家里的。"

秦有粮说："我看你就是不上心。你要不上心啊，我自己去跑，县里不行，我去省里，省里不行我上北京去。"

秦有粮往回走。

秦学安跟上去说："大，你别生气了。忙完这段时间，我去。"

张守信办公室的门又一次被推开。

张守信闭着眼睛说："又有啥事？"

秦学安清了清嗓子："守信，是我。"

张守信睁开眼说："哟，贵客。"

"守信，我问你，你是不是又偷着在水渠里排污了？"

"偷着排污？我哪敢啊！"

"天底下哪有你张守信不敢干的事。水渠都臭成脏成啥样了？"

"不是，学安哥，你啥时候看见我排污了？不能有人往水渠里排污你就说是我吧。"

秦学安说："守信，我没空跟你打嘴仗，水泥厂偷偷排污势必会影响药材生长，现在人家招商的老板就住在县城，你给我赶紧把排污停了。这要叫人看见了，谁还给咱投资？你这会毁了全村的发展。"

"给咱投资？你的意思是说投资的钱也有我这水泥厂的份儿？"

"咋？药材厂不是咱村子里的厂子？跟你没关系？"

张守信笑说："每年那分红，还不够我治污的费用呢。"

"张守信，你啥态度？你偷着往水渠里排污还有理了是不是？"

"行了啊哥，别装得大公无私的。咱都是明眼人，谁不知道你是为了你药材厂的投资。哦，你的药材厂要发展，就得关了我的水泥厂？天底下有这道理没有？"

秦学安说："讲歪理我扯不过你，这污水你排进水渠里就是不对！"

张守信说："我觉得对着呢，那水不都是流动水，有什么关系？你要是觉得不对，你觉得影响你公司的发展了，那你去治理，别来找我。"

秦学安生气了："守信我告诉你，你变坏了，你。"

张守信说："慢走不送。"

秦学安摇了摇头。

待秦学安走后，张守信冷哼道："跟我耍威风……"

秦有粮这些年一直有个念头，就是把金水河的枯水问题彻底解决，看到丰源后山被水泥厂糟蹋得不像样子，他的心疼得更厉害了。但他也知道，靠自己靠村上解决这个问题不现实，一定要依靠县上甚至省上的力量。于是他偷偷踏上了去省城的路。

水利厅大门口，保安拦住了秦有粮："你找谁啊？"

秦有粮说："这儿是省水利厅吧，我找你们领导。"

"找我们领导？您认识哪位领导啊？"

秦有粮说："我不认识。我就是来找他反映情况的。"

"噢，反映情况的，那你可以去找信访局啊。"

秦有粮说："我不是来告状的，我是来跟你们水利厅的领导反映情况的。"

"你又说不上找哪个部门科室，我也没办法啊。"

秦有粮说:"那我就等,等到里面有人愿意见我。我都是正经事,干吗不让我进去。"

保安说:"老同志,我们这也是有规定的。"

两人正在争执,陈局长过来说:"小王啊,怎么回事?"

保安说:"老同志要进去反映情况,可说不上找谁,找哪个部门科室。"

陈局长说:"老同志,我是建设管理局的副局长,姓陈,您有什么事?"

秦有粮说:"我是金水县丰源村的,为金水河水利工程的事儿来的。"

陈局长说:"金水河啊,我知道,来来来,我带你进去。"

水利厅办实事,秦有粮正拿着资料向陈局长介绍情况:"我们这个金水河啊,是稷河的一条支流,每年丰水期很短,沿河十几个村子都靠这条河种粮吃水呢,为了点水没少闹仗打架。这不,我查了县水利局、水文站的资料,这金水河啊以前改过河道,我们就想着能不能修个工程,把稷河的水给引过来,一下子能解决根本的问题呢。"

陈局长说:"老人家,你们这个项目啊,我们是知道的,金水县跟我们报过。"

正说着,门推了,秦学安走了进来:"大你怎么自己来了,害得我一阵好找,幸亏县车站的人说是你到省上来了。"

秦有粮说:"你们谁也不管,我只能自己来了。"

陈局长说:"这位是?"

秦有粮说:"我娃。"

秦学安说:"大,这么大的事,我怎么不管了,都说了县里已经把报告打了。"

陈局长说:"你好你好,正好我们也来说说这个事。"

秦学安也坐下。

陈局长说:"县里的报告我们收到了,主要还是资金的问题,现在就是省里也没有资金。县里这几年财政状况不理想,施工资金是一大缺口。"

秦有粮说:"我也知道,这要花不少钱,可这钱花得值啊。不光是解决成千上万的百姓的喝水问题,连带周围能够灌溉的水浇地也增加不少了,这笔账谁都能算得来的。"

陈局长说:"这样,你们这个项目咱特事特办,你们打个报告,我们争取把这个项目纳入明年的计划，争取搞一个专项资金来做这个工程。"

秦有粮说："那就是说，明年也没准儿？"

陈局长说："老人家，您要理解，每年全省的水利工程不下 100 个，个个都是比你们这个还大还紧急的项目，那些地方缺水情况比金水河要严重得多。"

秦有粮说："那就是短期内没希望了？"

陈局长说："也不能这么说，我们也在积极地向上面争取，争取更多的资金、更多的政策支持。这水利工程，都是利国利民、千秋万代的大工程，工期长，预算上是会有个偏重的。"

秦有粮把资料拿过来，揣进包里，起身要走。

陈局长说："你们金水和稷河这个项目，我一定列在明年的计划里，可能不能批下来，我也没法打包票。"

秦有粮说："先挂个号，排着队吧。学安，走，咱回。"

秦学安挽着秦有粮离开了。

回到村上，秦有粮心情极差，和张天顺在河边散步。

张天顺说："金水河的河神啊，开开眼吧，我这老哥为了咱金水河都去闯水利厅了啊！"

秦有粮说："河神要是能显灵，就不会让我白跑一趟了。"

张天顺说："咋，你出马都搞不定？吃了闭门羹了？"

秦有粮说："怕是河神老爷出马也不顶用呢。"

张天顺说："你呀，就是不服老。"

秦有粮说："你不也是？我看你呀，该好好管管守信了。"

张天顺问："守信咋了？"

秦有粮说："守信的水泥厂再这么弄下去，怕是以后金水河的水用不成吃不成了。"

因为水泥厂污染的事儿，秦学安心里一直打鼓。这天，秦学安、王方圆等陪着投资团的人吃饭。

一位老板说："陕西确实是个好地方，人杰地灵啊。"

另一位钱老板说:"去爬了个华山,累得我两天没下床。人上了年纪,就是缺乏锻炼。"

秦学安说:"前几天没时间请大家,这杯酒我干了。"

"秦老板说的这是哪里话,这都是为了咱们共同的事业忙。"

"是啊秦老板,咱们吃了饭再去村子里转转?我想看看,你预备建设的中药材种植基地。"

秦学安说:"呃,你们刚爬完华山,再休息休息,咱们不着急,不着急。"

张灵芝侧目,不理解学安这是咋了。

钱老板说:"哈哈,还是秦老板细心哪。但我深圳那边的工厂还有些事情需要回去处理,那咱们明天过去一看,把合同一签,这事就全权交给你了。"

秦学安笑说:"豪爽!这杯酒我干了,谢谢你们的信任。"

趁着学安出来结账之际,张灵芝追了出来:"学安,你咋了?这投资的事它得趁热打铁,你咋老推呢?"

秦学安说:"唉,灵芝,这事我没法跟你说。"

张灵芝说:"有啥事不能跟我说?"

秦学安说:"这后山现在根本就不能让他们去。"

张灵芝问:"咋?"

秦学安说:"守信把水泥厂的污水又偷着排在水渠里了,远了看不出来,近了,一下就能看出来。那你说,这中药材种植基地有水污染,谁还敢给咱们投资?"

张灵芝说:"这样,你先把心安下来,稳住这几个老板。不管咋样,咱们这投资不能黄。水污染这事,你交给我,我做我弟的工作。"

张灵芝踩着高跟鞋走进张守信的办公室,踩过的地板上留下了白色的脚印。

穿着西服,头发三七分的张守信还在办公椅上打呼噜。

张灵芝敲了敲办公桌,张守信醒了过来。

"姐?你咋来了?"

张灵芝微笑地看着弟弟说:"大忙人,从我回来就见你忙,忙得睡在办公室了？"

张守信挠挠头说："姐，你咋跟学安一块儿回来了？你说你要回来，弟弟直接开车去深圳接你。"

张灵芝说："少贫吧你，我哪敢劳你大驾！"

张守信说："行了吧，我看你就是为了跟秦学安单独相处。"

张灵芝一掌拍在张守信后脑勺上："没个正形！现在说的是你的问题。那些陈芝麻烂谷子的事早过去了好不好！我倒要说说你，你眼里就光一个钱字了是不是？"

张守信说："哎，姐，你这话算是说对了，弟弟我现在可是咱们村的首富。"

张灵芝走到窗边，透过窗户，指着后山说："这些，都是你开水泥厂挖的？"

张守信说："打住啊打住，别跟我提什么环境问题，咱们村的这些石头蛋子，要不是我，它就是在这儿放一百年，也成不了金子。你们一个个……"

张灵芝说："弟，我在南方待了这么多年，看了这么多地方，我告诉你，新型农业、旅游业等无污染产业是未来的发展方向。早知道你把山挖成这样，当年我就不给你搞贷款。"

张守信说："我算看明白了，你就是向着秦学安。"

张灵芝气得扭头就走，说："我跟大说去，让大治你。"

张守信这些年住在县城家里，十天半个月的才回来一次，张天顺实在没办法，假装病重让守信回来。

张守信说："大，我忙得要死了都，您把我叫回来啥事？"

张天顺一言不发地坐着，盯着儿子问："这是谁回来了？"

张守信有点蒙了："我啊，您儿子张守信啊！"

张天顺冷哼一声："守信，我看你以后也别叫守信了，叫忘本得了。"

张守信说："大，您吓我一跳。我还以为您咋了呢，连亲儿子都不认识了？"

张天顺说："我没你这个儿子。"

张守信很不耐烦地说："又咋了，天天的，又咋了？"

张灵芝站在张天顺后面说："我问你，你是不是又偷着把污水排到水渠里去了？"

张守信说:"姐,咱俩的姐弟感情还值不值钱?你这一回来,就准备批斗我是不!"

张天顺说:"我就问你,你是不是又把污水排到水渠里去了!"

张守信说:"谁跟您说的,肯定是秦学安,我找他去。"

张天顺把拐杖一摔,说:"你给我站住!"

张守信转过脸来。

张天顺说:"守信,守信,我老张家怎么出了你这么个不讲信用的玩意儿!一来光顾挣钱不顾村子,你让我这张老脸往哪儿放?二来你勾结郑卫东,品德败坏!"

张守信说:"哎哟我的大,现在形势就这样,买卖不挣钱,再上个减排,那我就得天天赔钱了。"

张天顺摇了摇头说:"没有一点政治觉悟和上进的念头,你要想干买卖,你干点真为村子好的买卖啊。"

张守信说:"大,您啥时候跟秦学安开始尿一个壶了。我现在是村上的首富,他秦学安什么都不是,还爱瞎操心。"

张天顺说:"这就是人家学安的可贵之处,不管站在什么位子上,都想着村子。你在外面挣再多钱也没用,村上人不会认你的,无论什么时候,丰源村是咱张家几辈人的根,你跟晓斌将来都是要埋在村里的,你们要对得起祖先。"

张守信的电话不停地响起。

"行行行,大,您别说了,我上排污设备,我近期就上排污设备行不行?"

张天顺说:"不把这事解决了,你以后别进老张家的门!"

张灵芝说:"你说的啊,马上解决,我盯着你呢。"

"行,姐,你真够意思。"

张灵芝和秦学安并肩走在县城,跟学安讲找守信谈的结果:"守信说了,他近期就开始上减排设备。我会盯着他的。"

秦学安说:"还是你这个姐姐对他有用。"

张灵芝说:"我也是搬出我大他才听的。不管怎么样,现在跟投资方的合作可以顺利地进行了。反正污染可以慢慢治理。"

秦学安说："是，排污设备可能几个月就上了，但是土地被污染，还得花好长时间养不是？"

张灵芝说："对，是这样。但是，你的意思是还要把这个情况跟投资商说明？"

秦学安说："我没想好，毕竟有了这笔投资，咱们的厂子就活了。"

张灵芝说："那你犹豫什么？"

秦学安说："但是从投资方的角度出发，如果投资别的乡镇，没有污染的乡镇，他们获得回报会更快一些。而且，是不是应该把情况告诉他们？毕竟他们有知情权。"

"拜托，大哥，你这完全不是商人思维好不好。"

秦学安说："唉，我再想想吧……"

"学安，你可不要任性，这厂子是关乎咱丰源村发展的大事。"

秦学安点了点头。

几天之后，丰源村村委会的院子里挤满了人。甘自强来了、王方圆来了、高满仓来了，张天顺、郑卫东、秦学安、张灵芝及各位投资人都在现场。

村民们都围着看热闹。

酸汤婶说："听说这几个大老板有钱，给咱村子药材厂一投投好几百万呢。"

秋英说："那咱药材厂又要起来了。"

酸汤婶说："可不是嘛。"

王方圆在台上讲话："合同的签订，代表着南北合作，代表着咱们药材厂的发展要进入新的篇章……"

投资方已经在合同上签了字。秦学安的手却停住了，看着台下的乡里乡亲，他深吸了一口气，拿起话筒说："对不起，这个合同不能签。"

秦学安话音一落，全场哗然。

秦学安说："对不起，我认为现在我们丰源村的环境还不适合投入大量的资金做中药材合作社，因为后山的水污染问题还没有解决。如果污染问题不解决，药材品质上不去，问题就不会根本解决。感谢各位老板对我的信任，我不能辜负

367

这份信任。作为药材厂的厂长，我的决定是，一天不治理好污染，一天不拿着大家投资的钱冒险。"

商人们纷纷投来欣赏的目光。

乡亲们交头接耳："学安这是自断财路啊！"

张灵芝心里说："这个榆木脑袋！"

张天顺的表情难以捉摸，秦有粮笑着离开了人群。

赵秀娟追上去说："大，您别生学安的气，他的脾气，你又不是不知道……"

秦有粮说："我娃做的对着呢，我不生气。咱老秦家的人，就该有这样的担当。"

赵秀娟一笑。

秦学安说："如果各位信任我的话，等丰源村的污染治理好了，下一批药材的质量上去了，我们再度合作。"

钱老板说："我没看错，你果然是个有担当、讲诚信的好企业家。"

几个老板带头鼓掌。

一行人送投资团离开。

王方圆说："学安哥，有这样的问题你咋早不跟我说呢，咱们解决嘛。"

秦学安说："守信厂子的污染，你说闹僵了也不是，不管也不是。只有说等这个污染彻底解决了，咱们再让人家来投资。宁愿不赚这个钱，也不能让外地人觉得咱们陕西的商人不诚信，是奸商。"

王方圆点了点头。

就在此时，狗娃气喘吁吁地跑过来："学安叔，我大叫你赶紧看看去，满囤爷吐了血，晕倒了。"

一张肺部 CT 片挂在秦学安面前。医生指着肺部的一团黑影说："矽肺是尘肺的一种，是一种严重的职业病。"

秦学安说："职业病？满囤爷没有职业啊。"

医生看了秦学安一眼："那你们村有没有强污染？"

秦学安琢磨着说："……有个水泥厂，不知道算不算？"

医生说："还算吗？那绝对是强污染。水泥厂里游离的二氧化硅粉尘通过呼吸道进入，在人的肺泡上发生堆积，影响气体交换，最后人的肺泡失去作用，肺组织全部纤维化。用俗话说，就是肺变成了一个土疙瘩。"

秦学安着急地说："医生，那有啥法子治？"

医生说："目前可以做的就是灌洗治疗，把病人全身麻醉，往肺里灌水冲洗。洗出来的水是混浊的，静置一段时间，你就能看见水会分成水和泥沙两层。"

秦学安仿佛看到了希望："那多久能治好？"

医生说："灌洗治疗只能是延长病人的生命。目前，全世界没有能够治愈矽肺的特效药，患了矽肺等于判了死刑。"

秦学安急了："那不就是没救了？您再想想！肯定有办法的啊，医生！"

医生说："对不起！"

几个人陷入了沉默。

突然，秦学安抬起了头："水泥厂的事情不能再拖了！走！回村！"

学安他们刚刚回到村上，就看到医疗车停在村口。金银花正在哭闹，周围围了一群人。

秦学安凑上去说："这又是咋了？"

金银花立马哭着说："你快去看看咱家的大凤，医生说……医生说咱闺女得了矽肺病，活不长了。"

包谷地说："啥？"

包谷地下车时双腿一软。

他找到了人群中的大凤，大凤正在哭泣。

包谷地说："大凤啊，告诉大咋了。"

包大凤抹着眼泪说："大，医生说俺得了矽肺病，治不好了。"

酸汤婶："这算个啥事啊！学安叫医院上咱们村子里来给大家检查。这、这还真检出来了，还不如不检！"

郑卫东说："你少说几句，憋不死你。"

本来倚在墙角的卷毛害怕了："医生、医生，我也在水泥厂里干活，快检查检查我还有几年的活头！"

张灵芝站在医疗队后，面色沉重。

包谷地双眼通红地站了起来："张守信，我包谷地今天就是豁出去死，也要和你拼命！"

村民们窃窃私语："就是的，村里这两年老人的身体不好，肯定和水泥厂有关系。""你听说没啊，那些石灰吸到肺里就再也出不来了。"

包谷地到处寻找锄头："我今天不跟你拼了，我就不叫包谷地。"

赵秀娟连忙拉住包谷地："包大哥，你别冲动。"

金银花说："大包，你这是要干啥啊……"

秦学安连忙拉架说："包大哥，冲动解决不了任何问题，事已经这样了，咱们得想解决问题的办法，你信我的，我肯定会给你一个说法！"

秦学安召集开村委会，郑卫东、张天顺、秦有粮、秋英、三十六计等人围坐着。秦学安沉重地说："满囤叔的事大家都知道了，大凤的事大家也看到了！医生说了，正是因为污染，他们才得的这个病，这个治不好的病！这说明了啥，说明了村里的污染已经严重到不仅仅是破坏我们的树我们的地，而是已经开始要我们村里人的命啦！"

台下所有人都表情凝重。

"今天来的各位，我想说，我们既是党员，是干部，是村里的主心骨，但同时也都是生活在这里的普通村民。土地污染了，空气污染了，我们深受其害，我们的粮食、庄稼都深受其害。那些年我们村穷，为了承包费没有把山山水水看护好，是我们的责任，是我们的错！"

台下秦有粮、秋英等人点头。

郑卫东说："我是村长，但做得不称职啊，我也要给大家伙儿道歉。"

秦学安说："为了我们脚下的土地，为了村民们不再因为污染而担惊受怕，我提议，立即关掉水泥厂。"

郑卫东说："对，咱们举手表决，同意的举手！"

只见手臂一个接一个地举了起来，所有人的手都举了起来。

秦学安看着举起来的一双双手，激动地说："谢谢大家！"

郑卫东说："我宣布全票通过！"

人们见秦学安出来了，都围着他，郑卫东在旁边手足无措。

秦学安说："乡亲们，我们两委已经有了一致的决定，立即关掉水泥厂，重新为被毁坏的山种树，恢复青山绿水，恢复鸟语花香，让我们的丰源村重新变回过去桃花源般的地方！"

所有人激动地鼓掌，郑卫东也只好一脸尴尬地跟着鼓掌。

张天顺远远地看着、听着，之后跑回家，却看到张守信还在悠闲地喝茶。

张天顺盛怒之下一巴掌打掉了张守信的茶杯："你还有心情在这儿喝茶！我的老脸都快被你丢尽了！你知不知道你现在这做法简直就是在谋财害命！你跟我走，跟我走，我今天非把你这个不长进的送到监狱里去。"

张守信说："大，您放开，您这唱的又是哪出！"

张天顺说："因为你的厂，满囤死了，大凤也病了，你知不知道！"

张守信一下子愣了，接着开始狡辩："那、那人生老病死很正常，凭啥怪到我水泥厂头上，水泥厂离着村子有一座山呢！"

秦学安和张灵芝进了张家。

张守信说："来得正好，秦学安，你是不是就想搞成这样？好，现在弄得我家鸡飞狗跳，你满意了？"

"守信，医生说了，这个矽肺病就是……"

"行了，你别拿这些东西来压我，我还不知道你？明明就是你秦学安要开药材厂，就想着法牺牲我水泥厂的利益。"

秦学安说："守信，你咋还不懂，你这个水泥厂已经严重影响到了村子的发展，现在还出了人命。我来就是想告诉你，这个厂，村里已经投票决议，必须关停！"

"那我现在就告诉你，不可能！"

张天顺已经被张守信气得浑身发抖。

张灵芝赶忙过去搀扶说："大……"

张天顺端起一盆脏水泼到张守信的身上："滚！以后张家没你这个不孝子！"

张守信愣住了，抹掉脸上的菜叶子，点着头环顾这个院子说："好好好，我看出来了，你们都和他秦学安是一伙儿的，我张守信才是个外人，那我走还不行么，我现在就走！"

张灵芝说："守信，你这说的是啥话，咱大都成这样了，别说了！"

张守信一脚踢开盆子，盆子在地上发出丁零哐啷的响声："我这辈子什么都没有，我就干了个水泥厂，今天我把话撂这儿了，你们谁想关闭我的水泥厂，不可能！"

张守信脖子上青筋暴起，说完这话，他转身离家而去，肩膀与秦学安的肩膀狠狠撞在一起。

张天顺气得声音颤抖着说："你滚！我没你这个儿子！"

说完，他一个趔趄倒了下去，秦学安连忙扶他坐在一边的椅子上。

"灵芝，你立马写材料交到环保局！把他这丢人的厂子给我关掉！"

张灵芝说："好，大，我现在就写！"

张灵芝拿着材料开车出村，遇到了气势汹汹的包谷地。包谷地显然接受不了自己的女儿也得了这种病。

张灵芝说："包大哥，我替我弟先跟你道个歉。大凤的事，我替你主持公道。你看我这材料都准备好了，我现在就去环保局提交，实名举报水泥厂污染问题。不管说啥，不能再让守信这个水泥厂祸害咱村里的老百姓了。"

包谷地道："行了吧，你们张家人哪个不是说一套做一套！不给你们点颜色瞧瞧，你们觉得这丰源村的村民都是好欺负的，是傻子！"

张灵芝看着包谷地走远，表情黯淡，踩一脚油门车子向村外驶去。

几个上了年纪的村民拦住了村路，不让拉水泥的卡车进村。包谷地带领着村民，围了水泥厂。

村民们还把满囤爷的黑白照片和一个大大的"奠"字放到了水泥厂的门口。

包谷地说："今天，大家伙儿就把守信的厂子给他砸了，他对咱们村子人不仁，咱们也对他不客气。"

包谷地一回头，却看到张守信就站在水泥厂的门口。

张守信说："我今天就看看谁能砸得了我的厂子！"

包谷地说："张守信，村里人都因为这厂子死的死病的病，你心里就没点愧疚？"

张守信说："大凤的身体出了问题，我作为老板，我付这个治疗费。你说大凤以后好不了了，只能躺在床上，我每个月出钱养，但这都不是关厂的理由。"

包谷地打断了张守信的话："少跟我提你那靠黑心挣的脏钱！"

张守信说："那你想咋？你说啥我都答应，但是想让我关了这个厂，不可能。我张守信这辈子还就轴这么一回了。"

包谷地说："你个张守信良心叫狗吃了是不是，这些年你靠着后山也挣了不少钱，现在环境污染，你凭啥不关？"

张守信说："这个厂子开不开，已经跟钱关系不大了。再说了，我开这个厂子，你们这里面哪个没沾过好处，这地也是我花钱包的，我凭啥不能开！"

根叔说："守信，大家伙儿谁也不是跟你过不去，现在的情况你也看见了，你这娃咋死脑筋！"

包谷地说："揍他。"

说着说着，双方推搡起来。

张守信被逼到了院子里。他不知从哪儿拿出一把水果刀，挥舞着和所有人对峙："我看你们谁敢上！来啊！"

这时，张天顺拨开人群走了进来，秦学安在一旁搀扶着。

张天顺说："来，你先把刀架我脖子上，来。"

张守信扬起的手收也不是，放也不是说："大！您这是逼我……"

张天顺说："我就看看你敢不敢！还想咱村再死一个是不？那你就先把你大给杀了！踩着你大的身体过去！"

张守信拿刀的手颤抖了，刀掉在了地上。

张天顺转过身，对着满囤爷的遗像鞠了一躬，又对着村民鞠了一躬。

张天顺说："乡亲们，我张天顺，今天替我儿子张守信向大家伙儿道歉。我已经让灵芝把材料送到环保局了，这事是我们张家对大家伙儿不住，就算你让我给你们端茶倒水，我张天顺绝无一句怨言。"

包谷地也不再是打架的架势，人群里有村民说话了："天顺叔你这是干啥……"

张守信说："好，你们都是好人，好！"

张守信自己晃晃悠悠地走出了水泥厂。

张守信在家喝闷酒。柳叶儿哭哭啼啼："守信，你别喝了。这事也让我想明白了，只要你人好好的，我就啥都不求了，守信你跟我说句话好不好？"

这时候，秦学安进来了，拿着一叠材料说："这是环保局评议的一个决定书，下达给你们厂，环保局决定关停并补偿你一百万。"

张守信拿着决议书，低着头不说话。

秦学安说："守信，村里出了这么大的事，大伙儿心里难受你应该理解，但尽管这样，村里也没忘了你，更不会坑你，该给你争取的利益还是争取回来了，是不是？你觉得大家都对不起你，但你有没有想想，因为这件事受害的人咋办！满囤叔已经死了，大凤还在医院躺着呢！你啊！还是好好想想吧！"

说完他转头走了。

张守信一个人站在那儿，看着决议书突然抽了自己一个嘴巴："我真该死啊！"

镇上，高满仓书记拿着媒体曝光水泥厂的报纸，扔在桌子上。郑卫东哆哆嗦嗦地站在办公室。

高满仓敲着桌子说："前几天你们村刚开了招商引资大会，啊？多么风光，现在扭头就出了这档子事。我告诉你，新的一年，全省农业系统表彰会上，你们丰源村的先进要一律撸掉！"

郑卫东还想解释："不是，这，守信的厂子是个人企业，我虽然是村长，但我也管不着他啊。"

高满仓说："就你这个态度，就很有问题，就很危险。做村长，不是为了当官，是为村民做事。你要是没能力，你就抓紧时间从村长这个位子上撤下来。"

郑卫东擦了擦满头的冷汗说："镇长，这个村长，我也觉得我还是当不了，要不，还是换学安来吧，真的……"

很快，决定下来了。村民们都围在大槐树下，高满仓宣布："由于咱们村的村长兼代理支书郑卫东在任职期间出现重大失误，再加上村民联名申请换人，组织在经过讨论后，决定提前换届。下面请各位村民用自己手中的投票权，选出自己心目当中的新支书和新村长。"

村民们纷纷都喊:"不用投票了,我们都选秦学安!"

水泥厂被环保局查封,张守信给满囤家和包谷地家都拿了一些钱。他心里也过意不去,毕竟是因为自己的水泥厂人才没的、病的,他和张灵芝一起坐在坡上唠着体己话。

"姐,我也已经是三四十岁的人了,啥都没干成,还落了一身埋怨,我是不是活得很失败。"

"胡说!"

张守信看着不远处关闭的水泥厂说:"一事无成,一事无成啊!"

张灵芝把张守信的脑袋转到后山的另一面:"你看看,这后山都被咱挖成啥样子了。你还记得咱们小时候捞鱼的那条河不,你每次都比学安捞得多。我知道,你其实啥大道理都懂,你就是为了置这口气。但人不能犯糊涂,这些小型水泥厂早晚会有关闭的那天,柳家窑的不也早就关了,现在市里都在查污染企业,咱们必须搞活思路,发展新型农业、新型农村,那才是正道。"

张守信看着张灵芝说:"姐,几年没见,你真的变了。"

"经历的事多了,总会变的。"

两人回了家。

张天顺正在藤椅上躺着,张守信走了进来,动了动喉咙,半晌说:"大,我错了!"

张灵芝透过自己的窗子看到这一幕,笑着缩回了脑袋。

张天顺回屋把饭菜还有酒拿了出来,说:"今天晚上,咱爷儿俩喝一壶。"

一轮圆月下,父子二人对饮,收音机里放的是苍凉的秦腔。

一件件糟心的事儿过去之后,生活又归于平淡,但各家也都干劲十足。赵秀娟在后山的黑头羊养殖场已经渐渐成了规模。羊圈里收拾得干干净净,一头头羊伸着脖子在石槽里吃草料。褚之云也开始带着农技站的专家们在田地里进行测土配方施肥。

　　秦有粮也找到了金水河传说的碑刻，曾经的金水河水量丰沛，滋养过丰源村，那时候的丰源村可真是山清水秀，世外桃源。而现在的金水河，水量越来越少，只有把远处的水量更丰沛的稷河水引进来，才能恢复金水河当年的风采，越是这么想，秦有粮就越有决心修一条提水渠，把稷河水引到金水河来。

　　秦学安则在杨凌农科城考察蔬菜大棚，听农科院的专家讲课，不断充电。

　　很快，秦学安代表丰源村跟杨凌农科城的代表在村委会签下合同。

　　秦学安说："杨凌的实力真的太让我们放心了，期待咱们一起把沃土工程搞起来。"

　　杨凌农科城的代表说："你们放心，从养地、播种、育苗、施肥……我们都将全力配合农技站。"

　　秦学安说："是的，这些不光是为了丰源村的农业产量，也是农技站试点工作的实验田成绩。"

　　褚之云说："如果这次沃土工程顺利，那么您就帮了我们农技站大忙了。"

　　杨凌农科城代表说："哪里哪里，大家互相学习。"

　　药材厂经过升级改造之后也迎来了转机，订单不断。秦学安与工人和种植户在中药材加工厂内开会："'一号文件'说了，要完善全国鲜活农产品'绿色通道'网络，实现省际互通。这也就意味着，咱们的中药材运输渠道会变得更加广泛、便捷。"

　　包谷地说："学安，现在水泥厂关了，土地也养肥了，咱们种植户的中药材越来越好，但这个销路现在咋还是上不去？"

　　秦学安看着身后的加工厂说："这就是我想说的，咱们还是得把招商引资重新搞起来，引进和更新设备，扩大产能，让机器代替人手，进一步扩大咱们中药材经营的规模。"

　　村上归于平静之后，秦学安再次组织了村民大会。屋里坐得满满的都是人，屋门口还站着一些人。

　　秦学安说："这次我重新当上村长的第一件事，就是制定新的乡村乡规。这段时间发生的一些事值得我们每个人反思。我们丰源村从过去到现在都应该是一个有荣誉感的村子，一个团结的村子，我们是有这个光荣传统的，可不知道从什么时候开始，所有人都变得冷漠、变得互相不关心，甚至因为某一个人、某一件事就弄到四分五裂、你死我活的地步，这是非常可怕的一件事。所以我制定了新的乡村乡规，以后，咱们村子里从老到少都要牢记这份乡规，一旦出事，咱们按规办事！从这个角度讲，这次应该感谢水泥厂事件，正是因为这一次，我们才意识到我们村已经分裂太久了，正是因为这件事，我们又重新走到了一块儿！"

众人说："对！"

秦学安表情肃穆："下面我带着大家一起看一看新的乡村乡规。大家跟着我一起念！"

众人也肃穆而立，望着学安。

秦学安说："第一条，勿以恶小而为之，勿以善小而不为。"

"第二条，能治其身，能治其家，能治其事。"

"邻里相亲，父兄和睦……德业相助，术业专攻……"

所有人都跟着念起来。声音从屋内飘到了屋外，飘到了村口……

村子里的广播响起了 2006 年的"一号文件"：国务院农村工作会议提出全面取消农业税……粮食主产区要将种粮直接补贴的资金规模提高到粮食风险基金的 50%……完善全国鲜活农产品"绿色通道"网络，实现省际互通。

第二天秦有粮用毛笔郑重地写了公告栏，将"一号文件"的内容写了下来：稳定、完善、强化对农业和农民的直接补贴政策。加强国家对农业和农民的支持保护体系。对农民实行的"三减免、三补贴"和退耕还林补贴等政策，深受欢迎，效果明显，要继续稳定、完善和强化。2006 年，粮食主产区要将种粮直接补贴的资金规模提高到粮食风险基金的 50% 以上，其他地区也要根据实际情况加大对种粮农民的补贴力度……

北京，秦学诚西装革履，正在接受记者景胜的采访。

景胜说："今年是 21 世纪以来国家连续第三年发布关于三农的'一号文件'，对比此前的'一号文件'，今年的'一号文件'有什么新的方向性指引？"

秦学诚说："21 世纪以来连续的三个'一号文件'，体现了党中央对'三农'问题的重视。各项支农惠农的政策都是切实解决'三农'面临的难题。我们都知道，我国是农业大国，农业是国民经济的根基，但目前农业和农村发展仍处于艰难的爬坡阶段。城乡收入差距扩大，矛盾依旧，一些出台的政策文件、'十一五'规划的种种措施都是在推进农村综合改革。"

学生模样的秦奋站在摄像机的旁边。

采访结束，秦学诚开始拆身上的麦克风等设备："秦奋，这次夏令营收获怎么样啊？"

"我就是给人做做翻译，小菜一碟。"

"这可是一次国际交流的夏令营，能胜任翻译工作说明你小子水平可以啊！"

"那是，我想出国去开开眼界，学好英语是前提啊！"

"还挺像回事。"

"叔，不瞒你说，我托福、雅思都考过了。"

"那太好了，想去哪个国家啊？欧洲还是北美？"

"美国。"

电视上正是秦学诚接受采访的画面。

他激情昂扬地讲着："'种粮不缴税，上学不交费，看病不太贵，贷款不费劲。'这是今年的'一号文件'为中国9亿农民描绘的美好前景。"

秦学安指着电视上的秦学诚说："秦俭，快看你爸爸。"

秦俭嘿嘿笑着。

秦有粮说："想不想你爸爸啊，秦俭？"

秦俭说："爸爸忙，想也没用。"

秦有粮又说："秦俭啊，今年你也满18岁了，成年了，以后想不想回到北京去跟你爸爸妈妈一块儿生活啊？"

秦俭明显不太高兴："我喜欢这里，喜欢跟爷爷一起做麦秆画，不喜欢北京。"

秦有粮说："不喜欢咱就不回去，咱丰源村不比北京差。"

秦学安说："孩子们一个个都长大了，有自己的想法了。"

赵秀娟说："就是啊。咱俩个孩子，秦田、秦奋都在北京上大学，一个也不在身边，就看着秦俭喜欢。秦俭啊，咱不去北京，你妈妈现在回来了，再过几年给你娶个媳妇，就留在咱丰源村。"

如果说 20 世纪 80 年代的五个"一号文件"，重点是解决了农村体制上的阻碍、推动了农村生产力大发展，进而为城市经济体制改革创造物质和思想动力的话，2004 年以后关于"三农"的连续几个中央"一号文件"，其核心思想则是城市支持农村、工业反哺农业，重点强调了农民增收，给农民平等权利，给农村优先地位，给农业更多反哺。

此时的农村也迎来了新的时代，农民专业合作社的形式开始推广，农民抱团取暖，走向专业化。

金水县农民专业合作社普及推广动员大会上，高满仓作为县领导正在做动员讲话。台下坐着秦学安等村支书代表。

高满仓说："今年 7 月 1 日，《中华人民共和国农业合作社法》已经开始实施，这是一项新的举措，是新时期经过农民实践证明的一条团结农民，把农村特色经济做大做强的一条必由之路。咱们金水县目前还没有一家专业合作社成立，这个局面必须尽快改变，特别是一些模范村，要带头行动起来。秦学安，你们丰源村表个态。"

秦学安站起来说："这个想法是好的，但是现在有很多不切实际的问题，比如说，如何保证村民的利益，让村民出钱，挣了钱还好说，一旦赔钱村民的承受能力是有限的。如果是自家管自家那还好，但现在是合作社，那肯定是合作社的责任。这就又有了新的问题，经营者应该怎么选，这个人有没有带头能力？"

高满仓说："这个农民专业合作社是以农村家庭承包经营为基础，通过提供农产品的销售、加工、运输、贮藏以及与农业生产经营有关的技术、信息等服务来实现成员互助目的的组织，从成立开始就具有经济互助性。成员享有一定权利，同时负有一定责任，责任和权利永远是并存的，只要是做生意那必然是有风险的。"

秦学安说："但市场很复杂，我们没有经过正规的经营方面的学习，我们的经营方式肯定比较单一，这是一个很大的课题。虽然想法是好的，但是涉及实际操作还是有问题的。"

另一个村的支书说："对啊，书记，我觉得学安说的有道理。那万一经营不善赔钱了咋办？"

高满仓说："你的问题也有道理，但这就是为了给村民找一个更好的发展方式，你这一开始就态度消极可不是个好现象，学安同志。"

秦学安说："我这也是从村里的实际情况出发考虑。"

高满仓说："这政策既然能下来，那都是国家经过实践检验的，怎么到了你这儿就这么多的困难！你看我才刚说出来，你就摆出了一堆的困难，我看你就是怕苦、怕累！"

秦学安说："这事我还有些不懂，我一个人说了也不算，得回村上跟大家讨论研究一下。"

高满仓说："学安，你这可就是态度有问题了啊。先执行，执行过程中出啥问题了再解决。你们丰源村可是模范村，这个模范带头作用必须起到啊，这不是商量，这是命令。"

高满仓把文件《金水县关于农民专业合作社普及推广的暂行办法》拿了起来："咱们这次会议主要就是说这件事，我希望所有人都重视起来，有什么问题咱们具体的在实践中再解决！"

人们脸上带着疑惑，下面响起了稀稀拉拉的掌声："好！"

专业合作社这个新事物在丰源村会怎么样还是个未知数。

第十五章

摞荒

秦学安垂头丧气走在县委大院里，皱眉想着农民合作社的事儿，王方圆从办公室里出来，几步走上去问道："学安，咋看着不高兴啊，跟我说说。"

秦学安回过神儿来："满仓叔让县里各个村搞专业农民合作社的事儿，但我觉得这事我们不了解，要真搞起来，我真的心里没底。"

"你这样就放弃了？这不是你的性格啊。老了老了，当年分地那股子闯劲干劲哪儿去了？"

"你就别耍笑我了。好汉不提当年勇。"秦学安又低下了头。

"你们村的情况我是了解的，你们的条件是完全够的，真要把药材的合作社办起来了，可不是现在小药材厂那个样子啊。"王方圆拍了拍秦学安的背，语气轻松地说道。

"是啊，我也知道是好事，可这事以往大家没干过，我这心里还是没底，不知道到底是咋个操作方式。"

"认识的问题那不是一成不变的。我看你啊，还是没把政策弄通弄透，这也不怪你，成天就在丰源、金水这片，眼界是打不开。你呀，出去走走看看，看看人家外面的农村和农民都是怎么搞的。我给你介绍几个地方你去看看。"

秦学安急切地看着王方圆："你快说说！"

"东北一个村子，成立了万寿菊产业合作社后，制定了万寿菊的培育生产技术操作规程、质量安全管理守则等规章制度，统一了嫁接、用药、施肥等环节，实现从生产到销售的规范化操作，产品质量有了可靠保证，还统一注册了商标，现在产品已经可以稳定地出口。我建议你带几个人去走一趟，回来就知道怎么弄了。"

"好好！"秦学安这才有了笑容。

第二天，秦学安就带着包谷地和三十六计坐火车去了东北。三人裹着大棉袄走在雪地里，按照纸条上王方圆给的地址找到了万寿菊合作社，接待的村民叫赵老根，热情又朴实，是个典型的东北爷们儿。他把三人安顿好，一起喝了烧酒唠了家常，夜深后便都睡下了。

隔天上午，赵老根带着三人来到一片万寿菊的青苗平地上："万寿菊是我们青冈的特产，现在正是出苗时节，等夏天的时候就开满花了，你们是赶不上了。"

秦学安从口袋里掏出本子和笔准备记录："没事，我们是来取经的。"

"这万寿菊呢药用价值极高，又是提取黄色素的理想原料，比较喜光，种植也容易。现在我们成立了专业的种植合作社，全村好多人都靠这小小的花儿致富呢，不比城里人过得差，家家户户盖了新房了。"

"种花都能挣这么多钱？"

"我们现在这些种花的农户以前都是种粮的，后来才知道种花也能卖钱，以前一些加工企业从我们农民手中收花时，也挣不来啥钱，后来，我们农民就自己组织了万寿菊生产协会，产品集中起来了，协会与加工企业协调，争取到了优惠的条件，全镇参加协会的花农核算下来每年增收 50 万元。再后来，省花卉协会和省经济作物技术指导站通过办讲座，搞科技入户，平均亩产达到了 1335 公斤，比 2000 年的时候提高了 377 斤，这算下来比以前多挣多少啊。"

秦学安飞快地记录着，叮咛包谷地和三十六计两人去到处看看，掌握管理细节，他心想要让自家村里人过得跟城里人一样好才行。

回到村里后，他把能拿事儿的几人聚集起来，和老汉们在一起说了去东北学习的情况："刚才我把我们这次出去的情况跟大家说了，包谷地和三十六计表了态，愿意成立这个合作社，人家种个花都能带动那么多家致富，种花跟种药材是一个道理嘛。"

张天顺蹲在石阶上："学安啊，我知道你是为了村上好，为大家着想呢。咱也不能说你们出去一趟，回来咱就照着人家的弄。一来大家现在日子都过得去，没啥其他想法；二来这专业合作社强调的是专业，要有专业的技术带头人，还得有资金，什么市场呀那一套，咱都没几个人懂。咱也不能生搬硬套地学人家，万一学不成咋办？学坏了这个风险谁来担？毕竟是好多家合作呢，不是你一家说了算。我看呀，还是不搞的好。"

"学安你跑这一趟也不容易。依我看，你再挨家挨户问问，把文件政策给到每家每户，再让县里的人来讲解讲解，要是还没人愿意弄，那就按照大家的意思吧。"秦有粮看大家兴趣不是很高，给秦学安使了个眼色。

晚上，秦学安回到屋，赵秀娟已经躺下了，他看到赵秀娟枕头跟前放着《农民专业合作社规范化建设》《农民专业合作社管理与实务》《农民专业合作社工作手册》等几本书以及《金水县关于农民专业合作社普及推广的暂行办法》的文件，拿起一本翻着："你咋也看上这些了？"

"我也进步进步啊，想看看这个专业合作社到底是个啥。"

"看出点门道了？"

"别说，加上你跟我讲的那些，我还真摸出点门道！学安，你说我试着弄个养殖合作社成不？也当给你壮壮声势，给大伙儿看看成不成！"赵秀娟从床上坐起来，朝秦学安旁边靠了靠。

"秀娟，你真想弄？！"

"嗯，我觉得是个好事！而且你别忘了，我们安徽人天生就会做生意！"

秦学安一把抱住她："那可太好了，但这办起来，估计得费不少劲，跟着我，让你受苦了，不光操心咱这个小家，还得操心村子这个大家。"

赵秀娟埋下头打趣地说："谁让我就这命呢？"

秦学安拉开被子，抱着媳妇儿躺下："委屈你了。"

赵秀娟拍了下他的背，笑着抱怨："咋还老不正经上了！"

月亮在丰源村的天上自在地挂着，狗吠声和小虫、知了的声音伴着星星的闪烁起伏着，一直到天慢慢变亮，村里开始冒炊烟，又听见哪家老人不听劝早起下地哼的戏，这片变化着的土地上新的一天又开始了。

这天，赵秀娟抱着家里放养的黑山羊找褚之云作了质量检测，专家说散养的品种稀缺的黑头羊，营养价值丰富，肉质鲜嫩，羊奶也比一般羊奶富含更多的蛋白质和维生素。这让她的目标更清晰了，回家告诉了秦学安这个好消息之后，她就没停，饭都顾不上吃，熬夜赶出了《丰源村养殖合作社计划书》。

丰源村养殖合作社挂牌落成那天，投资团的老板们又来到了丰源村，在村民和养殖户的见证下剪彩成立。王方圆站在门前宣讲："非常感谢各位对县里开展专业合作社这件事的支持，在看过你们的投资计划与整体规划后，大家都非常满意；同时，这只是个开始，为了让咱们丰源村能办更多的专业合作社，县里决定投资 400 万元！"听到这个数字，大家掌声叫好声不断，"现在合作社顺利组织起来了，新的养殖场也开工建设。一切都在向好的方向发展。"

秦学安指着穿工服的师傅说："这几位师傅是我们聘来的技术人员，管理人员和销售人员也已经逐步到位，接下来的事情，就是细水长流着手去做了。"

鞭炮声回响在丰源村。

秦有粮最近一直没闲着，拿着孙子的画本和半截铅笔，提着一个木板凳爬山过河的，算是画成了一张"水利工程图"。可挖河道需要的钱可不是小数目，老爷子撺掇着张天顺一起找去了县上。秦有粮和张天顺把地图摊开在王方圆的办公桌上，王方圆一看这水利图，随即请教了两位专家："两位老人家，你们还真是既有想象力，又有行动力！工程图我给专家看了，他们说您二位这是在做一件功在千秋的大好事啊！这件事将列为咱们县上的三年规划里的重点项目之一！"

秦有粮放下手上的茶杯，站起来拉住王方圆的手："太好了，总算是等到这一天了，方圆，你可帮我们大忙了！"

"这可不是我在帮你们，是你们在帮整个县的忙！你们来看啊，这样一条水渠，可以从咱们县北部水量丰裕的稷河，引水到南部较为缺水的金水河附近，就这么一条水渠，可能改变咱们整个县域内，北部河水洪涝多、南部缺水干旱多的现状。"

"你看看还是当领导的高瞻远瞩啊，说的就是比我们家秦学安有高度。"

"那我们就把这张图留给方圆，让县上统一安排部署，把这条水渠开起来。"张天顺和秦有粮对视一眼说道。

　　2008 年春节一过，秦学安就收到去北京开会发言的任务，心想着过年时对家里人应下要去找学诚的承诺刚好可以兑现，又刚好看看在京上学的女儿，秦学安收拾好了行李上了去首都的火车。

　　先去学校看望了女儿和包三凤，秦学安又找到学诚的住处："学诚啊，你在不在啊？"他拿出手机拨通电话却被挂断，无奈地掏出纸笔写上自己宾馆的地址，从门缝里塞了进去。

　　秦学安参加的是农大改革开放三十周年座谈会。"今年是改革开放三十周年，三十年来，中国各个领域都取得了十足的发展和巨大的成绩。回望历史，这一切都是从伟大的农村改革开始的，是从安徽小岗村十八个农民按下血手印，以托孤的勇气搞'大包干'开始的，是农民自发的变革行为。借着这个契机，我们邀请了各农业方向的各位专家和代表，回顾过去，总结经验，展望未来。"大家听到主持教授的话，都激动地鼓掌，"今天很荣幸请到了一位农民代表，是金水县丰源村的支书秦学安。为什么请他来呢，当年他就是效仿小岗村，在他们丰源村搞了分田。他是一位真正的农民。请他来跟大家说几句农民的心里话、大实话。这对我们了解农村和农民有很重大的意义。"

　　秦学安从座位上慢慢站起来，欠了欠身，他身上还是那件灰短袖和黑裤子，打眼一看就是庄稼人，而在座的专家都西装革履，秦学安有些紧张："县上让我来开这个会，我真不知道该说什么。我是一个农民，经历了这几十年农村的变化，我就把我的真实感受跟大家说说。农民是什么？是我们这个国家的根基，靠着农民种粮种菜，大家才能吃饱饭，吃好饭。所以，不要小看我们农民。以前，大家吃不饱肚子，吃不饱才会想办法，才有了大包干和分田单干，解决了一部分吃饱饭的问题，才有了后来的家庭联产承包制度，解决了全中国人民吃饭的问题。用你们的话说就是改变了生产关系，解放了生产力。还有句话叫'实践是检验真理的唯一标准'，事实证明，这条政策真正实用，真正解决了农村和农民的问题。正因为正确，才有了后来一系列的农业政策，现在我们农民越来越好。只有农民越来越好，才能最大限度地支援城市和国家建设。我们农民的本质是纯朴、善良、大度、吃苦耐劳和执着的，这种品格非常了不起。他们是知道感恩的。中国农民祖祖辈辈种地打粮，地不是他创造的，粮也不完全是他创造的，但有了地和粮，他才能生活，才能生活得更好。我们农民不比任何人低一等，我们靠自己的辛勤劳动来创造幸福的生活，这是我们的信念。"

在本科生公开课上，秦学安想让嘴巴离讲台上的话筒更近一些，他梗着脖子，直到有学生上来帮他把话筒调整好。他不好意思地笑了笑。

"我是最底层的农民，我们农民不光种地，我们也学习，学政策，学文化。《孟子》里讲到诸侯有三宝：'一是地，二是粮，三是人。'迄今为止，土地、粮食和农民这三件事，依然是永恒的课题。周朝以前就开始敬社稷。'社'在古代指的是土地神，社火就是祭拜土地神的。'稷'是古代对小米的称呼，所以'稷'敬的是谷神。'江山社稷'之说，表明了土地和粮食在人们心目中的地位。也就是说，从帝王到老百姓，心目中最重要的两个东西：地和粮。而在地和粮之间，就是农民。"

同学甲听不下去这些基本理论，举手说："大叔你讲的这些我们在课本上都知道，你给我们讲点实际的！"

秦学安先是一愣，听着其他同学的附和立马明白了这些学生想听的故事："诶，好嘞！那我就跟大家分享分享我的故事吧。"

秦学诚从讲堂虚掩的门里进来，站在最后排注视着讲台上的秦学安。

"中国是一个农业大国，农民如果还贫困，那么国家就富裕不了，农业如果还停留在古代，国家就不可能现代化。我们丰源村就是一个小村子，它虽然只有80多户，300来人，但是我们从来没有屈服于落后。70年代，我们做农业；80年代、90年代我们紧跟着政策做乡镇企业。随着经济发展的潮流，城市的发展更加迅速，好多人不愿意种地了，都去了城里打工，所有人似乎都把农村忘了。随之而来的各种坑农害农事件不断，农民利益遭受重创。我们家就是一个真实的例子，因为一起假种子的事件，让我和我的弟弟产生了误会和隔阂，这是我这大半辈子干的最后悔的一件事。扯远了，咋说到这事上了！"秦学安不好意思地挠挠头，尴尬地笑笑，同学们在座位上小声议论着。

后排角落里，秦学诚看着台上低着头的兄长，想到离去的奶奶和两人年少在一起的时光，泪水湿了眼角。

后排的一个学生继续问道："那后来呢？"

秦学安回过神儿来，抬起头清清嗓子继续讲述："到了 2000 年之后，国家又开提'三农'问题。我们村里也开始办起了各种企业，就在最近，还成立了村里的第一家专业合作社。我们村的基础设施建设、基本公共服务和社会保障也都得到了加强。所以我倒觉得，现在不少农民并不觉得进城就一定好。毛主席说过，广阔天地大有作为，回到故土，回到土地上，这是一份责任。不怕大家笑话，你们这一代年轻人总是说梦想，我也有梦想，18 岁的时候我就希望家里能吃饱饭，30 岁的时候希望给家里盖个好房子，到了现在我的梦想变成了带着全村人一起致富，我们不仅要吃饱饭，还要过好日子！"

在座的同学们安静地听着秦学安的故事，沉浸在农村变化的酸甜苦辣中，心中对农村建设感受颇深。秦学安又鼓励道："你们大学生现在毕业，工作那么难找，我觉得也可以回到你们各自的家乡去，家乡需要你们这样的人才，农村也欢迎你们施展才华。"

公开课结束后，秦学诚走上前去，对着背过身去整理包的秦学安叫了连自己都感到生疏的称谓："哥！"

秦学安转过身，一时间不知所措："学诚，你咋来了？"

"哥！我错了！"

两兄弟相拥，不用对视也明白彼此都将近流泪。

丰源村里，一阵钟声引来了不少村民，秦有粮站在石阶上宣布："父老乡亲们，咱们'引稷河水入金水河'的工程，已经经过了科学论证，省上和县上都批准了，这可是咱们丰源村的好消息啊。"

"叔，您给讲讲，咱们为啥非要做这个东西啊？"

"咱们丰源为啥叫丰源啊，因为当年稷河水就从咱们门前过，有了这稷河水，才有了咱们老祖们说到的年年五谷丰登、四季百花开放的景象。经过论证，现在的金水河，就是稷河原来的一部分河道，我相信你们也各自从哪里听说过，早先，咱们丰源上下，水美土肥，在那时候，有山有水有良田，算得上是一个世外桃源一样的去处，关键啊，就是有这稷河水滋润。可是从明朝开始，这稷河水改道了，从那以后，咱们这周边的环境是一天不如一天，大旱年年有，小旱三六九。我有一种强烈的愿望，我想带着大家把咱们丰源村恢复到当年那种沃土百里、水域充沛的景象！"

张天顺也站上石阶讲道："作为一个老共产党员，我想说的就是，我们坚信人定胜天，我们相信群众的力量！咱们只要劲往一处使，有粮哥的愿望，也就是咱们全村人的愿望，那个美好的图景就一定能实现。"

村民们交头接耳议论起来，都觉得老爷子在做一件大好事。

秦有粮叹了口气："现在咱们的困难是啊，方案已经批准了，但是县上没有那么多的钱给咱们干这个。所以我想了，能省的咱们都省下来，我义务出工，带着大家先把事干起来，不知道大家伙儿什么意见啊？"

众人面面相觑，没人出声。

"干是能干，但是真白干啊？咱们毕竟各家都有各家的事。"

"大家都知道愚公移山吧，我不强求大家，咱不奢求大家放下自己地里的庄稼，放下正在做的买卖，来干这个，我们也不急在一时，只要大家农闲了，有空了，就来找我，我带着大家干，总有一天，咱们能看到稷河水流过来！"秦有粮迈下石阶顺势坐下。

"算我一个，我的村史馆也差不多了，只要有时间我就参加！"

"也算上我，老胳膊老腿的了，下地家里也不让，我去给你们当小工！"

看着老人们一个个自告奋勇，包谷地着急了："也不能净让几个叔叔大爷出力啊，真要是咱们丰源开了工，天天下工地的都是老头儿老太太，还不让周围十里八乡的把我们笑话死啊，有粮叔，放心吧，我包谷地随叫随到！"

这时候秦学安领着七八个人从人群中走到最前面："我来给大家介绍一下啊，这几位都是咱们这个饮水工程所经村庄的村支书，这几天我没有闲着，一个村子一个村子地找他们，这引稷河水到金水河的事情，不光惠及咱们丰源村，新渠流经的每一个村庄，都会受惠，我做通了大家的思想工作，大家都表示，这不是咱丰源一个村的事情，大家都要合起伙儿来干，资金上咱们各个村都分担一点，人员上，咱们各个村都出点人头，争取早点让我大的梦想，让咱们这七八个村子的共同梦想实现！"

听到几个村子的加入，人们鼓掌叫好。

柳二奎从七八个村支书里站出来:"天顺老哥,学安啊,咱们柳家窑和你们丰源村为了金水河上的这点水,没少干架,这一回我算是服了,还是有粮大哥有眼光,站得高看得远,一下子解决了咱们这周围七八个村子的问题,我们柳家窑这一回,义不容辞。同时,我提议,就让咱们的有粮大哥,担任咱们这个水利工程的总指挥!我们都听有粮大哥发号施令!"

众人也附和道:"有粮大哥!有粮叔,您当总指挥!"

秦有粮被大家的热情感动了,不断点头,又一步站上石阶:"咱们这个工程是省上县上批准、咱们自发启动的水利工程,我们都愿意义务参加,所以我们也没有那个闲钱搞些子什么大红花、大花篮啊,剪彩什么的,咱农民就是这么朴实,想干了就干,就一句话:开工!"

那天黄昏,村子里安静得出奇,夕阳洒在河道还有河边面朝黄土的村民肩上。妇人在岸上唠家常,把满地跑的孩子抱在怀里,把从家里拿来的馍和水分给正在挖土搬运的男人们……

《中共中央关于推进农村改革发展若干重大问题的决定》贴在村委会门口的告示栏上,五六个老爷子叼着烟锅袋围着告示栏看,张天顺卸下老花镜,从口袋掏出放大镜,一字一句地念着:"巩固农业基础地位,坚守十八亿亩耕地红线,确保粮食安全,保障农民权益。培育农民新型合作组织,支持供销合作社、农民专业合作社。"

"天顺啊,看来这专业合作社的路子是对的。"秦有粮吐一口烟说道。

"可不嘛,酸汤婶自从加入养羊合作社,一年不到的时间,就盖了新房,从后山搬到前村了。"

"他们那个养殖合作社已经发展到20多户了。还是那句老话,人多力量大啊。"

"咱是真的老了,思想跟不上了,以后也不给他们年轻人添堵了。"

"我也就修水渠这点念想了,希望临老了能把咱丰源村这块牌子保住。"

"我也就办村史馆这点念想了,让后辈能记住咱这些人都为丰源村干了啥。"

秦学安合上文件,心中的想法更加清晰。他联系正在村里当实习村干部的包三凤还有做研究的褚之云，挨家挨户讲起了合作社，自己媳妇儿咋样办得那么好，又是上电视又是受表彰。现在中央文件下来鼓励合作社，他身为村委更要坚定地把学习的经验付诸实践，带全村人过上更好的日子。

半个月内，一块块红布揭开，"丰源村中草药种植加工专业合作社""丰源村苹果销售专业合作社""丰源村养殖业专业合作社"的牌子纷纷亮相，大家看到养殖合作社的成功之后都积极参加，一家农户甚至同时加入两三个合作社。从那往后村民们翻地时铁锹踩得都比之前深了。

王方圆专门找来了秦学安，秦学安一进王方圆的办公室，王方圆就把一份"一号文件"递给他。秦学安翻开《中共中央国务院关于加快水利改革发展的决定》，里面写道："水是生命之源、生产之要、生态之基。兴水利、除水害，事关人类生存、经济发展、社会进步，历来是治国安邦的大事。"

王方圆起身绕到秦学安身后，给他指指自己早用红笔标记好的段落："五项基本原则。一要坚持民生优先。着力解决最直接最现实群众最关心的水利问题，推动民生水利新发展。以县域为单元，尽快建设一批中小型水库、引提水和连通工程，支持农民兴建小微型水利设施，显著提高雨洪资源利用和供水保障能力，基本解决缺水城镇、人口较集中乡村的供水问题。"

"这……这太好了，中央的'一号文件'，回回都跟及时雨一样！"

"这说明咱们的'一号文件'那是真的急群众所急、想群众所想。所以啊，我这边围绕这个新的'一号文件'，开了一个专题会，把咱们的'引水工程'列入了咱们县今年的十大工程！这一次，县上专项资金，马上到位！"

"好，我现在就把这个好消息告诉工地上的乡亲们去！"

稷河边挤满了四周村里的村民们，他们搭起了高台，扯起了巨大的横幅：金水县"引稷入金"水利工程通河大典，这些大字在明媚阳光下更加鲜明。

"'引稷入金'水利工程，是咱们金水县人民群众的创举，也是改善整个金水县南部山区水土环境、民生资源的大工程，这件事情说明了，我们改革，我们创新的动力来自我们的老百姓；我们改革，我们创新的目标也是为了我们的老百姓！下面就有请我们这次水利工程的总指挥秦有粮同志诵读由他老人家创作的'稷河赋'——"王方圆拿着话筒激动地说道。

在众人的掌声中，秦有粮用颤抖的手接过话筒："维我稷水，地位殊也。依一岭而眺秦川，扼两水而襟河东。润后稷福地，教稼之根祖；养万千生民，吾侪之乡梓；孕山林之毓秀，育沃土之千里；岁月有更迭，风华不凋零。今躬逢盛世，一号文件，助我三农；引稷入金，复我故道；百年之憾，一洗了之。祈愿桃源盛景，重现丰裕。百世安康，希冀涅槃。丰源饴泉，相地之宜。五谷树艺，六畜兴旺。阴阳燮理，风调雨顺。生态和谐，环境廓清。社会祥宁，国运昌盛。秦岭巍峨，稷水流长。虔拜河神，恭荐心香。大礼告成，伏惟尚飨。"

奔腾的河水不断拍打着新建的河堤，闸口处男人们等着最后的口令。秦有粮颤抖的声音从喇叭里传出来，同水声一起回荡在空中。甘自强上前一步，扶着秦有粮："有粮同志，来，咱们一起，通河！"

不远处，闸门拉起，奔腾的稷河水流进了不算宽阔但承载着一方幸福的河道之中，浩浩荡荡，一路向前……

2011年"一号文件"的出现，对丰源村来讲是巨大的利好消息，它像及时雨一般，让多少年来一直努力在兴修水利的人们得偿所愿，以生命之源、生产之要、生态之基，共同寻求社会的进步和经济的发展。以坚持民生优先，为广大农民群众带去了最切实的保障，使农村生产生活更完善和美好。

秦奋谢绝了专业导师给的实习机会，执意回到家乡，要将所学致用。秦田被评为了全国十佳女大学生村干部，并且被报到了农业部共青团，但她坚持不回，要留下来，和张晓斌谈恋爱的事也没能瞒过父母。秦学安对俩孩子的选择哭笑不得，实在不知道他们这么有主意自己该开心还是该生气。

秦奋回来了，这次回来，他发现村里没之前热闹了，年轻人都去城里打工了，因为建立合作社大家日子都好了起来，但荒地越来越多，没人愿意朝夕下地干苦活了。他站在土地上，乡村的风吹着他的头发遮住了眼睛……

这天，秦学安、秦奋、包三凤、秦有粮围坐在石桌前。秦学安问正在刷微博的儿子："这次回来觉得咋样，小子？"秦奋放下手机，若有所思地说："发展得很不错，就是回来的路上看到好多土地都撂荒了，挺可惜的。"

"村里的人都到省城或是南方城市打工去了，赚的钱远比种地多得多，久而久之地也就荒了。而且，最重要的是，现在国家粮食够吃，不需要自己种，就算不够吃也可以吃从外国买来的粮食，人们的心也就散了。"三凤说。

"这也是发展中不可避免的事，不过美国现在都是大规模的机械化生产，其实咱们也大可以走这条路，即便村民都外出打工，也依旧可以靠科技的力量实现全自动化生产。"

"关于美国的机械化生产，这个我之前在学校里也有学到。"

"美国的农业以家庭农场为主，约占各类农场总数的87%，合伙儿农场占10%，公司农场占3%。由于许多合伙儿农场和公司农场也以家庭农场为依托，因此美国的农场几乎都是家庭农场，可以说美国的农业是在农户家庭经营基础上进行的。现在美国农业人口占总人口的比例已由1910年的32%降到1.8%。"

"也就是说美国的农民比率很小，但是养活了更多的人。"

"对，这源于美国的农业化的现代化水平。一是农业机械化，二是技术现代化，三是管理现代化。更别提管理、加工和经营层面了。经济学讲究资源配置，土地、人，都是资源，只要把这些资源配置好了，在农村一样挣的多。"

"你说的有道理，但实现起来不得不说是很困难了。"

"这需要一个过程。现在是信息时代了，只要我们有想法，想法靠谱，实现起来是很容易的。大家要有一个信念，就是我们农民不比任何人低一等。我打算最近就在村子里好好转转，考察一下各个方面的条件，然后制订一个咱们丰源村的现代农业发展方案。你们觉得怎么样？"

三凤看了眼一直没说话的秦学安，朝秦奋使了使眼色："我觉着挺好，但学安叔是老前辈，咱们村的事儿还得他点头和帮忙才能事半功倍。"

秦奋明白三凤的意思，转身对秦学安说："那是自然，爸在农业实际操作方面比我在行，我还得虚心请教。"

秦学安听俩大学生说了半天："请教谈不上，不过你这些想法还过于纸上谈兵，庄稼地里的事儿不是你从课本上学学就能弄明白的，里面的学问大着呢，得脚踏实地一步步地来。三凤啊，你秀娟姨的饭也差不多做好了，今儿就在这吃吧。"

"好，叔。"三凤拉了拉秦奋的袖子示意他别再说下去了。

秦学安起身，拍了拍秦奋的肩膀："年轻人做事，要慢慢来。"

那天晚上，秦奋拿着电脑坐在父亲身边，一边打开文件一边说："美国的农业以家庭农场为主，农业是在农户家庭经营基础上进行的。农产品的市场开拓，科技进步和大范围配置资源，促使农户分工分业，使生产要素向优势农户集中，专业化、集约化生产，加速了农户之间的兼并与重组。而中国的农业生产主体自80年代初的农村改革之后，也逐渐发展为农户家庭为主的生产活动主体，这一点和美国相似。"

秦学安沉默着，低头看着手里的书。

"但是因为我们的现代化水平远远低于美国，所以不论是生产总量、人力资源，还是经营、管理都是相对落后的。"

秦学安突然合上书："你这是喝了几天洋墨水就数落起老祖宗来了？"

"爸，我不是这个意思，这也是查阅过数据和资料之后得出的结论，都是有依据的。"

"还是那句老话，纸上谈兵不是真功夫。"

"爸，之前就总听爷爷和妈妈说起你年轻那会儿可是村里的革新派，什么时候都是第一个为大家着想的人，眼瞅着现在村里的地白荒着，难道就不应该尝试新的改变和发展么？中药厂不也是从最初的纯手工制作到如今先进的自动化设备流水线的么？"

秦学安低下头思考了几秒钟："你的说法、想法，我不是完全不认同，但很多事说起来容易做起来难，得脚踏实地，一步步来，如果你有信心，就用实际行动来证明给我看，你可以！"

"趁着正月里，村上大部分人还在，咱们召集大家开个村民大会。也是好久没凑够这么多人了。"秦学安把大家都召集在村委会大院里，想听听大家伙儿对荒地重新耕种的看法，"咱村上，现在外出打工的人太多了，这地撂荒的也太多。大家想想办法。"

"支书，没啥大惊小怪的，荒着就荒着吧，大家现在都买粮吃呢，没必要种地了。我在城里打工呢，经常看新闻联播，新闻上都说了，咱们国家的粮食够吃，再说，实在不够吃了还能买外国的呢，饿不着咱。"

"话是这么说的。可种地的人越来越少，这要有一天粮食不够吃了怎么办？人家国外不卖给咱了怎么办？难道咱还要回到以前饿肚子的日子么？"

卷毛说道："不是我们不愿意种。实在是种地划不来，挣不下钱嘛。别说种地一年只够糊口，咱的药材厂不也挣不了几个钱嘛。出去打工，随便干个啥都比在村上强。"

"咱祖祖辈辈都是农民，怎么能忘本呢，土地在咱的眼里怎么就不那么金贵了呢？"

"叔，这真怪不得我们。"

其他村民也附和着："日子好了干吗还要受苦受累种地呢？现在药材厂办得不错，全村人不愁吃不愁喝，脏活累活都干了大半辈子了，土地荒着也没什么。"

"不说这些了。你们出去在城里打工，受的欺负和委屈还少么？我也进过城，咱以前跟在那些老板们后面要拿点工资容易么？受的那些白眼忘了么？你们在城里打工就顺心么？孩子扔在家里，连个面也见不上，你们就忍心？一个农民真正成为城市的市民，谈何容易啊。永远记住，丰源村才是咱们的根。"秦学安激动起来，"咱农民凭啥就要低人一等。都是脖子上架个脑袋，分什么三六九等。"

大家沉默着，坐在人群角落的秦奋突然站起来："爸，我来说几句。刚才大家说的其实都是传统农业，我们现在要解决的其实是传统农业向现代农业的转变，现代农业已经不是单纯靠人力，而是要靠科技。我在美国留学时……"

"哎呀，秦奋，咱这是农村，跟美国不一样，你也别总是美国这好那好，没事就拿来比啊比的了，连村口的娃娃们都会跟着说了！"

"你听我把话说完，我是真心实意为大家着想，吸取别人好的技术和经验，更有助于我们自身的发展。"

"行行，你说、你说。"

"在美国，一个农民能养活 129 个人。而我们中国一个农民恐怕只能满足四五个人的粮食需求。一方面有我们人口多的问题，更重要的是美国的农业现代化程度高，从生产、管理、加工到经营方式，都是现代化的。我们国家的土地细碎化，农业机械化水平不足，连生产层面的机械化都很低，更别提管理、加工和经营了。我在国外学的是经济学。经济学讲的就是资源配置问题，眼下这些土地，咱们这么多人，都是资源，只要把我们这些资源配置好了。我们在农村挣的钱要比城里挣的多多了。"

大家伙儿就跟听天书一样，二狗戳了戳卷毛的胳膊："资源配置？啥意思啊？""反正都是美国那些东西，你听听就得了。"

秦奋继续说道："现在是信息时代了，只要我们有想法，想法靠谱，实现起来是很容易的。刚才我爸说得对，大家要有一个信念，就是我们农民不比任何人低一等。我这些天把咱村上也转遍了，我会跟我爸一起制订一个咱们丰源村的现代农业方案。"

众人都看向秦学安，他们乡下真要按照美国那套来吗，所有人都在等支书最后的话。

"总之，土地不能就这么撂着，这事儿啊必须得解决！"

没几天，秦奋把一份丰源村农业现代化改造计划书放在了父亲的面前。秦学安看了下，觉得自家儿子做得还不错，再加上媳妇说得对，现在是年轻人的时代了。可实行起来人力物力都是问题，最后他便让秦奋去找最有经验的王方圆，让他看看方案的可行性。

"秦奋你的想法很大胆，也能因地制宜。但有些想法目前来看还不具备可操作性，而且确实需要大笔的资金和人力、物力、人才的支持。只靠县里的支持是不够的，只靠县里是难以实现的。"王方圆看完秦奋的展示后说道，"这里面提到的一些农业设备，大家听都没听过，更别说会用了。这个方案要实现需要一个漫长的累积过程，短期很难实现。"

"虽然短期内可能很难实现，但从无到有就是一个进步和发展，我真的特别希望把这些年在美国学到的东西带回来，让村民们受益。"

王方圆也明白资源利用的重要性，而且秦奋的方案确实能够解决问题，便鼓励他留下来："我明白你的心思，也非常赞同你的想法，这样吧，我会跟上面提一提，你再继续完善完善方案。美国的情况和我们的情况不一样，有些东西不能全盘照搬。我相信你的这个方案在美国会很容易执行，但咱金水有金水的情况。其实，我们缺的就是你这样的人才，就没想过留下来？"

"留下来？"

"是啊，你骨子里还是热爱这片土地的，不是么？"

第十六章

突 破

张守信将水杯"啪"的一下摔在桌上："张晓斌！你是不是非要把我气死才甘心？！"

"人各有志！爸妈你们别强人所难！"

张守信花尽心思给自己儿子找了份轻松体面的工作，他却放着城里的工作不要，非要回到农村当农民。他们老张家就这么一个儿子，到年龄了娶个门当户对的读过书的姑娘，多好的安排。张晓斌这小子非要辞职去捣鼓什么无人机，更可恶的是，他还和秦家那丫头搞对象。而且一开始他想送些烟酒给孩子在机关找份工作，结果组织整改反被批评了一顿，他张守信这点老脸全被丢尽了。

"臭小子！你还指望着拿那些破玩意儿做啥？瞧瞧你这才回来几天，村里让你给弄得鸡犬不宁！你说说，今天都第几家了？你不要老张家的脸，你爸我可丢不起这人！"

"晓斌，快跟你爸认个错！"柳叶儿推推儿子，生怕张守信着急动手。

"我又没错，为什么要认错？！我做我自己喜欢做的事，那是我的自由！"说完，张晓斌就拿着无人机出门了。

他每天都在村里做飞行试验，但是遥控和机身的控制并不好掌握，刚刚又差点儿碰到人脑袋，那人一闪栽倒在地里，张晓斌赶紧冲上去："又失败了……唉！没砸着你吧？"那人坐起来拍拍土，一回头，惊叫道："张晓斌？"

"秦奋！"

两人坐在山坡上，夕阳笼罩着两个年轻人，就像儿时他们在山坡上嬉闹时的氛围一样。

"你什么时候回来的啊？怎么不在美国好好待着？"

"回来好多天了，下个月就回去，不过这次回来感触挺多，想着临走之前帮村里解决点问题。"

张晓斌笑嘻嘻地看着愁眉苦脸的秦奋："不过看你这样子，事情似乎不太好弄吧？说来听听！"

秦奋打开公文包，将计划书递给张晓斌："就是这个了！"

张晓斌翻看了几页："不错啊！"

"我也觉得不错，只可惜所有人都告诉我，实现起来太难，说美国和咱们的现状是两回事。这不我刚从县委王书记那回来，愁啊！"

"什么事不都是开始的时候最难？只要坚持，总有守得云开见月明的时候！学学我！看看！"张晓斌将无人机递给秦奋，"我可是辞了工作一心一意想把这无人机做成，虽然现在还在不断的试飞失败中挣扎，但我坚信一定会成功，所以你也加油！千万别灰心！"

"真没想到你会在无人机的事上这么上心，还放弃了自己的专业。"

"上学的时候也没什么意思，就胡乱选的专业，谈不上喜欢，就是随着父母的愿望念呗。我真正喜欢的自然是无人机，听说国外的农民早就用上无人机参与农业生产，可我们国家目前却少之又少。我想要制作出属于咱们丰源村的一台无人机，让庄稼地里的村民们也时髦一回！"

"胸有大志啊，兄弟！这回我们算是想到一块儿去了！"

"为了丰源村的机械化农业事业！"

"不如将来来场合作？"

"必须的啊！"

"等你试制成功！"

"等你的计划实施！不过就现在来看，这会是一场孤独的旅行。"

两个年轻人笑着握手，拉着彼此站起身，拍拍裤子上的土，嬉笑着在落日下走向村口。爽朗的笑声惊到了地里的鸟儿，它们扑腾着翅膀飞到别处去了。

五六个外省的药材经销商来考察药材厂，秦学安作为管理人陪同并讲解。金水县的挂职领导丁朗杰、县委书记王方圆等县里的领导也在场。

王方圆首先向经销商们热情地介绍了丰源村的药材产业在金水县的重要地位，秦学安又补充了药材的历史和种植面积。

一位经销商点点头："金水的柴胡、菊三七是质量最好的，好多分销店和药店点名要咱金水的药。"其他几位药材商人也表示赞同，纷纷签了当年的订单。

送走了药材经销商后，丁朗杰拿出一张地图铺在桌子上："王书记啊，咱们一定要把金水的药材做成全县的特色，这能解决 25% 的农民的问题呢。"一边说着他一边在地图上指指点点地规划着。

王方圆走过来看了看："是啊，后山这片地上，有 13 个村子，要把这一片统统做起来。"

离开药材加工厂后，王方圆朝着张家走去。刚一进院子，他就迎面碰到准备出门的张天顺。

"方圆，你咋来了？你不是和学安他们一起在药材厂呢么？"张天顺有些意外。

"会开完就想着过来看看您，也好久不见了。"王方圆故作严肃，"怎么，您还是这么见外？"

张天顺笑着摆摆手："行行行，方圆。我这正准备去村史馆，要不你也一起去吧，也顺便提提意见。"

"好。"

走在村路上时，王方圆跟张天顺说了说几个邻村要合并的事，他想让张天顺把几个大村的历史好好写一写。

"老咯，等将来几个村子合并了，那大村的村史馆，还是得交给年轻人去弄，让学安去费这个心思。"

"嗯，交给学安靠谱。"

"不说这个了。"张天顺顿了顿，"你最近和灵芝还有联系么？"

"之前在会议上见过面，她现在是个挺了不起的企业家了。"

张天顺叹了口气："女孩子家事业再成功，做父亲的还是希望她幸福才好，她这孑然一身的倒是自在，也不知道在我离开之前，能不能再见到她遇上对的人。"

"不管怎么样，我还是希望能够照顾她，直到不能照顾为止。"王方圆看了看张天顺。张天顺只是点点头，没再说话。

两人并排沿着村路走下去。

金水县城一个简单朴素的咖啡馆里，王方圆坐在一个安静的角落里，靠窗可以看到街边来来往往的行人。他透过窗子看见了他要等的人。

"方圆你找我，大领导怎么约在这么休闲的地方啊？"张灵芝进了咖啡馆，走到王方圆面前。

"大领导也要有私人生活和业余爱好嘛，你快坐。"王方圆笑着说，"灵芝啊，上次水泥厂的事也没能帮上啥忙。"

张灵芝摆摆手："是守信那个不懂事儿的给你添麻烦了。"

"现在厂子也关了，后山上的几个住户也搬迁了，环境恢复得差不多了。我在想那块地是不是适合你那个生态农业旅游项目。"

"我们的项目方案一直在完善，施工和执行的公司也接触了不少，只要有地方，项目可以马上上马。"

"县里还要研究研究，请一些专家过来看看，毕竟是一个大工程，需要各方面的论证。还有些细节，你去跟学安商量。"

"好。"张灵芝点点头，"这个项目是我这几年一直在努力做的。年龄大了，就剩这点念头了，南方也不想去了，就想着给村上办点实事。"

王方圆看着张灵芝："灵芝，这么多年了，你还是没变。"

"哪儿呀！都老得不像样子了。"

"你在我心里永远是当初的那个样子。"

张灵芝没有说话，只是看着王方圆。

"我真的没想到你还会回到金水来。真的，你回来的这几年，我时常在想，也许我们的故事就像一部电影、一部小说。"王方圆顿了顿，"如果可以，我希望它有一个完美的结局。"

张灵芝摇摇头："有些事情就算过去了，可心里还是过不去，什么时候心里放下了才是真的放下。"

"我可以等！"

"方圆，你别这样。"

王方圆身体往前倾了倾："灵芝，我们才走过了人生的一半，还有另一半值得我们去追求，去好好生活。还记得当年我们看过的电影《人生》么？还记得那句台词么？人生的道路虽然漫长，但紧要处常常只有几步，特别是当人年轻的时候。"

"生活总是这样，不能叫人处处满意。但我们还要热情地活下去。人活一生，值得爱的东西很多。"张灵芝说着自己脑中记住的那句台词。

王方圆掏出钱包，打开内层："你看，咱俩的结婚照我一直夹在钱包里，时不时地翻出来看看。"

"其实，我也一直带着。"张灵芝也从包里掏出了钱包，"只是看得少，害怕回忆过去。"

王方圆心中一暖，他从结婚照下面掏出了《人生》的电影票根："这张电影票根，我一直留着，这是我们看的第一场电影。"

这时，一束阳光透过玻璃窗洒进来。看着对方被阳光映照的脸，两人相视一笑，百感交集。张灵芝接过电影票根，低下头，泪水在眼眶里打转。

张灵芝抱着一沓项目方案材料来到秦家堂屋，跟秦学安讲自己对把后山改造成生态旅游项目的具体想法。

"后山的地貌形态，植被覆盖率都符合生态旅游的天然优势。交通上，后山正处于周边几个县城的中心位置，距离省城也只有40分钟的车程，只要高速路上增加一个出口就可以了。业态方面，综合旅游、观光、特色饮食、民宿、农业体验、休闲要一应俱全，主打农业体验游，概念就是给城市人民打造一个后花园。"

"我觉得主题概念方面应该再精简一下：就是'乡愁'两个字。城里人来这儿是干啥来了？观光旅游的深层需求，就是寻找那份遥远的乡愁嘛。"秦学安想了想说道。

张灵芝听了很兴奋："这个概念好啊，直击人心。"

说话间，包三凤和秦俭也走了进来。

包三凤冲着秦学安喊："叔，有好事！"

秦学安抬起头问："啥好事啊？"

"省上一个有名的策展人准备把秦俭和爷爷的麦秆画拿去北京办展览。"

"是么？"秦学安看向秦俭，"太好了，咱家真是出了大艺术家了。"

秦俭嘿嘿地笑："我还做得不够好，还要跟爷爷学。"

灵光一闪，张灵芝说："我觉得在项目中加一块麦秆画的文化体验园也不错啊。正好是咱丰源村的特色。"

"对啊！一定要把这点加上，到时候让秦俭天天在那儿画。"

秦俭听了赶紧说："三凤也去。"

秦学安和张灵芝看了对方一眼，都低声笑了起来。包三凤在一旁站着一言不发，脸却红透了。

秦奋前一晚和女友艾丽视频。两人都急切地想见到对方，但秦奋心中则有些顾虑，他提到了自己的方案在短时间内不会实现的事情。艾丽用了中国的古语"千里之行，始于足下"来安慰和鼓励秦奋。

第二天晚上，秦家一家人都围坐在饭桌前，秦学安首先站起来讲话，让秦奋好好享受离家前的最后一顿饭。秦有粮也叮嘱孙子要照顾好自己，想家了就回来。说罢，一家人拿着酒杯站了起来，唯独赵秀娟没站起来，坐在凳子上一个人抹眼泪。秦学安看见了把酒杯往桌上一放："这是咋了么，娃明天就走哩，你哭啥么？"

赵秀娟也不愿意抬头："那我不就是舍不得么！你说这大老远的见一次多不容易，我十月怀胎辛辛苦苦养的娃，咋就不能留在身边呢！"

"你看看，这不就是头发长见识短了么，那秦奋留在美国可不比留在村子里有发展？年轻人就是要在外面好好闯闯才对。世界那么大，我们当年想出去看看都没机会，时代不一样了，你啊，放宽心！"

秦田也赶紧安慰妈妈："是啊，妈，这不还有我在身边呢嘛。"

"你能顶上事儿？"赵秀娟带着哭腔说，"将来嫁出去了还不知道记不记得妈呢！"

"哪儿会啊，我和秦奋、秦俭这辈子都孝顺您！"

秦俭点点头："是啊，我们都孝顺您。"

他们说话间，秦奋已经放下酒杯，走到了赵秀娟身边蹲下，握住赵秀娟的手。

"妈，不管儿子走到哪儿都是您儿子，您要想我了，我就回来看您。"

赵秀娟也握紧秦奋的手："妈真舍不得你。"

"妈……"

秦学安打断了他们："好了好了，不哭了，吃饭吧，别让孩子为你担心。"

赵秀娟仍然握着秦奋的手："秦奋，那你每天都要跟妈视频啊，有啥事儿都要跟妈说。"

"好好，我知道。"秦奋点点头。

"那明天我们去机场送你。"

"不用了，我自己去就行，你们来回折腾也麻烦，姐不是还得回梁家河，爸也忙着生态旅游项目，妈，你们合作社不也有事情么。我自己去，到了给你们报声平安。"

"这怎么行呢！"

秦学安拍拍赵秀娟的肩膀："娃说的也对，你要去了，到时候又得哭，就按他自己的意思来吧。"

秦田笑了笑："爸的担心不无道理。"

"就听秦奋的吧。"秦有粮也开口劝赵秀娟。

赵秀娟不舍地看着秦奋："那……那随时保持联系，到机场了你就说一声。"

"好，妈您放心。"

"孩子妈，大家都等了你半天了，这杯是碰还是不碰啊？"秦学安拿着酒杯看着赵秀娟。

"那自然得碰！"赵秀娟抹了眼泪，端起酒杯站起来，"祝愿我儿一切都好！

咱们一家人也都好好的！"

全家人祝福着秦奋，一齐碰杯。

一大早，秦奋拉着行李箱走进人来人往的机场大厅，站在航班信息牌前寻找自己的航班信息，然后看了看手表，登机时间快到了。他分别给父母和女友发了一条微信语音，然后走向了安检口。

秦奋过了安检走到 H50 登机口，登机口旁的书报栏上有一份 2012 年 2 月 1 日的《人民日报》，上面的一则新闻标题吸引了他。秦奋拿着那份《人民日报》坐在候机座位上，此时其他旅客都已登机完毕，地勤人员开始在机场广播中用中英两种语言叫秦奋的名字。

"旅客秦奋、旅客秦奋，请迅速赶往 H50 登机口，您的飞机将马上起飞。"

秦奋却一点不着急，坐在座位上聚精会神地用笔在报纸上画着重点，这些文字狠狠地击中了他心中最忧虑的事情。广播不停地叫着他的名字，但他却越发坐得稳。

"实现农业持续稳定发展、长期确保农产品有效供给，靠继续消耗农业水土资源余地越来越小，靠不断增施化肥农药越来越难以为继，根本出路在于通过科技创新加快农业发展方式转变。"

看完这些，秦奋把《人民日报》折叠好，放进随身的行李包，站起来拉着行李往回走。

"旅客秦奋请迅速赶往 H50 登机口，您的飞机将马上起飞。"广播又叫了一遍他的名字。

秦奋听到又折了回来，空荡荡的登机口只有一个工作人员，他走到工作人员跟前，掏出登机牌。

"您就是秦奋吧？请您赶紧登机。飞机马上……"

"我就是秦奋，我不走了！"秦奋直接打断了他。

说完，秦奋拉着行李，毅然决然地往回走。

工作人员看了看秦奋，关闭了登机口的门。

秦奋上了一辆专车回丰源村，在车上他想了很久，拨通了艾丽的电话。电话里，艾丽情绪很激动，她无法接受秦奋的决定。但秦奋很坚决，他不断地劝着艾丽。

"我的内心明确地告诉我，我需要留下来，这里将有一份伟大的事业等着我去完成。我的祖国——中国，是一个经济飞速发展的国家，它的未来充满了无限的可能，有无数中国梦等待实现。我想做一个亲历者、见证者、参与者、实践者，而不是一个旁观者、旁听者。"

"不，奋，我们就是普通人，你什么也改变不了，不要做那些要改变世界的白日梦，那太不切合实际了。"

"艾丽，你听我说，这不是白日梦，你也知道我不是一个空想家。当我回到丰源家乡，看到这里的一切，这里的人们，这里的一草一木，就知道，我需要留下来。我的脑海中已经有了一份改变这一切的伟大构想，他们驱使我留下，去实现它，帮助更多的人，帮助丰源村走向一个新的未来。这就像是一份使命，我很高兴接受这份使命，它就在我的梦里，我想把它变成现实。到时候，你会为我感到骄傲的。"

"也许吧。但你想这些的时候，决定这些的时候，有考虑过我们的未来吗？"艾丽大声对秦奋说，"我们四年的感情，很明显，它并不在你所谓的伟大的计划里，不是么？这对我来说太残忍了。"

"对不起，艾丽。在理智和情感的抉择中，理智赢了。"秦奋低头沉思，"说实话，我还没来得及仔细地规划我们的未来，如果、如果你愿意来中国的话，我想这是一个两全的决定。"

"秦奋，为什么我以前没发现，你是这样一个懦弱的、自私的、不负责任的男人。你不配说爱我，你说的爱让我感受到的是虚伪、自私。爱是付出，而不是索取和不切实际的要求。"

"艾丽，这不是一个非此即彼的问题，我爱你跟我想留下并不冲突。"

"不，这不可能，我们之间隔着无边无际的太平洋。我是不会去一个陌生的国度的。"

"时间和距离都不会阻隔感情，我依然爱你，这是事实，是我内心的真实想法。"

"我不想再听你说这些话了，我会把你这通电话当作分手的留言。"

"不，不是的。"

"好的，你只能作一个选择，回美国，我们结婚，或者留在中国？二者选其一。我需要你作出决定。"

"这不能是一个选择题。"

"不，必须选择一个。"艾丽很果断，"立刻，马上，听从你的内心。"

"艾丽，为什么要这样？我想我们的感情可以经受这次考验。"

"快点选择，听从你内心的真实想法。"

秦奋有点不知所措："艾丽，我……"

"好的。从你的犹豫不决中我已经知道答案了。"艾丽没有给秦奋说下去的机会，"我想，这是我们最后一次通话了，你是一个自私的爱情的懦夫。"说完她便挂断了电话。

"艾丽！艾丽！"秦奋对着电话大喊。

电话里传来的只有"嘟嘟"声。秦奋把电话往座位上狠狠一摔，叹了口气，瘫坐下去。

专车司机在后视镜中看看秦奋："哥们儿，和洋女友吵架了？"

"怕是要分手永别了。"

"哥们儿你刚才说得真好，像你这样的海归精英就该留在国内，凭什么在外头给外国人做贡献啊，就该回到祖国的温暖怀抱里来。你们这样的海归多回来一些，那咱国家发展得不是更快了，奔小康那都能提前好些年。"

"你刚才都听懂了？"秦奋一脸疑惑地看着专车司机。

司机嘿嘿一笑："我也是海归。这不，没事了出来跑跑专车。"

秦奋拉着行李箱走进家中，秦学安和赵秀娟看见秦奋都非常惊讶，不停问他情况。他摆摆手，拿起遥控器打开电视，电视里是《新闻联播》：

"自 2004 年以来，'中央一号'文件连续九年以'三农'为主题，始终贯穿一条主线，那就是毫不动摇地巩固和加强农业的基础地位，不断完善强农惠农富农政策。正因为如此，我国粮食生产实现了半个世纪以来的首次八连增，农民收入连年提高，农村民生不断改善。"

秦奋指着电视说道："爸、妈，我就是为这事回来的。"

秦学安和赵秀娟还是不懂秦奋这葫芦里卖的什么药。

秦奋又从包里掏出那份《人民日报》，指给秦学安看："爸，这是今年的中央'一号文件'，是自 2004 年以来的连续第九份。"

"行了，行了，我是村支书，政策和文件的事儿，不比你清楚？"

秦奋又补充道："这些年来，关于'三农'，中央连续出台的一系列新政策、新举措，都是为了农业增产、农民增收、农村繁荣。今年的是关于推动农业科技创新和发展的。"

"你跟我说这些干吗，文件跟政策就在那儿放着呢，又跑不了。倒是你，咋又回来了？美国还去不去？真是急死我了。"秦学安急得都快跳脚了，赵秀娟也在一旁不停地问着秦奋。

"爸、妈，我不回美国去了，我想留在丰源村。"秦奋平静地看着他俩。

秦学安站了起来："你、你真要留在丰源？留下当农民？"

"爸、妈，我想好了，我回美国工作，再体面的工作也是给别人打工，而且是帮美国做事做贡献。现在，咱国家发展这么快，我想留在村上，干我想干的事儿。"

"你还挺爱国的。可你不能留在丰源啊！你去大城市工作不好么？一样的做贡献嘛。哪怕跟你叔一样。留在村上像个啥嘛？人家还不笑话了，出了一趟国，最后回农村来了，这像什么话嘛。"

赵秀娟也在劝秦奋："妈是不希望你离家太远，可你爸说的也对，咱在北京、上海的找个工作成不？"

"爸、妈，虽说我出国念书了，但我从小是喝金水河的水、吃丰源村的粮食长大的，同样是工作，为什么就不能在村上呢？我想把丰源村改造一番，让丰源旧貌换新颜，我已经有一套规划了。"

"你少跟我说大话，丰源村的事儿有你爸和我就够了，还用得着你？"

"爸，我已经是一个成年人了，我对我的未来有我自己的规划。"

"娃呀，你爸也是快 60 岁的人了，吃过的盐比你吃过的饭多，走过的桥比你走过的路长，你不听老人言，吃亏在眼前，你！"

"爸，现在国内各行各业都在高速发展呢，农村、农业是咱的基础，也在改变呢，可跟发达国家还是有差距的。即使在国内，咱西部农村也没法跟人家东边和南边的比，丰源村不能再像以前那样了。这几年的中央政策一直在强调推进现代农业，可咱丰源呢，还不是像以前一样？"

"好小子，还给你爸上起思想教育课了！在美国念过书就是不一样啊，儿子教训起老子了。丰源再不行，家家户户日子都过得去，没有说吃了上顿没下顿的，天天过太平日子呢，还要咋？"

"爸，您这就是不思进取，是在吃老本，是在走下坡路。您看看现在村上，说句不好听的，就是死气沉沉，死水一潭，人人都是混吃等死没精神的样子，大家就是吃饱了晒太阳，太阳没了打麻将，哪儿有一点精气神，包括您也是，您还是村干部、党员呢！"

秦学安气得不行："嚯，你这个娃娃，看把你能的！我看你当老子，我给你当儿算了！人不大口气不小，这都是跟谁学的，美国念书就教了你这些？"

"爸，我跟您说正经事呢，您别来脾气。丰源需要的是我这样的年轻人，而不是像您这样的。文件上说的现代农业、科技兴农这些您能知道咋搞么？放着政策不用，这不是浪费嘛。"

"我不懂，你懂。你娃真是翅膀硬了，开始嫌弃你爸老了啊。你爸我是老古董、老顽固，行了吧？你能，你是海归留学生，长江后浪推前浪，把你爸拍死在沙滩上算了。"秦学安气得摔门就走。

电视里播音员仍然用标准的普通话读着新闻："今年我国经济要实现稳中求进，保障农产品有效供给是重中之重，而提高农业综合生产能力的根本出路就在农业科技创新。'中央一号'文件抓住发展要害，回应基层关切，丰富发展了新时期党的强农惠农富农政策体系，必将为我国农业持续健康发展注入强劲动力。"

秦奋回屋后，秦学诚打来电话劝自己的侄子。但听过秦奋决定背后的东西和秦奋心中所想之后，他表示自己支持秦奋，让秦奋谈谈具体的构思。

"宏观方面，现代农村经济不能靠单门独户的闭门造车，要讲合作，要和外面的世界联通起来，作为整体经济体系中的一环去思考。微观方面，我想在丰源村打造一个现代农业产业的综合体，建立公共服务平台，成为吸引农民创业的孵化器，引入龙头企业和合作社，把村上的各个专业合作社打造好，一社一业，由专业人才负责从生产到流通、销售各个部分，使合作社成为村民收入的基础。还有就是，除了种植之外，要发展不同的业态，形成规范化的体系化管理模式，形成因地制宜的集群优势和品牌优势。比如灵芝阿姨正在规划的生态旅游体验园，刘海叔一直想做的中药材种植加工销售的全产业链，这可是整个金水的特色。还有，婶子不是在杨凌农科城吗，那些最前沿的农业高科技可以就近运用实施，这可和今年的'一号文件'政策非常契合。现在是互联网时代，互联网电子商务模式无孔不入，农村正是一块新领域，丰源村不能再故步自封了，我们要走出去，引进来，再走出去。"

"看来你小子确实动了留下来的心思了。"

"是的，叔，我想尝试一次。"

秦学诚彻底折服了，他决定帮着秦奋劝秦学安。

秦奋带着自己做的规划书去了金水县县委大楼，找到了王方圆。王方圆对秦奋的方案很认可，也对秦奋愿意留在金水县表示了意外，他决定让秦奋去安徽跟刘海谈有关中草药种植加工产业基地的事。王方圆还打算在县里给秦奋安排个职位，但被秦奋婉拒了。他还是打算先在村上做出一番成绩。

过了几天，秦奋到安徽淮水约了刘海在一个咖啡厅见面。一番寒暄后，秦奋直言自己来的目的。刘海很意外秦奋放着美国的事情不做，来帮丰源村谈合作。秦奋跟刘海讲了讲自己的打算，刘海听了也很佩服他，但是产业基地的事还没有进展。秦奋递上一份《丰源中药材现代化种植加工规划书》，简单介绍了现在丰源周边几个村子的高质量药材和杨凌农科城的技术支持，希望刘海可以继续考虑这个合作。

刘海看了看材料，抬头对秦奋说："说实话，之前我有过这个想法才跟王书记谈的，但是现在不行。一来你们那边的投资环境还没成形，二来最重要的是你们现在那个药材厂规模和药材的品质都达不到我的要求。关键是种植户越来越少，不符合我的要求。"

秦奋赶忙说："我分析过原因，药材厂这些年规模小，没咋发展，大部分的种植户得过且过，小富即安，产品更新换代跟不上市场，因此竞争力下降。我们这个基地正在创建，投资和县里的配套资金也基本落实了，投资环境正在好转，到时候，在外的年轻人就会回到村上，这些人都是资源。"

"创业本来就难，你还想带一伙儿人创业？"

"是的。而且还有一些和我一样的名校博士硕士也想加入我的团队。"

"你还真想干这事啊？"

"我想挑战一把。"

"不过我有一个条件。"刘海看了看秦奋，"我太了解你爸了，这件事必须由你来负责，而不是你的父亲。这是一项整个产业的升级换代，不破不立，不是简单的事情，你爸已经跟不上了，也就你，敢想敢做的，才有可能。"

秦奋很吃惊："他不光是我爸，还是丰源的村书记兼村主任啊。"

"我不是不信任你爸，而是觉得这事只有你负责才能干成，你爸一辈子待在村子里，思维上太局限了。除非……"

"除非什么？"

"我问你，你是铁了心要留在丰源做事对吧？"

"铁心了。"

"不会变？"

"不会变！雷打不动！"

"漂亮！"刘海很欣慰，"那除非你能当上你们丰源的村主任，整个项目由你负责。这是我唯一的条件。"

秦奋愣住了。

"如果当上村主任，说明村民们信任你，证明你是破釜沉舟要做这件事的，我才有信心。"刘海继续说着，"我可没有挑拨离间的意思啊，在商言商，这是唯一的条件。考虑一下。"

秦奋思索了一会儿："那就先预祝我们合作愉快。"

秦奋回去后，开始到各处找村里在外打工的年轻人，劝说他们回村帮自己完成改造计划；同时，也去各个大学中做宣传演讲，希望可以招募到刚毕业的年轻人，为丰源村注入新鲜血液。

这天，秦奋回到家，一家人在一起看电视，他拿着一份《村民委员会组织法》放在茶几上，告诉大家自己准备竞选村主任。秦学安一口茶喷了出来，不敢相信自己的耳朵。

"秦奋，你到底想咋？还想当村主任替了你爸？"秦学安生气地问秦奋。

"爸，您听我说。我跟县委王书记谈过了。丰源这个现代农业产业基地的项目必须由我负责来做；丰源村的改造，必须由我负责实施；灵芝阿姨的旅游项目、刘海叔的中药材种植加工基地，必须由我全权负责。我得当这个村主任，才好做事，师出有名。"秦奋向父亲解释着。

"你改造嘛，负责嘛，谁拦着你了？"

秦奋笑着说："爸，我没别的意思，我也是丰源村民呢，也有当选举人的权利嘛。咱所有的竞选人公平竞选嘛。"

"你这是嫌你爸老了，不中用了啊！"

"不是您想的那样。我想把这件事做好，就要全身心地投入，去按照我的想法做，只有当上村主任我才能踏实地放开手脚做。"

"你这是嫌我碍你的手脚啊，想给你爸一个下马威啊！我在村上几十年了，你在村上才多长时间。"

"爸，公平竞选嘛，选谁不选谁，都由村民说了算。"

"行么，那就选，我看你一个毛头小子能折腾出来个啥！"

秦学安气得出了家门。

秦有粮对秦奋说："娃呀，我看你不简单。对着呢，爷算看出来了，要干点事，就要有干事的气魄呢。"

秦奋很开心："爷爷，您支持我啊？"

"你这么拉选票可不行啊。到时候要在村民大会上把你的那个叫啥，施政纲领给大家伙儿讲讲，大家听完了，谁靠谱才选谁呢。"

"爷爷、妈，你们就看我的吧。"秦奋胸有成竹。

到了丰源村村委会换届选举大会这一天，村委会外搭起了选举台。主席台上坐着秦学安、高满仓和张天顺，底下坐着几十个年纪大的村民。秦学安首先介绍高满仓是这次选举大会的监票人，高满仓起立示意；其次介绍这次的换届候选人，分别是秦学安和秦奋。村民们听了之后炸了锅，大家纷纷表示不理解秦奋不去美国而要留下的选择。

秦学安站起来对大伙儿说："我作为候选人，就先说几句。我秦学安当村支书和村主任已经十几年了，这些年村子啥样，大家都看在眼里，跟咱那块古碑上说的差不多，水草丰美，富甲一方了。这几年不如以前了，可大家日子过得都还说得过去，是吧？但是，咱们丰源要发展，要向前看，怎么办？咱首先要用好政策，现在富农惠农的政策那么多，随便捡几条就够咱用了。今后几年，如果我继续当这个村主任的话，丰源村的经济要以果蔬等农副产品种植、中草药特色种植和黑头羊养殖'三驾马车'为主，三轮驱动，朝着这三个大的专业合作市场发展，不出五年，咱们的经济收入能提高30%。十年之后，咱们全村人奔小康。

"丰源这几年不如以前，也有客观原因，看着村上人一年比一年少，我也是能想的办法都想了，大形势就这样，人心都在城里呢。"

秦奋走上台："我不同意上一位竞选人的意见。"

村民们听了又开始叽叽喳喳地议论。

"首先，我是咱丰源人，喝金水河水、吃丰源粮长大的，虽说后来在外面念书，在美国念书，但我的心一直在丰源。咱农村人情味浓，乡里乡亲的讲究个相互帮忙，讲究个远亲不如近邻，谁家有个啥事，都是互相帮衬，这人情味就是我们农民的质朴，是平凡的伟大。因为这份乡情和人情味，这次我不走了，就留在丰源，来竞选这个村主任，带领大家把日子过好。

"第二，是愿景，如果大家选我当这个村主任，我希望带领咱丰源过上不比城里人差的生活，过上不比美国人差的生活。现在，农村大发展的时代正在到来，会有更多的年轻人选择回到农村创业，咱们农民不再只是一个身份称谓，而是一种职业。

"第三，是怎么干。怎么才能越来越好呢？放着那么多的政策，我们用不好，这不是守着聚宝盆讨饭嘛。我要把外面先进的东西引进来，把政策用好。县里正在考虑在咱丰源搭建一个现代农业产业综合体。"

"啥叫综合体？"村里的卷毛喊道。

"简单说，就是在同一个目标下，大家各司其职，劲儿往一处使。就跟一块大的吸铁石一样，把周围的同类目标都吸引过来，越来越大。灵芝阿姨要在后山做的农业旅游项目就是这个综合体的一部分，吸引城里人来咱农村，咱挣城里人的钱。"

"那咱丰源就是那块大吸铁石？"

"是的。咱把自身打造好，把这块吸铁石的吸力增大，吸进来的同时也要走出去。现在是互联网时代，天南海北的人一个电话就能联系上，咱要通过互联网电商，把咱丰源的东西卖到全国、卖到美国去呢。"

张守信问秦奋："你说的倒是好，又是综合体，又是互联网电商的，咱哪儿有钱搞啊？县里就是支持，也不能全部支持吧，还不得咱自己筹钱？你问问你爸，咱村上哪有钱？"

"好，我再说说钱。不管搞什么，都要用钱，咱们村子的资源，灵芝阿姨算一部分，还有就是我安徽的刘海叔。"

"刘海，那做生意精得很，会给你投资？"秦学安根本不相信。

"我这次出去专门到了安徽找了刘海叔，他答应只要我当上这个村主任，就把他的中药材种植加工基地放在丰源。"大家听完都是一愣。

"还有人力，我动员了村上的几个年轻人，想让他们回来，但没成，年轻人的心在城里呢，那是因为他们在村上看不到希望。我就是要做出点成绩，让他们觉得在村里也有个盼头，相信到时候他们会回来的。另外，我联系了一部分我的同学，有几个博士、几个硕士都愿意把他们的研究项目放在咱们村。"

村民们听了既震惊又兴奋。

"咱们应该响应国家号召，把产业园做起来，再做几个新的专业合作社，蔬菜的、水果的、药材的，分门别类，门类齐全，让他们能够在产业园里做自己想做的事业。等到财力、人力到位，产业园建设起来之后，咱们丰源村要五年五个台阶地走：第一，要加快农业合作社的提升，以及向市场机制转换的能力。第二，要科技创新，晓斌的无人机要搞起来，引入专业合作社里面，让科技产生动能。这就叫创新农业，现代农业。第三，满仓爷说了，现在全国都在搞扶贫，要共同富裕。咱们村有贫困户没有？有，咱们也要主动动起来，帮助贫困户脱贫致富，把后山的那些人家全部搬出来，建一个全新面貌的丰源新村。"

村民们听得津津有味。包三凤忍不住拍巴掌："秦奋好样的。"

"到时候把咱丰源新村的大牌坊竖起来，咱们的整个村子的村容村貌，都要好起来，到时候咱还要雇他们城里人来咱这里上班呢，让专门的保洁员给咱搞好卫生。我还准备在咱们村搞'互联网+'，搞一、二、三产业融合，村里管理公司化，所有村民入股，公司专营，盘活农业资产。另外听我学诚叔说，中央正在研究土地流转，如果出了政策，咱们也可以试验，实现农业资产的挖掘。"秦奋说完后，走下了主席台。

到了投票环节，赵秀娟选择了弃权，秦有粮和张晓斌、包三凤等人把票投给了秦奋。但更多的人还是对秦奋存在质疑，也更愿意继续让秦学安当村主任，毕竟秦学安处理村里的事还没出过岔子。投票结束了，高满仓宣布投票结果，秦学安 54 票、秦奋 45 票。

这时，在外打工的来福等人风风火火地赶了回来，说都要把票投给秦奋。秦奋的精神最终还是打动了他们，他们决定回村帮秦奋搞建设。新的计票结果是父子俩 54 票持平。高满仓也蒙了，一时间大家都安静了下来，面面相觑。

就在大家打算重新投票时，一辆车开了过来，停在了村委会门口。车上下来的是张灵芝，她是来投票的。

张灵芝对大家说："我是来支持秦奋的，我还有大事业要跟秦奋一起完成呢。"说完，她写了选票投给了秦奋。

高满仓喊道："还有没有没投的？没的话就这么定了啊。"

选举结束了，秦奋成了丰源村的新任村主任，他站在主席台上发表自己的第一次讲话，张晓斌和包三凤在主席台下鼓掌叫好。

秦学安和秦奋站在大柳树下，秦学安告诉秦奋，村里的事不是儿戏，一旦失败，秦家的名声就毁了。秦奋明白父亲的意思，他希望秦学安可以支持自己的计划。接着，秦奋找到赵秀娟，讨论对养殖场的技术改造和节能的废物再利用工程。张灵芝可以提供项目资金，作为对改造后的养殖场和旅游项目合作的支持。同时，她在后山的旅游项目中增加了一片牧羊体验区。赵秀娟听了很高兴，这是解决养殖场问题的双赢办法。

从家走后，秦奋去了金水县城的张守信家，秦奋劝他拆掉废弃厂房，把土地投入农业观光体验园去。可张守信不愿意盼那几年后没着落的事，坚持水泥厂不能拆。秦奋没辙，就打算走，张守信又叫住他，劝他空口无凭，拿出点实在的才能让大家信服。

秦奋拿张守信没办法，只能去找王方圆帮忙。王方圆听了秦奋的需求，跟秦奋说自己也没办法，厂房还在承包期内。秦奋看这条路走不通，便想到了张守信跟自己说的，取得村民的信任。他问王方圆怎么才能让大家信服，王方圆想了想告诉他，主要是为村民们解决难处，当下的难处是全县苹果滞销，村民们卖不出钱很着急。

秦奋回了家，就苹果滞销的事制定了解决办法。在村委会的会议上，秦奋向大家介绍了自己准备在网络上宣传推广，并且打通网络销售渠道的办法。这样可以最快见成效，将大家囤积的苹果卖出去。按照秦奋的计划，推动苹果销售一步一步进行了下去。

没过多久，丰源村的空地上就停满了各家快递公司的卡车、面包车、三轮车。车队一直从村口排到了大路上。丰源村的苹果卖火了，收到了来自全国各地的订单，甚至惊动了几家电视台，他们派了记者来采访秦奋。

"各位观众，大家好！我身后就是洋博士网上卖苹果的现场，请大家跟随我们的镜头一起看……"

王方圆对秦奋所做的成果很满意，推荐秦奋去省里评比"十大创业青年"。在省城，秦奋被一家冷色系、工业装修风格的咖啡厅吸引住了。他看着咖啡厅，心里有了主意。

从省城离开后，秦奋先去了杨凌农科城找到褚之云。他希望可以跟农科城签一个协议，把丰源作为高科技育种种植的基地。褚之云不但答应了，还同意直接在丰源村设一个点。

回到金水县，秦奋带着自己的助手小李去找了张守信。

"叔，我今天是来跟你谈水泥厂的事儿的。"

张守信把头扭到一边："还是拆水泥厂的话，那就免谈。"

"不是。这次不拆了，我有一个新的想法。"

"只要不拆咋都行。你说说。"

"是这样的张总，我是美院毕业专门做设计规划的，想找一处工业旧址，打造一个工业文化的体验基地。您的这个旧水泥厂非常合适，它曾经是金水县的一个标志，知名度高。"秦奋的助手小李一边翻着资料册一边说，"我们做了一个简单的设计，这里是 loft 式的公寓，这是工业风的青旅，这边将设计一个攀岩项目，还有这儿，将来会是一个户外拓展训练的基地。"

张守信喜出望外："我就说嘛，废旧的东西也有利用价值呢。秦奋啊，你不愧是从美国回来的啊。"

"而且我们把它放在灵芝阿姨的产业园中，你都不用愁招不来商。全市现在就剩这一座水泥厂房了，现在反倒成了独特资源了。"秦奋进一步解释道。

"我没意见，只要不拆，我就乐意。我不光乐意，让我投资都行。"

接下来的时间里，秦奋和张晓斌一起搞了互联网新农业的试点，在新开垦的耕地里架设了各种农业高科技设备。这些设备可以全天候监测土壤水肥含量，并自动补充。张晓斌的无人机也开始喷洒农药、化肥。没过多久，丰源村现代农业产业综合体项目就要正式启动了。

在启动仪式上，秦奋第一个发言。

"首批进驻丰源农业产业综合体的项目有，原北山农耕文化生态观光产业园，配套的相关项目有温泉休闲区、农耕乡愁体验区、红色记忆基地、农民麦秆画艺术区。这些项目预计年内建成。另外还有安徽来的投资人刘海先生，他将携手丰源村，打造现代化的中药种植、加工、销售全产业链。"

王方圆也发表了讲话。

"丰源的进步大家有目共睹，这是秦奋这个年轻人大胆创新、勇于改革的成果。我们将继续探索，巩固现有成果；同时，敞开大门，迎接更多的投资人和人才，共建美好丰源。"

到场的村民和各大媒体报以热烈的掌声。

转眼间，五年过去了。新的村史馆已经基本定型，张天顺和秦有粮在馆外坐着聊天。

"照这进度下去，估摸着三个月后就能正式开馆了吧？"秦有粮问道。

张天顺回头看了看村史馆："差不多吧，忙活了这么久，总算是看到了成果，我也算是心满意足了。"

"这还没开馆呢！你倒是高兴得早！"

"都这模样了还能有变？我心里的石头落地了，跑不了！"

秦有粮听了哈哈笑起来。

"有粮啊，你那个孙子，我看着越来越喜欢了，你看看现在，你的饮水工程做成了，我的村史馆也马上就落成了。"

秦有粮点点头："还有那个现代农业产业综合体，真是没想到啊。丰源村已经不是以前的丰源村了。这都是年轻人的功劳啊。"

"咱们为村子、为孩子忙活了一辈子，不知不觉都到了这把年纪，瞧着他们一个个的越来越好，心里别提多高兴了。你说说，当年闹饥荒分地啊什么的那些事儿还都历历在目，一晃一晃的，第三代人就都到了成家立业的年纪。岁月一点也不肯停留，不留神的工夫就带着咱们来到了现在，白发苍苍，不待明日啊。"

秦有粮抽了口烟："老了老了才爱回忆那些往事，你看看人家秦奋啊晓斌啊，都忙着做自己喜欢的事，朝气蓬勃着呢！"

"你说咱那会儿，也有过这般热情和冲动来的吧？是吧？！现在不也照样可以去做想做的事？！"

"怎么着？你这老身子骨还有新打算？"

"不如一块儿出去旅个游怎么样？"

两个老头儿你一言我一语，竟然打算一起去壶口瀑布看看。

秦有粮和张天顺站在壶口边唱着黄河的歌。

秦有粮感叹道："这黄河是咱的母亲河，就这么流淌了几千年了，生生不息地孕育着一代代中国人。"

"孕育了咱一代代的中国农民呢。"张天顺接着说。

"现在呀，咱中国农民再也不是苦难和贫穷的代名词了。"

"这几十年，是咱中国农民变化最大的几十年啊。"

"是啊，解放后，咱中国农民站了起来，翻身做了主人。改革开放以来，咱中国农民才真正富起来。现在回想起以前啊，都不敢想，先是咱俩搞分地，我在里面蹲了三年。"

张天顺感慨道："是啊，哥，我对不住你啊。后来又是学安搞分地，我那会儿害怕，有了你这档子事，生怕学安再出个啥事，我就成大罪人了。"

"学安也是去了安徽秀娟他们那儿才下了决心的。"

"就是安徽小岗最先搞起来了，要说打头阵啊，是人家小岗呢。"

秦有粮眼前一亮："咱俩要不去小岗看看？"

"走就走。那是咱农民的福地呢，看看去。"

"说走就走。咱年龄这么大了，人家不会让咱坐飞机吧？"

"咱不坐飞机，咱坐高铁，坐坐和谐号、复兴号。"

几天后的清晨，天刚蒙蒙亮，张天顺已经等在村口。远处秦有粮背着双肩包快步走来。两个老人像孩子一样兴奋，在晨雾中走向村外。

两个老头儿坐在高铁上，高铁急速驰骋。

"学安、秀娟他们那会儿从陕西到安徽得两天一夜的火车呢。"秦有粮对张天顺说。

"现在这高铁啊，半天都不到。"

"这就是现在的中国速度。电视上说，咱的高铁技术都推广到国外了。"

两个老人看着窗外的树木飞快地向后倒退，感慨万千。

当秦有粮和张天顺在高铁上一路向南时，张、秦两家的所有人都在丰源村里找人，他们甚至报了警，警察也和众人在村内找着。

在凤阳县小岗村的大包干纪念馆陈列厅内，秦有粮、张天顺指着墙上的一幅幅照片交流："这就是当年最早分地的小岗村，咱农民能过上好生活就是从这儿开始的。"

"人家是下了必死的决心的。"张天顺点点头。

"是啊，你看这都是摁了血手印的。"秦有粮指着一份摁着十八个指印的血书，"咱哥儿俩当年也差点儿闹成事啊。"

两人又去了小岗村档案馆，驻足在一面历届国家领导人视察小岗村的纪念墙前。

秦有粮看着这面墙，说："党一直记挂着咱农民呢，习总书记去年在这儿是咋说的？"

"总书记说，小岗村是农村改革的主要发源地。在小岗村大包干等农业生产责任制基础上形成的以家庭承包经营为基础、统分结合的双层经营体制，是我们党农村政策的重要基石。"

"后面还有一句。"

"还有一句？"张天顺有点记不清了。

"总书记还说，改革开放以来农村改革的伟大实践，推动我国农业生产、农民生活、农村面貌发生了巨大变化，为我国改革开放和社会主义现代化建设作出了重大贡献。这些巨大变化，使广大农民看到了走向富裕的光明前景，坚定了跟着我们党走中国特色社会主义道路的信心。对农村改革的成功实践和经验，要长期坚持、不断完善。"

"对对对，是有句。"张天顺拍着脑袋说。

"天顺啊，看来你真的老了，脑子糊涂了，记性不好了。"

"我记性不好？听着，总书记还说，我国农村改革是从调整农民和土地的关系开启的。新形势下深化农村改革，主线仍然是处理好农民与土地的关系。"

说完两个老人一起哈哈大笑。

张天顺和秦有粮坐在车上去高铁站，秦有粮看张天顺正闭目养神，拿出手机开了机，看到无数条来自家人的短信。秦有粮想了想，还是点开回复道："我和天顺来小岗村看看，不必担心，这就回去。"

"天顺，咱回金水了。"在高速路上，秦有粮看到下一个出口就要到了。

张天顺迷迷糊糊地睁开眼睛望向窗外："刚才做了个梦，梦见咱回到丰源了，梦见现在的丰源别提有多美了，就跟碑文上说的一样。还梦见咱的村史馆也开张了，不比小岗村的差。"

"快了，快回去了，咱回丰源。"

秦有粮正说话时，张天顺的脑袋耷拉下来了。

"天顺，别睡了。"秦有粮推了推张天顺。

张天顺一动不动。

秦有粮大喊："天顺，你咋了？"

张天顺走了，刘海是在半路接两位老人时第一个知道的消息，他赶紧通知了秦学安。秦学安想了许久，打电话告诉了张灵芝和张守信。张天顺的遗体也被刘海第一时间送回了丰源村。

几天后的张家，挂满了黑色的挽幛，屋内陈列着村民们送来的花圈。

秦学安在灵位前说："老支书为丰源村操了一辈子的心，我们对不起老支书啊。"

秦有粮叹了口气："天顺走得很安详，没遭罪，也是享福了。"

"大这几年一直念叨着村史馆开张呢，咋就没等上呢。"

"大，儿子不孝，你一直想让我出息，儿子没做到啊。"

张灵芝和张守信在父亲的灵位前不停念叨。

秦学安建议道："等新的村史馆开馆那天，咱给老支书办个追思会吧。"

"村史馆开馆就交给我来办，算是儿子最后给老人家尽孝了。他老人家一辈子的心血都在这个村史馆上了,就是想留点念想给丰源村的后人们,让我们不要忘了过去。"张守信对着大家说。

丰源村村史馆的牌匾上挂着红绸布,村民们进进出出,门前是鞭炮炸过的碎屑,空气里是火药味。村史馆正式开馆了。陈列物包括了张天顺曾经获得的那几十面红旗、锦旗,以及他用来记录村事的十几个红色大本子,那块拼接起来的古碑,以及当年张天顺敲的上工钟。

张守信亲手把秦俭为张天顺画的麦秆画肖像挂在墙上。

众人一起向老村长鞠了一躬。

2017 年 11 月,又到了一年一度的杨凌"农高会"。会场外,"第 24 届中国杨凌农业高新科技成果博览会"的牌子耸立,人群熙攘。会场的一角,一溜儿摆开的展台之中,一块易拉宝的招牌格外显眼:"丰源村农业产业合作社集群展台。"

展台上,每一个摊位都是丰源村新搞起来的一个合作社,每一个展台都做了一个统一的桌牌,桌牌上分别写着:丰源养殖合作社、丰源果业合作社、丰源旅游产业合作社、丰源中草药种植合作社、丰源农业机械合作社、丰源粮食合作社……

每一个展台的后面都有人守着,酸汤婶、郑卫东、包谷地等村民驻守展台。远处张晓斌快步走来,大家都着急地围上去。

"晓斌,找到没有?"

张晓斌急得满头大汗:"到处都找了,找不见人啊,急死人了!离签约只剩下一个小时了,秦奋这是去哪里了?"

"留下俩人看展台,其他人都跟我走,一定要把秦奋找到!"

在张晓斌等人焦急地找秦奋时,秦奋正坐在"农高会"某分会场论坛的最后一排,聚精会神地听着主席台上一个皮肤黝黑、穿着西装的农民的讲述,论坛的主题是"青山绿水与农业生态文明"。

"2005 年 8 月 15 日,时任浙江省委书记的习近平同志来到了我们安吉进行调研，当听到村里下决心关掉了石矿，停掉了水泥厂，习总书记给予了肯定，称我们这是高明之举。他说，绿水青山就是金山银山。我们过去讲既要绿水青山，也要金山银山，实际上绿水青山就是金山银山本身，它有含金量。'双山理论'，从这个时候，在我们的家乡诞生了……

"我们安吉县在几年的探索中，形成了'一村一品、一村一韵、一村一景'的格局。立足于建设'优雅竹城、风情小镇、美丽村庄'，我们把全县当作一个大乡村来规划，把一个村当作一个景来设计，把一户人家当作一个小品来改造。正是在这种努力下，这几年，我们安吉成了'联合国人居奖'唯一获得县，获得了国家首个生态县、'中国美丽乡村'等荣誉称号，成功创建全国旅游标准化示范县、国家乡村旅游度假实验区和全国首个乡域4A级景区。"

台下，秦奋的眼中充满了羡慕。在秦奋背后，会议室的后门开着。张晓斌带着秦田正从走廊上走过，焦急地寻找着，秦田突然看到了秦奋的背影。她拽住张晓斌，弯腰走进了会议室，走到秦奋的座位边上。

"你怎么在这里啊！大家都找你找疯了。"

秦奋一愣："给我打手机啊……哦，刚才进来听讲座，我静音了！"

"快走吧，马上该签约了！"

秦奋这才恋恋不舍地望了一眼讲台上的讲述者，跟着秦田一起出去了。

张晓斌在走廊里埋怨着秦奋："大家都快急疯了，你怎么心这么大，跑到这里听讲座了！"

"我是路过，突然看到是浙江安吉的一个村支书在讲座，心痒痒了，忍不住就进来听，一听就入迷了。"

"咱们那边可是和七八个国家签约，你管什么安吉啊……"

秦奋不甘心地说："安吉就是习总书记提出'绿水青山就是金山银山'的地方，去年咱们丰源参加全国的美丽乡村评选，就是败在人家手下的！"

张晓斌可没心思听秦奋讲历史："先别管那些了，换西装，签约！"

在会议室内的台上，秦奋西装革履，和长长的桌子另一端的一个外国人罗伯特正各自签署着文件合同。秦奋身后站着王方圆、高满仓等领导和张晓斌、秦田等村里的骨干。秦奋签署完合同，站起来和外国人握手，交换合同。

台下，丰源村的村民们都翘首企盼。只见秦奋已经和七八个外国友人签署完了所有的合同，他兴奋地站起来拿着话筒对村民们讲话。

"今天我很激动，我们村的农业产业合作社集群这一次算是实实在在地把生意做到国际上去了。这其中有这三年来大家对我秦奋的信任，有大家对我们丰源村的热爱，更有咱们丰源人一直追求的那个梦的指引！

"今天，借着咱杨凌'农高会'的春风，咱们丰源村合作社集群集体和七个国家签订了供货协议。党中央提的"一带一路"倡议，靠谁去奔，靠咱们全中国人去奔。咱们丰源村就按照党中央给咱倡议的这条道路，把咱的苹果，把咱的草莓，把咱的猕猴桃，把咱的黑头羊，把咱的中药制剂，卖到哈萨克斯坦去，卖到吉尔吉斯斯坦去，卖到俄罗斯去，卖到欧洲去！"

台下的村民们兴奋地鼓掌。人群中，坐着柳家窑的柳二奎，他望着台上的秦奋，既嫉妒又羡慕。

签约仪式后，因为多年在基层工作出众，一举被提拔为省农业厅副厅长的王方圆拉着秦奋走在众人后面："秦奋啊，讲得很好，不，不仅仅是讲得好，这几年的工作确实做得也好。"

"王厅长，那首先是咱党中央的政策好啊，每年'一个一号'文件，每年我们刚刚遇到点难题，党中央就为我们农民考虑到了，我们才能撸起袖子加油干啊。"

王方圆笑着说："这三年，你们丰源村交到你手里，变化实在是大啊，前一段时间我去看，后稷新村也建起来了。"

"对，我们当时考虑了，后稷村里的乡亲们一直居住环境不好，所以我们搬迁的时候，先紧着后稷村的乡亲们搬，除了有几户人家有各种各样的实际情况，我们丰源村百分之九十的人已经像城里人一样住上了楼房。"

"关键是你们的产业做得好，有了现代农业产业综合体这个平台，十多个农业合作社做得风生水起，后山的旅游田园综合体也基本竣工。听说你们原来那个老大难的水泥厂，现在也要成为工业旅游园区了？"

"对，我们考虑到党中央的政策指引，现在重点去推广一些绿色无污染的产业。"

王方圆拍拍秦奋的肩膀："所以啊，成绩这么好，有三项新任务，咱们省农业厅要压到你们头上了。"

"啊，三项？这么多？我怕我们……"

"我相信你，准确地说，我相信你带领着丰源村的人民，一定能创造新的成绩。"

秦奋点了点头："您说。"

"今年国家还有'全国十佳美丽乡村'的评选，原则上每个省推荐一个村参评，在这个基础上国家农业部会派下来调研团，最终确定二十个村子，进入决赛。"

秦奋有些尴尬："这我都知道，去年咱们省上就推荐的我们村子，可惜我们最后输了。这次还让我们去啊？"

"失败一次没有关系，关键是找准自己的问题，上次的失败，你们有总结经验教训吗？"

秦奋又点点头："嗯，说实话，不服气。"

"要的就是你的不服气，像你爸。这次还是你们去！"

秦奋攥攥拳："请王厅长放心，在哪里跌倒，就在哪里站起来，我们丰源村这次一定给咱拿回来一个美丽乡村！"

王方圆点点头："好，这是第一个任务，第二个是省上准备把乡村行政区划改革的试点也放在你们丰源村。"

秦奋一愣："啥叫乡村行政区划改革试点？"

"合村！你们丰源是全省发展最好的村子，但是我们共产党可是讲共同富裕的。先富带动后富，你秦奋有本事，但是不能只让丰源村的老百姓受益吧，能力越大，责任就越大，我们准备把丰源村、柳家窑和张家峪、许家屯四个村子进行合并，形成一个以丰源为龙头和带动力的全省第一大村。"

"啊？以前老听你们说合村合村的，这次算是落地了？"

"落地了。秦奋，这件事情你来考虑，新的大丰源，怎么发展，怎么富裕，责任可就都压在你身上了，把你这几年的经验好好施展施展。"

"别啊，要是成立了新村子，我怕我一个年轻后生资历不够。"

王方圆摇摇头："好经验要推广，成绩都是干出来的，就看你秦奋的能力了。"

秦奋听后笑了笑。

王方圆清清嗓子："第三个任务，其实已经搞了两三年了，但是今年省上希望在你们丰源有一个突破。"

"什么任务？"

"精准扶贫！"

秦奋一听，骄傲地说："报告王厅长，按照省上的贫困线标准，我们丰源村在去年，除了一户外，已经全部脱贫。"

"你说的是老丰源村，我说的是新的大丰源村。"

"啊，您是说合村之后，柳家窑、张家峪的贫困户……"

王方圆笑着点点头："都靠你来负责喽！这是硬任务，不许推辞。"

"我知道，王厅长。总书记都说了，小康不小康，关键看老乡。没有农村的小康，特别是没有贫困地区的小康，就没有全面建成小康社会。"

"这还差不多。"

回丰源村的大巴上，大家欢声笑语，谈论着会场满脸嫉妒的柳二奎，谈论着秦奋的过去和现在。但秦奋却因为惦记着王方圆交给他的三个任务，愁眉不展。

大巴后正在远去的杨凌，柳二奎正在罗伯特的房间讨好他。

"罗伯特先生，我知道你们公司可是整个中亚最大的果蔬供应商，我还是希望您有机会去看看我们柳家窑的产品，我们那儿的苹果、猕猴桃，不比他丰源村的差。"

罗伯特笑着说："我知道你们的水果也很好，但是我非常喜欢丰源村的这一系列的新品种。你知道吗，我去了丰源村才知道，丰源村的水果新品种，可是秦奋先生从国际上招聘的十多个博士、硕士联合研制的新产品，在全世界都是独特的。他们在西农大的实验室和新产品基地我们都去参观了。"

"您别光看那个啊，我们的真的一点也不差。要不您去尝尝？"

"很抱歉，韩先生，我这次到这里来，公司给我的授权，我只能选择一个品种，我知道您所在的柳家窑和丰源村水土资源条件基本上一致。"

柳二奎赶忙说："对啊，对啊，我们就隔着一道岭，完全一致。"

"但是我只能采购一个品种，你们的不够独特！最关键的是，你们的生产理念是不一样的，一个现代，一个传统。"罗伯特摊了摊手，"抱歉。"

柳二奎气鼓鼓地走出酒店，对围上来询问情况的柳家窑村民说："走一步看一步吧，只要还没发货，咱们就还有希望！"

王方圆在回省城的高速公路上，副驾座位上的秘书报告说，金水县委的李书记关于合村的事情还有点情况需要汇报，问王方圆在杨凌还是省城，他赶过去。

王方圆摆摆手："不必了，前面下去，去金水！"

第十七章

评　选

秦奋被选为了村党支部书记，选举大会结束后，秦家人一同坐在饭桌上，家里洋溢着快乐的气氛。秦学安让秦奋为大家添上酒。秦有粮高兴地说："我们秦家三代男人今儿都在这儿呢！要我说啊，还真是一代更比一代强。秦奋啊，你能这么干事儿，爷爷高兴！今年你爸把村书记的担子交给你了，爷爷高兴啊。"说完秦有粮就将刚倒好的酒一饮而尽。秦学安一边为父亲倒酒，一边提醒父亲："大，您少喝点儿！"秦有粮"回击"："甭劝我，别忘了我可是个大夫！"话音刚落，众人都笑了。

碰杯之后，秦学安直接对儿子说："说说吧，秦奋。"

"说啥？"秦奋疑惑。秦学安早就看出了儿子的心思："你还想瞒我们啊？自从王方圆跟你谈话之后，你那眉头就没解开过，你能瞒得了你爸？"秦奋直说："简单说，俩事：要合村了；另外，今年'全国十佳美丽乡村'的评选还是咱们丰源代表省里参加。"秦学安听了有些激动："还是咱们！这回咱们一定得把这个面子争回来！说起来就有气，去年可是我当这丰源村村书记的最后一年，我说给咱村争回一面红旗来，也算是给我这辈子画个句号，结果……倒丢了一回人，秦奋，你现在是村书记和村主任一肩挑了，你得给你爸把这个脸争回来！"秦奋却有顾虑："爸，我是有信心，但是马上合村了，说实话，柳家窑、张家峪那几个村子合并到咱们丰源来，对于咱们争夺十佳美丽乡村可是个拖后腿的事情。"

秦有粮作为长辈，给孙子提建议的同时也"教育"了他一番："学安、秦奋，你俩好好谋划一下，不能说人家合并到咱们村就是给咱们拖后腿，只要合并了，大家就都是丰源村的乡亲们。都是在一条金水河吃水的乡亲们，咱不能干各家自扫门前雪的事儿。不管能不能争取回来这个十佳美丽乡村，只要乡亲们都过上好日子，你们就是我的好儿子、好孙子！"秦奋若有所思，坚定地说："爷爷，我明白！"

另一边，王方圆从金水县委出来后，联系了灵芝，两人约在了电影院见面。电影院的门脸装饰一新，旧址却在一众现代化的楼房里显得促狭而灰暗，但温暖的记忆不变。时光荏苒，磨不去对的人。王方圆和张灵芝坐在影院对面的遮阳伞下，王方圆神秘地说："知不知道今天是啥日子？"张灵芝想了想："你生日？"随即又摇了摇头："不对，早过去了！"王方圆从兜里掏出两张旧电影票，在灵芝眼前晃了晃。灵芝一拍脑门儿，回忆在脑海闪现，原来……张灵芝有些感动，捂嘴笑了起来，甚至原地转了一圈，像个孩子一样："真没想到，你还留着！我记得不是……"王方圆立刻接话，稍显得意："没错，你的那张，检票的时候顺手丢了，后来我又返回来。哎！还真给我找着了！"灵芝的回忆不断翻涌……方圆继续说道："这是咱们的缘起，不管走到哪里，我都带在身上。"灵芝神情黯然，眼角的泪光如星星。

方圆急着转移话题："我知道你想说啥，都过去了，不提了！你猜猜今儿放的是啥片子？"灵芝抹了抹眼睛，抬头朝影院门口努努嘴："喏，不全在那儿么！"

方圆道："新装修的 VIP 厅放的是《人生》的数字修复版！"灵芝激动地说："真的？那可太难得了！我原本收藏了一套光碟，可惜在深圳搬家的时候搞丢了！"

方圆趁机道："我正好有两套，回头给你拿一套！"

饭后秦有粮和秦俭来到村史馆，灯光下，秦俭正在仔细地对一幅接近完工的麦秆画做着最后的调整，这幅麦秆画的内容是当年丰源村男女老幼合力引稷河水入金水河的场景。秦有粮坐在半米开外的台阶上，仔细端详着，他来到这里就是想和天顺喝两杯，告诉天顺他走了的这三年有很多变化。想着想着，秦有粮不禁感慨："这幅画要给你天顺爷瞧见了，准乐！"秦俭笑了，大声说："天——顺——爷——好！"爷俩谈笑间，三凤推门进来，从怀里拿出两个烤玉米，先递给秦有粮一个。秦有粮笑着摆摆手："不中用喽，钻牙缝！你们两个娃娃家吃吧！"于是三凤又递给秦俭，看着三凤满目柔情，秦俭笑了笑，接过玉米。两人又羞涩地对视一眼，秦俭低头闷声啃了起来。这一切小动作秦有粮都看在了眼里，他看着两个孩子，笑了笑："好哇！"这也算是一种默许。秦俭又起身指着麦秆画中的细节给三凤看，三凤看着他的样子咯咯笑着，他们的身影温馨、纯真而甜蜜。

秦有粮起身出了村史馆，慢慢坐到台阶上，掏出烟斗装满，准备点上。这时，秦学安手里提着酒肉从村史馆另一侧走来，他远远地就看见了弯着腰点烟的秦有粮，迎上去，叫了一声："大！"秦有粮抬头道："你咋来了？"秦学安晃了晃手上提着的酒肉："你走了，秦奋就去谋划合村的规划去了，我闲不住，过来陪您说说话！咱爷俩喝点儿！"秦有粮从怀里掏出一张旧报纸摊开，秦学安把装肉的饭盒放上去，上前坐下，边拧酒瓶盖儿边冲村史馆扬了扬下巴："在里面呢？"秦有粮点点头，直接说："昨儿跟之云说了这俩孩子的事儿，之云说只要人家三凤家里不反对，她跟学诚看娃娃们的意思！"秦学安应和道："这是好事。学诚现在是十九大宣讲团的成员，忙得全国跑，这事咱就帮着之云张罗了。"秦学安又跟秦有粮讲了一些秦奋想并地、搞现代农庄等一些很有创造力的想法。两人一致认为，世道终归是年轻人的。秦学安给父亲带的肉是城关老薛家的，秦有粮闭眼细细品味着这 30 年不变的味道，回忆起了天顺和自己同老薛家的往事……同时还批判了那些只顾开分店、不注重品质的店。这浮躁的社会风气影响了人们的思想观念，有人甚至还在食品里添加大量化学成分。

秦有粮："你看看这几年，害人的东西吃进去多少？古人说'天地人'，人首先得对得起天地，天地才不会亏了人啊！"说着他又夹了一块肉，咂巴着嘴说："还得是这老味道，美着呢！"

天空中，一轮圆月挂在村史馆的屋檐上方，把地上照得宛若白昼。这晚，父子俩的心也很敞亮，你一言我一句地说着东家西家的故事。

县城里可比宁静的山村热闹多了，路边的小吃摊上支着两张桌子。其中一张坐着一对儿二十岁出头的情侣，男孩子滔滔不绝，女孩子满脸娇羞；另一张坐着王方圆和张灵芝。

"真没想到，隔了这么多年，咱们还能一块儿坐到这里吃凉粉！"灵芝看着两人面前各自放着的凉粉，被邻桌男孩子的讲话声吸引，循声望去，笑着用嘴往隔壁桌努了努："我当年也那模样吧？"王方圆看了一眼，笑了："我可没人家小伙子能说！"张灵芝轻轻托腮回忆起来："是啊，你呢，说话吞吞吐吐的，要不是后来聊起电影滔滔不绝，别人还以为你天生就磕巴呢！"王方圆赶快为自己辩解："这话怎么说的，咱俩那天也不是头一回见啊！"

灵芝的眼睛望着天空："是咱俩头一回单独相处！"

王方圆说："是啊！一晃这么多年过去了！"

张灵芝念道："人生的道路虽然漫长，但紧要处常常只有几步……"

王方圆接上："特别是当人年轻的时候……"

二人异口同声，眼睛都望向彼此："没有一个人的生活道路是笔直的、没有岔道的……"

王方圆和张灵芝在这晚，重温了曾经，找回了最初的自己。第二天两人到民政局又领了结婚证，兜兜转转还是依偎在一起。夜晚，灯光点点，其中一户的窗户上贴着喜字，旁边厨房的小窗户里，是王方圆和张灵芝甜蜜的身影。

张灵芝第一时间把这个消息告诉了秦学安。秦学安会心地笑了一下："祝福你们！我知道，这么些年了，方圆的心里一直有你！"张灵芝走在金水河边，看着熟悉的场景不由得感慨："当年从丰源村离开的时候，我真没想到还能再回来，还能跟你这么心平气和地相处！"秦学安想说些什么："灵芝，我……"灵芝打断了他："你当初是对的！我跟秀娟姐聊过了，这么多年了，我终于明白，你们俩才是最合适的！"

物流车在丰源村不停地来往，村民都聚集在村口打牌，显得格外热闹。秦学安乐呵呵地走在村子里，走在前面的是甘自强、王方圆等。甘自强说："眼看退了，又把我调到扶贫工作组了，看来还要站好最后一班岗啊。今天正好来金水了，就想来你们丰源村看看。"秦学安心中充满感激："老书记，我们丰源村能够有今天，离不开您的关心啊！"甘自强笑笑，摆摆手："不说那个，我听方圆说你们现在在争取'全国十佳最美乡村'，我算是打个前站，听听你们现在的工作情况，帮你们出谋划策！"秦学安一听赶紧说："好的，我一项一项地给您汇报。现在咱们互联网农业一搞，城里打工的孩子都回来了，自己做做电商，跑跑物流，再加上村子里别的订单，根本就忙不过来，一年到头，挣得比在外面多。"甘自强听到这么多发展项目，禁不住夸赞："好哇！当年丰源村的先进是在我手里砍掉的，没想到啊，这么多年了，丰源村又是省里的先进了。真的得谢政策，谢时代，我们啊，都赶上好时候了！"

甘自强继续询问："听说你们还想进自贸区？"秦奋回答："是的，老书记！咱们丰源村的农村电商计划还是有些局限，虽然借着'丝绸之路'的大战略走出去了，可是还很不够，如果能进驻农业自贸区，我们在'丝绸之路'沿线的竞争力会更强！"看着眼前这个热血的年轻村书记，甘自强眼神中充满鼓励："跟你爸当年一样，啥都敢想，啥都敢干！"大家都笑了。甘自强想起了此次的来意："对了，丰源的扶贫工作怎么样？现在讲精准扶贫，这是决胜全面建成小康社会的关键一环，要从点点滴滴、一家一户做起。"秦学安告诉大家，在秦奋带着一批年轻人来了以后，丰源建立了现代农业产业园，靠着专业合作社，走规模化和特色农业的路子，这几年经济情况很好，丰源是没有贫困户了。最近在合并村子，扶贫的工作怕是要重新捋一捋了。秦奋在一旁补充道："老书记，您放心，我们这个产业园就算合村以后，也能发挥好产业融合、创业平台、核心辐射的作用。扶贫工作保证能够因地制宜、因人制宜。"甘自强听完这一系列的举措，放心地说："那太好了。要做成一个范本，把经验总结出来，推广开来。"

清晨，空气清新，试验田里，几个工人们正在调试滴灌设备。秦奋和张晓斌肩并肩走着，看着不远处的工人，谈论着什么。秦奋坦言昨天甘书记来参观村子，给自己打了一剂强心针，自己想做点大事！

"你要做啥大事？"张晓斌问。

秦奋道："你的 SL-2 型无人机专利注册下来了吗？"

张晓斌说："下周就能拿到证书！有了无人机，咱们上回说的富硒山茶就能上马了！"秦奋非常高兴："太好了！全省头一份！"两人一起说笑，秦奋在田间弯腰拨开一处新发出的嫩苗，仔细察看。张晓斌抓起一把土揉碎，放到鼻子前闻了闻。两人对视，默契地含笑点点头，这批一定可以成功！他们起身向山坡上走去，继续聊着。

"秦奋你磨叽什么啊，我可看出来了，你这么早找我一定有事。"

秦奋见张晓斌问出来了，也就直说："你的无人机搞得咋样了？"张晓斌回复："没问题了，但是说句大话吧，我这无人机已经可以量产了，但是没用啊，就说咱们这个丰源吧，就这么大点地方，我的无人机可以给大家播种、洒农药，可是一起飞，一脚油门，开过了，就该降落了，这就叫英雄无用武之地啊。"秦奋哈哈一笑："知道我是来干啥的吗？我是来请贤的，你这个英雄马上就有用武之地了。"张晓斌感到很疑惑。秦奋解释道："丰源马上要和附近的五个村子合并，五个村子的土地连成片，是非常大的面积，你的无人机可得加够够油才能飞完！"张晓斌非常兴奋："真的吗？太好了！我的无人机马上量产。"秦奋提出了一个建议："你是搞高精尖科技的，我建议你啊，不光搞无人机，我们不如联手搞一个新的科技公司，怎么样？"张晓斌思索着，示意秦奋继续说："新村合并之后，资源集约化了，需要各种高新科技的农业化普及，我们这个新公司，就从无人机入手，专门做各种高新技术在农业上的普及。"张晓斌赞成："没问题啊！我举双手赞成！"

秦奋指着山坡下的一片空地道："我准备在那儿建个机房，拉上百兆光纤，咱的签约消费者打开手机就能实时查看果蔬的生长状况……"张晓斌的思路也打开了："我的视频监控系统就算入股了！那咱干脆联营，股份各占一半，咋样？"秦奋笑了笑："不是咱俩，我是代表丰源村村集体跟你说的。"

"没问题，只要丰源村是你秦奋掌舵，我张晓斌一定支持！"

俩人都笑了笑，一笔两全齐美的生意就这么敲定了。他们继续走着，商量着细节，远处，一轮红日冉冉升起。

村口，原本张天顺和秦有粮总下棋的地方，现在，秦学安和张守信在下棋。

秦学安说："秦奋和晓斌要合作一个公司，你可不准再出什么幺蛾子了。"张守信瞪了他一眼："我知道，你看扁人了，秦奋那是啥娃子，那是从头发丝到脚底板都透着精灵的娃娃，他要做的一定赚钱，我支持！"

"不是赚不赚钱，是对咱们村子有好处！"秦学安试图"校正"他的想法。

张守信瞪眼："那要是不赚钱，那就对村子没好处了不是？说的是一个意思嘛！"秦学安无奈地笑了笑："你啊！"张守信又提到了灵芝，问秦学安："我咋听说灵芝最近还老跟你在一起？"秦学安告诉他灵芝跟方圆复婚了，张守信一听，一拍脑袋："你是说？"秦学安被张守信说得心烦："不然呢？所以啊，村里那些嚼舌头的话，理它干啥？"说完他起身就准备离开，走两步又折了回来："让你一搅和，差点儿把正事儿忘了！秦奋说了，要把你原来那个水泥厂，办成个工业艺术旅游园区。已经规划完了。你看看不？"张守信摆摆手："不看不看，我信任秦奋！就按秦奋的来。"

不久后，园区落成，水泥厂旧址前，热闹非凡，工厂大门前张灯结彩。大门一侧悬挂着公司牌匾：丰源村现代农业综合旅游（投资）有限公司。王方圆和县领导，还有张灵芝、张守信、秦有粮、秦奋、张晓斌等站在台上手持剪刀准备剪彩。秦奋站到话筒前，环顾了四周一圈，所有人都面带兴奋地看着他。秦奋大声地说："我宣布，丰源村现代农业综合旅游（投资）有限公司剪彩仪式，现在开始！"一时间音乐响起，彩色气球放飞，彩喷从两侧喷撒开来，众人一齐剪彩。

水泥厂院内摆放着各种花卉、蔬菜、无人机样品以及展板资料，众人在仪式之后纷纷到院内参观。王方圆与县领导在秦奋、张晓斌的陪同下，在一张巨幅规划图前驻足。王方圆一边看一边说："秦奋、晓斌，这就是你们上回说的那个开发规划？正好今儿李书记、刘县长也都在，你们俩谁给介绍介绍？"张晓斌自告奋勇："我来吧！"秦奋帮他指着规划图某处："这一块是一期规划，以后山为主体，主打健康牌，重点发展包括休闲养殖、种植在内的体验式农业项目，让城市里来的游客可以高品质地体验田园生活，配合大坝蓄水，营造水景，在这个地方搞田园餐饮和住宿；另外呢，还有一些文化体验项目，比如麦秆画、刺绣、剪纸，还有以中药研发公司为基础，发展中医养生啥的！"众人听了讲解纷纷点头。张晓斌补充说："对了，这个水泥厂啊，原本准备拆掉，现在计划设计成一个艺术区！"众人听到这个想法都啧啧称赞。紧接着秦奋向大家介绍二期规划："二期规划不局限于丰源村，而是将周边五个村庄全部包含在内，现代农业基础投资巨大，如果规模上不去，经营可能就会出现问题，更重要的是，我们希望改变过去各个村庄单打独斗的弊端，形成合力！"李书记夸赞："这个想法不错！很大胆！也符合我们即将进行的乡村行政区划改革试点的要求！"王方圆接着说："咱们就从这个园区剪彩开始，我给你们倒计时。乡村行政区划改革，马上开始！"

秦学安和张守信坐在不远处的台阶上。看着这边热火朝天的讨论，张守信说："从前这丰源村可是咱哥儿俩的天下，现如今，给晾到一边喽！"秦学安一笑："这担子迟早要交到娃娃们肩上！他们能这么出息，我高兴！"张守信预料到了一些事："别急着卸担子，这五个村子合到一块儿可不是小事儿，光那柳二奎一个人就够呛，你看着吧！"

北京某报告厅，台下座无虚席，大屏幕上是秦学诚的学术专著《农村改革：农民与土地的关系》一书的封面照片，他正在台上演讲。

"……抛开农民与土地的关系谈农村问题，这是不懂农村！新农村建设也好，城镇化也好，首先要厘清的，就是千千万万农民朋友与土地的关系，我们必须清醒地认识到，只有农民才是土地的主人，千百年以来，他们像热爱自己的孩子一样热爱着脚下的土地！"

台下掌声雷动，秦学诚走到台前鞠躬致意。报告厅里，听众走完之后，秦学诚正在收拾材料，助手小李走了过来："秦老师，十九大宣讲团的新任务下来了。您猜去哪儿？"秦学诚笑道："臭小子，快说。""金水。"秦学诚高兴地说："是吧？那赶紧准备一下吧，好久没回去了。"

金水县的会议室里，县委书记和各个村的村书记围在一桌开会。县委书记起头："这次开会的目的呢，主要就是说说咱们行政区划改革试点的事。希望大家都积极发言。"柳二奎紧接着说道："那必须得丰源村先说啊，他们村现在可是有名的富裕村，上次卖出两万斤苹果，这几天又跟七八个国家签了合同，大家伙儿可羡慕着呢，合村当然没问题，秦奋你到时候可不能让你丰源吃独食。"秦奋笑着挠头："百万叔，我从来没想过吃独食的事情，前几天领导们跟我说了下合村的事情，我觉得是个好事。为什么呢？现在我们村的各种农业布局已经大体实施了，但丰源村的自然条件实在没法满足更进一步的发展，如果能够扩充丰源村，把柳家窑、张家峪这附近几个村子都划归成一个大丰源村，让先进村和贫困村合并，先进村帮助贫困村进步，对咱们县整体的经济发展也有很大的帮助。"县委书记听后微微一笑："先富带后富，最终实现共同富裕。这也是县上和省上区域改革规划上的想法。"张家峪的书记却有些不满："秦奋你啥意思，说的是行政区划改革试点，说的是合村，又不是你丰源村吞并我们张家峪、柳家窑？好嘛，口气大得很，直接学秦始皇灭六国啊。"柳二奎听到笑而不语，敲敲桌子："书记，我觉得张家峪的老张说的也有道理，虽然他丰源村发展好，但是并不意味着，他丰源村就能吞并我们柳家窑、张家峪，啥意思呢，大家一起合并，都是平等的。"其他人应和道："我们也是。"

秦奋解释道："对不起了，各位叔叔伯伯，算起来我在这里面是小辈，刚才可能说得急了些，我当然尊重各个村的发展，而且合村之后，绝不是以丰源村为主，而是我们把我们拿手的、先进的分享给大家，大家有特长的地方我们也去好好学习。"张家峪的村书记见秦奋如此谦虚，于是说："这还差不多。"

县委书记见有了分歧，帮着打圆场："大家先不要急，秦奋的意思我明白，而且丰源是我们之中发展得最好的，我们为什么要合并村落？因为村与村之间合并既有利于人口集中，消除空心村，又可以增加就业机会，改善农村环境和基础建设。而且还能先富带动后富达到共同富裕！大家不要只关注眼前的利益，从可持续发展的角度来讲，村庄合并确实是未来的趋势。"其中一位村书记对此很有共鸣："书记你说的空心村这一点我太有体会了，我们村现在基本已经没啥人了，百分之八十都搬到镇里去了，原来一个村里400多人，现在最多也就几十个。大部分还都是老弱病残。"有的村书记附和道："我们村也是。"张家峪的村书记问："但我有个疑问，房子和人都可以搬，那耕地咋办？"秦奋回答："这个问题我考虑过，其实现在咱们自己村的土地基本都流转出去给别人种了，村里人挣不到啥钱，但如果村庄合并，大家的耕地可以一起按照地的类型科学耕种，产业化销售，反而能挣更多的钱。"大家听着秦学安的话纷纷点头，只有柳二奎低着个头不说话。县委书记看着讨论快结束了，让大家表决一下，同意村庄合并的有哪些。随后，几个村书记里，除了柳二奎都举了手。柳二奎说出了自己的想法："我也同意，但是我觉得我们和丰源合并吧，一定问题很多。丰源村和我们村吵吵闹闹这么多年没分出个胜负，不能因为他们富了我们村就直接没了，我们宁愿落后，也不愿意被丰源村给吞咯！今儿这手我要是举了，我都没脸回村见村里的父老乡亲！"县委书记道："百万，这话你就说重了啊。村子合并的事是个大事，大家有排斥的情绪都可以理解，那就这样，咱们明天再开个会，让秦奋回去准备准备，明天会上好好跟咱说下他的计划，大家听听咋样。如果可行，咱再投票也不迟。"所有人认可点头，表示这样好。县委书记点头："那就这么定了，咱今天的会就开到这儿。散会！"

天已经黑透了，秦家的台灯还亮着，秦奋仍然在写东西。标题是"金水县村级合并试点方案"，秦学安站在一边给秦奋指点着。秦学安心里不忿："柳二奎还敢跟咱们丰源叫板啊，那不要他了！"秦奋看到父亲较真的样子，笑了起来："大，这不是说不要就不要的事情！"赵秀娟从屋子外头走进来，眯着眼说："你俩咋还不睡？一直猫在这里写啥呢？"秦奋头都没有抬："妈，您先睡，我写完就睡。"赵秀娟走到秦学安跟前朝桌子上瞅了瞅："村级合并试点？前几年不说过这个，你不是不同意吗？"

"以前不同意，是怕孩子冒失，这回啊我踏实了，可不得帮着点儿！"赵秀娟听了一乐，推了秦学安的脑袋一下："这才像亲大干的事儿！"秦学安假装一副生气的样子："哎哟，你这一下拍掉我多少灵感知道不？"赵秀娟早就不吃秦学安这一套了，直接换了个话题："灵芝跟方圆复婚了？！"秦学安"嗯"了一声表示知道了，赵秀娟笑着试探："瞧你那心虚样儿！"秦学安辩解："哪有？"赵秀娟不逗秦学安了："得，你们写吧，我就坐这对面的椅子上陪着你们。"说完她从旁边拿了毛线筐开始织毛衣。秦学安看了赵秀娟一眼，笑了，秦奋也笑了。屋里很安静，赵秀娟时不时抬头看看父子俩，两个人的身影在台灯下非常温馨。

第二天，县委会办公室里，众书记进行第二次会议。秦奋向台下所有人讲着丰源村的规划："在我看来，农村合并，新农村建设，不一定要整体拆迁、另起炉灶，咱们都是农民，更应该以农民的利益为主，而不是以'城市思维'搞农村运动式建设。咋样能让大家对村庄合并热情高？我想了想，总结了下面几个原因。首先，咱先说说先天的优势，咱县这几个村的地理条件本身就比较好，互相之间联系紧密，如果几个村合并，不需要大规模搬迁，劳民伤财，也不存在地离人太远照顾不到的问题，所以大家担心的这几点主要的问题就已经不存在了……其次，我们村正在计划有机果蔬种植、药材种植等好几个通过网络平台销售的项目，之前取得的成果大家也都看得到，一旦咱几个村合并，土地扩大，种植面积规模化，那未来产生的经济效益将是不可估量的。再者说了，现在经济发达了，城里人没事都爱跳个广场舞，咱村里的老头儿老太太就老说没地方活动，一旦村与村合并，咱们就辟出一块地，一起建一个广场，让大家伙儿也在广场上跳跳舞搞个业余活动，多好的事，大家说是不！最后一点，今年省上再次把评选十佳美丽乡村的任务交给了咱们，咱们大丰源这一次一定要一鸣惊人！"

台下县委书记边听边点头，村书记们正交头接耳："我看这事能弄。"张家峪的村书记说道："这些事单独放在哪个村那都干不成么。"众人认可，柳二奎刚开始低头梗着脖子不说话，听着听着，眼都直了。秦奋发言结束的时候，所有人都热烈地鼓掌。

柳二奎站起来激动地说："秦奋，我可是听了你的话把我们村交出去了，到时候要是搞不好，我唯你是问！"秦奋听了道："这事，咱要办，就必须办好！"县委书记说："那咱还用投票表决不？"所有人纷纷表示自己的村子同意："我们村也是！"秦奋明显地松了一口气，露出了欣喜的笑容。

秦奋的计划不久后开始实施，他有时会亲自指挥修剪村里柏油马路边上的绿植。秦学安和各个村的村书记一起安排工作，实地检查，各村村书记也挨家挨户去村里人家里走访，向村里人宣传新村建设……

新的乡村逐渐建了起来，连排的小洋楼盖了起来，地里一排排整整齐齐的大棚格外亮眼，新的广场上，村里的大妈们穿着红色的洋装跳起了广场舞。

金水县委大楼的会议室内，主席台上，秦学诚正在做宣讲报告："很高兴能回到金水来跟大家讲讲党的十九大报告。我是从农村出去的，是咱金水的儿子，是农民的儿子，上大学和工作以来，一直是跟'三农'打交道。党的十九大报告中，我最大的感悟就是，报告提出了实施乡村振兴战略，必须始终把解决好'三农'问题作为全党工作的重中之重，打赢脱贫攻坚战的需要。全面建成小康社会，一个不能少，共同富裕的路上，一个不能掉队，要脱真贫，真脱贫。"台下坐了王方圆、李书记等人。听众纷纷鼓掌。

报告结束，听众走完之后，王方圆和李书记走上主席台。李书记与秦学诚握手："秦老师，您刚才讲的真是道出了农民的心声，通俗易懂。"秦学诚笑道："也是老党员了，责无旁贷啊。"王方圆向秦学诚道出了自己的不情之请："回丰源，在金水现代农业的模范村丰源也讲讲十九大。"秦学诚说："在丰源讲就不能这样讲了。"王方圆有些困惑，秦学诚的意思是，跟农民讲不能像上课一样古板，要到田间地头，像拉家常一样跟大家讲。李书记听出原来秦学诚早有此意，就叫人去安排。秦学诚制止道："不用专门安排，咱就随意走走看看，跟农民拉拉呱儿，农村叫串门儿。对了，不光丰源要去，其他村也要去。"

在地头，三五个村民从塑料大棚里出来，有三金、卷毛，身后跟着秦学诚。秦学诚询问了大棚的种植情况，三金和卷毛都回答很好。秦学诚说道："看来能挣不少钱啊？"

卷毛笑说："都是秦奋和学安的功劳呢。哥，你还没回家呢吧？"

秦学诚答道：我是来工作的，宣讲十九大。卷毛一拍大腿："我知道，学安和秦奋都带着我们学习过了。"秦学诚好奇地说："是不？有啥感受？"卷毛有些得意："学安还让我编了快板呢，我给你唱——！"

　　打竹板，啪啪响，我把赞歌献给党。

　　十九大报告传四方，开启改革开放的新篇章。

　　人民生活美美美，五年成绩棒棒棒，

　　打虎拍蝇准准准，党的领导杠杠杠。

秦学诚打断他："行了行了，学安就会这一套。我问你，十九大提出的乡村振兴计划，你清楚不？"卷毛不好意思地挠挠头，笑着说："我就会说快板，都是背下的词。你给我讲讲。"

秦学诚严肃起来，卷毛和三金等村民围在一起听："启动实施乡村振兴战略，这对我们是一个非常好的机遇。"卷毛有些疑惑："这个乡村振兴战略我们光知道是个好词，电视上听，报纸上看，就是不晓得怎么个搞法。"秦学诚解释道："说白了，这是今后农村发展的方向和目标，就是要让咱们农村环境越来越好，经济越来越富裕，腰包越来越鼓，日子越过越好。""就是说农民的好日子还在后头呢？"秦学诚回答："那也要靠你自己勤劳致富。"三金说："我家承包地多，对我来说，第二轮土地承包到期后再延长三十年，可以算是吃上了'定心丸'，我就可以踏踏实实当职业农民了。"

新的丰源村村委会广场里坐满了参会的人。台上，高满仓正在宣布新村长人选，他拿着公示表，环顾着台下的所有人，庄严宣布："丰源村新村主任的选举结果现在已经出来了！"台下，所有人屏住呼吸，注视着秦学安。秦学安清清嗓子宣布："秦奋，510票！柳二奎，301票！"所有人一边鼓掌一边伸着脖子看前排坐着的秦奋。包三凤笑着说："秦奋，大家都等着你呢，快上台跟大家说说你的感想啊。"

秦奋点头，起身上台，神情激昂地说："从我记事起，咱们村就是个非常美丽的村庄，在我出国上学的几年里，总会想起夜晚村里大槐树下的繁星点点和金水河潺潺的流水声。总书记说，乡村要记得住乡愁，这句话点醒了我，让我明白了自己的方向在哪里……"他的眼中闪着光芒，台下掌声雷动，所有人振奋、激动，秦学安也看着儿子露出欣慰的微笑。

会议结束后，秦学安和秦奋走在回家的村路上，秦奋难掩兴奋，脸上一直挂着笑。

秦学安提醒他："这次选上了，那是村里人信任你，你可别刚当上就翘尾巴，要给村里人办实事，带着村里人致富谋发展。""爸，这还用您说，从小我就看着您给村里人干这干那，耳濡目染。这次当上新村的村主任，我就是抱着给村里人谋福利的心去的。再说您是我爸，对我就没点信心？"秦学安看着前头的路："看你说的，你当上村主任，爸这心里，骄傲得很！"秦奋惊喜地问："真的？"秦学安向前快步走了几步，故作严肃地说："你妈应该把饭都做好了吧，赶紧走，回家吃饭。"秦奋看着父亲的样子笑了，快步赶上去："让妈做几个好菜，咱爷儿俩喝两杯。"

秦奋和秦学安回到家中，秦学诚已经在家等他们了，一见到父子俩，起身打招呼："哥，秦奋。"秦学安有些惊喜："学诚，你咋回来了？"秦学诚回答："我是回来宣讲十九大精神的。在村里四处走了走，你们宣传得不错嘛。"秦学安高兴地说："那当然，我也是老党员了呢。村委会成天学习呢。"一旁的秦奋也急忙插话："叔，我也是党员了呢。"秦学诚夸赞秦奋："你这几年工作成效很突出啊，不愧是学以致用啊。说说你对农村工作的看法。"秦奋胸有成竹地说："实现中国梦，基础在'三农'。通过这几年的实践，我更加明白了，没有农业现代化，就没有农村的繁荣富强，就没有农民的安居乐业。乡村振兴，愿景美好，方向明确，但也任重道远，我在丰源做的，只是做了一个开路人的工作。"这时赵秀娟端出饭菜来，打断了他们的对话："行了行了，快来吃饭吧。吃了饭有的是时间。"秦学诚四处张望："秦俭去哪儿了？咋没见他。"秦学安一边摆菜一边回答："今天周末，旅游区游客多，这会儿他和爷爷正在旅游区卖麦秆画呢。"秦奋的嘴快："叔，秦俭谈恋爱了。是包谷家的三凤。"

一栋新建的五六层小楼，正是新丰源村的村委会。会议室里，原来各个村的村主任都成了新村委会的村委，正围坐在长会议桌前开会。秦学安、张晓斌被特邀参加，坐在后排靠墙的椅子上。秦奋讲道："合村已经完成，咱们必须马上踏上新的征程，摆在咱们面前有两个艰巨的任务：一是继续实行精准扶贫政策；二是参加年底的十佳美丽乡村评比。摆在咱们面前最重要的就是扶贫了，因为如果我们的贫困人口还有很多，我都没脸去参加这个十佳美丽乡村评比了。"张晓斌在后排补充道："十佳美丽乡村对于脱贫也是有数字指标要求的，如果不达标，是没有资格参加十佳美丽乡村评选的。"秦奋又说："咱们刚合了村，我再重申一下扶贫政策。去年，习近平总书记在重庆调研时强调：扶贫开发成败系于精准，要找准'穷根'、明确靶向，量身定做、对症下药，真正扶到点上、扶到根上。脱贫摘帽要坚持成熟一个摘一个，既防止不思进取、等靠要，又防止揠苗助长、图虚名。"柳二奎一向很犀利："这个大家都学习了，秦奋你就说你准备怎么干吧。"

秦奋："我还得说，精准扶贫，贵在精准，重在精准，成败之举在于精准。各个村的贫困户评定已经进行了吧？"各个村主任确定都已经评定。

"大家把数字报上来，咱们一户一户地说！"柳二奎道："我先说，柳家窑现在评定的贫困户有七家，有三家是因病返贫，还有两家是孤寡老人，一家是遭遇了重大变故，最后也是最难办的是柳利家，他一个四十岁的老光棍儿，没别的，就是懒！"秦奋低头做着笔记，张家峪的村书记接着说："我们那里也有十多户，最难办的是住在山顶上的福牛福猪兄弟。"随后众人都参与了发言与讨论……

晚上回到家，秦学安和秦奋父子俩在桌子跟前坐着，桌上放着一本画满了标记的册子，里面总结了白天开会的内容。秦学安翻着本子，充满担忧："总共算下来，符合要求的大约有二十户。任务还是蛮重的。"秦奋的心情也很低落："我没有想到咱们丰源，包叔家竟然……"秦学安叹气："说起来丢人啊，包谷地可是这二十年一直跟着我干的，但是你也知道年轻的时候，他腿摔坏了，大凤也……后来就一直好不起来了，这个我有责任。"秦奋想了想："咱们一起给包叔做工作。这几天我的感触很深。通过这几天我觉得才真的了解了咱们新村，以前只知道哪里适合种什么、哪里应该怎么开发，现在我才明白一个村里真正重要的是人，才明白了啥是真正的'以人为本'。"秦学安觉得很欣慰："你能想到这些，就说明这几天咱没白干！"这时，推门声响起，原来是秦学诚从屋外进来，两人惊喜起身。

"学诚，你咋回来了？"

"给你们一个惊喜，回来啦。"秦学安神情严肃地说："为秦俭的事儿？"秦学诚笑："真是什么也瞒不住你，秦俭的事情，咱爸给我打电话了！"秦学安这才放下心，点头道："哦，那是好事，是好事。"

村口的大槐树下，台上的黑板上写着几个字"精准扶贫动员大会"，台下坐着很多村民。包谷地在底下好奇地问旁边的人："啥是动员会？这动员会叫咱来干啥？"金莲也摸不着头脑："不知道，我也奇怪呢。说是中央下来的人给咱讲话。"包谷地一听扬起了脸骄傲地说："那我知道，讲话的是我兄弟学安他弟——学诚，在北京当大官呢。"金莲连忙戳他："哎，上台了上台了！"

秦学安走到台上："今天的主题相信大家都看到了，就是精准扶贫，过去咱也扶贫，几百块钱，几斤大米白面，大伙儿一吃一喝没了，来年啊还是穷！"卷毛提出了第一个问题："那精准扶贫咋个扶？"秦学安："既然你问了，那咱就拿你举例子吧！大米白面没有了！你啊，有手有脚，村里负责给你联系工作，咱定好日子、定好目标！"卷毛似乎明白了一点："那就是说这大米白面得靠我自个儿挣呗？"秦学安笑："对喽！"卷毛灰头土脸地坐下。秦学安继续讲，大家都听得很认真。

秦奋拿着名单上台："我来说一下咱村重点扶持的几户人家，分别是张家峪的福牛福猪兄弟俩、柳家窑的柳利、寡妇金莲和丰源的包谷地叔。"台下的包谷地正和旁边的人说笑，一听到自己名字，笑容立刻消失："啥？你刚说的这些人里还有我？"秦奋有点紧张，不知道怎么和他解释："是，叔，你也被归在咱这次的贫困户里了，以后你们家的问题我们会根据具体情况给您解决。"包谷地急了，站起来说："我咋就成贫困户了？"秦奋解释："这是咱根据这次扶贫的标准精准识别的，您家的住房面积不达标，符合贫困标准！"包谷地直直地往外头走，嘴里嘟囔着："这事弄的，丢人，我要是被识别上了，这说出去老脸往哪儿搁？不行，这啥精准扶贫我不参与！"秦奋大喊："叔！"包谷地头也不回，边走边喊："我不参与！别胡说！"留下众人大眼瞪小眼，秦奋反应过来，跑下台追了上去。

包谷地家里，金银花正在鸡圈喂鸡，包谷地推门而入，动静不小，金银花疑惑地问："不是开会呢么，咋这么快就回来了？"包谷地闷声不响地坐在躺椅上，闭上眼睛。秦奋紧接着推门而进，看到金银花打招呼："婶儿，在家呢！"金银花指指包谷地："秦奋啊，你看这……"秦奋示意她放心，顺手拿起一个小板凳坐到了旁边，小声叫："叔。"包谷地仍然紧闭着眼，不理他。秦奋继续说："我知道您对刚宣布的扶贫名单有意见……""啥扶贫名单？给钱吗？"金银花打断了秦奋的话，包谷地抬头看了一眼金银花："赶紧喂你的鸡去！"金银花来了脾气，把水往桌上一蹾："咋？我不能问？我不是这家里的人？"

在山上有一户独立的人家，门外是有些陡峭的山路。这户人家，连个电视都没有，更别说像样的家用电器，秦奋坐在小椅子上四处看了看。福牛福猪兄弟——这户的主人坐在炕上。福牛跟秦奋诉苦："就是之前，二爷突然联系我们，说远房有个三舅要一笔钱做生意，让我们给做担保人。"福猪抢话道："银行的事我们哪儿懂啊，当时说的是我们当了这个担保人就给我们一人一万块，咱庄稼人，哪听过这么多钱，而且想着亲戚也不会坑咱，立马就同意了。"福牛接过话："结果，就成了现在这样了，那个亲戚后来生意失败了，跑了，人家银行就找到我俩，让我俩还钱。那么大几十万，我俩哪能还得清啊！你们也看到了，这几年家里值点钱的，都给拿走了，现在真是啥都不剩。"俩人都垂头丧气，福猪继续说："俺俩本来是搞药材的，这下好了，净还债了，而且经过这事，我俩再去银行贷款，人家说我俩上了黑名单了，不符合贷款资格，想继续做生意都做不成。"福牛提起这些不堪回首的事情，在一边用手捂住脸，长长地叹息。秦奋之前对这些情况都有了解，他问福猪福牛兄弟："那如果能贷款，你们准备干啥？"

福牛听见"贷款"两个字一下子仰起脸:"能贷款?我们肯定继续做药材啊,我家一直都是做这个的,出那事之前,我俩的药材一直都卖得最好。"福猪急着说:"因为我俩会挑,有这个眼力,祖传的手艺。"说到这在行的,两人才露出笑容。秦奋领会了,将这些看在眼里:"既然你俩有打算,那贷款的事包在我身上。对了,现在有这么一个事,咱们新村的药材厂也要扩大规模,在招质量检测人员,你俩要是有兴趣,也可以去那试试,不想去咱自己做供货商也挺好,总之村里给提供便利,具体你们自己选择。你俩觉得怎么样?"福牛福猪激动地握住彼此的手:"太好了!"

秦家院子里,灯火通明,秦有粮、秦学安、秦学诚坐在小圆桌前说话。屋檐下,秦奋在看秦俭的麦秆画。小花坛边,赵秀娟在绣十字绣、褚之云帮忙整理线。

秦学安听秦学诚说了去包家的事:"这么说金银花嫂子不反对?"秦学诚:"可包大哥似乎……"秦有粮说:"三凤这孩子主意大着呢!只要两个娃娃好,谁也不亏!"赵秀娟也在一旁讨论秦俭和三凤的事:"之云,不瞒你说,秦俭这孩子心眼儿好着呢!"褚之云点点头:"要是能把这个事儿给定下来,我心里的石头也算落了地了!"

赵秀娟放下手里的活儿:"原本这事儿让学安出面,八九不离十,可眼下这当口,又出了扶贫这个事儿,包大哥那边恹气呢!"

包谷地正在看电视,金银花进来,直接问:"三凤的事儿你到底咋想的?"

包谷地果然还在恹气:"不知道!"金银花自顾自地絮叨起来:"要我说啊,这是好事儿!学诚两口子都是城市户口,咱三凤嫁过去吃不了亏,这要早几年,光一个户口就得不少钱呢!"包谷地听见金银花说钱就来气:"钱钱钱!钻钱眼儿里得了!"

"你跟我嚷嚷啥?"正准备和包谷地理论,手机响了,金银花看了一眼:"得,三凤的!"她接听,三凤说着:"妈,我爸电话咋关机了?"金银花瞪了一眼包谷地:"你爸呀,风病又犯了!"三凤早就清楚父母的脾气:"啊?你俩是不是又吵架了?你把电话给我爸,我有话跟他说!"金银花把手机伸到包谷地面前:"给,三凤要跟你说话!"包谷地一接过电话就气冲冲地说:"要是说你跟秦俭的事儿，就啥也别说了，我不想听！"三凤疑惑地问："你不是挺喜欢秦俭吗？这是咋了？"包谷地急了："这能一样吗？凤啊，这是你一辈子的事儿！"

秦学安的声音突然在院子里响起："包大哥……"包谷地匆匆挂了电话，秦学安推门进来。包谷地一脸不屑地说："学安，你不会也是来当说客的吧？"秦学安一笑："啥说客不说客的？"包谷地眼睛一斜："你不是为秦俭的事儿来的？""娃娃们的事儿先往后放一放，先说精准扶贫，你们家是我定的……"秦学安没有给包谷地打断他的机会，继续说下去，"不过呢，这还不是最终名单，只是咱们村上的摸底名单，镇上、县里都要来人调查，严着呢！"包谷地问："这么说还不一定呢？"

秦学安环顾了一下包谷地家的老房子，为难地说："不过啊，也八九不离十！这房子得有二十来年了吧？"金银花立刻回答："二十一年六个月！"秦学安接着说："老房子下雨啥的有危险。"包谷地依然很不屑："那也用不着麻烦政府，我自个儿想办法！"

金银花气得憋出一句："犟驴！"

柳家窑，柳二奎带着秦奋走进柳利家，光棍儿柳利兴奋地跑来迎接。柳二奎一脸嫌弃地说："柳利啊，咱们大丰源村的村书记秦奋来看你了。"柳利显得很激动："来得早不如来得巧，我刚炖上羊肉，一起吃！"说着柳利进里屋麻利地端出一锅羊肉。柳二奎诧异地看着他："你还有钱买羊肉？"柳利笑嘻嘻地说："韩书记，这是你送的啊？"柳二奎惊讶地睁大了眼睛："你给炖了？这是给你的扶贫项目，让你养了卖钱的！"柳利摆摆手："那养羊多费事啊，还得伺候它吃，伺候它睡，还得给它打扫羊圈，你看看我这屋，我自己都懒得打扫，还伺候它！"谈话间秦奋扫视着柳利家，真的是邋遢至极，好几天的垃圾都堵在门口，床上的被子也没叠。灶台边上，几天吃饭的饭碗都堆在里面没洗，有些发臭。柳二奎头疼得不行："你呀，这羊是给你扶贫的啊！"柳利还是笑嘻嘻的："对着呢，我就是贫困啊，都贫困得饿肚子了，所以你们才送羊过来！""但是我们也不能天天给你送羊啊。"秦奋听不下去了。柳利一副死猪不怕开水烫的样子："反正我天天是贫困户，你们只要扶贫就要扶我，扶我的贫就不要费那么多工夫劝我干这干那了，只要送羊来就行。"

"那可不一定！"说着秦奋坐下，打开文件夹，念起一段文字来：这是国家评定贫困户的标准。柳利听完："我符合的啊！"秦奋笑笑，又念起来："有下列情形之一的农户，不得评为贫困户。"柳利有些紧张，"这上面的第六条：因赌博、吸毒、好逸恶劳等原因致贫的农户……"柳利转着眼珠听着："我不赌博，我没钱赌博！"秦奋反驳："但是你什么也不干，就等着扶贫干部给你送羊，这算不算好逸恶劳？"柳利低头不说话了。"我不知道你咋想的，反正我活这么大，我相信一件事。世上没有免费的午餐，我们扶贫，是帮助你用自己的双手致富，但绝不是供养你好逸恶劳，贫困是困难，但绝不是光荣！"柳利感觉有些不好意思，说话吞吞吐吐。秦奋亮出最后的办法："如果你一直这样下去，我们就要把你从扶贫名单上拿下去了。"柳利为难地说："可是我……我啥也不会啊。"秦奋立刻提出了建议："不会可以学啊。这样，你去我们丰源的中药厂上班，我找人带你。"柳利又为难起来："我……我起不来。"

出了柳利家，秦奋和柳二奎走着。柳二奎特别生气，一副恨铁不成钢的样子："羞先人了，真是丢我们柳家窑的人！"秦奋还在想刚才柳利的话："他真的起不来？"柳二奎回答："以前我们安排他去过我们的村办企业，但是没两天就不去了……"秦奋说："这次他不敢了，因为我看他明白我读那条文件的意思了。"

柳二奎还是心有余悸："但是他这个好逸恶劳的性子，真的，我就没在上午见过他，每天都睡到日上三竿！"秦奋有了主意，笑着趴在柳二奎耳朵边说着……

在后山养殖场内，一只只毛色鲜亮、活蹦乱跳的特种山羊正欢快地享受着主人抛撒的青菜、粮食。赵秀娟一边撒着粮食，一边带着金莲参观。金莲忍不住夸赞："姐，这些羊真好看！"赵秀娟答道："这些啊叫布尔山羊，性情温顺，观赏性好，皮毛也好！"金莲有点担心："可我这啥也不会，能养好吗？"赵秀娟笑了："我呀每个礼拜给大家伙儿集中教，这是我那宝贝儿子给定的任务！"两人笑了起来。金莲去收拾院子，秦学安进来了，问："你这儿咋样？""挺好，大伙儿都挺乐意！包大哥那边咋样？秦俭的事儿说了吗？"赵秀娟放下手里的活。

秦学安轻轻叹气："别提了！油盐不进！"忽然刮起了一阵风，远处雷声响起。两人赶忙把羊赶进羊圈里。

雨果真下得很大，包谷地家炕上、地上放满了接水的盆盆罐罐，雨水顺着房屋的缝隙倾泻而下。包谷地起身："不行，我得上房顶看看去！"金银花在角落里瑟瑟发抖："不要命了你！这么大的雨！"话音刚落，房梁上传来"咯吱咯吱"的声响，金银花抬头一看，一根椽开裂了。她开始抽泣："房子要塌了！"包谷地训斥道："胡说啥？"金银花指着头顶说："你看那儿！"包谷地抬头看了一眼，表情有些紧张，但又强装镇定："这又不是头一回！雨停了就没事儿了！"

秦学安的声音响起："包大哥——"他穿着雨衣进屋，匆匆看了一眼，又看看房梁，面色突变："快走！这房子要塌！"包谷地扭头："我不走！"秦学安着急了："你看这椽子，我可是木匠！"说完他冲过去拉包谷地，俩人拉扯着到了门口，金银花突然冲过来，猛地把包谷地推到了院子里，包谷地、秦学安摔倒在泥水中。

他们身后的房子轰然倒塌。包谷地愣住了，突然，他撕心裂肺地喊了一声"金银花！！"然后发疯似的冲上去，用手在坍塌的废墟上刨了起来。秦学安赶紧打电话："快！多带点人来！"然后他放下手机就帮忙刨起来："金银花嫂……金银花嫂……"

随后秦奋、张晓斌与一众村民纷纷赶到。众人刚要上前，秦学安用手势示意他们停下，然后俯身听。废墟下传来微弱的声音，是金银花在说："救我……"

第二天，众人齐聚在病房里，阳光洒在洁白的床铺上，秦俭、三凤坐在窗前。三凤满脸泪水，金银花笑着看着俩人。她拍拍三凤："行啦！别哭了！我这不是好好的吗？"三凤抹着眼泪说："啥没事儿？早说给你们翻新房子，就是不让！"

金银花无奈地说："你爸呀那是穷怕了，有点钱就想攥在手上，生怕从指头缝里给跑了……这回好了，算是因祸得福了。你爸啥都听我的，你俩呀抓紧把事儿定下……"

病房外，秦学安、包谷地两人坐在休息椅上。包谷地垂着头："学安哪，你说咱俩处了一辈子了，我啥都听你的，这老了老了，咋就顶上了呢？"秦学安安慰他："这不怪你！你说你跟了我这么些年，到了还成了贫困户，别说你脸上挂不住，我这脸上也不光彩呀！"包谷地说："我昨儿个坐在这走廊里算了算，这些年跟着你没少挣钱，可手里没攒下钱。一来呢，是因为大凤；二来呢，是因为狗娃这臭小子不成器，那就是个无底洞啊！你说说，家里出了这么大的事儿，到现在连个人影都看不着！谁说女大不中留？我看呀，这只要成器，男娃女娃都是咱的骨肉！"秦学安看着他笑了一下："难得你能看开！不瞒你说，把你名字报上去跟狗娃有关系！"包谷地感到疑惑。秦学安解释："娃好着呢！只是狗娃这些年跟着柳利没少惹事儿，我呀准备把村里这些不懂事儿的一勺给烩喽！"包谷地思考着："你是说——？""没错儿！让他们进公司上班！"包谷地表示赞同。

秦学安掏出一个病历，包谷地疑惑地看了一眼秦学安，接过病历翻看起来。

包谷地问道："秦俭这孩子真的没事儿了？"秦学安解释："学诚和之云成天不在家，把孩子扔给保姆，这才落下了病根儿！他自打来咱丰源村，就没犯过，就这样学诚和之云还不放心，每年都带到北京去检查。六岁往后，这每年的结果都正常！"

包谷地还是心有余悸，秦学安继续说："我也不瞒你，这个病除不了根，可只要不受大的刺激，就跟正常人一样！今儿把实话撂给你，就是不想让你心里有啥负担。你点头呢，我们以后就是亲上亲；你摇头呢，我也不怪你，咱们还是兄弟！"

包谷地听明白了，感慨道："我包谷地没看错人！难为你能说得这么明白！我先前不同意呢，是三凤跟我说秦俭的病好了，可我上县医院问了，人家医生说这病压根儿治不好，我这才起疑心……"秦学安拍拍包谷地的肩膀："包大哥，话到了这个份儿上了，咱啥也别说了！嫂子出院以后，先张罗着给你把房子盖起来！"

柳利家，墙上的挂钟积满了灰尘。指针指向十点钟，柳利还在被窝里睡觉。突然，门外响起了很大的音乐声，柳利从睡梦里惊醒，烦躁地喊："这一大早的，吵吵啥呢。"说完，他从床上爬起来，套上衣服走出门看。出门的一刻，好久不见阳光的他连忙拿手遮住了眼前的光，稳住了一看，原来村上的广场舞队伍就在他家跟前跳起了舞。柳利上前制止："哎哎哎，你们干吗呢？"一个婶子开心地跳着："跳舞啊。"柳利一头雾水："谁让你们在我门口跳的。"婶子继续跳："这你可管不着！"柳利生了一肚子气："去去去，赶紧给我走！"心里想：这个秦奋，除了他还有谁能想出这馊主意？说完，他往村里跑去。

柳利路过村口的大槐树，一路上遇到的村里人都对他指指点点，笑得前仰后合。柳利遇到三十六计，忍不住发火了："咋了，你这是笑啥呢？"三十六计见他一副什么都不知道的样子，更加想笑："柳利啊，你现在可是新丰源村的大名人了，你还不知道啊？"柳利丈二和尚摸不着头脑："知道啥？"三十六计拿出手机，翻开秦奋的朋友圈，赫然出现一张柳利家乱七八糟、衣服上还有鸡屎的照片。酸汤婶道："我说柳利，你这也太不讲究了，怪不得现在还打光棍儿，就你这样，哪个姑娘敢跟你说话。"柳利看着照片觉得糟心："去去去，赶紧滚。好啊，这个秦奋，摆明了想整我。好啊。"他边说着，边往村委会跑去。

秦奋人还在村委会屋里，就听到屋外头柳利的叫声，"好啊你个秦奋！"秦奋笑着对秦学安说："好戏开场了！"秦学安疑惑地看着儿子。柳利一见到秦奋就开始理论："秦奋你这样还让不让我找媳妇了？弄了一群大妈在我门口吵我就算了，还把我家照片发朋友圈，摆明了臊我是不是？"秦奋强忍着笑："我这哪是臊你，还不是为了激励你。我看挺有用的嘛，这床也起来了，还知道臊，说明还有救。"柳利被他这么一说，脸红地小声说："说谁没救呢！"秦奋从桌上拿起电脑，打开网页，示意他看看，柳利狐疑地看着。网页上是村里大片的有机农业的介绍和图片展示。柳利自己翻着屏幕往下看。秦奋斜着眼睛看柳利，试探道："你这电脑用得挺好的。"柳利有点小得意："真当我是文盲啊，我可是在游戏厅里泡出来的。""哎，正好，我这儿有个新游戏，试试？"柳利回道："试试就试试！"

秦奋打开游戏，柳利玩得津津有味，不断得分。秦奋对着秦学安点点头。柳利高兴地喊出来："通关了！"秦奋、秦学安过来一看，柳利得了满分。看到柳利原来有这样的能力，秦奋的脸上充满了惊喜。柳利疑惑地说道："秦奋，我说你费这么大劲儿把我弄来就是打游戏啊？"秦奋对他说："要是有一个岗位，既能打游戏，还给你发工资，干不干？"柳利眼睛放光："还有这好事儿？"秦奋解释："你刚才玩的这个就是咱们旅游项目的网游推广！以后会定期推出新游戏，一来呢，给咱们的旅游做宣传，二来呢，也是咱们网上旅游的一部分，我们需要十个懂行的鉴定专家！"柳利半信半疑，再次确认道："你说的是真的？"

他疑惑地看了看秦学安，秦学安点点头，柳利兴奋地抱住秦奋："我这不是在做梦吧！"三人均笑了。

包谷地家新起的砖墙已经到顶，院子里热火朝天。金银花跟赵秀娟抬来一大桶水。金银花一碗一碗地舀上："来，大伙儿都歇会儿，喝口热茶！"

村口，秦学安、赵秀娟、秦有粮、秦奋、秦俭站在路口，送秦学诚和褚之云上车。大巴开走，秦俭向越开越远的车挥手。秦学诚、褚之云并排坐着，不时地回头看着外面。秦学诚道："别看了，山挡住了！"褚之云用手抹眼泪，秦学诚递给她一张纸巾："听你的，婚礼咱在北京办！"褚之云抹抹眼睛："少来了你！秦俭昨晚就说了，人家俩人准备出去旅行结婚！"秦学诚应和道："只要孩子乐意，咱咋都行！三凤我是知道的，亏不了咱秦俭！"褚之云感慨亏欠孩子的太多，秦学诚道："是啊！这么些年，我忙着搞调研，你天天钻实验室，确实亏了孩子，不过啊，值！看看农村这些年来的变化，有多少像你我这样的人在为之奋斗啊！"褚之云把头靠在秦学诚的肩膀上，秦学诚轻轻地揽着褚之云。俩人的目光一起投向车窗外。

包谷地的农家乐开业，村里人纷纷去祝贺，一桌一桌地足足坐了三十桌。宴席开始前，大家都看着中间的包谷地。包谷地清清嗓子发言："今天我能开起这个农家乐，多亏了大伙儿帮忙，我也不会说啥大理儿，谢谢！谢谢大伙儿！吃好喝好啊！"

村民们纷纷举杯应和。每桌都热热闹闹的，有些在划拳，有些在念叨着村里事。

赵秀娟一桌上，柳利和金莲坐在了一起，柳利穿了一件崭新的白衬衣，金莲一直害羞地低着头，柳利没话找话，先开口了："秋英婶早就跟我说过你，说你漂亮，我不信，今天一看，果然！"金莲听了头埋得更低了。虽然金莲没回话，柳利还是接着说："咱俩交个朋友，你觉得我咋样？"金莲嗓子挤出蚊子一样的声音："行。"柳利又和金莲讲了村子里搞有机农业，自己专门负责设备检测、维修、数据记录，每天和电脑、设备打交道。金莲又小声说："你还懂电脑呢！"

柳利脸上有些得意："那可不！我大专学的就是这个。"金莲笑了："你咋这么厉害。"赵秀娟看着旁边对话的两人，笑着跟柳利说："一会儿吃完饭我得去城里办点事，金莲就拜托你帮我送到家行不？"柳利满口答应，金莲脸更红了。周围的人都跟着起哄："柳利要谈恋爱了，不得敬大家一杯。"柳利激动地端起酒杯站起来："我敬大家！"说完一饮而尽，周围人起哄得更厉害了。

丰源村山坡上，柳利骑着摩托车带着金莲，金莲坐在后座上，抓着柳利。柳利迎着风喊道："金莲你扶着我，坐稳了。"金莲胆怯地说："我怕挠着你。""没事。抓好了安全。"金莲的手扶着柳利的腰，两人沉浸在温馨的气氛里。金莲先说起了家里事："我上面有个婆婆，秋英婶跟你说了没？""说了，我知道。金莲，我自己也打小没爹没妈，突然有了个婆婆，我觉得挺好。"金莲试探道："那咱俩要真成了，我婆婆得和咱俩一起住。"柳利回答："我都想好了，既然我现在已经有正式的工作了，也、也有你了，我打算今年就重新圈个院子，把房子重新修修，到时候你把咱妈接过来，一起住！"金莲惊讶地说："咱妈？"柳利坚定地回道："嗯！"

金莲的胳膊圈住柳利的腰，靠在了柳利背上。

转眼间就到了2017年秋，秦奋正带着新丰源村的村委和张晓斌等人在检查着村容村貌。眼前的柳家窑村经过半年的改造，村容村貌也已经像丰源村一样，干净整洁，绿树成行。秦奋感慨："半年多的时间，咱们的扶贫工作有了大突破。"柳二奎应道："是啊，从刚刚合村的二十多户，现在减到了三户！"张家峪的村书记也说："最难的几块骨头都啃下来了，其他都不是事！"众人哈哈大笑。秦奋接着说："接下来就是咱们要参加的十佳美丽乡村评选了，所以村容村貌很重要，咱们是省上推荐的，算是全国前三十了。接下来会下来一个专家团，决定我们能不能30进20，去北京参加决赛！不能马虎！"张晓斌补充道："'2017中国十佳最美乡村推介活动'已经启动了，今年就是以'绿水青山就是金山银山——乡村美中国梦'为主题，以产业兴旺、生态宜居、乡风文明、治理有效、生活富裕为标准。我们按照上级通知的专家评选团到咱们村的时间，决定咱们年初签订的那些国外的果蔬订单，就在专家团来的时候发货！直接沿着'丝绸之路'走，发到中亚和欧洲去，这也算产业兴旺了！"秦奋表示同时进行后山田园综合体旅游开发升级。柳二奎也接着说："乡风文明也没有问题，这个咱们本来就是文明大国，我想着到时候安排一些活动。"秦奋补充："不能光想着活动，最好咱们村民的基本素质要提升上去！"柳二奎被顶了，有些尴尬，嘟囔着："明白明白！"各个书记都发表了意见，张晓斌感慨："治理有效，也没有问题了，到时候，咱们的现代化农田管理系统上马，咱们的乡村物业管理中心也要挂牌。而且我的无人机我准备了一百架，给专家团看看一百架无人机集体起飞，浇灌农田的震撼场面！"最后，面对即将到来的考察专家团，秦奋布置了各项准备工作，大家分头负责。

丰源村新大牌坊下，秦奋带着村委会和乡亲们正在等待，一架无人机在空中飞翔着。远远地，公路上开来两辆小巴。无人机紧紧地跟着小巴，无人机的监控视频里，秦奋和操控无人机的张晓斌看到了小巴。张晓斌激动地说："来了来了！"柳二奎立刻转身对着身后的乡亲们喊道："锣鼓敲起来！"顿时锣鼓喧天，气氛热烈起来。小巴远远地停在了大牌坊前，专家团在王方圆的带领下一个个下车。张晓斌道："看我的！"他摁动遥控器上的一个按钮。远处，飞行在小巴上空的无人机，突然降下来一个大红的条幅，条幅上写着"青山绿水，五谷丰源！"

下车的专家们看到了无人机，都向着无人机打招呼，秦奋在监控视频里看着专家们下车，心里喜滋滋的。张晓斌得意地问："怎么样？我这招儿可以吧！"突然秦奋看到了老师雷恩和自己的前女友艾丽也从专家车上走下来，瞬间呆住了："艾丽？！"

迎接仪式结束后，大家一起来到了丰源村村委会。会议室里，王方圆正在向村委会成员介绍专家，介绍到了雷恩和艾丽："这一次很有幸，我们的专家评审团还请到了联合国粮农组织的专家雷恩和他的助手艾丽作为顾问。"雷恩笑着说："不用介绍我，刚刚我已经和秦奋拥抱过了。"艾丽则冷若冰霜，不看秦奋，秦奋有些失魂落魄地望着艾丽。雷恩看到秦奋失落的表情问："怎么，秦奋，不欢迎我们吗？"秦奋回过神儿来："欢迎，欢迎，太欢迎了。忘了给大家介绍了，雷恩是我在美国上学的时候的导师！"雷恩笑了："我为有你这样的学生而骄傲！"

秦奋望了一眼艾丽，艾丽依然转头不看秦奋，秦奋苦涩地笑了一下。

欢迎会过后，专家们走出来，雷恩和秦奋一起走在最后。雷恩看穿了秦奋的小心思："没有想到吧？"秦奋心中有些苦涩："没有想到，尤其是……""艾丽？"雷恩立刻接上，秦奋点头。雷恩说："我来的时候，需要一名助手，我希望她来，因为我觉得你们俩都是我最喜欢的学生。秦奋，加油啊，是不是来了之后，你还没有跟她打招呼？"秦奋垂着头，苦涩地笑笑。雷恩鼓励他："去吧！"秦奋鼓足勇气追上了艾丽："hi，艾丽，你好！"其实秦奋心里也没有想到很好的问候方式，可艾丽一点也不客气："这就是让你不舍得回到美国去的地方？"秦奋点头。艾丽打量着周围："我可要好好看看。"说着，她冷冷地快步往前走去。

秦奋在后面很无奈。

村里的街道上，秦奋正在向专家团介绍着村里的情况："我们在合并的新村里，购置了一大批的健身器材，开辟了文化广场……你们看这边，这是我们的老年人休闲中心。"艾丽打断了秦奋："对不起，这附近哪里有厕所？"秦奋指着不远处的一个厕所说："公共厕所也是我们村容村貌改变的一点，平均二百米之内，修建的就有公共厕所，离这里最近的在那边……"艾丽抱歉地走向厕所。秦奋继续介绍着："我们村在今年新开设了物业管理中心，建设了图书馆、文化室、电脑室、棋牌室等一系列的文化娱乐设施。"突然，厕所里传来一声惊叫，众人一惊！艾丽怒气冲冲地走出来："很抱歉，我希望评选团来看一下他们的公共厕所。"秦奋很震惊："有什么问题吗？"艾丽冷冷地说："问题太大了！"

夜晚，秦家人刚刚吃完晚饭，大家都情绪不高。赵秀娟有气无力地收走大家的碗筷。秦有粮想不通："那个厕所到底是怎么了？"秦学安愤愤地说："说是没有隔断，而且味道太难闻。这不是废话吗，厕所要是好闻了，那还是厕所吗？"

秦奋解释说："大，不是这个意思，其实我们的厕所确实存在问题，修建不少，但是并没有完全成为现代化的公厕。真正的好公厕，除味是必须做到的。"赵秀娟把碗筷放下："要我说啊，就是那个外国女人太挑剔！"秦学安附和道："对！这么挑剔的女人，怎么嫁人啊？"秦奋在一旁很无奈："她就是艾丽。"大家都愣住了，异口同声地说："艾丽？"秦俭回忆着："是不是……你原来的女朋友？"秦奋无奈地点头。秦学安说："完了完了，去年还能20进10，今年我看你老师是评委，我说这是好事啊，结果还有艾丽，这下完了。"秦奋给父亲打强心针："不会的，艾丽不会因为我们的关系，影响工作。"赵秀娟试探着鼓励秦奋："你要不要去找一下艾丽？"秦奋摆摆手："不了，我还是去检查一下明天的事情，检查团来三天，再也不能出岔子了。"说着，秦奋站起来走了出去。

第十八章

新　村

柳家窑的冷库门外，柳二奎带着几个汉子鬼鬼祟祟地打开冷库门。几个人从门口停着的一辆卡车上搬着箱子进入冷库，不一会儿，又从冷库里搬出来一些箱子装上了卡车。柳二奎锁上冷库，身旁一个村民问他："百万，我就不明白了，咱这是弄啥呢？"柳二奎："弄啥？他丰源村的苹果是合村之前签约的，最后卖出去的都是他丰源的水果，咱们的咋办？我这办法准行！"柳二奎锁好冷库，带着人上车，开车走了。墙根后转出来了柳利和金莲。金莲埋怨着："非要来这里，说没人，差点儿被柳二奎撞上。"柳利一直奇怪地望着走远的卡车，心里嘀咕：这柳二奎是干啥呢，搬来搬去的他不嫌累啊！

张守信家的院子里，整整齐齐地摆放着几十架第二天准备起飞的无人机，房间里，却传出了争吵声。张守信满脸怒气，张晓斌躲在柳叶儿背后。张晓斌说："妈，你快看，我爸他又瞪我！"柳叶儿着急了："都这会儿了，吹胡子瞪眼睛有啥用？"张守信生气地说："那你说，咋办？"柳叶儿劝着张守信："要我说呀，孩子乐意，就别拦了，再说，这也拦不住！"张守信不屑地说："乐意？张晓斌你跟我说说，从小到大，你啥时候懂过事儿？从前爷爷护着你，你想干啥就干啥！现在你爷爷没了，你也长大了，该懂事儿了吧？好嘛，这主意大的，一出又一出的！你眼里还有我这个爸吗？"张晓斌执拗地喊："爸，我就跟秦田谈得来，我就是喜欢她，想娶她，你们为啥拦着？难道要因为你们上一代的恩怨就拆散我们俩吗？这不公平！""公平？啥叫公平？其他的都能谈，但是我张守信也是有自尊的人，就是不跟他老秦家联姻！"张晓斌特别无语："我算是服了，专家团在村里，我们都忙成啥样了，咋就谈到这个了！"张守信接话："还不是我说秦奋出丑了，你护着他，就说到了秦田！"两人吵得不可开交，张晓斌扬言，只要评选上十佳最美乡村，就跟秦田去领证！"顶嘴是不？反了你了！"张晓斌气鼓鼓地往外走，走出了院门。张守信气呼呼地冲出来，一脚踢飞了摆放在第一排的一个无人机。无人机撞到了墙上，又落在了地上。柳叶儿劝不住，在一旁干着急："你干吗啊，无人机！"张守信气得不行："无人机怎么了？儿子不怕大，都没天理了，还无人机！"

说完他气鼓鼓地走进了房间里。柳叶儿捡起撞到墙根的无人机，看了看，没有少零件，又摆放到了原来的位置上。

在村子里的路上，张晓斌气鼓鼓地走着，和秦奋撞个正着。秦奋问："你这是咋了？"

张晓斌一屁股坐下："还不是我那个大，天天发神经。"秦奋担心活动的事，就劝他："先别管这些，你的无人机明天可不能出问题了！"张晓斌表示没问题后，秦奋又带他去检查第二天的各项参评工作，后山的田园综合体，无人机洒农药表演，还有给罗伯特的中亚订单的发货仪式等。

所有项目检查无误后，张晓斌和秦奋坐在村里的游客中心楼下的台阶上聊天。秦奋舒了口气："都看了，算是放心了。唉，你跟你爸又是为啥？"张晓斌只说了两个字："你姐。"秦奋点头："明白了。"张晓斌反问秦奋："你是咋了，我看你今天一天都失魂落魄的？"秦奋站起来望着对面的酒店楼上发呆。

张晓斌顺着秦奋的视线望去："看啥，那不是专家团住的地方吗？"

秦奋喃喃道："我心里的那个姑娘，就住在那里！"张晓斌一愣。

艾丽在酒店房间内，走到窗边，突然看到了楼下的秦奋和张晓斌，她思索着，走到了门口，关上了灯，然后走回窗边，静静地望着楼下的两人。

第二天一早，几十架无人机在地上摆放着。专家团、王方圆等领导、秦奋带领的乡亲们都兴奋地等待着。张晓斌操控着无人机："起飞！"几十架无人机腾空而起，众人鼓掌，接着无人机开始播洒农药，看起来一切顺利时，一架无人机突然从空中栽倒下来，直直地坠进了田里。所有人都傻眼了，柳叶儿一拍脑袋："哎呀，别是昨天那一架！"张守信一下子捂住了柳叶儿的嘴巴："别说话！"秦奋焦急地跑去张晓斌身边："怎么回事！关键时刻掉链子！"张晓斌紧张得快哭了："我也不知道啊！"艾丽冷冷地走过去，捡起了那架飞机，走了回来。

在村子的大牌坊下，几十辆大卡车一字排开，车上装满了已经装箱的水果。罗伯特和秦奋站在大牌坊下正中央。专家们和乡亲们在两旁观礼。秦奋站在话筒前宣布："今天我们就要履行和罗伯特先生的合约，四万斤水果，发货'一带一路'！"

罗伯特突然说："秦奋先生，有件事情，我要说一下，我想最后验一下货！"所有人都愣住了。秦奋疑惑地说："为什么？前段时间您不是通过视频完全监控了我们的种植、采摘装箱的全过程吗？"罗伯特解释道："就在昨天晚上，有人告诉我，你们今年的产量不够，所以你购买了其他品种的水果，冒充你们新研制的'青绿七号'！"

秦奋诧异地说："这不可能！"罗伯特坚持检查，要求随机打开一辆车。柳二奎装作不愿意地嘟囔道："瞎耽误工夫！"他走上一辆卡车，打开一箱，说："没问题，罗伯特，不信，你来看！"罗伯特微笑："继续！"柳二奎又打开一箱，愣住了。秦奋有点惊慌："老韩，怎么了？"柳二奎皱眉道："好像不对！"

罗伯特立刻严肃起来："秦奋先生，果真是这样的话，我觉得您存在欺诈行为！"秦奋的头一下嗡嗡响起来。艾丽在一旁说："如果这是真的，完全可以一票否决！"

秦奋和秦学安两人开碰头会。秦学安说："这个美丽乡村的评比呀，主要就是这几个指标，自然生态美、生活幸福美、文化和谐美、创新引领美，咱们挨个儿对。自然生态没问题，虽然比不了人家南方的江南水乡，但咱有咱的特色。生活幸福，这没得说，精准扶贫以来，贫困户都脱了贫。文化和谐，灵芝的生态园就是例子。创新美，咱有吗，秦奋？"秦奋回应父亲："爸，你说的这些都对，可这几张牌咱把重点放在哪儿？其他几个也说了，生态、生活、文化，别的村子也都有。我觉得咱的特色和优势就是这个创新。是咱产业结构的创新，业态类型的创新。"秦学安思索了一下："我有点明白了，你的意思是，咱要处处体现出这个新，把前面三样都装进这个创新中来，这样就能集中优势，让评委们一目了然地知道咱、记住咱。还是你脑子好使。战略上藐视，战术上重视。"

经历了前几次的失误，秦奋有些泄气，垂头丧气地带着专家团进入了后山的田园综合体。这里，山清水秀，游人如织。张灵芝带着秦奋四处看着、转着，秦奋不停指指点点，为大家讲解。

秦奋和张晓斌在走廊里垂头丧气的。秦奋质问张晓斌："这都是怎么了？怎么了！张晓斌，你昨晚跟我怎么说的！"张晓斌觉得委屈："我也不知道那个无人机出了什么问题，气死我了！"此时柳叶儿怯怯地走上楼梯，看到了张晓斌和秦奋。

柳叶儿在后面小声地说："秦奋，别骂我们晓斌了，不关他的事情，我是来自首的。昨天晚上他大生气，把一架无人机踢到墙上去了！"张晓斌又气又急："妈！你咋不跟我说啊！"柳叶儿怯怯地说："我看了看，也没啥事，就给你放回去了！"张晓斌气得到处乱转。秦奋示意他安静一点："行、行，搞清楚一件事情了，现在就差那个水果了。"柳利和金莲也从楼梯上上来，柳利大声说："水果的事情我知道，是柳二奎搞的鬼！"秦奋和张晓斌都是一愣，"昨晚上，我和金莲都看见了。"秦奋愤愤地说："看我怎么收拾他！"他突然想到什么，"柳叶儿婶子、柳利、金莲，你们怎么来了？"柳叶儿："不光我们来了，咱们村这会儿出了这么多娄子，大家都心疼你们，你看……"秦奋和张晓斌站在走廊上往楼下看，院子里站满了乡亲。秦学安、秦有粮、赵秀娟都站在其中。秦学安喊着："秦奋，这次输了也不怨你，我们都知道你们这些年轻人为了这次评比都几天几夜地熬着呢，不管能不能评选上，我们谢谢你们了！"

听到喊声，专家团的人在走廊的尽头，也打开了门，走出来站在走廊上。满院子的乡亲正在向秦奋鞠躬，都喊着："谢谢孩子们！"秦奋和张晓斌满脸泪水。

艾丽愣住了。雷恩说道："艾丽，也许这就是秦奋坚持要留在这里的原因！"

到了晚上，办公室的屋子里只剩柳二奎和秦奋俩人。秦奋看了一眼柳二奎，拉凳子坐下。柳二奎不认账："你说啥么？我听不明白！"秦奋眼睛直直地看着他："你知道我说啥！合并的时候咱可有言在先，劲儿往一处使，心往一处想！你倒好，干起这背后拆台的勾当了！"柳二奎见事情包不住了："既然挑明了，那我也明人不做暗事，事儿是我干的！怎么的吧？谁规定的，这罗伯特只能要你丰源村的水果，不能要我柳家窑的水果？"秦奋痛心地说："糊涂啊百万！咱们现在是一个村了，都是丰源！""一个村又怎么样？卖水果还不是先紧着你丰源村？"柳二奎不依不饶。秦奋耐着性子说："合着您还没有闹清楚啊，这水果卖出去的钱归谁？最后还是归到咱大丰源来，这钱可是要拿来给你们柳家窑建设新项目的。咱们新村的规划方案里边的高科技示范园，你柳家窑是重头，你们的土地全部可以入股，你自个儿算算账！"柳二奎吞吞吐吐道："那，我们那水果咋办？"

秦奋回答他："你们库存的水果我们已经在帮你们联系全国的超市，丰源今年的品种好，中亚和欧洲都喜欢，明年开始你们也种这个啊，也出口到欧洲去啊，你今年把咱们自己的牌子弄倒了，明年怎么办！"柳二奎这才明白了秦奋的计划，一时慌了神儿："这、这……我不知道啊！"秦奋气得够呛："你倒好，把你的普通水果换进来，还给罗伯特打电话验货，你以为这样，罗伯特就不要丰源村这批水果了，会要你原来种的那些？他只要这个全新的品种！"柳二奎悔恨不已，念叨着："对不起啊，秦奋，对不起！你放心，我捅下的娄子我自个儿想辙！我现在就去找罗伯特说清楚！"

村委会会议室里，秦奋等村委和王方圆等领导正在和专家团开会。专家团团长是一位老教授，他正在说话："原来我们真的准备取消丰源村的评选资格，但是今天一早，柳二奎和罗伯特先生找我们说明了情况。给罗伯特先生供应的货物全部验证清点，已经发货了，这个问题不存在了，而另一个问题，就是无人机，"说着他指指后排的张晓斌，"这位张同志的母亲昨天也来跟我们说明情况了。"雷恩补充："还有那口痰，我觉得那不应该是丰源村的人吐的，倒是张灵芝女士的举动让我感受到了丰源村的文明和包容。"王方圆对着专家团请求："各位专家，这一次评选出了各种状况，但是我们相信这其中有着各种各样的原因，我希望大家能再给丰源村一个机会！"艾丽补充："有一个问题是真实存在的，那就是公厕！"

秦奋马上接话："这个问题，我们马上整改！"王方圆谦逊地说："所以请专家团发自内心地评判，明天你们出发起程前，我们等待结果！"秦奋惴惴不安地点头，却看到了艾丽正看着他！

散会后艾丽走出来，秦奋追了上去："艾丽！"艾丽扭头，看不出表情："怎么了？"秦奋握着手，有点紧张："你们明天就要走了，我能邀请你到我家做客吗？"艾丽思索着，秦奋见她犹豫，立刻补充了一句："我希望最后争取一下。"

"争取你们能够通过这次评审？"

"不，争取你，我从来没有在心里抹去过你！"

秦家一家人围着桌子坐着，气氛稍显尴尬，秦奋和艾丽互相对视一眼，各自低头吃饭，赵秀娟偷偷踢秦学安，示意让秦学安表示表示，秦学安摇头。

赵秀娟尴尬地说："吃菜、吃菜！"艾丽回应："谢谢！"秦奋倒是显得很积极："艾丽，这是我妈专门为你准备的羊肉。"艾丽拒绝："你知道的，我不吃羊肉。"赵秀娟："这可是我养的黑头羊，不膻。"艾丽不好拒绝，秦奋鼓励地望着艾丽。艾丽用勺子舀起一勺，表情从怀疑到惊讶："太好吃了！"秦家人都笑了，悬着的心定下来。吃了一会儿，艾丽突然脸色尴尬起来，起身说："我想上个厕所。"赵秀娟立刻起来："艾丽，我带你去！"

两人走后，秦学安低声问秦奋："还行吧，你爸你妈，关键时刻不给你掉链子吧？"秦俭在一旁道："秦奋，我觉得挺好的。"秦奋担心："她有点洁癖，不知道咱们家的厕所她……"秦有粮笑着说："爷爷早就给你想到了，咱家厕所，现在里面有秘密武器！"赵秀娟带着艾丽笑嘻嘻地回来，秦奋很忐忑，小心翼翼地问："艾丽，没事吧？"艾丽回答："秦奋，你家的厕所有一种神秘的味道。"

秦奋有点不好意思："厕所那味道……"艾丽摇头："不是厕所的味道，是一种神秘的味道……"秦奋不解地望着秦有粮，秦有粮笑了："艾丽啊，我告诉你啊，我专门在我们家厕所里给你烧了艾叶！"艾丽疑惑，重复了一遍："艾叶？"秦奋解释："一种中草药，中国的传统文化之一。"艾丽思索着："其实你们的公厕也可以使用这种中草药！"秦奋一拍脑门儿："哎，你别说，艾丽，你给我提了醒了！"

饭罢，艾丽站在山坡上，看着不远处的丰源村，秦奋站在旁边，想要伸手去搂艾丽的肩头，却没信心地又放下了手。"我原谅你了！"艾丽的声音显得很轻松。秦奋一愣："啊？你是说评选？"艾丽俏皮地笑："不光是评选，"她继续望着远山和村庄，"这里好美啊，当我知道造就这一片青山绿水的，是你，当我去看了你们从前住的窑洞，也看了你们的规划图，还听到那些村民对你的赞美的时候……"秦奋心中有愧："这个世界上，我秦奋最对不起的人就是你！"艾丽轻轻地说:"爱情面前,没有谁对不起谁,只有愿不愿意!我想,我愿意重新开始认识你!"秦奋非常感动,一把抱住了她:"谢谢你,艾丽!"艾丽笑着说:"如果想要跟我重新开始,我也有一个小条件。"秦奋的心早已经飞到了天边:"什么?""你们丰源村要评上今年的十佳美丽乡村!"

在一个大型演播室内,电子屏幕上显示着:2017 中国十佳最美乡村评选总决赛。一块巨大的电子显示屏幕,分割成若干块,每一块上都是一个备选村子的现场直播。主持人解说道:"现在大家看到的,就是最终进入 2017 中国十佳最美乡村评选总决赛的二十个中国最美丽的乡村此时此刻的景象了。下面我们继续请乡村代表向大家介绍自己的村子,下面请安徽淮水村的村民代表刘海!"刘海拿着话筒器宇轩昂地走上来:"大家好!我是安徽淮水村的一名普通村民刘海,为什么别的村都是村党支部书记来宣讲,而我们村是我来呢,因为我的人生和淮水村息息相关……"说着刘海指向了大屏幕上的淮水村的现场直播……

此时正围坐在电视机前观看比赛的秦学安和赵秀娟都激动起来。赵秀娟激动地喊出来:"我家,我们村!"镜头里出现了钱跃进和赵秀娥,他们站在一处徽派建筑风格的庭院里。赵秀娥介绍:"我们后来下决心做起了徽派文化精品民宿,一砖一瓦,一花一草,我们都用心去做……"赵秀娟再次激动地喊:"我姐,我姐!"秦学安笑着说:"激动啥吗,一会儿还有你儿子呢!"

大型演播室内,主持人继续介绍:"接下来我们有请陕西丰源村党支部书记秦奋来向全国的电视观众介绍丰源村的情况!"秦奋大步走上前来,给大家鞠躬:"全国的电视观众们大家好!我是陕西丰源村党支部书记秦奋。丰源村历史文化悠久,正如我的名字,在那里生活着一群质朴、勤奋、聪慧的中国农民!"大屏幕上,丰源村的镜头变大,占满整个屏幕。秦奋解说道:"我们丰源的黑头羊特色养殖和中草药种植已经占了我们全村经济收入的 30%。我们的黑头羊,听音乐、做运动、喝山泉、吃精食,是通过和西农大的实验室合作,用现代科学技术饲养的,不仅肉质细嫩,营养丰富,保鲜时间持久,而且更有利于人体吸收。说到科技……"画面上,是成群的黑头羊,"丰源是科技之乡,在我们丰源,我们拥有全省唯一的无人机专利技术,拥有大批的最新农业科技化成果。"

　　此时田间，张晓斌和秦田正在一起操控着无人机，数十架无人机腾空而起，喷洒着农药。果园里，"'可溯源农产品管理系统'，使消费者可以清楚地知道每一个水果的生长过程……"画面里，快递车在村口排起了长队。郑卫东拿出手机，扫了下纸箱上面的二维码，手机屏幕上立刻弹出了一串编号。郑卫东说："这就是我们的'可溯源农产品管理系统'，手机一扫，就能准确查出咱们这箱苹果是从哪棵树上摘的！"郑卫东对准条码扫描，手机画面立刻切换到了果园的视频画面。

　　演播室内，秦奋继续侃侃而谈："我们丰源还是历史悠久的文化之乡！是中国农耕文化的发源地之一，早在四千年前，后稷就在这片土地上教民稼穑，而几千年的历史文明，使中国传统文化在这片土地上生根发芽，生生不息……"

　　村史馆展厅内，背景墙上悬挂着极具设计感的展览主题"乡愁 乡村 振兴"，展厅里布置着一幅幅与农业、农村相关的麦秆画。人们一边参观一边啧啧称赞着这精致的工艺。馆长介绍："各位，今天我们的麦秆画传承人秦俭也来到了现场，下面我们请他跟大家见个面！请你跟大家说说你制作这些麦秆画的灵感是从哪儿来的？"秦俭回答："从生活中来！我、我……"秦俭深呼吸，鼓足勇气，"我是一个自闭症患者……"秦俭扭头看了一眼包三凤，包三凤冲他点点头。秦俭深吸一口气，继续说："我出生在北京，五岁的时候，为了治病回到老家，跟爷爷、大伯一家住在一起。乡村的美丽、农民的辛劳，这所有的东西在我的心里沉淀、发芽……我需要一个东西记录我所看到的一切……"

　　秦学诚、褚之云眼圈红了，褚之云笑着流泪，倍感欣慰。

　　秦奋在演播厅内继续说着："我们丰源积极探索业态，打造了丰源农耕文化生态观光产业园，规划面积240亩，计划投资2000万元，主要用于挖掘、抢救、保护、传承农耕民俗文化，展示传统农业和农村手工业，因为我们上一辈的人大多都有农村生活经验，他们需要这份乡愁。我们年轻一代，需要了解过去，需要传承，需要为子孙后代保留下一份难能可贵的文化遗产。园区规划为生态农业示范区、农耕文化展示区、田园生活休闲区、耕织劳作体验区、民俗游戏互动区、慢城慢镇闲步区等。"画面展现了美丽的丰源新貌，"我们丰源还是生态之乡、旅游之乡、田园之乡，稷山悠悠，金水流长……"

后山综合旅游开发项目已经全部建成，张灵芝身后跟着一群亲子团。张灵芝介绍："承包之后的土地就可以由亲子负责，包括播种、施肥、收获这些，全部由家长和孩子一起完成，共同体验农村的生活，品尝自己亲手种出来的瓜果蔬菜，促进亲子感情，也让孩子用自己的双手劳动，体会'粒粒皆辛苦'。目前，这个项目也是我们新推出的一个活动……"张灵芝身后的家长和孩子饶有兴致地听着讲解。孩子们都对自己种农作物很感兴趣，一个小男孩看到了墙上挂的麦秆画，麦秆画一角画着一个菠萝。孩子指着菠萝说："妈妈，我们可以一起种菠萝吗？"

整个村子开发的角落都充满着生机。水泥厂艺术区内的小广场上，秦有粮在山坡上画麦秆画的照片放在大屏幕上。标识牌显示，这是农民艺术专场秀。一幅幅麦秆画、刺绣、剪纸等被布置在现场。

主持人介绍着一幅麦秆画："这幅《傍晚的背影》创作于一年前，透过这幅画，可以感受到农民的辛劳和他们对美好生活的向往……"山坡上，游人如织，一众年轻人在其间各自忙碌，远处，青山苍翠，金水流淌，景色尽收眼底。

秦奋讲解的声音还回荡在演播室："我们丰源还是红色革命之乡，早在革命战争年代，曾经就是陕甘边游击队活动的区域，红军洞、60年代战天斗地的经历，都记录在我们的村史馆里……"镜头中展示着村史馆，讲解员正带着游客参观村史馆，其中的一面墙上，挂着秦有粮老人书写的全部"一号文件"书法作品，另一边摆放着秦俭的麦秆画作品和一些历史遗物。满墙的锦旗、奖杯、奖状和张天顺老人沧桑的照片都诉说着这个村落发展的曲折……一群系着红领巾的小学生在老师的带领下进来。讲解员站在展板前，笑容满面地问："同学们，大家知不知道这是什么？"学生异口同声："小麦！"讲解员指向另一边："这个呢？"大家纷纷摇头，"这个叫高粱！从前啊，粮食不够吃，就吃这个！"

一个学生好奇地问："姐姐，好吃吗？"讲解员笑着摇摇头。学生们走过"画说村史"展区，这里用麦秆画展现着丰源村的每一个重要历史节点。同学们经过展馆，穿过农机具展区，看到了拖拉机、中药材、果园、养殖场、艺术馆的照片……讲解员感慨道："我们很幸运地活在这个时代，这是最有尊严的时代，是敢做梦、能做梦的时代……"

全村人都聚集在村口的大牌坊下，翘首企盼着，一辆轿车行驶而来。秦奋捧着一个大大的奖状走下来，走到秦学安面前，激动地说："爸，我把'全国十佳最美乡村'给咱拿回来了！"轿车里接着走下来了艾丽，她笑着走到秦奋身边，"我把艾丽，也给咱拿下了！"秦学安激动得直说："好！好！"

秦学安和秦奋把"中国十佳最美乡村"的牌子钉在了村史馆的墙上，秦学安走到张天顺的照片面前，鞠躬，道："天顺叔，当初我给咱丰源村搞丢过一面红旗，我当时说，我一定给咱再挣回来一面红旗，叔，我做到了！红旗，还是全国的！"

秦奋、秦学安、张守信、张晓斌等在一起在村委开会。秦学安高兴地说："丰源村的红旗终于竖起来了！一个接一个地来！省里刚刚作了决定，把我们作为现代农业新模式、搞活农村经济、推进农业'供给侧'改革的代表！过几天，我就要去北京领奖！"众人纷纷鼓掌。秦奋又补充道："再告诉大家一个好消息，咱们西安的王书记提议咱们中国要有个农民节，省上已经确定了，在2018年的二月二，正式举办全中国的第一个农民节，王书记邀请咱们丰源村的这杆红旗，到农民节上去飘一飘！"张守信笑得合不拢嘴："咱农民现在日子过得美，天天跟过节一样。"

秦奋应道："叔，你说的对，也不对。新闻上说了，为啥要办农民节呢，一来中华传统文化有'纪农协功'的传统礼俗，在商代就形成农作之礼。再一个，有咱农民专门的节日，这也是对农民的尊重，还给咱一天法定休息天，要评比发奖呢。再有就是，早在4000多年前，我国历史上最早的农官——后稷，就在西安周边武功、杨凌一带'教民稼穑，树艺五谷'，咱陕西是农耕文明的发祥地，现在还有农林科技大学，农科城，这个农民节非咱莫属。"说到节日，秦学安也有话要说："对对对，这个农民节咱要好好热闹热闹，让村里的老人把咱的社火再闹起来，妇女们把秧歌也扭起来，咱现在可是全国有名呢，到时候还要上电视。过几天啊，咱们先在村委会预演预演，就当是咱们丰源村自己给自己过一个农民节。"众人哈哈大笑，表示赞同。

村史馆前，喇叭里播音员正在朗读着2018年元旦颁布的"乡村振兴战略"。

黄土高天

"《中共中央、国务院关于实施乡村振兴战略的意见》：实施乡村振兴战略，是党的十九大作出的重大决策部署，是决胜全面建成小康社会、全面建设社会主义现代化国家的重大历史任务，是新时代'三农'工作的总抓手。现就实施乡村振兴战略提出如下……"

公告栏前，铺开的桌子上，秦有粮正在用毛笔一笔一画地书写着新的"一号文件"内容："产业兴旺""生态宜居""乡风文明""治理有效""生活富裕"。乡村振兴战略的总要求的五点，秦有粮分别书写了五个条幅。秦奋在一旁，看到爷爷写出来一张，就拿去挂在村史馆外的墙上，秦有粮写完五个总要求，在秦奋和秦俭的搀扶下，走进了村史馆。自1982年的第一个"一号文件"起，到2018年的乡村振兴战略，秦有粮老人用小楷写了一幅又一幅，整整齐齐地挂在墙上。另一边墙上，挂着秦俭为丰源村创作的相应的二十多幅麦秆画，书法和麦秆画相映成趣。秦有粮眼前如幻觉一般突然出现了张天顺，他含着眼泪说道："老兄弟！我和秦俭为你的村史馆添砖加瓦了！"幻觉中，张天顺悲喜交加，望着秦有粮。两位老人阴阳相隔，但心神相通……

村委筹办的节日终于办起来了，村头各色彩旗飘扬，写着"丰源村第一届农民节"，上百号村民把大院围得水泄不通。村民们敲锣打鼓，妇女们扭着秧歌。社火表演热闹非凡。秦学安是锣鼓队的头儿，指挥着社火队伍和秧歌队。有电视台的记者采访正在敲鼓的秦学安，他拿着话筒讲道："咱们农民赶上好时代啦！"说着他重重地敲下鼓槌。

大路两边，金色的麦浪翻滚，年轻人走在大路上，意气风发。村史馆见证着一代又一代村领导的更迭，一次又一次翻天覆地的改革。丰源新村的大牌坊，巍峨耸立；一排排的新楼房，整齐排列。产业园区和旅游园区里人流如织。

又是阳光灿烂的一天，绿色的后山、一望无际的田野、美丽的金水河……数十架无人机，在田野里腾空而起，喷洒农药。秦奋、张晓斌、秦田、艾丽等一众年轻人昂首挺胸地向大路上走去。他们这年轻的一代肩负着丰源村的未来！